ACTES NOIRS
série dirigée par Marc de Gouvenain

LA FILLE QUI RÊVAIT D'UN BIDON D'ESSENCE ET D'UNE ALLUMETTE

DU MÊME AUTEUR

LES HOMMES QUI N'AIMAIENT PAS LES FEMMES. Millénium 1, Actes Sud, 2006.

Titre original :
Flickan som lekte med elden
Editeur original :
Norstedts Forlag, Stockholm
Publié avec l'accord de Norstedts Agency

ISBN 978-2-7427-6501-0

STIEG LARSSON

La fille qui rêvait d'un bidon d'essence et d'une allumette

MILLÉNIUM 2

roman traduit du suédois
par Lena Grumbach et Marc de Gouvenain

ACTES SUD

PROLOGUE

ELLE ÉTAIT ATTACHÉE sur une étroite couchette au cadre en acier. Des courroies de cuir l'emprisonnaient et un harnais lui maintenait la cage thoracique. Elle était couchée sur le dos. Ses mains étaient retenues par des lanières de cuir de part et d'autre du lit.

Elle avait depuis longtemps abandonné toute tentative de se détacher. Elle était éveillée mais gardait les yeux fermés. Quand elle les ouvrait, elle se trouvait dans le noir et la seule source de lumière visible était un mince rayon qui filtrait au-dessus de la porte. Elle avait un mauvais goût dans la bouche et ressentait un besoin impérieux de se laver les dents.

Une partie de sa conscience épiait le bruit de pas qui signifierait qu'*il* venait. Elle savait que c'était le soir mais n'avait aucune idée de l'heure, à part qu'elle sentait que ça devenait trop tard pour une de ses visites. Elle sentit une vibration soudaine dans le lit et ouvrit les yeux. On aurait dit qu'une sorte de machine s'était mise en marche quelque part dans le bâtiment. Quelques secondes plus tard, elle n'aurait su dire si elle l'inventait ou si le bruit était réel.

Dans sa tête, elle cocha un jour de plus.

C'était son quarante-troisième jour de captivité.

Son nez la grattait et elle tourna la tête pour pouvoir le frotter contre l'oreiller. Elle transpirait. L'air de la pièce était chaud et renfermé. Elle était vêtue d'une simple chemise de nuit en tissu uni qui remontait sous son corps. En déplaçant la hanche du peu qu'elle pouvait, elle réussit à attraper le tissu avec l'index et le majeur et à tirer la chemise de côté, centimètre par centimètre. Elle essaya avec l'autre main. Mais la chemise formait toujours des plis en bas de son dos. Le matelas était bosselé et inconfortable. L'isolement total auquel elle était livrée amplifiait terriblement la moindre impression qu'autrement elle aurait ignorée. Le harnais, bien que serré, était suffisamment lâche pour qu'elle puisse changer de position et se coucher sur le côté, mais cela l'obligeait alors à garder une main dans le dos et son bras s'engourdissait vite.

Si un sentiment dominait son esprit, ce devait être une colère accumulée.

En revanche, elle était torturée par ses propres pensées qui, malgré toutes ses tentatives pour l'éviter, se transformaient en fantasmes désagréables sur ce qui allait lui arriver. Elle haïssait cet état de vulnérabilité forcée. Elle avait beau essayer de se concentrer sur un sujet de réflexion pour passer le temps et refouler sa situation, l'angoisse suintait quand même et flottait comme un nuage toxique autour d'elle, menaçant de pénétrer ses pores et d'empoisonner son existence. Elle avait découvert que la meilleure façon de tenir l'angoisse à distance était de fantasmer sur quelque chose de plus fort que ses pensées.

Quand elle fermait les yeux, elle matérialisait l'odeur d'essence. *Il était assis dans une voiture avec la vitre latérale baissée. Elle se précipitait sur la voiture, balançait l'essence par la vitre ouverte et craquait une allumette. C'était l'affaire d'une seconde. Les flammes fusaient instantanément. Il se tordait de douleur et elle entendait ses cris de terreur et de souffrance. Elle pouvait sentir l'odeur de chair brûlée et l'odeur plus âcre du plastique et de la garniture du siège qui se carbonisaient.*

ELLE S'ÉTAIT PROBABLEMENT ASSOUPIE, parce qu'elle ne l'avait pas entendu venir, mais elle fut parfaitement éveillée quand la porte s'ouvrit. La lumière de l'ouverture l'aveugla.

Il était venu quand même.

Il était grand. Elle ne connaissait pas son âge, mais il était adulte. Ses cheveux étaient roux et touffus, il avait des lunettes à monture noire et une barbiche clairsemée. Il sentait l'après-rasage.

Elle haïssait son odeur.

Il resta en silence au pied du lit et la contempla un long moment.

Elle haïssait son silence.

Son visage n'était pas éclairé et elle ne le percevait que comme une silhouette à contre-jour. Brusquement, il lui parla. Sa voix était grave et nette et il insistait avec affectation sur chaque mot.

Elle haïssait sa voix.

Il dit qu'il voulait lui souhaiter un bon anniversaire, puisque c'en était le jour. La voix n'était ni désagréable ni ironique. Elle était neutre. Elle devina qu'il lui souriait.

Elle le haïssait.

Il s'approcha et contourna la couchette pour venir près de sa tête, posa le dos d'une main humide sur son front et glissa les doigts le long de la racine des cheveux en un geste sans doute destiné à être amical. C'était son cadeau d'anniversaire.

Elle haïssait qu'il la touche.

IL LUI PARLAIT. Elle vit sa bouche remuer mais elle ne laissa pas entrer le son de sa voix. Elle ne voulait pas écouter. Elle ne voulait pas répondre. Elle l'entendit élever la voix. Une note d'irritation due à son refus de répondre s'était glissée dans les mots. Il parlait de confiance réciproque. Au bout de plusieurs minutes, il se tut. Elle ignora son regard. Puis il haussa les épaules, contourna le lit par la tête et ajusta les courroies de cuir. Il serra le harnais d'un cran et se pencha sur elle.

Elle se tourna soudain sur la gauche, se détourna de lui, autant qu'elle le put et aussi loin que les courroies le lui permettaient. Elle replia la jambe et lui décocha un violent coup de pied. Elle visa la pomme d'Adam et elle le toucha avec le bout d'un orteil quelque part sous le menton, mais il s'y attendait et il esquiva, et le coup fut très léger, à peine perceptible. Elle essaya de nouveau mais il était déjà hors d'atteinte.

Elle laissa retomber ses jambes sur la couchette.

Le drap avait glissé et formait un tas par terre. Elle sentit que sa chemise de nuit était remontée loin au-dessus des hanches. Elle n'aimait pas ça. Elle ne pouvait pas couvrir sa nudité.

Il resta immobile un long moment sans rien dire. Puis il contourna la couchette et installa la lanière de pied. Elle essaya de ramener les jambes vers elle, mais il saisit sa cheville et lui rabattit vigoureusement le genou avec l'autre main, puis il bloqua le pied avec la courroie de cuir. Il passa de l'autre côté du lit et attacha l'autre pied.

Maintenant, elle était totalement à sa merci.

Il ramassa le drap et la couvrit. Il la contempla en silence pendant deux minutes. Dans l'obscurité, elle pouvait sentir son excitation même s'il la dissimulait ou du moins essayait. Elle savait qu'il bandait. Elle savait qu'il voulait tendre une main et la toucher.

Ensuite il fit demi-tour, sortit et tira la porte derrière lui. Elle entendit qu'il fermait à clé, ce qui était largement exagéré puisqu'elle n'avait aucune possibilité de se dégager du lit.

Elle resta immobile pendant plusieurs minutes et regarda le mince rai de lumière en haut de la porte. Puis elle bougea et essaya de sentir si les courroies étaient vraiment très serrées. Elle pouvait remonter un peu les genoux mais le harnais se tendit immédiatement. Elle se décontracta. Elle resta allongée complètement immobile, les yeux fixés dans le néant.

Elle attendait.

Elle rêvait d'un bidon d'essence et d'une allumette. Elle le voyait imbibé d'essence. Elle pouvait sentir physiquement la boîte d'allumettes dans sa main. Elle la secouait. Ça faisait du bruit. Elle ouvrait la boîte et choisissait une allumette. Elle l'entendait dire quelque chose mais fermait ses oreilles et n'écoutait pas les mots. Elle voyait l'expression de son visage lorsqu'elle passait l'allumette sur le grattoir. Elle entendait le raclement du soufre contre le grattoir. On aurait dit un coup de tonnerre qui dure. Elle voyait le bout s'enflammer.

Elle esquissa un sourire totalement dépourvu de joie et se blinda.

C'était la nuit de ses treize ans.

I

ÉQUATIONS IRRÉGULIÈRES

16 au 20 décembre

L'équation est nommée selon la puissance des inconnues (la valeur de l'exposant). Si celui-ci est un, l'équation est du premier degré, si la puissance est deux, il s'agit d'une équation du second degré, etc. Les équations de degré supérieur au premier donnent plusieurs valeurs aux inconnues. Ces valeurs sont appelées racines.

Equation du premier degré (équation linéaire) :
$3x - 9 = 0$ *(racine :* $x = 3$*)*

1

JEUDI 16 DÉCEMBRE – VENDREDI 17 DÉCEMBRE

LISBETH SALANDER BAISSA ses lunettes de soleil sur son nez et regarda sous le bord de son chapeau. Elle vit la femme de la chambre 32 arriver de l'entrée latérale de l'hôtel et se diriger vers un des transats à rayures blanches et vertes au bord de la piscine. Son regard était fermement braqué par terre devant elle et son visage était concentré. On aurait dit qu'elle ne tenait pas bien sur ses jambes.

Salander ne l'avait vue que de loin jusque-là. Elle lui donnait trente-cinq ans, mais son allure neutre et sans âge la plaçait n'importe où dans une fourchette de vingt-cinq à cinquante. Elle avait des cheveux châtains mi-longs, un visage ovale et un corps mûr qui aurait pu sortir tout droit d'un catalogue de vente par correspondance, aux pages sous-vêtements. La femme portait des sandalettes, un bikini noir et des lunettes de soleil en écaille aux verres violets. Elle était américaine et parlait avec un accent du Sud. Son chapeau de soleil était jaune et elle le laissa tomber à côté du transat avant de faire un signe au garçon du bar d'Ella Carmichael.

Lisbeth Salander posa son livre sur ses genoux, prit son verre et sirota une gorgée de café avant de se tendre pour attraper le paquet de cigarettes. Sans tourner la tête, elle déplaça son regard vers l'horizon. De sa place sur la terrasse de la piscine, elle pouvait voir un coin de la mer des Caraïbes entre un groupe de palmiers et de rhododendrons devant le mur de l'hôtel. Un voilier filait grand large cap au nord, vers Sainte-Lucie ou la Dominique. Plus loin, elle distinguait la silhouette d'un cargo gris en route pour la Guyane ou l'un des pays voisins. Une faible brise luttait contre la chaleur de l'après-midi mais elle sentit une goutte de sueur couler lentement vers son sourcil. Lisbeth Salander n'était pas du genre qui aime à se laisser frire au soleil. Elle passait ses journées le plus possible à l'ombre et par conséquent elle était résolument installée à l'abri sous l'auvent. Pourtant elle était bronzée comme une noisette, en tout cas les parties du corps qu'elle exposait. Elle portait un short kaki et un débardeur noir.

Elle écoutait les sons étranges des *steel drums* diffusés par les haut-parleurs du bar. La musique n'était pas particulièrement son truc et elle était incapable de distinguer Nick Cave d'un orchestre de bal populaire, mais les *steel drums* la fascinaient. Elle trouvait invraisemblable que quelqu'un puisse accorder un baril de pétrole et encore plus invraisemblable que le bidon produise des sons contrôlables qui ne ressemblaient à aucun autre et qui, pour elle, relevaient carrément de la magie.

Elle se sentit soudain irritée et déplaça son regard vers la femme à qui on venait juste de tendre un verre avec un drink orangé.

Cette brune-là, Lisbeth Salander n'en avait rien à foutre. Mais elle n'arrivait tout simplement pas à comprendre pourquoi la femme restait encore ici. Quatre nuits durant, depuis l'arrivée du couple, Lisbeth Salander avait écouté, lui parvenant de la chambre voisine, une voix masculine puissante et violente, utilisant le registre de l'intimidation. Elle avait entendu des pleurs, des chuchotements durs et, à plusieurs reprises, le bruit de gifles. L'homme qui était à l'origine des coups – Lisbeth supposait que c'était son mari – avait dans la quarantaine. Cheveux châtains raides avec une raie au milieu, il était coiffé plutôt vieux jeu, et il semblait se trouver à la Grenade pour raison professionnelle. Lisbeth Salander n'avait pas la moindre idée de ce que pouvait être le métier du bonhomme, mais chaque matin il avait fait son apparition correctement habillé, avec cravate et veste, pour prendre un café au bar de l'hôtel avant de s'emparer de son porte-documents et de rejoindre le taxi qui l'attendait.

Il revenait en général à l'hôtel tard dans l'après-midi, il se baignait et restait avec sa femme au bord de la piscine. Ils dînaient ensemble et n'importe quel observateur aurait pu percevoir émanant d'eux une harmonie pleine d'intimité et d'amour. La femme buvait peut-être un verre ou deux de trop, mais son ivresse n'était ni pénible ni tapageuse.

Les disputes dans la chambre voisine commençaient rituellement entre 22 et 23 heures, à peu près au moment où Lisbeth se mettait au lit avec un livre sur les mystères des mathématiques. Il n'était jamais question de maltraitance grave. Pour autant que Lisbeth arrivait à le déterminer, il s'agissait d'une querelle lancinante et aigre, l'homme ne tolérant aucune protestation tout en provoquant sa femme pour la pousser aux reproches. La nuit précédente, Lisbeth était sortie sur le balcon et avait écouté la dispute. Pendant plus d'une heure, l'homme avait arpenté la chambre et reconnu qu'il était un fumier qui ne la méritait pas. Plusieurs fois, comme en pleine crise émotionnelle d'infériorité, il lui avait dit qu'elle devait le trouver hypocrite. Chaque fois elle avait répondu que ce n'était pas ce qu'elle pensait et elle avait essayé de le calmer. Il s'était emporté de plus en plus jusqu'à la secouer. Pour finir, elle avait lâché ce qu'il attendait… *oui, tu es un hypocrite.* Et immédiatement il avait utilisé son aveu forcé comme prétexte pour s'en prendre à elle, à sa conduite et à son caractère. Il l'avait traitée de putain, mot qui fit se hérisser Lisbeth Salander. Pour sa part, elle n'aurait pas hésité à passer aux représailles si l'accusation avait été dirigée contre elle. Mais tel n'était pas le cas et concrètement ce n'était pas son problème personnel. Du coup, elle avait du mal à décider si oui ou non elle devrait intervenir d'une façon ou d'une autre.

Perplexe, Lisbeth avait écouté l'homme rabâcher ses accusations, puis tout à coup flanquer des gifles. Elle venait juste de prendre la décision de sortir dans le couloir de l'hôtel et d'ouvrir la porte de la numéro 32 d'un grand coup de pied quand le silence s'était installé dans la chambre.

En observant la femme près de la piscine, elle nota un vague bleu sur l'épaule et une égratignure sur la hanche, mais aucune blessure évidente.

NEUF MOIS PLUS TÔT, elle avait lu un article dans un *Popular Science* oublié par quelque passager à l'aéroport Leonardo da Vinci à Rome, et instantanément elle avait développé une fascination totale pour l'astronomie sphérique, sujet ardu s'il en était. Spontanément, elle s'était rendue à la librairie universitaire de Rome et avait acheté quelques-unes des thèses les plus importantes en la matière. Pour comprendre l'astronomie sphérique, elle avait cependant été obligée de se plonger dans les mystères relativement compliqués des mathématiques. Au cours de ces derniers mois, elle avait fait le tour du monde et avait régulièrement rendu visite aux librairies spécialisées pour trouver d'autres livres traitant de ce sujet.

D'une manière générale, ces livres étaient restés enfouis dans ses bagages, et ses études avaient été peu systématiques et quelque peu velléitaires jusqu'à ce que par hasard elle soit passée à la librairie universitaire de Miami pour en ressortir avec *Dimensions in Mathematics* du Dr. L. C. Parnault (Harvard University, 1999). Elle avait trouvé ce livre quelques heures avant d'entamer un périple dans les Antilles.

Elle avait vu la Guadeloupe (deux jours dans un trou invraisemblable), la Dominique (sympa et décontracté ; cinq jours) ; la Barbade (une nuit dans un hôtel américain où elle avait ressenti sa présence comme particulièrement indésirable) et Sainte-Lucie (neuf jours). Elle aurait pu envisager de rester assez longtemps à Sainte-Lucie si elle ne s'était pas fâchée avec un jeune voyou local à l'esprit obtus qui squattait le bar de son hôtel de deuxième zone. Elle avait mis fin aux hostilités un soir en lui écrasant une brique sur la tête, elle avait payé sa note et pris un ferry à destination de Saint George's, la capitale de la Grenade. Avant d'embarquer sur le bateau, jamais elle n'avait entendu parler de ce pays.

Elle avait débarqué à la Grenade sous une pluie tropicale vers 10 heures un matin de novembre. La lecture du *Caribbean Traveller* lui avait appris que la Grenade était connue comme la *Spice Island*, l'île aux épices, et que c'était un des plus gros producteurs au monde de noix muscade. La capitale s'appelait Saint George's. L'île comptait 120 000 habitants, mais environ 200 000 autres Grenadiens étaient expatriés aux Etats-Unis, au Canada ou en Angleterre, ce qui donnait une bonne idée du marché du travail sur l'île. Le paysage était montagneux autour d'un volcan éteint, Grand Etang.

Historiquement, la Grenade était une des nombreuses anciennes colonies britanniques insignifiantes où le capitaine Barbe-Noire avait peut-être, ou peut-être pas, débarqué et enterré un trésor. La scène avait le mérite de faire fantasmer. En 1795, la Grenade avait attiré l'attention politique après qu'un ancien esclave libéré du nom de Julian Fedon, s'inspirant de la Révolution française, y avait fomenté une révolte, obligeant la couronne à envoyer des troupes pour hacher menu, pendre, truffer de balles et mutiler un grand nombre de rebelles. Le problème du régime colonial était qu'un certain nombre de Blancs pauvres s'étaient joints à la révolte de Fedon sans la moindre considération pour les hiérarchies ou les frontières raciales. La révolte avait été écrasée mais Fedon ne fut jamais capturé ; réfugié dans le massif du Grand Etang, il était devenu une légende locale façon Robin des Bois.

Près de deux siècles plus tard, en 1979, l'avocat Maurice Bishop avait démarré une nouvelle révolution inspirée, à en croire le guide, par *the communist dictatorship in Cuba and Nicaragua*, mais dont Lisbeth Salander s'était rapidement fait une tout autre image après avoir rencontré Philip Campbell – professeur, bibliothécaire et prédicateur baptiste. Elle était descendue dans sa *guesthouse* pour ses premiers jours sur l'île. On pouvait résumer ainsi l'histoire : Bishop avait été un leader extrêmement populaire qui avait renversé un dictateur fou, fanatique d'ovnis par-dessus le marché et qui dilapidait une partie du maigre budget de l'Etat dans la chasse aux soucoupes volantes. Bishop avait plaidé pour une démocratie économique et introduit les premières lois du pays sur l'égalité des sexes avant d'être assassiné en 1983 par une horde de stalinistes écervelés, qui depuis séjournaient dans la prison de l'île.

Après l'assassinat, inclus dans un massacre d'environ cent vingt personnes, dont le ministre des Affaires étrangères, le ministre de la Condition féminine et quelques leaders syndicaux importants, les Etats-Unis étaient intervenus en débarquant sur l'île pour y rétablir la démocratie. Conséquence directe pour la Grenade, le chômage était passé de six à près de cinquante pour cent et le trafic de cocaïne était redevenu la source de revenus la plus importante, toutes catégories confondues. Philip Campbell avait secoué la tête en lisant la description dans le guide de Lisbeth et lui avait donné quelques bons conseils concernant les personnes et les quartiers qu'elle devait éviter une fois la nuit tombée.

Dans le cas de Lisbeth Salander, les bons conseils étaient relativement inutiles. Par contre, elle avait totalement échappé au risque de faire connaissance avec la criminalité de la Grenade en tombant amoureuse de Grand Anse Beach juste au sud de Saint George's, une plage de sable d'une dizaine de kilomètres de long, très peu fréquentée, où elle pouvait se promener des heures sans obligation de discuter et sans rencontrer personne, si elle en avait envie. Elle s'était installée au Keys, un des rares hôtels américains à Grand Anse, et y avait passé sept semaines sans faire grand-chose d'autre que se promener sur la plage et manger du *chinups*, fruit local dont le goût lui rappelait les groseilles à maquereau et qui l'avait totalement emballée.

C'était la basse saison et à peine un tiers des chambres de l'hôtel étaient occupées. Le problème était qu'aussi bien la tranquillité de Lisbeth que ses velléités d'études mathématiques avaient été brusquement dérangées par les bruits de disputes dans la chambre d'à côté.

MIKAEL BLOMKVIST APPUYA son index sur la sonnette de l'appartement de Lisbeth Salander dans Lundagatan. Il ne s'attendait pas à ce qu'elle ouvre, mais il avait pris l'habitude de passer par là une ou deux fois par mois, histoire de vérifier. Avançant un œil contre le volet dans la porte destiné au courrier, il put voir le tas de prospectus accumulés. Il était un peu plus de 22 heures et, compte tenu du peu de lumière, il avait du mal à estimer si le tas avait grandi depuis la dernière fois.

Il resta indécis un bref instant dans la cage d'escalier avant de tourner les talons, frustré, et de quitter l'immeuble. Il marcha d'un pas tranquille pour rentrer à son appartement dans Bellmansgatan. Arrivé chez lui, il mit en route la machine à café et ouvrit les journaux du soir, tout en regardant l'édition nocturne de *Rapport*, en ne lui accordant qu'un œil distrait. Il avait le cafard et se demandait où se trouvait Lisbeth Salander. Il ressentait une vague inquiétude mais n'avait aucune raison de penser qu'elle était morte ou dans de mauvais draps. Pour la millième fois par contre, il se demanda ce qui s'était passé.

Pendant les fêtes de Noël l'année précédente, il avait invité Lisbeth Salander à sa cabane à Sandhamn. Ils avaient fait de longues promenades en discutant tranquillement des contrecoups des événements dramatiques auxquels ils venaient tous deux de prendre part, quand Mikael avait vécu ce qu'il considérait désormais comme une crise existentielle. Condamné pour diffamation, il avait passé quelques mois en prison, sa carrière professionnelle de journaliste avait sombré dans la boue et il avait abandonné la queue entre les jambes son poste de gérant responsable de la revue *Millénium*. En quelques mois, cependant, tout avait changé. Invité à écrire la biographie de l'industriel Henrik Vanger, ce qu'il avait vécu comme une thérapie scandaleusement bien rémunérée, il avait quitté sa dépression pour se lancer dans une chasse acharnée à un tueur en série retors et bien caché.

Le hasard avait mis Lisbeth Salander sur son chemin. Mikael tripota distraitement sous son oreille gauche la discrète cicatrice laissée par le nœud coulant. Lisbeth n'avait pas seulement sauvé sa carrière – elle lui avait tout bonnement sauvé la vie.

Plus d'une fois, elle l'avait pris de court avec ses dons remarquables – mémoire photographique et connaissances phénoménales en informatique. Mikael Blomkvist se considérait comme relativement compétent en la matière, mais Lisbeth Salander maniait les ordinateurs comme si elle avait fait alliance avec le diable. Petit à petit, il avait compris qu'elle était un hacker de classe internationale et qu'au sein du club exclusif qui se consacrait çà et là dans le monde à une activité informatique criminelle au plus haut niveau, elle était une légende, fût-elle anonyme et uniquement connue sous son pseudo de Wasp.

C'était la capacité de Lisbeth de se balader dans les ordinateurs d'autrui qui avait fourni à Mikael le matériau nécessaire pour transformer son échec journalistique en affaire Wennerström – un scoop qui un an plus tard encore était source d'investigations policières sur la criminalité économique et menait régulièrement Mikael dans les fauteuils des studios de télévision.

Un an plus tôt, il avait vécu ce scoop avec une satisfaction colossale – comme une vengeance et une brillante réhabilitation après son séjour dans le caniveau journalistique. La satisfaction l'avait rapidement quitté, pourtant. Au bout de quelques semaines, il en avait déjà marre de répondre aux éternelles mêmes questions des journalistes et des flics de la brigade financière. *Je suis désolé, mais je ne peux pas divulguer mes sources.* Et le jour où un journaliste de l'*Azerbahdzian Times* s'était donné la peine de venir à Stockholm uniquement pour poser les mêmes questions stupides, il en avait eu assez. Il avait réduit le nombre d'interviews à un strict minimum, et les derniers mois il ne s'était quasiment prêté au jeu que lorsque la Fille de TV4 l'avait appelé, et cela uniquement quand l'enquête était entrée dans une nouvelle phase bien particulière.

La collaboration de Mikael avec la Fille de TV4 avait de plus une tout autre dimension. Elle avait été le premier journaliste à mordre à la révélation et sans sa contribution le tout premier soir quand *Millénium* avait lâché le scoop, rien ne disait que l'histoire aurait eu un tel impact. Mikael n'avait appris qu'ensuite qu'elle avait dû lutter bec et ongles pour persuader sa rédaction de la laisser raconter l'histoire. Personne n'avait eu envie de mettre en avant l'escroc de *Millénium* et jusqu'au moment où elle était passée en direct, personne n'aurait pu certifier que la batterie d'avocats de la rédaction la laisserait parler. Plusieurs de ses collègues plus âgés avaient baissé le pouce pour lui signifier que si elle se trompait, sa carrière était foutue. La Fille avait tenu bon et démarré l'histoire de l'année.

La première semaine, elle suivit tout naturellement l'affaire – puisque à vrai dire elle était le seul reporter à avoir approfondi le sujet – mais juste avant Noël, Mikael se rendit compte que tous les commentaires et tous les nouveaux points de vue avaient été transférés à ses collègues masculins. Autour du Nouvel An, Mikael apprit par des voies détournées qu'on avait tout simplement évincé la Fille, en arguant que le plus grand événement médiatique de l'année devait être traité par des journalistes économiques sérieux et pas par une gamine sortie de l'île de Gotland ou d'allez savoir où. Cela énerva Mikael et, quand plus tard TV4 lui demanda un commentaire, il expliqua d'emblée qu'il ne répondrait à TV4 que si la Fille posait les questions. D'où quelques jours d'un silence boudeur avant que les types capitulent et qu'elle soit de retour en selle.

L'intérêt décroissant de Mikael pour l'affaire Wennerström coïncidait aussi avec la disparition de Lisbeth Salander. Il ne comprenait toujours pas ce qui s'était passé.

Ils s'étaient séparés le lendemain du jour de Noël et il ne l'avait pas vue au cours des jours suivants. Tard le soir la veille du réveillon du Nouvel An, il l'avait appelée. Elle n'avait pas répondu au téléphone. Le jour du réveillon, il était passé chez elle deux fois sonner à sa porte. La première fois, il y avait de la lumière dans l'appartement mais elle n'était pas venue ouvrir. La deuxième fois, tout était éteint. Le Jour de l'an, il avait de nouveau essayé de l'appeler, mais sans obtenir d'autre réponse que le message disant que l'abonné n'était pas joignable.

Il la vit deux fois au cours des jours suivants. Inquiet et n'arrivant toujours pas à la joindre, il alla chez elle début janvier s'asseoir sur une marche d'escalier devant son appartement. Il avait apporté un livre et il attendit obstinément pendant quatre heures avant qu'elle arrive, peu avant 23 heures. Elle portait un carton et elle s'arrêta net en le voyant.

— Salut, Lisbeth, fit-il en refermant son livre.

Lisbeth le contempla sans la moindre expression dans le regard, ni chaleur ni amitié. Puis elle passa devant lui et glissa la clé dans la serrure.

— Tu m'offres une tasse de café ? demanda Mikael.

Elle se tourna vers lui et parla d'une voix basse.

— Va-t'en. Je ne veux plus te revoir.

Puis elle referma la porte au nez d'un Mikael Blomkvist tombé des nues, et il l'entendit tourner la clé de l'autre côté.

Trois jours plus tard, il la vit pour la deuxième fois. Il avait pris le métro de Slussen à Centralen, et quand la rame s'arrêta à Gamla Stan, en regardant par la fenêtre, il la vit sur le quai, à moins de deux mètres de distance. Il la vit au moment même où les portes se refermaient. Pendant cinq secondes, elle le fixa droit dans les yeux mais comme s'il était transparent, avant de tourner les talons et de s'éloigner de son champ de vision tandis que la rame se mettait en branle.

Le message était clair. Lisbeth Salander ne voulait rien avoir à faire avec Mikael Blomkvist. Elle l'avait retranché de sa vie avec autant d'efficacité que lorsqu'elle effaçait un fichier de son ordinateur, sans explications ni compromis. Elle avait changé de numéro de téléphone portable et elle ne répondait pas aux e-mails.

Mikael soupira et arrêta la télé, s'approcha de la fenêtre et contempla l'hôtel de ville.

Il se demanda s'il avait tort de s'entêter ainsi à passer régulièrement devant l'appartement de Lisbeth. L'attitude de Mikael jusque-là était que si une femme signalait aussi clairement qu'elle ne voulait pas entendre parler de lui, il s'en allait. Ne pas respecter un tel message équivalait à ses yeux à ne pas respecter la femme en question.

Du temps de l'affaire, ils s'étaient retrouvés au lit ensemble. Cela s'était passé sur l'initiative de Lisbeth et leur relation avait duré six mois. Si sa décision était de terminer l'histoire de façon aussi surprenante qu'elle l'avait commencée, Mikael n'avait qu'à l'accepter. C'était à elle de trancher. Mikael envisageait sans mal ce rôle d'ex-petit ami – s'il fallait maintenant qu'il se considère comme tel – mais la manière dont Lisbeth Salander l'avait plaqué le laissait perplexe.

Le seul problème était que Mikael aimait toujours énormément Lisbeth Salander. Il n'était pas le moins du monde amoureux d'elle – ils étaient à peu près aussi mal assortis que deux personnes peuvent l'être – mais il l'aimait bien et il ressentait un manque réel de ce fichu petit bout de femme compliquée. Il s'était imaginé leur amitié réciproque. Bref, il se sentait comme un imbécile.

Après un long moment passé devant la fenêtre, sa décision fut prise.

Si Lisbeth Salander le détestait si cordialement qu'elle ne pouvait même pas se résoudre à le saluer quand ils se voyaient dans le métro, leur amitié était probablement terminée et le mal irréversible. Désormais, il ne passerait pas devant son appartement ni ne prendrait aucune initiative pour renouer le contact avec elle.

LISBETH SALANDER CONSULTA sa montre et constata que, bien qu'elle soit restée sagement à l'ombre, elle était trempée de sueur. Il était 10 h 30. Elle mémorisa une formule mathématique de trois lignes et referma *Dimensions in Mathematics*, puis attrapa la clé de sa chambre et son paquet de cigarettes sur la table.

Sa chambre était au premier étage, le dernier de l'hôtel. Elle ôta ses vêtements et entra dans la douche.

Un lézard vert de vingt centimètres de long la lorgnait du mur, juste sous le plafond. Lisbeth Salander le regarda à son tour du coin de l'œil, mais ne fit pas un geste pour le chasser. Elle était arrivée à la conclusion que le lézard était locataire depuis bien plus longtemps qu'elle et resterait probablement longtemps après qu'elle aurait quitté la Grenade. Il y avait des lézards partout sur l'île, ils se faufilaient dans la chambre par les stores devant les fenêtres ouvertes, sous la porte ou par l'aération de la salle de bains. Elle aimait bien leur compagnie, ils la laissaient globalement en paix et ils semblaient plus intelligents que certains humains qu'elle avait rencontrés. L'eau était fraîche sans être glacée et elle resta sous la douche pendant cinq minutes pour se rafraîchir.

En revenant dans la chambre, elle s'arrêta toute nue devant le miroir de l'armoire et examina son corps avec émerveillement. Elle pesait toujours quarante-deux kilos et mesurait presque un mètre cinquante. Il n'y avait pas grand-chose à y faire. Elle avait des membres minces comme ceux d'une poupée, de petites mains et des hanches qui n'en menaient pas large.

Mais elle avait des seins.

Toute sa vie, elle avait été ridiculement plate, comme si elle n'était pas encore entrée en puberté. Ses tétons avaient été petits mais tout à fait normaux. Le problème était qu'ils se trouvaient sur ce qu'on pouvait au mieux décrire comme des ébauches de renflement. Ça avait un air parfaitement ridicule et elle avait toujours trouvé désagréable de se montrer nue.

Et puis, brusquement, elle s'était retrouvée avec des seins. Il ne s'agissait pas de melons (ce qu'elle ne souhaitait pas avoir et ce qui aurait été encore plus ridicule sur son corps tout frêle), mais bien de deux seins ronds et fermes de la taille au moins d'une mandarine. Le changement s'était fait en douceur et les proportions étaient plausibles. La différence était radicale, aussi bien pour son aspect physique que pour son bien-être personnel.

Elle avait passé cinq semaines dans une clinique près de Gênes, en Italie, pour se faire poser les implants qui constituaient la base de ses seins tout neufs. Elle avait choisi la clinique et les médecins jouissant de la meilleure réputation en Europe et qui pratiquaient habituellement des interventions médicalement justifiées plutôt que de la chirurgie esthétique. Son médecin, une forte femme charmante du nom d'Alessandra Perrini, avait constaté que ses seins étaient sous-développés et qu'il y avait des raisons médicales de l'accepter comme patiente.

L'intervention n'avait pas été indolore mais les seins semblaient naturels, au regard et au toucher. Les tétons étaient aussi sensibles qu'avant l'intervention et les cicatrices quasi invisibles. Pas une seconde elle n'avait regretté sa décision. Elle était satisfaite. Six mois plus tard encore, elle ne pouvait pas passer torse nu devant un miroir sans sursauter et commencer à tâter ses seins. Elle les vivait comme une amélioration de sa qualité de vie.

Profitant de son séjour à la clinique de Gênes, elle avait fait enlever un de ses neuf tatouages – une guêpe de deux centimètres sur le côté droit du cou. Elle appréciait ses tatouages, particulièrement le gros dragon qui s'étendait de l'omoplate jusqu'à la fesse, mais elle avait quand même pris la décision de se débarrasser de la guêpe, considérant qu'une marque aussi visible et ostensible la rendait facile à identifier et à mémoriser. Lisbeth Salander ne voulait pas qu'on la mémorise et l'identifie. Le tatouage avait été enlevé à l'aide d'un laser et, quand elle passait l'index sur le cou, elle pouvait sentir une très légère cicatrice. Une inspection plus poussée révélait que sa peau bronzée était à peine plus claire à l'emplacement du tatouage, mais un rapide coup d'œil ne dévoilait rien du tout. En tout, son séjour à Gênes lui avait coûté l'équivalent de 190 000 couronnes.

Ce qu'elle pouvait s'offrir.

Elle arrêta de rêver devant la glace et mit une culotte et un soutien-gorge. Deux jours après avoir quitté la clinique de Gênes, elle était pour la première fois de ses vingt-cinq années de vie entrée dans une boutique de lingerie et avait acheté l'objet dont jusque-là elle n'avait jamais eu besoin. Depuis, elle avait eu vingt-six ans et elle portait ce sous-vêtement avec une certaine fascination.

Elle enfila un jean et un tee-shirt noir annonçant *Consider this a fair warning*. Elle trouva les sandalettes et son chapeau de paille et hissa un fourre-tout en nylon noir sur son épaule.

En se dirigeant vers la sortie, elle remarqua un petit groupe de clients qui discutaient devant la réception. Elle ralentit le pas et dressa l'oreille.

— *Just how dangerous is she ?* cria une femme noire à l'accent British.

Lisbeth la reconnut comme faisant partie d'un groupe de vacanciers arrivé de Londres dix jours plus tôt.

Freddie McBain, le réceptionniste grisonnant qui accordait invariablement à Lisbeth Salander un gentil sourire, avait l'air embêté. Il expliqua que tous les clients de l'hôtel recevraient des instructions et qu'il n'y avait pas lieu de s'inquiéter si tout le monde suivait à la lettre ces instructions. Sa réponse fut accueillie par un flot de questions.

Lisbeth Salander fronça les sourcils et alla trouver Ella Carmichael derrière le bar.

— C'est quoi tout ça ? demanda-t-elle en montrant l'attroupement devant la réception.

— Mathilda menace de venir nous rendre visite.

— Mathilda ?

— Mathilda est un cyclone qui s'est formé au large du Brésil il y a quinze jours et qui est passé droit à travers Paramaribo ce matin. C'est la capitale du Surinam. On ne sait pas très bien quelle direction elle va prendre – probablement plus au nord vers les Etats-Unis. Mais si elle continue à suivre la côte vers l'ouest, il y a Trinité et la Grenade sur son chemin. Autrement dit, on risque d'avoir du vent.

— Je croyais que la saison des cyclones était finie.

— C'est exact. D'habitude, les avis de cyclone nous tombent dessus en septembre et octobre. Mais désormais le climat est tellement déréglé avec leurs histoires d'effet de serre qu'on ne peut jamais rien prévoir.

— Je vois. Et on prévoit Mathilda pour quand ?

— Bientôt.

— Et je dois m'attendre à quoi ?

— Lisbeth, on ne joue pas avec les cyclones. Nous avons eu un cyclone dans les années 1970 qui a fait d'énormes dégâts ici à la Grenade. J'avais onze ans et j'habitais un village là-haut vers Grand Etang sur la route de Grenville. Jamais je n'oublierai cette nuit-là.

— Hm hm.

— Mais ne t'inquiète pas. Reste à proximité de l'hôtel samedi. Prépare-toi un sac avec ce qui te paraît indispensable – je pense à l'ordinateur sur lequel je te vois faire joujou – et sois prête à l'emporter si on annonce qu'il faut gagner l'abri. C'est tout.

— C'est bon, j'y penserai.

— Tu veux boire quelque chose ?

— Non merci.

Lisbeth Salander partit sans dire au revoir. Ella Carmichael sourit avec résignation. Il lui avait fallu quelques semaines pour s'habituer aux manières de cette fille étrange et elle avait fini par comprendre que Lisbeth Salander n'était pas arrogante – elle venait tout simplement d'une autre planète. Mais elle payait ses consommations sans râler, restait à peu près sobre, s'occupait de ses affaires et ne causait jamais de problèmes.

LES TRANSPORTS EN COMMUN de la Grenade consistaient essentiellement en minibus aux décorations extravagantes qui partaient sans souci d'horaires et autres formalités. Cela dit, ils assuraient des navettes incessantes pendant la journée. Après la tombée de la nuit, par contre, il était pratiquement impossible de se déplacer si on ne disposait pas d'un véhicule personnel.

Lisbeth Salander n'attendit qu'une minute sur la route pour Saint George's avant qu'un des bus s'arrête. Le chauffeur était un rasta et les baffles du bus diffusaient à fond *No Woman, no Cry*. Elle ferma les oreilles, paya son dollar et se faufila dans le bus entre une dame costaude aux cheveux gris et deux garçons en uniforme scolaire.

Saint George's était située sur une baie en U qui formait *the Carenage*. Autour du port se dressaient des collines escarpées avec des immeubles, d'anciens bâtiments coloniaux et une forteresse, Fort Rupert, à l'extrémité du promontoire au bord d'une falaise.

Saint George's était une ville extrêmement compacte et dense avec des rues étroites et de nombreuses ruelles. Les maisons grimpaient sur les collines et il n'y avait presque pas de surfaces horizontales à part un terrain de cricket qui faisait aussi office d'hippodrome en bordure nord de la ville.

Elle descendit du bus au milieu du port et rejoignit à pied MacIntyre's Electronics en haut d'un court raidillon bien crevant. Pratiquement tous les produits en vente à la Grenade étaient importés des Etats-Unis ou d'Angleterre et coûtaient par conséquent deux fois plus cher que partout ailleurs, mais en compensation la boutique offrait la clim.

La batterie supplémentaire qu'elle avait commandée pour son Apple PowerBook G4 titanium avec écran de 17 pouces était enfin arrivée. A Miami, elle s'était procuré un ordinateur de poche Palm sur lequel elle pouvait lire son courrier électronique, facile à transporter dans le fourre-tout plutôt que de traîner le PowerBook, mais qui était un bien piètre substitut de l'écran 17 pouces. La batterie d'origine commençait à fatiguer et ne tenait la charge qu'une demi-heure, ce qui était vraiment la poisse quand elle voulait rester près de la piscine et compte tenu aussi de la fourniture en électricité sur la Grenade, qui laissait un peu à désirer. Pendant les semaines qu'elle y avait passées, elle avait connu deux coupures de courant assez longues. Elle paya avec une carte de crédit établie au nom de Wasp Enterprises, mit la batterie dans son sac et ressortit dans la chaleur de midi.

Elle passa à la Barclays Bank et retira 300 dollars en espèces, puis elle alla au marché acheter une botte de carottes, six mangues et une bouteille d'un litre et demi d'eau minérale. Son fourre-tout s'en trouva tout de suite alourdi et, quand elle fut de retour au port, elle avait faim et soif. Elle envisagea d'abord le Nutmeg, mais le resto semblait pris d'assaut. Elle continua jusqu'au Turtleback plus paisible tout au fond du port, s'installa à la terrasse et commanda une assiette de calamars aux pommes de terre sautées et une bouteille de Carib, la bière locale. Elle ramassa un exemplaire abandonné du *Grenadian Voice* qu'elle parcourut pendant deux minutes. Le seul article d'un quelconque intérêt exagérait l'arrivée possible de Mathilda. Le texte était illustré avec la photo d'une maison écroulée, rappel des dégâts causés par le dernier grand cyclone qui avait ravagé le pays.

Elle replia le journal, but une goulée de Carib directement à la bouteille, se laissa aller en arrière et vit l'homme de la chambre 32 passer du bar à la terrasse. Il portait sa serviette en cuir brun dans une main et un grand verre de Coca-Cola dans l'autre. Ses yeux passèrent sur elle sans la reconnaître, avant qu'il aille s'asseoir du côté diamétralement opposé de la terrasse, puis il fixa son regard sur l'eau devant le restaurant.

Lisbeth Salander haussa un sourcil et examina l'homme qu'elle voyait de profil. Il semblait complètement absent et resta immobile pendant sept minutes. Puis il leva soudain son verre et but trois bonnes gorgées. Il reposa le verre et se remit à fixer l'eau. Un moment plus tard, Lisbeth ouvrit son sac et sortit *Dimensions in Mathematics*.

TOUTE SA VIE, elle avait adoré les puzzles et les énigmes. Quand elle avait neuf ans, sa mère lui avait offert un Rubik's Cube. L'objet avait lancé un défi à son sens de la logique pendant quarante minutes avant qu'elle finisse par en comprendre le fonctionnement. Ensuite, elle n'avait eu aucun mal à le résoudre. Elle ne s'était jamais trompée pour répondre aux questions des tests d'intelligence des quotidiens ; du genre cinq figures aux formes bizarres et il fallait indiquer quelle forme aurait la sixième. La réponse pour elle était toujours évidente.

A l'école primaire, elle avait appris les additions et les soustractions. La multiplication, la division et la géométrie en étaient le prolongement naturel. Elle savait faire mentalement l'addition d'une note au restaurant, établir une facture et calculer la trajectoire d'un obus d'artillerie tiré d'un angle donné à une vitesse donnée. C'étaient des évidences. Avant d'avoir lu l'article dans *Popular Science*, elle n'avait absolument jamais été fascinée par les maths ni même n'avait considéré la table des multiplications comme des maths. La table des multiplications était une chose qu'elle avait mémorisée en un après-midi à l'école, et elle n'arrivait pas à comprendre pourquoi l'instituteur continuait à la rabâcher toute une année.

Brusquement, elle avait deviné la logique implacable qu'il y avait forcément derrière les raisonnements et les formules présentés, ce qui l'avait menée aux rayons de maths des librairies. Mais quand elle avait ouvert *Dimensions in Mathematics*, un monde totalement nouveau s'était présenté à elle. En fait les mathématiques étaient un puzzle logique avec des variations à l'infini – des énigmes qu'on pouvait résoudre. L'intérêt n'était pas de solutionner des exemples de calcul. Cinq fois cinq donnait toujours vingt-cinq. L'intérêt était d'essayer de comprendre la composition des règles qui permettaient de résoudre n'importe quel problème mathématique.

Dimensions in Mathematics n'était pas un manuel strict de mathématiques, mais une version poche d'un pavé de mille deux cents pages sur l'histoire des mathématiques depuis l'Antiquité grecque jusqu'aux tentatives contemporaines pour maîtriser l'astronomie sphérique. Le bouquin était considéré comme une bible, comparable à ce qu'avait un jour signifié l'*Arithmétique* de Diophante, et qu'il signifiait toujours, pour les mathématiciens sérieux. La première fois qu'elle avait ouvert *Dimensions*, c'était sur la terrasse de l'hôtel à Grand Anse Beach et elle s'était soudain retrouvée dans un monde enchanté de chiffres, dans un livre écrit par un auteur bon pédagogue mais qui savait aussi surprendre le lecteur avec des anecdotes et des problèmes déroutants. Elle avait pu suivre l'évolution des mathématiques d'Archimède jusqu'aux très contemporains Jet Propulsion Laboratories en Californie. Elle comprenait leurs méthodes pour résoudre les problèmes.

Elle avait vécu la rencontre avec le théorème de Pythagore ($x^2 + y^2 = z^2$), formulé environ cinq cents ans avant J.-C., comme une sorte de révélation. Brusquement, elle avait compris le sens de ce qu'elle avait mémorisé dès le collège, à un des rares cours auxquels elle avait assisté. *Dans un triangle rectangle, le carré de l'hypoténuse est égal à la somme des carrés des côtés de l'angle droit*. Elle était fascinée par la découverte d'Euclide vers l'an 300 avant J.-C., énonçant qu'un nombre parfait *est toujours un multiple de deux nombres, dont l'un est une puissance de 2 et l'autre le même nombre à la puissance suivante de 2 moins 1.* C'était une amélioration du théorème de Pythagore et elle comprenait l'infinité de combinaisons possibles.

$6 = 2^1 \times (2^2 - 1)$
$28 = 2^2 \times (2^3 - 1)$
$496 = 2^4 \times (2^5 - 1)$
$8\,128 = 2^6 \times (2^7 - 1)$

Elle pouvait poursuivre indéfiniment sans trouver de nombre qui péchait contre la règle. Il y avait là une logique qui plaisait au sens de l'absolu de Lisbeth Salander. Elle avait rapidement et avec un plaisir manifeste assimilé Archimède, Newton, Martin Gardner et une douzaine d'autres mathématiciens classiques.

Ensuite, elle était arrivée au chapitre de Pierre de Fermat dont l'énigme mathématique, le théorème de Fermat, l'avait décontenancée pendant sept semaines. Ce qui fut certes un délai raisonnable en considérant que Fermat avait poussé des mathématiciens à la folie pendant près de quatre siècles avant qu'un Anglais du nom d'Andrew Wiles arrive, aussi tard qu'en 1993, à résoudre son puzzle.

Le théorème de Fermat était un postulat d'une simplicité trompeuse.

Pierre de Fermat était né en 1601 à Beaumont-de-Lomagne dans le Sud-Ouest de la France. Ironie de l'histoire, il n'était même pas mathématicien mais magistrat et se consacrait aux mathématiques comme une sorte de passe-temps bizarre. Pourtant, il était considéré comme un des mathématiciens autodidactes les plus doués de tous les temps. Tout comme Lisbeth Salander, il aimait bien résoudre des puzzles et des énigmes. Ce qui semblait l'amuser par-dessus tout était de se gausser d'autres mathématiciens en construisant des problèmes sans se donner la peine de fournir la solution. Le philosophe René Descartes affubla Fermat d'un tas d'épithètes dégradantes alors que son collègue anglais John Wallis l'appelait "ce fichu Français".

Dans les années 1630 était sortie une traduction française de l'*Arithmétique* de Diophante, qui regroupait la totalité des théories formulées par Pythagore, Euclide et autres mathématiciens de l'Antiquité. C'était en travaillant sur le théorème de Pythagore que Fermat, dans une illumination géniale, avait posé son problème immortel. Il formula une variante du théorème de Pythagore. Au lieu de ($x^2 + y^2 = z^2$), Fermat transforma le carré en cube ($x^3 + y^3 = z^3$).

Le problème était que la nouvelle équation ne semblait pas avoir de solutions avec des nombres entiers. Ainsi, moyennant un petit changement théorique, Fermat avait transformé une formule proposant un nombre infini de solutions parfaites en une impasse qui n'en avait aucune. Son théorème était cela justement – Fermat affirmait que nulle part dans l'univers infini des nombres il n'existait de nombre entier où un cube pouvait s'exprimer comme étant la somme de deux cubes et que ceci était la règle pour tous les nombres qui ont une puissance supérieure à 2, c'est-à-dire justement le théorème de Pythagore.

Les autres mathématiciens eurent vite fait d'être d'accord. Utilisant la méthode d'essais et erreurs, ils purent constater qu'ils ne trouvaient pas de nombre réfutant l'affirmation de Fermat. Le seul problème était que même s'ils faisaient des calculs jusqu'à la fin des temps, ils ne pourraient vérifier tous les nombres existants, et que par conséquent les mathématiciens ne pouvaient pas affirmer que le nombre suivant n'allait pas infirmer le théorème de Fermat. En mathématiques, les affirmations doivent en effet être démontrables mathématiquement et s'exprimer par une formule générale et scientifiquement correcte. Le mathématicien doit pouvoir monter sur un podium et prononcer les mots “il en est ainsi parce que…”.

Fermat, selon son habitude, se moqua de ses collègues. Dans la marge de son exemplaire de l'*Arithmétique*, le génie griffonna des hypothèses et termina avec quelques lignes. *Cuius rei demonstrationem mirabilem sane detexi hanc marginis exiquitas non caperet*. Soit : *J'en ai découvert une démonstration merveilleuse. L'étroitesse de la marge ne la contient pas*.

Si son intention était de pousser ses collègues à la folie, il y réussit parfaitement. Depuis 1637, pratiquement tous les mathématiciens qui se respectent ont consacré du temps, parfois beaucoup de temps, à essayer de démontrer la conjecture de Fermat. Des générations de penseurs s'y sont cassé les dents jusqu'à ce qu'Andrew Wiles fasse la démonstration que tout le monde attendait, en 1993. Cela faisait alors vingt-cinq ans qu'il réfléchissait à l'énigme, et les dix dernières années pratiquement à temps plein.

Lisbeth Salander était sacrément perplexe.

En fait, la réponse ne l'intéressait pas du tout. C'était la recherche de la solution qui la tenait en haleine. Quand quelqu'un lui donnait une énigme à résoudre, elle la résolvait. Avant de comprendre le principe des raisonnements, elle mettait du temps à élucider les mystères mathématiques, mais elle arrivait toujours à la réponse correcte avant d'ouvrir le corrigé.

Elle avait donc sorti un papier et s'était mise à griffonner des chiffres après avoir lu le théorème de Fermat. Et, non sans surprise, elle n'avait pas trouvé la solution de l'énigme.

S'interdisant de regarder le corrigé, elle avait sauté le passage où était présentée la solution d'Andrew Wiles. A la place, elle avait fini la lecture de *Dimensions* et constaté qu'aucun des autres problèmes formulés dans le livre ne lui posait de difficultés particulières. Jour après jour ensuite, elle s'était repenchée sur l'énigme de Fermat avec une irritation croissante en se demandant quelle "démonstration merveilleuse" Fermat avait pu trouver. Sans cesse, elle s'enfonçait dans de nouvelles impasses.

Elle leva les yeux quand soudain l'homme de la chambre 32 quitta sa place pour se diriger vers la sortie. Elle consulta sa montra et constata que l'homme était resté assis sans bouger pendant deux heures et dix minutes. Elle fronça les sourcils et, pensive, le regarda s'éloigner.

ELLA CARMICHAEL POSA LE VERRE sur le comptoir du bar devant Lisbeth Salander en se disant que les drinks roses avec des ombrelles ridicules n'étaient décidément pas le truc de cette fille. Lisbeth Salander commandait toujours la même chose – un rhum-Coca. Un seul soir, Salander avait un peu trop forcé sur les bières et Ella avait dû demander l'aide d'un employé pour la porter dans sa chambre. A part cette unique fois, sa consommation normale se résumait à des *caffè latte*, quelques rhum-Coca et la Carib locale. Comme d'habitude, elle s'installa seule à l'extrémité droite du bar et ouvrit un livre bourré d'étranges formules mathématiques, ce qui aux yeux d'Ella Carmichael était un choix de littérature étrange pour une jeune célibataire de son âge.

Elle constata aussi que Lisbeth Salander ne semblait pas le moins du monde intéressée par la drague. Les quelques rares types ayant tenté le coup avaient été gentiment mais fermement éconduits, et pour l'un d'eux avec perte et fracas. Le dénommé Chris MacAllen, que Lisbeth avait envoyé balader avec rudesse, était cela dit un bon à rien local qui méritait de se ramasser une veste. Ella n'avait pas été trop surprise lorsque le gars avait inexplicablement trébuché et était tombé dans la piscine après avoir essayé de baratiner Lisbeth Salander toute une soirée. A la décharge de MacAllen il fallait dire qu'il n'était pas rancunier. Le lendemain soir, il était revenu, sobre, et avait offert une bière à Salander qu'elle avait acceptée après une petite hésitation. Depuis, ils se saluaient poliment quand ils se croisaient au bar.

— Tout va bien ? demanda Ella.

Lisbeth Salander hocha la tête et prit le verre.

— Du nouveau pour Mathilda ? demanda-t-elle.

— Elle arrive toujours dans notre direction. On pourrait avoir un week-end mouvementé.

— On saura ça quand ?

— En fait, pas avant qu'elle soit passée. Elle peut venir droit sur la Grenade et décider de bifurquer vers le nord au dernier moment. C'est comme ça, les cyclones, ils vont, ils viennent. Le plus souvent, ils passent à côté – heureusement, sinon il n'y aurait plus d'île. Mais ne t'inquiète pas pour autant.

— Je ne m'inquiète pas.

Elles entendirent soudain un rire un peu forcé et tournèrent leurs têtes vers la femme de la chambre 32, apparemment ravie de ce que racontait son mari.

— C'est qui, ça ?

— Le Dr Forbes ? Ce sont des Américains d'Austin, dans le Texas.

Ella Carmichael prononça le mot "Américains" avec un dégoût évident.

— Je sais qu'ils sont américains. Qu'est-ce qu'ils font ici ? Il est médecin ?

— Non, pas ce genre de docteur. Il est ici pour la fondation Santa Maria.

— C'est quoi ?

— Ils financent les études d'enfants doués. Un homme bien, ce docteur. Il est en pourparlers avec le ministère de l'Education pour construire un nouveau collège à Saint George's.

— Un homme bien mais qui bat sa femme, dit Lisbeth Salander.

Ella Carmichael ne répondit pas et leva un œil attentif sur Lisbeth. Puis elle hocha la tête et s'éloigna à l'autre bout du bar pour servir des Carib à quelques clients locaux.

Lisbeth resta au bar une dizaine de minutes, le nez dans *Dimensions.* Avant même son adolescence, elle avait compris qu'elle était dotée d'une mémoire photographique et était par conséquent différente de ses camarades de classe. Elle n'avait jamais révélé cette singularité à personne – sauf à Mikael Blomkvist dans un instant de faiblesse. Elle connaissait déjà par cœur le texte de *Dimensions* et elle continuait à trimballer le livre surtout parce qu'il constituait un lien visuel vers Fermat, comme si le livre était devenu un talisman.

Ce soir, pourtant, elle n'arrivait pas à focaliser ses pensées ni sur Fermat ni sur son théorème. Elle avait sans arrêt en tête l'image du Dr Forbes immobile, le regard fixé sur un point de la baie du Carénage.

Elle n'aurait su expliquer pourquoi cela la mettait mal à l'aise.

Finalement, elle ferma le livre, monta dans sa chambre et démarra son PowerBook. Il ne fallait pas songer à surfer sur le Net. L'hôtel n'avait pas l'ADSL, mais Lisbeth avait un modem interne qu'elle pouvait brancher sur son téléphone portable et qui lui permettait d'envoyer et de recevoir des e-mails. Elle rédigea un bref message destiné à plague_xyz_666@hotmail.com :

> [Pas d'ADSL. Besoin d'infos sur un certain Dr Forbes de la fondation Santa Maria, et sur sa femme, domiciliés à Austin, Texas. 500 dollars à qui me fait la research. Wasp.]

Elle joignit sa clé PGP officielle, crypta le mail à l'aide de la clé PGP de Plague et appuya sur la touche Envoi. Puis elle regarda l'heure et constata qu'il était un peu plus de 19 h 30.

Elle arrêta l'ordinateur, ferma sa porte à clé et parcourut quatre cents mètres sur la plage, coupa la route de Saint George's et alla frapper à la porte de la remise derrière le Coconut. George Bland avait seize ans, il faisait des études à Saint George's. Il voulait devenir médecin ou avocat ou peut-être astronaute, et il était à peu près aussi maigrichon que Lisbeth Salander et pas bien plus grand qu'elle.

Lisbeth avait rencontré George Bland sur la plage la première semaine à la Grenade, le lendemain de son installation à Grand Anse. Elle avait fait une longue promenade sur la plage et s'était assise à l'ombre de quelques palmiers pour regarder des enfants qui jouaient au foot au bord de l'eau. Elle avait ouvert *Dimensions* et elle était plongée dans sa lecture quand il était venu s'asseoir quelques mètres seulement devant elle, apparemment sans remarquer sa présence. Elle l'avait observé en silence. Un jeune Black en sandales, pantalon noir et chemise blanche.

Comme elle, il avait ouvert un livre et s'était plongé dans la lecture. Comme elle, il étudiait un livre de mathématiques – *Basics 4*. Apparemment concentré sur le sujet, il commença à griffonner sur les pages d'un cahier. Ce n'est qu'au bout de cinq minutes, quand elle toussota, qu'il remarqua sa présence, et il sursauta, effrayé. Il s'excusa de l'avoir dérangée, ramassa son sac et son livre, et il s'apprêtait à quitter l'endroit quand elle lui demanda s'il trouvait les maths difficiles.

Algèbre. En quelques secondes, elle avait souligné une erreur fondamentale dans son opération. Une demi-heure plus tard, ils avaient terminé ses devoirs. Une heure plus tard, ils avaient parcouru le chapitre suivant et elle lui avait expliqué avec pédagogie les ficelles des opérations. Il l'avait contemplée avec vénération. Deux heures plus tard, il avait révélé que sa mère habitait au Canada, à Toronto, que son père habitait à Grenville de l'autre côté de l'île et que lui-même vivait dans une remise derrière le Coconut, plus haut sur la plage. Il était le dernier de la famille, avec trois sœurs plus âgées.

Lisbeth Salander trouva sa compagnie étonnamment relaxante. La situation était inhabituelle. Elle entamait rarement, pour ne pas dire jamais, la conversation avec d'autres personnes pour un simple bavardage. Il ne s'agissait pas de timidité. Pour elle, une conversation avait une fonction pratique : où est-ce que je peux trouver une pharmacie ou c'est combien, la chambre ? La fonction d'une conversation relevait aussi du boulot. Quand elle avait travaillé comme enquêteuse pour Dragan Armanskij à Milton Security, elle n'avait eu aucun problème pour mener des conversations délirantes afin d'obtenir des données.

En revanche, elle détestait les conversations personnelles qui débouchaient toujours sur une fouille en règle de ce qu'elle estimait relever du domaine privé. *Tu as quel âge ? – Devine. – Tu la trouves bien, Britney Spears ? – C'est qui, ça ? – Tu aimes les dessins de Carl Larsson ? – Jamais réfléchi à la question. – Est-ce que tu es lesbienne ? – Va te faire !*

George Bland était gauche tout en étant sûr de lui, mais il était poli et il essaya de mener une conversation intelligente sans entrer en compétition avec elle et sans fouiller dans sa vie privée. Tout comme elle, il paraissait seul. Il semblait simplement accepter le fait qu'une déesse des mathématiques soit descendue sur la plage de Grand Anse et il paraissait satisfait qu'elle veuille bien lui tenir compagnie. Après plusieurs heures sur la plage, alors que le soleil approchait de l'horizon, ils se levèrent pour partir. Il la raccompagna à son hôtel, en chemin il montra la bicoque qui lui servait de chambre d'étudiant et demanda s'il pouvait lui offrir le thé. Elle accepta, ce qui parut le surprendre.

Son habitation était des plus simples : une remise contenant une table en mauvais état, deux chaises, un lit et une armoire pour les vêtements et le linge. Pour seul éclairage, une petite lampe de bureau branchée sur un câble venant du Coconut. La cuisinière était un réchaud de camping. Il lui proposa du riz aux légumes qu'il servit sur des assiettes de camping en plastique. Il lui offrit également de fumer la substance locale illicite, ce qu'elle accepta.

Lisbeth n'avait aucun mal à noter que sa présence le troublait et qu'il ne savait pas vraiment comment se comporter. Sur un coup de tête, elle décida de le laisser la séduire. Cela prit la tournure d'un processus pénible et compliqué. Il avait compris ses signaux mais n'avait pas la moindre idée de la conduite à tenir. Il tourna autour du pot avec une frustration évidente jusqu'à ce qu'elle perde patience, le renverse sur le lit avec détermination et retire son débardeur.

C'était la première fois qu'elle se montrait nue devant quelqu'un depuis l'opération. Quand elle avait quitté la clinique avec ses nouveaux seins, la sensation qu'elle ressentait relevait de la panique, et il lui avait fallu un bon moment avant de réaliser que personne ne la regardait. La Lisbeth Salander qui d'habitude se fichait éperdument de ce que les autres pensaient d'elle n'en menait pas large ce jour-là.

Consciente que tôt ou tard il lui faudrait se jeter à l'eau, elle avait accueilli George Bland comme un début parfait, même s'il était d'une timidité alarmante. Après avoir réussi à lui enlever son soutien-gorge (non sans une certaine dose d'encouragement), il avait éteint la lampe près du lit avant de se déshabiller. Lisbeth avait rallumé. Elle avait attentivement surveillé ses réactions quand il la touchait avec maladresse. Bien plus tard seulement dans la soirée, elle s'était détendue et avait constaté qu'il considérait ses seins comme tout à fait naturels. Cela dit, il n'avait peut-être pas vu beaucoup de seins de femme.

Elle n'avait eu aucune intention de se trouver un amant adolescent à la Grenade. Ça s'était passé sur une impulsion et, quand elle le quitta tard dans la nuit, elle n'envisageait pas de le revoir. Dès le lendemain, pourtant, elle l'avait croisé de nouveau sur la plage et avait réalisé que ce jeune novice était une compagnie agréable. Durant les sept semaines qu'elle avait passées à la Grenade, George Bland était devenu un élément peut-être pas stable, mais néanmoins un élément dans son existence. Elle constata que lorsqu'ils se promenaient ensemble, ils devaient avoir l'air de deux ados. *Sweet sixteen.*

Il trouvait probablement que la vie était devenue plus intéressante. Il avait rencontré une femme qui lui donnait des leçons de maths et d'érotisme.

Il ouvrit la porte et lui adressa un sourire ravi.

— Tu veux de la compagnie ? demanda-t-elle.

LISBETH SALANDER QUITTA un George Bland béat de satisfaction peu après 2 heures du matin. Elle-même ressentait une sensation de chaleur dans le corps, et elle suivit la plage plutôt que la route pour revenir au *Keys Hotel.* Elle marchait seule dans le noir, sachant très bien que George Bland allait la suivre à une centaine de mètres derrière.

Il le faisait tout le temps. Elle n'était jamais restée dormir chez lui. George avait vigoureusement protesté contre l'idée même qu'une femme se promène toute seule dans la nuit pour rentrer à son hôtel. Il insistait en disant que son devoir était de la raccompagner à son hôtel. Surtout que l'heure était souvent tardive. Lisbeth Salander avait attentivement écouté ses arguments avant de couper court à la discussion avec un simple non. *Je vais où je veux quand je veux*. End of discussion. *Et non, je ne tiens pas à être escortée.* La première fois qu'elle s'était rendu compte qu'il la suivait, elle avait été terriblement irritée, puis elle avait compris que cela faisait partie du caractère de George Bland. A présent elle trouvait un certain charme à ses instincts de protection et faisait comme si elle ignorait sa présence derrière elle et qu'il ne retournerait chez lui qu'après l'avoir vue entrer dans l'hôtel.

Elle se demandait ce qu'il ferait si elle était soudain agressée.

Pour sa part, elle avait l'intention de se servir du marteau qu'elle avait acheté à la quincaillerie de MacIntyre et qu'elle gardait dans la poche extérieure de son fourre-tout. Selon Lisbeth Salander, il existait peu de situations de menace auxquelles l'usage d'un bon vieux marteau ne mettrait pas un terme.

Malgré un croissant de lune très brillant, le ciel étincelait d'étoiles. Elle leva les yeux et identifia Régulus de la constellation du Lion. Elle était presque arrivée à l'hôtel quand elle s'arrêta net. Elle venait d'apercevoir une silhouette sur la plage, au bord de l'eau, tout près de l'hôtel. C'était la première fois qu'elle voyait quelqu'un sur la plage après la tombée de la nuit. Une centaine de mètres les séparaient mais Lisbeth put aisément identifier l'individu.

C'était l'honorable Dr Forbes, chambre 32.

Elle s'écarta rapidement de quelques pas et se tapit à la lisière des arbres. Quand elle se retourna pour vérifier, elle constata que George Bland lui aussi s'était planqué. L'homme au bord de l'eau faisait lentement des allers-retours. Il fumait une cigarette. Régulièrement il s'arrêtait et se penchait en avant comme pour examiner le sable. Cette pantomime se poursuivit pendant vingt minutes, puis soudain il fit demi-tour et remonta vers l'entrée de l'hôtel côté plage, où il s'engouffra.

Lisbeth attendit une minute, les sourcils froncés, avant de rejoindre l'endroit où l'homme de la chambre 32 avait marché. Elle décrivit lentement un demi-cercle et observa le sol. Tout ce qu'elle vit était du sable, quelques cailloux et des coquillages. Au bout de deux minutes, elle interrompit son inspection, perplexe, et remonta vers l'hôtel.

Elle sortit sur le balcon de sa chambre, se pencha par-dessus la rambarde et regarda sur le balcon de ses voisins. Tout était calme et tranquille. La dispute de la soirée était apparemment terminée. Un moment plus tard, elle alla chercher son sac, sortit du papier et se roula un joint avec la provision dont George Bland l'avait pourvue. Elle s'assit sur une chaise de balcon et contempla l'eau sombre de la mer des Caraïbes en fumant et en réfléchissant.

Et brusquement elle eut l'impression d'abriter en elle un système d'alerte dont les lampes rouges clignotaient.

2

VENDREDI 17 DÉCEMBRE

NILS ERIK BJURMAN, avocat, cinquante-cinq ans, posa sa tasse de café et contempla la foule qui passait devant le café Hedon sur la place de Stureplan. Ses yeux suivaient le flot des passants sans observer personne en particulier.

Il pensait à Lisbeth Salander. Il pensait souvent à Lisbeth Salander.

Penser à elle lui mettait le sang en ébullition.

Il la haïssait avec une intensité maximum dans son registre émotionnel.

Lisbeth Salander l'avait écrasé. Jamais il n'oublierait cet instant. Elle s'était emparée des commandes et l'avait humilié. Elle l'avait maltraité de telle façon que des traces indélébiles subsistaient sur son corps. Plus précisément, cela occupait vingt centimètres carrés sur son ventre juste au-dessus de ses organes sexuels. Elle l'avait enchaîné à son propre lit, l'avait torturé et avait tatoué un message sur le sens duquel personne ne pouvait se méprendre et qu'il serait très difficile d'effacer :

JE SUIS UN
PORC SADIQUE,
UN SALAUD
ET UN
VIOLEUR.

Que le contenu du message fût parfaitement véridique n'entrait pas en ligne de compte. La haine de Bjurman n'était pas rationnelle.

Lisbeth Salander avait été déclarée juridiquement irresponsable par le tribunal d'instance de Stockholm. Bjurman avait été désigné pour être son tuteur, ce qui la mettait en état de dépendance totale par rapport à lui. La toute première fois qu'il avait rencontré Lisbeth Salander, il avait commencé à fantasmer sur elle. Il ne se l'expliquait pas, mais elle invitait à ce genre de comportement. Il avait profité de sa position pour la violer.

D'UN POINT DE VUE PUREMENT INTELLECTUEL, maître Nils Bjurman savait que l'acte qu'il avait commis n'était socialement ni acceptable ni permis. Il savait qu'il avait mal agi. Il savait aussi que, juridiquement, ses agissements étaient indéfendables et passibles de plusieurs années de prison.

D'un point de vue émotionnel, tout ce savoir intellectuel ne pesait pas lourd. Il ne pouvait que reconnaître la gravité de ses actes et accepter que ce ne soit pas une excuse pour autant. Dès l'instant où il avait rencontré Lisbeth Salander en décembre deux ans auparavant, il avait su qu'elle était son jouet. Les lois, les règles, la morale et la responsabilité n'entraient absolument pas en ligne de compte.

Cette fille était étrange – adulte, mais d'une allure telle qu'on pouvait la prendre pour une mineure. Il avait le contrôle sur sa vie – il pouvait disposer de Lisbeth Salander. C'était impeccable.

Elle était déclarée majeur incapable et sa biographie sous forme de dossiers médicaux la transformait en un être dénué de crédibilité, si jamais l'idée lui venait de protester. Il ne s'agissait pas non plus de viol sur une enfant candide – son dossier établissait qu'elle avait eu un tas d'expériences sexuelles et qu'on pouvait même la considérer comme étant de mœurs dissolues. Le rapport d'un assistant social signalait qu'à l'âge de dix-sept ans, Lisbeth Salander offrait probablement des services sexuels moyennant paiement. A l'origine de ce rapport, la note d'une patrouille de police ayant observé un pervers notoire en compagnie d'une jeune fille sur un banc dans le parc de Tantolunden. La voiture de police s'était arrêtée et les agents avaient contrôlé le couple ; la fille avait refusé de répondre à leurs questions et le type était trop ivre pour donner une explication sensée de ce qu'ils étaient en train de traficoter.

Pour maître Bjurman, la conclusion s'imposait : Lisbeth était une pute de bas étage. Elle était en son pouvoir. Il n'y avait aucun risque. Même si elle protestait auprès de la commission des Tutelles, il pourrait s'appuyer sur sa propre crédibilité et ses mérites pour l'expédier comme menteuse éhontée.

Elle était le jouet idéal – adulte, débauchée, socialement incompétente et livrée à son bon vouloir.

C'était la première fois qu'il avait tiré profit d'un de ses clients. Auparavant, jamais il n'avait envisagé de profiter de quelqu'un avec qui il entretenait une relation professionnelle. Pour trouver un exutoire à ses exigences particulières en matière de jeux sexuels, il s'était toujours tourné vers des prostituées. Il avait été discret et prudent et il n'avait jamais regardé à la dépense ; le seul problème était que les prostituées ne le satisfaisaient pas. Elles jouaient la comédie, elles faisaient semblant. Il rémunérait une fille qui gémissait, criait et jouait un rôle, mais c'était tout aussi faux que la désastreuse imitation d'un tableau de maître.

Il avait essayé de dominer sa femme à l'époque où il était marié, mais en était ressorti tout aussi insatisfait. Elle était consentante, mais là aussi, c'était de la comédie.

Lisbeth Salander était la personne rêvée. Elle était sans défense. Elle n'avait pas de famille, pas d'amis. Elle avait été une véritable victime, totalement vulnérable. L'occasion fait le larron.

Et puis, brusquement, elle l'avait écrasé.

Elle avait riposté avec une force et une résolution que jamais il n'aurait soupçonnées. Elle l'avait humilié. Elle l'avait torturé. Elle l'avait pratiquement anéanti.

Durant les bientôt deux années écoulées, la vie de Nils Bjurman avait connu un changement radical. Les premiers temps, après la visite nocturne de Lisbeth Salander dans son appartement, il était resté paralysé – incapable de penser et d'agir. Il s'était enfermé chez lui, n'avait pas répondu au téléphone et n'avait pas eu la force de maintenir le contact avec ses clients habituels. Au bout de deux semaines, il s'était mis en arrêt maladie. Sa secrétaire s'occupait du courrier en cours au bureau, elle décommandait des rendez-vous et essayait de répondre aux questions de clients irrités.

Tous les jours, il lui avait fallu contempler son corps dans le miroir de la porte de la salle de bains. Pour finir, il avait enlevé le miroir.

Il n'était retourné à son bureau qu'au début de l'été. Il avait fait un tri de ses clients et en avait confié la plus grande partie à ses confrères. Les seuls clients qu'il conserva étaient quelques sociétés pour lesquelles il assurait une certaine correspondance juridique mais n'avait pas besoin de s'engager. Sa seule cliente active restante était Lisbeth Salander – chaque mois il préparait un bilan financier et un rapport à la commission des Tutelles. Il faisait exactement ce qu'elle avait demandé – les rapports étaient de pures inventions qui établissaient qu'elle n'avait nullement besoin d'un tuteur.

Chaque rapport lui rappelait douloureusement l'existence de Lisbeth Salander, mais il n'avait pas le choix.

BJURMAN AVAIT PASSÉ L'ÉTÉ ET L'AUTOMNE dans une rumination l'empêchant totalement d'agir. En décembre, il s'était finalement ressaisi et avait acheté un billet d'avion pour la France. Il avait pris rendez-vous dans une clinique du côté de Marseille trouvée sur Internet, et il y avait consulté un chirurgien pour envisager les moyens d'enlever le tatouage.

Le médecin, stupéfait, avait examiné son ventre mutilé. Pour finir, il avait proposé un traitement. La méthode la plus simple était des séances de laser, mais le tatouage était tellement étendu et l'aiguille avait été plantée si profond qu'il craignait que la seule méthode réaliste soit une série de transplantations de peau. C'était coûteux et ça prendrait du temps.

Au cours des deux années écoulées, il n'avait rencontré Lisbeth Salander qu'une seule fois.

La nuit où elle l'avait attaqué et avait pris les commandes de sa vie, elle s'était également emparée des doubles des clés de son bureau et de son appartement. Elle avait dit qu'elle entendait le surveiller et venir lui rendre visite quand il s'y attendrait le moins. Dix mois plus tard, il avait presque commencé à croire qu'il s'agissait d'une menace en l'air, mais il n'avait pas osé changer de serrure. Sa menace était explicite – si jamais elle le trouvait avec une femme dans son lit, elle rendrait public l'enregistrement de quatre-vingt-dix minutes qui le montrait la violant de la manière la plus brutale. Et puis, une nuit vers la mi-janvier l'année précédente, il s'était soudain réveillé à 3 heures. Il ne savait pas ce qui l'avait réveillé, et il alluma sa lampe de chevet et faillit hurler de terreur quand il la vit plantée là au pied de son lit. Elle était comme un fantôme matérialisé dans sa chambre. Son visage était pâle et inexpressif. A la main, elle tenait sa maudite matraque électrique. Elle l'avait contemplé en silence pendant plusieurs minutes.

— Bonjour maître Bjurman, finit-elle par dire. Désolée de t'avoir réveillé cette fois-ci.

Seigneur, ça signifie donc qu'elle est déjà venue, alors ? Et moi je dormais.

Il n'arrivait pas à déterminer si elle bluffait ou pas. Nils Bjurman s'éclaircit la gorge et ouvrit la bouche. Elle l'interrompit d'un geste.

— Je t'ai réveillé pour une seule raison. Je vais bientôt partir en voyage pour un bon bout de temps. Tu vas continuer à écrire tes rapports mensuels sur mon bien-être, mais au lieu de poster une copie à mon adresse, tu l'enverras désormais à une adresse hotmail.

Elle sortit un papier plié en deux de sa poche et le lâcha sur le bord du lit.

— Si la commission des Tutelles voulait entrer en contact avec moi ou autre chose qui exige ma présence, tu écriras un mail à cette adresse. Compris ?

Il fit oui de la tête.

— Je comprends...

— La ferme. Je ne veux pas entendre ta voix.

Il serra les dents. Jamais il n'avait osé prendre contact avec elle puisqu'elle l'avait expressément interdit. S'il la contactait, elle enverrait la vidéo aux autorités. Au lieu de cela, il avait cogité pendant des mois à ce qu'il lui dirait lorsqu'elle le contacterait. Il avait compris qu'il n'avait aucun argument pour excuser ce qu'il lui avait fait. Il ne pouvait qu'en appeler à sa générosité. Si seulement elle lui laissait l'occasion de parler, il pourrait la persuader qu'il avait agi dans un état d'égarement passager – qu'il regrettait et voulait se racheter. Il était prêt à ramper dans la poussière pour l'amadouer et désactiver la menace qu'elle représentait.

— Il faut que je parle, essaya-t-il d'une voix minable. Je voudrais te demander pardon…

Elle accueillit sa demande surprenante avec des yeux inquisiteurs. Finalement elle se pencha par-dessus le montant inférieur du lit et lui décocha un regard mauvais.

— Ecoute-moi, gros dégueulasse : tu es une pourriture. Je ne te pardonnerai jamais. Mais si tu te comportes correctement, je te laisserai filer le jour où ma tutelle sera révoquée.

Elle attendit jusqu'à ce qu'il baisse les yeux. *Elle m'oblige à ramper.*

— Ce que je t'ai dit il y a un an est toujours en vigueur. Si tu déconnes, je rends publique la vidéo. Si tu prends contact avec moi autrement que comme je l'ai décidé, je rends publique la vidéo. Si je devais mourir dans un accident, la vidéo serait rendue publique. Si tu me touches encore, je te tue.

Il la crut. Il n'y avait aucun espace pour le doute ni pour les négociations.

— Autre chose. Le jour où je te laisserai partir, tu feras ce que tu voudras. Mais jusque-là, tu ne mettras pas un pied dans cette clinique de chirurgie esthétique à Marseille. Si tu y retournes et commences un traitement, je te tatouerai à nouveau. Mais cette fois ça sera sur le front.

Putain de merde. Comment est-ce qu'elle a su pour Marseille ?!

L'instant d'après, elle avait disparu. Il entendit un petit clic quand elle tourna la clé de la porte d'entrée. C'était vraiment comme s'il avait reçu la visite d'un fantôme.

Dès lors, il s'était mis à haïr Lisbeth Salander avec une intensité qui flamboyait dans son esprit tel de l'acier rougi et qui transformait son existence en une soif insensée de l'écraser. Il fantasmait sur sa mort. Il imaginait qu'il la forçait à ramper pour implorer sa grâce. Il serait impitoyable. Il rêvait de poser ses mains autour de son cou et de serrer jusqu'à ce qu'elle étouffe. Il voulait lui arracher les yeux des orbites et son cœur de la cage thoracique. Il voulait l'effacer de la surface de la terre.

Paradoxalement, ce fut aussi à cet instant qu'il sentit qu'il se remettait à fonctionner et qu'il retrouvait un étrange équilibre mental. Il savait qu'il était obsédé par Lisbeth Salander, qu'il focalisait sur son existence chaque minute qu'il était éveillé. Mais il découvrit qu'il avait de nouveau commencé à penser de façon rationnelle. Pour réussir à l'écraser, il devait reprendre les commandes de son intellect. Sa vie eut de nouveau un but.

Ce jour-là, il cessa de fantasmer sur sa mort et commença à la planifier.

MIKAEL BLOMKVIST PASSA à moins de deux mètres derrière maître Nils Bjurman quand, au café Hedon, il slaloma avec deux verres brûlants de *caffè latte* pour rejoindre la table d'Erika Berger, la directrice de *Millénium*. Ni lui ni Erika n'avaient jamais entendu parler de maître Nils Bjurman et ils ne le remarquèrent pas.

Erika fronça le nez et déplaça un cendrier pour faire de la place pour les verres. Mikael suspendit sa veste sur le dos de la chaise, tira le cendrier de son côté de la table et alluma une cigarette. Erika détestait la fumée de cigarette et le regarda d'un œil peiné. Il souffla la fumée sur le côté, comme pour s'excuser.

— Je croyais que tu t'étais arrêté.

— Rechute temporaire.

— Je vais arrêter de coucher avec les hommes qui sentent la fumée, dit-elle avec un sourire adorable.

— *No problem*. Il y a plein de filles qui ne sont pas aussi regardantes, dit Mikael en lui rendant son sourire.

Erika Berger leva les yeux au ciel.

— C'est quoi, le problème ? J'ai rendez-vous avec Charlie dans vingt minutes. On va au théâtre.

Charlie, c'était Charlotta Rosenberg, la plus ancienne copine d'enfance d'Erika.

— Notre stagiaire me provoque. C'est la fille d'une de tes copines. Ça fait deux semaines qu'elle est chez nous et elle doit rester à la rédaction huit de plus. Je ne vais pas tarder à lui défoncer le crâne.

— Oui, j'ai remarqué qu'elle te dévore des yeux. J'attends évidemment de toi que tu te comportes en gentleman.

— Erika, cette fille a dix-sept ans, son âge mental est d'environ dix ans, alors je suis généreux.

— Elle est simplement impressionnée de te rencontrer. Sans doute un peu d'idolâtrie.

— Elle a sonné hier soir à 22 h 30 en bas de chez moi, elle me proposait de partager une bouteille.

— Houps ! fit Erika Berger.

— Houps toi-même, fit Mikael. Ricky, cette nana n'a que du vent entre les oreilles. Elle fera une bimbo parfaite dans une sitcom à la télé. Elle est canon, belle poitrine, joli petit cul et tutti quanti. Si j'avais vingt ans de moins, je n'hésiterais probablement pas une seconde à la draguer. Mais enfin – elle a dix-sept ans. J'en ai quarante-cinq.

— Pas la peine que tu me le rappelles. On a le même âge, dit Erika Berger.

Mikael Blomkvist se laissa aller en arrière et fit tomber la cendre.

MIKAEL BLOMKVIST AVAIT ÉVIDEMMENT REMARQUÉ que l'affaire Wennerström lui avait donné un statut étrange de superstar. Au cours de l'année, il avait reçu des invitations à des fêtes et des événements envoyées d'endroits les plus invraisemblables et par de vagues connaissances chez qui il n'était jamais allé auparavant et avec lesquelles il n'avait jamais eu le moindre contact.

Ceux qui l'invitaient le faisaient bien sûr parce qu'ils avaient très envie de l'intégrer à leur cercle ; d'où les bises de bienvenue de la part de gens dont il avait à peine serré la main autrefois mais qui voulaient paraître ses amis intimes. Il ne s'agissait pas tant de collègues dans les médias – il les connaissait déjà et entretenait soit de bonnes soit de mauvaises relations avec eux – mais de ce qu'on appelle des personnalités du monde culturel, acteurs, polémistes plus ou moins connus et semi-vedettes. C'était prestigieux d'avoir Mikael Blomkvist comme invité à une réception pour la sortie d'un livre ou une soirée privée. D'où cette avalanche d'invitations et de demandes de participation à tel ou tel événement. C'était devenu une sorte d'habitude de répondre par un "J'aurais adoré, mais désolé, je suis déjà pris".

Parmi les revers de la condition de vedette, Mikael avait aussi découvert que les rumeurs allaient bon train. Une connaissance avait appelé, pleine d'inquiétude pour sa santé ; sa question découlait directement d'une rumeur soutenant qu'il était entré dans une clinique pour une cure de désintoxication. En réalité, l'abus de drogue de Mikael se résumait, depuis ses années d'adolescent, à quelques rares joints et au fait d'avoir à une occasion très particulière quinze ans auparavant essayé la cocaïne avec une Hollandaise chanteuse dans un groupe de rock. Sa consommation d'alcool était plus développée mais se limitait toujours à quelques cas isolés de cuites carabinées lors d'un dîner ou d'une fête. Dans les bars, il consommait rarement autre chose qu'une bonne bière de marque mais il buvait tout aussi volontiers un demi ordinaire. Chez lui, il avait quelques bouteilles de vodka ou de whisky reçues en cadeau, qu'il ouvrait si rarement que c'en était comique.

Que Mikael fût célibataire avec de nombreuses relations et histoires d'amour occasionnelles n'était un secret pour personne, dans le cercle de ses amis comme en dehors, mais cela développait d'autres rumeurs. Sa liaison bien connue avec Erika Berger avait fait l'objet de nombreuses spéculations au fil des ans. Dernièrement, les potins avaient été complétés par des affirmations qu'il passait d'un lit à un autre, qu'il draguait sans discernement et qu'il se servait de sa notoriété pour baiser dans sa totalité la clientèle féminine des bars de Stockholm. Un journaliste qu'il connaissait à peine lui avait même demandé une fois s'il avait consulté pour son addiction au sexe, cela parce qu'un acteur américain célèbre venait d'entrer en clinique pour ce problème. Mikael avait répondu qu'il n'était pas un acteur américain célèbre et qu'il ne ressentait aucun besoin d'aide dans ce domaine.

Mikael avait eu de nombreuses relations épisodiques, certes, voire s'était empêtré dans plusieurs liaisons en même temps. Il hésitait quant à l'explication à donner à cela. Il savait qu'il n'était pas mal physiquement, mais ne s'était jamais considéré comme hyper-séduisant. En revanche, il avait fini par comprendre qu'il avait apparemment quelque chose qui intéressait les femmes. Erika Berger lui avait expliqué qu'il rayonnait en même temps d'assurance et de sécurité, et qu'il avait un don pour qu'avec lui les femmes se sentent décontractées et sans obligations. Aller au lit avec lui n'était ni menaçant, ni épuisant, ni compliqué – c'était sans exigences et érotiquement agréable. Donc, selon Mikael, comme ce devrait être.

Contrairement à ce que s'imaginaient la plupart de ses amis, Mikael n'avait jamais été un dragueur. Dans le meilleur des cas, il signalait qu'il était là, et consentant, mais il laissait toujours l'initiative à la femme. La relation sexuelle venait comme une suite logique de la relation tout court. Les femmes avec qui il couchait étaient rarement des coups d'une nuit anonymes – et quand ç'avait été le cas, l'exercice s'était avéré plutôt insatisfaisant. Les meilleures relations de Mikael étaient avec des personnes qu'il avait appris à connaître dans un contexte ou un autre et qu'il avait bien aimées. Ce n'était donc pas par hasard qu'il avait entamé une liaison avec Erika Berger vingt ans auparavant – ils étaient amis et attirés l'un par l'autre.

Sa célébrité récente avait cependant augmenté l'intérêt que lui portaient les femmes, d'une façon qu'il trouvait bizarre et incompréhensible. Ce qui le surprenait le plus était que des femmes extrêmement jeunes pouvaient lui faire des avances impulsives dans les situations les plus inattendues.

La fascination de Mikael se tournait cependant vers un tout autre type de femmes que des nanas mineures enthousiastes, malgré leurs jupes très mini et leurs corps bien proportionnés. Quand il était plus jeune, ses partenaires avaient souvent été plus âgées que lui, et une ou deux fois considérablement plus âgées et plus expérimentées. En prenant de l'âge, il avait élargi son spectre, mais sa liaison avec Lisbeth Salander un an auparavant – elle avait alors vingt-cinq ans – représentait définitivement une baisse très nette de la moyenne d'âge de ses partenaires habituelles.

Ce qui était la raison de ce rendez-vous précipité avec Erika.

Histoire de rendre service à une amie d'Erika, *Millénium* avait pris une stagiaire d'un lycée professionnel de communication. En soi, cela n'avait rien d'inhabituel ; ils avaient chaque année plusieurs stagiaires. La fille en question avait dix-sept ans. Mikael s'était montré poli avec elle et avait constaté assez rapidement que l'intérêt de cette fille pour le journalisme était assez vague, à part qu'elle voulait "être vue à la télé" et, pensait Mikael, qu'elle pourrait utiliser le prestige d'avoir fait un stage à *Millénium*.

Il s'était très vite rendu compte qu'elle ne ratait pas une occasion de se pencher vers lui pour mettre sa poitrine en valeur. Il avait fait semblant de ne pas comprendre ses avances ostensibles, ce qui avait pour seul résultat qu'elle redoublait d'efforts. Ça devenait pénible.

Erika Berger éclata de rire.

— Ma parole, tu es victime de harcèlement sexuel au boulot.

— Ricky, c'est vraiment pénible. Je ne veux surtout pas la blesser ou la gêner. Mais elle est à peu près aussi subtile qu'une jument en chaleur. Je me demande à quoi ressemblera sa prochaine avance.

— Mikael, elle n'a que dix-sept ans, elle est bourrée d'hormones et tu l'impressionnes probablement énormément. Elle est amoureuse de toi et elle est simplement trop jeune pour savoir comment s'exprimer.

— Désolé. Tu te trompes. Elle sait vachement bien comment s'exprimer. Il y a quelque chose de pervers dans sa façon d'agir, et elle commence à s'énerver parce que je ne mords pas à l'hameçon. En plus, j'ignore totalement ce qu'elle peut raconter à ses copines. Je me passerais bien d'une nouvelle vague de rumeurs qui ferait de moi un vieux libidineux en rut traquant la chair fraîche.

— Bon, d'accord, je comprends ton problème. Elle est donc venue sonner à ton interphone hier soir.

— Avec une bouteille de vin. Soi-disant qu'elle revenait d'une fête chez un "pote" du quartier, et elle a essayé de m'expliquer que c'était "un hasard super-chouette" qu'elle soit passée près de chez moi.

— Qu'est-ce que tu lui as dit ?

— Je ne l'ai pas laissée entrer. J'ai menti, j'ai dit que ça tombait mal, que j'avais la visite d'une dame.

— Et comment elle a pris ça ?

— Ça l'a fait chier mais elle est partie.

— Qu'est-ce que tu veux que je fasse ?

— Débrouille-toi pour m'en débarrasser. Lundi, j'ai l'intention de la coincer entre quatre yeux. Soit elle arrête son cirque, soit je la vire de la rédaction.

Erika Berger réfléchit.

— Non, fit-elle. Ne dis rien. Je vais lui parler.
— Je n'ai pas le choix.
— Elle cherche un ami, pas un amant.
— Je ne sais pas ce qu'elle cherche mais…
— Mikael. J'ai été à sa place. Je te dis que je vais lui parler.

A L'INSTAR DE TOUS CEUX qui avaient regardé la télé ou lu un tabloïd au cours de l'année, Nils Bjurman avait entendu parler de Mikael Blomkvist. Par contre, il ne le reconnut pas et même s'il l'avait fait, il n'aurait pas réagi. Il ignorait totalement qu'un lien existait entre la rédaction de *Millénium* et Lisbeth Salander.

Et même s'il avait eu connaissance d'un tel lien, rien ne dit qu'il aurait réagi – il était trop plongé dans ses propres pensées pour remarquer l'entourage.

Lorsque sa paralysie intellectuelle avait enfin lâché prise un an plus tôt, il avait lentement commencé à analyser sa situation personnelle et s'était mis à réfléchir à une manière de s'y prendre pour anéantir Lisbeth Salander.

Le problème tournait autour d'une seule et même pierre d'achoppement.

Lisbeth Salander disposait de la vidéo de quatre-vingt-dix minutes qu'elle avait tournée avec une caméra cachée et qui le montrait la violant. Il avait vu la vidéo. Ce film ne laissait aucune place aux interprétations bienveillantes. Si jamais cette cassette arrivait aux mains d'un procureur – ou, pire encore, si elle tombait entre les pattes des médias –, c'en était fini de sa vie, de sa carrière et de sa liberté. Connaissant les peines encourues pour viol aggravé, abus de personne en situation de dépendance, coups et blessures et coups et blessures aggravés, il avait estimé qu'il risquait six ans de prison. Un procureur zélé pourrait même utiliser une séquence du film pour formuler une tentative de meurtre.

Il l'avait presque étouffée pendant le viol en appuyant un oreiller sur son visage. Il regrettait de ne pas avoir été jusqu'au bout – se débarrasser de son corps lui aurait causé moins de problèmes que de l'avoir laissée vivre.

Ils ne comprendraient pas qu'elle jouait tout le temps un jeu. Elle l'avait provoqué, elle avait joué de ses adorables yeux d'enfant et l'avait séduit avec son corps qui aurait pu être celui d'une gamine de douze ans. Elle l'avait laissé la violer. C'était sa faute à elle. Ils ne comprendraient jamais qu'en réalité elle avait mis en scène une représentation théâtrale. Elle avait planifié…

Quelle que soit sa façon d'agir, la condition sine qua non était qu'il se procure personnellement la vidéo et qu'il s'assure qu'il n'en existait pas de copies. *Voilà le noyau du problème.*

Selon toute vraisemblance, une garce comme Lisbeth Salander avait eu le temps de se faire beaucoup d'ennemis au fil des ans. Maître Bjurman disposait cependant d'un net avantage. Contrairement à tous ceux que pour une raison ou une autre elle avait exaspérés, il avait un accès illimité à tous ses dossiers médicaux, aux enquêtes sociales et aux avis des psychiatres. Il était une des rares personnes en Suède à connaître ses secrets les plus intimes.

Le dossier que la commission des Tutelles lui avait transmis quand il avait accepté la mission d'être son tuteur était bref et sommaire – un peu plus de quinze pages qui donnaient principalement une image de sa vie adulte, un résumé du diagnostic fourni par les experts en psychiatrie assermentés, la décision de placement sous tutelle du tribunal d'instance et la vérification de son état financier de l'année passée.

Il avait lu et relu le dossier. Puis il avait systématiquement commencé à rassembler des informations sur le passé de Lisbeth Salander.

En tant qu'avocat, il était parfaitement au courant de la marche à suivre pour récolter des informations dans les registres officiels des autorités. Sa qualité de tuteur de Lisbeth Salander lui permettait de pénétrer le secret qui entourait ses dossiers. Il était un des rares à pouvoir obtenir n'importe quel papier la concernant.

Pourtant il lui avait fallu des mois pour reconstituer sa vie, détail après détail, depuis les toutes premières notes de l'école primaire jusqu'aux enquêtes de police et aux procès-verbaux du tribunal d'instance. Il avait personnellement pris contact avec le Dr Jesper H. Löderman et discuté de son état avec lui. Löderman était le psychiatre qui avait recommandé son internement quand elle avait eu dix-huit ans. Tous étaient très serviables. Une femme à la commission sociale l'avait même complimenté pour son dévouement apporté à la compréhension de tous les aspects de la vie de Lisbeth Salander.

La véritable mine d'or d'informations fut quand même la trouvaille de deux carnets reliés dans un carton qui moisissait chez un fonctionnaire à la commission des Tutelles. Les notes étaient rédigées par le prédécesseur de Bjurman, maître Holger Palmgren, qui apparemment avait mieux que quiconque connu Lisbeth Salander. Palmgren avait consciencieusement fourni un court rapport annuel à la commission, mais Bjurman supposait que Lisbeth Salander ignorait que Palmgren avait si minutieusement noté chacun de leurs rendez-vous et ses propres réflexions sous forme de journal intime. Il s'agissait bien entendu d'un matériau de travail privé mais lorsque Palmgren avait eu son attaque deux ans auparavant, les carnets avaient abouti à la commission des Tutelles où personne ne s'était donné la peine de les ouvrir et de les lire.

C'étaient les originaux. Il n'en existait pas de copie.

Impeccable.

Palmgren donnait une tout autre image de Lisbeth Salander que ce qu'on pouvait déduire des enquêtes des services sociaux. Bjurman avait pu suivre le parcours difficile d'une adolescente récalcitrante devenant une jeune femme adulte employée chez Milton Security – un travail qu'elle avait obtenu grâce aux contacts de Palmgren. De plus en plus surpris, Bjurman avait réalisé que Lisbeth Salander n'était nullement une grouillotte affectée à la photocopieuse et à la machine à café – au contraire, elle avait un travail qualifié qui consistait à mener des enquêtes sur la personne pour le compte du PDG de Milton, Dragan Armanskij. Il en ressortait nettement qu'Armanskij et Palmgren se connaissaient et échangeaient de temps en temps des informations sur leur protégée.

NILS BJURMAN MÉMORISA le nom de Dragan Armanskij. De tous ceux qui figuraient dans la vie de Lisbeth Salander, seules deux personnes apparaissaient comme ses amis et semblaient la considérer comme leur protégée. Palmgren avait disparu de la scène. Armanskij était le seul qui pouvait encore constituer une menace potentielle. Bjurman aurait pu le contacter et se renseigner sur Salander en sa qualité de tuteur qui se faisait du souci pour elle, mais il décida de rester à l'écart d'Armanskij et d'éviter absolument de le rencontrer.

Les carnets lui avaient ainsi fourni pas mal d'explications. Bjurman avait soudain compris pourquoi Lisbeth Salander avait pu en savoir autant sur lui. Il n'arrivait toujours pas à comprendre comment elle avait eu connaissance de sa visite extrêmement discrète à la clinique de chirurgie esthétique en France, mais une grande partie du mystère l'entourant se dissipait. C'était son *métier* de fouiller la vie privée des gens. Immédiatement, il fit plus attention à ses propres mouvements. Vu que Lisbeth Salander avait accès à son appartement, mieux valait ne pas y conserver des documents la concernant. Il rassembla toute la documentation et la transporta dans un carton à sa maison de campagne de Stallarholmen, où il passait de plus en plus de son temps à ruminer seul dans son coin.

Plus il en apprenait sur Lisbeth Salander, plus il était persuadé que cette fille était une malade mentale. Il frissonna en pensant qu'elle l'avait attaché avec des menottes à son propre lit. Il s'était retrouvé totalement livré à son bon vouloir, et la conviction grandit en Bjurman qu'elle mettrait sans hésitation à exécution sa menace de le tuer s'il la provoquait.

Elle manquait de limites sociales. *C'était une malade psychopathe, une foldingue dangereuse. Une grenade dégoupillée. Une pute.*

LE JOURNAL DE HOLGER PALMGREN l'avait également mis sur la piste de la dernière clé. A plusieurs reprises, Palmgren écrivait des notes particulièrement personnelles sur les conversations qu'il avait eues avec Lisbeth Salander. *Carrément gâteux, le vieux schnock.* A deux reprises, il mentionnait l'expression "quand Tout Le Mal est arrivé". Palmgren empruntait manifestement l'expression directement à Lisbeth Salander mais rien n'indiquait ce qu'elle signifiait.

Bjurman nota avec perplexité les mots "Tout Le Mal" et essaya de les interpréter. Les années en famille d'accueil ?

Un abus en particulier ? Il trouverait bien quelque explication dans la vaste documentation dont il disposait déjà.

Il ouvrit le rapport de l'examen de psychiatrie légale sur Lisbeth Salander, qui avait été fait à ses dix-huit ans, et le lut attentivement pour la cinquième ou sixième fois. Et là, il comprit qu'il avait une lacune dans sa connaissance de Lisbeth Salander.

Il disposait d'extraits de dossiers du collège, d'un certificat qui établissait que la mère de Lisbeth Salander était incapable de s'occuper d'elle, des rapports de différentes familles d'accueil au cours de son adolescence, puis de l'examen psychiatrique à dix-huit ans.

Quelque chose avait déclenché la folie vers ses douze ans.

Il y avait aussi d'autres trous dans sa biographie.

Sidéré, il découvrit tout d'abord que Lisbeth Salander avait une sœur jumelle à laquelle il n'était fait aucune référence dans les documents à sa disposition. *Mon Dieu, elles sont deux !* Mais il ne trouvait aucune mention de ce qu'était devenue sa sœur.

Le père était inconnu, et manquait aussi la raison pour laquelle sa mère ne pouvait plus s'occuper d'elle. Jusque-là, Bjurman avait supposé qu'elle était tombée malade et que c'était cela qui avait déclenché tout ce processus de séjours dans des services pédopsychiatriques. Désormais, il était convaincu que quelque chose était arrivé à Lisbeth Salander quand elle avait douze-treize ans. *Tout Le Mal.* Une sorte de traumatisme. Mais toujours rien pour préciser.

Dans l'examen de psychiatrie légale, il finit par trouver une référence à une annexe manquante – un renvoi vers une enquête de police datée du 12-03-1991. Le numéro de référence était noté à la main dans la marge de la copie qu'il avait trouvée dans le cagibi des Affaires sociales. Quand il essaya de la commander pour lecture, il tomba sur un os. L'enquête était sous le sceau du secret-défense. Il pouvait formuler une demande auprès du gouvernement.

Nils Bjurman était perplexe. Qu'un rapport de police concernant une fille de douze ans soit frappé du secret n'avait en soi rien d'étrange – c'était normal pour des raisons d'intégrité. Mais il était le tuteur de Lisbeth Salander et il avait le droit de demander n'importe quel document portant son nom. Il n'arrivait pas à comprendre pourquoi une enquête était estampillée si secrète qu'il soit obligé de demander l'autorisation auprès du gouvernement pour y avoir accès.

Automatiquement, il fit une demande. Il fallut deux mois pour la voir aboutir. A son immense stupéfaction, sa demande était rejetée. Il n'arrivait pas à comprendre ce qu'il pouvait y avoir de si dramatique dans une enquête de police vieille de bientôt quinze ans concernant une fille de douze ans, dramatique au point de la classer sûreté nationale, comme s'il s'agissait des clés des archives secrètes du gouvernement.

Il retourna au journal intime de Holger Palmgren et le reprit ligne par ligne en essayant de comprendre ce que voulait dire "Tout Le Mal". Mais le texte n'offrait aucune piste. Quoi que ce soit, c'était manifestement un sujet qui avait été débattu entre Holger Palmgren et Lisbeth Salander mais qui n'avait jamais été mis noir sur blanc. Les notes sur Tout Le Mal venaient vers la fin du long journal. Palmgren n'avait peut-être tout simplement pas eu le temps de remettre au propre ses notes avant d'être frappé par son hémorragie cérébrale.

Du coup, les pensées de maître Bjurman partirent sur de nouvelles voies. Holger Palmgren avait été l'administrateur *ad hoc* de Lisbeth Salander depuis ses treize ans, et son tuteur à partir de son anniversaire de dix-huit ans. Autrement dit, Holger Palmgren avait été présent peu après que Tout Le Mal était arrivé et quand Salander avait été internée en pédopsychiatrie. Tout portait donc à croire que Palmgren savait ce qui s'était passé.

Bjurman retourna aux archives de la commission des Tutelles. Cette fois-ci il ne demanda pas à voir les documents concernant Lisbeth Salander mais le descriptif de la mission de Palmgren, telle qu'établie par la commission des Affaires sociales. Il obtint des documents au premier coup d'œil plutôt décevants. Deux pages d'informations brèves. La mère de Lisbeth Salander n'était plus en état de s'occuper de ses filles. Du fait de circonstances particulières, les filles devaient être séparées. Camilla Salander était placée dans une famille d'accueil par les soins des services sociaux. Lisbeth Salander était placée à la clinique pédopsychiatrique de Sankt Stefan. Aucune alternative n'était discutée.

Pourquoi ? Seulement une formule énigmatique. *Se basant sur les événements du 12-03-91, la commission des Affaires sociales a pris la décision de...* Ensuite, de nouveau une référence au numéro de dossier dans la mystérieuse enquête de police frappée du sceau du secret. Mais cette fois-ci un autre détail – le nom du policier qui avait mené l'enquête.

Maître Nils Bjurman regarda le nom avec stupéfaction. C'était un nom qu'il connaissait. Très bien, même.

Voilà qui modifiait radicalement les choses.

Il lui fallut deux mois de plus par un tout autre biais pour mettre la main sur l'enquête – une enquête de police de quarante-sept pages dans une chemise A4, ainsi que des mises à jour sous forme de notes représentant un peu plus de soixante pages qui avaient été ajoutées sur une période de six ans.

Tout d'abord il ne comprit pas le contexte.

Ensuite il trouva les photos prises par le médecin légiste et contrôla de nouveau le nom.

Mon Dieu... mais c'est pas possible !

Il comprit tout à coup pourquoi l'affaire était classée secret-défense. Maître Nils Bjurman venait de toucher le jackpot.

Lorsque plus tard il relut attentivement l'enquête mot par mot, il réalisa qu'il existait une autre personne au monde qui avait une raison de haïr Lisbeth Salander avec la même intensité que lui.

Bjurman n'était pas seul.

Il avait un allié. L'allié le plus improbable qu'il puisse imaginer.

Il commença lentement à ourdir un plan.

IL FUT TIRÉ DE SES RÉFLEXIONS par l'ombre qui tomba sur sa table au café Hedon. Il leva les yeux et vit un homme blond, un géant, se dirait-il plus tard. Pendant un dixième de seconde, Nils Erik Bjurman recula avant de retrouver ses esprits, et il haussa un sourcil interrogateur.

L'homme qui le regardait d'en haut mesurait plus de deux mètres et il était solidement bâti. Même exceptionnellement solidement bâti. Un *bodybuilder* sans aucun doute. Bjurman ne vit pas le moindre soupçon de graisse ou de muscles relâchés. L'impression générale était celle d'une puissance effrayante.

L'homme était blond, cheveux coupés ras sur les tempes et en courte frange sur le front. Son visage était ovale, étrangement efféminé, presque enfantin. Il avait des yeux bleu glace qui étaient tout sauf efféminés. Il portait un court blouson de cuir noir, une chemise bleue, une cravate noire et un pantalon noir. Ce que maître Bjurman enregistra ensuite fut ses mains. Incontestablement l'homme était grand, mais ses mains étaient énormes.

— Maître Bjurman ?

L'homme parlait avec un accent étranger très prononcé, mais la voix était si bizarrement claire que Bjurman faillit esquisser un sourire. Il hocha la tête.

— On a reçu ta lettre.

— Qui êtes-vous ? Je devais rencontrer…

L'homme aux mains énormes ignora la question, interrompit Bjurman et s'installa en face de lui.

— C'est moi que tu rencontres. Raconte ce que tu attends de nous.

Maître Nils Erik Bjurman hésita une seconde. Il détestait l'idée de se livrer à un étranger. Mais c'était nécessaire. Il se souvint qu'il n'était pas le seul à haïr Lisbeth Salander. Il s'agissait de trouver des alliés. A voix basse il commença à exposer sa requête.

3

VENDREDI 17 DÉCEMBRE – SAMEDI 18 DÉCEMBRE

LISBETH SALANDER SE RÉVEILLA à 7 heures, prit une douche et descendit voir Freddy McBain à la réception. Elle demanda s'il y avait un *beach buggy* disponible qu'elle pourrait louer pour la journée. Dix minutes plus tard, elle avait payé la caution, ajusté le siège et le rétroviseur, vérifié le démarrage et contrôlé le plein. Elle passa au bar commander un *caffè latte* et un sandwich au fromage pour son petit-déjeuner, et une bouteille d'eau minérale à emporter. Tout au long du petit-déjeuner, elle griffonna des chiffres sur une serviette et réfléchit au ($x^3 + y^3 = z^3$) de Pierre de Fermat.

Peu après 8 heures, le Dr Forbes descendit au bar. Il était rasé de près et vêtu d'un costume sombre, d'une chemise blanche avec une cravate bleue. Il commanda des œufs, des toasts, du jus d'orange et du café noir. A 8 h 30 il se leva et alla rejoindre le taxi qui attendait.

Lisbeth le suivit à distance raisonnable. Forbes quitta le taxi en bas de Seascape tout au début du Carénage et se promena au bord de l'eau. Elle le dépassa, se gara au milieu de la promenade du port et attendit patiemment qu'il passe avant de le suivre à pied.

A 13 heures, Lisbeth Salander était en nage et elle avait les pieds en compote. Quatre heures durant, elle avait marché, remontant et redescendant les rues de Saint George's. L'allure avait été assez tranquille mais sans pause, et les nombreuses montées commençaient à mettre ses muscles à rude épreuve. L'énergie de l'homme la stupéfiait. Elle but les dernières gorgées d'eau minérale de sa bouteille et elle commençait à envisager d'abandonner l'affaire lorsqu'il se dirigea soudain vers le Turtleback. Elle lui donna dix minutes d'avance avant d'entrer à son tour dans le restaurant et de s'asseoir sur la terrasse. Ils occupèrent exactement les mêmes places que la veille et, comme la veille, il but un Coca en fixant l'eau du port.

Forbes était une des très rares personnes à la Grenade à porter une cravate et une veste. Elle était étonnée de voir que la chaleur semblait le laisser indifférent.

A 15 heures, il dérangea le fil des pensées de Lisbeth en payant soudain son addition, puis il quitta le restaurant. Il longea le Carénage et arrêta l'un des minibus pour Grand Anse. Lisbeth se gara devant le *Keys Hotel* cinq minutes avant que le bus arrive et qu'il en descende. Elle monta à sa chambre, se fit couler un bain froid et se plongea dans la baignoire. Elle avait mal aux pieds. Son front se garnit de plis profonds.

Les exercices de la journée avaient été éloquents. Le Dr Forbes quittait chaque matin l'hôtel rasé de près et correctement vêtu, équipé de son porte-documents. Il avait passé la journée à ne faire absolument rien d'autre que tuer le temps. Quoi qu'il fasse à la Grenade, il ne se consacrait pas aux projets de la construction d'une nouvelle école mais, pour une raison ou une autre, il voulait faire croire qu'il se trouvait sur l'île pour affaires.

Pourquoi ce cinéma ?

La seule personne à qui il pouvait raisonnablement avoir une raison de cacher quelque chose de cet ordre était son épouse, et dans ce cas il devait l'amener à croire qu'il était terriblement occupé dans la journée. Mais pourquoi ? Les affaires avaient-elles échoué et était-il trop fier pour le reconnaître ? Sa visite à la Grenade avait-elle un tout autre but ? Attendait-il quelque chose ou quelqu'un ?

EN VÉRIFIANT SON COURRIER ÉLECTRONIQUE, Lisbeth Salander trouva quatre messages qui l'attendaient. Le premier était de Plague et il avait répondu une heure après avoir reçu le mail de Lisbeth. Le message était crypté et contenait une question laconique : “T'es encore vivante ?” Plague n'avait jamais été du genre à écrire de longs mails chargés d'émotions. Cela dit, ce n'était pas non plus le genre de Lisbeth.

Les deux mails suivants avaient tous deux été envoyés vers 2 heures. L'un contenait des informations cryptées de la part de Plague, disant qu'une connaissance du Net, qui signait Bilbo et qui habitait au Texas justement, avait mordu à sa demande. Plague joignait l'adresse de Bilbo et sa clé PGP. Quelques minutes plus tard, le dénommé Bilbo lui avait mis un mail à partir d'une adresse sur hotmail. Le message était bref et signalait que Bilbo pensait être en mesure de fournir des données sur le Dr Forbes dans les vingt-quatre heures.

Le quatrième mail, signé Bilbo encore, avait été envoyé tard dans l'après-midi. Il contenait le numéro crypté d'un compte bancaire et une adresse ftp. Lisbeth tapa l'adresse et y trouva un fichier ZIP de 390 Ko qu'elle téléchargea sur son ordinateur. Le dossier contenait quatre photos en basse définition et cinq documents Word.

Les quatre photos étaient sous format jpg. Deux étaient des portraits du Dr Forbes, une autre avait été prise à la première d'une pièce de théâtre et montrait Forbes en compagnie de son épouse. La quatrième photo montrait Forbes en chaire dans une église.

Le premier document comportait onze pages de texte, c'était le rapport de Bilbo. Le deuxième document contenait quatre-vingt-quatre pages de textes téléchargées sur Internet. Les deux documents suivants étaient des scans de coupures du journal local *Austin-American Statesman*, et le dernier document un aperçu de la congrégation du Dr Forbes, Presbyterian Church of Austin South.

A part le fait que Lisbeth Salander connaissait par cœur le Lévitique – l'année précédente, elle avait été amenée à s'intéresser aux châtiments bibliques –, ses connaissances en histoire des religions étaient modestes. Elle avait une vague notion de la différence entre les religions juive, presbytérienne et catholique, sachant que l'église juive s'appelait une synagogue. Un court instant elle eut peur d'être obligée d'assimiler les détails théologiques, puis elle se dit qu'elle se foutait éperdument de savoir à quelle sorte de congrégation Forbes appartenait.

Le Dr Richard Forbes, aussi connu comme révérend Richard Forbes selon la coupure jointe, avait quarante-deux ans. La présentation sur le site Internet de Church of Austin South montrait que l'Eglise avait sept employés, dont le révérend. Duncan Clegg en tête de liste, ce qui laissait entendre qu'il était la figure théologique emblématique. Une photo montrait un homme vigoureux avec des cheveux gris abondants et une barbe grise soignée.

Richard Forbes figurait à la troisième place en tant que responsable des questions d'éducation. A son nom était associé Holy Water Foundation entre parenthèses.

Lisbeth lut l'introduction du message de l'Eglise.

> Par la prière et les actions de grâce, nous voulons servir le peuple d'Austin South en lui proposant la stabilité, la théologie et l'idéologie pleine d'espoir que défend l'Eglise presbytérienne d'Amérique. En tant que serviteurs du Christ, nous offrons un refuge aux personnes en détresse et une promesse de rédemption par la prière et la bénédiction baptiste. Réjouissons-nous de l'amour de Dieu. Notre devoir est d'abattre les murs entre les hommes et d'écarter les barrières qui nuisent à la compréhension du message d'amour de Dieu.

Directement au-dessous venait le numéro de compte en banque de l'Eglise, et une exhortation à manifester concrètement son amour de Dieu.

La biographie fournie par Bilbo était aussi courte que parfaite. Lisbeth put y lire que Richard Forbes était né à Cedar's Bluff dans le Nevada. Il avait travaillé comme agriculteur, homme d'affaires, gardien d'école, correspondant local d'un journal du Nouveau-Mexique et manager d'un groupe de rock chrétien avant de rejoindre Church of Austin South à l'âge de trente et un ans. Il avait une formation de comptable et avait aussi fait des études d'archéologie. Bilbo n'avait cependant trouvé aucun réel diplôme de docteur.

Dans la congrégation, Forbes avait rencontré Geraldine Knight, fille unique du propriétaire de ranch William F. Knight, lui aussi membre fondateur d'Austin South. Richard et Geraldine s'étaient mariés en 1997, à la suite de quoi la carrière de Richard Forbes au sein de la congrégation avait décollé. Il était devenu chef de la fondation Santa Maria, dont la mission était “d'investir l'argent de Dieu dans des projets d'éducation parmi les nécessiteux”.

Forbes avait été arrêté à deux reprises. A vingt-cinq ans, en 1987, il avait été inculpé comme auteur de blessures corporelles graves lors d'un accident de voiture. Il fut acquitté au procès. Pour autant que Lisbeth pouvait en juger à la lecture des coupures, il était effectivement innocent. En 1995, il avait été assigné en justice pour avoir détourné de l'argent au détriment du groupe de rock dont il était le manager. Cette fois-ci aussi, il fut acquitté.

A Austin, il était devenu une figure familière, membre de la commission de l'Education de la ville. Il était inscrit au parti démocrate, participait assidûment aux fêtes de bienfaisance et récoltait de l'argent pour payer les frais d'éducation aux enfants issus de familles pauvres. Church of Austin South concentrait une grande partie de son activité sur des familles hispanophones.

En 2001, des accusations avaient été lancées contre Forbes concernant des irrégularités dans les comptes de la fondation Santa Maria. Un article de journal insinuait que Forbes avait investi dans des fonds de placement une somme d'argent plus importante que ce que stipulaient les statuts. Les accusations furent rejetées par la congrégation et le pasteur Clegg soutint nettement Forbes dans le débat qui s'ensuivit. Aucune action en justice ne fut intentée, et la vérification des comptes ne laissa rien à redire.

Lisbeth consacra un intérêt pensif au compte rendu sur les comptes personnels de Forbes. Il jouissait d'un revenu annuel de 60 000 dollars, ce qu'il fallait considérer comme un salaire conséquent, mais il n'avait aucun bien personnel. La personne dans la famille qui répondait de la stabilité économique était Geraldine Forbes. En 2002, son père, le propriétaire de ranch William Knight, était décédé. La fille était seule héritière d'une fortune de plus de 40 millions de dollars. Le couple n'avait pas d'enfants.

Richard Forbes dépendait donc du bon vouloir de son épouse. Lisbeth fronça les sourcils. Ce n'était pas une bonne position de départ pour battre sa femme.

Lisbeth se connecta et envoya un message laconique crypté à Bilbo pour le remercier du rapport. Elle transféra aussi 500 dollars au numéro de compte indiqué par Bilbo.

Elle sortit sur le balcon et s'appuya contre la rambarde. Le soleil se couchait. Elle remarqua soudain qu'un vent croissant secouait les feuillages des palmiers du côté du mur devant la plage. La Grenade se trouvait en bordure de Mathilda. Lisbeth suivit le conseil d'Ella Carmichael et mit dans son fourre-tout en nylon l'ordinateur, *Dimensions in Mathematics*, quelques affaires personnelles et des vêtements de rechange, et le posa à côté du lit. Ensuite elle descendit au bar et commanda un plat de poisson avec une bouteille de Carib.

Le seul événement digne d'intérêt qu'elle nota était que Forbes posait avidement des questions sur les tribulations de Mathilda à Ella Carmichael au bar. Il ne semblait pas inquiet. Il s'était changé, avait mis des chaussures de sport, un polo clair et un bermuda, et il portait une croix suspendue à une chaîne autour du cou, et il était terriblement séduisant.

LISBETH SALANDER ÉTAIT ÉPUISÉE après avoir trotté sans but dans Saint George's toute la journée. Elle fit une courte promenade après le dîner, mais le vent soufflait fort et la température avait baissé notablement. Elle préféra monter dans sa chambre et se mit au lit dès 21 heures. Elle écouta le bruit du vent devant la fenêtre. Elle avait pensé lire un moment mais s'endormit presque immédiatement.

Un grand vacarme la réveilla en sursaut. Elle jeta un regard sur sa montre. 23 h 15. Elle sortit péniblement du lit, ouvrit la porte du balcon et fit involontairement un pas en arrière, surprise par les bourrasques de vent qui s'abattirent sur elle. Elle prit appui contre le chambranle, fit un pas prudent sur le balcon et regarda autour d'elle.

Quelques lampes suspendues autour de la piscine, secouées par le vent, créaient un jeu d'ombres saisissant dans la cour. Elle vit plusieurs clients de l'hôtel alignés devant l'ouverture pratiquée dans le mur et qui regardaient la plage. D'autres se tenaient à proximité du bar. Au nord, elle pouvait voir les lumières de Saint George's. Le ciel était couvert mais il ne pleuvait pas. Compte tenu de l'obscurité, elle n'arrivait pas à voir la mer mais le bruissement des vagues était bien plus fort que d'habitude. Il ne faisait pas froid mais, pour la première fois depuis son arrivée aux Petites Antilles, elle frissonna soudain.

Elle se tenait là sur le balcon, quand quelqu'un frappa avec insistance sur sa porte. Elle s'enveloppa d'un drap et alla ouvrir. Freddy McBain avait l'air soucieux.

— Excuse-moi de te déranger, mais la tempête semble en route.

— Mathilda.

— Mathilda, confirma McBain. Elle a sévi du côté de Tobago en fin d'après-midi et on parle de gros dégâts.

Lisbeth visualisa la carte des Antilles, Trinité-et-Tobago se situait à environ deux cents kilomètres au sud-est de la Grenade. Elle fit de tête quelques calculs : un cyclone tropical pouvait sans problème s'étendre sur un rayon de cent kilomètres et déplacer son œil avec une vitesse de 30 à 40 kilomètres à l'heure. Ce qui signifiait que Mathilda pouvait en ce moment être sur le point de frapper à la porte de la Grenade. Tout dépendait de la direction qu'elle prenait.

— Il n'y a pas de danger imminent, poursuivit McBain. Mais on ne va pas prendre de risques. Je voudrais que tu mettes tes objets de valeur dans un sac et descendes à la réception. L'hôtel offre du café et des sandwiches.

Lisbeth suivit son conseil. Elle se passa la tête sous le robinet pour se réveiller, enfila un jean, des chaussures et une chemise de flanelle, et jeta le fourre-tout sur son épaule. Juste avant de quitter la chambre, elle alla ouvrir la porte de la salle de bains et alluma la lumière. Pas de lézard vert en vue, il était déjà allé se fourrer dans un trou quelque part. *Pas con, la bestiole.*

Au bar, elle se dirigea tranquillement vers sa place habituelle et regarda Ella Carmichael donner l'ordre à son personnel de remplir des thermos de boissons chaudes. Un moment plus tard, elle vint rejoindre Lisbeth dans son coin.

— Salut. On dirait que tu te réveilles.

— Je m'étais endormie. Qu'est-ce qui va se passer, maintenant ?

— On attend. C'est la tempête au large et on a reçu un avis de cyclone de Trinité. Si ça empire et si Mathilda vient vers nous, on descend dans la cave. Tu pourrais nous donner un coup de main ?

— Qu'est-ce que tu veux que je fasse ?

— On a cent soixante couvertures dans la réception qu'il faut porter à la cave. Plus un tas de trucs à mettre à l'abri.

Pendant l'heure qui suivit, Lisbeth aida à trimballer des couvertures dans la cave et à ramasser des pots de fleurs, des tables, des chaises longues et autres objets qui se trouvaient autour de la piscine. Satisfaite, Ella lui donna ensuite son congé en la remerciant, et Lisbeth se dirigea vers l'ouverture dans le mur donnant sur la plage puis fit quelques pas dans l'obscurité. La mer tonnait dangereusement et des rafales de vent la fouettèrent avec tant de force qu'elle fut obligée de s'arc-bouter pour tenir sur ses pieds. Les palmiers le long du mur battaient la mesure.

Elle retourna au bar, commanda un *caffè latte* et s'installa au comptoir. C'était peu après minuit. Une nette atmosphère d'inquiétude régnait parmi les clients et le personnel. Aux tables, des conversations se poursuivaient à voix basse entre des personnes qui lorgnaient régulièrement le ciel. En tout, il y avait au *Keys Hotel* trente-deux clients et une dizaine de membres du personnel. Lisbeth remarqua soudain Geraldine Forbes à une table tout au fond du côté de la réception. Son visage était tendu et elle tenait un drink à la main. Son mari n'était pas dans les parages.

LISBETH BUVAIT SON CAFÉ et venait de commencer à méditer sur le théorème de Fermat lorsque Freddy McBain sortit du bureau et se planta au milieu du hall d'entrée.

— Puis-je avoir votre attention, s'il vous plaît ? Je viens juste d'avoir la confirmation qu'une forte tempête de type ouragan a frappé Petit Martinique. Je vais maintenant vous demander de descendre dans la cave.

Freddy McBain coupa court à toutes les tentatives de questions et de conversations, et dirigea ses clients vers l'escalier de la cave derrière la réception. Petit Martinique était un îlot de l'archipel des Grenadines à quelques miles nautiques au nord de l'île principale. Lisbeth regarda discrètement Ella Carmichael et tendit l'oreille quand elle s'approcha de Freddy McBain.

— Ça tourne mal, mais à quel point ? demanda Ella.

— Je ne sais pas. Le téléphone ne marche plus, répondit McBain à voix basse.

Lisbeth descendit à la cave et posa son sac sur une couverture dans un coin. Elle réfléchit un moment puis remonta à contre-courant vers la réception. Elle intercepta Ella Carmichael et lui demanda si elle pouvait se rendre utile à quelque chose. Ella secoua la tête, l'air concentrée.

— On verra ce qui va se passer. Mathilda est une garce.

Lisbeth remarqua un groupe de cinq adultes et une dizaine d'enfants qui s'engouffraient par la porte d'entrée. Freddy McBain les réceptionna et les dirigea vers l'escalier de la cave.

Une soudaine inquiétude vint frapper Lisbeth.

— Je suppose que tout le monde plonge dans sa cave à l'heure qu'il est, dit-elle d'une voix sourde.

Ella Carmichael regarda la famille devant l'escalier.

— Malheureusement notre cave est l'une des rares le long de Grand Anse. On en verra sans doute d'autres venir chercher abri ici.

Lisbeth regarda attentivement Ella.

— Et les autres, qu'est-ce qu'ils font ?

— Ceux qui n'ont pas de cave ? Elle rit avec amertume. Ils se terrent dans leurs maisons ou s'abritent comme ils peuvent. Ils s'en remettent à Dieu.

Lisbeth tourna les talons, traversa en courant le hall d'entrée et sortit par la porte.

George Bland.

Elle entendit Ella l'appeler mais ne s'arrêta pas pour expliquer.

Il habite une foutue bicoque qui va s'écrouler au premier coup de vent.

Dès qu'elle fut sur la route de Saint George's, le vent la happa et la fit tanguer. Elle accéléra le pas avec obstination. Elle avait le vent contre elle et des rafales puissantes la faisaient chanceler. Il lui fallut presque dix minutes pour faire les quatre cents mètres qui la séparaient de la maison de George Bland. Elle n'avait pas vu un chat pendant tout le trajet.

LA PLUIE VINT SOUDAIN DE NULLE PART, comme une douche glaciale lancée par un tuyau d'arrosage, au moment où Lisbeth bifurquait vers la remise de George Bland et vit la lueur de sa lampe à pétrole par une fente entre les planches. Elle fut trempée jusqu'aux os en une seconde et la visibilité se limita à quelques mètres. Elle tambourina sur la porte. George Bland ouvrit et écarquilla les yeux.

— Qu'est-ce que tu fais ici ? hurla-t-il pour couvrir le vent.

— Amène-toi. Il faut que tu viennes à l'hôtel. Il y a une cave.

George Bland paraissait surpris. Le vent claqua soudain la porte et il fallut plusieurs secondes avant qu'il arrive à la rouvrir. Lisbeth l'attrapa par son tee-shirt et le tira dehors. Elle essuya l'eau qui lui dégoulinait sur le visage, prit sa main et commença à courir. Il la suivit.

Ils choisirent le chemin de la plage, de cent mètres plus court que la route qui faisait une boucle dans les terres. Quand ils furent à mi-chemin, Lisbeth réalisa que c'était probablement une erreur. Sur la plage, ils n'avaient aucune protection. Le vent et la pluie s'abattaient si fort sur eux que plusieurs fois ils furent obligés de s'arrêter. Du sable et des branches volaient dans l'air. Le vacarme était terrifiant. Au bout de ce qui parut une éternité, Lisbeth vit enfin le mur de l'hôtel se concrétiser et elle hâta le pas. Au moment même où ils se trouvaient devant la porte, promesse de sécurité, elle jeta un coup d'œil par-dessus son épaule du côté de la plage. Elle s'arrêta net.

A TRAVERS UNE RAFALE, elle vit soudain deux silhouettes claires cinquante mètres plus loin sur la plage. George Bland la tira par le bras pour lui faire passer le portail. Elle repoussa sa main et s'appuya sur le mur en essayant de mieux voir. Une seconde, elle perdit de vue les silhouettes dans la pluie, puis un éclair illumina le ciel.

Elle savait déjà que c'étaient Richard et Geraldine Forbes. Ils se trouvaient à peu près à l'endroit où elle avait observé les allées et venues de Richard Forbes la veille au soir.

Quand l'éclair suivant éclata, elle vit que Richard Forbes semblait traîner sa femme et qu'elle résistait.

Soudain les morceaux du puzzle tombèrent à leur place. La dépendance économique. Les accusations d'irrégularités financières à Austin. Son errance inquiète et sa rumination immobile au Turtleback.

Il a l'intention de l'assassiner. 40 millions dans la mise. L'ouragan sera son camouflage. C'est l'occasion ou jamais.

Lisbeth Salander poussa George Bland par le portail, regarda autour d'elle et trouva la chaise bancale sur laquelle s'asseyait le gardien de nuit et qu'on avait oublié de ranger avant la tempête. Elle saisit la chaise, la fracassa de toutes ses forces contre le mur et s'arma d'un pied de chaise. Sidéré, George Bland cria derrière elle alors qu'elle fonçait sur la plage.

Les rafales manquaient chaque fois de la renverser mais elle serra les dents et avança pas à pas. Elle était presque à hauteur du couple Forbes quand un éclair illumina la plage. Elle vit Geraldine Forbes à genoux au bord de l'eau et Richard Forbes penché sur elle, le bras levé pour frapper. Il brandissait quelque chose qui ressemblait à un tuyau métallique. Elle vit son bras décrire un arc vers la tête de sa femme. Celle-ci arrêta de gigoter.

Richard Forbes ne vit jamais Lisbeth Salander.

Il sentit seulement une douleur fulgurante quand elle abattit le pied de chaise sur sa nuque. Il s'écroula à plat ventre.

Lisbeth Salander se pencha et agrippa Geraldine Forbes. Alors que la pluie les cinglait, elle retourna le corps. Ses mains furent soudain pleines de sang. Geraldine Forbes avait une plaie importante sur le crâne. Elle pesait des tonnes et Lisbeth jeta un regard désespéré autour d'elle, se demandant comment elle pourrait transporter le corps jusqu'au mur de l'hôtel. Dans la seconde qui suivit, George Bland se matérialisa à ses côtés. Il cria quelque chose que Lisbeth n'arriva pas à entendre à cause de la tempête.

Lisbeth jeta un regard en coin sur Richard Forbes. Il lui tournait le dos mais s'était redressé à quatre pattes. Elle saisit le bras gauche de Geraldine Forbes, le passa autour de son cou et fit signe à George Bland d'attraper l'autre bras. Ils se mirent à traîner péniblement le corps sur le sable.

A mi-chemin du mur de l'hôtel, Lisbeth se sentit totalement exténuée, comme si toute force était en train de la quitter. Son cœur fit un saut périlleux dans sa poitrine quand elle sentit soudain une main la saisir par l'épaule. Elle perdit la prise autour de Geraldine Forbes, se retourna et donna un coup de pied droit dans l'aine de Richard Forbes. Il trébucha et tomba à genoux. Elle prit son élan et lui décocha un coup de pied en pleine figure. Lisbeth rencontra le regard terrorisé de George Bland. Elle lui consacra une demi-seconde d'attention avant d'attraper de nouveau Geraldine Forbes et de se remettre à la traîner.

Quelques secondes plus tard, elle tourna de nouveau la tête. Elle vit Richard Forbes à dix mètres d'eux. Il s'était relevé et, au milieu des rafales, il tanguait comme un ivrogne.

Un nouvel éclair fendit le ciel et Lisbeth Salander écarquilla les yeux.

Pour la première fois elle ressentit une terreur paralysante.

Derrière Richard Forbes, à cent mètres dans l'eau, elle vit le doigt de Dieu.

Un cliché instantané figé à la lueur de l'éclair, une colonne d'un noir d'encre qui se dressait et disparaissait hors de sa vue dans l'espace.

Mathilda.

Ce n'est pas possible.

Un ouragan – oui.

Une tornade – impossible.

La Grenade n'est pas située dans une zone à tornades.

Une mégatempête de barge dans une zone où les tornades ne sont pas censées se former.

Les tornades ne peuvent pas se former au-dessus de la mer.

Hé, y a erreur scientifique !

C'est un truc de dingue, cette affaire.

Et ce truc va m'embarquer dans le putain de ciel de merde.

George Bland aussi avait vu la tornade. Soudain ils crièrent tous les deux en même temps de se dépêcher, sans entendre ce que disait l'autre.

Vingt mètres leur restaient à parcourir pour rejoindre le mur. Dix. Lisbeth trébucha et tomba à genoux. Cinq. Arrivée au portail, Lisbeth jeta un coup d'œil par-dessus son épaule. Elle eut un aperçu de Richard Forbes quand il fut happé dans l'eau comme par une main invisible. Puis il avait disparu, et avec l'aide de George Bland elle traîna son fardeau par l'ouverture du mur. Ils traversèrent l'arrière-cour en chancelant et, au milieu du déchaînement de la tempête, Lisbeth entendit le bruit de carreaux qui se brisaient et une plainte dissonante de tôle qui se pliait quelque part. Surgie d'on ne sait où, une planche passa dans l'air juste devant le nez de Lisbeth. La seconde d'après elle ressentit une douleur quand quelque chose vint heurter son dos. La pression du vent diminua quand ils arrivèrent dans le hall d'entrée.

Lisbeth arrêta George Bland et l'attrapa par le col. Elle tira sa tête tout près de sa bouche et cria dans son oreille.

— On l'a trouvée sur la plage. On n'a pas vu son mari. Tu comprends ?

Il fit oui de la tête.

Ils traînèrent Geraldine Forbes en bas de l'escalier et Lisbeth donna un coup de pied sur la porte de la cave. Freddy McBain ouvrit et les contempla bouche bée. Puis il saisit leur fardeau et les fit entrer avant de claquer la porte.

Le vacarme du cyclone tomba en une seconde d'une quantité de décibels insupportable à un crépitement et un roulement en arrière-plan. Lisbeth prit une profonde inspiration.

ELLA CARMICHAEL VERSA du café chaud dans un gobelet qu'elle tendit. Lisbeth Salander était tellement épuisée qu'elle eut à peine la force de lever le bras. Elle était assise par terre, passivement adossée au mur. Quelqu'un les avait recouverts de couvertures, elle et George Bland. Elle était trempée jusqu'aux os et elle saignait abondamment d'une plaie sous le genou. Son jean avait un accroc de dix centimètres dont elle ne se rappelait pas l'origine. Elle regarda sans la moindre émotion Freddy McBain et quelques clients de l'hôtel soigner Geraldine Forbes et mettre un bandage autour de sa tête. Elle saisit des mots épars par-ci, par-là et comprit qu'il y avait un médecin dans le groupe. Elle remarqua que la cave était pleine et qu'aux clients s'étaient joints des gens de l'extérieur en quête d'abri.

Finalement Freddy McBain s'approcha de Lisbeth et s'accroupit.

— Elle est vivante.

Lisbeth ne répondit pas.

— Qu'est-ce qui s'est passé ?

— On l'a trouvée sur la plage en bas du mur.

— Il y avait trois personnes absentes quand j'ai compté les clients ici dans la cave. Toi et le couple Forbes. Ella m'a dit que tu es partie comme une folle au moment où la tempête arrivait.

— Je suis partie chercher mon copain George. Lisbeth indiqua son camarade d'un signe de tête. Il habite plus loin sur la route dans une baraque qui n'est certainement plus debout à l'heure qu'il est.

— C'était idiot et sans doute très courageux, dit Freddy McBain en tournant les yeux vers George Bland. Vous avez vu son mari, Richard Forbes ?

— Non, répondit Lisbeth avec un regard neutre.

George Bland regarda Lisbeth et secoua la tête.

Ella Carmichael fixa Lisbeth Salander d'un regard sévère. Lisbeth le lui rendit sans la moindre expression dans les yeux.

Geraldine Forbes retrouva ses esprits vers 3 heures. Lisbeth Salander s'était alors endormie, la tête posée sur l'épaule de George Bland.

MIRACULEUSEMENT, LA GRENADE avait survécu à la nuit. Quand l'aube vint, la tempête s'était calmée et avait été remplacée par la pire des pluies que Lisbeth Salander ait jamais vues. Freddy McBain fit remonter les clients dans l'hôtel.

Le Keys serait obligé d'entreprendre de grosses réparations. La dévastation à l'hôtel, comme tout au long de la côte, était considérable. Le bar extérieur d'Ella Carmichael sous un auvent devant la piscine avait totalement disparu et une véranda était complètement démolie. Des volets avaient été arrachés sur toute la façade et une partie en saillie du toit s'était pliée. La réception était un chaos de matériaux divers. Mais, en gros, l'hôtel était toujours là.

Lisbeth emmena en vacillant George Bland dans sa chambre. Elle accrocha provisoirement une couverture devant l'ouverture de la fenêtre vide pour empêcher la pluie d'entrer. George Bland croisa son regard.

— Il y aura moins de choses à expliquer si nous n'avons pas vu son mari, dit Lisbeth avant qu'il ait eu le temps de poser des questions.

Il hocha la tête. Elle ôta ses vêtements, les laissa en un tas par terre et tapota le bord du lit à côté d'elle. Il hocha de nouveau la tête, se déshabilla et se glissa près d'elle. Ils s'endormirent presque instantanément.

Ils se réveillèrent vers midi, et le soleil brillait alors par des accrocs dans les nuages. Chaque muscle de son corps faisait souffrir Lisbeth et son genou avait enflé au point qu'elle avait du mal à plier la jambe. Elle sortit doucement du lit et se mit sous la douche en adressant un hochement de la tête au lézard vert de retour sur le mur sous le plafond. Elle enfila un short et un débardeur, et quitta la pièce en boitant sans réveiller George Bland.

Ella Carmichael s'agitait encore. Elle avait l'air fatiguée mais avait mis en route le bar dans le hall d'entrée. Clopin-clopant, Lisbeth alla s'asseoir à une table près du comptoir, commanda du café et demanda aussi un sandwich. Elle regarda par les fenêtres soufflées de l'entrée et vit une voiture de police garée là. Elle venait juste d'avoir son café lorsque Freddy McBain sortit de son bureau derrière le comptoir de la réception, un type en uniforme sur les talons. McBain la découvrit et dit quelque chose au policier avant de rejoindre la table de Lisbeth.

— Voici l'agent Fergusson. Il voudrait te poser quelques questions.

Lisbeth hocha poliment la tête. L'agent Fergusson avait l'air fatigué. Il sortit un bloc-notes et un stylo, et nota le nom de Lisbeth.

— Miss Salander, j'ai compris que vous-même et un ami avez trouvé Mrs Richard Forbes pendant l'ouragan cette nuit.

Lisbeth hocha la tête.

— Où avez-vous trouvé Mrs Forbes ?

— Sur la plage juste en bas du portail, répondit Lisbeth. Nous avons pratiquement trébuché sur elle.

Fergusson nota.

— A-t-elle dit quelque chose ?

Lisbeth secoua la tête.

— Elle avait perdu connaissance ?

Lisbeth hocha la tête d'un air entendu.

— Elle avait une vilaine plaie à la tête.

Lisbeth hocha encore la tête.

— Vous ne savez pas comment elle s'est fait cette blessure ?

Lisbeth secoua la tête. Fergusson avait l'air un peu irrité par son absence de répondant.

— Il y avait pas mal de débris qui volaient dans tous les sens, dit-elle, coopérative. J'ai failli prendre une planche sur la tête.

Fergusson hocha la tête avec sérieux.

— Vous êtes blessée à la jambe ?

Fergusson montra le bandage de Lisbeth. Elle hocha la tête.

— Qu'est-ce qui s'est passé ?

— Je ne sais pas. Je n'ai vu la plaie qu'en arrivant dans la cave.

— Vous étiez avec un jeune homme.

Lisbeth hocha la tête.

— Son nom ?

— George Bland.

— Où habite-t-il ?

— Dans la remise derrière le Coconut, sur la route en direction de l'aéroport. Si la remise est encore là, je veux dire.

Lisbeth s'abstint de préciser qu'en ce moment, George Bland dormait dans son lit à l'étage.

— Avez-vous vu son mari, Richard Forbes ?

Lisbeth secoua la tête.

L'agent Fergusson ne trouva apparemment plus rien à demander, et il referma son bloc-notes.

— Merci, Miss Salander. Je dois aller faire un rapport du décès.

— Elle est morte ?

— Mrs Forbes… ? Non, elle est à l'hôpital de Saint George's. Elle peut sans doute vous remercier, vous et votre ami, d'être en vie. Mais son mari est mort. On l'a trouvé sur le parking de l'aéroport il y a deux heures.

Plus de six cents mètres au sud !

— Il était très amoché, expliqua Fergusson.

— Je suis désolée, dit Lisbeth Salander sans faire preuve de choc manifeste.

Lorsque McBain et Fergusson furent partis, Ella Carmichael arriva et s'assit à la table de Lisbeth. Elle posa deux petits verres de rhum. Lisbeth l'interrogea du regard.

— Après une nuit comme ça, on a besoin d'un remontant. C'est ma tournée. Je t'offre le petit-déjeuner aussi.

Les deux femmes se regardèrent. Puis elles levèrent les verres et trinquèrent.

MATHILDA ALLAIT FAIRE L'OBJET d'études scientifiques pendant longtemps, et de discussions parmi les institutions météorologiques aux Antilles et aux Etats-Unis. Des tornades de l'envergure de Mathilda étaient pratiquement inconnues dans la région. On estimait même théoriquement impossible qu'elles se forment au-dessus de la mer. Pour finir, les experts se mirent d'accord pour dire qu'une configuration particulièrement étrange de fronts météorologiques avait créé une pseudo-tornade – en fait, ce n'était pas une véritable tornade, ça en avait seulement l'air. Des contradicteurs avancèrent des théories impliquant l'effet de serre et un déséquilibre écologique.

Lisbeth Salander ne prêta pas attention à la discussion théorique. Elle savait ce qu'elle avait vu et elle décida d'essayer d'éviter à tout jamais de se retrouver sur le chemin d'une des sœurs de Mathilda.

Plusieurs personnes avaient été blessées au cours de la nuit. Par miracle, il n'y avait qu'un mort à déplorer.

Personne n'arrivait à comprendre ce qui avait poussé Richard Forbes à partir dehors en plein ouragan, à part éventuellement l'imprudence qui semblait toujours coller aux touristes américains. Geraldine Forbes n'avait aucune explication à donner. Elle avait une grave commotion cérébrale et seulement des images éparses de ce qui s'était passé pendant la nuit.

En revanche, elle était inconsolable d'être veuve.

II

BONS BAISERS DE RUSSIE

10 janvier au 23 mars

Une équation contient d'ordinaire une ou plusieurs inconnues, souvent désignées par x, y, z, *etc. Les valeurs de ces inconnues, qui garantissent l'égalité effective des deux membres de l'équation, sont dites satisfaire l'équation ou en constituer la solution.*

Exemple : $3x + 4 = 6x - 2$ $(x = 2)$

4

LUNDI 10 JANVIER – MARDI 11 JANVIER

LISBETH SALANDER ATTERRIT à l'aéroport de Stockholm à 6 h 30. Elle voyageait depuis vingt-six heures, dont neuf passées à Grantly Adams Airport à la Barbade, où British Airways avait refusé de laisser décoller l'avion avant d'avoir neutralisé une menace terroriste et d'avoir isolé un passager à l'allure arabe suspecte pour l'interroger. A Londres, elle avait loupé la correspondance du dernier vol pour la Suède, et avait dû attendre des heures avant qu'on lui trouve une place dans le premier vol du matin.

Lisbeth se sentait comme un sac de bananes qu'on aurait oublié au soleil pendant un après-midi entier. Elle n'avait qu'un bagage à main, contenant son PowerBook, *Dimensions* et quelques vêtements bien comprimés. Elle passa par la porte verte de la douane sans qu'on lui demande rien. A l'arrêt des navettes, elle fut accueillie par la gadoue de neige et une température proche de zéro.

Elle hésita un bref instant. Toute sa vie, en raison de contraintes matérielles évidentes, elle avait toujours choisi l'alternative la moins chère, et elle avait encore du mal à s'habituer à l'idée qu'elle disposait de pas tout à fait 3 milliards de couronnes qu'elle avait astucieusement volées en utilisant à la fois Internet et une bonne vieille arnaque à l'ancienne. Une minute lui suffit pour mettre au rancart la règle générale, et elle fit signe à un taxi. Elle donna son adresse dans Lundagatan et s'endormit presque immédiatement sur la banquette arrière.

Quand le taxi s'arrêta dans Lundagatan et que le chauffeur la réveilla, elle réalisa qu'elle avait donné la mauvaise adresse. Elle rectifia et lui demanda de poursuivre jusqu'à

Götgatsbacken. Elle paya en dollars américains en laissant un pourboire généreux, et lança un juron quand elle posa le pied dans une flaque d'eau du caniveau. Elle portait un jean, un tee-shirt et une veste légère. Aux pieds, elle avait des sandales et des mi-bas fins. Elle tituba jusqu'à la supérette du coin où elle acheta du shampooing, du dentifrice, du savon, du lait caillé, du lait, du fromage, des œufs, du pain, des petits pains à la cannelle congelés, du café, des sachets de thé, des cornichons, des pommes, un pack géant de Billys Pan Pizza et une cartouche de Marlboro light. Elle paya avec sa carte Visa.

En ressortant dans la rue, elle hésita sur le chemin à prendre. Elle pouvait choisir Svartensgatan où elle se trouvait déjà ou Hökensgatan plus bas vers Slussen. L'inconvénient de Hökensgatan était qu'elle passerait alors juste devant la porte de la rédaction de *Millénium*, et qu'elle risquait toujours d'y croiser Mikael Blomkvist. Elle finit par se dire qu'elle n'allait pas faire des détours rien que pour éviter Mikael. Elle se dirigea donc vers Slussen, bien qu'en réalité il s'agisse d'un tout petit détour, et tourna à droite via Hökensgatan jusqu'à la place de Mosebacke. Elle dépassa la statue des Sœurs devant Södra Teatern et rejoignit Fiskaregatan par l'escalier. Là, elle s'arrêta et contempla pensivement un immeuble. Elle n'arrivait pas vraiment à se dire que c'était "chez elle".

Elle regarda autour d'elle. Dans tous les sens du terme, il s'agissait d'un coin isolé au beau milieu de Södermalm. Pas de grande artère de circulation, et ça lui allait parfaitement. De là, on repérait vite aussi quiconque passait dans les environs. C'était probablement un lieu de promenades apprécié en été, mais en hiver il ne s'agissait que de gens ayant une raison d'être dans le quartier. Pas un chat en vue – surtout personne qu'elle reconnût et qui par conséquent aurait pu la reconnaître aussi. Elle fut obligée de poser le sac du supermarché dans la gadoue de neige pour sortir la clé. Elle prit l'ascenseur jusqu'au dernier étage et ouvrit la porte marquée V. Kulla.

L'UNE DE SES PREMIÈRES MESURES, l'année précédente, quand tout à coup elle s'était trouvée en possession d'un magot confortable et par là même était devenue économiquement indépendante pour le restant de sa vie (ou au moins le temps qu'on pouvait imaginer de vivre avec pas tout à fait 3 milliards de couronnes), avait été de se trouver un autre appartement. Les affaires immobilières furent une nouvelle expérience pour elle. Jamais auparavant dans sa vie elle n'avait investi de l'argent dans quelque chose de plus important que des objets utilitaires qu'elle pouvait payer en espèces ou moyennant un crédit raisonnable. Les deux plus gros débits de sa comptabilité avaient été du matériel informatique et sa petite cylindrée Kawasaki, achetée pour 7 000 couronnes – une occase inespérée. Elle avait acheté des pièces détachées pour à peu près la même somme et passé plusieurs mois à démonter et retaper elle-même la moto. Elle aurait préféré une voiture, mais avait hésité à en acheter une, ne sachant trop comment elle pourrait la financer.

Un appartement, elle l'avait compris, était une affaire d'une tout autre envergure. Elle avait commencé par lire des annonces d'appartements à vendre dans l'édition Web de *Dagens Nyheter*. Une véritable science à part, comme elle ne tarda pas à s'en rendre compte.

T2 + s. à m., tr. bien sit. prox. Station. P : 2,7 U. Charges 5 510 mens.

T3, vue sur parc, Högalid. 2,9 U.

T2, 47 m², s. de b. rénovée, changem. canalis. 1998. Gotlandsgatan. 1,8 U. Charges mens. : 2 200.

Elle s'était gratté la tête et avait essayé d'appeler quelques petites annonces au hasard, mais elle ne savait pas quoi demander et elle s'était très vite sentie tellement ridicule qu'elle avait interrompu l'exercice. Ensuite elle s'était lancée, le premier dimanche de janvier, dans des visites d'appartements mis en vente. L'un était situé dans Vindragarvägen sur Reimersholme et l'autre dans Heleneborgsgatan près de Horntull. Celui de Reimersholme était un quatre-pièces clair et spacieux avec vue sur Långholmen et Essingen. Elle avait l'impression de pouvoir s'y sentir bien. L'appartement dans Heleneborgsgatan était un réduit sordide avec vue sur l'immeuble d'en face.

Le problème était qu'elle ne savait pas comment elle voulait habiter, à quoi devait ressembler son logement et ce qu'elle devait exiger de son domicile en tant qu'utilisatrice. Elle ne s'était jamais dit auparavant qu'elle pourrait avoir autre chose que les quarante-neuf mètres carrés de Lundagatan où elle avait passé son enfance et dont l'usufruit lui était revenu à sa majorité, grâce à son tuteur Holger Palmgren. Elle s'était donc installée sur le canapé bouloché dans son séjour-bureau combiné pour réfléchir.

L'appartement de Lundagatan était situé au fond d'une cour, et il était exigu et peu confortable. De la fenêtre de sa chambre elle voyait un mur aveugle de l'immeuble voisin. La fenêtre de la cuisine donnait sur l'arrière du bâtiment principal et sur une descente de cave. Du séjour, elle apercevait un réverbère et quelques branches d'un bouleau.

La première exigence était que son nouveau logement dispose d'une belle vue.

Elle aimait les balcons et avait toujours envié les voisins mieux lotis des étages plus élevés de l'immeuble, qui passaient les chaudes journées d'été avec une bière fraîche à l'ombre d'un store sur leur balcon. La deuxième exigence fut que son nouveau logement dispose d'un balcon.

Comment devait-il être, cet appartement ? Elle pensait à celui de Mikael Blomkvist – soixante-cinq mètres carrés en une seule pièce dans un loft de Bellmansgatan avec vue sur l'hôtel de ville et Slussen. Elle s'était sentie bien chez lui. Elle voulait un appartement agréable, facile à meubler et facile à entretenir. Ce fut le troisième point de sa liste d'exigences.

Cela faisait des années qu'elle vivait à l'étroit. Sa cuisine faisait dix mètres carrés et elle arrivait tout juste à y caser une petite table et deux chaises. Le séjour faisait vingt mètres carrés, la chambre douze. Sa quatrième exigence fut que son nouveau logement soit spacieux et pourvu de nombreux placards. Elle voulait une vraie pièce de travail et une grande chambre où elle pourrait s'étaler.

Sa salle de bains actuelle était un réduit sans fenêtre avec des carreaux de ciment gris par terre, une baignoire sabot antique et un revêtement mural en plastique qui restait terne même si on le récurait pendant des heures. Elle voulait de la faïence et une grande baignoire. Elle voulait son propre lave-linge dans l'appartement, et ne pas avoir à utiliser une machine commune aux locataires dans une cave humide. Elle voulait que sa salle de bains sente bon et elle voulait pouvoir l'aérer.

Là-dessus, elle se connecta à Internet pour chercher des agences immobilières. Le lendemain, elle se leva tôt et se rendit à l'agence Nobel, réputée pour être la meilleure agence immobilière de Stockholm. Elle portait son jean noir élimé, des boots et son blouson de cuir noir. Elle s'approcha du comptoir et regarda distraitement une femme blonde d'une trentaine d'années occupée à mettre à jour le site de l'agence et à charger des photos d'appartement. Finalement, un homme replet d'une quarantaine d'années, aux cheveux roux et fins, vint s'occuper d'elle. Lisbeth demanda ce qu'ils avaient en stock comme appartements et il la regarda stupéfait un petit moment avant d'adopter un ton paternel et moqueur.

— Alors, mademoiselle, vos parents savent que vous avez l'intention de quitter le nid ?

Lisbeth Salander le regarda en silence avec ses grands yeux jusqu'à ce qu'il cesse son petit rire.

— J'ai besoin d'un appartement, précisa-t-elle.

Il se racla la gorge et jeta un petit regard sur sa collègue.

— Je comprends. Et qu'est-ce que vous envisagez ?

— Je veux un appartement à Söder. Il doit avoir un balcon et une vue sur l'eau, au moins quatre pièces et une salle de bains avec fenêtre et de la place pour un lave-linge. Et il faudra un endroit qu'on puisse fermer à clé pour garer ma moto.

La femme à l'ordinateur interrompit son travail et tourna la tête pour dévisager Lisbeth avec curiosité.

— Moto ? demanda l'homme aux cheveux fins.

Lisbeth Salander hocha calmement la tête.

— Puis-je vous demander… euhh, comment vous vous appelez ?

Lisbeth Salander se présenta. Elle posa la question à son tour et l'homme se présenta comme Joakim Persson.

— Voilà, c'est-à-dire que… ça coûte relativement cher d'acheter un appartement ici, à Stockholm…

Lisbeth le regarda dans un silence patient. Elle demanda quels appartements il pouvait lui proposer et l'informa que sa précision au sujet du coût était superflue et sans intérêt.

— Vous travaillez dans quelle branche ?

Lisbeth réfléchit un instant. Formellement, elle était son propre patron. Dans la pratique, elle ne travaillait que pour Dragan Armanskij et Milton Security, mais cela avait été très irrégulier au cours de l'année passée et elle n'avait pas effectué de mission pour lui depuis trois mois.

— En ce moment je ne fais rien de particulier, répondit-elle avec honnêteté.

— Je vois… étudiante, je suppose.

— Non, je ne suis pas étudiante.

Joakim Persson était venu de son côté du comptoir et avait gentiment mis son bras autour des épaules de Lisbeth, il gloussa en la guidant doucement vers la porte.

— Eh oui, mademoiselle, vous serez la bienvenue dans quelques années, mais il faudra alors que vous apportiez un peu plus d'argent que ce que vous avez dans votre tirelire. Votre argent de poche n'est pas tout à fait suffisant ici, vous savez. Il lui pinça la joue avec bonhomie. Alors, n'hésitez pas à revenir nous voir, et on essaiera de vous dégoter quelque chose de sympathique.

Lisbeth Salander resta plantée dans la rue devant l'agence Nobel pendant plusieurs minutes. Elle se demandait intérieurement ce que Joakim Persson penserait si elle balançait un cocktail Molotov dans sa vitrine. Puis elle rentra à la maison et brancha son PowerBook.

Il lui fallut dix minutes pour pirater le réseau interne de l'agence Nobel avec l'aide de codes d'accès qu'elle avait distraitement vus quand la femme derrière le comptoir s'était connectée avant de commencer à charger les photos. Il fallut encore trois minutes pour qu'elle réalise que l'ordinateur sur lequel la femme travaillait était aussi le serveur de l'entreprise – *est-il possible d'être con à ce point !* – et trois de plus pour avoir accès aux quatorze ordinateurs qui constituaient le réseau. En un peu plus de deux heures, elle avait épluché la comptabilité de Joakim Persson et avait constaté que celui-ci avait dissimulé au fisc près de 750 000 couronnes les deux dernières années.

Elle téléchargea tous les fichiers indispensables et les ficela en un paquet cohérent qu'elle envoya par mail au Trésor public à partir d'une adresse e-mail anonyme d'un fournisseur d'accès aux Etats-Unis. Cela fait, elle chassa Joakim Persson de ses pensées.

Elle consacra le reste de la journée à parcourir les offres d'appartements intéressants de l'agence Nobel. L'objet le plus cher était un petit château à côté de Mariefred, où elle n'avait aucune envie de s'installer. Rien que pour les emmerder, elle choisit le deuxième objet le plus cher parmi les offres de l'agence, un appartement grandiose à Fiskaregatan, près de Mosebacke Torg.

Elle passa un long moment à regarder des photos et à examiner le plan. Finalement, elle put constater que l'appartement de Fiskaregatan remplissait parfaitement toutes les exigences de sa liste. L'ancien propriétaire était un directeur d'ABB qui avait disparu de la scène après s'être octroyé un parachute sensationnel et durement critiqué de 1 milliard de couronnes.

Le soir, elle prit son téléphone pour appeler Jeremy MacMillan, un des associés du cabinet d'avocats MacMillan & Marks à Gibraltar. Elle avait déjà fait des affaires avec MacMillan. C'était lui qui, contre une rémunération généreuse, avait monté un certain nombre de sociétés bidon pour elle. Ces sociétés étaient titulaires des comptes en banque qui géraient la fortune qu'elle avait piquée au financier Hans-Erik Wennerström un an auparavant.

Elle sollicita de nouveau les services de MacMillan. Cette fois-ci, elle lui demanda d'agir pour le compte de sa société Wasp Enterprises, et d'engager des pourparlers avec l'agence Nobel en vue d'acquérir le coquet appartement de Fiskaregatan près de Mosebacke Torg. Les tractations durèrent quatre jours, et la note finale représentait une somme qui lui fit hausser un sourcil. Plus cinq pour cent de commission pour MacMillan. Avant la fin de la semaine, elle avait déménagé deux cartons de vêtements, de la literie, un matelas et quelques ustensiles de cuisine. Ensuite elle avait habité – du moins dormi sur un matelas – dans l'appartement pendant trois semaines, durant lesquelles elle s'était employée à chercher des cliniques de chirurgie esthétique, à mener à terme quelques affaires administratives en cours (dont une conversation nocturne avec un certain maître Nils Bjurman), et à avancer des frais fixes, charges, électricité, etc.

ENSUITE, ELLE AVAIT ACHETÉ SON BILLET pour rejoindre la clinique en Italie. Une fois l'opération terminée et qu'elle avait pu quitter la clinique, elle avait pris une chambre d'hôtel à Rome pour réfléchir à ce qu'elle allait faire. Elle aurait dû retourner en Suède et se mettre à réorganiser sa vie mais, pour plusieurs raisons, la seule pensée de Stockholm lui donnait des nausées.

Elle n'avait pas de véritable métier. Il lui semblait qu'elle n'avait pas d'avenir à Milton Security. Ce n'était pas la faute de Dragan Armanskij. Il aurait voulu qu'elle fasse partie des employés permanents et devienne un élément moteur de l'entreprise, mais à vingt-cinq ans, elle n'avait toujours aucune formation et elle n'avait pas envie de découvrir, vers ses cinquante ans, qu'elle passait toujours son temps à réaliser des enquêtes sur des voyous du monde des PDG. C'était un passe-temps amusant – pas la vocation d'une vie.

Une des raisons de son hésitation à retourner à Stockholm s'appelait aussi Mikael Blomkvist. A Stockholm, elle risquait fort de tomber sur ce Foutu Super Blomkvist et c'était pour le moment une des dernières choses qu'elle souhaitait. Il l'avait blessée. Elle avait l'honnêteté de reconnaître qu'il n'en avait pas eu l'intention. Elle ne pouvait que s'en prendre à elle-même d'être tombée amoureuse de lui. Rien que le mot "amoureuse" était une contradiction en ce qui concernait cette Foutue Dinde de Lisbeth Salander, un mètre cinquante et une apparence physique qui éveillait forcément des commentaires, sans oublier un bagage social qui la transformait en singe où qu'elle se montre.

Mikael Blomkvist était un homme à femmes notoire. Elle était au mieux un divertissement sympathique accueilli par pitié à un moment où il avait eu besoin d'elle et où il n'avait rien trouvé de mieux, mais il aurait vite fait de passer dans un autre lit avec une compagnie plus distrayante. Elle n'avait aucune chance sur ce terrain-là et elle se maudit d'avoir baissé la garde et de l'avoir laissé approcher. Comment avait-elle pu s'imaginer autre chose ?

Quand elle avait retrouvé ses esprits, elle avait coupé tout contact avec lui. Douloureux, mais elle s'était blindée. La dernière fois qu'elle l'avait vu, c'était à la station de métro Gamla Stan, elle était sur le quai et lui dans une rame en direction du centre-ville. Elle l'avait regardé pendant une minute et avait décidé qu'elle n'éprouvait pas la moindre once de sentiment pour lui, parce que cela équivaudrait à saigner à mort. *Va te faire foutre !* Il l'avait vue juste au moment de la fermeture des portes et l'avait fixée du regard avant qu'elle tourne les talons et s'en aille alors que la rame repartait.

Elle ne comprenait pas pourquoi il s'était entêté à vouloir garder le contact avec elle et à lui envoyer des mails, comme si pour lui elle était un foutu projet social. Elle pestait de constater qu'il ne semblait pas se rendre compte que chaque fois qu'il lui envoyait un mail, qu'elle supprimait sans le lire, elle avait l'impression que son cœur se brisait.

Non, Stockholm ne l'attirait pas une seconde. A part le patron de Milton Security, quelques anciens partenaires au lit et les filles de l'ex-groupe de rock des Evil Fingers, avec qui elle entretenait une amitié superficielle et prenait une bière au Moulin une fois par mois, elle ne connaissait pratiquement personne dans sa ville natale.

La seule personne pour qui elle ressentait un respect inconfortable était Dragan Armanskij. Elle avait du mal à définir ses sentiments pour lui. Elle s'était toujours sentie vaguement confuse d'éprouver une attirance si peu commode. S'il n'avait pas été marié, et un peu plus jeune et un peu moins conservateur dans sa façon de concevoir la vie, elle aurait pu envisager d'aller voir de plus près.

Finalement, elle avait sorti son agenda et ouvert la partie atlas. Elle n'était jamais allée en Australie ni en Afrique. Elle avait vu les pyramides ou Angkor Vat en images, mais jamais en vrai. Elle n'avait jamais pris le *Star Ferry* entre Kowloon et Victoria à Hong-Kong, elle n'avait jamais fait de plongée aux Antilles, elle n'avait jamais fréquenté de plage en Thaïlande. A part quelques voyages rapides pour le boulot, où elle s'était rendue dans les pays baltes et les autres pays nordiques, et évidemment Zurich et Londres, elle n'avait guère quitté la Suède de toute sa vie. En réalité, elle avait rarement quitté Stockholm.

Elle n'en avait pas eu les moyens.

A l'hôtel à Rome, elle s'était approchée de la fenêtre pour contempler la via Garibaldi. Rome était une ville qui ressemblait à un tas de ruines. Puis elle s'était décidée, avait mis sa veste et était descendue à la réception demander s'il y avait une agence de voyages dans les parages. Là, elle avait pris un aller simple pour Tel-Aviv et passé les jours suivants à se promener dans le vieux Jérusalem, à regarder la mosquée Al-Aqsa et le mur des Lamentations. Avec méfiance, elle avait contemplé les soldats armés jusqu'aux dents à tous les coins de rue et ensuite elle s'était envolée pour Bangkok, puis elle avait continué ainsi jusqu'à la fin de l'année.

Il ne lui restait plus qu'une chose importante à faire. Elle se rendit à Gibraltar, pour voir qui était l'homme à qui elle avait confié la gestion de son argent, et vérifier qu'il faisait bien son boulot.

TOURNER LA CLÉ DE L'APPARTEMENT dont elle était propriétaire fut une sensation bizarre.

Elle posa le sac de provisions et son sac de voyage dans l'entrée et pianota vite le code à quatre chiffres qui coupait l'alarme électronique. Elle retira tous ses vêtements mouillés et les laissa tomber par terre. Entièrement nue, elle fit un petit tour dans la cuisine, brancha le frigo et rangea les courses avant d'aller visiter la salle de bains. Elle passa les dix minutes suivantes sous la douche. Elle fit un repas d'une pomme en tranches et d'une Billys Pan Pizza qu'elle réchauffa dans le micro-ondes. Elle ouvrit un carton de déménagement et trouva un oreiller, des draps et une couverture à l'odeur suspecte d'avoir passé un an dans le carton. Elle fit son lit sur un matelas par terre dans la chambre jouxtant la cuisine.

Elle mit dix secondes à s'endormir après avoir posé la tête sur l'oreiller, dormit presque douze heures d'affilée et se réveilla peu avant minuit. Elle se leva, prépara du café et s'entoura d'une couverture. Elle emporta l'oreiller devant une des fenêtres et s'installa avec une cigarette pour regarder le parc de Djurgården et la baie de Saltsjön. Les lumières la fascinaient. Dans le noir, elle réfléchit à sa vie.

LE LENDEMAIN DE SON RETOUR, l'agenda de Lisbeth Salander fut chargé. Elle ferma la porte de son appartement à 7 heures. Avant de quitter son étage, elle ouvrit une fenêtre d'aération dans la cage d'escalier et suspendit un double de la clé avec un mince fil de cuivre qu'elle attacha derrière la gouttière. Echaudée par de précédentes expériences, elle avait compris l'utilité de toujours avoir un double accessible.

Il faisait un froid de canard. Elle portait un vieux jean usé déchiré aux fesses sous la poche et laissant voir sa petite culotte bleue. Elle avait mis un tee-shirt et un col roulé chaud dont la couture commençait à lâcher au cou. Elle avait sorti son vieux blouson de cuir élimé, avec des rivets sur les épaules. Elle constata qu'elle ferait mieux de le laisser chez un couturier pour qu'il arrange la doublure déchirée et quasi inexistante des poches. Elle avait des chaussettes épaisses et de grosses chaussures. Globalement, elle avait chaud.

Elle prit par Sankt Paulsgatan pour rejoindre le quartier de Zinkensdamm et son ancienne adresse dans Lundagatan. Elle commença par vérifier que sa Kawasaki était toujours à sa place dans la cave. Pour ouvrir la porte de son ancien appartement, il lui fallut pousser un énorme tas de courrier publicitaire.

Avant de quitter la Suède un an auparavant, elle avait hésité sur ce qu'il fallait faire de cet appartement, et la solution la plus simple avait été le système des prélèvements automatiques pour payer tous les frais fixes. Il lui restait encore des meubles, péniblement ramassés dans diverses bennes à ordures, des mugs ébréchés, deux vieux ordinateurs et pas mal de papiers. Mais elle n'avait rien de valeur.

Elle alla chercher un sac-poubelle noir dans la cuisine et passa cinq minutes à séparer la publicité du courrier. La plupart du fatras rejoignit directement la poubelle. Elle avait reçu quelques lettres personnelles genre relevés de compte, déclarations de revenus de Milton Security pour le fisc ou de la pub camouflée. Un avantage de la tutelle était qu'elle n'avait jamais été obligée de s'occuper de la paperasserie des impôts – celle-là brillait par son absence. A part cela, sur une année entière, elle n'avait reçu que trois courriers à son nom.

La première lettre était d'une avocate, Greta Molander, qui avait été l'administrateur *ad hoc* légal de sa mère. La lettre lui notifiait brièvement que l'inventaire de la succession de sa mère était terminé et que Lisbeth Salander et sa sœur Camilla Salander héritaient de 9 312 couronnes chacune. Cette somme avait été virée sur le compte en banque de Mlle Salander ; aurait-elle l'amabilité d'accuser réception ? Lisbeth glissa la lettre dans la poche intérieure de son blouson.

La deuxième lettre était de Mme Mikaelsson, directrice de la maison de santé d'Äppelviken, qui l'informait aimablement qu'ils avaient toujours un carton avec les possessions de sa mère – aurait-elle la gentillesse de contacter Äppelviken pour donner des instructions ? La directrice terminait en annonçant que s'ils n'avaient pas de nouvelles de Lisbeth ou de sa sœur (dont ils n'avaient pas l'adresse) avant la fin de l'année, ils jetteraient les objets. Elle regarda l'en-tête de la lettre, datée du mois de juin, et ouvrit son téléphone portable. Elle dut attendre qu'on lui passe le bon interlocuteur, puis elle apprit que le carton n'avait pas encore été jeté. Elle s'excusa de ne pas avoir donné de nouvelles plus tôt et promit de passer prendre les affaires dès le lendemain.

La troisième lettre personnelle était de Mikael Blomkvist. Elle réfléchit un moment mais décida que ça ferait toujours trop mal de l'ouvrir, et elle la jeta à la poubelle.

Elle entassa dans un carton quelques objets et des babioles qu'elle voulait conserver, et prit un taxi pour Fiskaregatan. Elle monta une minute pour se maquiller, mettre des lunettes et une perruque blonde mi-longue, et glisser un passeport norvégien au nom d'Irene Nesser dans son sac. Elle se regarda dans le miroir et constata que si Irene Nesser ressemblait un peu à Lisbeth Salander, il s'agissait néanmoins d'une femme tout à fait différente.

Après avoir rapidement déjeuné d'une baguette au brie et d'un *caffè latte* à l'Eden dans Götgatan, elle se rendit à l'agence de location de voitures dans Ringvägen où Irene Nesser loua une Nissan Micra. Puis elle mit le cap sur le magasin Ikea de Kungens Kurva où elle passa trois heures à parcourir l'ensemble du magasin et à noter les références de ce dont elle avait besoin. Elle prit quelques décisions très rapides.

Elle acheta deux canapés en tissu sable, cinq fauteuils à structure souple, deux guéridons d'appoint en bouleau verni, une table basse et quelques petites tables d'appoint. Elle commanda deux combinaisons d'éléments de rangement et deux bibliothèques, un meuble de télévision et un rangement avec portes. Elle compléta avec une armoire à trois portes et une combinaison avec un élément d'angle et deux petites commodes assorties.

Elle passa un long moment pour choisir un lit qu'elle prit alors avec matelas et accessoires. Par précaution, elle acheta aussi un lit pour la chambre d'amis. Elle ne comptait pas vraiment avoir un jour des invités, mais puisqu'elle avait une chambre d'amis, autant la meubler.

La salle de bains de son nouvel appartement était déjà entièrement équipée d'une armoire de toilette, de rangements pour les serviettes et d'un lave-linge d'occasion. Elle se contenta d'acheter un panier à linge bon marché.

En revanche, elle avait grandement besoin de meubles de cuisine. Après une certaine hésitation, elle fixa son choix sur une table en chêne massif avec plateau en verre trempé, plus quatre chaises de couleurs vives.

Elle avait aussi besoin de meubles pour sa pièce de travail et elle regarda bouche bée quelques invraisemblables "postes de travail" avec des rangements astucieux pour l'unité centrale et le clavier. Mais elle secoua la tête et commanda un bureau tout à fait ordinaire en panneaux de particules plaqué hêtre, courbé et aux coins arrondis, ainsi qu'une armoire de rangement de la même série. Elle se donna du temps pour choisir son siège – dans lequel elle allait probablement passer de longues heures – et elle opta pour l'un des plus chers des fauteuils pivotants.

Pour finir, elle fit un tour et acheta un stock considérable de draps, de taies d'oreiller, de serviettes, de couettes, de couvertures, un kit d'installation comprenant couverts en tous genres, vaisselle et casseroles, planches à découper, auxquels elle ajouta trois grands tapis, plusieurs lampes de travail et une grande quantité d'équipement de bureau sous forme de classeurs, corbeilles à papier, boîtes de rangement et autres.

Sa tournée achevée, elle passa à la caisse avec sa liste. Elle paya avec la carte au nom de Wasp Enterprises et montra le passeport d'Irene Nesser pour étayer son identité. Elle paya aussi d'avance la livraison et le montage. L'addition s'élevait à un peu plus de 90 000 couronnes.

Elle fut de retour à Söder vers 17 heures et elle eut le temps de faire un saut rapide chez Axelssons Radio-Télévision où elle acheta un téléviseur de 18 pouces et une radiocassette. Peu avant la fermeture, elle entra dans une boutique de Hornsgatan et acheta un aspirateur. A Mariahallen, elle fit l'acquisition d'un balai-brosse, de savon noir, d'un seau, de lessive, de brosses à dents et d'un gros pack de papier-toilette.

Elle sortit épuisée de sa folle tournée de shopping. Elle chargea ses derniers achats dans sa Nissan Micra de location et rejoignit Hornsgatan pour aller s'effondrer au premier étage du café Java. Elle ramassa un journal du soir sur la table voisine et constata que le parti social-démocrate était toujours majoritaire au gouvernement, et que rien d'une importance capitale ne semblait s'être passé dans le pays pendant son absence.

Elle fut de retour dans son appartement vers 20 heures. Profitant de l'obscurité, elle déchargea la voiture et monta tout chez V. Kulla. Elle laissa l'ensemble en vrac dans l'entrée et passa une demi-heure à trouver une place pour garer la voiture de location dans une rue latérale. Revenue chez elle, elle se fit couler un bain et resta une heure dans le spa où trois personnes au moins seraient entrées sans se bousculer. Elle pensa un moment à Mikael Blomkvist. Avant de voir sa lettre le matin, elle n'avait pas pensé à lui depuis des mois. Elle se demanda s'il était chez lui et si Erika Berger lui tenait compagnie.

Au bout d'un moment, elle respira à fond, pencha la tête et s'enfonça le visage sous l'eau. Elle mit les mains sur ses seins, pinça fort les tétons et retint sa respiration plusieurs minutes jusqu'à ce que ses poumons se mettent à faire terriblement mal.

ERIKA BERGER, DIRECTRICE DE *MILLÉNIUM*, regarda ostensiblement sa montre quand Mikael Blomkvist arriva avec près d'un quart d'heure de retard à la sacro-sainte réunion de planification du deuxième mardi de chaque mois, au cours de laquelle étaient établies les grandes lignes du programme éditorial et prises les décisions à long terme.

Mikael s'excusa de son retard et marmotta une explication que personne n'entendit ou en tout cas dont personne ne se souviendrait. Outre Erika, étaient présents à la réunion la secrétaire de rédaction Malou Eriksson, l'associé et directeur artistique Christer Malm, la journaliste Monika Nilsson et les temps partiels Lottie Karim et Henry Cortez. Tous étaient tenus de participer aux réunions du mardi dont la planification du numéro suivant était le point fondamental à l'ordre du jour. Mikael Blomkvist constata immédiatement que la jeune charmeuse de stagiaire était absente, mais qu'un visage totalement inconnu était présent à la table de conférence alors qu'on laissait très rarement assister quelqu'un d'extérieur à la planification de *Millénium*.

— Je vous présente Dag Svensson, dit Erika Berger. Nous allons acheter un de ses textes.

Mikael Blomkvist hocha la tête et lui serra la main. Blond aux yeux bleus, Dag Svensson avait les cheveux coupés très court et une barbe de trois jours. Agé d'une trentaine d'années, il respirait la condition physique solide et saine.

— Comme chaque année, nous sortons un ou deux numéros à thème, poursuivit Erika. Je voudrais ce sujet dans le numéro de mai. L'imprimerie est retenue pour le 27 avril. Ça nous laisse trois mois pour pondre des textes.

— Et de quel thème s'agit-il ? demanda Mikael.

— Dag Svensson est venu me voir la semaine dernière avec l'ébauche d'un sujet. Je lui ai demandé d'être présent à cette réunion. Tu l'expliqueras mieux que moi, dit Erika en se tournant vers Dag.

— Le trafic de femmes, dit Dag Svensson. C'est-à-dire l'exploitation sexuelle des femmes. Dans le cas présent, principalement originaires des pays baltes et de l'Europe de l'Est. Pour tout vous dire, je suis en train d'écrire un livre là-dessus et c'est pour cela que j'ai contacté Erika – vu que vous fonctionnez aussi comme maison d'édition.

Tout le monde sembla trouver cela assez drôle. Les éditions Millénium n'avaient pour l'instant édité qu'un seul livre, en l'occurrence le pavé datant d'un an de Mikael

Blomkvist sur l'empire financier du milliardaire Wennerström. Le livre en était à sa sixième édition en Suède et avait aussi été publié en norvégien, en allemand et en anglais, et il était en cours de traduction en français. Ce succès commercial leur paraissait assez incompréhensible compte tenu que l'histoire était déjà archiconnue et avait été dévoilée dans d'innombrables journaux.

— Notre production livresque n'est pas des plus consistantes, dit Mikael prudemment.

Dag Svensson esquissa un sourire.

— Je l'ai bien compris. Mais vous êtes une maison d'édition quand même.

— Il en existe des plus grosses, constata Mikael.

— Sans aucun doute, dit Erika Berger. Mais ça fait un an qu'on discute pour savoir si on se lance réellement dans l'édition. Nous en avons parlé lors de deux conseils d'administration et tout le monde était positif. L'idée est celle d'une politique d'édition limitée à trois ou quatre livres par an – qui en gros ne seront que des reportages sur différents sujets. Des produits journalistiques typiques, autrement dit. Le livre de Dag s'inscrit parfaitement dans cette optique.

— Trafic de femmes, dit Mikael Blomkvist. Raconte.

— Je travaille sur le sujet depuis quatre ans. C'est ma compagne qui m'a initié, si je peux dire. Elle s'appelle Mia Bergman, elle est criminologue et son travail de recherche s'inscrit dans ce domaine. Elle a travaillé au Conseil de la prévention criminelle et elle a réalisé une enquête sur la législation relative au commerce du sexe.

— Je l'ai rencontrée, intervint Malou Eriksson. Je l'ai interviewée il y a deux ans quand elle a sorti un rapport comparatif sur le traitement des hommes et des femmes dans un tribunal.

Dag Svensson hocha la tête et sourit.

— Oui, c'est vrai qu'on a pas mal parlé de ce rapport, dit-il. Depuis cinq-six ans, elle fait des recherches sur le trafic des êtres humains. C'est comme ça que nous nous sommes rencontrés. Je travaillais sur le commerce du sexe via Internet et on m'a conseillé de m'adresser à elle. Bref, on s'est mis à bosser ensemble tous les deux, moi comme journaliste et elle comme chercheur, et dans l'histoire on est devenu un couple et on vit ensemble maintenant depuis un an. Elle bosse sur son doctorat, elle présentera sa thèse au printemps. Le sujet est le trafic de femmes.

— Alors elle écrit sa thèse et toi… ?

— J'écris la version grand public de la thèse, à laquelle s'ajoute mon travail personnel. Et donc aussi une version abrégée sous forme d'article que j'ai passée à Erika.

— OK, vous formez une équipe. Et c'est quoi, l'histoire ?

— En gros… nous avons un gouvernement qui a fait passer une loi très dure sur le commerce du sexe, nous avons une police qui veille à ce que la loi soit appliquée et des tribunaux pour juger des criminels sexuels – nous qualifions les michetons de criminels sexuels puisque c'est devenu un crime d'acheter des services sexuels – et nous avons des médias qui écrivent des textes moralisateurs et indignés sur le sujet, et tutti quanti. Et pourtant, en même temps, la Suède est par habitant l'un des plus gros consommateurs de prostituées originaires de Russie et des pays baltes.

— Et tu peux le prouver ?

— Ce n'est pas un secret. Le sujet est même loin d'être nouveau. Ce qui est nouveau, par contre, c'est que nous avons interrogé une douzaine de Lilya 4-ever. Pour la plupart, ce sont des filles de quinze à vingt ans, elles croupissent dans la misère sociale des pays de l'Est et on les fait venir ici en leur faisant miroiter diverses promesses de boulot, mais au bout du compte elles se retrouvent entre les mains d'une mafia du sexe totalement dénuée de scrupules. Certaines des expériences qu'ont eues ces filles-là font paraître *Lilya 4-ever* comme un divertissement familial. Et je ne dis pas ça pour dévaloriser le film de Moodysson – il est excellent. Ce que je veux dire, c'est que ces filles ont vécu des trucs qu'on ne peut simplement pas décrire dans un film.

— D'accord.

— C'est pour ainsi dire le noyau de la thèse de Mia. Mais pas de mon livre.

Un silence s'était installé autour de la table.

— Pendant que Mia interviewait les filles, de mon côté j'ai établi une cartographie des fournisseurs et de la clientèle.

Mikael n'avait jamais rencontré Dag Svensson auparavant, mais il sentit soudain que le gars était exactement le type de journaliste qu'il appréciait, de ceux qui savaient s'en tenir à l'essentiel. Pour Mikael, la règle d'or journalistique était qu'il existe toujours un responsable. *Le méchant.*

— Et tu as trouvé des faits intéressants ?

— Oui, je suis en mesure de prouver qu'un fonctionnaire au ministère de la Justice, qui a travaillé à l'élaboration de la loi sur le commerce du sexe, a exploité au moins deux filles qui sont arrivées ici par les soins de la mafia du sexe. L'une des filles avait quinze ans.

— Waouh !

— Je travaille sur cette histoire depuis trois ans. Le livre va présenter des études d'exemples de michetons. J'ai au moins trois flics, dont un travaille à la Säpo* et un aux Mœurs. J'ai cinq avocats, un procureur et un juge. J'épingle aussi trois journalistes dont un a écrit plusieurs textes sur le commerce du sexe. Dans le privé, il s'adonne à des délires de viol avec une prostituée adolescente de Tallinn… et dans ce cas il ne s'agit pas précisément de goût sexuel partagé. J'ai l'intention de donner les noms. Ma documentation est en béton.

Mikael Blomkvist sifflota. Puis il cessa de sourire.

— Comme je suis redevenu gérant responsable de la publication, je tiens à examiner la documentation à la loupe, dit-il. La dernière fois que j'ai négligé de contrôler mes sources, je me suis ramassé trois mois de taule.

— Si vous acceptez de publier mon histoire, je te donnerai toute la documentation que tu voudras. Mais je pose une condition à la vente du sujet à *Millénium.*

— Dag veut qu'on publie aussi le livre, dit Erika Berger.

— Effectivement – je veux que le livre soit publié. Je veux qu'il arrive comme une bombe, et pour l'instant *Millénium* est le journal le plus crédible et le plus impertinent de la ville. Je vois mal d'autres maisons d'édition oser publier un livre comme celui-ci.

— Donc, pas de livre, pas d'article, résuma Mikael.

— Pour ma part, je trouve que ça colle, dit Malou Eriksson.

* L'équivalent de la DST en Suède. *(N.d.T.)*

— L'article et le livre sont deux choses distinctes. Dans le cas de l'article dans la revue, c'est Mikael le responsable de la publication. En ce qui concerne le livre, c'est l'auteur qui est le responsable.

— Je sais, dit Dag Svensson. Ça ne m'inquiète pas. Au moment même de la publication du livre, Mia portera plainte contre tous ceux que je nomme.

— Ça va faire du boucan, dit Henry Cortez.

— Ce n'est que la moitié de l'histoire, dit Dag Svensson. Je me suis aussi penché sur l'étude des réseaux qui se font du fric avec ce commerce. Parce qu'il est bien question de criminalité organisée.

— Et tu trouves qui ?

— C'est là que ça devient particulièrement tragique. La mafia du sexe n'est qu'une bande sordide d'individus minables. Je ne sais pas trop à quoi je m'attendais en commençant cette recherche mais quelque part on nous a fait croire – ou on m'a fait croire en tout cas – que la "mafia" est une bande de gens chic au sommet de la société, qui roulent en voitures de luxe. Je suppose que certains films américains traitant du sujet ont contribué à élaborer cette image. Ton sujet sur Wennerström – Dag jeta un coup d'œil sur Mikael – a bien montré que ça peut être le cas. Mais Wennerström faisait partie des exceptions. Ce que j'ai trouvé, c'est un ramassis de crétins brutaux et sadiques qui savent à peine lire et écrire, et qui sont de parfaits imbéciles quand il s'agit d'organisation et de stratégie. Ces mecs travaillent en liaison avec des groupes de bikers et autres cercles un peu mieux structurés, mais globalement c'est un troupeau d'ânes qui mène le commerce du sexe.

— Ça ressort nettement de ton article, dit Erika Berger. Nous avons des lois, un corps de police et une justice financés par des millions de couronnes sortis de la poche du contribuable et censés s'occuper de cette délinquance lucrative… et ils n'arrivent pas à coincer une bande d'imbéciles.

— Tout le commerce du sexe n'est qu'une seule grande violation des droits humains, et les filles concernées se trouvent tellement bas sur l'échelle sociale que juridiquement elles ne présentent aucun intérêt. Elles ne votent pas. A part le vocabulaire nécessaire pour conclure une affaire, elles parlent à peine le suédois. 99,99 % de tous les crimes liés au commerce du sexe ne sont jamais signalés à la police et parviennent encore moins devant les tribunaux. C'est probablement le plus gros iceberg dans le paysage de la criminalité suédoise. Imaginez que les hold-up soient traités avec autant de nonchalance, et que seule une partie microscopique soit poursuivie. J'en conclus que l'activité ne pourrait pas durer un jour de plus si la réalité n'était pas tout simplement que la justice ne tient *pas* à y mettre un terme. Les abus sexuels sur des adolescentes de Tallinn et de Riga ne sont tout simplement pas une question prioritaire. Une pute est une pute. Ça fait partie du système.

— Oui, triste réalité, dit Monika Nilsson.

— Alors, qu'est-ce que vous en dites ? demanda Erika Berger.

— L'idée me plaît, dit Mikael Blomkvist. On va se mouiller avec ce sujet, mais c'était le but quand on a démarré *Millénium* il y a un certain nombre d'années.

— C'est pour ça que je travaille encore ici. Le gérant est bon pour un saut périlleux de temps en temps, dit Monika Nilsson.

Tout le monde rit, sauf Mikael.

— Oui, Mikael était bien le seul à être assez bête pour devenir responsable de la publication, dit Erika Berger. On prend ce sujet pour mai. Et ton livre sortira dans la foulée.

— Le livre est prêt ? demanda Mikael.

— Non. J'ai le synopsis du début à la fin, mais la moitié seulement est rédigée. Si vous êtes d'accord pour le publier et que vous me donnez une avance, je peux m'y mettre à plein temps. Quasiment toute la recherche est terminée. Il ne me reste que quelques petits trucs annexes à compléter – en fait seulement des confirmations de ce que je sais déjà – et il faut que je rencontre les michetons que je vais exposer au grand jour.

— On fera comme avec le livre de Wennerström. Je n'ai jamais compris pourquoi les éditeurs ordinaires exigent dix-huit mois de délai de production pour sortir quelques centaines de pages. Il faut une semaine pour faire la mise en pages – Christer Malm acquiesça de la tête – et deux semaines pour imprimer. On procédera aux confrontations en mars-avril et on résumera sur quinze pages qui seront les dernières. Il nous faut donc le manuscrit bouclé pour le 15 avril pour qu'on ait le temps de passer toutes les sources en revue.

— Comment on fait pour le contrat et les trucs comme ça ?

Erika Berger fronça les sourcils :

— Je n'ai jamais rédigé de contrat d'édition jusqu'à présent, il faut que je voie ça avec notre avocat. Mais je te propose une embauche pendant quatre mois, de février à mai, le temps que tu boucles le projet. Mais sache que nous ne proposons pas de salaires mirobolants.

— Ça me va. J'ai besoin d'un salaire de base pour pouvoir me concentrer sur le livre à temps plein.

— Sinon, la règle, c'est fifty-fifty sur les recettes du livre une fois les dépenses payées. Qu'est-ce que tu en dis ?

— Ça me semble impeccable, dit Dag Svensson.

— Répartition des tâches, dit Erika Berger. Malou, je te veux comme secrétaire d'édition de ce numéro à thème. Ça sera ta mission principale dès le mois prochain ; tu travailleras avec Dag Svensson à la rédaction du manuscrit. Lottie, ça veut dire que tu bosseras comme secrétaire de rédaction temporaire pendant la période de mars à mai. Tu passeras à temps plein et Malou ou Mikael t'épauleront selon leurs disponibilités.

Malou Eriksson hocha la tête.

— Mikael, je tiens à ce que tu sois l'éditeur de ce livre. Elle regarda Dag Svensson. Mikael ne veut pas l'admettre, mais il écrit remarquablement bien et de plus il s'y connaît en recherche. Il passera le moindre mot de ton livre au microscope. Je suis flattée que tu veuilles publier le livre chez nous, mais sache qu'on a des problèmes assez particuliers à *Millénium*. On a un certain nombre d'ennemis qui ne souhaitent que de nous voir mettre les pieds dans le plat. Quand on relève la tête et qu'on publie quelque chose, il faut que ça soit impeccable à cent pour cent. On ne peut pas se permettre autre chose.

— Et je ne voudrais pas qu'il en aille autrement.

— Bien. Mais est-ce que tu vas supporter d'avoir quelqu'un sur le dos en train de t'inonder de critiques tout au long du printemps ?

Dag Svensson rit et regarda Mikael.

— Vas-y, tu peux commencer.

Mikael hocha la tête. Erika reprit la parole :

— Si on doit sortir un numéro à thème, il nous faut d'autres articles. Mikael, je veux que tu écrives sur les finances du commerce du sexe. Combien est-ce que ça draine d'argent annuellement ? Qui engrange les bénéfices et où atterrit l'argent ? Est-ce qu'on peut prouver qu'une partie de l'argent se retrouve dans les caisses de l'Etat ? Monika, je veux que tu travailles sur les abus sexuels en général. Contacte SOS-Femmes en détresse, les chercheurs, les médecins et les autorités. Monika et Mikael donc, plus Dag, vous signez les textes porteurs. Henry, je veux une interview de la compagne de Dag, Mia Bergman. Dag ne peut raisonnablement pas le faire. Un portrait : qui elle est, sujets de ses recherches et quelles sont ses conclusions. J'aimerais aussi que tu te penches sur quelques cas piochés dans des enquêtes de police. Christer : des photos. Je ne sais pas comment on pourra illustrer ça. Réfléchis-y.

— Voilà bien le thème le plus facile à illustrer qu'on puisse trouver. Haut en couleur. Pas de problèmes.

— Si je peux me permettre d'ajouter quelque chose, dit Dag Svensson. Quelques flics font vraiment de l'excellent boulot. Ça vaudrait peut-être le coup d'en interviewer un.

— Tu as des noms ? demanda Henry Cortez.

— Et même les numéros de téléphone, répondit Dag Svensson.

— Parfait, dit Erika Berger. Le thème du numéro de mai sera donc le commerce du sexe. Il faudrait qu'il en ressorte que le trafic des femmes est une vraie atteinte aux droits humains et que les criminels qui l'organisent doivent être épinglés et traités comme n'importe quels criminels de guerre ou escadrons de la mort. Allez, on s'y met, les petits !

5

MERCREDI 12 JANVIER – VENDREDI 14 JANVIER

ÄPPELVIKEN LUI PARUT UN ENDROIT INCONNU et étranger lorsque Lisbeth, pour la première fois en un an et demi, monta vers les bâtiments au volant de sa Nissan Micra de location. Depuis l'âge de quinze ans, quelques fois par an, elle avait régulièrement rendu visite à sa mère accueillie dans cette maison de santé après que Tout Le Mal était arrivé. Malgré la rareté de ses visites, Äppelviken avait constitué un point fixe dans l'existence de Lisbeth. C'était l'endroit où sa mère avait passé les dix dernières années de sa vie et où finalement elle était décédée, à quarante-trois ans seulement, après une dernière hémorragie cérébrale fatale.

Elle s'appelait Agneta Sofia Salander. Ses quatorze dernières années avaient été marquées par une suite répétée de petites hémorragies cérébrales, des ruptures de vaisseaux sanguins fins comme des cheveux, qui l'avaient empêchée de s'occuper d'elle-même et de maîtriser les tâches quotidiennes. Par moments, elle avait été incapable de communiquer, avait eu du mal à reconnaître Lisbeth et à formuler ses pensées en paroles.

Lisbeth Salander ne pensait pas volontiers à sa mère. De telles pensées menaient invariablement à un sentiment de vulnérabilité et de nuit noire. Sa position sur la question était profondément ambivalente. D'un côté, elle avait réellement essayé d'établir un contact avec sa mère. Au cours de son adolescence, elle avait fantasmé sur une guérison possible de sa mère et une forme de relation qu'elles auraient pu avoir. Intellectuellement, elle savait que ce ne serait jamais le cas.

Petite de taille, sa mère avait été mince, mais pas du genre anorexique comme Lisbeth, loin s'en faut. Au contraire, elle avait été une belle femme, bien proportionnée. Comme la sœur de Lisbeth.

Camilla.

Lisbeth évitait de penser à sa sœur.

Elle considérait la différence entre elle et sa sœur comme une plaisanterie du destin. Elles étaient jumelles, nées à vingt minutes d'intervalle.

Lisbeth était la première. Camilla était belle.

Elles étaient tellement différentes qu'il semblait invraisemblable qu'elles aient poussé dans le même utérus et encore plus étrange que génétiquement il faille les considérer comme des jumelles monozygotes qui auraient dû être identiques. S'il n'y avait pas eu un défaut dans le code génétique de Lisbeth Salander, elle aurait été aussi superbe que sa sœur.

Et probablement aussi débile.

Depuis leur plus tendre âge, Camilla avait été extravertie, populaire et pleine de réussite à l'école. Lisbeth avait été silencieuse et repliée sur elle-même, et elle répondait rarement aux questions des instituteurs, avec pour conséquence des niveaux de notes extrêmement éloignés. Dès l'école primaire, Camilla avait tellement distancé Lisbeth qu'elles prenaient même des chemins différents pour aller à l'école. Les instituteurs et les autres élèves notaient que les deux filles ne se parlaient jamais et ne s'installaient jamais l'une à côté de l'autre. A partir du cours moyen, elles n'étaient plus dans la même classe. Depuis qu'elles avaient douze ans, et que Tout Le Mal était arrivé, elles avaient grandi chacune dans sa famille d'accueil. Elles ne s'étaient pas rencontrées depuis qu'elles avaient eu dix-sept ans, et ce jour-là la rencontre s'était terminée par un œil au beurre noir pour Lisbeth et une lèvre éclatée pour Camilla. Lisbeth ne savait pas où se trouvait Camilla et elle n'avait pas essayé de le savoir non plus.

L'amour n'existait pas entre les sœurs Salander.

Aux yeux de Lisbeth, Camilla était hypocrite, pourrie et manipulatrice. C'était cependant sur Lisbeth qu'était tombée la décision du tribunal stipulant qu'elle n'avait pas toute sa tête.

Elle se gara au parking des visiteurs, boutonna son blouson râpé et sous la pluie monta vers l'entrée principale. Elle s'arrêta devant un banc de jardin et regarda autour d'elle. C'était là, sur ce banc, qu'elle avait vu sa mère pour la dernière fois, dix-huit mois auparavant. Elle était passée à l'improviste à la maison de santé d'Äppelviken, en montant aider Super Blomkvist à traquer un tueur en série fou, certes, mais parfaitement organisé. Sa mère était agitée, ne la reconnaissait pas, mais n'avait quand même pas voulu la laisser partir. Elle avait gardé sa main dans la sienne et posé sur sa fille un regard perplexe. Lisbeth était pressée. Elle s'était dégagée, avait serré sa maman dans ses bras et s'était précipitée sur sa moto pour partir.

La directrice d'Äppelviken, Agnes Mikaelsson, paraissait contente de voir Lisbeth. Elle la salua avec gentillesse et l'accompagna dans un local pour chercher le carton. Lisbeth le souleva. Il pesait quelques kilos et ne contenait pas grand-chose à exhiber comme patrimoine d'une vie.

— Je ne savais pas quoi faire des affaires de votre mère, dit Mme Mikaelsson. Mais j'avais le sentiment qu'un jour vous alliez revenir.

— J'étais en voyage, répondit Lisbeth.

Elle la remercia d'avoir gardé le carton, le porta jusqu'à sa voiture et quitta Äppelviken pour la dernière fois.

LISBETH FUT DE RETOUR à Fiskaregatan peu après midi, et elle monta le carton de sa mère à l'appartement marqué V. Kulla. Elle le déposa sans l'ouvrir dans le placard de l'entrée, puis elle ressortit.

En ouvrant la porte de l'immeuble, elle vit passer une voiture de police à une allure d'escargot. Lisbeth s'arrêta et contempla attentivement l'autorité devant son domicile. Les flics ne faisant pas mine de vouloir passer à l'attaque, elle les laissa courir.

Dans l'après-midi, elle se rendit chez H & M et chez Dressman pour renouveler sa garde-robe. Elle se procura un véritable trousseau d'habits de base, sous forme de pantalons, de jeans, de tee-shirts et de chaussettes. Les vêtements de marque coûteux ne l'intéressaient pas, mais elle ressentit néanmoins une certaine jouissance de pouvoir acheter une demi-douzaine de jeans d'un coup sans être obligée de compter ses sous.

Elle acheta une bonne paire de chaussures d'hiver chez Skoman et deux paires plus légères, pour l'intérieur. Ensuite elle céda à l'impulsion de prendre aussi une paire de boots noirs à talons hauts qui la grandissaient de quelques centimètres. De plus, elle se trouva une veste d'hiver chaude en daim marron et avec un col de fourrure.

Son achat le plus extravagant fut chez Twilfit, où elle acheta une vraie collection de culottes et de soutiens-gorges. Encore une fois des vêtements de base, mais après une demi-heure d'hésitation gênée, elle prit aussi un ensemble qu'elle considérait comme "sexy", voire "coquin", et qu'auparavant elle n'aurait jamais imaginé d'acquérir. Le soir, quand elle essaya l'ensemble, elle se sentit d'un ridicule sans bornes. Ce qu'elle voyait dans le miroir était une fille au corps maigre et tatoué, harnachée d'un accoutrement grotesque. Elle se débarrassa des fanfreluches et les jeta à la poubelle.

MIA BERGMAN, FUTUR DOCTEUR en criminologie, découpa du cheesecake qu'elle décora avec de la glace à la framboise. Elle servit Erika Berger et Mikael Blomkvist en premier, avant de placer des coupes devant Dag Svensson et elle-même. Malou Eriksson avait catégoriquement refusé de prendre un dessert et se contentait d'un café noir dans une tasse en porcelaine fleurie rétro en diable.

— C'était le service de ma grand-mère, dit Mia en voyant Malou examiner la tasse.

— Mia a toujours la trouille qu'on lui casse une de ses tasses, dit Dag Svensson. On ne sort ce service que quand on a des invités de marque.

Mia Bergman sourit.

— J'ai grandi chez ma grand-mère pendant plusieurs années et ces tasses sont à peu près tout ce qui me reste d'elle.

— Je les trouve vraiment charmantes, dit Malou. Moi, côté vaisselle, je n'ai que du cent pour cent Ikea.

Mikael se fichait éperdument des tasses à café fleuries et posa un regard soupçonneux sur le plat de cheesecake. Il envisagea de desserrer sa ceinture d'un cran. Erika en était au même point de ses réflexions.

— Oh là là, je n'aurais pas dû prendre de dessert, dit-elle en jetant un coup d'œil sur Malou comme pour s'excuser avant de saisir la cuillère d'une main ferme.

Ce dîner était supposé être une petite réunion de travail d'une part pour sceller leur collaboration, et d'autre part pour continuer à discuter du montage du numéro thématique de *Millénium*. Dag Svensson avait spontanément proposé que tout le monde se retrouve chez lui pour manger un morceau, et Mia Bergman avait saisi le prétexte pour servir le meilleur poulet à l'aigre-douce que Mikael ait jamais mangé. Ils avaient arrosé cela de deux bouteilles de vin espagnol corsé et Dag avait profité du dessert pour demander s'il y avait des amateurs pour un verre de Tullamore Dew. Seule Erika avait eu la bêtise de dire non, et Dag sortit des verres.

Dag Svensson et Mia Bergman habitaient un deux-pièces à Enskede. Cela faisait quelques années qu'ils sortaient ensemble, un an auparavant ils s'étaient décidés à emménager dans cet appartement.

Tout le monde s'était retrouvé vers 18 heures et deux heures et demie plus tard, le dessert terminé, pas un mot n'avait été dit au sujet du véritable but de ce dîner. En revanche, Mikael avait découvert qu'il aimait bien Dag Svensson et Mia Bergman et qu'il se plaisait en leur compagnie.

Ce fut Erika qui finit par orienter la conversation sur le sujet dont ils étaient censés discuter. Mia Bergman alla chercher une copie de sa thèse qu'elle posa sur la table devant Erika. Le titre était pour le moins ironique – *Bons baisers de Russie*, allusion évidente au 007 classique d'Ian Fleming. Le sous-titre l'était moins : *Trafic de femmes, criminalité organisée et mesures prises par les autorités.*

— Faites bien la distinction entre ma thèse et le livre qu'écrit Dag, dit-elle. Le livre de Dag est la version d'un agitateur qui se polarise sur les profiteurs du trafic de femmes. Ma thèse, elle, est constituée de statistiques, d'études sur le terrain, de textes de lois et d'une analyse du comportement de la société et des tribunaux vis-à-vis des victimes.

— C'est-à-dire les filles.

— Oui, et des filles jeunes, entre quinze et vingt ans en général, classe ouvrière, niveau d'éducation faible. Ce sont des filles qui souvent viennent d'un milieu familial perturbé et il n'est pas rare qu'elles aient déjà été victimes d'abus sous une forme ou une autre dès l'enfance – si elles sont venues en Suède, c'est évidemment que quelqu'un leur a raconté un tas de salades.

— Les marchands de sexe.

— Un aspect des choses que ma thèse met bien en perspective, c'est la différence hommes-femmes. Ce n'est pas souvent qu'un chercheur est en mesure d'établir aussi nettement des rôles entre sexes. Les filles : les gentilles ; les hommes : les méchants. A l'exception de quelques femmes isolées qui profitent du commerce du sexe, il n'existe pas d'autre forme de criminalité où les rôles masculin et féminin soient la condition indispensable du crime. Il n'existe pas non plus d'autre forme de criminalité où l'acceptation de la société soit aussi grande et où elle fasse si peu pour y mettre un terme.

— Si j'ai bien compris, la Suède dispose malgré tout d'une législation assez rigoureuse à l'encontre du trafic de femmes et du commerce du sexe, dit Erika.

— Ne me fais pas rire. Quelques centaines de filles – il n'y a pas de statistiques exactes – sont chaque année transportées en Suède pour servir de putains, ce qui signifie concrètement abandonner son corps à des viols systématiques. Depuis que la loi sur le trafic de femmes est entrée en vigueur, elle n'a été utilisée que quelques rares fois par la justice. La première fois en avril 2003, à l'encontre de cette vieille mère maquerelle folle qui avait changé de sexe. Et qui bien entendu a été acquittée.

— Attends, je croyais qu'elle avait été condamnée ?

— Comme tenancière de bordel, oui. Mais elle a été déchargée de l'accusation de trafic de femmes. Il se trouve que les filles qui étaient les victimes étaient aussi les témoins à charge et elles sont retournées dans les pays baltes. Les autorités ont essayé de les faire venir au procès et Interpol les a même fait rechercher. Elles avaient disparu sans laisser de traces dans leurs pays d'origine et après des mois de recherche on ne les avait toujours pas retrouvées.

— Bon. Et qu'est-ce qui leur est arrivé ?

— Rien. L'émission de télé *Insider* a repris l'enquête et a envoyé une équipe à Tallinn. Il a fallu à peu près un après-midi aux reporters pour trouver deux des filles qui habitaient chez leurs parents. La troisième était partie vivre en Italie.

— Autrement dit, la police de Tallinn n'a pas été très efficace.

— Depuis, nous avons obtenu quelques condamnations, mais globalement toujours pour des individus interpellés pour d'autres crimes ou qui avaient été d'une bêtise si colossale qu'on ne pouvait que les coincer. Cette loi est de la poudre aux yeux. Elle n'est pas utilisée.

— Je vois.

— Le problème, c'est que, dans le cas présent, les crimes sont le viol aggravé, souvent assorti de coups et blessures, aggravés eux aussi, et menaces de mort, dans certains cas complétées de séquestration, ajouta Dag Svensson. C'est le lot quotidien de beaucoup de ces filles, qu'on a maquillées et habillées en minijupe et qui ont été enfermées dans une villa de banlieue. Les filles n'ont pas le choix. Soit elles acceptent de se faire baiser par un gros dégueulasse, soit elles risquent d'être maltraitées et torturées par leur maquereau. Elles ne peuvent pas s'enfuir – elles ne parlent pas la langue, elles ne connaissent ni les lois ni la réglementation et ne savent pas vers qui se tourner. Elles ne peuvent pas rentrer chez elles. L'une des premières mesures est de leur confisquer leur passeport et, dans l'affaire de la maquerelle, les filles étaient séquestrées dans un appartement.

— Ça ressemble fort à de l'esclavage. Est-ce que ces filles gagnent quelque chose ?

— Oui, oui, répondit Mia Bergman. Pour panser les plaies, on leur donne un bout du gâteau. Elles travaillent en moyenne deux-trois mois avant de pouvoir retourner chez elles. Elles ramènent en général une jolie somme – 20 000 ou même jusqu'à 30 000 couronnes, ce qui en devises russes représente une petite fortune. Malheureusement, elles se retrouvent souvent aussi avec de graves problèmes d'alcool ou de drogues et un train de vie qui font que l'argent est vite dépensé. Conclusion, le système se suffit à lui-même ; au bout de quelque temps elles reviennent, elles retournent pour ainsi dire de leur plein gré vers leur bourreau.

— Quel est le chiffre d'affaires annuel de l'activité ? demanda Mikael.

Mia Bergman se tourna vers Dag Svensson et réfléchit un instant avant de répondre.

— Il est très difficile de donner une réponse correcte à cette question. Nous avons fait des calculs dans tous les sens, mais beaucoup de nos chiffres finissent par n'être que des estimations.

— Grosso modo, alors.

— Bon, nous savons par exemple que la maquerelle – celle qui a été condamnée pour proxénétisme mais acquittée pour le trafic de femmes – a fait venir sur environ deux ans trente-cinq femmes de l'Est. Elles étaient ici pour des périodes variables – de quelques semaines jusqu'à quelques mois. Au procès, il en est ressorti que pendant ces deux années, elles ont au total rentré un peu plus de 2 millions de couronnes. J'ai calculé qu'une fille rapporte pas loin de 60 000 couronnes par mois, dont il faut retirer 15 000 pour des dépenses diverses – déplacements, vêtements, logement, etc. Ce n'est pas une vie de luxe, et souvent elles sont obligées de partager un appartement fourni par les trafiquants. Sur les 45 000 couronnes restantes, la bande prélève entre 20 000 et 30 000. Le chef en fout la moitié dans sa poche, disons 15 000, et répartit l'autre moitié entre ses employés – chauffeur, sbires et autres. Il reste 10 000 à 12 000 couronnes pour la fille.

— Par mois…

— Disons qu'une bande dispose de deux ou trois filles qui triment. Cela veut dire qu'elles rapportent plus de 200 000 couronnes par mois. Chaque bande est constituée de deux-trois personnes qui doivent en vivre. Voilà à peu près à quoi ressemble l'économie du viol.

— Et cela concerne combien de personnes… je veux dire en comptant large ?

— Considère qu'à tout moment il y a environ cent filles en activité qui sont d'une façon ou d'une autre victimes du trafic des femmes. Cela signifie que le chiffre d'affaires total dans toute la Suède tourne chaque mois autour de

6 millions de couronnes, ce qui fait par an environ 70 millions de couronnes. Et on ne parle que des filles qui sont victimes de la traite des femmes.

— Ça semble des broutilles.

— Ce sont des broutilles, effectivement. Sauf que pour ramasser ces sommes assez modiques, il faut que cent filles soient violées. Ça me rend dingue.

— Tu ne m'as pas l'air d'un chercheur objectif. Mais s'il faut trois gars pour une fille, ça veut dire qu'entre cinq cents et six cents hommes se remplissent les poches de cette manière.

— Moins que ça probablement. Je dirais un peu plus de trois cents types.

— Ça ne paraît pas un problème insurmontable, dit Erika.

— Nous votons des lois et nous nous indignons dans les médias, mais pratiquement personne n'a discuté avec une prostituée de l'ex-URSS et personne n'a la moindre idée de ce qu'est sa vie.

— Comment ça fonctionne ? Je veux dire en pratique. Ça doit être assez difficile de faire venir de Tallinn une fille de seize ans sans que ça se remarque. Comment ça se passe à leur arrivée ? demanda Mikael.

— Quand j'ai commencé mes recherches sur ce sujet, je croyais qu'il s'agissait d'une activité très bien organisée, gérée par une sorte de mafia professionnelle qui faisait passer la frontière aux filles avec plus ou moins d'élégance.

— Mais ce n'est pas le cas ? dit Malou Eriksson.

— Le trafic est organisé mais j'ai été si j'ose dire profondément déçue de m'apercevoir qu'en réalité il s'agit de plusieurs bandes, petites et assez désorganisées. Oubliez les costards chic et la bagnole de sport – la bande moyenne a deux-trois membres, la moitié sont des Russes ou des Baltes, l'autre moitié des Suédois. Le chef, il faut vous le représenter la quarantaine, vêtu d'un débardeur, en train d'écluser une bière tout en se grattant le bide, à considérer comme socialement arriéré sous certains aspects et ayant eu des problèmes toute sa vie.

— Voilà qui est romantique.

— Sa vision des femmes date de l'âge de pierre. C'est un violent notoire, il est souvent ivre et il casse la gueule de quiconque ose protester. Chacun a son rang dans la bande et ses collaborateurs ont souvent peur de lui.

LA LIVRAISON DE MEUBLES D'IKEA arriva vers 9 h 30 trois jours plus tard. Deux balèzes serrèrent la main de la blonde Irene Nesser qui parlait avec un accent norvégien marrant. Puis ils firent la navette dans l'ascenseur sous-dimensionné et s'attelèrent à l'assemblage des tables, des armoires et des lits. Les gars étaient d'une efficacité redoutable et semblaient connaître par cœur le guide de montage. Irene Nesser descendit aux halles de Söder acheter des plats grecs à emporter et les invita à déjeuner.

Les gars d'Ikea avaient terminé vers 17 heures et ils rassemblèrent et embarquèrent tous les cartons. Quand ils furent partis, Lisbeth Salander retira sa perruque et se balada dans l'appartement en se demandant si elle allait se sentir bien dans son nouveau domicile. La table de la cuisine avait l'air trop élégante pour être son style. Dans la pièce jouxtant la cuisine, qui donnait à la fois sur l'entrée et la cuisine, elle avait installé son séjour avec les canapés modernes et un groupe de fauteuils autour d'une table basse devant la fenêtre. Elle était satisfaite de la chambre à coucher et s'assit doucement sur le matelas pour en éprouver le confort.

Elle jeta un regard vers la pièce de travail avec vue sur les eaux du Saltsjön. *Adjugé, c'est efficace. Je vais pouvoir bosser ici.*

Elle ne savait cependant pas exactement sur quoi elle travaillerait, et pour le reste elle se sentait à la fois hésitante et critique en regardant ses meubles.

Bon, on verra bien ce que ça donnera.

Lisbeth passa le reste de la soirée à défaire des paquets et à trier ses affaires. Elle fit le lit et rangea des serviettes, des draps et des taies d'oreiller dans l'armoire à linge. Elle ouvrit les sacs avec ses nouveaux vêtements et les rangea dans les penderies. Malgré ses achats massifs, elle ne remplit qu'une infime partie de l'espace. Elle mit les lampes en place, et les casseroles, la vaisselle et les couverts dans les placards de la cuisine.

Elle jeta un coup d'œil perplexe sur les murs vides et réalisa qu'elle aurait dû acheter des posters ou des tableaux ou des trucs de ce genre. Les gens normaux avaient ça sur leurs murs et elle devrait sans doute en avoir aussi. Une plante verte n'aurait pas fait de mal non plus.

Ensuite, elle ouvrit les cartons qu'elle avait apportés de Lundagatan et tria des livres, des journaux, des coupures et de la doc accumulée dans ses recherches, qu'elle devrait sans doute jeter. Elle bazarda généreusement de vieux tee-shirts usés et des chaussettes trouées. Tout à coup, elle trouva un gode, encore dans son paquet d'origine. Elle afficha un sourire en coin. C'était un des cadeaux d'anniversaire loufoques de Mimmi deux ans plus tôt, et elle avait totalement oublié son existence, elle ne l'avait même jamais essayé. Elle décida de remédier à cela et alla placer le gode dressé sur sa base sur la commode près du lit.

Puis elle retrouva son sérieux. *Mimmi.* Elle ressentait une pointe de mauvaise conscience. Elle était sortie assez régulièrement avec Mimmi pendant un an, puis elle l'avait abandonnée pour Mikael Blomkvist sans un mot d'explication. Elle n'avait ni dit au revoir ni annoncé son intention de quitter la Suède. Elle n'avait ni signalé son départ ni échangé le moindre mot avec Dragan Armanskij ou les filles des Evil Fingers, qui devaient la croire morte. A moins qu'elles ne l'aient oubliée – Lisbeth n'avait jamais été un personnage central du groupe. C'était comme si elle leur avait tourné le dos à tous. Elle réalisa soudain qu'elle n'avait pas non plus dit au revoir à George Bland à la Grenade et se demanda s'il continuait à la guetter sur la plage. Elle médita ce que Mikael Blomkvist lui avait dit au sujet de l'amitié. *Je ne soigne pas mes amis.* Elle se demanda si Mimmi existait toujours, là, dans la ville, quelque part, et si elle devait donner de ses nouvelles.

Elle passa la plus grande partie de la soirée et un bout de la nuit à trier des papiers dans la pièce de travail, à installer son ordinateur et à surfer sur Internet. Elle vérifia comment se portaient ses investissements et découvrit qu'elle était plus riche qu'un an auparavant.

Elle fit un contrôle de routine de l'ordinateur de maître Nils Erik Bjurman mais ne trouva rien d'intéressant dans son courrier et en tira la conclusion qu'il se tenait à carreau. Elle ne trouva aucune indication qu'il avait eu d'autres contacts avec la clinique à Marseille. Bjurman semblait même avoir diminué son activité, professionnelle comme privée, et passait son temps à végéter. Il utilisait rarement le courrier électronique et quand il surfait sur le Net, c'était principalement pour visiter des sites pornos.

Elle ne se déconnecta que vers 2 heures. Elle alla dans la chambre, se déshabilla et lança les vêtements sur une chaise. Puis elle passa dans la salle de bains. Le coin près de l'entrée avait des miroirs d'angle du sol au plafond. Elle s'examina un long moment. Elle détailla son visage anguleux et de travers, sa nouvelle poitrine et son gros tatouage dans le dos. Il était beau, un long dragon serpentant en rouge, vert et noir, qui commençait sur l'épaule et dont la mince queue continuait sur la fesse droite pour s'arrêter sur la cuisse. Au cours de son année de voyages, elle avait laissé pousser ses cheveux jusqu'aux épaules mais, la dernière semaine à la Grenade, elle avait soudain pris des ciseaux et coupé ses cheveux court. Ils pointaient encore dans tous les sens.

Elle sentit tout à coup qu'un changement fondamental avait eu lieu ou était en train de se produire dans sa vie. C'était peut-être le danger quand on disposait soudain de milliards et n'était plus obligé de penser au moindre sou. C'était peut-être aussi le monde adulte qui finissait par la contaminer. C'était peut-être le fait de se rendre compte que la mort de sa mère avait mis un point final à son enfance.

Au cours des voyages de l'année passée, elle s'était débarrassée de plusieurs de ses piercings. A la clinique de Gênes, un anneau dans le téton était passé à la trappe pour des raisons purement médicales liées à l'opération. Ensuite, elle avait retiré l'anneau de sa lèvre inférieure et, à la Grenade, elle avait enlevé un anneau subtilement placé entre ses cuisses – il lui faisait mal et elle ne savait plus très bien pourquoi elle s'était fait mettre un piercing à cet endroit.

Brusquement, elle ouvrit la bouche et dévissa la tige qui traversait sa langue et qu'elle portait depuis sept ans. Elle la posa dans un bol sur l'étagère à côté du lavabo. Sa bouche semblait vide. A part quelques anneaux à l'oreille, il ne lui restait que deux piercings, un anneau au sourcil gauche et un bijou au nombril.

Quand plus tard elle se glissa sous la couette toute neuve, elle découvrit que le lit qu'elle avait acheté était gigantesque et qu'elle n'occupait qu'une toute petite partie de la surface. Elle avait l'impression d'être couchée au bord d'un terrain de foot. Elle enroula la couette autour de son corps et réfléchit pendant un long moment.

6

DIMANCHE 23 JANVIER – SAMEDI 29 JANVIER

LISBETH SALANDER PRIT L'ASCENSEUR du parking au sous-sol jusqu'au quatrième étage, le dernier des trois étages dans l'immeuble de bureaux de Slussen qu'occupait Milton Security. Le double d'un passe qu'elle avait pris soin de se procurer quelques années plus tôt était encore bon. Elle regarda machinalement sa montre en sortant dans le couloir plongé dans le noir. 3 h 10 le dimanche. Le gardien de nuit se trouvait au centre de surveillance au deuxième étage et elle savait qu'elle serait selon toute vraisemblance seule au quatrième.

Comme toujours, elle était stupéfaite de voir qu'une entreprise de sécurité professionnelle laissait des lacunes si manifestes dans son propre système de sécurité.

Peu de choses avaient changé dans le couloir du quatrième au cours de l'année. Elle commença par sa propre pièce de travail, un petit cube derrière une cloison vitrée dans le couloir, où Dragan Armanskij l'avait installée. La porte n'était pas fermée à clé. Une table, une chaise de bureau, une corbeille à papier et une bibliothèque vide, le vieux PC Toshiba de 1997 avec un disque dur minable ; il ne fallut pas trente secondes à Lisbeth pour constater que pendant son année d'absence, absolument rien n'avait changé dans "son" bureau à part que quelqu'un avait déposé un carton avec de vieux papiers juste à côté de la porte.

Rien n'indiquait que Dragan avait installé là quelqu'un d'autre. Elle interpréta cela comme un bon signe tout en sachant que ça ne signifiait rien. Les quatre mètres carrés de cette pièce ne pouvaient pas être utilisés à grand-chose d'utile.

Lisbeth ferma la porte et enfila sans bruit tout le couloir en vérifiant qu'aucun noctambule n'était en train de travailler quelque part. Elle était seule. Elle s'arrêta devant la machine à café et fit sortir un gobelet en plastique de cappuccino avant de poursuivre au bureau de Dragan Armanskij et d'en ouvrir la porte avec sa clé piratée.

Comme toujours, le bureau d'Armanskij était d'une propreté agaçante. Elle fit un petit tour dans la pièce et jeta un coup d'œil sur la bibliothèque avant de s'asseoir à sa table et de brancher l'ordinateur.

Elle sortit un CD de la poche intérieure de sa veste en daim toute neuve et l'inséra dans le lecteur pour démarrer un programme nommé Asphyxia 1.3, qu'elle avait concocté elle-même et dont l'unique fonction était d'actualiser Internet Explorer sur le disque dur d'Armanskij. Le processus dura environ cinq minutes.

Cela terminé, elle sortit le CD du lecteur et redémarra l'ordinateur avec la nouvelle version d'Internet Explorer. Le programme avait l'air de l'ancienne version et se comportait exactement pareil, mais il était un poil plus lourd et une microseconde plus lent. Toutes les configurations étaient identiques à l'original, y compris la date d'installation. Du nouveau fichier, on ne voyait aucune trace.

Elle entra l'adresse d'un serveur ftp en Hollande et obtint un menu. Elle cliqua sur la case copy, tapa *Armanskij/MiltSec* et cliqua sur Entrée. L'ordinateur commença immédiatement à copier le disque dur de Dragan Armanskij sur le serveur en Hollande. Une horloge indiqua que le processus prendrait trente-quatre minutes.

Pendant le transfert, elle sortit le double de la clé du meuble-bureau d'Armanskij, qu'il gardait dans un pot de décoration dans la bibliothèque. Elle passa la demi-heure suivante à se mettre à jour sur les dossiers qu'Armanskij conservait dans le tiroir en haut à droite, où il rangeait toujours les affaires en cours et urgentes. Quand l'ordinateur signala que le transfert était terminé, elle remit les dossiers exactement dans l'ordre où elle les avait pris.

Ensuite elle arrêta l'ordinateur, éteignit la lampe de bureau et emporta le gobelet de cappuccino vide. Il était 4 h 12 quand elle pénétra dans l'ascenseur. Elle quitta Milton Security de la même manière qu'elle y était arrivée.

Elle rentra à pied à Fiskaregatan, s'installa devant son PowerBook, se connecta au serveur en Hollande et démarra une copie du programme Asphyxia 1.3. Une fois le programme lancé, une fenêtre s'ouvrit avec un choix de disques durs. Elle avait une quarantaine d'alternatives, et elle déroula le menu. Elle dépassa le disque dur de *Nils-EBjurman*, qu'elle ouvrait environ une fois tous les deux mois. Elle s'arrêta une seconde sur *MikBlom/laptop* et *MikBlom/office*. Elle n'avait pas ouvert ces icones depuis plus d'un an et envisagea vaguement de les glisser dans la corbeille. Par principe, elle décida cependant de les garder – du moment qu'elle avait un jour piraté ces ordinateurs, ce serait stupide d'effacer l'information pour un jour peut-être être obligée de refaire tout le processus. C'était valable aussi pour une icone titrée *Wennerström*, qu'elle n'avait pas ouverte depuis longtemps. Le propriétaire était mort. L'icone *Armanskij/MiltSec* était la dernière créée, elle se trouvait tout en bas de la liste.

Elle aurait pu cloner son disque dur plus tôt mais ne s'en était jamais donné la peine puisque, travaillant à Milton Security, elle avait tout loisir de mettre la main sur l'information qu'Armanskij voulait dissimuler à l'entourage. L'intrusion dans son ordinateur n'avait rien de malveillant. Elle voulait tout simplement savoir sur quoi travaillait l'entreprise et quel en était l'état général. Elle cliqua et instantanément s'ouvrit un nouveau dossier intitulé [ARMANSKIJDD]. Elle vérifia qu'elle arrivait à ouvrir le disque dur et constata que tous les fichiers étaient en place.

Elle resta à son ordinateur et lut les rapports d'Armanskij, ses comptes rendus financiers et ses e-mails jusqu'à 7 heures. Pour finir, elle hocha la tête, préoccupée, et arrêta l'ordinateur. Elle entra dans la salle de bains se laver les dents, puis dans la chambre où elle se déshabilla et laissa les vêtements en tas par terre. Elle se glissa dans le lit et dormit jusqu'à midi et demi.

LE DERNIER VENDREDI DE JANVIER, *Millénium* tint son assemblée générale annuelle. Y participaient le comptable de l'entreprise, un commissaire aux comptes, les quatre associés Erika Berger (détentrice de trente pour cent des parts),

Mikael Blomkvist (vingt pour cent), Christer Malm (vingt pour cent) et Harriet Vanger (trente pour cent). Avait également été convoquée à la réunion la secrétaire de rédaction Malou Eriksson, représentante du personnel en sa qualité de présidente de la cellule syndicale du journal, composée d'elle-même, Lottie Karim, Henry Cortez, Monika Nilsson et Sonny Magnusson, responsable de la publicité. C'était la première fois que Malou participait à une assemblée générale au niveau direction d'entreprise.

La réunion débuta à 16 heures précises et s'acheva un peu plus d'une heure plus tard. Une grande partie de la réunion fut consacrée au bilan financier et au détail des résultats. L'assemblée put sans difficulté constater que *Millénium* avait une assise économique stable comparée à la période de crise qui avait frappé l'entreprise deux ans plus tôt. Le compte de résultat faisait état d'un excédent de 2,1 millions de couronnes, dont 1 million constitué par les recettes du livre de Mikael Blomkvist sur l'affaire Wennerström.

Sur proposition d'Erika Berger, il fut décidé que 1 million serait placé pour servir de tampon aux crises futures, que 250 000 couronnes seraient affectées à la rénovation du local de la rédaction et à l'achat de nouveaux ordinateurs et autres équipements techniques, et que 300 000 couronnes seraient affectées à une augmentation générale des salaires et à l'offre d'un plein temps à Henry Cortez. Sur la somme restante, il était proposé de verser 50 000 couronnes à chacun des associés ainsi qu'une prime de salaire d'un total de 100 000 couronnes à partager équitablement entre les quatre collaborateurs fixes, qu'ils travaillent à mi-temps ou à plein temps. Le responsable de la publicité Sonny Magnusson ne reçut pas de prime, son contrat stipulant qu'il touchait un pourcentage sur les annonces obtenues, ce qui faisait parfois de lui le salarié le mieux payé de tous. La proposition fut adoptée à l'unanimité.

Une proposition de Mikael Blomkvist lança un bref débat pour savoir s'il faudrait diminuer le budget free-lance au profit d'un autre futur mi-temps. Mikael pensait à Dag Svensson, qui pourrait ainsi utiliser *Millénium* comme base d'une activité free-lance, et plus tard peut-être obtenir un plein temps. La proposition rencontra l'opposition d'Erika Berger, qui estimait que le journal aurait du mal à s'en tirer sans pouvoir avoir recours à des pigistes. Erika reçut le soutien de Harriet Vanger tandis que Christer Malm s'abstint. On décida de ne pas toucher au budget des pigistes. Tout le monde avait cependant très envie de travailler avec Dag Svensson au moins à temps partiel.

Après une courte discussion portant sur l'orientation future et les projets de développement, Erika Berger fut réélue présidente du conseil d'administration pour l'exercice à venir. Là-dessus, la réunion fut déclarée close.

Malou Eriksson n'avait pas dit un seul mot au cours de son premier conseil d'administration ; un rapide calcul mental lui avait permis de constater que les employés allaient recevoir une prime de 25 000 couronnes, c'est-à-dire plus d'un mois de salaire. Elle ne voyait aucune raison de protester contre la décision.

Immédiatement après la fin de l'assemblée générale, Erika Berger convoqua les associés pour une réunion extraordinaire. Erika, Mikael, Christer et Harriet restèrent donc tandis que les autres quittaient la salle de réunion. Dès que la porte se fut refermée, Erika déclara la réunion ouverte.

— Nous n'avons qu'un seul point à l'ordre du jour. Harriet, selon l'accord que nous avons conclu avec Henrik Vanger, ta participation courait sur deux ans. Nous sommes maintenant arrivés à la fin du contrat. Il nous faut par conséquent savoir ce qu'il advient de ta participation – ou plus exactement de celle de Henrik.

Harriet hocha la tête.

— Nous savons tous que la participation de Henrik était une impulsion spontanée, conséquence d'une situation très particulière, fit-elle. Cette situation n'existe plus. J'aimerais vos avis là-dessus.

Christer Malm se tortilla sur sa chaise. Il était le seul dans la pièce à ne pas savoir exactement en quoi consistait la situation particulière. Il savait que Mikael et Erika lui dissimulaient une histoire, mais Erika lui avait expliqué qu'il s'agissait d'une affaire hautement personnelle qui concernait Mikael et dont celui-ci ne voulait en aucun cas discuter. Christer n'était pas idiot et il avait compris que le silence de Mikael était lié aux événements de Hedestad et à Harriet Vanger. Il comprenait aussi qu'il n'avait pas besoin d'en savoir plus pour prendre une décision de principe et il respectait suffisamment Mikael pour ne pas en faire tout un plat.

— Nous avons discuté la chose entre nous trois et nous avons trouvé une entente, dit Erika. Elle fit une pause et regarda Harriet droit dans les yeux. Avant de dire notre façon de voir les choses, nous voudrions connaître ta position.

Le regard de Harriet Vanger passa d'Erika à Mikael puis à Christer. Ses yeux s'attardèrent sur Mikael, mais elle ne put rien lire sur leurs visages.

— Si vous voulez me racheter ma part, cela vous coûtera 3 millions de couronnes plus les intérêts, la somme que la famille Vanger a investie dans *Millénium*. Avez-vous les moyens de payer cela ? demanda Harriet doucement.

— Oui, on en a les moyens, dit Mikael avec un sourire.

Henrik Vanger lui avait versé 5 millions de couronnes pour le travail qu'il avait accompli pour lui. Détail comique, un des objectifs de la mission avait été de retrouver Harriet Vanger.

— Dans ce cas, la décision est entre vos mains, dit Harriet. Le contrat stipule que vous pouvez vous débarrasser de la participation des Vanger à partir d'aujourd'hui. Pour ma part, jamais je n'aurais formulé un contrat aussi flou que celui de Henrik.

— Nous pourrions racheter ta part si nous étions obligés de le faire, dit Erika. La question est donc de savoir ce que toi tu envisages. Tu diriges un groupe industriel – deux groupes plus exactement. Notre budget annuel correspond à ce que vous traitez pendant une pause café. Quel intérêt aurais-tu à gaspiller ton temps sur quelque chose d'aussi simpliste que *Millénium* ? Nous tenons un conseil d'administration tous les trois mois, et tu as consciencieusement pris le temps de venir à chacun depuis que tu remplaces Henrik.

Harriet Vanger posa sur la présidente du conseil d'administration un regard doux. Elle resta silencieuse un long moment. Puis elle répondit en se tournant vers Mikael.

— Depuis le jour de ma naissance, j'ai été propriétaire d'une chose ou d'une autre. Et je passe mes journées à diriger un groupe où il y a plus d'intrigues que dans un roman d'amour grand public. Quand j'ai commencé à siéger dans votre conseil, c'était pour remplir des devoirs auxquels je ne pouvais pas me dérober. Mais je vais vous dire une chose : au cours de ces dix-huit derniers mois j'ai découvert que j'aime mieux siéger dans ce conseil d'administration que dans tous les autres réunis.

Mikael hocha la tête d'un air pénétré. Harriet déplaça son regard sur Christer.

— *Millénium*, c'est comme de jouer au conseil d'administration. Les problèmes ici sont minimes, compréhensibles et visibles. L'entreprise se doit évidemment de faire des bénéfices et de gagner de l'argent – c'est une condition sine qua non. Mais le but de votre activité se situe sur un autre plan – vous voulez faire avancer les choses.

Elle but une gorgée d'eau minérale et fixa Erika.

— Ce que cela signifie exactement reste un peu flou pour moi. Vous n'êtes pas un parti politique, vous n'êtes pas une organisation syndicale. Vous n'avez de comptes à rendre à personne, à part vous-mêmes. Mais vous pointez des manquements dans la société et vous n'hésitez pas à emmerder les personnalités que vous n'aimez pas. Vous avez souvent envie de changer les choses. Même si vous faites tous semblant d'être des cyniques et des nihilistes, c'est votre propre morale qui guide le journal, et rien d'autre, et j'ai eu l'occasion de constater que votre morale est assez spéciale. Je ne sais pas comment appeler ça, mais *Millénium* possède une âme. C'est le seul conseil d'administration où je suis fière de siéger.

Elle se tut et resta silencieuse si longtemps qu'Erika se mit soudain à rire.

— C'est très bien tout ça. Mais tu n'as toujours pas répondu à la question.

— Je me sens bien en votre compagnie et ça m'a fait un bien fou de siéger ici. C'est la chose la plus dingue et farfelue que j'aie jamais vécue. Si voulez que je reste, c'est avec plaisir que je le ferai.

— Bon, dit Christer. Nous avons discuté en long et en large et nous sommes tous d'accord. Nous rompons le contrat aujourd'hui et nous rachetons ta part.

Les yeux de Harriet s'ouvrirent légèrement.

— Vous voulez vous débarrasser de moi ?

— Quand nous avons signé le contrat, nous avions la tête sur le billot et nous attendions la hache. Nous n'avions pas le choix. Et depuis lors, nous n'avons cessé d'attendre le jour où nous pourrions racheter la part de Henrik Vanger.

Erika ouvrit un dossier et posa des papiers sur la table qu'elle poussa vers Harriet Vanger avec un chèque du montant exact annoncé par Harriet. Elle parcourut le contrat du regard. Sans un mot, elle prit un stylo sur la table et signa.

— Voilà, dit Erika. Comme sur des roulettes. Je voudrais remercier Henrik Vanger pour le temps que nous avons passé ensemble et pour ses contributions à *Millénium*. Merci d'avance de le lui transmettre.

— Je le lui transmettrai, répondit Harriet Vanger sur un ton neutre.

Elle ne montrait pas ce qu'elle ressentait, mais elle était à la fois blessée et profondément déçue qu'ils lui aient laissé dire qu'elle voulait rester au conseil pour ensuite la mettre à la porte avec tant de légèreté. *Ça semblait tellement inutile, c'était incompréhensible.*

— D'un autre côté, je voudrais attirer ton attention sur un tout autre contrat, dit Erika Berger.

Elle prit une autre liasse qu'elle poussa à travers la table.

— Nous aimerions savoir s'il te plairait de devenir personnellement associée de *Millénium*. Le coût est exactement la somme que tu viens de recevoir. La différence dans le contrat est qu'il ne stipule ni limites de temps ni clauses d'exclusion. Tu entreras comme associée à part entière dans l'entreprise avec la même responsabilité et les mêmes devoirs que nous autres.

Harriet leva les sourcils.

— Pourquoi cette manière de procéder ?

— Parce que tôt ou tard il aurait fallu en passer par là, dit Christer Malm. On aurait pu renouveler l'ancien contrat d'année en année, d'une réunion d'associés à une autre ou jusqu'à ce qu'on se soit engueulé comme du poisson pourri au conseil et qu'on t'ait mise à la porte. Une révision s'imposait.

Harriet s'appuya sur le coude et le scruta du regard. Son regard passa ensuite de Mikael à Erika.

— Il se trouve que nous avons signé le contrat avec Henrik par contrainte économique, dit Erika. Nous te proposons ce nouveau contrat parce que nous le désirons. Et contrairement à ce que stipulait l'ancien contrat, il ne sera pas très facile de te virer dans l'avenir.

— Ça fait une différence énorme pour nous, dit Mikael à voix basse.

Ce fut sa seule contribution à la discussion.

— Nous trouvons tout simplement que tu apportes à *Millénium* quelque chose de plus que les garanties économiques liées au nom de Vanger, dit Erika Berger. Tu es sage et avisée et tu trouves des solutions constructives. Jusque-là, tu es restée en retrait, un peu comme un observateur de passage. Mais tu apportes à cette direction une stabilité et une fermeté que nous n'avons jamais connues auparavant. Tu connais les affaires. Tu m'as demandé un jour si tu pouvais avoir confiance en moi, et je me posais à peu près la même question à ton sujet. Aujourd'hui nous savons toutes les deux à quoi nous en tenir. Je t'apprécie énormément – et il en va de même pour nous tous. Nous ne te voulons pas ici par obligation formulée et couchée sur le papier dans un moment désespéré. Nous te voulons comme partenaire et comme associée à part entière.

Harriet prit le contrat et lut scrupuleusement chaque ligne pendant cinq minutes. Elle finit par lever la tête.

— Et tous les trois, vous êtes d'accord là-dessus ? demanda-t-elle.

Trois têtes acquiescèrent. Harriet prit le stylo et signa. Elle repoussa le chèque de l'autre côté de la table. Mikael le déchira.

LES ASSOCIÉS DE *MILLÉNIUM* dînèrent à Samirs Gryta dans Tavastgatan. Bon vin et couscous à l'agneau furent au menu d'une réunion tranquille pour fêter la nouvelle association. La conversation était décontractée et Harriet visiblement remuée. Il flottait dans l'air une petite touche de premier rendez-vous, où les deux parties savent que quelque chose va se passer, sans savoir exactement quoi.

Dès 19 h 30, Harriet Vanger quitta le restaurant, prétextant le besoin de rentrer à l'hôtel et de se mettre au lit.

Erika Berger devait rentrer retrouver son mari et elle l'accompagna un bout de chemin. Elles se séparèrent à Slussen. Mikael et Christer traînèrent encore un moment avant que Christer se lève lui aussi pour regagner ses pénates.

Harriet Vanger prit un taxi pour l'hôtel Sheraton et monta à sa chambre au sixième étage. Elle se déshabilla, se coula dans un bain, se sécha et enfila la robe de chambre que l'hôtel proposait. Ensuite elle s'assit devant la fenêtre pour admirer la vue sur Riddarholmen. Elle ouvrit un paquet de Dunhill et alluma une cigarette. Avec trois ou quatre cigarettes par jour, elle se considérait pratiquement comme non fumeuse et cela lui permettait de jouir de quelques bouffées friponnes sans avoir mauvaise conscience.

A 21 heures, on frappa à la porte. Elle ouvrit et fit entrer Mikael Blomkvist.

— Voyou, dit-elle.

Mikael sourit et lui fit la bise.

— Pendant une seconde, j'ai vraiment cru que vous alliez me foutre à la porte.

— On ne l'aurait jamais fait de cette manière-là. Tu comprends pourquoi on voulait reformuler le contrat ?

— Oui. Ça me semble tout à fait honnête.

Mikael ouvrit la robe de chambre, posa une main sur son sein et serra doucement.

— Voyou, dit-elle encore.

DE LA RUE, ELLE AVAIT VU LA FENÊTRE éclairée et elle entendait de la musique à l'intérieur. Lisbeth Salander s'arrêta devant la porte marquée Wu. Elle en tira la conclusion que Miriam Wu habitait toujours son F1 dans Tomtebogatan près de la place Sankt Eriksplan. On était vendredi soir et Lisbeth avait à moitié espéré que Mimmi soit sortie s'amuser quelque part et que l'appartement soit éteint et silencieux. Il lui restait à savoir si Mimmi voulait encore d'elle et si elle était seule et disponible.

Elle appuya sur la sonnette.

Mimmi ouvrit la porte et leva les sourcils, surprise. Puis elle s'adossa au chambranle, la main sur la hanche.

— Salander ! Je te croyais morte ou quelque chose de ce genre.

— Quelque chose de ce genre, dit Lisbeth.

— Qu'est-ce que tu veux ?

— Il y a beaucoup de réponses à cette question-là.

Miriam Wu laissa ses yeux errer dans la cage d'escalier avant de les poser de nouveau sur Lisbeth.

— Dis-en une, pour voir.

— Eh bien, vérifier si tu es toujours célibataire et si tu aimerais de la compagnie cette nuit.

Mimmi resta bouche bée pendant quelques secondes avant d'éclater soudain de rire.

— Je ne connais qu'une seule personne qui aurait l'idée de sonner à ma porte après un an et demi de silence pour me demander si j'ai envie de baiser.

— Tu veux que je m'en aille ?

Mimmi s'arrêta de rire. Elle garda le silence pendant quelques secondes.

— Lisbeth… mon Dieu, tu es sérieuse !

Lisbeth attendit.

Pour finir, Mimmi soupira et ouvrit grande la porte.

— Entre. Je peux au moins t'offrir un café.

Lisbeth la suivit et s'assit sur l'un des deux tabourets que Mimmi avait placés de part et d'autre d'une table à manger dans l'entrée, juste derrière la porte. L'appartement de vingt-quatre mètres carrés comportait une pièce exiguë et une entrée juste assez grande pour pouvoir y placer quelques meubles. La cuisine avait trouvé place dans un coin de l'entrée où Mimmi avait installé l'eau en tirant un tuyau depuis les toilettes.

Tandis que Mimmi préparait le café, Lisbeth la regarda à la dérobée. Miriam Wu avait pour parents une Chinoise de Hong-Kong et un Suédois de Boden. Elle utilisait le nom de famille de sa mère. Lisbeth savait que ses parents étaient toujours mariés et habitaient à Paris. Mimmi était inscrite en sociologie à la fac de Stockholm. Elle avait une sœur plus âgée qui étudiait l'anthropologie aux Etats-Unis. Les gènes de la mère se manifestaient sous forme de cheveux raides aile de corbeau qu'elle avait coupés court, et de vagues traits asiatiques. De son père elle avait des yeux bleus qui lui donnaient un air particulier. Sa bouche était large et elle avait des fossettes qui ne venaient ni de la mère ni du père.

Elle avait trente et un ans. Elle aimait s'affubler de vêtements en vinyle et fréquenter les boîtes de nuit où on donnait des spectacles, auxquels elle participait parfois elle-même. Lisbeth n'avait pas mis les pieds dans une boîte depuis ses seize ans.

Outre ses études de sociologie, Mimmi travaillait un jour par semaine comme vendeuse à Domino Fashion dans une rue transversale de Sveavägen. La clientèle de Domino avait un besoin vital de vêtements provocateurs du type tenue d'infirmière en latex ou panoplie de sorcière en cuir noir, et le magasin répondait du design et de la fabrication de ces costumes. Mimmi était copropriétaire de la boutique avec des copines. Cela représentait quelques milliers de couronnes chaque mois en renfort du prêt étudiant. Lisbeth Salander avait découvert Mimmi quelques années plus tôt alors qu'elle s'exhibait dans un show lors de la Gay Pride, puis elle l'avait croisée sous un chapiteau à bière plus tard dans la nuit. Mimmi portait une drôle de robe en plastique couleur citron, plus faite pour montrer que pour cacher. Lisbeth avait eu du mal à trouver une nuance érotique à cet accoutrement, mais elle était suffisamment soûle pour avoir eu soudain envie de draguer une fille déguisée en citron. A la grande surprise de Lisbeth, le citron avait jeté un regard sur elle, l'avait embrassée sans la moindre gêne en disant : *Toi, je te veux !* Elles étaient rentrées chez Lisbeth et avaient fait l'amour toute la nuit.

— Je suis comme je suis, dit Lisbeth. Je me suis tirée pour m'éloigner de tout et de tout le monde. J'aurais dû te dire au revoir.

— Je croyais qu'il t'était arrivé quelque chose. Mais c'est vrai qu'on n'a pas eu beaucoup de contacts les derniers mois avant que tu partes.

— J'étais super-occupée.

— Tu es vraiment une fille mystérieuse. Tu ne parles jamais de toi, je ne sais pas où tu bosses et je ne savais pas qui appeler quand tu ne répondais plus au portable.

— En ce moment je n'ai pas de boulot en particulier, et permets-moi de te dire que tu étais exactement comme moi. Tu voulais baiser avec moi mais je ne t'intéressais pas spécialement, et puis tu préfères la vie en solo. Pas vrai ?

Mimmi regarda Lisbeth.

— C'est vrai, finit-elle par dire.

— Et c'était pareil pour moi. Je voulais baiser mais je ne voulais pas vivre en couple avec toi. Je n'ai jamais rien promis.

— Tu as changé, dit Mimmi.

— Pas tant que ça.

— Tu as l'air plus âgée. Plus mature. Tu ne t'habilles pas pareil. Et tu as rembourré ton soutien-gorge avec quelque chose.

Lisbeth se tortilla sur elle-même mais ne répondit pas. Mimmi venait de toucher son point sensible, et elle avait du mal à déterminer comment elle allait expliquer l'affaire aux gens qui la connaissaient. Mimmi l'avait vue nue et elle remarquerait forcément qu'il y avait un changement. Pour finir, elle baissa les yeux et murmura :

— Je me suis fait faire des seins.

— Qu'est-ce que t'as dit ?

Lisbeth leva les yeux et parla plus fort, sans se rendre compte du ton de défi qu'elle prenait.

— Je suis allée dans une clinique en Italie pour me faire poser des implants. C'est pour ça que j'avais disparu. Ensuite, j'ai simplement continué à voyager. Je suis de retour maintenant.

— Tu plaisantes ?

Lisbeth regarda Mimmi avec des yeux inexpressifs.

— Ah, je suis bête. Tu ne plaisantes jamais, *mademoiselle Spock.*

— Je suis comme je suis et je n'ai pas l'intention de m'excuser. Je suis honnête avec toi. Si tu veux que je m'en aille, tu le dis. Tu veux que je m'en aille ?

— Attends, tu t'es réellement fait faire des seins ?

Lisbeth hocha la tête. Mimmi Wu éclata de rire. Lisbeth s'assombrit.

— En tout cas, pas question que tu t'en ailles avant que je les ai vus. S'il te plaît, ma jolie. *Please.*

— Mimmi, je suis comme je suis. Et toi aussi. Tu dragues tout ce qui possède des seins y compris quelqu'un comme moi qui n'avais pas de seins du tout. C'est pour ça que j'aimais tant baiser avec toi. Tu ne fourrais pas ton nez dans mes affaires et si j'étais occupée, t'en trouvais une autre. Et puis tu te fous totalement de ce que les gens pensent de toi.

Mimmi hocha la tête. Elle avait compris qu'elle était lesbienne dès le collège et, après quelques tâtonnements pénibles, elle avait finalement été initiée aux mystères de l'érotisme à dix-sept ans quand, par hasard, elle avait accompagné une amie à une fête organisée par l'assoce pour l'égalité sexuelle de Göteborg. Ensuite, elle n'avait jamais songé à vivre autrement. Une seule fois, elle avait alors vingt-trois ans, elle avait essayé de faire l'amour avec un homme. Elle avait accompli l'acte et fait toutes les choses qu'on attendait qu'elle fasse. Elle n'y avait trouvé aucun plaisir. Les femmes, en revanche, de toutes sortes et de toutes formes, éveillaient en elle une envie sans bornes. Elle appartenait aussi à la minorité dans la minorité que ne tentaient ni le mariage, ni la fidélité et les soirées douillettes à la maison.

— Je suis rentrée en Suède depuis quelques semaines seulement. Je voulais juste savoir si je dois aller draguer quelque part ou si tu es toujours partante.

Mimmi se leva et s'approcha de Lisbeth. Elle se pencha en avant et l'embrassa doucement sur la bouche.

— J'avais l'intention de bûcher ce soir.

Elle déboutonna le premier bouton de la chemise de Lisbeth.

— Mais alors là…

Elle l'embrassa de nouveau et défit un autre bouton.

— Il faut que je voie ça.

Un autre baiser.

— C'est bien que tu sois revenue.

HARRIET VANGER S'ENDORMIT vers 2 heures tandis que Mikael Blomkvist restait éveillé à écouter sa respiration. Il finit par se lever et lui piqua une cigarette dans son sac. Il s'assit tout nu sur une chaise à côté du lit et la regarda.

Mikael n'avait pas planifié de devenir l'amant occasionnel de Harriet. Au contraire, après la période passée à Hedestad, il ressentait plutôt le besoin de garder ses distances avec la famille Vanger. Il avait revu Harriet lors des réunions du conseil d'administration au printemps et avait observé une distance polie ; chacun connaissant les petits secrets de l'autre, il les gardait pour soi, mais en dehors des obligations de Harriet dans la direction de *Millénium*, rien ne les liait plus en termes de travail.

Pour la Pentecôte un an auparavant, et après des mois sans y être allé, Mikael avait passé un moment dans sa cabane de Sandhamn rien que pour avoir la paix, s'asseoir face à la mer et lire un polar. Le vendredi après-midi, quelques heures après son arrivée, alors qu'il était allé à pied au kiosque pour acheter des cigarettes, il tomba soudain sur Harriet Vanger. Elle avait ressenti le besoin de s'éloigner de Hedestad et avait réservé un week-end à l'hôtel de Sandhamn, coin qu'elle n'avait pas revu depuis son enfance. Elle avait seize ans quand elle s'était enfuie de Suède et cinquante-trois quand elle y était revenue après que Mikael avait retrouvé sa trace.

La surprise de se retrouver ainsi par hasard avait été partagée. Après quelques phrases banales, elle s'était tue, gênée. Mikael connaissait son histoire. Et elle savait qu'il avait mis un bémol à ses principes pour couvrir les terribles secrets de la famille Vanger. Et cela entre autres pour l'épargner, elle.

Mikael l'avait invitée à venir voir sa cabane. Ils avaient passé un long moment sur le ponton, à papoter. C'était la première fois qu'ils parlaient sérieusement depuis son retour en Suède. Mikael fut obligé de poser la question.

— Qu'est-ce que vous avez fait de ce qu'il y avait dans la cave de Martin Vanger ?

— Tu tiens vraiment à le savoir ?

Il hocha la tête.

— C'est moi qui ai fait le ménage. J'ai brûlé tout ce qui pouvait brûler. J'ai fait démolir la maison. Je n'aurais pas pu y habiter, ni la vendre ou laisser quelqu'un d'autre y habiter. Pour moi, elle était associée au mal, entièrement. J'ai l'intention de faire construire une autre maison sur le terrain, plus petite.

— Et personne n'a bronché quand tu l'as fait démolir ? Après tout, c'était une superbe villa moderne.

Elle sourit.

— Dirch Frode a fait courir le bruit qu'il y avait des problèmes d'humidité tellement énormes dans la maison que ça reviendrait plus cher de réparer.

Dirch Frode était l'avocat et l'homme de main de la famille Vanger.

— Comment il va, Frode ?

— Il aura bientôt soixante-dix ans. Je le maintiens occupé.

Ils dînèrent ensemble et Mikael se rendit tout à coup compte que Harriet était en train de raconter les détails les plus intimes et privés de sa vie. Il l'interrompit et demanda pourquoi. Elle réfléchit un instant et répondit qu'il n'y avait probablement personne d'autre au monde à qui elle n'avait aucune raison de dissimuler quoi que ce soit. Sans compter qu'elle avait du mal à cacher des secrets à un gamin dont elle avait été la baby-sitter quarante ans plus tôt.

Elle avait connu le sexe avec trois hommes dans sa vie. D'abord son père et ensuite son frère. Elle avait tué son père et s'était enfuie loin de son frère. D'une façon ou d'une autre elle avait survécu, avait rencontré un homme et avait bâti une nouvelle vie.

— Il était tendre et plein d'amour. On n'était pas... je veux dire, on n'avait pas une vie intime débordante, mais il était honnête et rassurant. J'étais heureuse avec lui. On a eu vingt années ensemble avant qu'il tombe malade.

— Pourquoi tu ne t'es jamais remariée ?

Elle haussa les épaules.

— J'étais la mère de deux enfants en Australie, et propriétaire d'une grosse entreprise agricole. Je suppose que je n'avais jamais vraiment la possibilité de m'échapper pour des week-ends romantiques. Le sexe ne m'a jamais manqué.

Ils restèrent en silence un moment.

— Il est tard. Je devrais retourner à mon hôtel.

Mikael hocha la tête.

— Tu as envie de me séduire ?

— Oui, répondit-il.

Mikael se leva et prit sa main, ils entrèrent dans la cabane et montèrent sur la mezzanine. Elle l'arrêta soudain.

— Je ne sais pas très bien comment je dois me comporter, dit-elle. Je ne fais pas ces choses tous les jours.

Ils avaient passé le week-end ensemble et ensuite ils s'étaient vus une nuit tous les trois mois lors des conseils d'administration de *Millénium*. Ce n'était pas une relation pratique, ni durable. Harriet Vanger travaillait vingt-quatre heures sur vingt-quatre et était en déplacement la plupart du temps. Elle passait un mois sur deux en Australie. Néanmoins, elle avait commencé à apprécier les rendez-vous irréguliers et sporadiques avec Mikael.

DEUX HEURES PLUS TARD, Mimmi préparait le café, tandis que Lisbeth restait allongée, nue et transpirante, sur le couvre-lit. Elle fuma une cigarette tout en contemplant le dos de Mimmi par l'entrebâillement de la porte. Elle enviait le corps de Mimmi, avec ses muscles impressionnants. Mimmi s'entraînait trois soirs par semaine, dont un à la boxe thaïe ou un truc genre karaté, ce qui avait donné à son corps cette condition physique insolente.

Elle était tout simplement appétissante. Pas belle comme un mannequin, mais véritablement attirante. Mimmi adorait provoquer et exciter. Quand elle faisait la folle dans une fête, vêtue de ses tenues spéciales, elle arrivait à brancher n'importe qui. Elle pouvait obtenir qui elle voulait. Lisbeth ne comprenait pas pourquoi Mimmi s'intéressait à une dinde anorexique comme elle.

Mais elle était contente que ce soit le cas. La baise avec Mimmi, c'était tellement libérateur que Lisbeth se laissait aller, jouissait, prenait et donnait.

Mimmi revint avec deux mugs qu'elle posa sur un tabouret. Elle grimpa dans le lit et se pencha pour embrasser l'un des tétons de Lisbeth.

— Bon, ben, ils font l'affaire, dit-elle.

Lisbeth ne dit rien. Elle regarda les seins de Mimmi devant ses yeux. Mimmi aussi avait des seins plutôt petits mais ils semblaient tout à fait naturels sur son corps.

— Très sincèrement, Lisbeth, tu es vraiment plus qu'attirante.

— Te fiche pas de moi. Les seins n'y changent rien, mais maintenant je les ai.

— Tu fais une fixation sur le corps.

— Et c'est toi qui dis ça, toi qui t'entraînes comme une déjantée.

— Je m'entraîne comme une déjantée parce que j'aime m'entraîner. C'est comme un shoot, presque aussi fort que le sexe. Tu devrais essayer.

— Je fais de la boxe, dit-elle.

— Tu parles. Tu n'y allais qu'une fois tous les deux mois et parce que tu prenais un malin plaisir à tabasser les connards qui frimaient. Ça, ce n'est pas s'entraîner pour se sentir bien.

Lisbeth haussa les épaules. Mimmi s'assit à califourchon sur elle.

— Lisbeth, tu es tellement nombriliste et fixée sur ton corps que tu me mets en pétard. Essaie de comprendre que si j'aimais t'avoir dans mon lit, ce n'était pas pour ton aspect physique mais pour ton comportement. Pour moi, tu es vachement sexy. Et tu sais comment je fonctionne.

— Toi aussi. C'est pour ça que je reviens vers toi.

— Ce n'est pas de l'amour alors ? demanda Mimmi d'une voix qu'elle feignit blessée.

Lisbeth secoua la tête.

— Est-ce que t'es avec quelqu'un en ce moment ?

Mimmi hésita un instant avant de hocher la tête.

— Peut-être. D'une certaine façon. On peut dire. C'est un peu compliqué.

— Je ne t'en demande pas plus.

— Je sais. Mais moi, je veux bien t'en parler. Si on peut dire, je suis avec une femme qui bosse en fac, un peu plus âgée que moi. Elle est mariée depuis vingt ans et on se voit en quelque sorte dans le dos de son mari. Tu sais, villa de banlieue, et tout ça. Une gouine inavouée.

Lisbeth hocha la tête.

— Son mari voyage pas mal, alors on se voit de temps en temps. Ça dure depuis l'automne et ça commence à devenir un peu routine. Mais elle est vraiment bien fichue. A part ça, je continue évidemment à voir la bande habituelle.

— Ma question, en fait, c'était : est-ce que je peux revenir te voir ?

Mimmi fit oui de la tête.

— Oui, j'ai très envie que tu donnes de tes nouvelles.

— Même si je disparais pendant six mois encore ?

— Garde le contact. Je tiens à savoir si tu es en vie ou pas. Et, crois-moi ou pas, je me souviens de la date de ton anniversaire.

— Pas d'exigences ?

Mimmi soupira et sourit.

— Tu sais, toi tu es une fille avec qui je pourrais vivre. Tu me laisserais tranquille quand j'ai envie qu'on me laisse tranquille.

Lisbeth ne dit rien.

— A part qu'en réalité tu n'es pas lesbienne. Pas vraiment. Bisexuelle, peut-être. Je crois surtout que sexuellement tu es difficile à définir. Autrement dit : tu aimes le sexe et tu te fous d'avec qui ça peut être. Tu es surtout un facteur de chaos permanent, j'ai l'impression.

— Je ne sais pas ce que je suis, dit Lisbeth. Mais je suis revenue à Stockholm et je ne suis pas douée pour les relations. Pour tout dire, je ne connais absolument personne ici. T'es la première personne avec qui je parle depuis mon retour.

Mimmi la dévisagea d'un air sérieux.

— Tu as vraiment envie de connaître du monde ? Toi, la fille la plus anonyme et inaccessible que je connaisse ?

Elles se turent un moment.

— Mais tes nouveaux seins sont vraiment super.

Elle posa les doigts sous un téton et tira sur la peau.

— Ils te vont très bien. Ni trop gros, ni trop petits.

Lisbeth soupira de soulagement de voir que les critiques allaient dans le bon sens.

— Et au toucher, ça fait vrai sein.

Elle serra si fort que Lisbeth ouvrit la bouche, le souffle coupé. Elles se regardèrent. Puis Mimmi se pencha en avant et l'embrassa goulûment. Lisbeth serra Mimmi contre elle. Le café refroidit avant qu'elles l'aient bu.

7

SAMEDI 29 JANVIER – DIMANCHE 13 FÉVRIER

LE GÉANT BLOND entra dans le village de Svavelsjö entre Järna et Vagnhärad vers 11 heures le samedi matin. L'agglomération comportait une quinzaine de maisons. Il arrêta sa voiture au dernier bâtiment, à environ cent cinquante mètres à l'extérieur du village. C'était une ancienne bâtisse industrielle défraîchie qui avait autrefois été une imprimerie, mais qui selon un panneau se targuait aujourd'hui d'abriter le Moto-Club de Svavelsjö. Bien que la circulation soit inexistante, il regarda attentivement autour de lui avant d'ouvrir la portière. L'air était frais. Il enfila des gants de cuir marron et sortit un sac de sport du coffre arrière.

Il ne craignait pas spécialement d'être repéré. La vieille imprimerie était située de telle façon qu'il était pratiquement impossible de garer une voiture sans que ça se voie. Si des flics voulaient placer le bâtiment sous surveillance, ils seraient obligés d'équiper leurs hommes de tenues de camouflage et de les installer dans un fossé de l'autre côté des champs, munis de télescopes. Ils auraient vite fait d'être aperçus par les gens du village qui en parleraient, et comme trois des maisons appartenaient à des membres du Moto-Club, en peu de temps cela remonterait au patron du club.

Il ne tenait pas à entrer dans la maison, en revanche. Deux-trois fois, les flics avaient fait des descentes dans le local du club et allez savoir s'ils n'avaient pas installé un système d'écoute discret. Cela signifiait que les conversations quotidiennes à l'intérieur étaient limitées aux bagnoles, aux filles et à la bière, voire parfois aux projets économiques, mais rarement des secrets d'une importance primordiale.

Le géant blond attendit donc patiemment que Carl-Magnus Lundin sorte dans la cour. Magge Lundin, trente-six ans, était le président du club. Maigre de constitution au départ, il avait pris en quelques années tant de kilos qu'il affichait le bide caractéristique des buveurs de bière. Ses cheveux blonds étaient attachés en catogan, et il portait des boots, un jean noir et un gros blouson d'hiver. L'homme avait cinq condamnations à son palmarès. Deux pour de petites infractions en matière de drogues, une pour recel aggravé et une pour vol de voiture et conduite en état d'ébriété. La cinquième condamnation, la plus sérieuse, lui avait valu un an de prison pour coups et blessures aggravés, un acte inutile et totalement gratuit plusieurs années auparavant quand, sous l'emprise de l'alcool, il avait ravagé un bar à Stockholm.

Ils se serrèrent la main. Magge Lundin fit un signe de la tête et ils se mirent à marcher lentement le long de la clôture autour de la cour.

— Ça fait quelques mois qu'on ne s'est pas vu, dit Magge.

Le géant blond hocha la tête.

— On est sur un coup. Plus de trois kilos de métamphétamine, 3 060 grammes pour être exact.

— Même deal que la dernière fois ?

— Fifty-fifty.

Magge Lundin tira un paquet de cigarettes de sa poche de poitrine. Il hocha la tête. Il aimait bien faire du business avec le géant blond. La métamphétamine se revendait dans les rues entre 160 et 230 couronnes le gramme, selon l'offre du moment. 3 060 grammes représentaient plus de 600 000 couronnes. Concrètement, le MC Svavelsjö distribuerait les trois kilos sous forme de portions d'environ 250 grammes à des revendeurs fixes. A ce maillon de la chaîne, le prix n'en était qu'à 120-130 couronnes le gramme, ce qui diminuait évidemment la recette théorique.

Il s'agissait d'un bon business pour le MC Svavelsjö. Contrairement à tous les autres fournisseurs, le géant blond n'insistait jamais pour être payé à l'avance ni pour imposer ses prix. Il livrait la marchandise et exigeait cinquante pour cent des bénéfices, une part tout à fait raisonnable. Les deux parties savaient grosso modo ce que rapporterait un kilo de métamphétamine ; la valeur exacte des parts relevait de l'efficacité de Magge Lundin côté vente. Une différence de quelques biffetons de mille dans un sens ou dans l'autre par rapport au prix escompté était à prévoir, mais une fois l'affaire terminée, le géant blond reviendrait encaisser une somme d'environ 190 000 couronnes et autant resterait dans le tiroir-caisse du MC Svavelsjö.

Depuis des années, leur business fonctionnait selon le même système. Magge Lundin savait que le géant blond aurait pu doubler ses gains en s'occupant lui-même de la distribution. Il savait aussi pourquoi le géant blond acceptait un revenu inférieur ; le mec restait planqué alors que le MC Svavelsjö prenait tous les risques. Le géant blond gagnait moins mais à moindre risque. Et contrairement à tous les autres fournisseurs dont avait entendu parler Lundin, la relation était basée sur les principes des affaires, du crédit et de la bonne volonté. Pas un mot plus fort que l'autre, pas d'emmerdes et pas de menaces.

Une fois, même, lors d'une livraison d'armes qui avait mal tourné, le géant blond avait dû avaler une perte de près de 100 000 couronnes. Magge Lundin ne connaissait personne d'autre dans la branche capable d'encaisser une telle perte avec un calme aussi stoïque. Lui-même était terrorisé quand il l'avait revu pour rendre compte de ce qui s'était passé. Il avait expliqué en détail pourquoi l'affaire avait foiré, et pourquoi un flic du Centre de prévention criminelle était venu perquisitionner chez un membre de Fraternité aryenne dans le Värmland. Mais le géant n'avait même pas haussé un sourcil. Il s'était plutôt montré très sympa. C'étaient des choses qui pouvaient arriver. Magge Lundin n'avait pas fait le profit attendu et cinquante pour cent de rien était zéro. Affaire classée.

Magge Lundin n'était pas dépourvu d'intelligence. Il comprenait qu'un profit moindre mais relativement peu risqué était tout simplement une bonne idée commerciale.

Il n'avait jamais envisagé de rouler le géant blond. Ça n'aurait pas été fair-play. Le géant blond et ses associés acceptaient un petit bénef tant que les comptes étaient honnêtes. Qu'il essaie de rouler le géant et le type viendrait le voir de toute façon, et Magge Lundin avait tout lieu de croire que lui-même y laisserait sa peau. Par conséquent, pas question de discuter.

— Quand est-ce que tu peux livrer ?

Le géant blond lâcha le sac de sport par terre.

— C'est livré.

Magge Lundin ne se donna pas la peine d'ouvrir le sac et de contrôler le contenu. Il se contenta de tendre la main pour signifier qu'ils avaient un accord dont il lui revenait de remplir sa part.

— Il y a autre chose, dit le géant blond.

— C'est quoi ?

— On voudrait t'engager pour un boulot spécial.

— Je t'écoute.

Le géant blond sortit une enveloppe de la poche intérieure de son blouson. Magge Lundin l'ouvrit et en tira une photo d'identité et une feuille avec des données personnelles. Il haussa les sourcils en un point d'interrogation.

— Elle s'appelle Lisbeth Salander, elle habite dans Lundagatan à Södermalm, à Stockholm.

— C'est noté.

— Elle se trouve probablement à l'étranger en ce moment mais elle va refaire surface à un moment ou un autre.

— On y sera.

— Mon commanditaire aimerait avoir un entretien privé avec elle sans qu'on le dérange. Il faut donc la livrer vivante. Par exemple dans ce hangar près d'Yngern. Il faudra prévoir quelqu'un pour nettoyer après l'entretien. Elle doit disparaître sans laisser de traces.

— Ça devrait être faisable. Comment est-ce qu'on sait quand elle arrive ?

— Je t'avertirai en temps voulu.

— Combien ?

— Je te propose dix patates au total. C'est pas un boulot compliqué. Tu montes à Stockholm, tu la cueilles, tu me la livres.

Ils se serrèrent la main une nouvelle fois.

A SA DEUXIÈME VISITE à Lundagatan, Lisbeth s'assit dans le canapé bouloché pour réfléchir. Elle devait prendre quelques décisions stratégiques, dont l'une était de déterminer si oui ou non elle conservait cet appartement.

Elle alluma une cigarette, souffla la fumée au plafond et laissa tomber la cendre dans une canette de Coca vide.

Elle n'avait aucune raison d'aimer cet appartement dans lequel elle avait emménagé avec sa mère et sa sœur quand elle avait quatre ans. Sa mère occupait le salon tandis qu'elle et Camilla partageaient la petite chambre. Quand elle avait douze ans et que Tout Le Mal était arrivé, on l'avait d'abord placée dans une clinique pédiatrique et ensuite, à quinze ans, dans différentes familles d'accueil. Son administrateur *ad hoc* légal, Holger Palmgren, avait sous-loué l'appartement, et il s'était arrangé pour qu'elle puisse le récupérer à sa majorité quand elle avait eu besoin d'un toit.

Ça n'avait jamais été l'appartement du bonheur, mais il avait représenté un point fixe pendant la majeure partie de son existence. Elle n'en avait pas besoin, mais l'idée de l'abandonner et que de parfaits étrangers foulent son plancher la révoltait.

Le problème logistique était que tout son courrier officiel – dans la mesure où elle recevait du courrier – arrivait à Lundagatan. Abandonner l'appartement l'obligerait à se trouver une autre adresse. Lisbeth Salander ne tenait pas à être une personne concrètement présente dans toute sorte de fichiers. Elle fonctionnait mentalement dans la paranoïa et elle n'avait aucune raison de faire confiance aux autorités ni à qui que ce soit, d'ailleurs.

Par la fenêtre, elle vit le mur de l'arrière-cour qu'elle avait contemplé toute sa vie. Elle se sentit soudain soulagée d'avoir pris la décision de quitter l'appartement. Elle ne s'y était jamais sentie bien ni en sécurité. Sobre ou ivre morte, chaque fois qu'elle tournait au coin de la rue et s'approchait de la porte cochère de l'immeuble, elle vérifiait les alentours, les voitures garées ou les passants. Elle avait tout lieu de penser que quelque part il y avait des gens qui lui voulaient du mal et, selon toute vraisemblance, ces gens passeraient à l'attaque quand elle entrerait dans son domicile ou en sortirait.

Il n'y avait pourtant pas eu d'agression et il ne s'était jamais passé quoi que ce soit. Cela ne signifiait pas qu'elle relâchait sa vigilance. L'adresse de Lundagatan était connue dans tous les fichiers officiels et, toutes ces années durant, elle n'avait jamais eu la possibilité d'augmenter la sécurité autrement qu'en restant sur ses gardes en permanence. Aujourd'hui, la situation avait changé. Elle ne voulait surtout pas que quelqu'un connaisse sa nouvelle adresse de Fiskaregatan. Son instinct la poussait à rester aussi anonyme que possible.

Mais cela ne résolvait pas la question de ce qu'elle devait faire de l'appartement. Elle se creusa la tête encore un moment, puis elle ouvrit son téléphone portable et appela Mimmi.

— Salut, c'est moi.

— Salut Lisbeth. Tu donnes de tes nouvelles au bout d'une semaine cette fois ?

— Je suis à Lundagatan.

— Oui.

— Je me demandais si ça te dirait de reprendre l'appart.

— Comment ça, le reprendre ?

— Tu vis dans une boîte à chaussures.

— Mais je m'y sens bien. Tu comptes déménager ?

— J'ai déjà déménagé. L'appart est vide.

Mimmi hésita à l'autre bout du fil.

— Et tu me demandes si je veux le reprendre. Eh, Lisbeth, je n'en ai pas les moyens.

— C'est un bail coopératif qui est entièrement payé. Il y a 1 480 couronnes de charges par mois, ce qui est probablement moins que ce que tu paies ta boîte à chaussures. Et elles sont payées d'avance pour un an.

— Mais tu as l'intention de le vendre. Je veux dire, il doit valoir bien plus de 1 million.

— Un et demi, si j'en crois les annonces des agences.

— Je n'ai pas les moyens.

— Je n'ai pas l'intention de vendre. Tu peux emménager ici dès ce soir et tu pourras habiter ici aussi longtemps que tu voudras et tu n'auras aucune charge à payer pendant un an. Je n'ai pas le droit de sous-louer mais je peux mentionner dans le contrat que tu es ma compagne, comme ça tu éviteras tous les problèmes avec la copropriété.

— Dis donc Lisbeth, t'es en train de me demander en mariage ! rit Mimmi.

Lisbeth resta sérieuse comme un pape.

— L'appartement ne me sert à rien et je n'ai pas l'intention de vendre.

— Tu veux dire que je peux y habiter gratuitement. C'est pas une blague ?

— Non.

— Pour combien de temps ?

— Aussi longtemps que tu voudras. Ça t'intéresse ?

— Evidemment. Ce n'est pas tous les jours qu'on me propose un appartement gratuit à Söder, mais habiter un quartier chic, ça me tente.

— Il y a juste un truc.

— Je l'attendais.

— Tu peux y habiter aussi longtemps que tu voudras mais ça sera toujours mon adresse, et mon courrier arrivera ici. Tout ce que je te demande, c'est de récupérer mon courrier et de me contacter s'il y a quelque chose d'intéressant.

— Lisbeth, t'es la fille la plus barge que je connaisse. Qu'est-ce que tu trafiques ? Où est-ce que tu vas habiter ?

— On en parlera plus tard, dit Lisbeth évasivement.

ELLES SE MIRENT D'ACCORD pour se retrouver plus tard dans l'après-midi afin que Mimmi puisse se faire une idée de l'appartement. Les choses ainsi réglées, Lisbeth se sentit beaucoup mieux. Elle consulta sa montre et constata qu'il lui restait plein de temps avant que Mimmi arrive. Elle se leva et rejoignit à pied Handelsbanken dans Hornsgatan, où elle prit un ticket et attendit patiemment qu'une caisse se libère.

Elle montra sa carte d'identité et expliqua qu'elle avait passé un certain temps à l'étranger et qu'elle voulait consulter le solde de son compte d'épargne. Son capital officiellement déclaré était de 82 670 couronnes. Le compte était resté en sommeil depuis plus d'un an, à part un versement de 9 312 couronnes qui avait été fait au cours de l'automne. C'était l'héritage de sa mère.

Lisbeth Salander retira en espèces la somme correspondant à l'héritage. Elle réfléchit un instant. Elle voulait utiliser cet argent à quelque chose qui aurait fait plaisir à sa mère. Quelque chose de circonstance. Elle se rendit au bureau de poste de Rosenlundsgatan et, sans trop savoir elle-même la raison de ce choix, elle fit un don anonyme au compte de SOS-Femmes en détresse.

IL ÉTAIT 20 HEURES le vendredi quand Erika arrêta son ordinateur et s'étira. Elle venait de passer neuf heures à mettre la dernière main au numéro de mars de *Millénium* et, compte tenu que Malou Eriksson travaillait à plein temps sur le numéro à thème de Dag Svensson, elle avait dû faire une grande partie de la rédaction elle-même. Henry Cortez et Lottie Karim lui avaient bien donné un coup de main, mais ils étaient plus correspondants et enquêteurs qu'habitués à rédiger.

Erika Berger se sentait donc fatiguée et elle avait les fesses endolories, mais globalement elle était satisfaite de la journée et de la vie en général. Les finances du journal étaient stables, les courbes allaient dans la bonne direction, les textes arrivaient avant la date limite ou en tout cas sans trop de retard, le personnel était content et, un an après, toujours stimulé par la poussée d'adrénaline qu'avait représentée l'affaire Wennerström.

Elle consacra un moment à essayer de se masser la nuque, se dit qu'une douche lui ferait du bien et envisagea d'utiliser la petite salle d'eau située juste derrière la kitchenette. Mais elle se sentit trop paresseuse et se contenta de poser les pieds sur le bureau et constata qu'elle aurait quarante-cinq ans dans trois mois, et que ce fameux avenir dont tout le monde parlait commençait de plus en plus à faire partie du passé. Les contours de ses yeux et de sa bouche étaient désormais bordés d'un fin réseau de petites rides, mais elle savait qu'elle était toujours belle et elle avait à son programme deux séances d'enfer par semaine dans un club de gym. Elle reconnaissait qu'elle avait plus de mal à se hisser en haut du mât pendant les croisières avec son mari. C'était toujours elle qui se chargeait d'y grimper quand nécessaire – Lars, son mari, souffrant facilement du vertige.

Elle se dit aussi que ses quarante-cinq premières années, malgré quelques hauts et bas, avaient globalement été heureuses. Elle avait de l'argent, un statut social, une maison remarquable et un boulot qu'elle adorait. Elle avait un mari tendre qui l'aimait et dont elle était toujours, après quinze ans de mariage, follement amoureuse. Et en plus un amant agréable et apparemment inusable, qui certes ne satisfaisait pas son âme mais bien son corps dans des moments de besoin urgent.

Elle sourit tout à coup en pensant à Mikael Blomkvist. Elle se demanda quand il mobiliserait son courage pour lui avouer qu'il entretenait une liaison avec Harriet Vanger. Ni Mikael ni Harriet n'avaient soufflé mot de leur relation mais Erika n'était pas née de la dernière pluie. Sur une impression soudaine lors d'un conseil d'administration en août, elle avait compris que quelque chose se tramait en surprenant un regard qu'échangeaient Mikael et Harriet. Fine mouche, elle avait essayé de les appeler tous les deux sur leur portable plus tard dans la soirée et n'avait pas été surprise de constater qu'ils les avaient débranchés. Cela ne constituait certes pas une preuve décisive mais, lors des réunions suivantes, elle avait remarqué que Mikael était injoignable le soir. C'était même marrant de voir la vitesse à laquelle Harriet avait quitté le restaurant après l'assemblée générale en prétextant la fatigue et le besoin de se coucher. Erika n'était ni jalouse ni prête à mener l'enquête plus loin, mais elle avait l'intention de les taquiner tous les deux là-dessus.

Elle ne se mêlait pas le moins du monde des affaires de femmes de Mikael – à la fois nombreuses et compliquées – mais elle espérait que de sa relation avec Harriet ne résulteraient pas des problèmes de direction. Elle ne s'affolait pas néanmoins ; Mikael était doué pour plonger ses connaissances féminines dans une satisfaction béate tout comme il savait terminer une liaison sans créer de drame. Il restait toujours bon ami de ses ex-maîtresses, et s'était très rarement trouvé en difficulté.

Personnellement, Erika Berger était ravie d'être l'amie et la confidente de Mikael. A certains égards, il était parfaitement bouché et à d'autres il était tellement perspicace qu'il apparaissait comme un oracle. Mikael n'avait jamais compris l'amour qu'elle portait à son mari. Il avait du mal à s'accommoder de Lars Beckman et n'avait jamais compris pourquoi Erika le considérait comme un être ensorcelant, chaud, excitant et généreux, et surtout dépourvu de tant de ces défauts qu'elle détestait chez de nombreux hommes. Lars était l'homme avec qui elle voulait vieillir. Elle voulait des enfants avec lui, mais cela s'était avéré impossible et maintenant il était trop tard. Mais dans son choix de partenaire de vie, elle ne pouvait imaginer alternative meilleure et plus stable – un homme en qui elle pouvait avoir toute confiance et qui était toujours là pour elle quand elle en avait besoin.

Mikael était différent. C'était un homme aux traits de caractère si changeants qu'à ses yeux il paraissait parfois doté de multiples personnalités. Côté professionnel, il était têtu et presque maladivement concentré sur sa tâche. Il s'emparait d'une histoire et avançait obstinément jusqu'au point proche de la perfection où tous les fils étaient démêlés. Quand il était au mieux, il était carrément brillant et s'il lui arrivait d'être mauvais, il était quand même bien meilleur que la moyenne. Il semblait posséder un don quasi intuitif pour mettre le doigt sur des histoires où il y avait anguille sous roche et laisser de côté ce qui ne serait jamais que camelote sans intérêt. A aucun moment Erika Berger n'avait regretté de s'être associée avec Mikael.

Elle n'avait pas non plus regretté d'être devenue sa maîtresse.

Le seul qui avait compris la passion sexuelle d'Erika Berger pour Mikael Blomkvist était son mari et il le comprenait parce qu'elle osait discuter de ses besoins avec lui. Il ne s'agissait pas d'infidélité mais d'un désir. Coucher avec Mikael la plongeait dans des délices qu'aucun autre homme ne savait lui procurer, y compris Lars.

Le sexe était important pour Erika Berger. Elle avait perdu sa virginité à quatorze ans et passé une grande partie de son adolescence frustrée à chercher la satisfaction. Dans son adolescence elle avait tout testé : flirt poussé avec des camarades de classe, relation compliquée avec un professeur considérablement plus âgé qu'elle, sexe au téléphone et sexe soft avec un névrosé. Elle avait essayé tout ce qui l'intéressait dans le domaine de l'érotique. Elle s'était amusée avec le bondage et elle avait été membre du club Xtrême qui organisait des fêtes peu recommandables. A plusieurs occasions elle avait essayé le sexe avec d'autres femmes et avait constaté, déçue, que ce n'était pas sa tasse de thé et que les femmes étaient incapables de l'allumer comme le faisait un homme. Ou deux hommes. Elle avait essayé le sexe avec deux hommes – Lars et un galeriste connu. Elle s'était rendu compte que son mari avait un penchant bisexuel très prononcé et qu'elle-même était presque paralysée par la jouissance de sentir deux hommes la caresser et la satisfaire, tout comme elle ressentait une jouissance trouble de voir son mari être caressé par un autre homme. Lars et elle avaient réitéré cette pratique avec des partenaires réguliers et l'avaient appréciée.

Ce n'était donc pas que sa vie sexuelle avec Lars soit ennuyeuse et insatisfaisante. C'était simplement que Mikael Blomkvist lui donnait une tout autre expérience.

Il avait du talent. Il était tout simplement un Foutu Bon Amant.

Tellement bon qu'elle avait l'impression d'avoir atteint l'équilibre optimal avec Lars comme mari et Mikael comme amant remplaçant selon les besoins. Elle ne pouvait se passer ni de l'un ni de l'autre et elle n'avait aucune intention de choisir entre eux.

Ce qui la séduisait le plus dans sa relation avec Mikael était qu'il n'avait pas la moindre propension à la contrôler. Il n'était absolument pas jaloux et si elle-même avait eu plusieurs crises de jalousie au début de leur relation vingt ans plus tôt, elle avait découvert que, dans son cas, elle n'avait pas à être jalouse. Leur relation était basée sur l'amitié et il était d'une loyauté sans bornes en amitié. Leur relation pourrait survivre aux pires épreuves.

Erika Berger était consciente d'appartenir à un cercle de gens dont le style de vie ne serait pas approuvé par l'Association des ménagères chrétiennes de la Suède profonde. Cela ne lui posait aucun problème. Dès sa jeunesse elle avait décidé que ce qu'elle faisait au lit et sa façon de vivre sa vie ne concernaient personne d'autre qu'elle. Mais elle était agacée de voir tant de ses amis jaser sur sa relation avec Mikael Blomkvist et toujours derrière son dos.

Mikael était un homme. Il pouvait aller d'un lit à un autre sans que personne bronche. Elle était une femme et le fait qu'elle ait un amant, un seul, et cela avec la bénédiction de son mari – et qu'en plus elle soit fidèle à son amant depuis vingt ans –, suscitait des conversations pour le moins intéressantes dans les dîners en ville. *Mais les gens n'ont donc rien d'autre à faire !* Elle réfléchit un moment, prit ensuite le téléphone et appela son mari.

— C'est moi. Qu'est-ce que tu fais, mon chéri ?

— J'écris.

Lars Beckman n'était pas seulement artiste plasticien ; il était surtout spécialiste en histoire de l'art et auteur de plusieurs livres sur le sujet. Il participait régulièrement au débat public et de grosses sociétés d'architectes le consultaient souvent. Les six derniers mois, il avait travaillé sur l'importance de la décoration artistique des bâtiments et la question du bien-être éprouvé par les gens dans certains bâtiments et pas dans d'autres. Le livre avait pris la tournure d'un pamphlet sur le fonctionnalisme qui, de l'avis d'Erika, allait faire des vagues dans le débat esthétique.

— Tu t'en sors ?

— Oui. Ça coule tout seul. Et toi ?

— Je viens juste de boucler le dernier numéro. On passe à l'impression jeudi.

— Félicitations.

— Je suis totalement vidée.

— J'ai l'impression que tu mijotes quelque chose.

— Est-ce que tu as prévu quelque chose ce soir ou serais-tu terriblement mécontent si je ne rentrais pas cette nuit ?

— Dis à Blomkvist qu'il est en train de jouer avec le feu, dit Lars.

— Je crois qu'il s'en fout.

— D'accord. Dis-lui que tu es une sorcière insatiable et qu'il va vieillir avant l'heure.

— Il le sait déjà.

— Dans ce cas, je n'ai plus qu'à me suicider. Je vais écrire jusqu'à ce que je tombe de sommeil. Amuse-toi bien.

Ils échangèrent des bisous au téléphone puis Erika appela Mikael Blomkvist. Il se trouvait chez Dag Svensson et Mia Bergman à Enskede, ils finissaient de faire le point sur quelques détails pas clairs dans le livre de Dag. Elle demanda s'il était pris pour la nuit ou s'il pouvait envisager de masser un dos endolori.

— Tu as les clés, dit Mikael. Fais comme chez toi.

— J'y compte bien, répondit-elle. On se voit dans une heure alors.

Il lui fallut dix minutes pour aller à pied à Bellmansgatan. Elle se déshabilla, prit une douche et prépara un espresso, puis se glissa dans le lit de Mikael et attendit nue et avec impatience.

L'idée la frappa que la satisfaction optimale pour elle serait probablement un ménage à trois avec son mari et Mikael Blomkvist, ce qui avec une probabilité proche de cent pour cent ne se réaliserait jamais. Mikael était hétéro au point que pour le taquiner elle l'accusait d'être homophobe. Il n'avait même pas essayé les hommes. Soupir. Cela prouvait seulement qu'on ne peut pas tout avoir dans ce bas monde.

IRRITÉ, LE GÉANT BLOND FRONÇA LES SOURCILS tandis qu'au volant de sa voiture il progressait à 15 kilomètres à l'heure sur une piste forestière si mal entretenue qu'un bref instant il crut que d'une façon ou d'une autre il avait mal interprété les indications fournies. La nuit commençait juste à tomber quand le chemin s'élargit et qu'enfin la maison apparut. Il se gara, coupa le moteur et regarda autour de lui. La maison était à une bonne cinquantaine de mètres.

Il se trouvait près de Stallarholmen, pas très loin de Mariefred. C'était une petite maison toute simple des années 1950, construite en pleine forêt. Entre les arbres, il apercevait une bande claire de glace sur le lac Mälaren.

Il avait le plus grand mal à comprendre pourquoi quelqu'un aimait passer son temps libre dans un bosquet isolé. Il sortit, referma la portière, et instantanément se sentit mal à l'aise. La forêt lui paraissait immense et menaçante. Il se sentait observé. Il commença à avancer vers la cour, puis il entendit un froissement soudain qui le fit s'arrêter net.

Il regarda fixement la forêt. Tout était silencieux et calme au crépuscule. Il resta immobile pendant deux minutes, les sens en alerte, avant de voir du coin de l'œil une silhouette qui bougeait doucement entre les arbres.

Quand il focalisa son regard, la silhouette resta absolument immobile à une trentaine de mètres dans la forêt et le fixa.

Le géant blond eut un vague sentiment de panique. Il essaya de distinguer des détails. Il vit un visage sombre et anguleux. La créature semblait être un nain d'environ un mètre de hauteur et portait des vêtements de camouflage qui rappelaient un costume fait de mousse et de branches de sapin. *Un gnome des forêts ? Un leprechaun ? Etaient-ils dangereux, ceux-là ?*

Le géant blond retint sa respiration un instant. Il sentit les cheveux se dresser sur son crâne.

Ensuite il cligna vigoureusement des yeux et secoua la tête. Quand il regarda de nouveau, l'être s'était déplacé d'une dizaine de mètres sur la droite. *Il n'y a rien.* Il savait qu'il hallucinait. Pourtant il voyait très nettement l'être entre les arbres. Et tout à coup l'être bougea, s'approcha. Il semblait avancer vite et décrire un demi-cercle saccadé pour se mettre en position d'attaque.

Le géant blond reprit ses esprits et se hâta de rejoindre la maison. Il frappa un peu trop fort, de façon un peu trop empressée sur la porte. Dès qu'il entendit des mouvements humains à l'intérieur, la panique le lâcha. Il jeta un coup d'œil par-dessus l'épaule. *Il n'y avait rien.*

Mais il ne souffla que lorsque la porte s'ouvrit. Maître Nils E. Bjurman salua poliment et l'invita à entrer.

MIRIAM WU ÉTAIT ESSOUFFLÉE quand elle remonta du local à ordures où elle avait descendu le dernier sac-poubelle avec les affaires laissées par Lisbeth Salander. L'appartement était aseptisé et sentait bon le savon noir, la peinture et le café chaud. Ce dernier était l'œuvre de Lisbeth. Elle était assise sur un tabouret et contemplait pensivement l'appartement nu où les rideaux, les tapis, les coupons de réduction sur le frigo et son fatras traditionnel dans l'entrée avaient miraculeusement disparu. Elle était tout étonnée de voir à quel point l'appartement semblait grand maintenant.

Miriam Wu et Lisbeth Salander n'avaient pas le même goût, que ce soit au niveau des vêtements, de l'ameublement ou de la stimulation intellectuelle. Plus exactement : Miriam Wu avait du goût et des points de vue précis sur l'état de son intérieur, les meubles qu'elle voulait et les vêtements qui avaient de l'allure. Lisbeth Salander n'avait pas le moindre goût, selon Mimmi.

Après qu'elle était venue inspecter l'appartement de Lundagatan avec les yeux d'un spéculateur, elles avaient discuté et Mimmi avait constaté qu'il faudrait enlever pratiquement tout. Surtout le canapé miteux brunâtre dans le séjour. Est-ce que Lisbeth voulait garder quelque chose ? *Non*. Mimmi avait donc passé quelques journées et quelques heures chaque soir pendant quinze jours à jeter les vieux meubles récupérés dans des bennes à ordures, à nettoyer les placards, à récurer, à frotter la baignoire et à repeindre la cuisine, le séjour, la chambre et l'entrée, et à vitrifier le parquet du séjour.

Lisbeth était complètement hermétique à ce genre d'exercices mais elle était venue voir et avait découvert fascinée l'œuvre de Mimmi. Maintenant, l'appartement était vide à part une petite table de cuisine en bois massif que Mimmi avait l'intention de poncer et de vernir, deux tabourets solides que Lisbeth s'était appropriés quand un habitant de l'immeuble avait nettoyé son grenier, et une étagère robuste dans le séjour, dont Mimmi estimait pouvoir tirer quelque chose.

— J'emménage ce week-end. Tu es sûre de ne pas regretter ?

— Je n'ai pas besoin de cet appartement.

— Mais c'est un appart d'enfer. Je veux dire, il en existe des plus grands et des mieux, mais dans d'autres quartiers que Söder et les charges ne représentent que dalle. Lisbeth, tu te prives d'une fortune en ne vendant pas.

— J'ai assez d'argent pour m'en tirer.

Mimmi se tut, ne sachant pas très bien comment interpréter les commentaires laconiques de Lisbeth.

— Tu vas habiter où ?

Lisbeth ne répondit pas.

— Je pourrai venir te voir ?

— Pas pour le moment.

Lisbeth ouvrit sa sacoche et sortit des papiers qu'elle tendit à Mimmi.

— Je me suis occupée du contrat avec la copropriété. Comme je te disais, je n'ai pas le droit de sous-louer. Le plus simple est donc que je déclare que tu vis avec moi et que je te vends la moitié de l'appartement. Le prix de vente est de 1 couronne. Il faut que tu signes le contrat.

Mimmi prit le stylo et apposa sa signature et sa date de naissance sur le document.

— Et ça suffit ?

— Ça suffit.

— Lisbeth, je n'ai pas mis en question ton bon sens, mais est-ce que tu réalises que tu viens de me faire cadeau de la moitié de cet appartement ? Je n'ai rien contre, mais je ne voudrais pas que tu regrettes brusquement et que ça crée des emmerdes entre nous.

— Il n'y aura jamais d'emmerdes. Je veux que tu habites ici. Ça me va.

— Mais à l'œil. Sans dédommagement. T'es cinglée.

— Tu t'occupes de mon courrier. C'est la seule condition.

— Ça me prendra quatre secondes par semaine. Tu as l'intention de passer de temps en temps pour faire l'amour ?

Lisbeth fixa Mimmi. Elle resta sans rien dire un instant.

— Mimmi, j'ai très envie de faire l'amour avec toi, mais ça ne fait pas partie du contrat. Tu peux refuser quand tu veux.

Mimmi soupira.

— Et moi qui commençais tout juste à aimer l'idée de me sentir comme une femme entretenue. Tu sais, avec une patronne qui me paie un appart et se pointe de temps en temps pour une partie de jambes en l'air. Lisbeth, tu dois bien comprendre que je te trouve complètement barge.

Lisbeth ne répondit pas. Puis Mimmi se leva résolument, passa dans le séjour et éteignit l'ampoule qui pendait nue au plafond.

— Viens ici.

Lisbeth la suivit.

— Je n'ai jamais fait l'amour par terre dans un appart fraîchement repeint où il n'y a pas un meuble. Mais un jour j'ai vu un film avec Marlon Brando, il était avec une fille, ça se passait à Paris.

Lisbeth baissa les yeux sur le parquet.

— J'ai envie de m'amuser. Et toi ?

— J'en ai envie la plupart du temps.

— Ce soir j'ai bien envie de jouer la dominatrice. C'est moi qui décide. Déshabille-toi.

Le visage de Lisbeth s'éclaira soudain d'un sourire en coin. Elle se déshabilla. Cela lui prit dix secondes.

— Allonge-toi par terre. Sur le ventre.

Lisbeth obtempéra. Le parquet était froid et elle eut tout de suite la chair de poule. Mimmi utilisa le tee-shirt de Lisbeth portant l'inscription *You have the right to remain silent* pour lui attacher les mains dans le dos.

Lisbeth se dit tout à coup que ce salopard de maître Nils Bjurman l'avait attachée de la même manière deux ans auparavant.

Mais là s'arrêtaient les ressemblances.

Avec Mimmi, Lisbeth ne ressentait qu'une attente bourrée de désir. Elle se laissa docilement faire lorsque Mimmi la roula sur le dos et écarta ses jambes. Dans la pénombre, elle regarda Mimmi se dévêtir à son tour, et elle fut fascinée par la courbe de ses seins. Puis Mimmi lui couvrit les yeux du tee-shirt qu'elle venait de retirer. Lisbeth entendit un froissement de vêtements quand Mimmi finit de se déshabiller. Quelques secondes plus tard, elle sentit la langue de Mimmi sur son ventre, juste au-dessus du nombril, et ses doigts à l'intérieur des cuisses. Elle fut d'un coup plus excitée qu'elle ne l'avait été depuis longtemps. Elle serra les yeux sous le bandeau et laissa le soin à Mimmi de déterminer le rythme.

8

LUNDI 14 FÉVRIER – SAMEDI 19 FÉVRIER

DRAGAN ARMANSKIJ LEVA LES YEUX en entendant le petit coup frappé du bout d'une chaussure sur sa porte et il aperçut Lisbeth Salander. Elle tenait en équilibre deux gobelets de la machine à cappuccinos. Il posa lentement son stylo et repoussa son rapport.

— Salut, dit-elle.

— Salut, répondit Armanskij.

— C'est une visite amicale, dit-elle. Est-ce que je peux entrer ?

Dragan Armanskij ferma les yeux pendant une seconde. Puis il indiqua le fauteuil des visiteurs. Il jeta un coup d'œil à sa montre. Il était 18 h 30. Lisbeth Salander lui tendit un des gobelets et s'assit. Ils restèrent un moment à s'observer.

— Plus d'un an, dit Dragan.

Lisbeth hocha la tête.

— Tu es fâché ?

— Devrais-je l'être ?

— Je n'ai pas dit au revoir.

Dragan fit la moue. Il était soulagé de constater qu'au moins Lisbeth Salander n'était pas morte. Il ressentit aussi une violente irritation et de la fatigue.

— Je ne sais pas quoi dire, répondit-il. Tu n'as aucune obligation de m'informer de tes occupations. Qu'est-ce que tu veux ?

Sa voix sonnait plus fraîche que voulu.

— Je ne sais pas vraiment. Je crois que je suis surtout passée dire coucou.

— Tu as besoin d'un boulot ? Je n'ai plus l'intention de faire appel à toi.

Elle secoua la tête.

— Tu travailles ailleurs ?

Elle secoua de nouveau la tête. Elle semblait essayer de formuler des mots. Dragan attendit.

— J'ai voyagé, finit-elle par dire. Ça ne fait pas longtemps que je suis revenue en Suède.

Armanskij hocha pensivement la tête et l'examina. Il réalisa tout à coup que Lisbeth Salander avait changé. Il y avait une sorte de nouvelle… maturité dans son choix de vêtements et de comportement. Et elle avait rembourré son soutien-gorge.

— Tu as changé. Tu étais où ?

— Un peu partout…, répondit-elle évasivement, puis elle se reprit quand elle vit son regard irrité. Je suis allée en Italie, puis j'ai continué au Moyen-Orient et ensuite à Hong-Kong via Bangkok. Je suis restée un peu en Australie et en Nouvelle-Zélande et j'ai fait des sauts entre les îles du Pacifique. J'ai passé un mois à Tahiti. Ensuite j'ai traversé les Etats-Unis et les derniers mois, je les ai passés aux Antilles.

Il hocha la tête.

— Je ne sais pas pourquoi je n'ai pas dit au revoir.

— Parce que, pour dire les choses telles qu'elles sont, tu n'en as rien à foutre des autres, dit Dragan Armanskij d'une voix objective.

Lisbeth Salander se mordit la lèvre. Elle réfléchit un instant. Ce qu'il disait était peut-être vrai mais elle ressentait quand même son accusation comme injuste.

— En général c'est plutôt les autres qui n'en ont rien à foutre de moi.

— Des conneries, répondit Armanskij. Tu as un problème d'attitude et tu traites les gens qui essaient vraiment d'être tes amis comme de la merde. C'est aussi simple que ça.

Silence.

— Tu veux que je m'en aille ?

— Tu fais comme tu veux. C'est ce que tu as toujours fait. Mais si tu t'en vas maintenant, je ne veux plus jamais te revoir.

Lisbeth Salander eut peur soudain. Elle sentit que cet homme, qu'elle respectait, était en train de la rejeter. Elle ne savait pas quoi dire.

— Ça fait maintenant deux ans que Holger Palmgren a eu son hémorragie cérébrale. Tu n'es pas allée le voir une seule fois, continua Armanskij inexorablement.

Lisbeth fixa Armanskij avec des yeux soudain choqués.

— Palmgren vit encore ?

— Tu ne sais donc même pas s'il est mort ou vivant.

— Les médecins ont dit qu'il…

— Les médecins ont dit pas mal de choses à son sujet, la coupa Armanskij. Il était très mal en point et ne pouvait pas communiquer avec l'entourage. Cette dernière année, son état s'est beaucoup amélioré. Il a du mal à parler, il bredouille et on doit écouter très attentivement pour comprendre ce qu'il dit. Il a besoin d'aide pour beaucoup de choses, mais il peut aller aux toilettes tout seul. Les gens pour qui il est important lui rendent visite.

Lisbeth resta muette. C'était elle qui avait découvert Palmgren inanimé dans son appartement quand il avait eu son attaque deux ans auparavant. Elle avait appelé l'ambulance, et les médecins avaient secoué la tête et constaté que le pronostic n'était guère reluisant. La première semaine, elle s'était installée à demeure à l'hôpital jusqu'à ce qu'un médecin lui dise que Palmgren était dans le coma et que très peu de signes indiquaient qu'il allait se réveiller un jour. Dès lors, elle avait cessé de s'inquiéter et l'avait rayé de sa vie. Elle s'était levée et avait quitté l'hôpital sans regarder en arrière. Et apparemment sans contrôler les faits.

Elle fronça les sourcils. C'était à partir de là qu'elle avait eu maître Nils Bjurman dans les pattes et le salopard avait accaparé une grande partie de son attention. Mais personne, même pas Armanskij, ne lui avait raconté que Palmgren était en vie, encore moins qu'il était peut-être en voie de rétablissement. Pour sa part, elle n'avait jamais envisagé cette possibilité.

Elle sentit soudain les larmes lui venir aux yeux. Jamais auparavant elle ne s'était sentie aussi merdeuse, minable et égoïste. Et jamais elle ne s'était fait engueuler sur un ton aussi dur et sourd. Elle baissa la tête.

Ils ne dirent rien pendant un moment. Ce fut Armanskij qui rompit le silence.

— Comment tu vas ?

Lisbeth haussa les épaules.

— Tu vis de quoi ? Tu as un travail ?

— Non, je n'ai pas de travail et je ne sais pas ce que je veux faire comme travail. Mais j'ai assez d'argent pour m'en tirer.

Armanskij la scruta de ses yeux perçants.

— Je suis juste passée te dire bonjour… je ne cherche pas un boulot. Je ne sais pas… j'aimerais peut-être faire un boulot pour toi quand même, si à un moment donné tu avais besoin de moi, mais alors il faudrait que ce soit quelque chose d'intéressant.

— J'imagine que tu ne veux pas raconter ce qui s'est passé à Hedestad l'année dernière ?

Lisbeth ne dit rien.

— Il s'est passé quelque chose là-bas. Martin Vanger s'est tué en voiture après que tu étais venue ici emprunter du matériel de surveillance parce que vous aviez reçu des menaces. Et sa sœur a ressuscité de la mort. Côté scoop, c'en était un.

— J'ai promis de ne pas en parler.

Armanskij hocha la tête.

— Et je suppose que tu ne veux pas non plus me parler de ton rôle dans l'affaire Wennerström ?

— J'ai aidé Super Blomkvist dans ses recherches. Sa voix se rafraîchit tout à coup. Voilà tout. Je ne veux pas être mêlée à ça.

— Mikael Blomkvist t'a cherchée comme un fou. Il appelle au moins une fois par mois pour demander si j'ai eu de tes nouvelles. Lui aussi se fait du souci.

Lisbeth garda le silence, mais Armanskij nota que sa bouche se transformait en un trait rigide.

— Je ne sais pas ce qu'il faut penser de cet homme, poursuivit Armanskij. Mais comme moi il se tracasse sérieusement pour toi. Je l'ai rencontré l'automne dernier. Lui non plus ne voulait pas parler de Hedestad.

Lisbeth Salander ne voulait pas discuter de Mikael Blomkvist.

— Je suis juste passée dire bonjour et t'informer que je suis de retour en ville. Je ne sais pas si je vais rester. Voici mon numéro de portable et ma nouvelle adresse e-mail, si tu as besoin de me joindre.

Elle tendit un bout de papier à Armanskij et se leva. Il le prit. Elle était arrivée à la porte quand il la rappela.

— Attends une seconde. Qu'est-ce que tu vas faire ?

— Je vais aller voir Holger Palmgren.

— Bien. Mais je veux dire… comme travail ?

Elle le regarda avec des yeux pensifs.

— Je ne sais pas.

— Il faut bien que tu gagnes ta vie.

— Je t'ai dit que j'en ai assez pour m'en tirer.

Armanskij se pencha en arrière dans le fauteuil et réfléchit. Quand il s'agissait de Lisbeth Salander, il ne savait jamais très bien comment interpréter ses paroles.

— J'ai été tellement énervé contre toi après ta disparition que j'avais pratiquement décidé de ne plus jamais faire appel à toi… Il fit une grimace. Tu n'es pas fiable. Mais tu es une fouineuse exceptionnelle. J'ai peut-être un boulot en cours qui t'irait.

Elle secoua la tête. Mais elle revint vers son bureau.

— Je ne veux pas de ton boulot. Je veux dire, je n'ai pas besoin d'argent. Je suis sérieuse. Je suis économiquement indépendante.

Dragan Armanskij fronça les sourcils en un geste de doute. Finalement, il hocha la tête.

— D'accord, tu es économiquement indépendante, va savoir ce que ça veut dire. Je te crois sur parole. Mais si tu avais besoin de boulot…

— Dragan, tu es la deuxième personne que je viens voir depuis mon retour. Je n'ai pas besoin de ton argent. Ceci dit, pendant plusieurs années tu as été l'une des rares personnes que j'ai respectées.

— D'accord. Mais tout le monde a besoin de gagner sa vie.

— Désolée, mais ça ne m'intéresse plus de faire des enquêtes pour toi. Contacte-moi si tu rencontres un vrai problème.

— Quelle sorte de problème ?

— Un problème du genre que tu n'arrives pas à résoudre. Si tu restes bloqué et que tu ne sais pas quoi faire et que la situation est désespérée. Si je dois travailler pour toi, il faut que tu m'amènes quelque chose qui m'intéresse. Peut-être côté intervention.

— Côté intervention ? Toi ? Qui disparais sans laisser de traces quand ça te convient ?

— Arrête. Je n'ai jamais foiré un boulot une fois que je l'ai accepté.

Dragan Armanskij la contempla, désemparé. La notion d'unité d'intervention était leur jargon, il s'agissait de travail sur le terrain. Cela allait de la protection rapprochée par un garde du corps jusqu'aux missions de surveillance particulière lors d'expositions d'art. Son équipe d'intervention était constitué de vétérans solides et stables, souvent dotés d'un passé dans la police. De plus, quatre-vingt-dix pour cent étaient des hommes. Lisbeth Salander était diamétralement à l'opposé de tous les critères qu'il avait formulés devant le personnel des unités d'intervention de Milton Security.

— Eh bien..., dit-il, hésitant.

— Ne te casse pas la tête. Je n'accepte que des boulots qui m'intéressent, la probabilité que je dise non est donc forte. Fais-moi savoir si tu te retrouves avec un vrai problème ardu. Je suis bonne en énigmes.

Elle tourna les talons et disparut par la porte. Dragan Armanskij secoua la tête. *Elle est frappadingue. Vraiment, complètement frappadingue.*

La seconde d'après, Lisbeth Salander fut de retour à la porte.

— A propos... Tu as deux gars qui ont consacré un mois à protéger cette actrice, là, Christine Ruterford, du fou qui lui écrit des lettres de menaces anonymes. Vous pensez que c'est le boulot d'un proche, vu tous les détails que le correspondant connaît sur sa vie.

Dragan Armanskij fixa Lisbeth Salander. Un courant électrique parcourut son corps. *Voilà qu'elle recommence.* Elle parlait d'un sujet qu'elle ne pouvait absolument pas connaître. *Elle ne peut pas être au courant.*

— Ouiii... ?

— Oublie. C'est bidon. C'est elle et son copain qui écrivent les lettres pour attirer l'attention. Elle va recevoir une nouvelle lettre d'ici quelques jours et ils vont laisser filtrer aux médias la semaine prochaine. Le risque est grand qu'elle accuse Milton de la fuite. Tu devrais la rayer de tes clients.

Avant que Dragan Armanskij ait eu le temps de formuler une question, elle avait disparu. Il fixa la porte vide.

Elle ne pouvait pas savoir quoi que ce soit sur le cas Ruterford. Elle avait forcément un indic à Milton qui connaissait l'affaire. Mais lui-même, le chef du groupe d'intervention et les quelques personnes qui enquêtaient sur les menaces… tous étaient des professionnels avérés et fiables. Armanskij se frotta le menton. Ou bien, par un hasard incroyable, elle connaissait peut-être Christine Ruterford ou l'un de ses amis ou…

Il regarda sa table de travail. Le dossier du cas Ruterford était enfermé à clé dans le tiroir de son bureau. Le bureau était branché sur l'alarme. Il se mordit pensivement la lèvre, regarda une nouvelle fois l'heure et constata que Harry Fransson, le chef de la section technique, était parti pour la journée. Il démarra son programme de courrier électronique et envoya un message à Fransson dans lequel il lui demandait d'installer une caméra de surveillance cachée dans son bureau dès le lendemain.

LISBETH SALANDER RENTRA tout droit chez elle à Fiskaregatan. Elle hâta le pas avec le sentiment soudain qu'il y avait urgence.

Elle appela l'hôpital de Söder et, après avoir insisté un moment dans différents services, elle réussit à localiser Holger Palmgren. Il se trouvait depuis quatorze mois dans le centre de rééducation d'Ersta. Les images de la maison de santé où avait été sa mère lui vinrent à l'esprit, ça ne devait pas être bien différent. Quand elle appela, on lui dit qu'il était en train de dormir, mais qu'elle pouvait venir lui rendre visite le lendemain.

Lisbeth passa la soirée à arpenter en tous sens son appartement. Elle se sentait mal à l'aise. Pour finir, elle alla se coucher tôt et s'endormit presque immédiatement. Elle se réveilla à 7 heures, prit une douche et descendit petit-déjeuner au 7-Eleven. Vers 8 heures elle se rendit à l'agence de location de Ringvägen. *Il faut que j'aie une bagnole à moi.* Elle loua la même Nissan Micra que quand elle était allée récupérer les affaires de sa mère.

Elle ressentit une nervosité soudaine quand elle se gara au centre d'Ersta, mais elle rassembla son courage, entra à l'accueil et demanda à voir Holger Palmgren.

La femme de l'accueil, Margit selon son badge, consulta des papiers et expliqua qu'il était en séance de rééducation et ne serait de retour qu'après 11 heures. Lisbeth pouvait soit l'attendre dans la salle d'attente, soit revenir plus tard. Lisbeth retourna au parking, s'assit dans la voiture et fuma trois cigarettes en attendant. A 11 heures, elle retourna à l'accueil. On lui indiqua la salle à manger, par le couloir à droite puis à gauche ensuite.

Elle s'arrêta à la porte et chercha des yeux Holger Palmgren dans une salle à manger à moitié vide. Il avait le visage tourné dans sa direction mais toute sa concentration était dirigée sur une assiette. Il tenait la fourchette d'une main malhabile et faisait un gros effort pour mener les aliments vers sa bouche. Il échouait à peu près une fois sur trois et laissait tomber ce qu'il y avait sur la fourchette.

Il était gris sombre et affaissé, et il paraissait avoir cent ans. Son visage était bizarrement figé. Il était en fauteuil roulant. Alors seulement Lisbeth Salander accepta le fait qu'il était vivant et qu'Armanskij ne lui avait pas menti.

HOLGER PALMGREN JURA intérieurement quand, pour la troisième fois, il essaya de ramasser une portion de gratin de macaronis avec la fourchette. Il acceptait de ne pas pouvoir marcher et de ne pas pouvoir accomplir une foule de gestes. Mais il détestait ne pas pouvoir manger correctement et baver comme un bébé.

Intellectuellement, il savait très bien ce qu'il devait faire. Poser la fourchette avec la bonne inclinaison, pousser, soulever et porter à la bouche. Mais il y avait un problème avec la coordination. La main semblait vivre sa propre vie. Quand il donnait l'ordre de soulever, la main poussait lentement sur le côté. Quand il portait à la bouche, la main changeait de direction au dernier moment et filait vers la joue ou le menton.

Mais il savait que la rééducation donnait des résultats. Pas plus tard que six mois auparavant, sa main tremblait tellement qu'il n'arrivait pas à engouffrer une seule bouchée tout seul. A présent, les repas se déroulaient très lentement, certes, mais il réussissait quand même à manger tout seul. Il n'avait pas l'intention d'abandonner avant d'avoir repris le contrôle de ses membres.

Il abaissait la fourchette pour prendre une nouvelle bouchée, quand une main s'avança de derrière lui et lui prit doucement la fourchette. Il vit la fourchette ramasser une portion de gratin de macaronis et soulever la bouchée. Il reconnut immédiatement la fine main de poupée, tourna la tête et rencontra les yeux de Lisbeth Salander à moins de dix centimètres de son visage. Son regard était dans l'expectative. Elle paraissait angoissée.

Un long moment, Palmgren resta immobile et fixa son visage. Son cœur se mit soudain à battre d'une façon incroyable. Puis il ouvrit la bouche et accepta la nourriture.

Elle le nourrit, bouchée par bouchée. D'ordinaire, Palmgren détestait être assisté aux repas, mais il comprit le besoin de Lisbeth Salander. Il ne s'agissait pas de lui, un paquet impuissant. Elle le nourrissait en une sorte de geste d'humilité – attitude affectueuse extrêmement rare chez elle. Elle préparait des bouchées de la bonne taille et attendait qu'il ait fini de mâcher. Quand il montra le verre avec la paille, elle le lui tendit calmement pour qu'il puisse boire.

Ils n'échangèrent pas un seul mot pendant tout le repas. Quand il eut avalé la dernière bouchée, elle posa la fourchette et l'interrogea du regard. Il secoua la tête. *Non, merci, je n'en veux plus.*

Holger Palmgren se laissa aller dans le fauteuil roulant et respira à fond. Lisbeth prit la serviette et lui essuya la bouche. Il se sentit tout à coup comme un parrain de la mafia dans un film américain où un *capo di tutti capi* témoignait son respect. Il l'imagina posant un baiser sur sa main, et cette image saugrenue le fit sourire.

— Tu crois que c'est possible d'avoir un café ici ? demanda-t-elle.

Il bafouilla. Ses lèvres et sa langue ne voulaient pas former correctement les sons. Sa bouche était rigide.

— Chrio dsrv deulcoin. *Chariot de service dans le coin.*

— Tu en veux ? Avec du lait et sans sucre comme avant ?

Il fit oui de la tête. Elle enleva le plateau et revint une minute plus tard avec deux tasses de café. Il nota qu'elle prenait du café noir, ce qui était peu habituel. Il sourit en voyant qu'elle avait gardé la paille de son verre de lait pour sa tasse de café. Ils ne dirent rien. Holger Palmgren avait mille choses à dire mais il était soudain incapable de formuler la moindre syllabe. En revanche, leurs yeux se rencontrèrent plusieurs fois. Lisbeth Salander avait l'air terriblement coupable. Pour finir, elle rompit le silence.

— Je croyais que tu étais mort, dit-elle. Je t'assure, je ne savais pas que tu étais vivant. Si je l'avais su, je n'aurais jamais… je serais venue te voir depuis longtemps.

Il hocha la tête.

— Pardonne-moi.

Il hocha la tête de nouveau. Il sourit. Son sourire était de travers, une courbure des lèvres.

— Tu étais dans le coma et les toubibs disaient que tu allais mourir. Ils pensaient que tu allais mourir dans les vingt-quatre heures et moi, je suis simplement partie. Est-ce qu'un jour tu pourras me pardonner ?

Il leva sa main et la posa sur la petite menotte de Lisbeth. Elle la prit fermement, la serra et respira enfin.

— Tvai dispru. *Tu avais disparu.*

— Tu as parlé avec Dragan Armanskij.

Il hocha la tête.

— J'ai voyagé. J'étais obligée de m'en aller. Je n'ai dit au revoir à personne et je suis partie, simplement. Tu t'es fait du souci pour moi ?

Il secoua la tête.

— Tu n'auras jamais besoin de t'inquiéter pour moi.

— Je njmai ét inqet. Tu t'n sors tjours. Mais Armshij ét inq. *Je n'ai jamais été inquiet. Tu t'en sors toujours. Mais Armanskij était inquiet.*

Elle sourit pour la première fois et Holger Palmgren se détendit. C'était son habituel sourire en coin. Il l'examina, compara le souvenir qu'il avait d'elle avec la fille qu'il voyait devant lui. Elle avait changé. Elle était bien mise, propre et soignée. Elle avait perdu l'anneau dans la lèvre et… *hmm…* son tatouage d'une guêpe sur le cou avait disparu aussi. Elle avait l'air adulte. Il rit soudain pour la première fois depuis des semaines. On aurait dit un accès de toux.

Le sourire de Lisbeth partit encore plus de guingois et elle sentit tout à coup une chaleur envahir son cœur, une chaleur qu'elle n'avait pas ressentie depuis longtemps.

— Tut e bien srtie. *Tu t'en es bien sortie.*

Il montra ses habits. Elle hocha la tête.

— Je m'en sors très bien.

— Cment le nveau tteur ? *Comment est le nouveau tuteur ?*

Holger Palmgren vit le visage de Lisbeth changer et s'assombrir. Sa bouche se tendit un peu. Elle le regarda avec des yeux candides.

— Il est OK… je l'ai en main.

Les sourcils de Palmgren se contractèrent en un point d'interrogation. Lisbeth regarda autour d'elle dans la salle à manger et changea de sujet.

— Ça fait combien de temps que tu es ici ?

Palmgren n'était pas né de la dernière pluie. Il avait eu une attaque et il avait du mal à parler et à coordonner ses mouvements, mais ses capacités de compréhension étaient intactes et son radar nota immédiatement la différence de ton dans la voix de Lisbeth Salander. Au cours des années où il l'avait connue, il avait compris qu'elle ne lui mentait jamais directement, mais qu'elle n'était pas non plus entièrement franche. Sa façon de lui mentir consistait à détourner son attention. Le nouveau tuteur n'était définitivement pas sur la liste de ses préférés. Ce qui n'étonnait nullement Holger Palmgren.

Soudain, il se sentit tout contrit. Tant de fois il avait eu l'intention de contacter son confrère Nils Bjurman pour demander comment allait Lisbeth Salander et autant de fois il s'en était abstenu. Et pourquoi ne s'était-il pas attaqué à sa mise sous tutelle tant qu'il avait encore la force de le faire ? Il savait pourquoi – très égoïstement il avait voulu maintenir vivant le contact avec elle. Il aimait cette foutue môme compliquée comme si elle était la fille qu'il n'avait jamais eue, et il voulait avoir une raison de garder le contact avec elle. Et c'était trop difficile aussi et trop lourd pour un paquet comme lui dans une maison de santé de se mettre à fouiller, alors qu'il se trouvait dans un état où il ne pouvait même pas ouvrir lui-même sa braguette quand il allait aux toilettes. Il avait l'impression qu'en réalité c'était lui qui avait trahi Lisbeth Salander. *Mais elle survit toujours… C'est la personne la plus compétente que j'aie jamais rencontrée.*

— Le trbl.
— Je n'ai pas compris.
— Le tribnal.
— Le tribunal ? Qu'est-ce que tu veux dire ?
— Faut nul ta ms... mssou mssoutl...

Le visage de Holger Palmgren s'empourpra et se tordit parce qu'il n'arrivait pas à formuler les mots. Lisbeth mit une main sur son bras et serra doucement.

— Holger... ne t'inquiète pas pour moi. J'ai au programme de m'attaquer à ma mise sous tutelle très bientôt. Ce n'est plus ton boulot de t'inquiéter... mais il n'est pas invraisemblable que j'aie besoin de tes conseils en temps voulu. Ça te va ? Est-ce que tu pourras être mon avocat si j'ai besoin de toi ?

Il secoua la tête.

— Trp vieux. Il frappa sur la table avec les jointures de sa main. Vieux... cn.

— Oui, tu es un foutu vieux con si tu prends cette attitude-là. J'ai besoin d'un avocat. C'est toi que je veux. Tu ne pourras peut-être pas faire une plaidoirie au tribunal mais tu pourras me donner des conseils quand il faudra. D'accord ?

Il secoua la tête de nouveau. Puis il la hocha.

— Te tra ?
— Je ne comprends pas.
— Cqe ton treva ? Pa Rmskich. *C'est quoi, ton travail ? Pas Armanskij.*

Lisbeth hésita une minute tout en réfléchissant à la manière d'expliquer sa situation. Ça devenait compliqué.

— Holger, je ne travaille plus pour Armanskij. Je n'ai plus besoin de travailler pour lui pour gagner ma croûte. J'ai de l'argent et je me porte très bien.

Les sourcils de Palmgren se contractèrent de nouveau.

— J'ai l'intention de venir te voir souvent à partir de maintenant. Je vais te raconter... mais n'allons pas trop vite. Là, pour le moment, il y a autre chose que j'ai envie de faire.

Elle se pencha en avant, monta un sac sur la table et en sortit un échiquier.

— Ça fait deux ans que je n'ai pas eu l'occasion de te battre.

Il se résigna. Elle tramait quelque chose de louche qu'elle ne voulait pas lui raconter. Il était persuadé qu'il formulerait des réticences mais il avait aussi suffisamment confiance en elle pour savoir que quoi qu'elle fasse, c'était peut-être Juridiquement Douteux mais pas un crime contre les Lois de Dieu. Car contrairement à la plupart des gens, Holger Palmgren était certain que Lisbeth Salander était quelqu'un d'authentiquement moral. Son problème était que sa morale ne correspondait pas toujours avec ce que préconisait la loi.

Elle disposa les échecs devant lui et il comprit avec un choc que c'était son propre échiquier. *Elle devait l'avoir volé dans l'appartement après qu'il avait eu son attaque. Comme un souvenir ?* Elle lui laissa les blancs. Brusquement, il fut heureux comme un gamin.

LISBETH SALANDER RESTA avec Holger Palmgren pendant deux heures. Elle l'avait battu trois fois quand une infirmière vint interrompre leurs chamailleries au-dessus de l'échiquier en expliquant que c'était l'heure de la séance de rééducation de l'après-midi. Lisbeth ramassa les pièces et replia l'échiquier.

— Est-ce que vous pouvez me dire en quoi consiste la rééducation ? dit-elle à l'infirmière.

— Entraînement musculaire et coordination. Et on fait des progrès, n'est-ce pas ?

La dernière question était adressée à Holger Palmgren. Il hocha la tête.

— Vous arrivez déjà à marcher sur plusieurs mètres. Cet été, vous pourrez vous promener tout seul dans le parc. C'est votre fille ?

Les yeux de Lisbeth et de Holger Palmgren se croisèrent.

— Fi dptive. *Fille adoptive.*

— C'est chouette que tu sois venue le voir. *Traduction : Merde alors, où t'étais passée pendant tous ces mois ?*

Lisbeth ignora la critique sous-entendue. Elle se pencha et l'embrassa sur la joue.

— Je reviens te voir vendredi.

Holger Palmgren se leva péniblement du fauteuil roulant. Elle marcha avec lui jusqu'à un ascenseur où leurs chemins se séparèrent. Dès que les portes d'ascenseur se furent refermées, elle fila à l'accueil et demanda à parler au responsable. On lui indiqua un Dr A. Sivarnandan, qu'elle trouva dans un bureau plus loin dans le couloir. Elle se présenta et expliqua qu'elle était la fille adoptive de Holger Palmgren.

— Je voudrais savoir comment il va et ce qui va se passer pour lui.

Le Dr Sivarnandan ouvrit le dossier de Holger Palmgren et lut les premières pages. Sa peau était grêlée et il avait une fine moustache qui agaçait Lisbeth. Il finit par lever les yeux. Il parlait de façon surprenante avec un accent finlandais. On aurait carrément dit un personnage de Moumine.

— Je n'ai aucune note qui indique que M. Palmgren ait une fille ou une fille adoptive. En fait, son parent le plus proche semble être un cousin de quatre-vingt-six ans dans le Jämtland.

— Il s'est occupé de moi depuis mes treize ans jusqu'à ce qu'il ait son attaque. J'en avais vingt-quatre à ce moment-là.

Elle fouilla dans la poche intérieure de sa veste et lança un stylo sur le bureau devant le Dr A. Sivarnandan.

— Je m'appelle Lisbeth Salander. Notez mon nom dans son dossier. Je suis son plus proche parent dans ce monde.

— Ça se peut, répondit A. Sivarnandan, inébranlable. Mais si tu es son plus proche parent, il faut dire que tu as mis du temps à donner de tes nouvelles. Pour autant que je sache, il n'y a qu'une personne qui n'est même pas de sa famille qui soit venue lui rendre visite de temps en temps. C'est la personne qu'il faut avertir si son état devait empirer ou s'il devait décéder.

— Sans doute Dragan Armanskij.

Le Dr A. Sivarnandan leva les sourcils et hocha pensivement la tête.

— Le nom est correct. Tu le connais alors.

— Vous pouvez l'appeler et vérifier qui je suis.

— Ça ne sera pas nécessaire. Je te crois. On m'a rapporté que tu as passé deux heures à jouer aux échecs avec M. Palmgren. Mais quoi qu'il en soit, je ne peux pas discuter de son état de santé avec toi sans son accord.

— Et jamais il ne donnera un tel accord, têtu comme il est, cette vieille mule. Il trimballe l'idée qu'il ne doit pas me charger de ses douleurs et qu'il est toujours responsable de moi et pas le contraire. Je vais vous expliquer… pendant deux ans j'ai cru que Palmgren était mort. J'ai appris hier qu'il était en vie. Si j'avais su qu'il… c'est difficile de l'expliquer, mais je veux savoir quel est son pronostic et s'il va guérir.

Le Dr A. Sivarnandan prit le stylo et nota minutieusement le nom de Lisbeth Salander dans le dossier de Holger Palmgren. Il demanda son numéro personnel d'identité et son numéro de téléphone.

— Ça va, maintenant tu es formellement sa fille adoptive. Ce n'est peut-être pas tout à fait régulier, mais après tout tu es la première à venir le voir depuis Noël dernier où M. Armanskij est passé… Tu l'as vu tout à l'heure et tu as pu constater qu'il a des problèmes de coordination et des difficultés pour parler. Il a eu une attaque cérébrale.

— Je sais. C'est moi qui l'ai trouvé et qui ai appelé l'ambulance.

— Aha. Alors sache qu'il a passé trois mois en soins intensifs. Il est resté dans le coma pendant une longue période. Le plus souvent, les patients n'en sortent pas, mais parfois ça arrive. Apparemment ce n'était pas son heure. Il a d'abord été transféré dans un service de gériatrie pour des malades chroniques qui sont dans l'incapacité totale de s'occuper d'eux-mêmes. Contre toute attente, il a montré des signes d'amélioration et on l'a transféré ici à la rééducation il y a neuf mois.

— Et le pronostic d'avenir ?

Le Dr A. Sivarnandan écarta les mains en un geste d'impuissance.

— Il te faudrait une boule de cristal de meilleure qualité que la mienne. Pour être franc, je n'en ai aucune idée. Il peut faire une autre hémorragie cérébrale cette nuit et être mort demain matin. Ou alors il peut vivre une vie relativement normale pendant encore vingt ans. Je ne sais pas. Disons que c'est Dieu qui décide.

— Et s'il vit encore vingt ans ?

— La rééducation a été laborieuse pour lui, et nous n'avons pu noter des améliorations sensibles que ces tout derniers mois. Il y a six mois, il ne pouvait pas encore manger tout seul. Il y a un mois, il ne pouvait pratiquement pas se lever de sa chaise, entre autres parce que tous ses muscles se sont atrophiés à force de rester alité. Aujourd'hui il peut en tout cas marcher sur de courtes distances.

— Est-ce qu'il va aller mieux ?

— Oui. Considérablement mieux même. Le premier seuil était difficile à franchir, mais maintenant on note des progrès chaque jour. Il a perdu presque deux ans de sa vie. Dans quelques mois, cet été, j'espère le voir se promener dehors dans le parc tout seul.

— Et l'élocution ?

— Le problème, c'est que le centre de la parole a été touché en même temps que sa motricité. Longtemps il est resté une sorte de légume. Depuis, on l'a amené à reprendre le contrôle de son corps et à réapprendre à parler. Il a du mal à se souvenir du mot qu'il doit utiliser, il est obligé de se réapproprier les mots. Mais en même temps, ce n'est pas comme apprendre à parler à un enfant – il comprend ce que le mot veut dire, mais il ne peut pas le formuler. Donne-lui encore quelques mois, et tu verras que son élocution sera améliorée comparée à aujourd'hui. Pareil pour l'orientation. Il y a neuf mois, il avait du mal à faire la différence entre la droite et la gauche, et à monter ou descendre dans l'ascenseur.

Lisbeth Salander hocha pensivement la tête. Elle réfléchit deux minutes et se rendit compte soudain qu'elle aimait bien le Dr A. Sivarnandan avec sa tête d'Indien et son accent finlandais.

— Le A, c'est pour ? demanda-t-elle brusquement.

Il lui jeta un regard amusé.

— Anders.

— Anders ?

— Je suis né au Sri Lanka mais j'ai été adopté à Åbo quand je n'avais que quelques mois.

— Très bien, Anders, dites-moi comment je peux l'aider.

— Rends-lui visite. Offre-lui une stimulation intellectuelle.

— Je peux venir tous les jours.

— Je ne veux pas que tu sois ici tous les jours. S'il t'aime bien, je voudrais qu'il se réjouisse d'avance de tes visites et qu'elles ne l'ennuient pas.

— Est-ce qu'une quelconque forme de soins spécialisés pourrait augmenter ses chances ? Je paierai le prix qu'il faut.

Il sourit tout à coup à Lisbeth Salander, puis redevint sérieux tout aussi soudainement.

— J'ai bien peur que ce soit nous, les soins spécialisés. J'aurais évidemment souhaité qu'on dispose de plus de moyens et qu'on arrête de nous sucrer des crédits, mais je t'assure qu'il reçoit des soins très compétents.

— Et si vous n'aviez pas à vous préoccuper des crédits qu'on vous sucre ? Qu'est-ce que vous auriez pu lui offrir ?

— Si j'avais tous les moyens qu'il me faut… eh bien, l'idéal pour des patients tels que Holger Palmgren serait évidemment de pouvoir leur offrir un ergothérapeute personnel à temps plein. Mais il y a très longtemps que nous n'avons plus ce genre de ressources en Suède.

— Embauchez-en un.

— Pardon ?

— Embauchez un ergothérapeute personnel pour Holger Palmgren. Trouvez le meilleur. Et faites-le dès demain. Assurez-vous qu'il dispose de tout ce qu'il lui faut en matière d'équipement technique et ce genre de choses. Je veillerai à ce que l'argent soit versé avant la fin de la semaine pour son salaire et pour l'équipement nécessaire.

— C'est une plaisanterie ?

Lisbeth regarda le Dr Anders Sivarnandan de ses grands yeux inexpressifs dépourvus de toute trace d'humour.

MIA BERGMAN FREINA et rangea la Fiat au bord du trottoir devant la station de métro Gamla Stan, sur le chemin du retour à la maison. Dag Svensson ouvrit la portière et se glissa sur le siège du passager. Il se pencha et lui fit la bise tandis qu'elle réengageait la voiture dans le flot de voitures derrière un autocar.

— Salut, dit-elle sans détourner son regard de la circulation. Tu avais l'air sérieux quand je suis arrivée. Il s'est passé quelque chose ?

Dag Svensson soupira et attacha sa ceinture de sécurité.

— Non, rien de grave. Je galère un peu avec le texte.

— C'est-à-dire ?

— Plus qu'un mois avant la *deadline*. J'ai fait neuf des vingt-deux confrontations qu'on a prévues. J'ai des problèmes avec Björck à la Säpo. Ce con est en congé longue maladie et il ne répond pas au téléphone à son domicile.

— Il est peut-être hospitalisé ?

— Chais pas. Est-ce que tu as jamais essayé d'obtenir des informations de la Säpo ? Ils ne reconnaissent même pas que le bonhomme travaille pour eux.

— Tu n'as pas essayé ses parents ?

— Morts tous les deux. Il n'est pas marié. Il a un frère qui habite en Espagne. C'est simple, je ne sais pas comment faire pour le trouver.

Mia Bergman jeta un regard en coin sur son compagnon tout en pilotant la voiture à travers l'échangeur de Slussen et en direction du tunnel de Nynäshamnsleden.

— Au pire, on supprimera le passage sur Björck. Blomkvist tient à ce que tous ceux qu'on met en cause aient une chance d'apporter leur commentaire avant qu'on les balance.

— Et ce serait dommage de louper un représentant de la police secrète qui court les putes. Qu'est-ce que tu vas faire ?

— Le chercher et le trouver, évidemment. Et toi, comment tu vas ?

— Plus calme que moi, tu meurs.

Il la titilla avec le doigt entre les côtes.

— Tu ne sens pas tes nerfs ?

— Pas du tout. Dans un mois, je soutiens ma thèse et je serai docteur et je me sens parfaitement sereine.

— Tu connais ton sujet. Alors pourquoi t'en faire ?

— Regarde sur le siège arrière.

Dag Svensson se retourna et vit un sac. Il y plongea la main et…

— Mia – elle est prête ! s'écria-t-il.

Il brandit une thèse imprimée.

Bons baisers de Russie
Trafic de femmes, criminalité organisée
et mesures prises par les autorités
par Mia Bergman

— Je croyais qu'elle ne sortirait que la semaine prochaine. Merde... il faut qu'on débouche une bouteille de vin en rentrant. Félicitations, docteur.

Il se pencha et lui fit encore une bise sur la joue.

— Calme-toi... Je ne serai docteur que dans trois semaines. Et surveille tes mains pendant que je conduis.

Dag Svensson rit. Puis il redevint sérieux.

— D'ailleurs, pour jouer un peu les rabat-joie... tu as interviewé une nana qui s'appelle Irina P. il y a un an.

— Irina P., vingt-deux ans, de Saint-Pétersbourg. Elle est venue en Suède la première fois en 1999, puis elle a fait quelques allers et retours. Pourquoi ?

— J'ai rencontré Gulbrandsen aujourd'hui. Le policier qui menait l'enquête sur le bordel à Södertälje. Tu as lu la semaine dernière qu'ils ont trouvé une fille qui flottait dans le canal de Södertälje. Il y avait de gros titres dans les journaux du soir.

— Oui.

— C'était Irina P.

— Quelle horreur !

Ils passèrent devant Skanstull en silence.

— Elle figure dans ma thèse, finit par dire Mia Bergman. Elle figure sous le pseudonyme de Tamara.

Dag Svensson ouvrit *Bons baisers de Russie* au passage des interviews et feuilleta jusqu'à Tamara. Il lut avec concentration pendant que Mia passait Gullmarsplan et Globen.

— C'est quelqu'un que tu appelles Anton qui l'a fait venir.

— Je ne veux pas utiliser les véritables noms. On m'a prévenue qu'on peut me le reprocher lors de la soutenance, mais je ne peux pas nommer les filles. Elles risqueraient de se faire tabasser à mort. Et je ne peux donc pas nommer les salauds non plus, ils trouveraient tout de suite laquelle des filles j'ai interrogée. Voilà pourquoi je n'ai que des pseudonymes et des gens anonymes dans toutes mes études de cas, sans détails spécifiques.

— Qui est Anton ?

— Il s'appelle probablement Zala. Je n'ai jamais réussi à l'identifier mais je crois qu'il est polonais ou yougoslave et qu'en réalité il s'appelle autrement. J'ai parlé avec Irina P.

quatre-cinq fois et c'est seulement à la quatrième rencontre qu'elle l'a nommé. Elle était en train de mettre de l'ordre dans sa vie et avait l'intention d'arrêter mais elle avait terriblement peur de lui.

— Hmm…, fit Dag Svensson.

— Quoi hmm ?

— Je me demande… je suis tombé sur le nom de Zala il y a une semaine ou deux.

— Où ça ?

— J'ai procédé à une confrontation avec Sandström – tu sais, ce putain de micheton de journaliste. Merde. C'est un vrai salaud, ce mec.

— Comment ça ?

— En fait il n'est pas un vrai journaliste. Il conçoit des dépliants publicitaires pour des entreprises. Mais il se trimballe des fantasmes vraiment tordus de viols qu'il met en situation avec cette fille-là…

— Je sais. C'est moi qui l'ai interviewée.

— Bon, mais est-ce que tu sais que c'est lui qui a supervisé une brochure d'information sur les maladies sexuellement transmissibles pour l'Institut de santé publique ?

— Je l'ignorais.

— Je l'ai coincé la semaine dernière. Une vraie pourriture. Ça l'a évidemment cassé quand j'ai sorti toute la doc et que je lui ai demandé pourquoi il fréquente des putes mineures des pays de l'Est pour réaliser ses fantasmes. J'ai fini par obtenir une sorte d'explication de sa part.

— Ah oui ?

— Sandström s'est retrouvé autrefois dans une situation où il n'était pas seulement client de la mafia du sexe, mais aussi son larbin. Il m'a donné les noms qu'il connaissait et il a prononcé le nom de Zala. Il n'a rien dit de spécial à son sujet mais c'est un nom assez inhabituel.

Mia Bergman le regarda du coin de l'œil et fronça les sourcils.

— Tu ne sais pas qui il est ? demanda Dag.

— Non. Je ne l'ai jamais identifié. Il demeure un nom qui surgit de temps à autre. Les filles semblent avoir une trouille incroyable de lui et personne n'a rien raconté.

— Hmm, dit Dag Svensson.

9

DIMANCHE 6 MARS – VENDREDI 11 MARS

LE DR A. SIVARNANDAN ralentit le pas quand il aperçut Holger Palmgren et Lisbeth Salander par le couloir vitré de la salle à manger. Ils étaient penchés sur un échiquier. Elle avait apparemment pris l'habitude de venir une fois par semaine, en général le dimanche. Elle arrivait toujours vers 15 heures et passait quelques heures à jouer aux échecs avec lui. Elle le quittait vers 20 heures quand il devait aller au lit. Il avait remarqué qu'elle le traitait sans la moindre trace d'irrespect ni comme s'il était malade – au contraire, ils semblaient gentiment se chamailler et elle se faisait volontiers servir en le laissant aller chercher le café.

Le Dr A. Sivarnandan fronça les sourcils. Il n'arrivait pas à cerner cette fille étrange qui se considérait comme la fille adoptive de Holger Palmgren. Son apparence était tout à fait singulière et elle semblait surveiller son entourage avec la plus grande méfiance. Plaisanter avec elle relevait de l'impossible.

Il semblait aussi quasi impossible d'avoir une conversation normale avec elle. Une fois, il lui avait demandé quel était son métier, mais elle avait répondu très évasivement.

Quelques jours après sa première visite, elle était revenue avec une liasse de papiers qui annonçaient la création d'une fondation dont le but était de soutenir la maison de santé dans son travail de rétablissement de Holger Palmgren. Le président de la fondation était un avocat domicilié à Gibraltar. Le bureau était constitué de deux personnes, un autre avocat domicilié à Gibraltar ainsi qu'un commissaire aux comptes du nom de Hugo Svensson, de Stockholm.

La fondation attribuait 2,5 millions de couronnes, dont le Dr A. Sivarnandan pouvait disposer à sa guise, le but exprimé étant cependant que l'argent soit utilisé à procurer à Holger Palmgren tous les soins imaginables. Pour pouvoir utiliser les fonds, Sivarnandan était obligé d'adresser une demande au commissaire aux comptes, qui procédait ensuite aux virements.

Il s'agissait d'un arrangement franchement inhabituel, pour ne pas dire unique.

Sivarnandan avait réfléchi quelques jours pour savoir si cet arrangement comportait des aspects allant à l'encontre de l'éthique. Il ne trouva aucune opposition immédiate et décida par conséquent d'engager Johanna Karolina Oskarsson, trente-neuf ans, comme assistante et ergothérapeute personnelle de Holger Palmgren. Elle était kinésithérapeute diplômée, avec des UV en psychologie et une très grande expérience des soins de rééducation. Formellement, elle était employée par la fondation et, à la grande surprise de Sivarnandan, la première mensualité fut versée à l'avance dès la signature du contrat d'engagement. Jusque-là, il s'était vaguement demandé s'il ne s'agissait pas d'une sorte de blague débile.

Et les résultats semblèrent suivre. Au cours du mois passé, la coordination et l'état général de Holger Palmgren s'étaient considérablement améliorés, ce qu'attestaient les tests hebdomadaires. Sivarnandan se demanda quelle part il fallait attribuer à l'ergothérapie et laquelle revenait aux visites de Lisbeth Salander. De toute évidence, tel un gamin qui attend le père Noël, Holger Palmgren s'efforçait à l'extrême et se réjouissait à l'avance de ses visites. Et il prenait apparemment plaisir à se faire régulièrement battre aux échecs.

Le Dr Sivarnandan leur avait tenu compagnie pendant une partie. Une drôle de partie. Holger Palmgren avait les blancs, il avait fait une ouverture sicilienne dans les règles. Il avait réfléchi très longuement avant chaque coup. Quels que fussent les handicaps physiques à la suite de son attaque, son acuité intellectuelle fonctionnait en tout cas parfaitement.

Lisbeth Salander était plongée dans un livre sur un sujet aussi saugrenu que le calibrage de fréquence des radiotélescopes en état d'apesanteur. Elle avait mis un coussin sous ses fesses pour arriver à une hauteur acceptable devant la table. Quand Palmgren avait bougé son pion, elle avait levé les yeux et déplacé une pièce apparemment sans la moindre réflexion, puis elle était retournée à son livre. Palmgren avait capitulé après le vingt-septième coup. Salander avait de nouveau levé la tête et contemplé l'échiquier quelques secondes, le front plissé.

— Non, avait-elle dit. Tu as une chance de faire un pat.

Palmgren avait soupiré et examiné l'échiquier pendant cinq minutes. Finalement, il avait dardé ses yeux dans ceux de Lisbeth Salander.

— Montre-moi ça.

Elle fit tourner l'échiquier et reprit le jeu de Palmgren. Elle arracha le pat au trente-neuvième coup.

— Bon sang, dit Sivarnandan.

— Elle est ccomme ççça. Ne jouez jamais de l'argent avec elle, dit Palmgren.

Il bafouillait encore un peu.

Sivarnandan jouait aux échecs depuis son enfance, et adolescent il avait participé au championnat d'Åbo où il s'était placé deuxième. Il se considérait comme un amateur compétent. Il réalisa que Lisbeth Salander était une joueuse redoutable. Apparemment, elle n'avait jamais joué pour un club et, quand il mentionna que la partie semblait être une variante d'une partie classique de Lasker, elle eut l'air perplexe. Elle semblait n'avoir jamais entendu parler d'Emmanuel Lasker. Il brûlait d'envie de lui demander si son talent était inné et, dans ce cas, si elle avait d'autres dons qui pouvaient intéresser un psychologue.

Mais il ne posa aucune question. Il constata juste que Holger Palmgren paraissait se porter mieux que jamais depuis l'arrivée de Lisbeth Salander à Ersta.

MAÎTRE NILS BJURMAN rentra chez lui tard le soir. Il avait passé quatre semaines consécutives dans la maison de campagne près de Stallarholmen. Il était abattu. A part que le géant blond avait livré le message que sa proposition les intéressait – il lui en coûterait 100 000 couronnes –, rien ne s'était passé qui ait fondamentalement changé sa situation misérable.

Un tas de courrier s'était accumulé derrière la porte du vestibule à l'aplomb du volet. Il ramassa les enveloppes et les posa sur la table de cuisine. Il ressentait un grand vide et avait développé un fort désintérêt pour tout ce qui concernait le travail et le monde extérieur. Plus tard dans la soirée seulement, son regard tomba sur la pile de courrier et il le feuilleta presque distraitement.

L'une des enveloppes portait l'en-tête de Handelsbanken. Il l'ouvrit et eut presque un choc en découvrant que c'était la copie d'un relevé de retrait de 9 312 couronnes effectué sur le compte de Lisbeth Salander.

Elle est de retour.

Il alla dans sa pièce de travail et posa le document sur son bureau. Il le contempla les yeux remplis de haine pendant plus d'une minute tandis qu'il recouvrait ses esprits. Il lui fallait trouver le numéro de téléphone. Ensuite il leva le combiné et composa le numéro d'un téléphone portable anonyme à carte. Il visualisa le géant blond avec le léger accent.

— Oui ?

— C'est Nils Bjurman.

— Qu'est-ce que tu veux ?

— Elle est de retour en Suède.

Un bref silence se fit à l'autre bout du fil.

— D'accord. N'appelle plus sur ce numéro.

— Mais…

— Tu recevras des indications sous peu.

A sa grande irritation, la communication fut coupée. Bjurman jura intérieurement. Il se dirigea vers le bar et se servit une dizaine de centilitres de bourbon. Il avala le verre en deux gorgées. *Il faut que je diminue l'alcool*, pensa-t-il. Ensuite, il versa à nouveau un fond et emporta le verre avec lui au bureau où il contempla une fois encore le relevé de Handelsbanken.

MIRIAM WU MASSAIT le dos et la nuque de Lisbeth Salander. Cela faisait vingt bonnes minutes qu'avec application elle pétrissait une Lisbeth qui s'était en gros contentée d'un ou deux soupirs de satisfaction. Se faire masser par Mimmi était terriblement bon et Lisbeth se sentait comme un chaton qui n'a qu'une envie : faire dodo et agiter les papattes.

Elle retint un soupir de déception quand Mimmi lui tapota les fesses en annonçant que ça allait comme ça. Elle resta sans bouger un moment dans l'espoir vain que son amie continue, mais quand elle entendit Mimmi attraper son verre de vin, elle roula sur le dos.

— Merci, dit-elle.

— J'ai l'impression que tu passes tes journées immobile devant l'ordinateur. C'est pour ça que tu as mal au dos.

— Je me suis froissé un muscle, c'est tout.

Toutes les deux étaient nues sur le lit de Mimmi dans l'appartement de Lundagatan. Quelques verres de vin les avaient rendues un peu pompettes. Lisbeth fronça les sourcils. Depuis qu'elle avait repris contact avec Miriam Wu, c'était comme si elle n'en avait jamais assez. Elle avait pris la mauvaise habitude d'appeler Mimmi à tout bout de champ – carrément trop souvent pour qu'il s'agisse d'un simple et très sain désir. Elle regarda Mimmi et se redit qu'en aucun cas il ne fallait qu'elle s'attache de nouveau à quelqu'un. Au bout du compte, il n'y aurait que des blessures.

Miriam Wu se laissa soudain aller en arrière par-dessus le bord du lit et ouvrit le tiroir de la table de chevet. Elle sortit un petit paquet plat dans un papier cadeau fleuri et entouré d'un ruban doré, qu'elle jeta dans les bras de Lisbeth.

— Qu'est-ce que c'est ?

— Ton cadeau d'anniversaire.

— C'est dans plus d'un mois, mon anniversaire.

— C'est celui de l'année dernière. Je n'ai pas réussi à te localiser à ce moment-là. J'ai retrouvé le paquet en faisant mes cartons de déménagement.

Lisbeth resta silencieuse un instant.

— Je l'ouvre ?

— Eh bien oui, si tu veux.

Elle posa son verre, secoua le paquet et l'ouvrit tout doucement. Elle sortit un bel étui à cigarettes en métal noir et bleu décoré de quelques signes chinois.

— Tu devrais arrêter de fumer, dit Miriam Wu. Mais si tu dois absolument continuer, range au moins tes clopes dans un emballage esthétique.

— Merci, dit Lisbeth. Tu es la seule à m'offrir des cadeaux d'anniversaire. Tu sais ce que signifient les signes ?

— Comment veux-tu que je le sache ? Je ne comprends pas le chinois. C'est seulement un petit truc que j'ai trouvé dans un marché aux puces.

— Il est beau, cet étui.

— Une babiole. Mais je me suis dit que ça te plairait. Tu sais qu'on n'a plus rien à boire… On sort prendre une bière quelque part ?

— Ça veut dire qu'il faut qu'on se lève et qu'on s'habille ?

— J'en ai bien peur. A quoi ça sert d'habiter dans un quartier comme Söder si on ne va pas au troquet de temps en temps ?

Lisbeth soupira.

— Allez, dit Miriam Wu en tripotant le bijou dans le nombril de Lisbeth. Tu fais une fixation sur le sexe. Mais on peut revenir ici après le bar.

Lisbeth soupira de nouveau, posa un pied par terre et se tendit pour attraper sa culotte.

DAG SVENSSON ÉTAIT INSTALLÉ devant le bureau qu'on lui prêtait dans un coin de la rédaction de *Millénium*, lorsque soudain il eut la surprise d'entendre le cliquetis de la serrure de la porte d'entrée. Il regarda sa montre et réalisa qu'il était déjà 21 heures. Mikael Blomkvist fut tout aussi surpris de découvrir quelqu'un à la rédaction.

— Eh ben, tu fais des heures sup ? Salut Micke. Moi, à force de bosser sur mon livre, je ne vois pas l'heure passer. Qu'est-ce qui t'amène ?

— Je passe juste chercher un livre que j'ai oublié. Tout se passe comme tu veux ?

— Oui, bof, non… Voilà trois semaines que j'essaie de pister ce connard de Björck de la Säpo. On dirait qu'il a été enlevé par des services de renseignements étrangers. Plus aucune trace de lui.

Dag raconta ses revers. Mikael prit une chaise, s'assit et réfléchit un instant.

— Tu n'as pas essayé le truc de tirage gagnant ?

— Quoi ?

— Invente un en-tête ronflant, écris une lettre annonçant qu'il a gagné un téléphone portable avec GPS ou ce que tu veux. Tu la sors proprement sur l'imprimante et tu l'envoies à son adresse – dans le cas présent à sa boîte postale. Et l'astuce, c'est de lui dire qu'il a déjà gagné le téléphone portable. Tout ce qu'il lui reste à faire, c'est préciser où il veut le chercher. Et comme il a droit au bonus, il est l'une des vingt personnes qui peuvent continuer et gagner 100 000 couronnes. On lui demande seulement de participer à une enquête sur différents produits. L'enquête se fait en une heure et elle est réalisée par un enquêteur professionnel. Et ensuite… bon, tu m'as compris.

Dag Svensson fixa Mikael bouche bée.

— Tu es sérieux ?

— Pourquoi pas ? Tu as tout essayé, et même un gros bonnet de la Säpo devrait être capable de comprendre que la chance de gagner 100 000 couronnes est assez honnête s'il est un des vingt sélectionnés.

Dag Svensson découvrit soudain qu'il était plié de rire.

— Tu es complètement fou. C'est légal ?

— J'ai du mal à croire que ce serait illégal de faire cadeau d'un téléphone portable.

— Putain ! T'es vraiment incroyable, toi.

Dag Svensson rit encore un moment. Mikael hésita. En fait, il rentrait chez lui, et ce n'était pas son habitude de fréquenter les bars, mais il aimait bien la compagnie de Dag Svensson.

— Qu'est-ce que tu dirais d'une bière ? demanda-t-il.

Dag Svensson consulta sa montre.

— Ça me tente, dit-il. Pourquoi pas ? Mais rapidos. Je passe un coup de fil à Mia. Elle est de sortie avec quelques copines, elle devait me prendre au retour.

ILS ALLÈRENT AU MOULIN, surtout parce que c'était commode, tout près. Dag Svensson pouffait régulièrement de rire en composant mentalement la lettre à Björck. Mikael jeta en douce un regard sceptique sur son collaborateur si facile à amuser. Un couple s'en allait au moment où ils arrivaient et ils purent prendre leur table tout près de l'entrée. Ils commandèrent chacun un demi, rapprochèrent leurs têtes et se mirent à discuter du sujet qui pour l'instant accaparait la vie professionnelle de Dag Svensson.

Mikael Blomkvist ne vit pas Lisbeth Salander au bar avec Miriam Wu. Lisbeth fit un pas en arrière de sorte à placer Mimmi entre elle et Mikael. Elle l'observa par-dessus l'épaule de Mimmi, le visage neutre.

C'était la première fois qu'elle sortait depuis son retour en Suède, et il fallait évidemment qu'elle tombe sur lui. Foutu Super Blomkvist.

C'était la première fois depuis plus d'un an qu'elle le voyait.

— Qu'est-ce qui ne va pas ? demanda Mimmi.

— Rien, dit Lisbeth Salander.

Elles continuèrent à parler. Ou plutôt Mimmi continua à raconter l'histoire d'une fille qu'elle avait rencontrée au cours d'un voyage à Londres quelques années auparavant. Il y était question d'une visite dans une galerie d'art et d'une situation de plus en plus cocasse à mesure que Mimmi essayait de la draguer. Lisbeth hocha la tête de temps en temps et loupa comme d'habitude le clou de l'histoire.

Mikael Blomkvist n'avait pas beaucoup changé, put-elle constater. Il était terriblement beau ; décontracté et bien dans ses baskets mais l'air sérieux quand même. Il écoutait ce que disait son voisin de table et hochait régulièrement la tête. Ça n'avait pas l'air marrant, comme conversation.

Lisbeth déplaça son regard sur le copain de Mikael. Un garçon blond aux cheveux coupés très court, plus jeune que Mikael de quelques années, qui parlait avec un air concentré et semblait expliquer quelque chose. Elle n'avait jamais vu ce type auparavant et ignorait totalement qui il était.

Brusquement, un groupe de personnes s'approcha de la table de Mikael pour lui serrer la main. Une des femmes lui donna une petite tape amicale sur la joue et dit quelque chose qui les fit tous rire. Mikael eut l'air embarrassé, mais il rit avec les autres. On le traitait manifestement comme une célébrité depuis son succès dans l'affaire Wennerström.

Lisbeth Salander fronça un sourcil.

— Tu n'écoutes pas ce que je dis, dit Mimmi.

— Mais si, je t'écoute.

— Tu es nulle comme compagne de bar. J'abandonne. Tu veux qu'on rentre baiser ?

— Dans un moment, répondit Lisbeth.

Elle se plaça un peu plus près de Mimmi, posa une main sur sa hanche et glissa discrètement un index sous son pull pour lui tripoter le ventre. Mimmi baissa les yeux sur elle.

— J'ai envie de t'embrasser sur la bouche.

— Ne fais pas ça.

— Tu as peur que les gens te prennent pour une gouine ?

— Je ne veux pas attirer l'attention juste maintenant.

— On n'a qu'à rentrer alors. J'ai envie de m'amuser.

— Pas tout de suite. Attends un peu.

ELLES N'EURENT PAS A ATTENDRE LONGTEMPS. Vingt minutes après leur arrivée, l'homme qui accompagnait Mikael reçut un appel sur son portable. Ils vidèrent leurs verres de bière et se levèrent en même temps.

— Hé, regarde ce mec, dit Mimmi. C'est Mikael Blomkvist. Il est devenu plus célèbre qu'une star du rock après l'affaire Wennerström.

— Ah bon, fit Lisbeth.

— Tu as loupé ça. C'était à peu près au moment où tu t'es tirée à l'étranger.

— J'en ai entendu parler.

Lisbeth attendit encore cinq minutes avant de regarder Mimmi.

— Tu voulais m'embrasser sur la bouche.

Mimmi la regarda, toute surprise.

— C'était pour te taquiner.

Lisbeth se dressa sur la pointe des pieds, attira le visage de Mimmi à sa hauteur et lui roula un patin qui dura deux minutes. Les gens les applaudirent.

— T'es complètement fêlée, dit Mimmi.

LISBETH SALANDER NE RENTRA chez elle que vers 7 heures. Elle tira sur son tee-shirt pour se renifler sous les bras, envisagea de prendre une douche mais laissa tomber. Elle abandonna ses vêtements en tas par terre et alla se coucher. Elle dormit jusqu'à 16 heures, se leva et alla prendre un petit-déjeuner aux Halles de Söder.

Elle réfléchissait à Mikael Blomkvist et à la réaction qu'elle avait eue confrontée à lui. Sa présence l'avait fortement agacée, mais elle constata aussi que ça ne faisait plus mal de le voir. Il s'était transformé en un petit point sur l'horizon, une légère perturbation dans l'existence.

Il y avait des perturbations bien pires dans la vie.

Mais elle regretta soudain de ne pas avoir eu le courage d'aller le saluer.

Ou à l'extrême de ne pas l'avoir assommé.

Elle hésitait entre les deux possibilités, mais elle fut tout à coup très curieuse de savoir sur quoi il travaillait. Dans l'après-midi, elle fit quelques courses, rentra vers 19 heures, alluma son PowerBook et démarra le programme Asphyxia 1.3. L'icone *MikBlom/laptop* s'affichait toujours sur le serveur en Hollande. Elle double cliqua et ouvrit une copie du disque dur de Mikael Blomkvist. C'était sa première visite dans son ordinateur depuis son départ de Suède plus d'un an auparavant. Elle nota avec satisfaction qu'il n'avait pas encore fait la mise à jour de la dernière version de MacOS, ce qui aurait signifié l'élimination d'Asphyxia et plus de piratage possible. Elle se dit aussi qu'elle devait réécrire le logiciel pour empêcher qu'une mise à jour ne le détruise.

Le volume du disque dur avait augmenté de 6,9 Go depuis sa visite précédente. Une grande partie de cette augmentation consistait en fichiers PDF et en copies Quark de chaque numéro de *Millénium*. Les documents Quark ne prenaient pas énormément de place, contrairement aux dossiers d'images, même compressés. Depuis qu'il était redevenu gérant responsable de la publication, il avait apparemment archivé une copie de chaque numéro du journal.

Elle tria le disque dur par dates avec les documents les plus anciens en haut, et nota que Mikael avait surtout occupé ses derniers mois à un dossier intitulé [DAG SVENSSON] et qui était manifestement un projet de livre. Ensuite, elle ouvrit les mails de Mikael et passa en revue le carnet d'adresses de sa correspondance.

A un moment, elle haussa les sourcils. Le 26 janvier, Mikael avait reçu un e-mail de Foutue Harriet Vanger. Elle ouvrit le mail et lut quelques lignes à propos d'une proche assemblée générale de *Millénium*, qui se terminaient par l'annonce que Harriet avait retenu la même chambre d'hôtel que la dernière fois.

Lisbeth digéra l'information pendant un petit instant. Puis elle haussa les épaules et téléchargea les mails de Mikael Blomkvist, le manuscrit de Dag Svensson intitulé *Les Sangsues* et sous-titré *Les bénéficiaires de l'industrie de la prostitution.* Elle trouva aussi la copie d'une thèse intitulée *Bons baisers de Russie*, écrite par une dénommée Mia Bergman.

Elle se déconnecta, alla dans la cuisine mettre en marche la cafetière. Puis elle s'installa dans son nouveau canapé dans le séjour avec son PowerBook. Elle ouvrit l'étui à cigarettes que Mimmi lui avait offert, alluma une Marlboro light et consacra le reste de la soirée à la lecture.

Vers 21 heures elle avait terminé la thèse de Mia Bergman. Elle se mordit pensivement la lèvre inférieure.

A 22 h 30, elle avait fini le livre de Dag Svensson. Elle comprit que *Millénium* n'allait pas tarder à faire de nouveau les gros titres.

A 23 H 30, ALORS QU'ELLE ARRIVAIT sur la fin des e-mails de Mikael Blomkvist, elle se redressa tout à coup en ouvrant grands les yeux.

Elle sentit un frisson lui parcourir le dos.

Il s'agissait d'un mail de Dag Svensson à Mikael Blomkvist.

Svensson mentionnait qu'il se posait des questions sur un gangster de l'Europe de l'Est, un certain Zala, qui pourrait éventuellement devenir un chapitre à part entière – mais constatait qu'il ne restait plus beaucoup de temps avant la date de remise du manuscrit. Mikael n'avait pas répondu à ce mail.

Zala.

Lisbeth Salander resta immobile et réfléchit jusqu'à ce que l'économiseur d'écran intervienne.

DAG SVENSSON POSA son bloc-notes et se gratta la tête. Il contempla pensivement le seul mot écrit tout en haut de la page ouverte. Quatre lettres.

Zala.

Déconcerté, il passa trois minutes à gribouiller un certain nombre de cercles labyrinthiques autour du nom.

Puis il se leva et alla chercher une tasse de café dans la kitchenette. Il regarda sa montre et constata qu'il devrait rentrer chez lui dormir, mais il avait découvert qu'il aimait bien rester travailler tard à la rédaction de *Millénium*, quand le local était calme et tranquille. La date limite de remise approchait inexorablement. Il maîtrisait son manuscrit mais, pour la première fois depuis qu'il avait initié ce projet, il ressentait un vague doute. Il se demandait s'il aurait pu louper un détail essentiel.

Zala.

Jusque-là, il avait été impatient de terminer le manuscrit et de voir le livre publié. Maintenant il souhaitait avoir plus de temps à sa disposition.

Il pensa au compte rendu d'autopsie que l'inspecteur Gulbrandsen lui avait fait lire. Irina P. avait été retrouvée dans le canal de Södertälje. Elle avait subi des violences extrêmes, probablement au moyen d'un outil lourd. Son visage et sa cage thoracique portaient de grosses traces de contusions. La cause du décès était la nuque brisée mais au moins deux de ses autres blessures avaient été jugées mortelles. Elle avait six côtes cassées et le poumon gauche perforé. Elle avait la rate éclatée à la suite des coups effroyables qu'elle avait reçus. L'origine des blessures était difficile à déterminer. L'autopsie avait avancé l'hypothèse d'un maillet de bois entouré de tissu. On n'arrivait pas à expliquer pourquoi un assassin serait allé envelopper son arme de tissu, mais les blessures ne révélaient rien qui soit caractéristique d'instruments habituels.

Le meurtre n'était toujours pas résolu, et Gulbrandsen avait constaté que les perspectives de trouver un coupable étaient extrêmement minces.

Le nom de Zala avait surgi à quatre occasions dans le matériel que Mia Bergman avait rassemblé ces dernières années, mais toujours en périphérie, toujours fuyant comme un fantôme. Personne ne savait qui il était ni même s'il existait. Certaines des filles en avaient parlé comme des gosses peuvent parler du père Fouettard ou de quelque monstre imprécis – une menace non identifiée qui constituait un danger pour les désobéissants. Il avait consacré une semaine à essayer d'obtenir davantage d'informations sur Zala et il avait posé des questions aux policiers, aux journalistes et à plusieurs sources qu'il avait répertoriées en rapport avec le commerce du sexe.

Il avait de nouveau contacté le journaliste Per-Åke Sandström, qu'il avait l'intention de balancer sans états d'âme dans son livre. A ce stade, Sandström avait commencé à comprendre le sérieux de la situation. Il avait supplié Dag Svensson d'avoir pitié de lui. Il lui avait proposé de l'argent. Dag Svensson n'ayant aucune intention de s'abstenir de le dénoncer, il utilisa sans honte sa position de force pour soutirer un maximum de Sandström.

Le résultat était décevant. Sandström était un salopard corrompu qui avait fait le jeu de la mafia du sexe. Il n'avait jamais rencontré Zala mais il lui avait parlé au téléphone et il savait qu'il existait. Peut-être. Non, il n'avait pas son numéro de téléphone. Non, il ne pouvait pas raconter qui avait établi le contact. *Pitié, je t'en supplie.*

Dag Svensson avait soudain compris que Per-Åke Sandström avait peur. Une peur qui allait au-delà de la menace d'être balancé. Il craignait pour sa vie. *Pourquoi ?*

10

LUNDI 14 MARS – DIMANCHE 20 MARS

UTILISER LES TRANSPORTS EN COMMUN pour se rendre au centre de rééducation d'Ersta représentait une grosse perte de temps, et il était presque aussi compliqué de louer une voiture pour chaque visite à Holger Palmgren. Mi-mars, Lisbeth Salander se décida à acheter une voiture et elle commença par se procurer une place de parking. Ce qui se révéla plus problématique que l'achat de la voiture.

Elle disposait d'une place dans le garage au sous-sol de son immeuble de Fiskaregatan mais elle n'avait aucune intention de l'utiliser. La voiture serait associée à son propriétaire et elle ne voulait pas que le lien se fasse ainsi entre elle et l'immeuble. En revanche, plusieurs années auparavant, elle s'était inscrite pour une place de parking dans le garage de son ancien appartement de Lundagatan, pour le cas où elle s'achèterait une voiture. Elle appela pour savoir où elle en était sur la liste d'attente, et apprit qu'elle était en première position. Mieux, même ; dès le mois suivant, une place serait libre. Un bol monstre. Elle appela Mimmi et lui demanda de foncer signer les papiers. Le lendemain, elle se mit en quête d'une voiture ; il lui fallut exactement quatre heures vingt pour la trouver.

Elle avait suffisamment d'argent pour acheter n'importe quelle Rolls ou Ferrari couleur mandarine, mais elle ne tenait pas à un véhicule tape-à-l'œil qui attirerait l'attention des gens. Elle alla voir deux marchands d'occasions à Nacka et fixa son choix sur une vieille Honda bordeaux, avec boîte automatique. Une heure durant, au grand désespoir du vendeur, elle examina à fond le moteur. Par principe, elle marchanda et fit baisser le prix de quelques billets de mille, et elle paya en liquide.

Puis elle conduisit la Honda à Lundagatan et frappa chez Mimmi pour déposer des doubles des clés. Mimmi pourrait évidemment utiliser la voiture si elle prévenait en avance. Comme la place de parking ne serait disponible qu'au début du mois, elles garèrent la voiture dans la rue en attendant.

Mimmi était en partance pour un rendez-vous et un cinoche, occupation aussi excitante pour Lisbeth qu'un débat budgétaire au Parlement. De plus, elle sortait avec une amie dont Lisbeth n'avait jamais entendu parler. Mimmi étant maquillée à outrance, vêtue d'un ensemble trash et affublée d'une sorte de collier de chien autour du cou, Lisbeth supposa qu'il s'agissait d'une de ses dulcinées, et bien que Mimmi lui ait proposé de venir, elle dit non. Elle n'avait aucune envie de se retrouver dans un drame triangulaire avec l'une des copines de Mimmi aux longues jambes, probablement super-sexy et qui la ferait se sentir comme une idiote. Elles allèrent ensemble jusqu'au métro de Hötorget où elles se séparèrent.

Lisbeth fit à pied le trajet jusqu'à OnOff dans Sveavägen et entra dans la boutique deux minutes avant la fermeture. Elle acheta une cartouche pour son imprimante laser et demanda qu'on lui enlève l'emballage pour qu'elle puisse la fourrer dans son sac à dos.

En sortant de la boutique, elle avait un petit creux. Elle gagna Stureplan où elle entra, pur hasard, dans le café Hedon, un endroit branché où elle n'avait jamais mis les pieds auparavant. Elle reconnut immédiatement maître Nils Erik Bjurman, de trois quarts dos, et fit volte-face à la porte. Elle se plaça près de la grande fenêtre donnant sur le trottoir et tendit la nuque pour pouvoir observer son tuteur à l'abri d'un comptoir.

La vue de Bjurman n'éveilla pas d'émotions particulières en Lisbeth Salander. Elle ne ressentit ni colère, ni haine, ni peur. Pour ce qui la concernait, le monde serait sans hésitation un meilleur endroit sans ce type, mais il vivait parce qu'elle avait décidé qu'il lui était plus utile ainsi. Elle déplaça le regard vers l'homme en face de lui et sursauta quand brusquement il se leva.

Clic.

L'homme était particulièrement grand, au moins deux mètres, et très bien bâti. Exceptionnellement bien bâti même. Son visage était délicat, ses cheveux blonds coupés ras sur les tempes et en courte frange sur le front, mais l'impression générale était celle d'une forte virilité.

Lisbeth vit le géant blond se pencher et dire quelque chose à voix basse à Bjurman, qui hocha la tête. Ils se serrèrent la main et Lisbeth vit que Bjurman retirait vivement la sienne.

Tiens, tiens, qui t'es, toi ? Et qu'est-ce que tu fous avec Bjurman ?

Lisbeth Salander descendit rapidement un peu plus bas dans la rue et se posta dans l'entrée d'un tabac. Elle contemplait les titres de la presse quand le blond sortit de chez Hedon et prit à gauche sans se retourner. Il passa à moins de trente centimètres du dos de Lisbeth. Elle lui laissa une avance de quinze mètres avant de le suivre.

LA BALADE A PIED NE DURA PAS. Le géant blond descendit tout de suite au métro dans Birger Jarlsgatan et prit son ticket à un distributeur. Il attendit sur le quai direction sud – ce qui était de toute façon la direction de Lisbeth – et monta dans la rame pour Norsborg. Il descendit à Slussen et prit direction Farsta, mais descendit dès Skanstull et rejoignit à pied le café Blomberg dans Götgatan.

Lisbeth Salander resta dehors. Elle examina pensivement l'homme avec qui s'installa le géant blond. *Clic.* Lisbeth lui donna le profil *mauvaises nouvelles*. Un gros type, avec un visage maigre et un bide de buveur de bière. Il avait des cheveux blonds ramassés en catogan et une moustache blonde. Vêtu d'un jean noir, d'une veste en jean et de boots à talons. Sur le dos de la main droite, il avait un tatouage dont Lisbeth n'arrivait pas à distinguer le motif de si loin. Il avait une gourmette en or au poignet et il fumait des Lucky Strike à en juger par le paquet sur la table. Lisbeth nota son regard errant, ce qu'elle associait aux gens qui se défoncent. Elle nota aussi qu'il portait un gilet sous la veste de jean. Elle fit immédiatement l'association avec les motards.

Le géant blond ne commanda rien. Il paraissait s'exprimer à voix basse. Il expliquait quelque chose. L'homme à la veste en jean hochait régulièrement la tête mais ne semblait pas contribuer à la conversation. *Bon Dieu, pourquoi j'ai pas mon micro ultrasensible ?!*

Au bout de cinq minutes, le géant blond se leva et quitta le café Blomberg. Lisbeth se retira vivement, mais il ne regarda même pas dans sa direction. Il marcha sur une quarantaine de mètres et monta les escaliers d'Allhelgonagatan, où il s'avança et ouvrit la portière d'une Volvo blanche. Il démarra et s'engagea doucement sur la chaussée. Lisbeth était si près qu'elle eut le temps de noter le numéro d'immatriculation avant qu'il disparaisse au coin de la rue.

Lisbeth resta pensivement quelques secondes à regarder la place où la Volvo avait été garée. Puis elle fit demi-tour et se dépêcha de retourner au café Blomberg. Elle s'était absentée moins de trois minutes, mais la table était déjà vide. Elle pivota sur ses talons et regarda dans les deux sens sur le trottoir sans voir l'homme avec la queue de cheval et la veste en jean. Puis elle regarda de l'autre côté de la rue et l'aperçut qui poussait la porte du McDonald's.

Elle fut obligée d'entrer pour le voir de nouveau. Il était assis au fond en compagnie d'un autre homme qui portait des vêtements semblables et très nettement connotés. Celui-là portait le gilet par-dessus la veste en jean. Lisbeth lut l'inscription. MOTO-CLUB SVAVELSJÖ. Avec une roue de moto stylisée qui ressemblait à une croix celtique ornée d'une hache.

Lisbeth sortit dans Götgatan et resta indécise pendant une minute avant de partir vers le nord pour rentrer chez elle. Elle marchait avec la sensation que tout son système d'alerte s'était soudain allumé.

LISBETH S'ARRÊTA dans Götgatan au 7-Eleven faire ses courses pour la semaine : un grand pack de pizzas surgelées, trois gratins de poisson cuisinés, trois tartes au bacon, un kilo de pommes, deux pains, un gros morceau de fromage, du lait, du café, une cartouche de Marlboro light et les journaux du soir. Elle prit Svartensgatan pour monter vers Fiskaregatan et regarda attentivement autour d'elle avant de pianoter le code de son immeuble. Elle fourra l'une des tartes au bacon dans le micro-ondes et but à même la brique de lait. Elle lança la cafetière électrique et s'installa ensuite devant son ordinateur, cliqua sur Asphyxia 1.3 et entra sur le serveur hollandais et sur le reflet du disque dur de maître Bjurman. Elle passa au peigne fin le contenu de son ordinateur.

Elle ne trouva absolument rien de digne d'intérêt. Bjurman semblait rarement se servir de son courrier électronique et elle ne trouva qu'une douzaine de mails brefs et personnels échangés avec des amis. Rien dans son courrier n'avait de rapport avec Lisbeth Salander.

Elle trouva un nouveau dossier avec des photos pornos hard qui indiquaient qu'il s'intéressait encore aux femmes rabaissées dans des situations sadiques. Son regard se durcit un peu mais cela ne constituait pas une transgression formelle de la règle qui lui interdisait de fréquenter des femmes.

Elle copia le dossier qui contenait les documents concernant la mission de Bjurman comme tuteur de la dénommée Lisbeth Salander et lut attentivement ses rapports mensuels. Chacun correspondait scrupuleusement aux copies qu'elle lui avait ordonné d'envoyer par mail à l'une de ses nombreuses adresses hotmail.

Tout était parfaitement normal.

Sauf peut-être un tout petit écart… Quand elle vérifia le listing, elle constata qu'en général il créait les documents tout au début du mois, qu'il consacrait en moyenne quatre heures à rédiger chaque rapport et qu'il l'envoyait ponctuellement à la commission des Tutelles le 20 de chaque mois. On était maintenant mi-mars, et il ne s'était pas encore attelé au rapport du mois. *Négligence ? Retard ? Occupé ailleurs ? Quelque chose de louche qui se trame ?* Une ride se creusa sur le front de Lisbeth Salander.

Elle éteignit l'ordinateur, s'assit dans le recoin de la fenêtre et ouvrit l'étui à cigarettes que lui avait offert Mimmi. Elle en alluma une et fixa l'obscurité dehors. Elle sentait qu'elle avait négligé le contrôle sur Bjurman. *Il est plus fourbe qu'une hyène, ce salopard.*

Une profonde inquiétude la gagnait. *D'abord ce Foutu Super Blomkvist puis Zala et maintenant ce Foutu Salopard de Nils Bjurman en compagnie d'un mâle gonflé aux anabolisants et en relation avec un gang de bikers.* En quelques jours, plusieurs couacs étaient intervenus dans l'existence organisée que Lisbeth Salander essayait de se constituer.

A 2 H 30 LA MÊME NUIT, Lisbeth Salander ouvrit la porte d'entrée de l'immeuble où habitait maître Nils Bjurman. Elle s'arrêta devant son appartement, rabattit tout doucement le volet pour le courrier et y introduisit le microphone extrêmement sensible qu'elle s'était procuré à Counterspy Shop dans Mayfair à Londres. Elle n'avait jamais entendu parler d'Ebbe Carlsson, mais c'était dans cette même boutique qu'il avait acheté le fameux matériel d'écoute qui, à la fin des années 1980, avait brusquement obligé le ministre suédois de la Justice à démissionner. Elle mit en place les écouteurs et ajusta le volume.

Elle entendit le bourdonnement sourd d'un réfrigérateur et des tic-tac sonores d'au moins deux horloges, dont l'une était une horloge murale dans le séjour à gauche de la porte d'entrée. Elle régla le volume et écouta sans respirer. Elle entendit toutes sortes de craquements et de bruissements de l'immeuble mais aucun bruit d'activité humaine. Il lui fallut une minute pour distinguer les faibles bruits d'une lourde respiration régulière.

Nils Bjurman dormait.

Elle retira le microphone et le fourra dans la poche intérieure de son blouson de cuir. Elle était vêtue d'un jean sombre et elle portait des tennis à semelle en caoutchouc. Sans faire de bruit, elle glissa la clé dans la serrure et entrouvrit la porte. Avant d'ouvrir complètement, elle sortit une matraque électrique de la poche de sa veste. Elle n'avait pas emporté d'autre arme. Elle n'estimait pas avoir besoin de davantage pour arriver à contrôler Bjurman.

Elle entra dans le vestibule, ferma la porte d'entrée et se faufila à pas de loup dans le couloir jusqu'à sa chambre. Elle s'arrêta net en voyant la lumière d'une lampe, mais à ce stade elle put entendre ses ronflements sans l'aide du microphone. Elle se glissa dans sa chambre. Sur le rebord de la fenêtre une lampe était allumée. *Qu'est-ce qui t'arrive, Bjurman ? T'as peur de dormir dans le noir ?*

Elle approcha de son lit et le contempla pendant plusieurs minutes. Il avait vieilli et paraissait se laisser aller. Une odeur dans la pièce indiquait qu'il négligeait son hygiène.

Elle ne ressentit pas la moindre compassion. L'espace d'une seconde, une pointe de haine impitoyable étincela dans ses yeux autrement si inexpressifs. Elle remarqua un verre sur la table de chevet et se pencha pour renifler. De l'alcool.

Elle finit par quitter la chambre. Elle fit un petit tour par la cuisine, n'y trouva rien de particulier, continua par le séjour et s'arrêta à la porte de sa pièce de travail. Elle mit la main dans sa poche et en sortit une douzaine de petits bouts de biscotte qu'elle sema dans l'obscurité sur le parquet. Si quelqu'un se faufilait par le séjour, elle serait avertie par les crissements.

Elle s'installa au bureau de maître Nils Bjurman et plaça la matraque électrique à portée de main. Elle se mit à fouiller systématiquement les tiroirs. Elle examina des relevés bancaires des comptes privés de Bjurman et survola les diverses opérations effectuées. Elle remarqua qu'il était devenu brouillon et plus sporadique dans ses mises à jour mais elle ne trouva rien de digne d'intérêt.

Le dernier tiroir du bureau était fermé à clé. Lisbeth Salander fronça les sourcils. Lors de sa visite un an plus tôt, tous les tiroirs étaient ouverts. Son regard se brouilla quand elle essaya de visualiser l'image du contenu de ce tiroir. A l'époque, le tiroir contenait un appareil photo, un téléobjectif, un petit dictaphone Olympus, un album photo relié plein cuir et une petite boîte avec des colliers, des bijoux et une alliance en or avec l'inscription *Tilda et Jacob Bjurman – 23 avril 1951.* Lisbeth savait que c'étaient les noms de ses parents et que tous les deux étaient décédés. Elle supposa qu'il gardait l'alliance en souvenir. Des objets qui avaient une sorte de valeur affective, par conséquent. *D'accord, il enferme à clé ce qu'il estime précieux.*

Elle se mit à examiner le rangement à rideau coulissant derrière le bureau et en sortit deux classeurs contenant sa mission comme tuteur. Pendant un quart d'heure, elle regarda minutieusement tous les papiers, un feuillet après l'autre. Les rapports étaient impeccables et laissaient entendre que Lisbeth Salander était une fille gentille et soigneuse. Quatre mois plus tôt, il avait présenté un rapport stipulant qu'à ses yeux elle paraissait si rationnelle et compétente qu'il y avait tout lieu, lors de l'examen l'année suivante, d'entamer une discussion sur la pertinence de maintenir la tutelle. C'était élégamment formulé et constituait la première pierre dans l'annulation de sa mise sous tutelle.

Le classeur contenait également des annotations à la main indiquant que Bjurman avait été contacté par une Ulrika von Liebenstaahl, de la commission des Tutelles, pour un entretien au sujet de l'état général de Lisbeth. Les mots "nécessité d'une évaluation psychiatrique" étaient soulignés.

Lisbeth fit la moue, remit les classeurs et regarda autour d'elle.

A première vue, elle ne trouvait rien à redire. Bjurman semblait se comporter scrupuleusement selon ses instructions. Elle se mordit la lèvre. Elle avait quand même l'impression que quelque chose clochait.

Elle s'était levée et était sur le point d'éteindre la lampe de bureau quand elle s'arrêta. Elle sortit de nouveau les classeurs et les examina une nouvelle fois. Interloquée.

Les classeurs auraient dû contenir plus que ça. Un an auparavant, il y avait eu un résumé de la commission des Tutelles de son évolution depuis l'enfance. Ce rapport n'était plus là. *Pourquoi Bjurman sortirait-il des papiers d'un dossier ?* Elle fronça les sourcils. Elle n'arrivait pas à trouver une seule bonne raison. A moins qu'il ne garde d'autres données ailleurs. Elle jeta un regard sur le rangement à rideau coulissant puis baissa les yeux vers le dernier tiroir du bureau.

Elle n'avait pas apporté de passe et retourna à pas feutrés dans la chambre de Bjurman. Elle pêcha son trousseau de clés dans la veste pendue sur un valet de nuit. Dans le tiroir, il y avait les mêmes objets qu'un an auparavant. Mais la collection avait été complétée par un carton plat avec la photo d'un Colt 45 Magnum sur le couvercle.

Son regard se brouilla de nouveau quand elle passa mentalement en revue la recherche qu'elle avait faite sur

Bjurman presque deux ans plus tôt. Il pratiquait le tir dans un club. Il détenait légalement une licence pour un Colt 45 Magnum.

A contrecœur, elle en conclut qu'il avait raison de tenir le tiroir fermé à clé.

L'état des choses ne lui plaisait pas, mais pour le moment elle ne trouvait pas de prétexte pour réveiller Bjurman et lui casser la gueule.

MIA BERGMAN SE RÉVEILLA à 6 h 30. Elle entendait faiblement les infos à la télé dans le séjour et perçut l'odeur de café. Elle entendit aussi le cliquetis du clavier de l'iBook de Dag Svensson. Elle sourit.

Jamais auparavant elle n'avait vu son compagnon s'atteler ainsi à la tâche. *Millénium* était une bonne pioche. Dag frimait toujours un peu mais la fréquentation de Blomkvist, Berger et des autres avait un effet bénéfique sur lui. De plus en plus souvent il était rentré abattu à la maison après que Blomkvist lui avait pointé des défauts et torpillé un de ses raisonnements. Ensuite, il avait travaillé deux fois plus.

Elle posa la main sur son ventre et se demanda si le moment était bien choisi pour déranger sa capacité de concentration. Ses règles avaient trois semaines de retard. Elle n'était pas sûre, mais un test de grossesse de la pharmacie trancherait.

Elle se demandait si c'était vraiment le bon moment.

Elle allait avoir trente ans. Dans un mois, elle soutiendrait sa thèse. *Docteur Bergman !* Elle sourit de nouveau et décida de ne rien dire à Dag avant d'être sûre, et peut-être même d'attendre qu'il ait fini son livre et qu'elle-même fête sa thèse.

Elle resta encore dix minutes au lit avant de se lever et de passer au séjour, enveloppée d'un drap. Il leva les yeux.

— Tu sais qu'il n'est même pas 7 heures, dit-elle.

— Blomkvist pinaille encore, répondit-il.

— Il a été méchant avec toi ? Ça ne te fera pas de mal. Tu l'aimes bien, pas vrai ?

Dag Svensson se laissa aller dans le canapé et leurs regards se croisèrent. Au bout d'un moment, il hocha la tête.

— *Millénium* est un bon endroit pour travailler. J'ai parlé avec Mikael quand on était au Moulin avant que tu viennes me chercher l'autre soir. Il m'a demandé ce que j'avais l'intention de faire quand ce projet serait terminé.

— Aha. Et qu'est-ce que tu lui as répondu ?

— Que je ne sais pas. Ça fait tant d'années que je galère comme pigiste. J'aimerais bien avoir un truc plus stable.

— *Millénium*.

Il fit oui de la tête.

— Micke a sondé le terrain, et il m'a demandé si un mi-temps m'intéressait. Le même contrat que Henry Cortez et Lottie Karim. J'aurais un bureau et *Millénium* me verserait un salaire de base, pour le reste je me débrouille par mes propres moyens.

— Ça te plairait ?

— S'ils me font une offre concrète, je dis oui.

— D'accord, mais il n'est toujours pas 7 heures et on est samedi.

— Tss. Je voulais juste bidouiller un truc dans un chapitre.

— Et moi je trouve que tu devrais revenir au lit et bidouiller autre chose.

Elle lui fit un gentil sourire et ouvrit un pan du drap. Il mit son ordinateur en état de veille.

LISBETH SALANDER PASSA la plus grande partie des jours et nuits suivants devant son PowerBook à faire des recherches dans un tas de directions différentes ; par moments, elle ne savait pas très bien ce qu'elle cherchait exactement.

Une partie de la collecte de données était simple. A partir des archives des médias, elle établit l'historique du MC Svavelsjö. La première fois que le club apparaissait dans les entrefilets des journaux était en 1991, sous le nom de Tälje Hog Riders, quand la police avait fait une descente dans leur local, à cette époque installé dans une école désaffectée près de Södertälje. Des voisins inquiets avaient averti la police qu'on tirait des coups de feu dans l'ancienne école ; les flics avaient débarqué en force et interrompu une fête copieusement arrosée à la bière, qui avait dégénéré en concours de tir avec un AK 4 qui se révéla volé au début des années 1980 à l'ancien 20e régiment d'infanterie du Västerbotten.

D'après le tableau dressé par un journal du soir, le MC Svavelsjö comptait six ou sept membres et une douzaine de *hangarounds*. Tous les membres réguliers avaient une ou plusieurs fois été condamnés par la justice, pour des crimes relativement mineurs mais n'excluant pas la violence. Deux gars du club tranchaient sur les autres. Le chef du MC Svavelsjö était un certain Carl-Magnus dit "Magge" Lundin, dont la page Web d'*Aftonbladet* dressait un portrait après que la police avait fait une autre descente en 2001 dans le local du club. Lundin avait été condamné à cinq reprises à la fin des années 1980 et au début des années 1990. Trois des affaires concernaient des vols, du recel et des infractions liées à la drogue. L'une des condamnations relevait d'un registre criminel plus sérieux, avec coups et blessures aggravés qui lui avaient valu dix-huit mois au trou. Lundin avait été libéré en 1995 et avait peu après été promu "président" des Tälje Hog Riders, désormais baptisés MC Svavelsjö.

Le numéro deux du club était selon la police un certain Benny Nieminen, trente-sept ans, qui n'avait pas moins de vingt-trois condamnations inscrites dans son casier judiciaire. Sa carrière ayant débuté à l'âge de seize ans, il avait été astreint à un contrôle judiciaire et à des mesures éducatives. Au cours des dix années suivantes, Benny Nieminen avait été condamné à cinq reprises pour vol, une fois pour vol aggravé, deux fois pour menace, deux fois pour des infractions liées à la drogue, chantage, violence à l'encontre d'un fonctionnaire, deux fois pour détention illégale d'armes, et une fois pour détention illégale d'arme aggravée, conduite en état d'ivresse et pas moins de six affaires de coups et blessures. Il avait été condamné, selon un barème incompréhensible pour Lisbeth Salander, outre le contrôle judiciaire, à des amendes et des allers et retours en prison pour des séjours d'un ou deux mois, jusqu'à ce qu'en 1989 il soit condamné à dix mois de prison pour coups et blessures aggravés et vol avec violence. Libéré quelques mois plus tard, il s'était tenu à carreau jusqu'en octobre 1990, où sa participation à une rixe dans un bar à Södertälje, suivie d'un meurtre, avait abouti à une peine de prison de six ans. Nieminen était sorti de nouveau en 1995, c'était désormais l'ami le plus proche de Magge Lundin.

En 1996, il se faisait épingler pour complicité dans un hold-up armé contre un transport de fonds. Il n'avait pas personnellement participé au hold-up, mais il avait fourni les armes nécessaires à trois jeunes types. Ce fut son deuxième gros plongeon. Il avait été condamné à quatre ans de prison puis relâché en 1999. Après cela, Nieminen avait miraculeusement réussi à ne pas se faire coincer pour d'autres crimes. Selon un article de journal de 2001, où Nieminen n'était pas nommé mais dont l'historique était tellement détaillé qu'il n'était pas très difficile de comprendre qui était visé, il était soupçonné de complicité d'au moins un meurtre, quand un membre d'un club rival avait été tué.

Lisbeth téléchargea des photos de Nieminen et de Lundin. Nieminen avait un beau visage avec des cheveux châtains bouclés et des yeux agressifs. Magge Lundin avait la tête d'un débile mental. Elle n'eut aucun problème à identifier Lundin comme étant l'homme qui avait rencontré le géant blond au café Blomberg, et Nieminen comme l'homme qui attendait dans le McDo.

UNE INTRUSION DANS LE REGISTRE DES MINES lui permit de trouver la piste du propriétaire de la Volvo blanche avec laquelle le géant blond était parti. Il s'agissait d'une entreprise de location, Auto-Expert, à Eskilstuna. Elle fit le numéro et obtint un certain Refik Alba au bout du fil.

— Oui, bonjour, je m'appelle Gunilla Hansson. Hier mon chien a été écrasé par une voiture qui ne s'est pas arrêtée. Le salaud a filé mais le numéro d'immatriculation montre qu'elle a été louée chez vous. C'était une Volvo blanche.

Elle indiqua le numéro.

— Je suis désolé.

— J'exige plus que ça. Je veux le nom de ce salopard pour lui envoyer une demande de dédommagement.

— Est-ce que vous l'avez signalé à la police ?

— Non, je préfère régler l'histoire à l'amiable.

— Je regrette, mais je ne peux pas donner le nom de nos clients s'il n'y a pas une déclaration à la police.

La voix de Lisbeth Salander s'assombrit. Elle demanda si c'était une bonne politique d'entreprise de l'obliger à dénoncer leurs clients plutôt que de trouver un arrangement à l'amiable. Refik Alba regretta encore une fois et dit qu'il n'y pouvait malheureusement rien. Elle argumenta pendant encore quelques minutes, mais ne réussit pas à obtenir le nom du géant blond.

LE NOM DE ZALA semblait aussi mener à un cul-de-sac. Avec deux interruptions pour manger une pizza accompagnée d'une grande bouteille de Coca, Lisbeth Salander passa la plus grande partie des vingt-quatre heures suivantes devant son ordinateur.

Elle trouva des centaines de Zala – depuis des sportifs italiens de haut niveau jusqu'à un compositeur en Argentine. Mais pas celui qu'elle cherchait.

Elle essaya Zalachenko, mais ne trouva rien qui vaille.

Frustrée, elle finit par chanceler dans sa chambre et dormir douze heures d'affilée. Elle se réveilla à 11 heures, lança la cafetière et se fit couler un bain dans le jacuzzi en ajoutant de l'huile moussante. Elle porta le café et les tartines dans la salle de bains et prit son petit-déjeuner en se prélassant dans la baignoire et en rêvant de la présence de Mimmi à côté d'elle. Mais c'était impossible. Elle ne lui avait même pas dit encore où elle habitait.

Vers midi, elle sortit de l'eau, s'essuya et enfila un peignoir. Elle alluma l'ordinateur de nouveau.

Elle obtint de meilleurs résultats avec les noms de Dag Svensson et de Mia Bergman. Elle put rapidement se faire une idée de leurs activités au cours des dernières années. Elle téléchargea quelques copies d'articles de Dag et trouva une photo de lui en guise de signature. Sans trop de surprise, elle constata que c'était l'homme qu'elle avait vu en compagnie de Mikael Blomkvist au Moulin quelques jours plus tôt. Le nom avait maintenant un visage et vice versa.

Elle trouva plusieurs textes sur ou de Mia Bergman. Quelques années plus tôt, elle s'était fait remarquer par un rapport sur la manière différente dont la justice traitait les hommes et les femmes. Son rapport avait été repris dans des éditoriaux et des articles de fond dans les revues de plusieurs organisations féministes ; Mia Bergman avait personnellement contribué au débat avec plusieurs articles. Lisbeth Salander lut avec grande attention. Certaines féministes considéraient ses conclusions comme importantes alors que d'autres critiquaient Mia Bergman et l'accusaient de "répandre des illusions bourgeoises", sans que soit pour autant précisé ce qu'étaient ces illusions bourgeoises.

Vers 14 heures, elle se connecta sur Asphyxia 1.3, mais plutôt que *MikBlom/laptop* elle choisit *MikBlom/office*, l'ordinateur de Mikael Blomkvist à la rédaction de *Millénium*. Elle savait d'expérience que l'ordinateur du bureau de Mikael ne contenait pratiquement rien. A part le fait qu'il l'utilisait de temps à autre pour surfer sur Internet, il travaillait pratiquement exclusivement sur son iBook. Par contre, Mikael avait droit de regard sur toute la rédaction de *Millénium*. Elle trouva rapidement l'information nécessaire avec le code d'accès au réseau interne de *Millénium*.

Pour pouvoir entrer dans d'autres ordinateurs à *Millénium*, le reflet du disque dur sur le serveur en Hollande ne suffisait pas ; l'original de *MikBlom/office* devait être allumé et branché sur le réseau interne. Elle avait de la chance, Mikael Blomkvist se trouvait apparemment à son poste de travail et son ordinateur était allumé. Elle attendit dix minutes, mais sans noter de signes d'activité. Elle interpréta cela comme un indice que Mikael avait allumé l'ordinateur en arrivant au bureau et qu'il l'avait peut-être utilisé pour surfer sur Internet, puis l'avait laissé allumé pendant qu'il s'occupait d'autre chose ou travaillait sur son ordinateur portable.

Il fallait y aller en douceur. Au cours de l'heure suivante, Lisbeth Salander pirata progressivement les ordinateurs les uns après les autres et téléchargea des e-mails d'Erika Berger, de Christer Malm et d'une certaine Malou Eriksson qu'elle ne connaissait pas. Pour finir, elle trouva l'ordinateur de Dag Svensson, selon l'information système un vieux Macintosh PowerPC avec un disque dur de 750 Mo, c'est-à-dire une antique bécane probablement utilisée uniquement par des intervenants occasionnels pour du traitement de texte. Il était branché, ce qui voulait dire que Dag Svensson se trouvait à la rédaction de *Millénium* à ce moment. Elle téléchargea son courrier électronique et parcourut son disque dur. Elle trouva un dossier qui était simplement intitulé [ZALA].

LE GÉANT BLOND ÉTAIT MÉCONTENT et se sentait mal à l'aise. Il venait de récupérer 203 000 couronnes en espèces, ce qui était plus que ce qu'il escomptait pour les trois kilos de métamphétamine livrés à Magge Lundin fin janvier. C'était également un bénéfice correct pour quelques heures de travail effectif – aller chercher la métamphétamine auprès de l'intermédiaire, la conserver un moment, livrer à Magge Lundin puis encaisser cinquante pour cent du profit. Le MC Svavelsjö n'avait apparemment aucun problème pour réaliser une telle somme régulièrement chaque mois, et la bande de Magge Lundin n'était qu'un de trois opérateurs semblables – les deux autres opérant dans les secteurs de Göteborg et de Malmö. A elles trois, les bandes pouvaient faire rentrer plus d'un demi-million de couronnes de pur bénef chaque mois.

Pourtant, il se sentait si mal à l'aise qu'il alla se ranger au bord de la route et coupa le moteur. Il n'avait pas dormi depuis près de trente heures et il se sentait vaseux. Il ouvrit la porte pour s'étirer les jambes et urina sur le bord de la route. Il faisait froid et le ciel était dégagé. Il se tenait devant un champ pas loin de Järna.

Le conflit était plutôt de nature idéologique. L'offre de métamphétamine était illimitée à moins de quatre cents kilomètres de Stockholm. La demande sur le marché suédoise était indiscutable. Le reste ne devait être qu'une question de logistique – comment transporter le produit demandé d'un point A vers un point B ou plus exactement d'une cave à Tallinn au port franc de Stockholm ?

Ce problème logistique se présentait sans cesse – comment garantir un transport régulier d'Estonie en Suède ? C'était le point crucial et le maillon vraiment faible, puisque, au bout de plusieurs années d'efforts, ils n'en étaient toujours qu'aux improvisations permanentes et aux solutions temporaires.

Le problème était que, ces derniers temps, la machine s'était trop souvent grippée. Il était fier de son don d'organisation. En quelques années seulement, il avait mis sur pied une mécanique bien huilée de contacts, entretenus à doses bien pesées de carotte et de bâton. C'était lui qui avait géré l'aspect pratique, identifié des partenaires, négocié des accords et veillé à ce que la livraison arrive au bon endroit.

La carotte, c'était l'incitation offerte aux intermédiaires tels que Magge Lundin – un bon profit quasiment sans risque. Le système était impeccable. Magge Lundin n'avait pas à lever un doigt pour que les produits lui soient livrés – pas de voyages d'achat compliqués ni de négociations obligatoires avec des personnes qui pouvaient être tout, depuis des flics de la brigade des stups jusqu'à la mafia russe, et qui pouvaient parfaitement le rouler en long et en large. Lundin savait que le géant blond livrait puis encaissait ses cinquante pour cent.

Le bâton était nécessaire puisque de plus en plus souvent des grains de sable s'étaient fourrés dans la machine. Un petit dealer de quartier au nez fin en avait trop appris sur la chaîne du business et avait failli compromettre le MC Svavelsjö. Le blond avait été obligé d'intervenir et de punir.

Le géant blond était doué en punitions.

Il soupira.

Il sentait que l'activité était en train de prendre trop d'ampleur. Elle était tout simplement *trop* diversifiée.

Il alluma une cigarette et s'étira les jambes sur le bord de la route.

La métamphétamine était une source de revenus excellente, discrète et maniable – gros profit pour risques minimes. Les affaires d'armes étaient justifiées dans une certaine mesure si les jobs annexes peu pertinents pouvaient être identifiés et évités. Compte tenu des risques, ce n'était tout simplement pas économiquement défendable de livrer deux pétards pour quelques malheureux biffetons de mille à des morveux complètement barges qui rêvaient de braquer le kiosque d'à côté.

Certains cas d'espionnage industriel ou de contrebande de composants électroniques vers l'Est pouvaient se justifier, même si le marché s'était dramatiquement réduit ces dernières années.

En revanche, les putes des pays baltes étaient indéfendables d'un point de vue économique. Les putes n'apportaient que de l'argent de poche et représentaient avant tout une complication qui pouvait à tout moment déboucher sur des articles hypocrites dans les médias et des débats dans l'étrange Parlement suédois qu'on appelait le Riksdag et dont les règles du jeu, aux yeux du géant blond, étaient pour le moins peu claires. L'avantage avec les putes était qu'elles ne représentaient pratiquement aucun risque juridique. Tout le monde aime les putes – le procureur, le juge, les flics et un parlementaire par-ci, par-là. Personne n'allait creuser trop profond pour mettre un terme à cette activité.

Même une pute morte ne causait pas nécessairement des complications. Si la police réussissait à arrêter un suspect évident en quelques heures et que le suspect avait encore du sang sur ses vêtements, il était évidemment condamné à quelques années de prison ou à un internement dans un obscur établissement de soins. Mais si aucun suspect n'était trouvé dans les quarante-huit heures, le blond savait d'expérience que la police ne tardait pas à s'occuper de choses plus importantes.

Quoi qu'il en soit, le géant blond n'aimait pas le commerce de putes. Il n'aimait pas les putes avec leurs visages maquillés à outrance et leurs rires stridents d'alcooliques. Elles n'étaient pas pures. Elles étaient du capital humain du genre qui coûte autant qu'il rapporte. Et comme il s'agissait de capital humain, il y avait toujours le risque qu'une des putes pète les plombs et s'imagine pouvoir rendre son tablier ou commence à balancer aux flics, aux journalistes ou autres fouineurs. Alors il lui faudrait intervenir et punir. Et si les révélations étaient suffisamment précises, la chaîne de procureurs et de flics serait obligée d'agir – sinon ça allait gueuler dans ce foutu Parlement. Le commerce des putes signifiait des emmerdes.

Les frères Atho et Harry Ranta étaient l'exemple type des emmerdes. Deux parasites inutiles beaucoup trop au courant de l'activité. Il aurait préféré leur attacher une chaîne autour du cou et les couler au fond du port. Au lieu de cela, il avait accompagné ces messieurs au ferry pour Tallinn et patiemment attendu qu'ils embarquent.

Leurs vacances forcées étaient dues à un foutu journaliste qui avait commencé à farfouiller dans leurs affaires, et la décision avait été prise de les rendre invisibles jusqu'à ce que l'alerte soit passée.

Il soupira de nouveau.

Avant tout, le géant blond n'aimait pas les jobs annexes comme Lisbeth Salander. Elle ne représentait pas le moindre intérêt en ce qui le concernait. Elle ne signifiait aucun profit.

Il n'aimait pas maître Nils Bjurman et n'arrivait pas à comprendre pourquoi on avait décidé d'accéder à sa demande. Mais la balle était lancée maintenant. Des ordres avaient été donnés, la mission avait été mise en sous-traitance chez le MC Svavelsjö.

Reste que la conjoncture actuelle ne lui plaisait pas. Il avait de mauvais pressentiments.

En jetant son mégot dans le fossé, ses yeux se portèrent sur le champ plongé dans l'ombre. Et soudain il capta un mouvement du coin de l'œil. Il se figea, tendit le regard. Il n'y avait aucun éclairage à part un mince croissant de lune, mais il pouvait quand même distinguer les contours d'un personnage sombre qui rampait vers lui à environ trente mètres de la route. L'être avançait lentement en faisant de petites pauses.

Le géant blond sentit soudain la sueur froide sur son front.

Il haïssait l'être dans le champ.

Pendant plus d'une minute, il resta quasiment paralysé, les yeux rivés sur l'avancée lente mais constante de la silhouette. Lorsque la créature fut si près qu'il put distinguer ses yeux étincelants dans le noir, il pivota sur ses talons et courut vers la voiture. Il ouvrit d'un coup sec la portière et chercha fébrilement la clé de contact. Il sentit la panique grandir jusqu'à ce qu'enfin il réussisse à démarrer et à allumer ses phares. La créature avait atteint la route et le géant blond put enfin distinguer des détails à la lueur des phares. On aurait dit une énorme raie manta qui se traînait sur le sol. Elle avait un dard comme un scorpion.

Une chose était sûre. La créature n'était pas de ce monde. Elle n'était décrite dans aucun livre connu sur la faune. C'était un monstre sorti tout droit des enfers.

Il enclencha la première et démarra sur les chapeaux de roues. Quand la voiture passa devant la créature, il la vit tenter une attaque, sans qu'elle puisse l'atteindre. Il ne cessa de trembler que plusieurs kilomètres plus loin.

LISBETH SALANDER CONSACRA la nuit à lire le résultat des recherches que Dag Svensson et *Millénium* faisaient sur le trafic de femmes. Peu à peu elle obtint une image assez complète, même si celle-ci était basée sur des fragments mystérieux piochés dans le courrier électronique dont elle se servait pour son puzzle.

Erika Berger envoyait une question à Mikael Blomkvist au sujet de l'avancement des confrontations ; il répondait brièvement qu'ils avaient des problèmes pour trouver l'homme de la Tcheka. Elle comprit qu'un des individus qui allaient se voir épinglés dans le reportage travaillait à la Säpo. Malou Eriksson envoyait un résumé d'une recherche annexe à Dag Svensson avec copie à Mikael Blomkvist et à Erika Berger. Svensson et Super Blomkvist répondaient par des commentaires et des propositions de développement. Mikael et Dag échangeaient des mails plusieurs fois par jour. Dag Svensson rendait compte d'une confrontation qu'il avait eue avec un certain Per-Åke Sandström, journaliste.

Au vu des mails de Dag Svensson, elle put aussi constater qu'il communiquait avec un dénommé Gulbrandsen, via une adresse Yahoo. Il lui fallut un moment avant de comprendre que Gulbrandsen devait être flic et que leur échange se faisait de façon confidentielle sur une adresse neutre, au lieu de l'adresse de Gulbrandsen à la police. Ce gars-là était donc une source.

Le dossier [ZALA] était d'une minceur frustrante, il ne contenait que trois documents Word. Le plus long, 128 Ko, était nommé [Irina P.] et contenait des fragments de la vie d'une prostituée. Du compte rendu d'autopsie que donnait Dag Svensson, Lisbeth comprit que la fille était morte.

Pour autant que Lisbeth pouvait le comprendre, Irina P. avait subi des violences si extrêmes que trois de ses blessures avaient été mortelles.

Lisbeth reconnut une formulation dans le texte comme étant une citation mot à mot de la thèse de Mia Bergman. Dans la thèse, il était question d'une femme nommée Tamara. Lisbeth se dit qu'Irina P. et Tamara devaient être une seule et même personne, et elle lut attentivement le passage avec son interview dans la thèse.

Le deuxième document s'appelait [Sandström] et il était beaucoup plus court. Il contenait le même résumé que Dag Svensson avait mailé à Super Blomkvist et qui démontrait qu'un journaliste appelé Per-Åke Sandström était l'un des michetons ayant exploité une fille d'un pays balte, mais aussi qu'il avait été l'homme de la mafia du sexe et qu'il avait été payé en drogue ou en sexe. Lisbeth était fascinée de voir qu'à côté de sa production de journaux d'entreprise, Sandström avait aussi écrit plusieurs articles dans un quotidien où il condamnait avec indignation le commerce du sexe. Il révélait entre autres qu'un homme d'affaires suédois, dont il taisait le nom, avait fréquenté un bordel à Tallinn.

Le nom de Zala n'apparaissait ni dans [Sandström] ni dans [Irina P.] mais Lisbeth se dit que puisque les deux documents étaient placés dans un dossier intitulé [ZALA], il y avait forcément un lien. Le troisième et dernier document du dossier [ZALA] était aussi nommé [ZALA]. Il était bref et rédigé sous forme de liste.

Selon Dag Svensson, le nom de Zala avait figuré à neuf reprises en relation avec des stupéfiants, des armes ou la prostitution depuis le milieu des années 1990. Personne ne semblait savoir qui était Zala, mais différentes sources l'avaient mentionné comme étant yougoslave, polonais ou éventuellement tchèque. Tous les renseignements étaient de deuxième main ; aucune des personnes avec qui Dag Svensson avait parlé ne semblait jamais avoir rencontré Zala.

Dag Svensson avait largement discuté de Zala avec *source G.* (Gulbrandsen ?) et avait avancé la théorie que Zala pouvait être le responsable du meurtre d'Irina P. Si rien n'était dit sur l'avis de *source G.* sur cette théorie, Lisbeth apprit par contre qu'un an auparavant, Zala avait fait l'objet d'un point de discussion lors d'une réunion du "groupe spécial d'enquête sur la criminalité organisée". Le nom avait surgi tant de fois que la police avait commencé à poser des questions et essayé de se faire une opinion sur la réalité de l'existence de Zala.

D'après ce que Dag Svensson avait pu apprendre, le nom de Zala avait surgi la première fois lors du braquage d'un transport de fonds à Örkelljunga en 1996. Les braqueurs avaient mis la main sur plus de 3,3 millions de couronnes, mais ils avaient tellement cafouillé que la police avait identifié et arrêté la bande dès les premières vingt-quatre heures. Un jour plus tard, une autre personne avait été arrêtée. Le criminel professionnel Benny Nieminen, membre du MC Svavelsjö, supposé avoir fourni les armes utilisées pour le hold-up, ce qui lui avait valu son deuxième plongeon sérieux avec quatre ans de taule.

Une semaine après le braquage du transport de fonds en 1996, trois autres personnes étaient arrêtées pour complicité. Le gang comprenait ainsi huit personnes, dont sept avaient catégoriquement refusé de parler aux flics. Le huitième, un garçon de dix-neuf ans seulement, Birger Nordman, s'était effondré et avait tout balancé lors des interrogatoires. Le procès fut une victoire facile pour le procureur, ce qui pouvait expliquer (avançait la source policière de Dag Svensson) pourquoi deux ans plus tard, après qu'il avait profité d'une permission pour se faire la belle, on trouva Birger Nordman enterré dans une sablière du Värmland.

Selon *source G.*, la police soupçonnait Benny Nieminen d'être l'homme-clé derrière le gang. On soupçonnait également que Nordman avait été tué sur ordre de Benny Nieminen, mais rien ne venait étayer les présomptions. Nieminen était considéré comme extrêmement dangereux et sans scrupules. En taule, le lien avait été établi entre Nieminen et Fraternité aryenne, une organisation nazie dans les prisons, liée elle-même à Fraternité Wolfpack et au-delà aussi bien avec des gangs criminels dans la nébuleuse des motards qu'avec diverses organisations nazies débiles et violentes style Mouvement de résistance suédoise, etc.

Ce qui intéressait Lisbeth Salander était cependant tout autre chose. Au cours des interrogatoires, le braqueur Birger Nordman avait lâché que les armes utilisées pour le braquage provenaient de Nieminen qui lui-même les tenait d'un Yougoslave, inconnu de Nordman, du nom de "Sala".

Dag Svensson tirait la conclusion qu'il s'agissait d'un gars très discret dans le milieu du crime. Vu que personne ne correspondait à Zala dans le registre de l'état civil, Dag se disait que Zala devait être un surnom, mais qu'il pouvait aussi s'agir d'un délinquant particulièrement avisé agissant sciemment sous un faux nom.

Le dernier point de la liste comportait un bref compte rendu des informations sur Zala données par le journaliste micheton Sandström. Ce qui était très maigre. Selon Dag Svensson, Sandström avait à une occasion parlé au téléphone avec une personne portant ce nom. Les notes ne mentionnaient pas le contenu de cet entretien.

Vers 4 heures, elle ferma son PowerBook, s'assit au coin de la fenêtre et regarda la baie de Saltsjön. Elle resta immobile pendant deux heures en fumant pensivement des cigarettes à la chaîne. Elle allait être obligée de prendre quelques décisions stratégiques et il lui faudrait procéder à une analyse des conséquences.

Elle en arrivait à se dire que l'heure était venue pour elle de trouver Zala et de mettre une fois pour toutes un terme à leurs petites affaires.

LE SAMEDI SOIR de la semaine précédant Pâques, Mikael Blomkvist rendit visite à une ancienne copine dans Slipgatan près de Hornstull. Fait rarissime, il avait accepté son invitation à une fête. Elle était mariée maintenant et pas le moins du monde intéressée par des relations plus poussées avec Mikael, mais elle travaillait dans les médias et ils échangeaient un bonjour quand ils se croisaient. Elle venait de sortir un livre en gestation pendant au moins dix ans et qui abordait le curieux sujet de la vision que le monde des médias avait des femmes. Mikael ayant un tant soit peu collaboré, elle l'avait invité.

Le rôle de Mikael s'était limité à une recherche sur une question simple. Il avait sorti des plans d'égalité des sexes que l'agence TT, *Dagens Nyheter*, *Rapport* et un certain nombre d'autres médias affirmaient respecter, puis il avait coché qui était homme et qui était femme dans les directions de ces entreprises à partir du niveau du secrétaire de rédaction. Le résultat fut pénible. PDG : homme. Président du CA : homme. Rédacteur en chef : homme. Responsable du domaine étranger : homme. Directeur de la rédaction : homme… et ainsi de suite jusqu'à ce que la première femme fasse son apparition, en général comme une exception style Christina Jutterström ou Amelia Adamo.

Ce soir, il s'agissait d'une fête privée et les invités étaient avant tout des gens ayant d'une manière ou d'une autre apporté leur contribution au livre.

La soirée avait été très gaie, la nourriture bonne et les discussions décontractées. Mikael avait pensé rentrer tôt mais la plupart des invités étaient de vieilles connaissances qui se retrouvaient rarement ensemble. Sans compter que, pour une fois, personne n'insistait pour débattre de l'affaire Wennerström. Les réjouissances s'étiraient et vers 2 heures le dimanche matin seulement, le gros de la troupe commença à partir. Ils descendirent ensemble jusqu'à Långholmsgatan où ils se séparèrent.

Mikael vit le bus de nuit passer avant d'avoir eu le temps de rejoindre l'arrêt, mais la nuit était tiède et il décida de rentrer à pied plutôt que d'attendre le bus suivant. Il suivit Högalidsgatan jusqu'à l'église, puis tourna dans Lundagatan, ce qui éveilla immédiatement de vieux souvenirs.

Depuis décembre, Mikael avait tenu sa promesse de cesser d'emprunter Lundagatan avec l'espoir de voir Lisbeth Salander resurgir. Cette nuit, il s'arrêta sur le trottoir en face de la porte d'entrée de son immeuble. Il ressentit l'envie de traverser la rue et d'essayer de sonner à sa porte, mais se dit qu'il serait trop invraisemblable qu'elle soit justement de retour et qu'elle ait à nouveau envie de lui parler.

Finalement, il haussa les épaules et continua sa promenade en direction de Zinkensdamm. Il avait parcouru une cinquantaine de mètres lorsqu'il entendit un bruit. Il tourna la tête et son cœur se mit à battre la chamade. On pouvait difficilement se méprendre sur ce corps rachitique. Lisbeth Salander venait de sortir de l'immeuble et s'éloignait dans la rue. Elle s'arrêta devant une voiture garée.

Mikael ouvrit la bouche pour l'appeler lorsque les mots se coincèrent dans sa gorge. Car, brusquement, il vit une silhouette se détacher d'une des voitures garées le long du trottoir. C'était un homme, et il se dirigeait vers Lisbeth Salander. Mikael eut l'impression de voir qu'il était grand et qu'il avait un ventre proéminent. Ses cheveux étaient serrés en une queue de cheval.

LISBETH SALANDER ENTENDIT un bruit et aperçut un mouvement du coin de l'œil en même temps qu'elle s'apprêtait à glisser la clé dans la portière de la Honda bordeaux. Il arriva sur elle obliquement de derrière, et elle pivota une seconde avant qu'il ne l'atteigne. Elle l'identifia immédiatement comme Carl-Magnus dit "Magge" Lundin, trente-six ans, du MC Svavelsjö, qui quelques jours plus tôt avait rencontré le géant blond au café Blomberg.

Elle nota les cent vingt kilos de Magge Lundin ainsi que ses mauvaises intentions. Elle utilisa les clés en guise de poing américain et n'hésita pas une microseconde avant de lui entailler profondément la joue, de la racine du nez jusqu'à l'oreille, avec la rapidité d'un reptile. Le poing de Lundin ne frappa que de l'air, puis Lisbeth Salander sembla disparaître dans le sol.

MIKAEL BLOMKVIST VIT Lisbeth Salander frapper. Un dixième de seconde après avoir touché son agresseur, elle se laissa tomber par terre et roula entre les roues de la voiture.

LISBETH FUT DEBOUT de l'autre côté de la voiture quasi instantanément, prête au combat ou à la fuite. Elle croisa le regard de l'ennemi par-dessus le capot du moteur et opta immédiatement pour la deuxième possibilité. Du sang coulait de la joue de l'homme. Avant même qu'il ait eu le temps de la voir distinctement, elle filait dans Lundagatan en direction de l'église de Högalid.

Mikael resta comme pétrifié, la bouche grande ouverte, en voyant l'agresseur accélérer tout à coup pour se précipiter dans la rue derrière Lisbeth Salander. On aurait dit un char d'assaut à la poursuite d'un jouet.

Lisbeth grimpa quatre à quatre les marches de l'escalier du bout de Lundagatan. Arrivée en haut, elle jeta un coup d'œil par-dessus son épaule et vit son poursuivant poser le pied sur la première marche. *Putain, il cavale vite, ce mec !* Elle faillit trébucher, mais avisa au dernier moment les panneaux de signalisation et les tas de sable à l'endroit où les Ponts et Chaussées faisaient des travaux.

Magge Lundin avait presque atteint le haut de l'escalier quand Lisbeth Salander fut de nouveau dans son champ de vision. Il eut le temps de percevoir qu'elle jetait quelque chose mais pas de réagir avant que le pavé le heurte sur le bord de la tempe. Le coup n'était pas d'une précision parfaite, mais la pierre était lourde et ouvrit une deuxième plaie sur sa figure. Il sentit qu'il perdait l'équilibre et que le monde basculait lorsqu'il tomba à la renverse dans l'escalier. Il réussit à interrompre sa chute en saisissant la rambarde, mais il avait perdu plusieurs secondes.

LA PARALYSIE DE MIKAEL cessa quand l'homme disparut près de l'escalier. Il lui hurla de s'arrêter immédiatement.

Lisbeth avait traversé la moitié de la cour quand elle capta la voix de Mikael Blomkvist. *C'est quoi, ce putain de truc ?* Elle changea de direction et regarda par-dessus la barrière de sécurité de la terrasse. Elle vit Mikael Blomkvist trois mètres en bas plus loin dans la rue. Elle hésita un dixième de seconde avant de reprendre de la vitesse.

EN MÊME TEMPS QUE MIKAEL se lançait au pas de course vers l'escalier, il vit un Dodge Van qui démarrait devant l'immeuble de Lisbeth Salander, juste à côté de la voiture qu'elle avait essayé d'ouvrir. Le véhicule quitta le trottoir et dépassa Mikael en direction de Zinkensdamm. Il eut un aperçu d'un visage au passage du véhicule. La plaque d'immatriculation était illisible dans le faible éclairage public.

Indécis, Mikael regarda la camionnette tout en continuant à courir derrière le poursuivant de Lisbeth. Il le rattrapa en haut de l'escalier. L'homme s'était arrêté en tournant le dos à Mikael, il se tenait immobile et regardait autour de lui.

Au moment où Mikael arrivait à sa hauteur, il se retourna et lui asséna un violent revers sur le visage. Mikael fut totalement pris au dépourvu. Il dégringola toutes les marches, tête la première.

LISBETH ENTENDIT LE CRI ÉTOUFFÉ de Mikael et s'arrêta presque. *Qu'est-ce qu'il se passe, bordel de merde ?* Puis elle jeta un regard par-dessus son épaule et vit Magge Lundin, à une quarantaine de mètres, piquer un sprint vers elle. *Il est plus rapide. Il va me rattraper.*

Elle n'hésita pas, tourna à gauche et grimpa à toute vitesse quelques marches jusqu'à la terrasse entre les immeubles. Elle surgit dans une cour qui n'offrait pas la moindre cachette et parcourut le trajet jusqu'au prochain tournant en un temps qui aurait filé pas mal de médailles aux JO à Caroline Klüft. Elle prit à droite, comprit qu'elle était en train d'entrer dans une impasse et fit un tête-à-queue de cent quatre-vingts degrés. Aucune cachette en vue, et au moment même où elle parvenait au coin de l'immeuble suivant, elle vit Magge Lundin en haut de l'escalier côté cour. Elle continua hors de son champ de vision sur quelques mètres encore et plongea derrière un buisson de rhododendrons dans une plate-bande le long de l'immeuble.

Elle entendit les lourds pas de Magge Lundin mais sans le voir. Elle resta totalement immobile dans le buisson, serrée contre le mur d'immeuble.

Lundin passa devant sa cachette et s'arrêta à moins de cinq mètres. Il s'attarda dix secondes avant de continuer sa course dans la cour. Une minute plus tard, il fut de retour. Il s'arrêta au même endroit qu'avant. Cette fois-ci, il resta immobile pendant trente secondes. Lisbeth tendit ses muscles, prête à s'enfuir instantanément si elle était débusquée. Puis il se remit en mouvement. Il passa à moins de deux mètres d'elle. Elle entendit ses pas disparaître de la cour.

MIKAEL AVAIT MAL A LA NUQUE et à la mâchoire quand il réussit péniblement à se remettre sur pied. Il sentait le goût du sang sur sa lèvre éclatée. Il essaya de faire quelques pas, mais trébucha.

Il monta de nouveau l'escalier et regarda autour de lui. Il vit le dos de l'agresseur cent mètres plus bas dans la rue.

L'homme à la queue de cheval s'arrêta pour épier entre les immeubles, puis reprit sa course. Quelques secondes plus tard, il avait disparu tout au bout de la rue. Mikael s'avança vers le parapet et le chercha du regard. L'homme traversait Lundagatan et montait dans le Dodge Van qui avait démarré devant l'immeuble de Lisbeth. Le véhicule disparut tout de suite après au coin, du côté de Zinkensdamm.

Mikael remonta lentement Lundagatan à la recherche de Lisbeth Salander. Il ne la voyait nulle part. Il ne voyait pas âme qui vive, d'ailleurs, étonné de constater à quel point une rue de Stockholm pouvait soudain être vide à 3 heures un dimanche matin au mois de mars. Un moment plus tard, il retourna devant l'immeuble de Lisbeth dans le bas de Lundagatan. En passant l'endroit où l'agression avait eu lieu, il marcha sur quelque chose et découvrit le trousseau de clés de Lisbeth. Il se penchait pour le ramasser, quand il vit son sac sous la voiture.

Mikael resta un long moment à attendre, hésitant sur la conduite à tenir. Pour finir, il alla essayer les clés dans la serrure de la porte de l'immeuble. Ce n'étaient pas les bonnes clés.

LISBETH SALANDER RESTA PLANQUÉE dans le buisson pendant un quart d'heure sans bouger, sinon pour regarder sa montre. Peu après 3 heures, elle entendit une porte s'ouvrir et se refermer, et des pas qui se dirigeaient vers le range-vélos de la cour.

Quand les bruits se furent évanouis, elle se mit lentement à genoux et pointa la tête hors du buisson. Elle examina le moindre coin de la cour mais ne vit Magge Lundin nulle part. D'un pas léger, elle retourna dans la rue, tout le temps prête à pivoter sur ses talons et à s'enfuir. Elle s'arrêta en haut de l'escalier, scruta le bas de Lundagatan et repéra soudain Mikael Blomkvist devant son immeuble. Il tenait son sac à la main.

Elle resta parfaitement immobile, dissimulée par un lampadaire, quand le regard de Mikael Blomkvist balaya le parapet du palier supérieur. Il ne la vit pas.

Mikael Blomkvist resta devant son immeuble pendant près d'une demi-heure. Elle l'observa patiemment sans bouger jusqu'à ce qu'il se décide à partir du côté de Zinkensdamm. Quand il fut hors de vue, elle attendit encore un moment avant de commencer à réfléchir aux événements.

Mikael Blomkvist.

Elle avait le plus grand mal à comprendre comment il avait pu entrer en scène comme ça, surgi de nulle part. Pour le reste l'agression ne laissait pas la place à trop d'interprétations.

Salopard de Carl-Magnus Lundin.

Magge Lundin avait rencontré le géant blond qu'elle avait aperçu en compagnie de maître Nils Bjurman.

Foutu Salopard de Nils Bjurman.

Cette putain d'ordure a payé un foutu mâle de merde pour me démolir. Je lui ai pourtant vachement bien expliqué quelle peut en être la conséquence.

Tout à coup Lisbeth Salander se mit à bouillonner intérieurement. Elle était tellement furieuse qu'elle ressentit un goût de sang dans la bouche. Cette fois, elle allait être obligée de le punir.

III

ÉQUATIONS IMPOSSIBLES

23 mars au 2 avril

Les équations absurdes, pour lesquelles aucune solution ne convient, sont qualifiées d'impossibles.

$$(a+b)(a-b)=a^2-b^2+1$$

11

MERCREDI 23 MARS – JEUDI 24 MARS

MIKAEL BLOMKVIST POSA la pointe du stylo rouge dans la marge du manuscrit de Dag Svensson et inscrivit un point d'exclamation entouré suivi de "note bdp". Ce qui signifiait qu'il voulait en bas de page une référence à la source de ce qui était dit.

On était mercredi, la veille du jeudi de Pâques, et *Millénium* était plus ou moins en congé pour la semaine entière. Monika Nilsson se trouvait à l'étranger. Lottie Karim était partie en montagne avec son mari. Henry Cortez était venu tenir le standard quelques heures, mais Mikael lui avait dit de rentrer chez lui vu que personne n'appelait et que de toute façon lui-même restait à la rédaction. Un sourire béat aux lèvres, Henry disparut retrouver sa dernière copine en date.

Dag Svensson ne s'était pas montré. Mikael était seul à peaufiner son manuscrit. Ils avaient fini par déterminer que le livre ferait deux cent quatre-vingt-dix pages en douze chapitres. Dag Svensson avait livré la version finale de neuf des douze, et Mikael Blomkvist avait épluché chaque mot et lui avait retourné les textes pour qu'il les clarifie ou les reformule selon ses indications.

Mikael considérait cependant Dag Svensson comme un écrivain très doué et sa contribution se limitait à des notes dans la marge. Il avait même du mal à trouver des endroits où sévir. Au cours des semaines où la pile du manuscrit avait grandi sur le bureau de Mikael, ils n'avaient été en désaccord total qu'au sujet d'un seul passage d'environ une page, que Mikael voulait supprimer et que Dag avait défendu avec force arguments. Mikael avait gagné. Mais il s'agissait de broutilles.

Bref, le livre que *Millénium* s'apprêtait à envoyer à l'imprimerie était costaud et Mikael était convaincu qu'on allait en parler. Dag Svensson était si impitoyable dans sa dénonciation des michetons et ficelait si parfaitement son histoire que personne ne pourrait plus ignorer les dysfonctionnements du système. L'écriture était parfaite et les données que Dag Svensson présentait, amenées selon une méthode traditionnelle, certes, mais plus qu'efficace.

Ces derniers mois, Mikael avait appris trois choses sur Dag. Il était un journaliste méticuleux qui nouait soigneusement tous les fils. Il n'utilisait pas la rhétorique qui alourdissait tant de reportages sur la société et les transformait en galimatias. Le livre était plus qu'un reportage – c'était une déclaration de guerre. Mikael sourit calmement. Dag Svensson avait presque quinze ans de moins que lui mais Mikael reconnaissait facilement la passion qu'il avait eue lui-même un jour quand il était parti en croisade contre les journalistes économiques minables et avait pondu un livre à scandale que certaines rédactions ne lui avaient toujours pas pardonné.

Le problème était que le livre de Dag Svensson devait tenir la route jusqu'au bout. Le journaliste qui redresse ainsi la tête doit être à cent pour cent sûr du terrain sur lequel il s'avance, sinon mieux vaut renoncer à publier. Dag Svensson en était à quatre-vingt-dix-huit pour cent. Restaient quelques points faibles à éplucher et des affirmations qu'il n'avait pas documentées de façon satisfaisante aux yeux de Mikael.

Vers 17 h 30, il ouvrit le tiroir de son bureau et en sortit une cigarette. Erika Berger avait décrété l'interdiction totale de fumer dans les bureaux, mais il était seul et personne ne viendrait de tout le week-end. Il travailla encore trois quarts d'heure avant de rassembler ses feuillets et d'aller poser le chapitre sur le bureau d'Erika afin qu'elle le lise. Dag Svensson avait promis de mailer la version finale des trois chapitres restants le lendemain matin, ce qui donnerait à Mikael la possibilité de les relire pendant le week-end. Une réunion était programmée le mardi après Pâques, où Dag, Erika, Mikael et Malou se retrouveraient pour donner le feu vert à la version finale du livre, mais aussi aux articles de *Millénium*. Ne resterait plus que la mise en pages, qui incombait à Christer Malm, et à l'envoyer à l'imprimerie. Mikael n'avait même pas lancé d'appel d'offres – il avait décidé de faire confiance une nouvelle fois à Hallvigs Reklam à Morgongåva, l'imprimeur de son livre sur l'affaire Wennerström, qui proposait un prix et un service incomparables dans la branche.

MIKAEL REGARDA L'HEURE et s'offrit une autre cigarette clandestine. Il s'assit à la fenêtre et regarda Götgatan en bas. Du bout de la langue, il toucha doucement la plaie à l'intérieur de sa lèvre. C'était en train de cicatriser. Pour la millième fois il se demanda ce qui s'était réellement passé devant l'immeuble de Lisbeth Salander dans Lundagatan.

Ses seules certitudes étaient que Lisbeth Salander était manifestement en vie, et qu'elle était de retour en ville.

Dans la semaine, il avait quotidiennement essayé d'entrer en contact avec elle. Il avait envoyé des mails à l'adresse qu'elle avait utilisée plus d'un an auparavant, mais sans recevoir de réponse. Tous les jours il était passé par Lundagatan. Il commençait à perdre espoir.

La plaque avec le nom avait changé pour Salander-Wu. Il y avait deux cent trente Wu dans le registre de l'état civil, dont un peu plus de cent quarante habitaient le département de Stockholm. Aucun n'était cependant domicilié dans Lundagatan. Mikael n'avait pas la moindre idée de qui pouvait habiter avec Salander, si elle avait un copain ou si elle sous-louait l'appartement. Personne n'était venu ouvrir quand il avait frappé à la porte.

En fin de compte, il avait décidé de lui écrire une bonne vieille lettre à l'ancienne.

Salut Sally,

Je ne sais pas ce qui s'est passé il y a un an, mais à ce stade, même l'abruti que je suis a compris que tu as coupé tous les ponts avec moi. C'est ton droit et ton privilège de déterminer qui tu veux fréquenter et je n'ai pas l'intention de rabâcher. Je constate simplement que je te considère toujours comme mon amie, que ta compagnie me manque et que je prendrais volontiers un café avec toi, si ça te dit.

Je ne sais pas dans quoi tu t'es fourrée, mais la bagarre dans Lundagatan m'inquiète. Si tu as besoin d'aide, tu peux m'appeler à n'importe quel moment. Comme tu le sais, j'ai une lourde dette envers toi.

De plus, j'ai ton sac. Si tu veux le récupérer, tu n'as qu'à donner signe de vie. Si tu ne veux pas me rencontrer, tu peux simplement me donner une adresse où je pourrai l'envoyer. Tu as clairement indiqué que tu ne voulais rien avoir à faire avec moi, je n'essaierai donc pas de te voir.

MIKAEL

Bien entendu, il n'avait pas obtenu la moindre réponse.

En rentrant chez lui le matin après l'agression dans Lundagatan, il avait ouvert le sac de Lisbeth et aligné le contenu sur la table de la cuisine. Il y avait là un portefeuille avec une carte de compte de la Poste et environ 600 couronnes suédoises en espèces et 200 dollars américains, ainsi qu'une carte mensuelle des transports en commun de Stockholm. Un paquet de Marlboro light ouvert, trois briquets jetables, une boîte de pastilles pour la gorge, un paquet de mouchoirs en papier, une brosse à dents, du dentifrice et trois tampons hygiéniques dans un compartiment à part, un paquet de préservatifs intact, dont l'étiquette de prix révélait qu'ils avaient été achetés à Gatwick Airport à Londres, un carnet relié format A5 à couverture rigide, cinq stylos bille, une bombe lacrymogène, une petite trousse avec du rouge à lèvres et du maquillage, une radio FM avec écouteurs mais sans piles et l'*Aftonbladet* de la veille.

L'objet le plus fascinant dans le sac était un marteau facilement accessible dans une poche extérieure. L'attaque était cependant arrivée si brutalement que Lisbeth n'avait eu le temps de sortir ni le marteau ni la bombe lacrymogène. Apparemment, elle avait utilisé les clés en guise de poing américain – il restait dessus des traces de sang et de peau.

Son trousseau de clés comportait six clés. Trois étaient des clés typiques d'appartement – clé de porte sur la rue, clé ordinaire de l'appartement et clé de la serrure de sécurité. Aucune n'ouvrait cependant la porte de Lundagatan.

Mikael avait ouvert et feuilleté le carnet page par page. Il reconnaissait l'écriture soigneuse et minimale de Lisbeth, et il avait assez rapidement pu constater qu'il ne s'agissait pas précisément du journal intime et secret d'une jeune fille. Les trois quarts environ du carnet étaient remplis de ce qui ressemblait à du gribouillage mathématique. Tout en haut de la première page figurait une équation qu'il reconnaissait, même si les maths n'étaient pas du tout son rayon.

$$(x^3 + y^3 = z^3)$$

Mikael Blomkvist n'avait jamais eu de problèmes en calcul. Il avait passé son bac avec les meilleures notes en maths, ce qui ne signifiait pas qu'il était doué en la matière, mais simplement qu'il avait su assimiler l'enseignement du lycée. Les pages du carnet de Lisbeth Salander contenaient un gribouillis qu'il ne comprenait pas et qu'il n'avait aucune intention d'essayer de comprendre. Une équation s'étalait sur deux pages entières et se terminait par des ratures et des changements. Il avait du mal à déterminer s'il s'agissait de formules mathématiques sérieuses et de solutions véritables mais, connaissant bien les capacités de Lisbeth Salander, il supposa que les calculs se révéleraient corrects, et qu'ils avaient sans doute une signification ésotérique.

Il feuilleta le carnet un bon moment. Les équations lui étaient à peu près aussi compréhensibles que s'il avait eu un cahier de signes chinois devant lui. Il comprit néanmoins ce qu'elle essayait de faire. $x^3 + y^3 = z^3$. Elle avait été fascinée par l'énigme de Fermat, un classique dont il avait entendu parler. Il soupira profondément.

La toute dernière page du carnet contenait une note succincte et mystérieuse, qui n'avait absolument rien à faire avec les maths mais qui ressemblait pourtant à une sorte de formule.

(Blondie + Magge) = NEB

C'était souligné et encadré, et ça n'expliquait strictement rien. Tout en bas de la page était noté le numéro de téléphone d'une agence de location de voitures, Auto-Expert, à Eskilstuna.

Mikael n'essaya pas d'interpréter les notes. Il conclut que ces notes étaient des gribouillis qu'elle avait faits en réfléchissant à quelque chose.

Pour finir, Mikael écrasa sa cigarette et enfila sa veste, brancha l'alarme de la rédaction et marcha jusqu'au terminal de Slussen où il prit le bus pour Lännersta, le quartier branché des yuppies. Il était invité à dîner chez sa sœur Annika Blomkvist, Giannini de son nom d'épouse, pour ses quarante-deux ans.

ERIKA BERGER COMMENÇA ses congés de Pâques par un jogging, trois kilomètres de soucis et de colère qui se terminèrent au ponton du ferry à Saltsjöbaden. Elle avait négligé ses heures au club de gym ces derniers mois et elle se sentait raide et en mauvaise forme. Elle retourna chez elle en marchant normalement. Son mari donnait une conférence pour une exposition au musée d'Art moderne et il ne rentrerait pas avant 20 heures. Erika projetait d'ouvrir une bonne bouteille de vin, d'allumer le sauna et de séduire son mari. Cela aurait le mérite de la distraire du problème qu'elle ruminait.

Quatre jours auparavant, elle avait été invitée à déjeuner par le directeur de l'un des groupes de médias les plus importants de Suède. Entre deux bouchées de salade, avec beaucoup de sérieux dans la voix, il lui avait exposé son intention de la recruter comme rédactrice en chef de *Svenska Morgon-Posten*, le plus grand quotidien du groupe, le Grand Dragon comme on l'appelait dans le milieu. *La direction a discuté de plusieurs noms et nous pensons tous que tu serais un formidable atout pour le journal. C'est toi que nous voulons.* L'offre de travail était accompagnée d'un salaire qui faisait paraître ce qu'elle gagnait à *Millénium* comme une plaisanterie.

Cette offre était tombée comme un coup de foudre et l'avait laissée interloquée. *Pourquoi moi, précisément ?*

Il était resté vague au début, puis avait fini par avouer qu'elle était célèbre, respectée et considérée par tout le monde comme une patronne compétente. Sa manière d'extirper *Millénium* des sables mouvants où le journal s'était enfoncé deux ans auparavant était impressionnante. Puis il lui avoua que le Grand Dragon avait besoin d'un coup de jeune. Le journal avait un air vieux jeu qui réduisait continuellement les abonnés de la jeune génération.

Erika était connue pour être une journaliste impertinente. Elle avait du chien. Placer une femme et féministe de surcroît à la tête de l'institution la plus conservatrice de la Suède des Mâles était un défi, c'était gonflé. Tout le monde était d'accord. Disons, presque tout le monde. Ceux qui comptaient étaient d'accord.

— Mais je ne partage pas la vision politique de base du journal.

— On s'en fiche. Tu n'es pas non plus un adversaire notoire. Tu en seras le chef – pas un inspecteur politique – et côté éditorial, ça s'arrangera.

Il ne le dit pas, mais il s'agissait aussi de classe sociale. Erika avait le bon passé, elle était issue du bon milieu.

Elle répondit que spontanément elle était intéressée par la proposition, mais qu'elle ne pouvait pas donner une réponse immédiate. Il lui fallait d'abord réfléchir, et ils s'étaient mis d'accord pour qu'elle lui communique sa décision dans les jours à venir. Le directeur avait expliqué que si c'était le salaire qui la faisait hésiter, elle se trouvait dans une position où elle pourrait probablement négocier les chiffres à la hausse. On lui proposerait en outre un parachute particulièrement attractif. *Le moment est venu pour toi de commencer à penser à tes conditions de retraite, ma vieille.*

Elle allait sur ses quarante-cinq ans. Elle avait mangé de la vache enragée à ses débuts. Elle avait réussi à créer *Millénium* et en était devenue la directrice de la publication grâce à ses mérites personnels. Le moment où elle serait obligée de prendre le téléphone pour dire oui ou non approchait inexorablement, et elle ne savait pas ce qu'elle allait répondre. Au cours de la semaine, elle avait plusieurs fois eu l'intention d'en discuter avec Mikael, mais ça ne s'était pas fait. Elle sentait que, au contraire, elle lui avait occulté la chose, ce qui lui donnait une pointe de mauvaise conscience.

Les inconvénients étaient évidents. Un oui signifierait que son partenariat avec Mikael serait rompu. Il ne la suivrait jamais chez le Grand Dragon, même si elle lui faisait une offre enrobée de chocolat. Il n'avait pas besoin de cet argent et il se portait parfaitement bien à bidouiller ses propres textes à son propre rythme.

Elle se sentait bien dans son rôle de patronne de *Millénium*. Il lui avait fourni une position dans le monde journalistique qu'elle estimait presque imméritée. Ce n'était pas elle qui produisait les informations. Ce n'était pas son truc – elle ne se considérait pas comme particulièrement douée pour l'écriture. En revanche, elle était bonne journaliste à la radio ou à la télé et elle était surtout une directrice brillante. Et elle aimait bien le travail d'improvisation qu'imposait son rôle de patronne de *Millénium*.

Mais Erika Berger était tentée. Pas tant par le salaire que par le fait que ce travail la transformerait définitivement en une des actrices les plus influentes du monde des médias. *L'offre ne sera pas formulée une deuxième fois*, avait dit le directeur.

Arrivée devant l'hôtel de Saltsjöbaden, elle comprit à son grand désespoir qu'elle ne pourrait pas dire non. Et elle tremblait à l'idée d'être obligée d'annoncer la nouvelle à Mikael Blomkvist.

COMME TOUJOURS, le dîner chez la famille Giannini se déroula dans une douce atmosphère de chaos. Annika avait deux enfants, Monica, treize ans, et Jennie, dix ans. Son mari, Enrico Giannini, patron pour la Scandinavie d'une société de biotechnologie internationale, avait la garde d'Antonio, seize ans, fils d'un premier lit. Les autres convives étaient Antonia, la mère d'Enrico, et Pietro, le frère d'Enrico, l'épouse de celui-ci, Eva-Lotta, avec leurs deux enfants Peter et Nicola. Plus la sœur d'Enrico, Marcella, qui habitait le quartier avec quatre enfants. Au dîner avait également été invitée la tante Angelina, que la famille considérait comme complètement farfelue ou en tout cas extrêmement excentrique, accompagnée de son nouveau copain.

Le facteur chaos était donc relativement élevé autour de la table à manger aux dimensions généreuses. Les conversations, parfois plusieurs à la fois, étaient menées en un mélange détonnant de suédois et d'italien, et la situation de Mikael ne fut pas allégée par le fait qu'Angelina passa la soirée à lui demander pourquoi il était toujours célibataire et à lui proposer des candidates appropriées parmi ses amies. Mikael finit par déclarer qu'il se marierait volontiers mais que sa maîtresse était malheureusement déjà mariée. Ce qui cloua le bec à Angelina pour un moment.

A 19 h 30, le téléphone portable de Mikael sonna. Il pensait l'avoir éteint et faillit louper l'appel avant de réussir à le sortir de la poche intérieure de sa veste que quelqu'un avait posée sur l'étagère à chapeaux du vestibule. C'était Dag Svensson.

— Je te dérange ?

— Ben, pas tant que ça. Je suis en train de dîner chez ma sœur avec un fort contingent de sa belle-famille. Qu'est-ce qu'il se passe ?

— Deux choses. J'essaie de joindre Christer Malm mais il ne répond pas au téléphone.

— Non. Lui et son copain sont au théâtre ce soir.

— Merde. J'ai promis de le retrouver à la rédaction demain matin avec les photos et les illustrations qu'on veut mettre dans le livre. Christer devait y jeter un coup d'œil pendant le week-end. Mais Mia vient de décréter qu'elle veut aller voir ses parents en Dalécarlie pour Pâques et leur montrer sa thèse. Ce qui fait qu'on partira tôt demain matin.

— D'accord.

— Je ne peux pas les lui envoyer par mail, il s'agit de tirages papier. Est-ce que je pourrais te les faire porter ce soir ?

— Ben oui… mais dis-moi, je suis à Lännersta. Je reste encore un moment ici avant de rentrer chez moi. Enskede ne me fera pas un grand détour. Je peux tout aussi bien passer chez toi chercher les photos. Ça te va si j'arrive vers 11 heures ?

Ça allait très bien à Dag Svensson.

— Deuxième point… et je pense que ça ne va pas te faire plaisir.

— Annonce toujours.

— J'ai un problème avec le texte.

— Oui.

— Je bute sur un truc que je voudrais vérifier avant que le livre passe à l'impression.

— C'est quoi ?

— Zala, avec un Z.

— C'est quoi, un zala ?

— Zala est un gangster, probablement d'un pays de l'Est, peut-être la Pologne. Je t'en ai parlé dans un mail il y a une semaine ou deux.

— Désolé, j'avais oublié.

— Il revient un peu partout dans mes histoires. Les gens semblent en avoir la trouille et personne ne veut parler de lui.

— Ah bon.

— Il y a quelques jours, je suis de nouveau tombé sur lui. Je crois qu'il se trouve en Suède et il devrait faire partie de la liste des michetons dans le chapitre VII.

— Dag, tu ne vas pas tout modifier à trois semaines de l'impression.

— Je sais. Mais c'est comme une sorte de joker qui réapparaît sans arrêt dans le jeu. J'ai discuté avec un flic qui lui aussi avait entendu parler de Zala et… je crois que ça vaut la peine de consacrer quelques jours la semaine prochaine à le vérifier.

— Pourquoi ? Tu as déjà assez de fumiers comme ça dans ton texte.

— Ce fumier-là m'a l'air bien particulier. Personne ne sait vraiment qui il est. Mon petit doigt me dit que ça paierait de fouiller un peu plus.

— Il ne faut jamais mésestimer les petits doigts, dit Mikael. Mais franchement… on ne peut plus repousser la *deadline* à ce stade. La date a été retenue à l'imprimerie et le livre doit sortir en même temps que *Millénium*.

— Je sais, répondit Dag Svensson sur un ton abattu.

MIA BERGMAN VENAIT JUSTE de préparer du café et l'avait versé dans le thermos quand on sonna à la porte. Il était presque 21 heures. Dag Svensson était plus près de la porte qu'elle et, pensant que c'était Mikael Blomkvist qui arrivait plus tôt que prévu, il ouvrit imprudemment sans regarder d'abord par le judas. Au lieu de Mikael, il se trouva face à une fille qui lui était totalement étrangère, une fille toute petite, qui ressemblait à une poupée et qu'il prit pour une adolescente.

— Je cherche Dag Svensson et Mia Bergman, dit la fille.

— Je suis Dag Svensson, dit-il.

— Je voudrais vous parler.

Dag regarda machinalement l'heure. Mia Bergman arriva dans le vestibule et pointa une tête curieuse derrière son compagnon.

— C'est un peu tard pour une visite, il me semble, dit Dag.

La fille le regarda, aussi silencieuse que patiente.

— De quoi voudrais-tu parler ? demanda-t-il.

— Je voudrais te parler du livre que tu as l'intention de publier chez *Millénium*.

Dag et Mia échangèrent un regard.

— Et qui es-tu ?

— Le sujet m'intéresse. Est-ce que je peux entrer ou on reste ici sur le palier à discuter ?

Dag Svensson hésita une seconde. La fille était certes une parfaite inconnue et l'heure de la visite n'était pas des plus habituelles, mais elle semblait suffisamment inoffensive pour qu'il ouvre grande la porte. Il la guida jusqu'à la table à manger dans le séjour.

— Tu veux du café ? demanda Mia.

Dag lorgna sa compagne avec irritation.

— Et si tu répondais à ma question : qui es-tu ?

— Oui merci. Pour le café je veux dire. Je m'appelle Lisbeth Salander.

Mia haussa les épaules et ouvrit le thermos. Elle avait déjà sorti des tasses en prévision de la visite de Mikael Blomkvist.

— Et qu'est-ce qui te fait croire que j'ai l'intention de publier un livre chez *Millénium* ? demanda Dag Svensson.

Il fut soudain pris d'une méfiance aiguë, mais la fille l'ignora et regarda Mia Bergman à la place. Elle fit une grimace qu'on pouvait interpréter comme un sourire en coin.

— C'est une thèse intéressante, fit-elle.

Mia Bergman eut l'air stupéfaite.

— Qu'est-ce que tu sais de ma thèse ?

— Je suis tombée sur une copie, répondit la fille mystérieusement.

L'irritation de Dag Svensson redoubla.

— Maintenant, je crois qu'il est temps que tu m'expliques ce que tu veux ! dit-il d'une voix rude.

La fille rencontra son regard. Il remarqua soudain que son iris était tellement sombre que ses yeux en devenaient noirs comme de l'encre à la lumière. Il comprit qu'il s'était mépris sur son âge – elle était plus âgée qu'il ne l'avait cru au départ.

— Je veux savoir pourquoi tu poses partout des questions sur Zala, Alexander Zala, dit Lisbeth Salander. Et je veux surtout connaître exactement ce que tu sais à son sujet.

Alexander Zala, pensa Dag Svensson soudain choqué. Jamais auparavant il n'avait entendu de prénom.

Dag Svensson examina la fille devant lui. Elle leva sa tasse et but une gorgée de café sans le lâcher du regard. Ses yeux étaient totalement dépourvus de chaleur. Il se sentit tout à coup vaguement mal à l'aise.

CONTRAIREMENT A MIKAEL et aux autres adultes du groupe et bien que ce soit son anniversaire, Annika Giannini n'avait bu qu'une bière. Elle s'était abstenue de boire aussi bien du vin que de l'aquavit au repas. Vers 22 h 30, elle était par conséquent parfaitement sobre et, vu qu'elle considérait son grand frère dans certaines circonstances comme un parfait imbécile dont il fallait prendre soin, elle lui proposa généreusement de le raccompagner chez lui en voiture, via Enskede. Elle avait de toute façon prévu de le conduire à l'arrêt de bus dans Värmdövägen, et pousser jusqu'en ville ne prendrait pas beaucoup plus de temps.

— Pourquoi tu n'achètes pas une voiture ? se plaignit-elle malgré tout quand Mikael attacha sa ceinture de sécurité.

— Parce que contrairement à toi, j'habite suffisamment près de mon boulot pour pouvoir y aller à pied et je n'ai besoin d'une voiture qu'une fois par an environ. De plus, je n'aurais pas pu conduire, puisque ton homme m'a poussé à ingurgiter je ne sais combien de verres d'aquavit.

— Il est en train de devenir suédois. Il y a dix ans, il t'aurait fait boire des alcools italiens.

Ils profitèrent du trajet en voiture pour bavarder entre frère et sœur. A part une tante tenace du côté paternel, deux tantes moins tenaces côté maternel et quelques cousins germains ou plus éloignés, Mikael et Annika restaient les seuls de leur famille. Leur différence d'âge de trois ans ne les avait pas spécialement rapprochés dans l'adolescence, mais ils s'étaient retrouvés d'autant mieux devenus adultes.

Annika avait fait son droit et Mikael la considérait comme la plus douée des deux. Elle avait traversé ses études le vent en poupe, passé quelques années dans un tribunal rural et ensuite comme assistante d'un des avocats les plus célèbres de Suède avant de démissionner et d'ouvrir son propre cabinet. Annika s'était spécialisée dans le droit de la famille, ce qui peu à peu s'était transformé en un projet d'égalité. Elle s'était engagée comme avocate de femmes maltraitées, avait écrit un livre sur ce sujet et était devenue un nom respecté parmi les féministes. Pour couronner le tout, elle s'était engagée politiquement au côté des sociaux-démocrates, ce qui amenait Mikael à la taquiner et à la traiter d'opportuniste. Pour sa part, Mikael avait décidé dès son jeune âge qu'il ne pouvait pas adhérer à un parti politique s'il voulait conserver une crédibilité journalistique. Il évitait même de voter et, quand il lui était arrivé de le faire, il avait toujours refusé de révéler pour qui il avait voté, même à Erika Berger.

— Comment tu vas ? demanda Annika alors qu'ils passaient le pont de Skurubron.

— Ben, je vais bien.

— C'est quoi le problème, alors ?

— Le problème ?

— Je te connais, Micke. Tu as eu ton air pensif toute la soirée.

Mikael garda le silence un petit moment.

— C'est compliqué comme histoire. J'ai deux problèmes en ce moment. L'un concerne une fille que j'ai connue il y a deux ans et qui m'a aidé dans l'affaire Wennerström. Ensuite elle a disparu de ma vie sans un mot d'explication. Je n'ai pas eu la moindre nouvelle d'elle pendant plus d'un an, avant la semaine dernière.

Mikael raconta l'agression dans Lundagatan.

— Tu as porté plainte ? demanda Annika tout de suite.

— Non.

— Et pourquoi pas ?

— Cette fille tient terriblement à sa vie privée. C'est elle qui a été agressée. C'est à elle de porter plainte.

Mikael soupçonnait que ce point ne devait pas se trouver en haut de la liste des priorités de Lisbeth Salander.

— Tête de lard, dit Annika en tapotant la joue de Mikael. Toujours à vouloir t'occuper de tout. Et le deuxième problème ?

— On est en train de sortir un sujet à *Millénium* qui va faire du bruit. Toute la soirée je me suis demandé si je ne devais pas te consulter. En tant qu'avocate, je veux dire.

Annika lorgna son frère avec surprise.

— Me consulter ! s'écria-t-elle. Ça vient de sortir, ça.

— Le sujet en question parle de trafic de femmes et de violence à l'égard des femmes. Tu travailles sur la violence à l'égard des femmes et tu es avocate. Je sais que tu ne t'occupes pas de la liberté de la presse, mais j'aimerais beaucoup que tu lises le texte avant qu'on imprime. Il s'agit à la fois d'articles dans un numéro du journal et d'un livre, ça fait pas mal de choses à lire.

Annika ne dit rien tandis qu'elle tournait au niveau de la zone industrielle de Hammarby et passait l'écluse de Sickla. Elle emprunta de petites rues étriquées parallèles à Nynäsvägen jusqu'à ce qu'elle puisse remonter Enskedevägen.

— Tu sais, Mikael, je t'en ai vraiment voulu une seule fois dans ma vie.

— Ah bon ? répondit Mikael tout surpris.

— C'était quand tu as été inculpé dans l'affaire Wennerström et que tu as ramassé ces trois mois de prison pour diffamation. J'étais tellement furieuse contre toi que j'ai failli exploser.

— Pourquoi ? Je m'étais planté, c'est tout.

— Tu t'étais déjà planté plein de fois dans ta vie. Mais cette fois-ci tu avais besoin d'un avocat et le seul vers qui tu ne te sois pas tourné, c'est moi. Au lieu de ça, tu as accepté qu'ils te traînent dans la boue, aussi bien dans les médias qu'au procès. Tu ne t'es même pas défendu. Ça m'a tuée.

— Il s'agissait de circonstances particulières. Tu n'aurais rien pu faire.

— Non, mais je ne l'ai compris qu'un an plus tard quand *Millénium* est revenu en lice et que vous avez réduit Wennerström à l'état de serpillière. Jusque-là, tu m'avais vraiment déçue.

— Tu n'aurais rien pu faire pour gagner le procès.

— Il y a un truc que tu n'as pas pigé, grand frère. Moi aussi je comprends que c'était un cas perdu d'avance. J'ai lu le verdict. Mais ce qui me tue, c'est que tu ne sois pas venu me demander de l'aide, à moi. Style : Salut frangine, j'ai besoin d'un avocat. C'est pour ça que tu ne m'as jamais vue au tribunal.

Mikael réfléchit à la chose.

— Désolé. Je suppose que j'aurais dû.

— Un peu que tu aurais dû.

— J'étais hors service cette année-là. Je n'arrivais pas à parler avec qui que ce soit. Tout ce que je voulais, c'était mourir.

— Ce n'est pas exactement ce que tu as fait.

— Excuse-moi.

Annika Giannini sourit tout à coup.

— Super. Des excuses deux ans plus tard. D'accord. Je vais le relire, ton texte. C'est urgent ?

— Oui. On imprime bientôt. Tourne à gauche, là.

ANNIKA GIANNINI SE GARA du côté opposé de la résidence de Björneborgsvägen où habitaient Dag Svensson et Mia Bergman.

— J'en ai pour une minute, dit Mikael.

Il traversa la rue au petit trot et pianota le code de la porte.

A peine entré, il comprit que quelque chose n'allait pas. Il entendait des voix agitées résonner dans la cage d'escalier et il monta à pied les trois étages jusqu'à l'appartement de Dag Svensson et Mia Bergman. Ce ne fut qu'en arrivant sur leur palier qu'il comprit que l'agitation concernait leur appartement. Cinq voisins étaient en train de discuter sur le palier. La porte de Dag et Mia était entrouverte.

— Qu'est-ce qu'il se passe ? demanda Mikael plus par curiosité que par inquiétude.

Les voix se turent. Cinq paires d'yeux se tournèrent vers lui. Trois femmes et deux hommes, tous avaient l'âge de la retraite. L'une des femmes était en chemise de nuit.

— On aurait dit des coups de feu.

L'homme qui lui répondait avait dans les soixante-dix ans, il portait une robe de chambre marron.

— Des coups de feu ? fit Mikael, une expression stupide sur le visage.

— Il y a un instant. Ils ont tiré dans cet appartement il y a une minute. La porte était ouverte.

Mikael s'avança et sonna à la porte en même temps qu'il entrait dans l'appartement.

— Dag ? Mia ? appela-t-il.

Il n'obtint pas de réponse.

Soudain, il sentit un froid glacial lui parcourir la nuque. Il renifla une odeur de soufre. Puis il s'approcha de la porte du séjour. La première chose qu'il vit, *monDieubordeldemerde*, c'était Dag Svensson à plat ventre dans une flaque de sang énorme, large d'un mètre, devant la table à manger où lui et Erika avaient dîné quelques mois plus tôt.

Mikael se précipita sur Dag tout en sortant son portable, et fit le 112 de SOS-Secours. On lui répondit immédiatement.

— Je m'appelle Mikael Blomkvist. J'ai besoin d'une ambulance et de la police.

Il donna l'adresse.

— Qu'est-ce qui se passe ?

— Un homme. Il semble avoir reçu une balle dans la tête, il est sans connaissance.

Mikael se pencha et essaya de trouver le pouls carotidien. Puis il vit l'énorme cratère à l'arrière de la tête de Dag et il réalisa qu'il marchait dans ce qui devait représenter la plus grande partie du cerveau de Dag Svensson. Il retira lentement sa main.

Aucune ambulance au monde ne pourrait sauver Dag Svensson.

Soudain, et sans le moindre lien rationnel, il remarqua les éclats d'une des tasses à café que Mia Bergman avait héritées de sa grand-mère et auxquelles elle tenait tant. Il se leva d'un coup et regarda autour de lui.

— Mia ! cria-t-il.

Le voisin en robe de chambre marron l'avait suivi dans le vestibule. Mikael se retourna à la porte du séjour et brandit la main.

— Restez où vous êtes ! hurla-t-il. Retournez sur le palier.

Le voisin eut tout d'abord l'air de vouloir protester, puis il obéit à l'ordre. Mikael resta immobile quelques secondes. Puis il contourna la flaque de sang, passa doucement devant Dag Svensson et se dirigea vers la chambre.

Mia Bergman était étendue sur le dos par terre au pied du lit.

NonnonnonpasMiaaussinomdeDieu. On lui avait tiré à travers la figure. La balle était entrée par le bas de la mâchoire sous l'oreille gauche. La sortie sur le bord de la tempe était grosse comme une orange et son orbite droite était vide et béante. L'hémorragie était, si possible, encore plus importante que celle de son compagnon. L'impact de la balle avait été si violent que le mur à la tête du lit, à plusieurs mètres de Mia Bergman, était éclaboussé.

Mikael se rendit compte qu'il serrait le téléphone portable d'une main crispée, toujours connecté au 112, et qu'il avait retenu sa respiration. Il inspira profondément et leva le portable.

— Il faut que la police vienne. Deux personnes. Je crois qu'elles sont mortes. Dépêchez-vous.

Il entendit une voix répondre quelque chose mais il n'était pas en état de comprendre les mots. Il eut soudain l'impression que son ouïe ne fonctionnait plus. Tout était silencieux autour de lui. Il n'entendit pas le son de sa propre voix quand il essaya de dire quelque chose. Il baissa le portable et sortit de l'appartement à reculons. En arrivant dans la cage d'escalier, il se rendit compte que tout son corps tremblait et que son cœur battait d'une manière anormale. Sans un mot, il se fraya un passage à travers le groupe pétrifié de voisins et s'assit sur une marche. Il entendit au loin les voisins lui poser des questions. *Qu'est-ce qu'il y a ? Ils sont blessés ? Il s'est passé quelque chose ?* Le son de leurs voix semblait sortir d'un tunnel.

Mikael était comme paralysé. Il comprit qu'il se trouvait en état de choc. Il baissa la tête entre ses genoux. Puis il se mit à penser. *Bon Dieu – ils ont été assassinés. On vient de leur tirer dessus. L'assassin peut encore se trouver là-dedans… non, je l'aurais vu. L'appartement ne fait que cinquante-cinq mètres carrés.* Il n'arrivait pas à faire cesser les tremblements. Dag était tombé sur le ventre et Mikael n'avait pas vu son visage, mais l'image du visage déchiré de Mia restait incrustée sur sa rétine.

Tout à coup son ouïe revint comme si quelqu'un avait tourné le bouton du volume. Il se leva d'un coup et regarda le voisin en robe de chambre marron.

— Vous, fit-il. Restez ici et veillez à ce que personne n'entre dans l'appartement. La police et l'ambulance sont en route. Je descends les attendre et leur ouvrir la porte.

Mikael dévala les marches quatre à quatre. Au rez-de-chaussée, il jeta un regard vers l'escalier de la cave et s'arrêta net. Il fit un pas vers la cave. A mi-chemin dans l'escalier, un revolver était là, visible pour n'importe qui. Mikael nota que ça ressemblait à un Colt 45 Magnum – l'arme qui avait tué Olof Palme.

Il réprima l'impulsion de saisir l'arme et la laissa où elle était. Il remonta dans le hall d'entrée, bloqua la porte en position ouverte puis sortit à l'air libre. Lorsqu'il entendit un bref coup de klaxon, il se souvint que sa sœur l'attendait dans la voiture. Il traversa la rue.

Annika Giannini ouvrit la bouche pour le taquiner sur son éternelle lenteur. Puis elle vit l'expression de son visage.

— Est-ce que tu as vu quelqu'un passer pendant que tu m'attendais ? demanda Mikael.

Sa voix paraissait rauque et peu naturelle.

— Non. Ce serait qui ? Qu'est-ce qu'il y a ?

Mikael resta silencieux pendant quelques secondes tout en inspectant les environs. Tout était calme et tranquille dans la rue. Il fouilla dans sa poche et trouva un vieux paquet froissé où restait une cigarette oubliée. Il l'allumait quand il entendit au loin le son des sirènes qui s'approchaient. Il regarda l'heure. Il était 23 h 17.

— Annika, la nuit va être longue, dit-il sans la regarder lorsque la voiture de police arriva dans la rue.

LES PREMIERS SUR LES LIEUX furent les agents de police Magnusson et Ohlsson. Ils revenaient de Nynäsvägen après avoir répondu à un appel qui s'était révélé une mauvaise plaisanterie. Ils étaient suivis d'une voiture d'intervention avec le commissaire Oswald Mårtensson, affecté aux interventions extérieures, qui se trouvait à Skanstull quand il avait reçu l'appel du central des opérations. Ils arrivèrent pratiquement en même temps mais de directions opposées et ils virent un homme en jean et veste sombre au milieu de la rue qui levait la main. En même temps, une femme descendit d'une voiture garée à quelques mètres de l'homme.

Les trois policiers attendirent quelques secondes. Le central de SOS-Secours avait rapporté que deux personnes avaient été tuées par balle, et cet homme tenait un objet sombre à la main gauche. Il leur fallut quelques secondes pour comprendre qu'il s'agissait d'un téléphone portable. Ils descendirent des voitures en même temps, ajustèrent leurs baudriers et allèrent voir de plus près ces deux individus. Mårtensson prit immédiatement le commandement.

— C'est vous qui avez signalé les coups de feu ?

L'homme hocha la tête. Il paraissait sérieusement secoué. Il fumait une cigarette et sa main tremblait quand il la portait à sa bouche.

— Votre nom ?

— Je m'appelle Mikael Blomkvist. Deux personnes ont été tuées par balle il y a seulement quelques minutes dans cet immeuble. Ils s'appellent Dag Svensson et Mia Bergman. Ils sont au troisième. Il y a des voisins sur le palier.

— Mon Dieu, fit la femme.

— Vous êtes qui ? demanda Mårtensson.

— Je m'appelle Annika Giannini.

— Vous habitez ici ?

— Non, répondit Mikael Blomkvist. Je suis venu voir le couple qui a été tué. Elle, c'est ma sœur, elle m'a conduit ici après un dîner.

— Vous affirmez donc que deux personnes ont été tuées par balle. Avez-vous vu ce qui s'est passé ?

— Non. Je les ai trouvées.

— On va monter voir ça, dit Mårtensson.

— Attendez, dit Mikael. Selon les voisins, les coups de feu ont été tirés très peu de temps avant que j'arrive. J'ai donné l'alerte dans la minute. Depuis, moins de cinq minutes se sont écoulées. Cela signifie que l'assassin se trouve encore tout près.

— Mais vous n'avez pas de signalement ?

— On n'a vu personne. Mais il est possible que les voisins aient vu quelque chose.

Mårtensson fit signe à Magnusson qui prit sa radio et commença à faire son rapport à voix basse au central. Il se tourna vers Mikael.

— Montrez-moi le chemin, dit-il.

Quand ils furent dans l'entrée de l'immeuble, Mikael s'arrêta et indiqua en silence l'escalier de la cave. Mårtensson se pencha et regarda l'arme. Il descendit en bas de l'escalier et vérifia la porte de la cave. Elle était fermée à clé.

— Ohlsson, reste ici et ouvre l'œil, dit Mårtensson.

Devant l'appartement de Dag et Mia, l'attroupement s'était éclairci. Deux voisins étaient retournés chez eux mais l'homme en robe de chambre marron était toujours à son poste. Il parut soulagé de voir les uniformes.

— Je n'ai laissé entrer personne, dit-il.

— C'est très bien, dirent Mikael et Mårtensson en même temps.

— On dirait qu'il y a des traces de sang dans l'escalier, dit l'agent Magnusson.

Tout le monde regarda les traces de pas. Mikael regarda ses mocassins italiens.

— C'est probablement moi qui les ai laissées, dit Mikael. Je suis entré dans l'appartement. Il y a énormément de sang.

Mårtensson jeta un regard inquisiteur sur Mikael. Il utilisa un stylo pour pousser la porte de l'appartement et constata qu'il y avait encore d'autres traces de sang dans le vestibule.

— A droite. Dag Svensson se trouve dans le séjour et Mia Bergman dans la chambre.

Mårtensson procéda à une rapide inspection de l'appartement et revint quelques secondes plus tard. Il parla dans la radio et demanda des renforts de la criminelle. Les ambulanciers arrivèrent pendant qu'il parlait. Mårtensson les arrêta tout en terminant l'appel.

— Deux personnes. Pour autant que je puisse en juger, ils n'ont plus besoin d'aucune assistance. L'un de vous peut-il jeter un coup d'œil en évitant de déranger la scène du crime ?

Il ne fallut pas longtemps pour établir que les ambulanciers étaient superflus. Le médecin de garde qui les accompagnait détermina qu'il n'était pas nécessaire de transporter les corps à l'hôpital pour essayer de les réanimer. Il n'y avait plus d'espoir. Mikael se sentit soudain envahi de nausées violentes et se tourna vers Mårtensson.

— Je sors. J'ai besoin d'air.

— Je crains de ne pas pouvoir vous laisser partir.

— Soyez tranquille, dit Mikael. Je vais juste m'asseoir sur la marche devant l'entrée.

— Montrez-moi votre carte d'identité.

Mikael sortit son portefeuille et l'abandonna dans la main de Mårtensson. Puis il fit demi-tour sans un mot et descendit s'asseoir sur la marche devant la maison, où Annika attendait toujours avec l'agent Ohlsson. Elle s'assit à côté de lui.

— Micke, qu'est-ce qu'il s'est passé ? demanda Annika.

— Deux personnes à qui je tenais énormément ont été tuées. Dag Svensson et Mia Bergman. C'était son manuscrit que je voulais que tu lises.

Annika Giannini comprit que ce n'était pas le moment d'assaillir Mikael de questions. Au lieu de cela, elle l'entoura de son bras et le tint serré tandis que d'autres voitures de police arrivaient. Sur le trottoir d'en face, une poignée de noctambules curieux avaient commencé à s'attrouper. Mikael les fixa sans un mot pendant que les policiers entreprenaient de délimiter un périmètre. Une enquête criminelle commençait.

IL ÉTAIT UN PEU PLUS DE 3 HEURES quand Mikael et Annika purent enfin quitter les locaux de la Crim. Ils avaient passé une heure dans la voiture d'Annika devant l'immeuble à Enskede en attendant qu'un procureur de garde arrive pour démarrer l'enquête préliminaire. Ensuite – comme Mikael était un ami des deux victimes et puisqu'il avait découvert celles-ci et donné l'alerte – on leur avait demandé de venir au commissariat central à Kungsholmen pour, comme ils le dirent, étayer l'enquête.

Ils avaient attendu un long moment avant d'être entendus tous les deux par une inspectrice, Anita Nyberg. Elle était blonde et semblait être encore une adolescente.

Je me fais vieux, pensa Mikael.

Vers 2 h 30, il avait bu tant de café réchauffé qu'il était complètement dégrisé et carrément nauséeux. Il avait brusquement été obligé d'interrompre l'interrogatoire pour aller aux toilettes vomir tripes et boyaux. Tout le temps, il avait sur la rétine l'image du visage en lambeaux de Mia Bergman. Il avait bu plusieurs gobelets d'eau et s'était soigneusement rincé le visage avant de retourner à l'interrogatoire. Il essaya de rassembler ses idées et de répondre aussi minutieusement que possible aux questions d'Anita Nyberg.

Est-ce que Dag Svensson et Mia Bergman avaient des ennemis ?

Non, pas à ma connaissance.

Avaient-ils reçu des menaces ?

Pas à ma connaissance.

Comment était leur relation ?

Ils semblaient s'aimer. Dag m'a dit un jour qu'ils allaient essayer d'avoir des enfants une fois que Mia aurait terminé son doctorat.

Est-ce qu'ils prenaient des drogues ?

Je n'en ai aucune idée. Je ne le pense pas et s'ils le faisaient, ça devait se limiter à un joint pour le fun à quelques occasions particulières.

Comment se fait-il que vous alliez chez eux aussi tard le soir ?

Mikael expliqua le contexte.

N'était-ce pas inhabituel d'aller les voir si tard le soir ?

Si. Sans doute. C'était la première fois.

Vous les connaissiez comment ?

Par le travail. Mikael donna des explications à ne plus en finir.

Et sans arrêt les questions qui établissaient les horaires étranges.

Les coups de feu avaient été entendus dans tout l'immeuble. Ils avaient été tirés à moins de cinq secondes d'intervalle. L'homme de soixante-dix ans en robe de chambre marron était le voisin le plus proche, il était commandant de la défense côtière à la retraite. Dès le deuxième coup de feu, il s'était extirpé du canapé où il regardait la télé et était immédiatement sorti sur le palier. Considérant qu'il avait des problèmes avec les hanches et du mal à se lever, il estimait lui-même qu'il avait peut-être mis trente secondes pour ouvrir la porte de son appartement. Ni lui, ni aucun autre voisin n'avait vu de coupable.

Selon toutes les estimations des voisins, Mikael était arrivé devant la porte de l'appartement moins de deux minutes après les coups de feu.

En prenant en compte que lui et Annika avaient vu toute la rue pendant près de trente secondes tandis qu'Annika roulait jusqu'au bon numéro, se garait et échangeait quelques mots avec Mikael avant que celui-ci traverse la rue et monte les escaliers, il y avait un trou dans l'emploi du temps qu'on pouvait estimer à quelque chose entre trente et quarante secondes. Pendant ce laps de temps, l'auteur d'un double meurtre avait eu le temps de quitter l'appartement, descendre les escaliers, jeter l'arme au rez-de-chaussée, quitter l'immeuble et disparaître avant qu'Annika gare la voiture. Et tout cela sans que personne ait eu le moindre aperçu de lui.

Tout le monde constata que Mikael et Annika avaient dû louper le meurtrier avec une marge de quelques secondes.

Pendant un instant vertigineux, Mikael comprit que l'inspecteur Anita Nyberg jouait avec l'idée que Mikael pourrait être le coupable, qu'il était simplement descendu à l'étage au-dessous et avait fait semblant d'arriver sur les lieux quand les voisins étaient accourus. Mais Mikael avait un alibi en la personne de sa sœur et un emploi du temps plausible. Ses agissements, y compris le coup de téléphone échangé avec Dag Svensson, pouvaient être confirmés par un grand nombre de membres de la famille Giannini.

Annika finit par protester. Mikael avait fourni toute l'aide possible et imaginable. Il était visiblement fatigué et ne se sentait pas bien. Il fallait arrêter maintenant et le laisser rentrer chez lui. Elle rappela qu'elle était l'avocate de son frère et qu'il avait certains droits établis par Dieu ou au moins par le Parlement.

UNE FOIS DANS LA RUE, ils restèrent en silence un long moment devant la voiture d'Annika.

— Rentre dormir, dit-elle.

Mikael secoua la tête.

— Je dois aller chez Erika, dit-il. Elle les connaissait aussi. Je ne peux pas simplement téléphoner pour le lui dire et je ne veux pas qu'elle apprenne ça à la radio en se réveillant.

Annika Giannini hésita un instant, mais elle réalisa que son frère avait raison.

— Saltsjöbaden, donc, dit-elle.

— Tu te sens encore la force ?

— A quoi ça sert, une petite sœur ?

— Si tu me conduis jusqu'au centre de Nacka, je trouverai un taxi ou un bus.

— Tu plaisantes. Monte, je t'y emmène.

12

JEUDI SAINT 24 MARS

ANNIKA GIANNINI ÉTAIT MANIFESTEMENT FATIGUÉE elle aussi et Mikael réussit à la convaincre de renoncer au long détour, près d'une heure, par le promontoire de Lännersta et de le laisser descendre dans le centre de Nacka. Il lui fit une bise sur la joue, la remercia de toute son aide au cours de la nuit et attendit qu'elle ait fait demi-tour et ait disparu de son côté avant d'appeler un taxi.

Cela faisait plus de deux ans que Mikael Blomkvist n'était pas venu à Saltsjöbaden. Auparavant, il avait seulement rendu visite à Erika et son mari à quelques rares occasions. Un signe d'immaturité, sans doute, se disait-il.

Mikael ignorait tout de la manière dont fonctionnait le couple Erika et Lars. Il connaissait Erika depuis le début des années 1980. Il avait l'intention de continuer à avoir une relation avec elle jusqu'à ce qu'il soit trop vieux pour avoir la force de quitter son fauteuil roulant. Leur relation n'avait été interrompue que pendant une courte période à la fin des années 1980, chacun s'étant marié de son côté. L'interruption avait duré pendant plus d'un an avant qu'ils soient infidèles, tous les deux.

Côté Mikael, ça s'était terminé par un divorce. Côté Erika, Lars Beckman constata qu'une telle passion était probablement un bienfait de la nature. S'imaginer que les conventions ou la morale sociale en général pourraient tenir ces deux individus éloignés du lit de l'autre relevait des illusions. Il expliqua aussi qu'il ne voulait pas risquer de perdre Erika comme Mikael avait perdu sa femme.

Quand Erika avait confessé son infidélité, Lars Beckman était venu frapper à la porte de Mikael Blomkvist. Mikael attendait et craignait sa visite – il se sentait nul. Mais Lars Beckman n'avait pas cassé la figure à Mikael, il lui avait proposé une tournée des bars. Trois pubs de Södermalm plus tard et suffisamment soûls pour une conversation sérieuse, ils s'étaient expliqués assis sur un banc public de Mariatorget au lever du soleil.

Mikael eut du mal à croire Lars Beckman quand il expliqua d'emblée que si Mikael essayait de saboter son mariage avec Erika Berger, il reviendrait à jeun et armé d'un gourdin, mais s'il s'agissait simplement de l'envie de la chair et de l'inaptitude de l'âme à la modération et à la retenue, c'était OK en ce qui le concernait.

Mikael et Erika avaient donc poursuivi leur relation avec l'approbation de Lars Beckman et sans essayer de lui cacher quoi que ce soit. Pour autant que Mikael le sache, le mariage de Lars et Erika était toujours heureux. Il se contentait de savoir que Lars acceptait leur relation sans protester, au point où Erika n'avait qu'à prendre le téléphone, l'appeler et expliquer qu'elle avait l'intention de passer la nuit avec Mikael, si l'envie lui prenait, ce qui était régulièrement le cas.

Lars Beckman n'avait jamais émis la moindre critique à l'égard de Mikael. Au contraire, il semblait trouver que la relation d'Erika avec Mikael avait du bon et que son propre amour pour Erika était renforcé par le fait qu'il ne pouvait jamais prendre la présence de sa femme pour évidente.

En revanche, Mikael ne s'était jamais senti à l'aise en compagnie de Lars, dur rappel que même les relations les plus libres avaient un prix. Et il n'était donc venu à Saltsjöbaden qu'à quelques rares occasions, quand Erika avait donné de grandes fêtes où l'absence de Mikael aurait été perçue comme une provocation.

Il s'arrêta devant leur villa de deux cent cinquante mètres carrés. Malgré sa répugnance à venir apporter de si mauvaises nouvelles, il posa résolument le doigt sur la sonnette et le garda appuyé pendant près de quarante secondes jusqu'à ce qu'il entende des pas. Lars Beckman ouvrit, une serviette de bain autour de la taille et le visage endormi plein de colère qui se transforma en perplexité mal éveillée quand il découvrit l'amant de sa femme sur le perron.

— Salut Lars, dit Mikael.

— Salut Blomkvist. Quelle heure il est ?

Lars Beckman était blond et maigre. Il avait énormément de poils sur la poitrine et presque pas de cheveux sur la tête. Il avait une barbe d'une semaine et une grosse cicatrice au-dessus du sourcil droit, souvenir d'un accident en voilier qui avait failli très mal se terminer plusieurs années auparavant.

— Un peu plus de 5 heures, dit Mikael. Est-ce que tu peux réveiller Erika ? Il faut que je lui parle.

Lars Beckman supposa que si Mikael Blomkvist avait vaincu sa réticence à venir à Saltsjöbaden et à le voir, c'est qu'il se passait quelque chose hors du commun. De plus, Mikael avait l'air d'avoir grandement besoin d'un verre ou au moins d'un lit pour rattraper le sommeil en retard. Il ouvrit donc grande la porte et fit entrer Mikael.

— Qu'est-ce qu'il se passe ? demanda-t-il.

Avant que Mikael ait eu le temps de répondre, Erika Berger descendit l'escalier tout en nouant la ceinture d'une robe de chambre en éponge blanche. Elle s'arrêta net à mi-chemin quand elle vit Mikael dans le vestibule.

— Mikael ! Qu'est-ce qu'il y a ?

— Dag Svensson et Mia Bergman, dit Mikael.

Son visage révéla immédiatement quel message il était venu livrer.

— Non !

Elle plaqua la main sur sa bouche.

— Je reviens du commissariat. Dag et Mia ont été assassinés cette nuit.

— Assassinés !? firent Erika et Lars de concert.

Erika jeta un regard sceptique sur Mikael.

— Tu veux dire vraiment assassinés ?

Mikael hocha lourdement la tête.

— Quelqu'un est entré dans leur appartement à Enskede et leur a tiré une balle dans la tête. C'est moi qui les ai trouvés.

Erika s'assit sur une marche d'escalier.

— Je ne voulais pas que tu l'apprennes aux infos ce matin, dit Mikael.

IL ÉTAIT 6 H 59 LE JEUDI MATIN lorsque Mikael et Erika arrivèrent à la rédaction de *Millénium.* Erika avait appelé Christer Malm pour le réveiller ainsi que la secrétaire de rédaction Malou Eriksson, les informant que Dag et Mia avaient été tués au cours de la nuit. Tous les deux habitaient assez près et ils étaient déjà arrivés dans les locaux et avaient mis en route la cafetière électrique dans la kitchenette.

— Mais enfin, c'est quoi, cette histoire ? demanda Christer Malm.

Malou Eriksson agita la main pour leur dire de se taire et augmenta le volume des informations de 7 heures.

> Deux personnes, un homme et une femme, ont été abattus par balle tard hier soir dans un appartement à Enskede. La police confirme qu'il s'agit d'un double meurtre. Aucune des victimes n'est connue de la police. On ignore tout du mobile. Notre reporter Hanna Olofsson est sur place.
>
> La police a été avertie peu avant minuit que des coups de feu avaient été tirés dans un immeuble de Björneborgsvägen, ici à Enskede. Selon un voisin, plusieurs coups de feu avaient été tirés dans l'appartement. Aucune explication n'a été avancée et personne n'a encore été arrêté pour le meurtre. La police a apposé les scellés sur l'appartement et l'enquête technique est en cours.

— C'est bref, dit Malou en baissant le son.

Puis elle fondit en larmes. Erika alla lui passer le bras sur l'épaule.

— Putain, quelle horreur ! dit Christer Malm sans s'adresser à quelqu'un en particulier.

— Asseyez-vous, dit Erika Berger d'une voix ferme. Mikael…

Mikael raconta encore une fois ce qui s'était passé pendant la nuit. D'une voix monocorde, utilisant une prose neutre de journaliste, il décrivit sa découverte de Dag et de Mia.

— Putain, quelle horreur, répéta Christer Malm. Mais c'est complètement dingue.

Malou fut de nouveau débordée par ses sentiments. Elle se remit à pleurer sans essayer de cacher ses larmes.

— Je suis désolée, dit-elle.

— Moi aussi, j'ai envie de pleurer, tu sais, dit Christer.

Mikael se demanda pourquoi il n'arrivait pas à pleurer. Il ressentait seulement un grand vide, presque comme s'il était anesthésié.

— Ce que nous savons pour le moment n'est pas énorme, dit Erika Berger. Il faut qu'on discute de deux choses. Premièrement, on est à trois semaines d'imprimer le travail de Dag Svensson. Est-ce qu'on publie toujours ? Peut-on le publier ? Voilà une chose. La deuxième est une question dont Mikael et moi avons discuté pendant le trajet pour venir ici.

— Nous ne savons pas pourquoi ces meurtres ont eu lieu, dit Mikael. Il peut s'agir d'un élément privé dans les vies de Dag et de Mia, ou ça peut être l'acte d'un dément. Mais nous ne pouvons pas exclure que ça ait un rapport avec leur travail.

Un silence tomba autour de la table. Mikael finit par s'éclaircir la gorge.

— Donc, on est sur le point de publier un sujet vachement indigeste, où on donne les noms de personnes qui ne tiennent absolument pas à être repérées dans ce contexte. Dag a commencé à les interroger il y a deux semaines. Mon idée est donc que l'une de ces...

— Attends, dit Malou Eriksson. On dénonce trois flics dont un travaille à la Säpo et un aux Mœurs, plusieurs avocats, un procureur et un juge, et quelques gros dégueulasses de journalistes. Tu veux dire que l'un d'entre eux aurait commis un double meurtre pour empêcher la publication ?

— Non, oui, je ne sais pas, dit Mikael pensivement. Ils ont pas mal à perdre, mais spontanément je dirais qu'ils ne sont pas très malins s'ils pensent pouvoir étouffer une histoire comme celle-ci en tuant un journaliste. Mais on dénonce aussi un certain nombre de souteneurs et même si on utilise des noms fictifs, il n'est pas très difficile de comprendre qui ils sont. Certains ont déjà été condamnés pour violence.

— D'accord, dit Christer. Mais tu décris ces meurtres comme de véritables exécutions. Si j'ai bien compris ce qu'essaie de dire Dag Svensson dans son livre, il s'agit de types pas particulièrement futés. Sont-ils capables de commettre un double meurtre et de s'en tirer ?

— Faut-il être futé pour utiliser un flingue ? demanda Malou.

— Là on est en train de spéculer sur ce qu'on ne connaît pas, coupa Erika Berger. Mais on se doit de poser la question. Si les articles de Dag – ou la thèse de Mia d'ailleurs – étaient la raison de ces meurtres, il faut qu'on renforce la sécurité ici à la rédaction.

— Et une troisième question, dit Malou. Est-ce qu'on doit communiquer ces noms à la police ? Qu'est-ce que tu leur as dit cette nuit ?

— J'ai répondu à toutes les questions qu'ils m'ont posées. J'ai parlé du sujet de Dag, mais on ne m'a pas interrogé sur les détails et je n'ai mentionné aucun nom.

— On devrait sans doute le faire, dit Erika Berger.

— Ce n'est pas évident, répondit Mikael. On peut à la rigueur leur donner une liste de noms, mais qu'est-ce qu'on fait si la police nous demande comment on a obtenu ces noms ? On n'a pas le droit de révéler les sources qui tiennent à rester anonymes. Cela concerne plusieurs des filles avec qui Mia a parlé.

— Quel merdier ! dit Erika. On est de retour à la première question – est-ce qu'on publie ?

Mikael leva une main.

— Attendez. On peut voter, mais il se trouve que je suis le gérant responsable de la publication et, pour la première fois de ma vie, j'ai l'intention de prendre une décision tout seul. La réponse est non. On ne peut pas publier ce numéro. Il est totalement impossible de s'en tenir à ce qui était prévu.

Le silence s'abattit autour de la table. Il continua :

— Ou, pour être plus clair, j'ai très envie de publier mais nous serons sans doute obligés de reformuler pas mal de choses. C'étaient Dag et Mia qui répondaient de la plus grande partie de la documentation et le sujet était bâti sur le fait que Mia pensait porter plainte contre les personnes que nous nommerions. Elle était experte en la matière. Le sommes-nous ?

La porte d'entrée claqua et Henry Cortez se tint soudain à la porte.

— C'est Dag et Mia ? demanda-t-il hors d'haleine.

Tout le monde hocha la tête.

— Putain de merde. C'est complètement fou !

— Comment l'as-tu appris ? demanda Mikael.

— On était sorti hier soir, ma copine et moi, et on rentrait quand on l'a entendu à la radio du taxi. Les flics demandaient si des chauffeurs avaient eu des clients vers chez eux. J'ai reconnu l'adresse. Il fallait que je vienne.

Henry Cortez avait l'air si ébranlé qu'Erika se leva et le serra dans ses bras avant de lui dire de s'asseoir. Elle reprit la parole.

— Je crois que Dag aurait voulu qu'on publie son histoire.

— Et je trouve qu'on devrait le faire. Le livre, sans hésiter. Mais la situation en ce moment est telle que nous devons repousser la publication.

— Et qu'est-ce qu'on fait alors ? demanda Malou. Ce n'est pas seulement un article qu'il va falloir modifier – on a un numéro à thème, et il va falloir refaire tout le journal.

Erika garda le silence un moment. Puis elle sourit. Son premier sourire épuisé de la journée.

— Tu prévoyais des jours de congé pour Pâques, Malou ? demanda-t-elle. Tu peux les oublier. Voici ce qu'on va faire… Malou, toi, moi et Christer on va cogiter pour pondre un numéro complètement nouveau sans Dag Svensson. On verra si on peut dégager quelques textes qu'on avait prévus pour juin. Mikael… tu disposes de combien de chapitres finis du livre de Dag Svensson ?

— J'ai la version finale de neuf chapitres sur douze. J'ai l'avant-dernière version des chapitres X et XI. Dag s'apprêtait à m'envoyer par mail les versions finales – je vais vérifier ma boîte – mais je n'ai que des bribes du chapitre XII qui est le dernier. C'est là qu'il devait résumer et tirer des conclusions.

— Mais toi et Dag, vous aviez discuté de tous les chapitres.

— Je sais ce qu'il avait l'intention d'écrire, si c'est ça que tu veux dire.

— Bon, tu vas t'attaquer aux textes – le livre et l'article. Je veux savoir la quantité qui manque et si nous pouvons reconstruire ce que Dag n'a pas eu le temps de livrer. Est-ce que tu peux faire une estimation précise dans la journée ?

Mikael hocha la tête.

— Je veux aussi que tu réfléchisses à ce qu'on va dire à la police. Ce qui est inoffensif et où on commence à pécher contre la protection des sources. Personne au journal n'aura le droit de parler sans que tu aies donné ton aval.

— Ça me paraît bien, dit Mikael.

— Est-ce que tu crois sérieusement que c'est le sujet de Dag qui est la cause de ces meurtres ?

— Ou la thèse de Mia ... je ne sais pas. Mais on ne peut pas écarter cette possibilité.

Erika Berger réfléchit un instant.

— Non, on ne peut pas l'écarter. Tu tiendras les rênes.

— Les rênes de quoi ?

— De l'enquête.

— Quelle enquête ?

— La nôtre, notre enquête, putain de merde ! Erika Berger éleva soudain la voix. Dag Svensson était journaliste et il travaillait pour *Millénium*. S'il a été tué à cause de son boulot, je veux le savoir. Nous allons donc creuser ce qui s'est passé. C'est toi qui te chargeras de ça. Commence par parcourir tout le matériau que Dag Svensson nous a donné et essaie de voir si le mobile du meurtre peut s'y trouver.

Elle se tourna à demi vers Malou Eriksson.

— Malou, si tu m'aides à esquisser un numéro totalement nouveau aujourd'hui, Christer et moi on fera le gros du boulot. Mais tu as énormément travaillé avec Dag Svensson et sur les autres textes du numéro thématique. Je veux que tu suives l'évolution de l'enquête de police avec Mikael.

Malou Eriksson hocha la tête.

— Henry... est-ce que tu peux travailler aujourd'hui ?

— Bien sûr.

— Commence par appeler les autres collaborateurs de *Millénium* et mets-les au courant. Ensuite tu appelleras la police pour essayer de savoir où ils en sont. Tâche de savoir s'il y a une conférence de presse prévue. Il faut qu'on soit tenu au courant des événements.

— D'accord. Je vais d'abord appeler nos gars, puis je fais un saut à la maison prendre une douche et avaler quelque chose. Je serai de retour dans trois quarts d'heure, à moins que je ne me rende directement au commissariat à Kungsholmen.

— On reste en contact tout au long de la journée.

Un bref silence s'installa autour de la table.

— Bon, finit par dire Mikael. Avons-nous terminé ?

— Je suppose, dit Erika. Tu es pressé ?

— Oui. J'ai un coup de fil à passer.

HARRIET VANGER PRENAIT son petit-déjeuner composé de café et de toasts avec confiture d'oranges et fromage sur la véranda vitrée de la maison de Henrik Vanger à Hedeby lorsque son téléphone portable sonna. Elle répondit sans regarder l'écran d'affichage.

— Bonjour Harriet, dit Mikael Blomkvist.

— Ça alors. Je croyais que tu faisais partie des gens qui ne se lèvent jamais avant 8 heures.

— Exact, à condition que j'aie eu le temps d'aller me coucher. Ce qui n'est pas le cas aujourd'hui.

— Il s'est passé quelque chose ?

— Tu n'as pas écouté les informations ?

Mikael lui fit un court résumé des événements de la nuit.

— C'est atroce, dit Harriet Vanger. Tu te sens comment ?

— Merci de demander. Je me suis senti mieux que ça dans ma vie. Mais la raison pour laquelle je t'appelle est donc que tu sièges au CA de *Millénium* et il est juste que tu sois informée de ce qui se passe. Je parie qu'un journaliste ne va pas tarder à découvrir que c'est moi qui ai trouvé Dag et Mia, ce qui va occasionner certaines spéculations, et quand ils vont apprendre que Dag travaillait sur une révélation monstre pour nous, les questions vont pleuvoir.

— Et tu veux dire que je devrais m'y préparer. D'accord. Qu'est-ce que j'ai le droit de dire ?

— La vérité. Tu as été informée de ce qui s'est passé. Ces meurtres brutaux t'ont évidemment choquée, mais comme tu n'es pas au courant du travail de la rédaction, tu ne peux pas commenter des spéculations. C'est à la police de résoudre les meurtres, pas à *Millénium*.

— Merci de m'avoir prévenue. Est-ce que je peux me rendre utile ?

— Pas en ce moment. Mais si je trouve quelque chose, je te le ferai savoir.

— Oui, Mikael… tiens-moi au courant, s'il te plaît.

13

JEUDI SAINT 24 MARS

DÈS 7 HEURES LE JEUDI SAINT, la responsabilité formelle de l'enquête préliminaire sur le double meurtre à Enskede avait atterri sur le bureau du procureur Richard Ekström. Le procureur de garde pendant la nuit, un juriste relativement jeune et inexpérimenté, avait compris que les meurtres d'Enskede dépassaient de loin le cadre ordinaire. Il avait appelé pour réveiller l'adjoint au procureur du département qui à son tour avait réveillé l'adjoint au préfet de police du département. D'un commun accord ils avaient décidé de passer l'affaire à un procureur zélé et expérimenté. Leur choix s'était porté sur Richard Ekström, quarante-deux ans.

Ekström était un homme mince et athlétique qui mesurait un mètre soixante-sept, avait des cheveux blonds et fins, et entretenait une barbiche. Il était toujours impeccablement habillé et portait, à cause de sa petite taille, des chaussures à talons compensés. Il avait débuté sa carrière de juriste comme adjoint au procureur à Uppsala, où il avait été recruté comme enquêteur par le ministère de la Justice afin de mettre en conformité la loi suédoise avec l'UE. Il s'en était tellement bien sorti qu'il avait été nommé chef de section. Il s'était fait remarquer par une enquête sur les dysfonctionnements de la sécurité judiciaire, dans laquelle il réclamait une meilleure efficacité plutôt que l'augmentation de moyens que certaines autorités policières exigeaient. Après quatre ans au ministère de la Justice, il était passé au ministère public à Stockholm, où il avait traité plusieurs affaires liées à des braquages sensationnels ou des crimes de sang.

Au sein de l'administration, on le considérait comme social-démocrate mais, en réalité, Ekström était totalement détaché d'une politique de partis. Il commençait à éveiller une certaine attention dans les médias, et dans les couloirs du pouvoir il était un homme que l'autorité tenait à l'œil. Il était définitivement un candidat potentiel à de hautes fonctions et disposait d'un large réseau de contacts dans les cercles aussi bien politiques que policiers. Parmi les policiers, les avis étaient partagés sur les capacités d'Ekström. Ses rapports au ministère de la Justice n'appuyaient en rien les groupes au sein de la police qui soutenaient que la meilleure façon de garantir la sécurité judiciaire était de recruter davantage de policiers. Mais, par ailleurs, Ekström s'était fait remarquer pour son extrême fermeté quand il menait une affaire jusqu'au procès.

Mis au courant par la criminelle des événements de la nuit à Enskede, Ekström constata rapidement qu'il s'agissait d'une affaire dotée d'une charge qui allait sans aucun doute fortement remuer les médias. Il ne s'agissait pas de meurtres ordinaires. Les deux victimes étaient une chercheuse en criminologie sur le point de soutenir sa thèse ainsi qu'un journaliste – mot qu'il haïssait ou adorait, selon la situation.

Peu après 7 heures, Ekström tint une rapide conférence téléphonique avec le chef de la Crim départementale. A 7 h 15, Ekström prit son téléphone et réveilla l'inspecteur Jan Bublanski, surnommé Bubulle par ses collègues. Bublanski était en congé pendant la Semaine sainte pour compenser une montagne d'heures sup accumulées au cours de l'année, mais on lui demanda d'interrompre ses vacances et de se présenter immédiatement à l'hôtel de police pour diriger les investigations dans l'enquête sur les meurtres d'Enskede.

Bublanski avait cinquante-deux ans et avait travaillé comme policier pendant plus de la moitié de sa vie, depuis l'âge de vingt-trois ans. Il avait passé six années à patrouiller dans une voiture de police, il avait été affecté à la répression du trafic d'armes et des vols avant de suivre des cours de formation continue et d'intégrer la section des crimes avec violence à la Crim départementale. Il avait travaillé très exactement sur 33 enquêtes de meurtres ou d'assassinats au cours de ces dix dernières années. Des 17 dont il avait dirigé les investigations, 14 étaient élucidées et 2 considérées comme élucidées du point de vue policier, ce qui signifiait que la police savait qui était le coupable mais n'avait pas suffisamment de preuves pour le traduire en justice. Bublanski et ses collaborateurs n'avaient échoué que dans une seule affaire, vieille maintenant de six ans. Il s'agissait d'un alcoolique et fauteur de troubles notoire qui avait été poignardé dans son domicile à Bergshamra. Le lieu du crime était un cauchemar d'empreintes digitales et de traces d'ADN de plusieurs dizaines d'individus qui au fil des ans avaient picolé ou s'étaient bagarrés dans l'appartement. Bublanski et ses collègues étaient persuadés que le meurtrier se trouvait dans le cercle de connaissances louches de l'homme, tous des alcoolos et des toxicomanes, mais malgré un travail d'investigation intense, le meurtrier continuait à narguer la police. En fait, l'enquête avait été classée.

Globalement, Bublanski avait de bons pourcentages de réussite et était considéré parmi ses collègues comme particulièrement qualifié.

Ses collègues considéraient cependant Bublanski comme une sorte d'original, en partie parce qu'il était juif et qu'il portait la kippa dans les couloirs de l'hôtel de police lors de certaines fêtes. Un jour, cela avait occasionné le commentaire d'un préfet de police désormais à la retraite, qui estimait inconvenant de porter la kippa à l'hôtel de police, de la même façon qu'il n'accepterait pas non plus un policier qui se baladerait en turban. Il n'y eut cependant jamais de véritable débat sur le sujet. Un journaliste ayant intercepté le commentaire avait commencé à poser des questions, sur quoi le préfet s'était rapidement retiré dans son bureau.

Bublanski appartenait à la communauté de Söder, et il commandait des repas végétariens s'il n'y avait pas de repas casher disponibles. Il n'était cependant pas suffisamment orthodoxe pour ne pas travailler le jour du sabbat. Dès le début, Bublanski comprit que le double meurtre d'Enskede ne serait pas une enquête de routine. Richard Ekström lui avait parlé en aparté dès qu'il avait franchi les portes peu après 8 heures.

— On dirait une sale histoire, salua Ekström. Le couple qui a été tué est formé d'un journaliste et d'une criminologue.

Et ce n'est pas tout. C'est un autre journaliste qui les a trouvés.

Bublanski hocha la tête. C'était là pratiquement une garantie que l'affaire serait surveillée de près et épluchée dans les médias.

— Et pour remuer encore un peu plus le couteau dans la plaie : le journaliste qui a trouvé le couple est Mikael Blomkvist de *Millénium*.

— Hou là ! dit Bublanski.

— Connu pour le cirque autour de l'affaire Wennerström.

— On a une idée du mobile ?

— A l'heure qu'il est, aucune. Les victimes ne sont pas connues de nos services. Tout indique un couple bien rangé. La femme devait soutenir sa thèse d'ici peu. Par conséquent : priorité maximum pour cette affaire.

Bublanski hocha la tête. Pour lui, les meurtres avaient toujours la priorité absolue.

— On y affectera un groupe. Tu vas devoir travailler très vite et je veillerai à ce que tu disposes de tous les moyens. Tu auras Hans Faste et Curt Bolinder pour t'assister. On détachera également Jerker Holmberg. Il travaille sur le meurtre de Rinkeby mais il semblerait que le coupable ait filé à l'étranger. Holmberg est un investigateur hors pair sur les scènes de crimes. Au besoin tu pourras aussi faire appel aux enquêteurs de la Crim nationale.

— Je voudrais Sonja Modig.

— Elle n'est pas un peu jeune ?

Bublanski haussa les sourcils et regarda Ekström, surpris.

— Elle a trente-neuf ans, c'est-à-dire seulement quelques années de moins que toi, et avec ça, elle est très finaude.

— D'accord, tu choisis qui tu veux dans ton groupe, mais tu te grouilles. La direction s'est déjà manifestée.

Ce que Bublanski prit comme une très nette exagération. A cette heure matinale, la direction n'avait guère eu le temps encore de quitter la table du petit-déjeuner.

L'ENQUÊTE DE POLICE démarra réellement avec la réunion peu avant 9 heures, où l'inspecteur Bublanski rassembla sa troupe dans une salle de conférence à la Crim départementale. Bublanski contempla le groupe. Il n'était pas tout à fait satisfait de sa composition.

Sonja Modig était la personne présente dans la pièce en qui il avait le plus confiance. Elle travaillait dans la police depuis douze ans, dont quatre à la brigade des crimes avec violence où elle avait participé à plusieurs des enquêtes supervisées par Bublanski. Elle était minutieuse et méthodique, mais Bublanski avait très vite noté qu'elle possédait aussi le don que personnellement il considérait comme le plus précieux dans des enquêtes ardues. Elle avait de l'imagination et la capacité de faire des associations. Dans au moins deux enquêtes complexes, Sonja Modig avait trouvé des liens étranges et tirés par les cheveux que d'autres avaient loupés, et qui avaient permis une ouverture dans les investigations. En outre, Sonja Modig était pourvue d'un humour plein d'esprit que Bublanski appréciait.

Bublanski était satisfait aussi d'avoir Jerker Holmberg dans son groupe. Agé de cinquante-cinq ans, Holmberg était originaire d'Ångermanland. C'était un homme carré et ennuyeux, totalement dépourvu de l'imagination qui rendait Sonja Modig si précieuse. En revanche, Holmberg était selon Bublanski peut-être le meilleur investigateur des scènes de crimes de tout le corps de police suédois. Ils avaient collaboré dans pas mal d'enquêtes au fil des ans et Bublanski avait la ferme conviction que s'il y avait quelque chose à trouver sur le lieu d'un crime, Holmberg le trouverait. Sa tâche première serait donc de prendre la direction des opérations dans l'appartement à Enskede.

Bublanski connaissait assez peu son collègue Curt Bolinder. C'était un homme taciturne et fort, aux cheveux blonds si courts que de loin il paraissait complètement chauve. Bolinder avait trente-huit ans et il venait d'arriver à la brigade après avoir passé de nombreuses années à la police de Huddinge à enquêter sur les gangs criminels. Il avait la réputation de s'emporter facilement et d'avoir une poigne de fer, ce qui était un euphémisme pour dire qu'il employait peut-être envers la clientèle des méthodes pas tout à fait conformes au règlement. Dix ans plus tôt, Curt

Bolinder avait été mis en examen pour coups et blessures, mais l'enquête l'avait blanchi sur tous les points.

La réputation de Curt Bolinder se fondait cependant sur un tout autre incident. En octobre 1999, il était allé à Alby avec un collègue coincer un voyou local pour interrogatoire. L'individu n'était pas inconnu de la police. Depuis plusieurs années, il semait la terreur parmi ses voisins d'immeuble et son comportement menaçant lui avait valu quelques dépôts de plaintes. Grâce à un tuyau qu'avait reçu la police, il était maintenant soupçonné d'avoir braqué une boutique de vidéo à Norsborg. L'intervention relativement ordinaire dérapa totalement lorsque le gars sortit un couteau plutôt que de suivre gentiment les policiers. Le collègue avait eu plusieurs blessures aux mains en essayant de le contrer et le pouce gauche tranché avant que le malfaiteur reporte son attention sur Curt Bolinder qui, pour la première fois de sa carrière, fut obligé de se servir de son arme de service. Il tira à trois reprises. Le premier coup était un avertissement. Le deuxième, tiré dans le but d'atteindre le malfaiteur, avait raté sa cible, ce qui en soi était une prestation, vu que la distance était de moins de trois mètres. Le troisième coup de feu avait par contre atteint le gars et déchiré l'aorte, et l'homme avait succombé d'une hémorragie interne en quelques minutes. L'enquête qui s'ensuivit avait totalement dégagé la responsabilité de Curt Bolinder, mais cela donna lieu à un débat médiatique passant au crible le monopole étatique de la violence et où Curt Bolinder fut mentionné sur le même plan que les deux policiers tabasseurs de l'affaire Osmo Vallo.

Bublanski avait commencé par être dubitatif au sujet de Curt Bolinder, mais au bout de six mois il n'avait toujours pas découvert quoi que ce soit qui méritât sa critique directe ni sa colère. Au contraire, Bublanski avait peu à peu commencé à avoir un certain respect pour la compétence taciturne de Curt Bolinder.

Le dernier membre de l'équipe de Bublanski était Hans Faste, quarante-sept ans et vétéran à la brigade des crimes avec violence depuis quinze ans. Faste était la raison directe de l'insatisfaction de Bublanski quant à la composition du groupe. Faste avait un côté plus et un côté moins.

Côté plus il y avait une grande expérience et une bonne habitude des enquêtes complexes. Dans la colonne moins, Bublanski considérait Faste comme un homme égocentrique, adepte d'un humour lourdingue susceptible d'importuner tout être normalement constitué et particulièrement lui-même. Le caractère et les attitudes de Faste ne plaisaient tout simplement pas à Bublanski. Restait que si on le tenait serré, il était un enquêteur compétent. De plus, Faste était devenu une sorte de mentor pour Curt Bolinder, que le côté braillard ne semblait pas importuner. Ils formaient souvent un binôme pendant les investigations.

A la réunion étaient également conviés l'inspectrice Anita Nyberg, de la Crim de garde, pour les informer des interrogatoires qu'elle avait menés avec Mikael Blomkvist au cours de la nuit, ainsi que le commissaire Oswald Mårtensson, pour rendre compte de ce qui s'était passé après qu'ils avaient reçu l'appel. Tous deux étaient épuisés et voulaient rentrer dormir le plus vite possible, mais Anita Nyberg avait déjà réussi à obtenir des photos du lieu du crime, qu'elle fit circuler dans le groupe.

Une demi-heure plus tard, ils s'étaient fait une idée du déroulement des événements. Bublanski résuma la situation :

— Sous réserve de l'enquête technique sur place qui se déroule encore, les événements semblent être ceux-ci... une personne inconnue qu'aucun des voisins ou autres témoins n'a remarquée est entrée dans un appartement à Enskede et a tué le couple Svensson et Bergman.

— Nous ne savons pas encore si l'arme retrouvée est l'arme du crime, mais elle est déjà partie au labo, glissa Anita Nyberg. Priorité absolue. Nous avons aussi retrouvé un fragment de balle – celle qui a touché Dag Svensson – relativement intact dans la cloison. Par contre, la balle qui a atteint Mia Bergman est tellement fragmentée que je doute qu'on puisse en tirer quelque chose.

— Merci du peu. Un Colt Magnum, c'est un putain de revolver de cow-boy qui devrait être totalement interdit. Est-ce qu'on a un numéro de série ?

— Pas encore, dit Oswald Mårtensson. J'ai envoyé l'arme et le fragment de balle par porteur spécial directement au labo. J'ai estimé qu'il valait mieux qu'ils s'en chargent plutôt que je me mette à tripoter le flingue.

— C'est bien. Je n'ai pas encore eu le temps de me rendre sur les lieux, mais vous deux, vous y êtes allés. Quelles sont vos conclusions ?

Anita Nyberg et Oswald Mårtensson échangèrent des regards. Nyberg laissa à son collègue plus âgé le soin de répondre.

— Premièrement nous pensons que le tueur était seul. C'est une véritable exécution, pas un meurtre ordinaire. J'ai le sentiment qu'il s'agit de quelqu'un qui avait une très bonne raison de tuer Svensson et Bergman, et qui a agi très posément.

— Et qu'est-ce qui te fait dire ça ? voulut savoir Hans Faste.

— L'appartement était propre et bien rangé. Il ne s'agit pas d'un cambriolage ni de voies de fait ou ce genre de choses. Deux balles ont été tirées qui ont toutes les deux atteint leur cible en pleine tête avec une grande précision. Nous avons donc affaire à quelqu'un qui sait manier des armes.

— D'accord.

— Si on regarde le plan, là… nous avons fait une simulation où l'homme, Dag Svensson, a été tué de très près – on peut même dire à bout portant. Il y a de nettes brûlures autour de la plaie pénétrante. Je dirais qu'il a été tué en premier. Il a été projeté contre la table à manger. Le meurtrier se tenait probablement à la porte du vestibule ou juste à l'entrée du séjour.

— D'accord.

— Selon les témoins, les coups de feu se sont succédé à quelques secondes. Mia Bergman a été tuée de loin. Elle se trouvait probablement à la porte de la chambre et a essayé de se détourner. La balle l'a touchée sous l'oreille gauche et est sortie juste au-dessus de l'œil droit. La violence de l'impact l'a propulsée dans la chambre où on l'a retrouvée. Elle est tombée contre le bord du lit et a glissé par terre.

— Un tireur habitué à manipuler des armes, renchérit Faste.

— Plus que ça. Il n'y a pas de traces de pas qui indiqueraient que le meurtrier soit entré dans la chambre pour vérifier qu'il l'avait tuée. Il savait qu'il l'avait touchée,

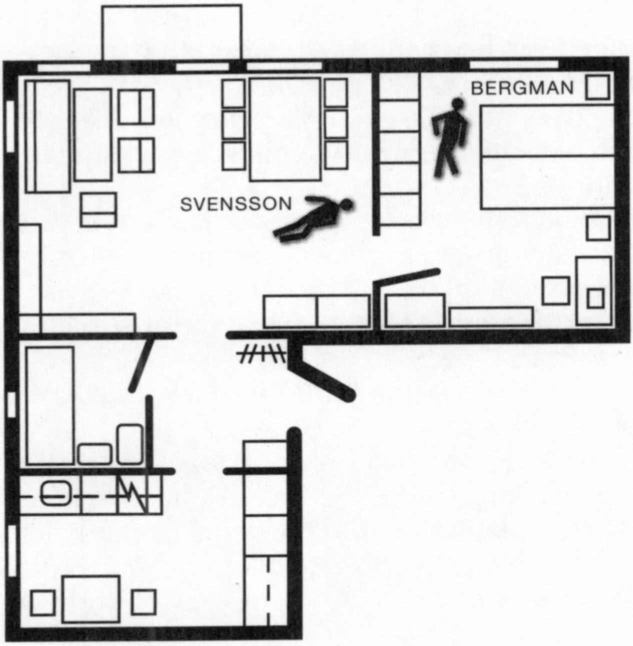

il a tourné les talons et a quitté l'appartement. Donc, deux coups de feu, deux morts, puis il est parti.

— Oui ?

— Sans vouloir devancer l'examen technique, je soupçonne que le meurtrier a utilisé des munitions de chasse. La mort a dû être immédiate. Les deux victimes présentent des blessures effroyables.

Il y eut un bref silence autour de la table. Personne dans l'assemblée n'avait besoin qu'on lui rappelle qu'il existe deux types de munitions – des balles dures entièrement recouvertes de métal, qui traversent le corps de part en part en causant des dégâts relativement modestes, et des munitions souples qui se dilatent dans le corps et causent des dégâts massifs. Il y a une énorme différence entre les dégâts que peut causer une balle de 9 millimètres de diamètre et ceux d'une balle qui s'étale jusqu'à mesurer 2, voire 3 centimètres de diamètre. Ce dernier type est appelé "munitions de chasse", ou "balle expansive", et l'intention est de causer une hémorragie massive, ce qui est considéré comme charitable lors de la chasse à l'élan puisqu'il s'agit d'abattre une bête aussi vite que possible sans qu'elle souffre. En revanche, les conventions internationales interdisent les munitions de chasse dans les guerres puisque le malheureux qui est touché par une balle expansive décède presque à tout coup, et peu importe à quel endroit du corps l'impact a eu lieu.

Dans sa grande sagesse, la police suédoise avait cependant introduit les munitions de chasse dans l'arsenal de la police deux ans auparavant. La raison de l'introduction de ces munitions n'était pas très claire, en revanche il était certain que si, par exemple, Hannes Westberg, le célèbre manifestant atteint au ventre pendant les émeutes de Göteborg en 2001, avait été touché par une balle de chasse, il n'aurait pas survécu.

— Le but était donc de tuer, dit Curt Bolinder.

Il parlait d'Enskede, mais avouait en même temps son opinion dans le débat silencieux qui avait lieu autour de la table.

Anita Nyberg et Oswald Mårtensson hochèrent tous deux la tête.

— Ensuite, nous avons ce timing invraisemblable, dit Bublanski.

— Exactement. Après les coups de feu, le meurtrier a immédiatement quitté l'appartement, a descendu les escaliers, jeté l'arme et disparu dans la nuit. Peu après – il s'agit probablement de secondes – Blomkvist et sa sœur sont arrivés en voiture.

— Hmm, fit Bublanski.

— Reste la possibilité que le meurtrier soit parti par la cave. Il y a une entrée de service qu'il a pu utiliser pour sortir dans la cour et arriver dans une rue parallèle après avoir traversé une pelouse. Mais cela suppose qu'il ait eu la clé de la cave.

— Y a-t-il quoi que ce soit qui indique qu'il soit parti par là ?

— Non.

— Nous n'avons donc pas la moindre piste à suivre, dit Sonja Modig. Mais pourquoi a-t-il jeté son arme ? S'il l'avait emportée – ou s'il l'avait simplement jetée à l'extérieur du bâtiment –, on aurait mis du temps avant de la trouver.

Tout le monde haussa les épaules. Personne ne pouvait répondre à cette question.

— Qu'est-ce qu'il faut penser de Blomkvist ? demanda Hans Faste.

— Il était manifestement sous le choc, dit Mårtensson. Mais il a agi de façon correcte et cohérente, et il a donné une impression valable. Sa sœur a confirmé le coup de téléphone et le trajet en voiture. Je ne pense pas qu'il soit mêlé à l'affaire.

— C'est un journaliste connu, dit Sonja Modig.

— Il va y avoir un de ces cirques médiatiques, renchérit Bublanski. Raison de plus pour nous de résoudre l'affaire au plus vite. Bon… Jerker, tu te chargeras évidemment du lieu du crime et des voisins. Faste, toi et Curt vous bosserez sur les victimes. Qui elles sont, leur métier, leurs cercles d'amis, qui pouvait avoir une raison de les tuer ? Sonja, toi et moi on travaillera sur les témoignages de cette nuit. Ensuite tu établiras l'emploi du temps de Dag Svensson et de Mia Bergman des dernières vingt-quatre heures avant leur assassinat. On essaie de se retrouver vers 14 h 30.

MIKAEL BLOMKVIST COMMENÇA son travail en s'installant au bureau mis à la disposition de Dag Svensson au cours du printemps. Tout d'abord il resta immobile un long moment, comme s'il n'avait pas vraiment la force de s'attaquer à la tâche. Puis il alluma l'ordinateur.

Dag Svensson avait son propre ordinateur portable et avait fait une grande partie du travail chez lui, mais il était aussi resté à la rédaction deux jours par semaine et plus souvent que ça ces derniers temps. A *Millénium*, il avait eu accès à un vieux PowerMac G3 posé sur le bureau des collaborateurs occasionnels. Mikael alluma la bécane et trouva le fatras sur lequel Dag Svensson avait travaillé. Il s'était servi du G3 surtout pour des recherches sur Internet, mais il y avait aussi divers dossiers qu'il avait copiés de son portable. Par contre, Dag Svensson avait des sauvegardes complètes sous forme de deux disques ZIP qu'il gardait sous clé dans un tiroir. Tous les jours, il faisait une copie du nouveau matériau ou des mises à jour. Il n'était pas venu à la rédaction depuis plusieurs jours, et la dernière copie de sécurité datait du dimanche soir. Manquaient trois jours.

Mikael fit une copie du disque ZIP qu'il enferma dans l'armoire de son propre bureau. Ensuite il consacra quarante-cinq minutes à parcourir le contenu du disque d'origine. Celui-ci contenait une trentaine de dossiers et d'innombrables sous-dossiers. Cela représentait quatre années de recherches accumulées pour le projet de Dag Svensson sur le trafic de femmes. Il lut les noms des documents et chercha ce qui pouvait contenir du matériel top secret – à savoir les noms des sources protégées de Dag Svensson. Il nota que Dag Svensson avait été minutieux avec ses sources – tout se trouvait dans un dossier baptisé [SOURCES/SECRET]. Il contenait cent trente-quatre fichiers de tailles variables – la plupart assez peu volumineux. Mikael sélectionna tous les fichiers et les effaça. Il ne les déposa pas dans la corbeille, mais les déplaça vers une icone du programme Burn qui les effaçait en mode sécurisé.

Ensuite, il s'attaqua aux mails de Dag Svensson. Dag avait obtenu une adresse e-mail temporaire à *millenium.se*, qu'il utilisait aussi bien à la rédaction que sur son ordinateur portable. Il avait son code personnel, ce qui ne posait pas de problème, puisque Mikael était l'administrateur du compte et avait accès au serveur de messagerie. Il téléchargea une copie du courrier électronique de Dag Svensson qu'il grava sur un CD.

Pour finir, il passa à la montagne de papiers sous forme d'ouvrages de référence, notes, coupures de presse, jugements et correspondances que Dag Svensson avait accumulés en cours de route. Pour ne rien laisser au hasard, il alluma la photocopieuse et fit une copie de tout ce qui semblait important. Le processus concernait un bon millier de pages et il lui fallut trois heures pour en arriver à bout.

Il fit le tri de tout le matériel qui d'une façon ou d'une autre pouvait avoir un lien avec une source secrète. Le résultat fut un petit paquet de plus de quarante pages A4, principalement sous forme de notes en provenance de deux blocs A4 que Dag Svensson avait gardés sous clé dans son bureau. Mikael mit cette liasse dans une enveloppe qu'il porta dans son propre bureau. Puis il remit en ordre le bureau de Dag Svensson.

Alors seulement il put respirer, et il descendit au 7-Eleven boire un café et manger une part de pizza. Il supposait, mais à tort, que la police débarquerait sous peu pour examiner le bureau de Dag Svensson.

BUBLANSKI EUT DROIT A UNE PERCÉE inattendue dans les investigations peu après 10 heures, quand le Dr Lennart Granlund du Laboratoire criminologique de l'Etat à Linköping appela.

— C'est au sujet du double meurtre à Enskede.

— Déjà ?

— Nous avons reçu l'arme tôt ce matin et je n'ai pas tout à fait terminé l'analyse, mais j'ai une info qui, je pense, va t'intéresser.

— Bien. Raconte-moi tout ce que tu as trouvé, demanda Bublanski en réfrénant son impatience.

— L'arme est un Colt 45 Magnum, fabriqué aux Etats-Unis en 1981.

— Aha.

— Nous avons relevé des empreintes digitales et peut-être des traces d'ADN – mais leur analyse va nous prendre un certain temps. Nous avons aussi examiné les projectiles qui ont tué ce couple. Comme prévu, les balles proviennent de l'arme. C'est en général le cas quand on trouve une arme dans la cage d'escalier sur le lieu d'un crime. Les balles sont terriblement fragmentées mais nous avons un petit bout pour comparer. Il s'agit vraisemblablement de l'arme du crime.

— Une arme illégale, j'imagine. Tu as un numéro de série ?

— L'arme est tout à fait légale. Elle appartient à un avocat, maître Nils Erik Bjurman, qui l'a achetée en 1983. Il est membre du club de tir de la police. Il a une adresse dans Upplandsgatan près d'Odenplan.

— Merde alors !

— Nous avons donc trouvé plusieurs empreintes sur l'arme. Des empreintes d'au moins deux personnes.

— Aha.

— On peut supposer qu'une des deux séries appartient à Bjurman, à moins que l'arme n'ait été volée ou vendue – mais je n'ai rien qui l'indique.

— Aha. En d'autres termes, nous disposons d'un indice, comme on dit dans les films.

— Nous avons une occurrence dans le registre concernant la deuxième personne. Empreinte du pouce et de l'index, main droite.

— Qui ?

— Une femme née le 30-04-78. Elle a été arrêtée pour coups et blessures dans le métro, à Gamla Stan, en 1995, c'est à ce moment-là que ses empreintes ont été prises.

— Elle a un nom ?

— Oui. Elle s'appelle Lisbeth Salander.

Bublanski, dit Bubulle, haussa les sourcils et nota le nom et la date de naissance dans un bloc-notes sur son bureau.

QUAND MIKAEL BLOMKVIST revint à la rédaction après son déjeuner tardif, il alla directement s'enfermer dans son bureau, signalant ainsi qu'il ne voulait pas être dérangé. Il n'avait pas encore le temps de s'occuper de toute l'information secondaire dans les mails et les notes de Dag Svensson. Pour l'heure, il fallait qu'il réexamine le livre aussi bien que les articles d'un œil nouveau, sachant désormais que l'auteur était mort et ne pouvait plus répondre aux questions pointues.

Il devait prendre une décision quant à la publication du livre, et déterminer aussi si quelque chose dans le matériau pouvait constituer le mobile du meurtre. Il alluma son ordinateur et se mit au travail.

JAN BUBLANSKI APPELA LE RESPONSABLE de l'enquête préliminaire, Richard Ekström, pour l'informer de ce qu'il avait reçu du labo. Ils décidèrent que Bublanski et sa collègue Sonja Modig prendraient contact avec maître Bjurman pour un entretien – qui pouvait se transformer en interrogatoire ou même en mise en examen si cela s'avérait justifié – tandis que leurs collègues Hans Faste et Curt Bolinder devaient se concentrer sur Lisbeth Salander, pour lui demander d'expliquer comment ses empreintes digitales avaient pu se retrouver sur l'arme d'un crime.

La localisation de maître Bjurman ne présenta initialement pas de problèmes particuliers. Son adresse se trouvait dans le rôle des impôts, dans le registre des armes et dans le registre des cartes grises, et de plus il figurait tout à fait officiellement dans l'annuaire du téléphone. Bublanski et Modig se rendirent à Odenplan et réussirent à se glisser dans l'immeuble d'Upplandsgatan quand un jeune homme en sortait.

Ensuite les choses se corsèrent. Quand ils sonnèrent à la porte, personne ne vint ouvrir. Ils se rendirent au cabinet de Bjurman sur Sankt Eriksplan et répétèrent la manœuvre avec le même résultat décevant.

— Il est peut-être au tribunal, dit l'inspecteur Sonja Modig.

— Il s'est peut-être enfui au Brésil après avoir commis un double meurtre, dit Bublanski.

Sonja Modig hocha la tête tout en regardant son collègue du coin de l'œil. Elle se sentait bien en sa compagnie. Elle l'aurait volontiers choisi comme amant si elle n'avait pas été mère de deux enfants et si, comme Bublanski, elle n'avait pas été mariée et heureuse dans son couple. Elle regarda les plaques en laiton sur les autres portes du palier et constata qu'il y avait là un Norman, dentiste, une entreprise du nom de N-Consulting ainsi qu'un Rune Håkansson, avocat.

Ils frappèrent à la porte de Håkansson.

— Bonjour, je m'appelle Modig et voici l'inspecteur Bublanski. Nous sommes de la police et je cherche à joindre votre collègue et voisin maître Bjurman. Vous ne sauriez pas par hasard où on pourrait le trouver ?

Håkansson secoua la tête.

— Je le vois rarement ces temps-ci. Il est tombé gravement malade il y a deux ans, et il a pratiquement cessé toute activité. La plaque est restée sur la porte mais il ne vient que rarement, tous les deux mois, je dirais.

— Gravement malade ? demanda Bublanski.

— Je ne sais pas très bien. C'était quelqu'un de très actif et puis il est tombé malade. Cancer ou je ne sais pas. Je ne le connais pas vraiment.

— Vous croyez ou vous savez qu'il a eu un cancer ? demanda Sonja Modig.

— Ben… je ne sais pas. Il avait une secrétaire, Britt Karlsson ou Nilsson ou un truc comme ça. Une femme d'un certain âge. Elle a été licenciée, et c'est elle qui m'a raconté qu'il avait eu une maladie, mais je ne sais pas exactement quoi. C'était au printemps 2003. Je ne l'ai pas revu jusqu'à la fin de l'année, et alors il avait vieilli de dix ans, il était tout maigre et ses cheveux étaient devenus gris... alors j'ai pensé cancer. Pourquoi ? Il a fait quelque chose ?

— Pas à notre connaissance, répondit Bublanski. Mais nous cherchons néanmoins à le joindre pour une affaire urgente.

Ils retournèrent à l'appartement d'Upplandsgatan et frappèrent de nouveau à la porte de l'appartement de Bjurman. Toujours pas de réponse. Finalement Bublanski ouvrit son téléphone portable et composa le numéro du portable de Bjurman. Il obtint pour toute réponse : *Votre correspondant n'est pas joignable pour le moment, veuillez renouveler votre appel.*

Il essaya le numéro du téléphone fixe de l'appartement. Du palier, ils purent vaguement entendre la sonnerie de l'autre côté de la porte avant qu'un répondeur s'enclenche et demande qu'on laisse un message. Ils se regardèrent et haussèrent les épaules. Il était 13 heures.

— Un café ?

— Plutôt un hamburger.

Ils descendirent au Burger King sur Odenplan. Sonja Modig mangea un Whopper et Bublanski prit un burger végétarien avant qu'ils retournent à l'hôtel de police.

LE PROCUREUR EKSTRÖM convoqua une réunion autour de la table de conférence de son bureau pour 14 heures. Bublanski et Modig s'installèrent côte à côte près de la fenêtre. Curt Bolinder arriva deux minutes plus tard et s'assit en face d'eux. Jerker Holmberg entra, porteur d'un plateau avec du café dans de petits gobelets en carton. Il avait fait un saut à Enskede et avait l'intention d'y retourner plus tard dans l'après-midi quand les techniciens auraient fini leur travail.

— Où est Faste ? demanda Ekström.

— Il est à la commission des Affaires sociales, il a appelé il y a cinq minutes pour dire qu'il aurait un peu de retard, répondit Curt Bolinder.

— D'accord. On commence sans lui. De quoi disposons-nous ? débuta Ekström sans cérémonie.

Il tendit l'index vers Bublanski en premier.

— On a essayé d'entrer en contact avec maître Nils Bjurman. Il n'est pas chez lui et pas dans son cabinet. D'après un confrère, il est tombé malade il y a deux ans et depuis il a pratiquement cessé toute activité.

Sonja Modig prit la relève.

— Bjurman a cinquante-six ans, aucun casier judiciaire. Il travaille surtout comme avocat d'affaires. Je n'ai pas eu le temps d'examiner son passé.

— Il est donc bien le propriétaire de l'arme qui a été utilisée à Enskede.

— Tout à fait. Il détient une licence et il est membre du club de tir de la police, fit Bublanski en hochant la tête. J'ai parlé avec Gunnarsson au service des armes – c'est lui qui est le président du club et il connaît très bien notre bonhomme. Bjurman est devenu membre du club en 1978 et a officié comme trésorier entre 1984 et 1992. Gunnarsson décrit Bjurman comme un excellent tireur, calme, posé et sans façon.

— Intéressé par les armes ?

— D'après Gunnarsson, Bjurman était plus intéressé par la vie associative que par le tir proprement dit. Il aimait bien les compétitions mais n'a jamais donné l'image d'un fétichiste des armes. En 1983, il a participé aux championnats suédois et s'est placé treizième. Ces dix dernières années, il a réduit sa fréquence de tir, il ne vient plus que pour les assemblées générales et des trucs comme ça.

— Est-ce qu'il possède d'autres armes ?

— Il a obtenu des licences pour quatre armes de poing depuis qu'il est devenu membre du club de tir. A part le Colt, un Beretta, un Smith & Wesson et un pistolet de compétition de la marque Rapid. Tous les trois ont été vendus il y a dix ans par l'intermédiaire du club et les licences ont été transférées sur d'autres membres. Rien d'irrégulier.

— Mais nous ne savons donc pas très bien où il se trouve actuellement.

— Oui, c'est vrai. Mais on le cherche seulement depuis 10 heures ce matin. Il est peut-être allé faire une promenade à Djurgården ou il est hospitalisé ou tout ce que vous voulez.

A ce moment, Hans Faste arriva. Il semblait hors d'haleine.

— Excusez-moi d'arriver en retard. J'ai des infos, je vous les livre tout de suite ?

Ekström fit un geste l'invitant à y aller.

— Lisbeth Salander est un nom vraiment intéressant. J'ai passé la journée aux Affaires sociales et à la commission des Tutelles.

Il ôta son blouson de cuir et le posa sur le dossier de sa chaise avant de s'asseoir et d'ouvrir un bloc-notes.

— La commission des Tutelles ? demanda Ekström, les sourcils froncés.

— C'est une nana vachement dérangée, dit Hans Faste. Elle est déclarée incapable et mise sous tutelle. Et devinez qui est son tuteur ! Il fit une pause oratoire. Maître Nils Bjurman, le propriétaire de l'arme qui a été utilisée à Enskede.

Tout le monde dans la pièce fronça les sourcils.

Il fallut un quart d'heure à Hans Faste pour passer en revue les renseignements qu'il avait accumulés sur Lisbeth Salander.

— En résumé, dit Ekström quand Faste avait terminé, nous avons donc des empreintes digitales sur l'arme du crime qui proviennent d'une femme qui a passé son adolescence à entrer et sortir de l'HP, qu'on suppose gagner sa vie comme prostituée, que le tribunal a déclarée incapable et qui a des tendances manifestes à la violence. Qu'est-ce qu'elle fait en liberté dans nos rues, celle-là ?

— Elle a révélé des tendances à la violence depuis la maternelle, dit Faste. On dirait une vraie psychopathe.

— Mais nous n'avons encore rien qui la mette en relation avec le couple d'Enskede. Ekström tambourina du bout des doigts. Bon, ce double meurtre ne sera peut-être pas si difficile que ça à résoudre après tout. Est-ce que nous avons une adresse de Salander ?

— Officiellement, elle habite Lundagatan à Södermalm. Le fisc déclare que par périodes elle a été salariée chez Milton Security, l'entreprise de sécurité.

— Et qu'est-ce qu'elle a fait comme travail pour eux ?

— Je ne sais pas. Mais il s'agit d'un salaire annuel assez modeste pendant quelques années. Femme de ménage ou un truc comme ça.

— Hmm, dit Ekström. On le saura vite. Mais pour le moment, il me semble urgent de trouver Salander.

— Je suis d'accord, dit Bublanski. On s'occupera des détails plus tard. Nous voilà donc avec un suspect. Faste, toi et Curt vous filez à Lundagatan et vous essayez de cueillir Salander. Soyez prudents – on ne sait pas si elle a d'autres armes et on ne sait pas à quel point elle est folle.

— Entendu.

— Bubulle, interrompit Ekström. Le chef de Milton Security s'appelle Dragan Armanskij. Je l'ai rencontré à l'occasion d'une enquête il y a quelques années. On peut lui faire confiance. Va le voir et discute en privé avec lui au sujet de Salander. Tu devrais avoir le temps de le choper avant qu'il quitte son bureau.

Bublanski avait l'air irrité, d'une part parce qu'Ekström avait utilisé son surnom et d'autre part parce qu'il avait formulé sa proposition comme un ordre. Puis il hocha sèchement la tête et déplaça le regard sur Sonja Modig.

— Modig, tu continues à chercher maître Bjurman. Frappe à la porte des voisins. Je crois qu'il est urgent de le rencontrer, lui aussi.

— D'accord.

— Il faut trouver le lien entre Salander et le couple d'Enskede. Et on devrait pouvoir localiser Salander à Enskede à l'heure du meurtre. Jerker, récupère des photos d'elle à montrer aux voisins. Opération porte-à-porte ce soir. Prends quelques gars en uniforme avec toi.

Bublanski fit une pause et se gratta la nuque.

— Putain, avec un peu de chance on aura résolu ce merdier dès ce soir. J'avais l'impression que ça allait traîner en longueur.

— Autre chose, dit Ekström. Les médias nous bousculent. J'ai promis une conférence de presse à 15 heures. Je peux m'en charger si j'ai quelqu'un de la com pour m'assister. Je suppose que certains journalistes vont vous appeler directement aussi. On garde pour nous Salander et Bjurman jusqu'à nouvel ordre.

Tous hochèrent la tête.

DRAGAN ARMANSKIJ AVAIT PENSÉ quitter le boulot plus tôt que d'habitude. On était Jeudi saint, et lui et sa femme avaient prévu d'aller passer le long week-end de Pâques dans leur maison de campagne à Blidö. Il venait de fermer son porte-documents et d'enfiler son manteau lorsque la réception appela pour annoncer qu'un inspecteur Jan Bublanski souhaitait le voir. Armanskij ne connaissait pas Bublanski mais le fait que ce soit un policier qui le cherche suffit pour qu'il soupire et remette son manteau sur le cintre. Il n'avait aucune envie d'accueillir ce visiteur, mais Milton Security ne pouvait pas se permettre de snober la police. Il alla accueillir Bublanski à l'ascenseur dans le couloir.

— Merci de m'avoir accordé un peu de votre temps, fit Bublanski en guise de salutation. Vous avez le bonjour de mon chef, le procureur Richard Ekström.

Ils se serrèrent la main.

— Ekström. Oui, en effet, nous avons été en contact une ou deux fois. Ça fait quelques années maintenant. Vous voulez un café ?

Armanskij s'arrêta devant le distributeur avant d'ouvrir la porte de son bureau et d'inviter à Bublanski à prendre place dans le confortable fauteuil des visiteurs près de la fenêtre.

— Armanskij… c'est un nom russe ? demanda Bublanski plein de curiosité. Moi aussi, j'ai un nom en *ski*.

— Ma famille est originaire d'Arménie. Et la vôtre ?

— Pologne.

— En quoi est-ce que je peux vous aider ?

Bublanski sortit un bloc-notes et l'ouvrit.

— J'enquête sur le double meurtre d'Enskede. J'imagine que vous avez écouté les infos aujourd'hui.

Armanskij acquiesça d'un petit signe de tête.

— Ekström m'a laissé entendre que vous êtes discret.

— Dans ma position on ne gagne rien à se brouiller avec la police. Je sais garder ma langue, si c'est cela que vous voulez savoir.

— Bien. En ce moment, on recherche une personne qui a travaillé pour vous. Son nom est Lisbeth Salander. Est-ce que vous la connaissez ?

Armanskij sentit soudain une boule de ciment se former dans son ventre. Il resta impassible.

— Pour quelle raison est-ce que vous recherchez Mlle Salander ?

— Disons qu'on a des raisons de la considérer comme intéressante pour l'enquête.

La boule de ciment dans le ventre d'Armanskij se dilata. Une douleur presque physique. Depuis le premier jour où il avait rencontré Lisbeth Salander, il avait eu un très fort pressentiment que la vie de cette fille s'orientait vers une catastrophe. Mais il se l'était toujours imaginée comme la victime, pas comme la coupable. Son visage était toujours impassible.

— Vous soupçonnez Lisbeth Salander d'avoir commis le double meurtre d'Enskede, c'est ça ? Ai-je bien compris ?

Bublanski hésita une brève seconde avant de hocher la tête.

— Qu'est-ce que vous pouvez me dire sur Salander ?

— Qu'est-ce que vous voulez savoir ?

— Premièrement… comment est-ce qu'on peut la trouver ?

— Elle habite Lundagatan. Il faut que je vérifie l'adresse exacte. J'ai son numéro de portable.

— Nous avons l'adresse. Le numéro de portable nous intéresse.

Armanskij alla chercher le numéro sur le répertoire de son bureau. Il lut à haute voix pendant que Bublanski notait.

— Elle travaille pour vous.

— Elle travaille en indépendante. Je lui ai donné des boulots de temps en temps entre 1998 et jusqu'à il y a un an et demi environ.

— Quel genre de boulot ?

— Des recherches.

Bublanski leva les yeux de son carnet et prit un air stupéfait.

— Des recherches ? répéta-t-il.

— Des enquêtes sur la personne plus exactement.

— Un instant… on parle bien de la même fille ? demanda Bublanski. La Lisbeth Salander que nous cherchons n'a même pas passé son brevet de collège et elle est déclarée incapable.

— Ça ne s'appelle plus "déclarée incapable", fit doucement remarquer Armanskij.

— On s'en fout de comment ça s'appelle. D'après les données, la fille que nous recherchons apparaît comme terriblement détraquée et disposée à la violence. De plus, nous avons un rapport de la commission des Affaires sociales qui laisse entendre qu'elle se prostituait à la fin des années 1990. Rien dans ses dossiers n'indique qu'elle puisse avoir un travail qualifié.

— Les dossiers sont une chose. Les êtres humains une autre.

— Vous voulez dire qu'elle est qualifiée pour faire des enquêtes sur la personne pour le compte de Milton Security ?

— Non seulement ça. Elle est sans conteste la meilleure enquêteuse que j'aie jamais rencontrée.

Bublanski laissa lentement tomber son stylo et son front se plissa.

— On dirait que vous avez… du respect pour elle.

Armanskij regarda ses mains. La question marquait un croisement des chemins. Il avait toujours su que tôt ou tard, Lisbeth Salander allait se retrouver dans de sales draps. Il avait le plus grand mal à comprendre ce qui avait pu la mêler à un double meurtre à Enskede – que ce soit en tant que coupable ou complice – mais il admettait aussi qu'il ne connaissait pas grand-chose sur sa vie privée. *Dans quoi est-elle allée se fourrer ?* Armanskij se rappela sa visite soudaine à son bureau quand elle avait mystérieusement déclaré avoir assez d'argent pour se débrouiller et ne pas avoir besoin de travail.

Le plus sage, le plus raisonnable en cet instant aurait été de prendre de la distance avec tout ce qui touchait à Lisbeth Salander, pour son compte personnel comme pour le compte de Milton Security surtout. Armanskij se fit la réflexion que Lisbeth Salander était sans doute l'être le plus seul qu'il connaissait.

— J'ai du respect pour sa compétence. Et ça, vous ne le trouverez ni dans ses notes de collège ni dans ses dossiers.

— Vous connaissez donc son passé ?

— Qu'elle soit mise sous tutelle et qu'elle ait eu une enfance pénible. Oui.

— Et pourtant vous l'avez embauchée.

— C'est justement pour cela que je l'ai embauchée.

— Expliquez-vous.

— Son ancien tuteur, Holger Palmgren, était l'avocat du vieux J. F. Milton. Il a commencé à s'occuper d'elle à partir de son adolescence et il m'a persuadé de lui donner un travail. Je l'ai d'abord engagée pour trier du courrier et faire des photocopies et ce genre de choses. Puis je me suis rendu compte qu'elle avait des dons insoupçonnés. Et le rapport social comme quoi elle serait éventuellement une prostituée, vous pouvez l'oublier. Ce sont des conneries. Lisbeth Salander a eu une adolescence merdique et elle était sans hésitation un peu sauvage – ce qui n'est pas un crime après tout. Je pense que la prostitution est la dernière chose qu'elle pratiquerait.

— Son nouveau tuteur s'appelle Nils Bjurman.

— Je ne l'ai jamais rencontré. Palmgren a eu une hémorragie cérébrale il y a deux ans. Peu après, Lisbeth Salander a restreint les boulots qu'elle effectuait pour moi. Le dernier, c'était en octobre il y a un an et demi.

— Pourquoi vous avez cessé de faire appel à elle ?

— Ce n'était pas mon choix. C'est elle qui a rompu les ponts et disparu à l'étranger sans un mot d'explication.

— Disparu à l'étranger ?

— Elle est restée absente plus d'un an.

— Ça ne colle pas. Maître Bjurman a envoyé des rapports mensuels sur elle tout au long de l'année passée. Nous en avons des copies au commissariat central.

Armanskij haussa les épaules avec un petit sourire.

— Quand est-ce que vous l'avez vue pour la dernière fois ?

— Il y a environ deux mois, début février. Elle a surgi de nulle part pour une visite de courtoisie. Ça faisait plus d'un an que je n'avais pas eu de ses nouvelles. Elle a passé toute l'année dernière à l'étranger à bourlinguer en Asie et aux Antilles.

— Excusez-moi, mais je suis un peu perplexe. En arrivant ici, j'avais l'impression que Lisbeth Salander était une fille avec des problèmes psychiatriques, qui n'avait même pas terminé le collège et qui était mise sous tutelle. Maintenant vous me racontez que vous l'avez engagée comme enquêteuse hautement qualifiée, qu'elle travaille en indépendante et qu'elle gagnait suffisamment d'argent pour prendre une année sabbatique et faire le tour du monde, et ceci sans que son tuteur donne l'alerte. Il y a quelque chose qui ne colle pas.

— Il y a beaucoup de choses qui ne collent pas quand il s'agit de Lisbeth Salander.

— Est-ce que je peux vous demander… vous la jugez comment ?

Armanskij réfléchit un instant.

— Je crois qu'elle est la personne la plus inflexible que j'aie jamais rencontrée, c'en est irritant, finit-il par dire.

— Inflexible ?

— Elle ne fait absolument rien qu'elle n'a pas envie de faire. Elle se fiche royalement de ce que les autres peuvent penser d'elle. Elle est terriblement compétente. Et elle n'est absolument pas comme les autres.

— Folle ?

— Quelle définition donnez-vous à ce mot ?

— Est-elle capable de tuer deux personnes de sang-froid ?

Armanskij resta sans rien dire un long moment.

— Je suis désolé, finit-il par dire. Je ne peux pas répondre à cette question. Je suis un cynique. Je crois que chaque être a en lui la capacité de tuer quelqu'un d'autre. Par désespoir ou par haine ou au moins pour se défendre.

— Cela signifie que vous ne tenez pas cela pour exclu.

— Lisbeth Salander ne fait rien qu'elle n'ait pas une raison de faire. Si elle a tué quelqu'un, c'est qu'elle a estimé avoir une bonne raison de le faire. Je voudrais vous demander une chose… sur quoi vous vous basez pour soupçonner qu'elle est mêlée aux meurtres d'Enskede ?

Bublanski hésita un instant. Il croisa le regard d'Armanskij.

— Ça restera entre nous, alors.

— Absolument.

— L'arme du crime appartient à son tuteur. Il y a les empreintes de la fille dessus.

Armanskij serra les dents. C'était une circonstance aggravante.

— J'ai seulement entendu parler de ces meurtres à la radio. C'était quoi le mobile ? La drogue ?

— Elle a des liens avec les milieux de la drogue ?

— Pas à ma connaissance. Mais, comme je l'ai dit, sa jeunesse a été assez compliquée et il lui est arrivé d'être arrêtée pour ivresse sur la voie publique. Je suppose que son dossier vous dira si la drogue faisait partie du tableau.

— Le problème, c'est que nous n'avons aucune idée du mobile des meurtres. C'était un couple modèle. Elle était criminologue sur le point de soutenir sa thèse de doctorat. Il était journaliste. Dag Svensson et Mia Bergman. Ça ne vous dit rien ?

Armanskij secoua la tête.

— Nous essayons de comprendre le rapport entre eux et Lisbeth Salander.

— Je n'ai jamais entendu parler d'eux.

Bublanski se leva.

— Merci de m'avoir accordé de votre temps. Cette conversation a été fascinante. Je ne sais pas si j'en sors plus instruit, mais j'espère que ça restera entre nous.

— Pas de problème.

— Et j'espère pouvoir revenir vous voir si nécessaire. Et évidemment, si Lisbeth Salander se montrait…

— Evidemment, répondit Dragan Armanskij.

Ils se serrèrent la main. Quand Bublanski fut arrivé à la porte, il s'arrêta et se tourna vers Armanskij de nouveau.

— Vous ne savez pas par hasard qui elle fréquente ? Des amis, des connaissances…

Armanskij secoua la tête.

— Je ne connais pour ainsi dire rien sur sa vie privée. L'une des rares personnes qui comptent dans sa vie est Holger Palmgren. Elle a certainement essayé d'entrer en contact avec lui. Il se trouve dans un centre de rééducation à Ersta.

— Elle n'a jamais reçu de visites quand elle travaillait ici ?

— Non. Elle travaillait chez elle, elle ne venait ici que pour me livrer ses rapports. C'était très rare même qu'elle rencontre un client. Sauf peut-être…

Une pensée soudaine frappa Armanskij.

— Quoi ?

— Eh bien, il y a peut-être une autre personne qu'elle a cherché à joindre. Un journaliste qu'elle voyait il y a deux ans et qui a demandé de ses nouvelles tout le temps pendant son absence.

— Un journaliste ?

— Il s'appelle Mikael Blomkvist. Vous vous souvenez de l'affaire Wennerström ?

Bublanski lâcha lentement la poignée de porte et revint vers Dragan Armanskij.

— C'est Mikael Blomkvist qui a trouvé le couple à Enskede. Vous venez juste d'établir un lien entre Salander et les victimes.

Armanskij sentit le poids de la boule de ciment dans son ventre.

14

JEUDI SAINT 24 MARS

SONJA MODIG ESSAYA D'APPELER maître Nils Bjurman trois fois en l'espace d'une demi-heure. Chaque fois elle fut accueillie par le message du répondeur.

Vers 15 h 30, elle prit sa voiture, rejoignit Upplandsgatan et sonna à sa porte. Le résultat fut aussi déprimant que plus tôt dans la journée. Elle passa les vingt minutes suivantes à faire du porte-à-porte dans l'immeuble à la recherche d'un voisin qui aurait pu savoir où se trouvait Bjurman.

Dans onze des dix-neuf appartements où elle sonna, personne ne vint ouvrir. Elle regarda l'heure. Ce n'était évidemment pas le bon moment de la journée pour faire du porte-à-porte. Et ça n'allait vraisemblablement pas s'améliorer pendant le congé de Pâques. Dans les huit appartements où il y avait quelqu'un, tous furent serviables. Cinq savaient qui était Bjurman – le monsieur poli et bien élevé du troisième. Personne ne savait où il se trouvait. Elle finit par apprendre que Bjurman fréquentait peut-être en privé l'un de ses voisins proches, un homme d'affaires du nom de Sjöman. Personne ne vint cependant ouvrir la porte marquée Sjöman quand elle sonna.

Frustrée, Sonja Modig prit son téléphone et appela le répondeur de Bjurman. Elle se présenta, laissa son numéro de portable et demanda à Bjurman de la contacter immédiatement.

Elle retourna devant la porte de Bjurman, ouvrit son bloc-notes et écrivit un petit mot demandant à Bjurman de l'appeler. Elle joignit sa carte de visite et lâcha tout par le volet destiné au courrier. Au moment où elle allait laisser retomber le volet, elle entendit le téléphone sonner dans l'appartement. Elle se pencha et écouta attentivement. Après quatre sonneries, le répondeur s'enclencha, mais elle ne put entendre le message.

Elle lâcha le volet du courrier et fixa la porte. Elle ne sut expliquer quelle impulsion lui fit tendre la main vers la poignée mais, à sa grande surprise, la porte n'était pas fermée à clé. Elle l'ouvrit et regarda dans le vestibule.

— Il y a quelqu'un ? appela-t-elle doucement et elle tendit l'oreille.

Elle n'entendait aucun bruit.

Elle fit un pas dans le vestibule et s'arrêta, hésitante. Ce qu'elle venait de faire en franchissant la porte pouvait sans doute être considéré comme une violation de domicile. Elle n'avait aucune autorité pour faire une perquisition et aucun droit de se trouver dans l'appartement de maître Bjurman même si la porte était ouverte. Elle lorgna sur la gauche et vit une partie d'un séjour. Elle venait juste de prendre la décision de ressortir de l'appartement quand son regard tomba sur la commode du vestibule. Elle vit la boîte d'un revolver Colt.

Brusquement, Sonja Modig ressentit un puissant malaise. Elle ouvrit sa veste et sortit son arme de service, chose qu'elle n'avait pratiquement jamais faite de sa vie.

Elle enleva le cran de sûreté et tint le canon dirigé vers le sol en s'avançant pour jeter un coup d'œil dans le séjour. Elle ne remarqua rien de spécial, mais son malaise augmentait. Elle recula et regarda dans la cuisine. Vide. Elle s'engagea dans un petit dégagement et ouvrit la porte de la chambre.

Maître Nils Bjurman était couché en travers du lit. Ses genoux touchaient par terre. Il semblait agenouillé pour dire sa prière du soir. Il était nu.

Elle le vit de profil. De là où elle se tenait, Sonja Modig pouvait déjà voir qu'il n'était pas en vie. La moitié de son front avait été emportée par un coup tiré dans la nuque.

Sonja Modig sortit à reculons sur le palier. Elle tenait toujours son arme de service à la main quand elle ouvrit son téléphone portable et appela l'inspecteur Bublanski. Elle n'arriva pas à le joindre. Alors elle appela le procureur Ekström. Elle nota l'heure. 16 h 18.

HANS FASTE CONTEMPLA la porte d'entrée de l'immeuble de Lundagatan où Lisbeth Salander était domicilée et donc supposée habiter. Il jeta un regard en coin sur Curt Bolinder, puis sur sa montre-bracelet. 16 h 10.

Après avoir obtenu le code d'accès auprès du syndic de l'immeuble, ils étaient déjà entrés écouter à la porte marquée Salander-Wu. Ils n'avaient capté aucun bruit dans l'appartement et personne n'avait ouvert lorsqu'ils avaient sonné. Ils étaient retournés à la voiture et s'étaient placés de manière à pouvoir surveiller le portail.

En téléphonant de la voiture, ils avaient appris que la personne qui avait récemment été incluse dans le contrat d'habitation de l'appartement était une certaine Miriam Wu, née en 1974, et auparavant domicilée à Sankt Eriksplan à Stockholm.

Ils disposaient d'une photo d'identité avec le visage de Lisbeth Salander scotchée au-dessus de l'autoradio. Faste, sans se gêner, annonça qu'il lui trouvait une sale gueule.

— Merde alors, les putes sont de plus en plus moches. Il faut vraiment que tu sois en manque pour en ramasser une comme ça.

Curt Bolinder ne répondit pas.

A 16 h 20, Bublanski les appela pour annoncer qu'il partait de chez Armanskij pour se rendre à *Millénium*. Il demanda à Faste et Bolinder d'attendre dans Lundagatan. Il leur faudrait amener Lisbeth Salander pour interrogatoire, mais le procureur ne la considérait pas encore comme liée aux meurtres d'Enskede.

— Eh voilà, dit Faste. Encore un proc qui veut d'abord des aveux avant d'inculper quelqu'un.

Curt Bolinder ne dit rien. Ils observèrent distraitement les personnes en mouvement dans les environs.

A 16 h 40, le procureur Ekström appela sur le portable de Hans Faste.

— Il s'est passé des choses. Nous avons retrouvé maître Bjurman tué par balle dans son appartement. Ça fait au moins vingt-quatre heures qu'il est mort.

Hans Faste se redressa sur le siège.

— Compris. Qu'est-ce qu'on fait ?

— J'ai lancé un avis de recherche de Lisbeth Salander. Elle est soupçonnée d'avoir commis trois meurtres. Je lance un avis de recherche national. Il faut l'appréhender. Nous devons la considérer comme dangereuse et éventuellement armée.

— Compris.

— J'envoie une brigade à Lundagatan. Ce sont eux qui entreront pour neutraliser l'appartement.

— Compris.

— Avez-vous des nouvelles de Bublanski ?

— Il est à *Millénium*.

— Et il a apparemment coupé son portable. Essayez de le joindre pour l'informer.

Faste et Bolinder se regardèrent.

— La question est donc de savoir ce qu'on fera si elle se montre, dit Curt Bolinder.

— Si elle est seule et que tout semble en ordre, on la cueille. Si elle a le temps d'entrer dans son appartement, c'est la brigade qui interviendra. Cette nana est complètement fêlée et apparemment en tournée meurtrière. Elle peut avoir d'autres armes chez elle.

MIKAEL BLOMKVIST ÉTAIT ÉPUISÉ quand il laissa tomber le manuscrit sur le bureau d'Erika Berger et s'assit lourdement en face d'elle dans le fauteil des visiteurs, à côté de la fenêtre donnant sur Götgatan. Il avait passé l'après-midi à essayer de déterminer le destin du livre inachevé de Dag Svensson.

Le sujet était sensible. Dag n'était mort que depuis quelques heures et son employeur était déjà en train de réfléchir à la manière de gérer son matériau journalistique. Mikael était conscient de l'aspect cynique et insensible qu'on pouvait trouver à cela. Lui-même ne voyait pas les choses ainsi. Il avait l'impression de se trouver en état d'apesanteur. Un syndrome bien connu de tous les journalistes d'information générale en activité et qui se manifestait dans des moments de crise.

Alors que d'autres s'enfoncent dans la tristesse, le journaliste d'information trouve toute son efficacité. Et malgré le coup de massue qui s'était abattu sur les membres de la rédaction de *Millénium* le jeudi matin, le professionnalisme prit le dessus et fut canalisé dans un travail intense.

Pour Mikael, c'était une évidence. Dag était de la même trempe et aurait réagi de la même manière si les rôles avaient été inversés. Il se serait demandé ce qu'il pouvait faire pour Mikael. Dag avait laissé le manuscrit d'un livre au contenu explosif. Il avait bossé plusieurs années à récolter des données et à trier des faits, une tâche dans laquelle il avait investi toute son âme et qu'il n'aurait jamais l'occasion de mener à bien.

Et, surtout, il avait travaillé à *Millénium*.

Les meurtres de Dag Svensson et de Mia Bergman ne représentaient pas un traumatisme national comme le meurtre d'Olof Palme, par exemple, et il n'y aurait pas de deuil national. Mais pour les employés de *Millénium*, le choc était probablement plus important – ils étaient personnellement touchés – et Dag Svensson avait un vaste réseau de contacts dans le milieu journalistique qui exigeraient une réponse à leurs questions.

C'était maintenant à Mikael et à Erika de terminer le travail de Dag sur le livre, mais aussi de répondre aux questions du qui et du pourquoi.

— Je peux reconstruire le texte, dit Mikael. Malou et moi, on doit reprendre le livre ligne par ligne et y ajouter nos éléments de recherche pour arriver à répondre aux questions. En gros, on n'a qu'à suivre les notes de Dag, mais on a des problèmes dans les chapitres IV et V qui sont principalement basés sur les interviews de Mia, et là, on ignore tout simplement les sources. A quelques exceptions près cependant, je crois qu'on peut utiliser les références dans sa thèse comme source primaire.

— Il nous manque le dernier chapitre.

— C'est vrai. Mais j'ai le brouillon de Dag et on en a parlé tant de fois que je sais parfaitement ce qu'il avait l'intention de dire. Je propose qu'on le mette en post-scriptum où je commenterai aussi son raisonnement.

— D'accord. Mais je veux voir avant de valider quoi que ce soit. On ne peut pas lui prêter des paroles comme ça.

— Ne te fais pas de soucis. J'écris le chapitre comme une réflexion personnelle signée de mon nom. Il sera clair que c'est moi qui écris et pas lui. Je raconterai pour quelle raison il a commencé à travailler sur ce livre et quelle sorte d'homme il était. Et je terminerai en récapitulant ce qu'il m'a dit au cours d'au moins une douzaine d'entretiens ces derniers mois. Je peux aussi citer pas mal de passages de son brouillon. Ça peut devenir quelque chose de très respectable.

— Merde… c'est dingue l'envie que j'ai de publier ce livre, dit Erika.

Mikael hocha la tête. Il comprenait parfaitement ce qu'elle voulait dire. Lui aussi était impatient.

— Est-ce que tu as du nouveau ? demanda-t-il.

Erika Berger posa ses lunettes de lecture sur le bureau et secoua la tête. Elle se leva et versa deux tasses de café du thermos puis s'installa en face de Mikael.

— Christer et moi, on a un brouillon pour le numéro à venir. On prendra deux articles qui étaient destinés au numéro suivant, et on a demandé des contributions aux pigistes. Mais ça fera un numéro dans tous les sens, sans vraie thématique.

Ils se turent un instant.

— Tu as écouté les informations ? demanda Erika.

Mikael secoua la tête.

— Non. Je sais ce qu'ils vont dire.

— Les meurtres font le gros des infos. A part ça, ils ne parlent que d'une prise de position des libéraux.

— Ce qui signifie qu'il ne se passe absolument rien d'autre dans ce pays.

— La police n'a pas encore donné les noms de Dag et Mia. Ils sont décrits comme un couple "modèle". On ne dit pas encore que c'est toi qui les as trouvés.

— Je parie que les flics vont tout faire pour le dissimuler. Ça, au moins, ça joue en notre faveur.

— Pourquoi la police voudrait-elle dissimuler ça ?

— Parce que par principe la police n'aime pas le cirque médiatique. J'ai une certaine valeur en tant qu'objet d'information, du coup les flics trouvent vachement bien que personne ne sache que c'est moi qui les ai trouvés. Je pense qu'il y aura des fuites cette nuit ou demain matin.

— Si jeune et déjà si cynique.

— On n'est plus tout jeune, ma chère Ricky. J'y pensais quand cette femme flic m'interrogeait la nuit dernière. Elle avait l'air d'être encore au collège.

Erika eut un petit rire. Elle avait certes pu dormir quelques heures au cours de la nuit mais elle aussi commençait à sentir la fatigue. D'ici peu, elle allait surprendre tout le monde en se présentant comme rédactrice en chef d'un des plus grands journaux du pays. *Non – ce n'est pas le bon moment pour annoncer la nouvelle à Mikael.*

— Henry Cortez m'a appelée il y a un instant. Un certain Ekström, qui dirige l'enquête préliminaire, a tenu une sorte de conférence de presse vers 15 heures, dit-elle.

— Richard Ekström ?

— Oui. Tu le connais ?

— Une figure politique. Cirque médiatique garanti. Ce ne sont pas deux forains immigrés qui ont été assassinés. Il va y avoir un super-battage autour de cette affaire.

— Il affirme en tout cas que la police suit certaines pistes et qu'elle a bon espoir de résoudre rapidement cette affaire. Mais globalement il n'a rien dit, en fait. Par contre, la salle de la conférence de presse était bourrée de journalistes.

Mikael haussa les épaules. Il se frotta les yeux.

— Je n'arrive pas à me débarrasser de la vision du corps de Mia. Tu te rends compte, je venais juste de faire leur connaissance.

Erika hocha tristement la tête.

— Il ne nous reste plus qu'à attendre. Ça doit être un fou furieux…

— Je ne sais pas. J'y ai pensé toute la journée.

— Qu'est-ce que tu entends par là ?

— Mia a été atteinte de profil. J'ai vu que la balle est entrée sur le côté du cou et ressortie par le front. Dag a été tué de face, en plein front, et la balle est sortie à l'arrière de la tête. Pour autant que j'ai vu, il n'y a eu que deux coups de feu tirés. Ça ne donne pas l'impression d'être l'œuvre d'un dément.

Erika contempla pensivement son partenaire.

— Qu'est-ce que tu essaies de me dire ?

— Si ce n'est pas l'œuvre d'un dément, il doit y avoir un mobile. Et plus j'y pense, plus j'ai l'impression que ce manuscrit est un putain de mobile.

Mikael montra la liasse de papiers sur le bureau d'Erika. Erika suivit son regard. Puis leurs yeux se rencontrèrent.

— Il n'y a pas forcément un lien avec le livre proprement dit. Ils ont peut-être trop fouiné et réussi à… je ne sais pas, moi. Quelqu'un s'est senti menacé.

— Et a engagé un tueur. Micke, ces choses-là se passent dans les films américains. Ce livre parle des michetons. Il met en cause nommément des flics, des hommes politiques, des journalistes… Ce serait donc l'un d'eux qui a tué Dag et Mia ?

— Je ne sais pas, Ricky. Mais on était à trois semaines de publier le brûlot le plus chaud qui a jamais été publié en Suède sur le trafic des femmes.

A cet instant, Malou Eriksson pointa la tête dans l'entrebâillement de la porte et annonça qu'un certain inspecteur Jan Bublanski désirait parler à Mikael Blomkvist.

BUBLANSKI SERRA LA MAIN d'Erika Berger et de Mikael Blomkvist et s'assit dans le troisième fauteuil près de la fenêtre. Il examina Mikael Blomkvist et vit un homme aux yeux creux, les joues couvertes d'une barbe de deux jours.

— Y a-t-il du nouveau ? demanda Mikael Blomkvist.

— Peut-être. C'est donc vous qui avez découvert le couple d'Enskede et qui avez appelé la police la nuit dernière.

Mikael hocha la tête, fatigué.

— Je sais que vous avez déjà tout raconté à la brigade de garde cette nuit, mais j'aurais aimé que vous me clarifiiez quelques détails.

— Qu'est-ce que vous voulez savoir ?

— Comment se fait-il que vous vous soyez rendu chez Svensson et Bergman si tard le soir ?

— Ce n'est pas un détail, c'est tout un roman, fit Mikael avec un sourire fatigué. Je dînais chez ma sœur – elle habite dans le ghetto des nouveaux riches à Stäket. Dag Svensson m'a appelé sur mon portable pour dire qu'il n'aurait pas le temps de venir à la rédaction le Jeudi saint – aujourd'hui donc – comme nous en étions convenus le matin. Il devait déposer des photos pour Christer Malm. Il m'a expliqué que Mia et lui avaient décidé de passer Pâques chez les parents de Mia et ils voulaient partir tôt le matin. Il voulait savoir s'il pouvait déposer les photos chez moi avant de partir. J'ai répondu que puisque j'étais tout près, je pouvais faire le détour et les récupérer en partant de chez ma sœur.

— Vous vous êtes donc rendu à Enskede pour chercher des photos.

Mikael hocha la tête.

— Est-ce que vous arrivez à imaginer une raison de tuer Svensson et Bergman ?

Mikael et Erika échangèrent un regard discret. Tous deux restèrent silencieux.

— Oui, je vous écoute ? dit Bublanski.

— On a évidemment discuté de la chose entre nous au cours de la journée et on n'est pas tout à fait d'accord. Ou plutôt : nous sommes d'accord, mais pas très sûrs de nous. Il ne s'agit pas de barjoter.

— Dites-moi toujours.

Mikael expliqua le contenu du livre à venir de Dag Svensson et le lien éventuel avec les meurtres qu'Erika et lui avaient envisagé. Bublanski se tut un moment pour digérer l'information.

— Si je comprends bien, Dag Svensson était sur le point de mettre en cause des policiers.

Il n'aimait pas du tout la tournure qu'avait prise l'entretien et imaginait aisément une "piste policière" qui se baladerait pour un certain temps dans les médias, agrémentée de toutes sortes de délires sur un grand complot.

— Non, répondit Mikael. Dag Svensson était sur le point de dénoncer des criminels, dont certains se trouvent être des policiers. Il y a également quelques personnes qui appartiennent à ma propre catégorie professionnelle, c'est-à-dire des journalistes.

— Et vous avez l'intention maintenant de rendre publique cette information ?

Mikael se tourna vaguement vers Erika.

— Non, répondit Erika Berger. Nous avons consacré la journée à arrêter le travail en cours sur le prochain numéro. Nous publierons très probablement le livre de Dag Svensson, mais uniquement lorsque nous saurons ce qui s'est passé et, dans l'état actuel des choses, le livre doit être retravaillé. Nous n'avons pas l'intention de saboter l'enquête de police sur les meurtres de deux de nos amis, si c'est cela qui vous inquiète.

— Il me faudra jeter un coup d'œil sur le bureau de Dag Svensson ici, et comme il s'agit de la rédaction d'un journal, une perquisition pourrait éveiller des susceptibilités.

— Vous trouverez tout le matériel dans l'ordinateur portable de Dag Svensson, dit Erika.

— Ah bon, dit Bublanski.

— J'ai fouillé le bureau de Dag Svensson, dit Mikael. J'ai enlevé quelques notes qui identifient directement des sources qui veulent rester anonymes. Tout le reste est à votre disposition, et j'ai affiché qu'il ne faut rien déplacer ni toucher. Reste cependant que le contenu du livre de Dag Svensson est secret jusqu'à ce qu'il soit imprimé. Nous ne tenons donc pas à ce que le manuscrit arrive aux mains de la police, surtout que nous nous apprêtons à nommer des policiers.

Merde alors, pensa Bublanski. *Pourquoi n'ai-je pas envoyé quelqu'un ici dès ce matin ?* Puis il laissa tomber le sujet.

— Bon. Il y a une personne que nous aimerions entendre en rapport avec ces meurtres. J'ai des raisons de croire que vous connaissez cette personne. Je voudrais que vous me disiez tout ce que vous savez sur une femme qui s'appelle Lisbeth Salander.

L'espace d'une seconde, Mikael Blomkvist eut l'air d'un point d'interrogation vivant. Bublanski nota qu'Erika Berger jetait un regard acéré sur Mikael.

— J'ai peur de ne pas bien comprendre.

— Vous connaissez Lisbeth Salander.

— Oui, je connais Lisbeth Salander.

— Vous la connaissez comment ?

— Pourquoi me demandez-vous cela ?

Bublanski fit un geste irrité avec la main.

— Je viens de le dire, nous voulons l'entendre en rapport avec ces meurtres. Comment vous la connaissez ?

— Mais… ça n'a pas de sens. Lisbeth Salander n'a pas le moindre lien avec Dag Svensson ou Mia Bergman.

— Nous pourrons donc établir cela en toute tranquillité, répondit patiemment Bublanski. Mais ma question demeure. Comment connaissez-vous Lisbeth Salander ?

Mikael passa sa main sur ses joues râpeuses et se frotta les yeux tandis que les pensées virevoltaient dans sa tête. Il finit par soutenir le regard de Bublanski.

— J'ai engagé Lisbeth Salander pour faire une recherche pour moi dans une tout autre affaire il y a deux ans.

— Il s'agissait de quoi ?

— Je regrette, mais maintenant nous abordons des questions qui touchent à la constitution et à la protection des sources et ce genre de choses. Vous devez me croire sur parole quand je dis que cela n'avait rien à faire avec Dag Svensson et Mia Bergman. C'était une tout autre affaire, et qui est terminée aujourd'hui.

Bublanski pesa les mots de Mikael. Il n'aimait pas que quelqu'un affirme qu'il existe des secrets impossibles à révéler même dans le cadre d'une enquête sur des meurtres, mais il choisit de laisser tomber pour l'instant.

— Quand avez-vous vu Lisbeth Salander pour la dernière fois ?

Mikael réfléchit avant de répondre.

— Voilà ce qu'il en est : au cours de l'automne il y a deux ans, je fréquentais Lisbeth Salander. Notre relation a pris fin vers Noël de cette année-là. Ensuite elle a quitté la ville. Je ne l'ai pas vue pendant plus d'un an jusqu'à il y a une semaine.

Erika Berger leva un sourcil. Bublanski supposa que c'était nouveau pour elle.

— Parlez-moi de cette rencontre.

Mikael prit une profonde inspiration et décrivit ensuite brièvement l'incident devant l'immeuble de Lisbeth dans Lundagatan. Bublanski écouta, de plus en plus surpris, essayant de déterminer si Blomkvist inventait ou disait la vérité.

— Vous ne lui avez pas parlé, par conséquent ?

— Non, elle a disparu entre les immeubles dans le haut de Lundagatan. J'ai attendu un bon moment, mais elle n'est pas revenue. Je lui ai écrit une lettre pour lui demander de donner de ses nouvelles.

— Et vous ne connaissez aucun lien entre elle et le couple d'Enskede.

— Non.

— Bon… pouvez-vous décrire cette personne que vous dites l'avoir agressée ?

— Je ne dis pas. Il l'a attaquée, elle s'est défendue et s'est enfuie. Je me trouvais à une cinquantaine de mètres. C'était en pleine nuit et il faisait sombre.

— Vous aviez bu ?

— J'étais un peu embrumé sans doute, mais pas ivre mort. Il était blond, avec les cheveux ramassés en queue de cheval. Il portait un court blouson sombre. Il avait un très gros ventre. Quand je suis arrivé en haut des escaliers de Lundagatan, je l'ai vu seulement de dos mais il s'est retourné quand il m'a cogné. J'ai eu l'impression qu'il avait un visage maigre et des yeux clairs rapprochés.

— Pourquoi tu n'as pas raconté tout ça plus tôt ? glissa Erika Berger.

Mikael Blomkvist haussa les épaules.

— Il y a eu un week-end depuis, et tu étais partie à Göteborg pour participer à ce foutu débat à la télé. Lundi, tu n'étais pas là et mardi, on s'est juste croisé. Ça s'est escamoté tout seul.

— Mais vu ce qui s'est passé à Enskede… vous n'avez pas raconté cet incident à la police ? demanda Bublanski.

— Pourquoi l'aurais-je fait ? Je pourrais tout aussi bien raconter que j'ai pris sur le fait un pickpocket qui essayait de me voler dans le métro il y a un mois. Il n'y a pas le moindre lien significatif entre Lundagatan et ce qui s'est passé à Enskede.

— Mais vous n'avez pas signalé l'agression à la police ?

— Non. Mikael hésita un court instant. Lisbeth Salander est quelqu'un qui aime l'anonymat. J'ai envisagé de porter plainte puis je me suis dit que c'était à elle de le faire. Je voulais en tout cas lui en parler avant.

— Ce que vous n'avez pas fait ?

— Je n'ai pas parlé avec Lisbeth Salander depuis le lendemain de Noël il y a un an.

— Pourquoi votre… liaison, si c'est le mot juste, pourquoi est-ce qu'elle a pris fin ?

Le regard de Mikael s'assombrit. Il réfléchit à la réponse avant de finalement la donner.

— Je ne sais pas. Elle a interrompu le contact avec moi du jour au lendemain.

— Il s'était passé quelque chose ?

— Non. Pas si vous pensez à une dispute ou ce genre de choses. Nous étions en bons termes. Le jour d'après, elle ne répondait même pas au téléphone. Puis elle a disparu de ma vie.

Bublanski réfléchit à l'explication de Mikael. Elle paraissait sincère et elle était étayée par Dragan Armanskij qui avait décrit la disparition de Lisbeth Salander de Milton Security dans des termes semblables. Quelque chose s'était apparemment passé avec Lisbeth Salander au cours de l'hiver un an plus tôt. Il se tourna vers Erika Berger.

— Vous connaissez Lisbeth Salander aussi ?

— Je l'ai rencontrée une seule fois. Est-ce que vous pouvez m'expliquer pourquoi vous posez des questions sur Lisbeth Salander en rapport avec Enskede ? demanda Erika Berger.

Bublanski secoua la tête.

— Il existe un lien entre elle et le lieu du crime. C'est tout ce que je peux dire. En revanche, je peux vous dire que plus on me parle de Lisbeth Salander, plus je me sens perplexe. Elle était comment, en tant qu'individu ?

— De quel point de vue ? demanda Mikael.

— Vous la décririez comment ?

— Professionnellement, l'un des meilleurs investigateurs que j'aie jamais rencontrés.

Erika Berger essayait de ne pas regarder directement Mikael Blomkvist en se mordillant la lèvre. Bublanski fut persuadé qu'il manquait un morceau du puzzle et qu'ils savaient quelque chose qu'ils ne voulaient pas raconter.

— Et en tant que personne ?

Mikael resta silencieux un long moment.

— C'est une personne très seule et différente. Socialement repliée sur elle-même. Elle n'aimait pas parler d'elle. En même temps, c'est quelqu'un de doté d'une très forte volonté. Elle a un grand sens moral.

— Moral ?

— Oui. Une morale qui lui est propre. On ne peut rien lui faire faire contre sa volonté. Dans son monde, les choses sont soit "bonnes", soit "mauvaises", pour ainsi dire.

Bublanski se dit que Mikael Blomkvist la décrivait encore une fois dans les mêmes termes que Dragan Armanskij. Deux hommes qui l'avaient connue la jaugeaient de la même manière.

— Vous connaissez Dragan Armanskij ? demanda Bublanski.

— On s'est rencontré deux ou trois fois. J'ai pris une bière avec lui l'année dernière quand je cherchais à savoir où était passée Lisbeth.

— Et vous dites qu'elle était une enquêteuse compétente, répéta Bublanski.

— La meilleure que j'aie rencontrée, répéta Mikael.

Bublanski tambourina des doigts pendant une seconde en regardant par la fenêtre la foule qui évoluait dans Götgatan. Il se sentait étrangement partagé. Le dossier de psychiatrie légale que Hans Faste avait récupéré à la commission des Tutelles affirmait que Lisbeth Salander était une personne marquée par de profonds troubles psychiques, encline à la violence et pratiquement demeurée. Les réponses que lui avaient fournies aussi bien Armanskij que Blomkvist se démarquaient fortement de l'image que l'expertise psychiatrique avait établie au cours de plusieurs années d'études. Tous deux la décrivaient comme un être à part, mais tous deux avaient aussi une pointe d'admiration dans la voix.

Blomkvist disait aussi qu'il l'avait "fréquentée" pendant une période – ce qui indiquait une sorte de relation sexuelle. Bublanski se demandait quelles règles étaient en vigueur concernant les personnes déclarées incapables. Blomkvist aurait-il pu commettre une forme d'abus sexuel en exploitant une personne en situation de dépendance ?

— Et comment est-ce que vous avez considéré son handicap social ? demanda-t-il.

— Handicap ? demanda Mikael.

— La mise sous tutelle et ses problèmes psychiques.

— La mise sous tutelle ? s'exclama Mikael.

— Problèmes psychiques ? demanda Erika.

Le regard de Bublanski alla de Mikael Blomkvist à Erika Berger. *Ils ne sont pas au courant. Ils ne sont réellement pas au courant.* Tout à coup, Bublanski fut très irrité contre Armanskij et Blomkvist, et surtout contre Erika Berger avec ses fringues chic et son bureau mondain avec vue sur Götgatan. *En voilà une qui dicte aux autres ses opinions.* Mais il dirigea son irritation sur Mikael.

— Je n'arrive pas à comprendre ce qui cloche avec vous et avec Armanskij, dit-il.

— Pardon ?

— Lisbeth Salander a fait des allers et retours à l'HP depuis son adolescence, finit par dire Bublanski. Un examen de psychiatrie légale et un jugement prononcé par le tribunal d'instance ont établi qu'elle n'est pas en état de s'occuper de ses affaires. Elle est déclarée incapable. Elle a un penchant attesté pour la violence et elle a été en mauvais termes avec les autorités toute sa vie. Et maintenant elle est au plus haut degré soupçonnée de... complicité dans un double meurtre. Mais aussi bien vous qu'Armanskij parlez d'elle comme si elle était une sorte de princesse.

Mikael Blomkvist était complètement immobile et fixa Bublanski.

— Laissez-moi exprimer les choses ainsi, poursuivit Bublanski. Nous avons cherché un lien entre Lisbeth Salander et le couple d'Enskede. Or il s'est avéré que c'est vous, qui avez découvert les victimes, qui êtes ce lien. Est-ce que vous souhaitez commenter ce fait ?

Mikael se pencha en arrière. Il ferma les yeux et essaya de mettre à plat la situation. Lisbeth Salander était soupçonnée des meurtres de Dag et Mia. *Ça ne colle pas. C'est absurde.* Etait-elle capable de tuer ? Mikael se rappela soudain son visage deux ans auparavant, quand elle s'était déchaînée sur Martin Vanger avec un club de golf. *Elle l'aurait tué, sans hésitation. Elle ne l'a pas fait parce qu'elle devait s'interrompre pour sauver ma vie.* Il tripota machinalement son cou où le nœud coulant de Martin Vanger l'avait serré. Mais Dag et Mia... *ce n'est pas logique.*

Il avait conscience que Bublanski l'observait de près. Tout comme Dragan Armanskij, il devait faire un choix. Tôt ou tard, il serait obligé de déterminer dans quel coin du ring il voulait se mettre si Lisbeth Salander était suspectée de meurtre. *Coupable ou non coupable ?*

Avant qu'il ait eu le temps de parler, le téléphone sur le bureau d'Erika sonna. Elle répondit et tendit le combiné à Bublanski.

— Quelqu'un qui s'appelle Hans Faste veut vous parler.

Bublanski prit le combiné et écouta attentivement. Mikael et Erika virent tous deux l'expression de son visage se modifier.

— Ils entrent quand ?

Silence.

— C'est quoi déjà, l'adresse ?… Lundagatan… d'accord, je ne suis pas loin, j'y vais.

Bublanski se leva d'un coup.

— Excusez-moi, mais je dois interrompre l'entretien. On vient de trouver le tuteur actuel de Salander tué par balle, et elle est désormais recherchée et inculpée en son absence pour trois meurtres.

Erika Berger resta bouche bée. Mikael Blomkvist eut l'air d'avoir été frappé par la foudre.

INVESTIR L'APPARTEMENT de Lundagatan fut une procédure relativement peu compliquée d'un point de vue tactique. Hans Faste et Curt Bolinder s'adossèrent au capot de la voiture et attendirent pendant que les hommes du groupe d'intervention, lourdement armés, occupaient la cage d'escalier et investissaient la cour.

Au bout de dix minutes, le commando avait constaté ce que Faste et Bolinder savaient déjà. Personne n'ouvrait la porte quand on sonnait.

Hans Faste regarda la rue qui, à l'agacement des passagers du bus n° 66, était barrée de Zinkensdamm jusqu'à l'église de Högalid. Un bus se trouvait coincé dans la montée de la zone barrée et ne pouvait ni avancer ni reculer. Pour finir, Faste s'approcha et ordonna à un agent en uniforme de s'écarter et de laisser passer le bus. Du passage surplombant Lundagatan, un tas de badauds contemplaient la scène chaotique.

— Il doit y avoir un moyen plus simple, dit Faste.

— Plus simple que quoi ? demanda Bolinder.

— Plus simple que de sonner les commandos chaque fois qu'on veut arrêter un voyou de nos jours.

Curt Bolinder s'abstint de commenter.

— Après tout, il s'agit d'une nana d'un mètre cinquante qui doit peser quarante kilos, dit Faste.

On avait décidé qu'il ne serait pas nécessaire de défoncer la porte. Bublanski arriva pendant qu'ils attendaient qu'un serrurier perce la serrure puis s'écarte pour laisser les troupes entrer dans l'appartement. Il leur fallut environ huit secondes pour entreprendre une inspection des quarante-neuf mètres carrés et constater que Lisbeth Salander ne se cachait pas sous le lit, ni dans la salle de bains ou dans un placard. Ensuite, on fit signe à Bublanski d'entrer.

Les trois policiers examinèrent d'un regard curieux l'appartement d'une propreté impeccable et arrangé avec beaucoup de goût. Les meubles étaient simples. Les chaises de la cuisine avaient été peintes de différentes couleurs pastel. Aux murs étaient accrochées des photos d'art en noir et blanc encadrées. Dans l'élargissement du vestibule il y avait une étagère avec un lecteur de CD et une grande collection de disques. Bublanski nota que le choix était vaste, du hard rock jusqu'à l'opéra. Tout avait l'air très branché. Décoratif. Plein de goût.

Curt Bolinder examina la cuisine et ne trouva rien de bien remarquable. Il feuilleta une pile de journaux et contrôla le plan de travail, les placards et le compartiment congélateur du frigo.

Faste ouvrit des placards et des tiroirs de commode dans la chambre à coucher. Il poussa un sifflement en découvrant des menottes et pas mal de jouets sexuels. Dans un placard, il trouva toute une panoplie de vêtements en latex du genre qui aurait embarrassé sa maman si elle avait dû ne fût-ce que jeter un coup d'œil dessus.

— Elles ont pas l'air de s'emmerder, les meufs ! dit-il en brandissant une robe en vinyle qui, selon l'étiquette, était dessinée par Domino Fashion – allez savoir ce que c'était.

Bublanski regarda sur la commode dans le vestibule où il découvrit un petit tas de lettres encore cachetées adressées à Lisbeth Salander. Il feuilleta la liasse et constata qu'il s'agissait de factures et de relevés de compte ainsi que d'une seule lettre personnelle. Elle était de Mikael Blomkvist. Jusque-là, l'histoire de Blomkvist concordait donc. Ensuite il se pencha pour ramasser le courrier par terre derrière la porte, piétiné par la force d'intervention. Il y avait là le magazine *Thai Pro Boxing*, le journal gratuit *Södermalmsnytt* et trois enveloppes. Toutes étaient adressées à Miriam Wu.

Bublanski fut frappé d'un soupçon désagréable. Il entra dans la salle de bains et ouvrit l'armoire au-dessus du lavabo. Il trouva une boîte d'antalgiques et un flacon à moitié vide de Citadon. Il fallait une ordonnance pour le Citadon. L'étiquette sur le flacon mentionnait Miriam Wu. Il y avait une seule brosse à dents dans l'armoire.

— Faste, pourquoi c'est écrit Salander-Wu sur la porte ? demanda-t-il.

— Aucune idée, répondit Faste.

— D'accord, si je formule autrement : pourquoi est-ce qu'il y a du courrier dans le vestibule adressé à une certaine Miriam Wu, et un flacon de Citadon dans l'armoire de la salle de bains destiné à Miriam Wu ? Pourquoi est-ce qu'il n'y a qu'une brosse à dents ? Et pourquoi – si Lisbeth Salander est bien de la taille d'une gamine d'après les informations qu'on a –, pourquoi est-ce que ce pantalon de cuir que tu tiens a l'air d'aller à une personne qui mesure au moins un mètre soixante-quinze ?

Il y eut un silence embarrassé dans l'appartement. Curt Bolinder le rompit.

— Et merde ! dit-il simplement.

15

JEUDI SAINT 24 MARS

CHRISTER MALM SE SENTAIT FATIGUÉ et misérable lorsque enfin il rentra chez lui après cette journée de travail imprévu. L'odeur d'un plat exotique lui parvenait de la cuisine et il y alla faire la bise à son petit ami.

— Comment tu vas ? demanda Arnold Magnusson.

— Comme un sac de merde, dit Christer.

— Ils en ont parlé toute la journée aux infos. Ils n'ont pas donné les noms. Mais c'est une putain d'histoire.

— C'est une putain d'histoire, exactement. Dag travaillait pour nous. C'était un ami et je l'aimais énormément. Je ne connaissais pas sa copine Mia, mais Micke la connaissait et Erika aussi.

Christer regarda la cuisine. Ils venaient d'acheter cet appartement dans Allhelgonagatan et y avaient emménagé seulement trois mois plus tôt. Tout à coup il se transformait en un monde totalement inconnu.

Le téléphone sonna. Christer et Arnold se regardèrent et décidèrent d'ignorer l'appel. Puis le répondeur se mit en marche et ils entendirent une voix familière.

— Christer. Est-ce que tu es là ? Tu me réponds ?

Erika Berger appelait pour l'informer que désormais la police suspectait l'ancienne enquêteuse de Mikael Blomkvist des meurtres de Dag et Mia.

Christer reçut la nouvelle avec un sentiment d'irréalité.

HENRY CORTEZ AVAIT TOTALEMENT LOUPÉ l'assaut de Lundagatan pour la simple raison qu'il s'était tout le temps trouvé devant le centre de communication de la police et concrètement encore en attente d'informations. Rien de nouveau n'était apparu depuis la brève conférence de presse plus tôt dans l'après-midi. Il était fatigué, il avait faim et il était irrité d'être sans arrêt éconduit par les gens qu'il essayait de contacter. Vers 18 heures seulement, une fois le raid sur l'appartement de Lisbeth Salander terminé, il put intercepter une rumeur disant que la police avait un suspect. Fait agaçant, cette information venait d'un collègue de la presse du soir en relation plus étroite avec sa rédaction. Peu après, Henry réussit enfin à dégoter le numéro du portable personnel du procureur Richard Ekström. Il se présenta et posa les questions appropriées : qui, comment et pourquoi.

— De quel journal vous êtes, dites-vous ? rétorqua Richard Ekström.

— Le magazine *Millénium*. Je connaissais l'une des victimes. Selon une source, la police recherche une personne précise. Qu'est-ce qu'il se passe ?

— Je ne peux rien vous dire pour le moment.

— Quand pourrez-vous me dire quelque chose ?

— Nous allons peut-être tenir une autre conférence de presse plus tard ce soir.

Le procureur Richard Ekström semblait évasif. Henry Cortez tripota l'anneau en or qu'il avait à l'oreille.

— Les conférences de presse s'adressent aux journalistes d'information générale qui passent à l'impression immédiatement. Je travaille pour un journal mensuel et nous avons un intérêt tout personnel à savoir ce qui se passe.

— Je ne peux pas vous aider. Il va vous falloir patienter comme tout le monde.

— D'après mes sources, c'est une femme qui est recherchée. De qui s'agit-il ?

— Je ne peux rien dire.

— Est-ce que vous pouvez démentir que c'est une femme qui est recherchée ?

— Non, je vous ai dit, je ne peux rien dire...

L'INSPECTEUR JERKER HOLMBERG se tenait à la porte de la chambre et contemplait pensivement l'énorme flaque de sang à l'endroit où on avait trouvé Mia Bergman. En tournant la tête, sans changer de place, il pouvait voir une flaque semblable là où s'était trouvé Dag Svensson. Il réfléchissait à la quantité de sang considérable. Il y en avait beaucoup plus que dans d'autres cas de blessures par balle qu'il avait vus, ce qui indiquait qu'on avait utilisé des munitions causant d'effroyables dégâts, ce qui à son tour donnait raison au commissaire Mårtensson qui présumait que le tueur avait utilisé des munitions de chasse. Le sang avait coagulé en une masse noir et rouille qui couvrait si largement le sol que les ambulanciers et le personnel du service technique avaient été obligés de marcher dedans et avaient ainsi laissé des traces dans tout l'appartement. Holmberg avait recouvert ses tennis de housses en plastique bleu.

Pour lui, c'était maintenant que la véritable investigation du lieu du crime commençait. Les corps des deux victimes avaient été enlevés. Jerker Holmberg était seul sur les lieux, après le départ des deux techniciens. Ils avaient photographié les victimes, mesuré des éclaboussures de sang sur les murs et débattu des zones éclaboussées et de la vitesse des gouttes. Holmberg connaissait ce genre de cogitations mais il n'avait accordé qu'un intérêt distrait à l'investigation technique. Le travail des techniciens allait aboutir à un rapport volumineux qui révélerait par le détail où le meurtrier s'était tenu par rapport à ses victimes et à quelle distance, dans quel ordre les coups étaient partis et quelles empreintes digitales pouvaient avoir de l'importance. Pour Jerker Holmberg, cela ne présentait cependant aucun intérêt. L'investigation technique ne contiendrait pas un mot quant à l'identité du meurtrier ni sur le mobile qu'il ou elle – puisqu'une femme était le suspect principal – avait eu pour commettre ces crimes. C'étaient ces questions-là qu'il avait pour mission d'élucider.

Jerker Holmberg commença par la chambre. Il posa un porte-documents râpé sur une chaise et en tira un dictaphone, un appareil photo numérique et un bloc-notes.

Il commença par ouvrir les tiroirs d'une commode placée derrière la porte. Les deux tiroirs du haut contenaient des sous-vêtements, des pulls et un coffret à bijoux qui avait manifestement appartenu à Mia Bergman. Il tria les objets sur le lit et examina minutieusement le coffret, mais put constater qu'il ne contenait rien d'une grande valeur. Dans le tiroir du bas il trouva deux albums de photos et deux classeurs avec des budgets ménagers. Il alluma le dictaphone.

"Compte rendu de saisie du 8b, Björneborgsvägen. Chambre à coucher, tiroir inférieur de la commode. Deux albums de photos reliés de format A4. Un classeur, dos noir, marqué «Ménage» et un classeur, dos bleu, marqué «Certificats de propriété» avec des documents concernant les emprunts et les amortissements d'un appartement. Un petit carton avec des lettres manuscrites, des cartes postales et des objets personnels."

Il porta les objets dans le vestibule et les mit dans un sac de voyage. Il poursuivit avec les tiroirs des tables de chevet de part et d'autre du lit double mais ne trouva rien d'intéressant. Il ouvrit les penderies et tria les vêtements, il tâta chaque poche et farfouilla dans les chaussures à la recherche d'un objet oublié ou caché, puis il tourna son attention vers les étagères tout en haut des penderies. Il ouvrit des cartons et de petites boîtes de rangement. Çà et là il trouva des papiers ou des objets que pour différentes raisons il inclut dans le compte rendu de saisie.

Dans un coin de la chambre, on avait réussi à caser un bureau. C'était un tout petit poste de travail avec un ordinateur Compaq et un vieux moniteur. Sous le bureau se trouvait un meuble de rangement sur roulettes et à côté du bureau une étagère basse. Jerker Holmberg savait que c'était au poste de travail qu'il ferait vraisemblablement les trouvailles les plus importantes – dans la mesure où trouvailles il y aurait – et il se le réservait pour la fin. Il retourna donc dans le séjour et continua l'examen du lieu du crime. Il ouvrit la vitrine et vérifia minutieusement chaque bol, chaque boîte et chaque étagère. Ensuite son regard convergea vers la grande bibliothèque qui formait un angle avec le mur extérieur et le mur de la salle de bains. Il prit une chaise et commença par vérifier si quelque chose avait été dissimulé en haut du meuble. Ensuite il inspecta les étagères une par une, en sortant des livres et en les feuilletant rapidement, et en vérifiant qu'il n'y avait pas quelque chose de caché derrière. Une bonne demi-heure plus tard, il remit le dernier voulume dans la bibliothèque. Sur la table à manger se trouvait maintenant une petite pile de livres qui pour une raison ou une autre l'avaient fait réagir. Il enclencha le dictaphone et parla.

"De la bibliothèque du séjour. Un livre de Mikael Blomkvist, Le Banquier de la mafia. *Un livre en allemand intitulé* Der Staat und die Autonomen, *un livre en suédois intitulé* Terrorisme révolutionnaire *ainsi que le livre anglais* Islamic Jihad*."*

Il ajouta machinalement le livre de Mikael Blomkvist, compte tenu que l'auteur avait été mentionné dans l'enquête préliminaire. Les trois autres semblaient plus obscurs. Jerker Holmberg ignorait totalement si les meurtres avaient une quelconque relation avec une activité politique – il n'avait en sa possession aucun élément indiquant que Dag Svensson et Mia Bergman avaient été politiquement engagés – et ces livres pouvaient simplement exprimer un intérêt général pour la politique ou même s'être trouvés sur les rayons parce que nécessaires à un travail journalistique. En revanche il se dit que s'il y avait deux cadavres dans un appartement avec des bouquins sur le terrorisme politique, il y avait tout lieu de noter le fait. Les livres furent donc fourrés dans le sac de voyage d'objets saisis.

Ensuite, il consacra quelques minutes à examiner les tiroirs d'une petite commode ancienne assez abîmée. Sur le dessus il y avait un lecteur de CD et les tiroirs contenaient une grande collection de disques. Jerker Holmberg passa trente minutes à ouvrir chaque pochette de CD pour établir que le disque correspondait à la pochette. Il en trouva une dizaine qui n'étaient pas imprimés, donc gravés maison ou peut-être piratés ; il plaça chacun de ces CD dans le lecteur et constata qu'ils ne contenaient rien d'autre que de la musique. Il s'arrêta un long moment devant le meuble télé à côté de la porte de la chambre, bourré d'une collection de vidéocassettes. Il en testa plusieurs et nota qu'il y avait de tout, depuis des films d'action copiés jusqu'à un méli-mélo d'émissions d'actualité et de reportages, *Les faits parlent*, *Insider* et *Contre-enquête*. Il plaça trente-six cassettes dans le compte rendu de saisie.

Ensuite il se rendit dans la cuisine, ouvrit un thermos de café et fit une courte pause avant de poursuivre l'examen.

D'une étagère dans un placard de cuisine, il prit un certain nombre de flacons et de petites boîtes qui manifestement constituaient la réserve de médicaments de l'appartement. Ils furent tous placés dans un sac en plastique puis allèrent rejoindre les autres objets saisis. Il sortit des denrées alimentaires du garde-manger et du réfrigérateur, et il ouvrit chaque pot, chaque boîte à café et chaque bouteille rebouchonnée. Dans un pot de fleurs sur le rebord de la fenêtre il trouva 1 220 couronnes et des tickets de caisse. Il supposa que c'était une sorte de caisse pour les achats courants. Il ne trouva rien d'un intérêt capital. Dans la salle de bains, il ne fit aucune saisie. En revanche, le panier à linge sale débordait et il vérifia tous les habits. Du placard du vestibule il sortit les manteaux et les vestes, et en examina les poches.

Il trouva le portefeuille de Dag Svensson dans la poche intérieure d'une veste et il l'ajouta au compte rendu de saisie. Il y avait une carte d'accès à l'année à un club de gym, une carte de crédit de Handelsbanken et pas tout à fait 400 couronnes en liquide. Il trouva le sac à main de Mia Bergman et passa quelques minutes à en parcourir le contenu. Elle aussi avait une carte d'accès au même club de gym, une carte bancaire de retrait, une carte de membre des magasins Konsum et d'un club baptisé Horisont avec un globe terrestre comme logo. Elle avait en outre un peu plus de 2 500 couronnes en liquide, ce qu'il fallait considérer comme une somme relativement importante mais pas aberrante vu qu'ils avaient projeté un long week-end hors de chez eux. Le fait que l'argent soit encore dans son portefeuille réduisait cependant la vraisemblance d'un meurtre crapuleux.

"Du sac à main de Mia Bergman sur l'étagère du vestibule. Un agenda de poche du type ProPlan, un carnet d'adresses indépendant et un carnet de notes noir relié."

Holmberg fit une autre pause café et se dit que pour l'instant, fait assez rare, il n'avait trouvé rien de pénible ni du domaine intime et personnel dans l'appartement du couple Svensson-Bergman. Pas d'accessoires sexuels dissimulés, pas de sous-vêtements furieusement sexy ni de tiroirs avec des films pornos. Il n'avait pas trouvé de cachette à herbe ni aucun signe d'activité criminelle. Tout indiquait qu'il s'agissait d'un couple ordinaire de banlieue, à la rigueur (d'un point de vue policier) un peu plus ennuyeux que la normale.

Pour finir, il retourna dans la chambre et s'installa devant la table de travail. Il ouvrit le tiroir d'en haut. Pendant l'heure qui suivit, il tria des papiers. Il vit rapidement que le bureau et l'étagère contenaient un tas considérable de documents et ouvrages de référence pour la thèse de doctorat de Mia Bergman *Bons baisers de Russie*. La documentation était soigneusement répertoriée comme pour une bonne enquête de police et, pendant un moment, il se plongea dans certains passages du texte. *Cette Mia Bergman aurait été parfaite à la brigade*, constata-t-il intérieurement. Une partie de l'étagère était à moitié vide et contenait apparemment de la doc appartenant à Dag Svensson. Avant tout des coupures de presse de ses propres articles et sur des sujets qui l'intéressaient.

Il passa un moment à parcourir l'ordinateur. Celui-ci contenait presque 5 Go de données, dossiers, lettres, articles et fichiers PDF téléchargés du Net. Autrement dit, il n'allait pas s'atteler à la lecture de tout cela dans la soirée. Il ajouta à la saisie l'ordinateur et des CD épars, ainsi qu'un lecteur avec une trentaine de disques ZIP.

Ensuite il resta plongé un court moment dans une rumination désemparée. Pour autant qu'il pouvait en juger, l'ordinateur contenait le matériel de Mia Bergman. Dag Svensson était journaliste et aurait dû avoir un ordinateur comme outil de travail principal mais, dans ce poste fixe, il n'y avait même pas de mails à son nom. Par conséquent, Dag Svensson avait son propre ordinateur quelque part. Jerker Holmberg se leva et circula dans l'appartement tout en réfléchissant. Dans le vestibule il y avait un sac à dos noir dont l'emplacement pour ordinateur était vide mais qui contenait quelques blocs-notes appartenant à Dag Svensson. Il ne trouva aucun ordinateur portable nulle part dans l'appartement. Il sortit les clés et descendit dans la cour examiner la voiture de Mia Bergman et la cave. Là non plus il ne trouva pas de portable.

Ce qui était étrange avec le chien, c'est qu'il n'aboyait pas, mon cher Watson.

Il nota dans le compte rendu de saisie que, pour l'instant, un ordinateur semblait manquer.

BUBLANSKI ET FASTE rencontrèrent le procureur Ekström dans son bureau vers 18 h 30, immédiatement après leur retour de Lundagatan. Joint au téléphone, Curt Bolinder avait été envoyé à l'université de Stockholm pour interroger le directeur de thèse de Mia Bergman. Jerker Holmberg était toujours à Enskede et Sonja Modig était chargée de l'examen du lieu du crime à Odenplan. Un peu plus de dix heures s'étaient écoulées depuis que Bublanski avait été désigné chef des investigations, et sept heures depuis le début de la chasse à Lisbeth Salander. Bublanski résuma ce qui s'était déroulé dans Lundagatan.

— Et qui est Miriam Wu ? demanda Ekström.

— Nous n'avons pas grand-chose sur elle pour l'instant. Elle n'a pas de casier. Hans Faste sera chargé de la trouver dès demain matin.

— Salander ne se trouve donc pas à Lundagatan ?

— Rien n'indique qu'elle y habiterait. Ne serait-ce que parce que l'ensemble des vêtements dans le placard ne sont pas à sa taille.

— Et faut voir le genre de fringues ! dit Hans Faste.

— Qu'ont-elles de si particulier ? demanda Ekström.

— C'est pas le genre de vêtements qu'on offre pour la fête des Mères.

— Nous ne savons rien de Miriam Wu à l'heure actuelle, dit Bublanski.

— Merde alors, qu'est-ce qu'il nous faut de plus ? Elle a un placard rempli d'uniformes de pute.

— Uniformes de pute ? s'étonna Ekström.

— C'est-à-dire cuir, vinyle, porte-jarretelles et autres bazars de fétichiste et des jouets sexuels dans un tiroir. Et ça n'a pas l'air de trucs bon marché.

— Tu veux dire que Miriam Wu est une prostituée ?

— Nous ne savons rien sur Miriam Wu à l'heure actuelle, répéta Bublanski pour être plus clair.

— L'enquête des services sociaux il y a quelques années laissait entendre que Lisbeth Salander fricotait dans ce milieu, dit Ekström.

— Les services sociaux savent en général de quoi ils parlent, dit Faste.

— Le rapport des services sociaux n'est fondé ni sur des interpellations ni sur des enquêtes, dit Bublanski. Salander s'est fait contrôler dans le parc de Tantolunden quand elle avait seize-dix-sept ans, elle était alors en compagnie d'un homme beaucoup plus âgé qu'elle. La même année elle a été cueillie pour ivresse. Là aussi en compagnie d'un homme considérablement plus âgé.

— Tu veux dire qu'on ne doit pas tirer de conclusions hâtives, dit Ekström. D'accord. Mais je suis frappé par le fait que la thèse de Mia Bergman avait pour sujet le trafic de femmes et la prostitution. Il y a donc une possibilité qu'elle soit entrée en contact avec Salander et cette Miriam Wu dans le cadre de son travail, qu'elle les ait provoquées d'une façon ou d'une autre et que ça puisse en quelque sorte être un mobile de meurtre.

— Bergman a peut-être contacté son tuteur et déclenché une sorte d'avalanche, dit Faste.

— Possible, dit Bublanski. Mais c'est à l'enquête de l'établir. L'important pour l'instant, c'est de trouver Lisbeth Salander. Elle n'habite apparemment pas à l'adresse dans Lundagatan. Cela signifie que nous devons aussi trouver Miriam Wu et lui demander comment elle s'est retrouvée dans cet appartement et quelle est sa relation avec Salander.

— Et comment est-ce qu'on trouve Salander ?

— Elle est là, dehors, quelque part. Le problème, c'est que la seule adresse qu'elle ait jamais eue, c'est celle de Lundagatan. Elle n'a pas signalé de changement d'adresse.

— Tu oublies qu'elle a aussi été internée à Sankt Stefan et qu'elle a été placée dans plusieurs familles d'accueil.

— Je n'oublie pas. Bublanski vérifia dans ses papiers. Elle a eu trois familles d'accueil différentes quand elle avait quinze ans. Ça ne marchait pas très bien. Depuis juste avant ses seize ans jusqu'à dix-huit ans elle habitait avec un couple de Hägersten, Fredrik et Monika Gullberg. Curt Bolinder va leur rendre visite ce soir quand il en aura terminé avec le directeur de thèse à l'université.

— Qu'est-ce qu'on fait pour la conférence de presse ? voulut savoir Faste.

A 19 HEURES, L'AMBIANCE dans le bureau d'Erika Berger était pesante. Mikael Blomkvist était resté silencieux et pratiquement sans bouger depuis que l'inspecteur Bublanski les avait quittés. Malou Eriksson s'était rendue à vélo à Lundagatan pour couvrir l'intervention de la force de police. Elle était revenue pour rapporter que personne ne semblait avoir été arrêté et que la rue était de nouveau ouverte à la circulation. Henry Cortez avait appelé pour les informer qu'il avait appris que la police était maintenant à la recherche d'une femme pas encore nommée. Erika l'avait renseigné sur l'identité de la femme.

Erika et Malou avaient essayé de discuter de la conduite à tenir, sans arriver à quoi que ce soit de sensé. La situation se compliquait du fait que Mikael et Erika connaissaient le rôle de Lisbeth Salander dans l'affaire Wennerström – en sa qualité de hacker d'élite, elle avait été la source secrète de Mikael. Malou Eriksson ignorait tout cela et n'avait même jamais entendu le nom de Lisbeth Salander auparavant. D'où les mystérieux silences de la conversation.

— Je rentre chez moi, dit Mikael Blomkvist en se levant tout à coup. Je suis tellement fatigué que je ne peux plus réfléchir. Il faut que je dorme.

Il regarda Malou.

— On a du pain sur la planche. Demain c'est Vendredi saint et j'ai l'intention d'en profiter pour dormir et trier des papiers. Malou, tu pourras bosser ce week-end ?

— Est-ce que j'ai le choix ?

— Non. On commence samedi à midi. Ça te dit de venir chez moi plutôt que de rester ici à la rédaction ?

— Entendu.

— J'ai l'intention de reformuler les directives que nous nous sommes fixées ce matin. Il n'est plus seulement question d'essayer de trouver si les révélations de Dag Svensson avaient un rapport avec le meurtre. Maintenant il s'agit de trouver qui a tué Dag et Mia.

Malou se demanda comment ils allaient pouvoir faire une chose pareille, mais elle ne s'exprima pas. Mikael agita la main en signe d'au revoir à Malou et Erika, et disparut sans autre commentaire.

A 19 H 15, LE RESPONSABLE des investigations Bublanski suivit à contrecœur le chef de l'enquête préliminaire Ekström sur le podium dans le centre de communication de la police. La conférence de presse avait été annoncée pour 19 heures mais ils avaient un quart d'heure de retard. Contrairement à Ekström, ça n'intéressait pas le moins du monde Bublanski de se trouver sous les feux de la rampe devant une douzaine de caméras de télévision. Etre la star de ce genre d'attention le paniquait plus qu'autre chose, jamais il ne s'habituerait à se voir à la télé et jamais il n'y trouverait du plaisir.

Ekström en revanche était comme un poisson dans l'eau, il ajusta ses lunettes en arborant une mine sérieuse et seyante. Il laissa les photographes de presse envoyer leurs salves pendant un moment avant de lever les mains et de demander le silence dans la salle. Il parla comme s'il lisait un manuscrit.

— Permettez-moi de vous souhaiter la bienvenue à cette conférence de presse quelque peu précipitée, relative aux meurtres qui ont eu lieu à Enskede tard hier soir et qui prend en compte de nouvelles informations que nous voudrions vous communiquer. Je m'appelle Richard Ekström, je suis procureur, et voici l'inspecteur Jan Bublanski de la brigade criminelle départementale, qui dirige les investigations. J'ai une annonce à vous lire et vous aurez ensuite la possibilité de poser des questions.

Ekström se tut et contempla cette escouade du corps journalistique mobilisée dans un délai d'une demi-heure seulement. Les meurtres d'Enskede étaient de l'actualité brûlante, et en passe de le devenir encore plus. Il constata avec satisfaction qu'*Aktuellt*, *Rapport* et TV4 étaient présents, et il reconnut des reporters de TT et de divers quotidiens, du matin comme du soir. Il y avait en outre un grand nombre de reporters qu'il ne reconnaissait pas. En tout, au moins vingt-cinq journalistes se pressaient dans la salle.

— Comme vous le savez, deux personnes ont été retrouvées brutalement assassinées à Enskede peu avant minuit hier soir. Lors de l'examen du lieu du crime, une arme a été trouvée, un Colt 45 Magnum. Le Laboratoire criminologique de l'Etat a établi au cours de la journée qu'il s'agissait de l'arme du crime. Nous connaissons le propriétaire de l'arme et au cours de la journée nous l'avons recherché.

Ekström fit une pause oratoire.

— Le propriétaire de l'arme a été retrouvé mort vers 17 heures aujourd'hui à son domicile près d'Odenplan. Il a été tué par balle et il était probablement mort à l'heure du double meurtre à Enskede. La police – Ekström tourna la main en direction de Bublanski – a de bonnes raisons de croire qu'il s'agit d'un seul et même coupable, individu par conséquent recherché pour trois meurtres.

Un murmure se répandit parmi les reporters présents lorsque plusieurs se mirent à parler simultanément à voix basse dans leur téléphone portable. Ekström haussa un peu la voix.

— Avez-vous un suspect ? cria un reporter de la radio.

— Merci de ne pas m'interrompre, j'en arrive aux faits. La situation ce soir est qu'une personne a été identifiée et que la police voudrait l'interroger au sujet de ces trois meurtres.

— Qui est-ce ?

— C'est une femme. La police recherche une femme de vingt-six ans qui a un lien avec le propriétaire de l'arme et que nous savons s'être trouvée sur le lieu du crime à Enskede.

Bublanski plissa les sourcils et eut l'air sévère. Ils en arrivaient maintenant au point de l'ordre du jour où Ekström et lui n'avaient pas été d'accord, à savoir si la direction des investigations allait nommer la personne qu'ils avaient de bonnes raisons de soupçonner pour les trois meurtres. Bublanski aurait préféré différer. Ekström, lui, était d'avis qu'on ne pouvait pas attendre.

Les arguments d'Ekström étaient irréfutables. La police recherchait une femme connue, psychiquement malade et soupçonnée sur de bonnes bases de trois meurtres. Au cours de la journée, l'alerte avait été donnée au niveau départemental, puis national. Ekström affirmait que Lisbeth Salander était à considérer comme dangereuse et qu'il était par conséquent de l'intérêt de tous qu'elle soit arrêtée au plus vite.

Les arguments de Bublanski avaient été plus vagues. A son avis, il fallait raisonnablement attendre l'examen technique de l'appartement de maître Bjurman avant que la direction des investigations adhère de façon aussi univoque à une seule hypothèse.

A cela, Ekström avait répliqué que, selon tous les éléments accessibles, Lisbeth Salander était une femme psychiquement malade avec un penchant pour la violence et que quelque chose avait manifestement déclenché une folie meurtrière. Rien ne garantissait que les actes de violence allaient cesser.

— Qu'est-ce qu'on fera, si au cours des prochaines vingt-quatre heures elle entre dans un autre appartement et assassine encore des gens ? avait lancé Ekström.

Bublanski n'avait pas eu d'argument à opposer et Ekström avait constaté que ce n'était pas les précédents qui manquaient. Quand le triple meurtrier Juha Valjakkala d'Åmsele avait été pourchassé dans tout le royaume, la police avait publié un avis de recherche avec son nom et sa photographie justement parce qu'il était considéré comme un danger public. On pouvait avancer le même argument au sujet de Lisbeth Salander, par conséquent Ekström avait décidé qu'elle serait nommée.

Ekström leva une main pour interrompre le brouhaha parmi les reporters. La révélation qu'une femme était recherchée pour un triple meurtre allait faire des titres énormes. Il indiqua que Bublanski allait parler. Bublanski se racla la gorge deux fois, ajusta ses lunettes et regarda fixement les papiers avec les formulations sur lesquelles ils s'étaient mis d'accord.

— La police recherche une femme âgée de vingt-six ans du nom de Lisbeth Salander. Une photo des archives des passeports sera distribuée. Nous ignorons à l'heure actuelle l'endroit où elle se trouve mais nous pensons qu'elle est toujours dans la région de Stockholm. La police sollicite l'aide du public pour trouver au plus vite cette femme. Lisbeth Salander mesure un mètre cinquante et elle est d'une constitution frêle.

Il respira à fond, nerveusement. Il transpirait et sentit qu'il était mouillé sous les bras.

— Lisbeth Salander a été soignée dans une clinique psychiatrique et on considère qu'elle peut constituer un danger pour elle-même et pour autrui. Nous voudrions souligner qu'à l'heure actuelle nous ne pouvons pas établir de façon catégorique que c'est elle la meurtrière, mais les circonstances sont telles que nous voulons l'entendre au plus vite au sujet des meurtres d'Enskede et d'Odenplan.

— C'est n'importe quoi ! cria un reporter d'un journal du soir. Soit elle est suspectée des meurtres, soit elle ne l'est pas.

Bublanski jeta un regard désemparé au procureur Ekström.

— La police mène des investigations larges et nous envisageons évidemment différents scénarios. Mais en ce moment, les soupçons se portent sur cette femme et la police considère comme urgente son arrestation. Les soupçons à son égard se fondent sur des preuves techniques que nous avons trouvées sur les lieux des crimes.

— Quelle sorte de preuves ?

La question fusa instantanément de l'assemblée.

— A l'heure actuelle, nous ne pouvons pas aborder les preuves techniques.

Plusieurs journalistes parlaient à la fois. Ekström leva une main, puis indiqua un reporter de *Dagens Eko* à qui il avait déjà eu affaire et qu'il considérait comme quelqu'un d'équilibré.

— L'inspecteur Bublanski vient de dire qu'elle a été soignée en clinique psychiatrique. Pour quelle raison ?

— Cette femme a eu une… enfance difficile et pas mal de problèmes au fil des ans. Elle est mise sous tutelle et le propriétaire de l'arme est son tuteur.

— Qui est-ce ?

— Il s'agit de la personne qui a été tuée à son domicile près d'Odenplan. A l'heure actuelle nous ne voulons pas la nommer par égard pour sa famille qui n'est pas encore informée.

— Quel serait le mobile de ces meurtres ?

Bublanski prit le microphone.

— A l'heure actuelle, nous ne voulons pas aborder le registre du mobile.

— Figure-t-elle déjà dans les archives de la police ?
— Oui.
Puis vint une question d'un reporter avec une voix lourde et caractéristique qui s'entendait par-dessus les autres.
— Doit-on la considérer comme dangereuse ?
Ekström hésita une seconde. Ensuite il hocha la tête.
— Ce que nous savons sur son passé porte à croire que dans des situations où elle se sent aux abois, elle peut avoir recours à la violence. Nous rendons public cet avis de recherche justement parce que nous tenons à entrer très vite en contact avec elle.
Bublanski se mordit la lèvre.

L'INSPECTRICE SONJA MODIG se trouvait toujours dans l'appartement de maître Bjurman à 21 heures. Elle avait appelé chez elle pour expliquer la situation à son mari. Après onze ans de mariage, son mari avait fini par accepter que le boulot de son épouse ne serait jamais une routine de 9 à 5. Elle était installée derrière le bureau de Bjurman dans son cabinet de travail, en train de trier des papiers qu'elle avait trouvés dans les tiroirs, lorsqu'on frappa au montant de la porte. Elle vit Bublanski faire de l'équilibre avec deux gobelets de café et un sac en papier bleu de la viennoiserie du coin. D'un geste las, elle lui fit signe d'entrer.
— Qu'est-ce que je peux toucher ? demanda Bublanski automatiquement.
— Les techniciens ont terminé ici. Ils travaillent encore sur la chambre à coucher et la cuisine. Le corps est toujours là.
Bublanski avança une chaise et s'assit en face de sa collègue. Modig ouvrit le sachet et prit un petit pain à la cannelle.
— Merci. J'avais une envie folle d'un café.
Ils savourèrent leur collation en silence.
— Si j'ai bien compris, ça ne s'est pas très bien passé à Lundagatan, dit Modig en avalant les derniers restes du petit pain et en se léchant les doigts.
— Il n'y avait personne. Il y a bien du courrier pour Salander qui n'a pas été ouvert, mais c'est une certaine Miriam Wu qui y habite. On ne l'a pas encore trouvée.

— Qui c'est ?

— Je ne sais pas trop. Faste travaille sur son passé. Elle a été ajoutée au contrat d'habitation il y a un peu plus d'un mois, mais on dirait qu'une seule personne habite l'appartement. Je crois que Salander a déménagé sans signaler son changement d'adresse.

— Elle a peut-être planifié tout ça.

— Quoi ? Un triple meurtre ? Bublanski secoua la tête d'un air résigné. Ça commence à devenir un vrai merdier. Ekström a insisté pour tenir une conférence de presse et on va avoir les médias sur le dos un bon bout de temps, ça promet. Tu as trouvé quelque chose ?

— A part Bjurman dans la chambre... Nous avons trouvé le carton vide d'un Magnum. Il est parti aux Empreintes. Bjurman a un classeur avec des copies de ses rapports mensuels sur Salander qu'il envoyait à la commission des Tutelles. Si on en croit ces rapports, Salander a tout d'un ange.

— Pas lui aussi ! s'écria Bublanski.

— Pas lui aussi quoi ?

— Encore un autre admirateur de Lisbeth Salander.

Bublanski résuma ce qu'il avait appris de Dragan Armanskij et de Mikael Blomkvist. Sonja Modig écouta sans l'interrompre. Quand il se tut, elle passa les doigts dans ses cheveux et se frotta les yeux.

— Ça paraît complètement insensé, dit-elle.

Bublanski hocha pensivement la tête et tira sur sa lèvre inférieure. Sonja Modig le regarda du coin de l'œil et réprima un sourire. Son visage aux traits grossiers avait l'air presque brutal. Mais quand il était troublé ou incertain, il prenait un air presque boudeur. C'était dans ces moments qu'elle trouvait que Bubulle lui allait bien. Elle n'avait jamais utilisé ce surnom et ne savait pas d'où il lui venait. Mais ça lui allait comme un gant.

— D'accord, dit-elle. Nous sommes sûrs à quel point ?

— Le procureur semble sûr. Un avis de recherche national de Salander a été lancé ce soir, dit Bublanski. Elle a passé l'année dernière à l'étranger et il est possible qu'elle tente de quitter le pays.

— Nous sommes sûrs à quel point ? répéta-t-elle.

Il haussa les épaules.

— On a arrêté des gens sur des bases bien plus minces que ça, répondit-il.

— Nous avons ses empreintes digitales sur l'arme du crime à Enskede. Nous avons son tuteur tué aussi. Sans vouloir aller plus vite que la musique, je parie que c'est la même arme qui a été utilisée. Nous le saurons demain – les techniciens ont trouvé un fragment de balle en relativement bon état dans le sommier.

— Bien.

— Il y a quelques cartouches du revolver dans le tiroir d'en bas du bureau. Balle à noyau plomb et pointe en carbure de tungstène.

— D'accord.

— Nous avons pas mal de doc signalant que Salander est folle. Bjurman était son tuteur, c'est le propriétaire de l'arme.

— Mmm…, fit Bubulle, boudeur.

— Nous avons un lien entre Salander et le couple à Enskede en la personne de Mikael Blomkvist.

— Mmm…, répéta-t-il.

— Tu sembles hésiter.

— Je n'arrive pas à me faire une image de Salander. Les dossiers sur elle disent une chose et Armanskij comme Blomkvist en disent une autre. Selon les documents elle est une psychopathe pratiquement demeurée. Et selon les deux gars, elle est une enquêteuse hors pair. Il y a un énorme écart entre les deux versions. Nous n'avons pas de mobile en ce qui concerne Bjurman ni la moindre confirmation qu'elle connaissait le couple à Enskede.

— Une fêlée psychotique, qu'est-ce qu'il lui faut comme mobile ?

— Je ne suis pas allé dans la chambre. C'est comment ?

— J'ai trouvé Bjurman à plat ventre sur le lit, les genoux par terre. Comme s'il s'était installé pour sa prière du soir. Il est nu. Une balle dans la tête.

— Une seule balle ? Comme à Enskede.

— Pour autant que j'ai pu voir, il n'y a qu'une balle. Mais on dirait que Salander, à supposer que c'est elle qui l'a fait, l'a forcé à se mettre à genoux devant le lit avant de tirer. La balle est entrée à l'arrière de la tête pour sortir par le côté du front.

— Balle dans la nuque. Style exécution, donc.

— Exactement.

— Je me disais… quelqu'un aurait dû entendre le coup de feu.

— Sa chambre donne sur la cour de derrière et les voisins du dessus et du dessous sont partis pour le week-end de Pâques. La fenêtre était fermée. De plus, elle a utilisé un oreiller pour assourdir.

— Ça, c'était futé.

Au même moment, Gunnar Samuelsson, du département technico-légal, pointa la tête par l'entrebâillement de la porte.

— Salut Bubulle, lança-t-il et il se tourna vers sa collègue. Modig, on a voulu déplacer le corps et on l'a retourné. Tu devrais venir voir un truc.

Ils le suivirent dans la chambre. Le corps de Nils Bjurman avait été placé sur une civière, sur le dos, premier arrêt du trajet vers l'institut médicolégal. Personne ne mettait en doute la cause du décès. Son front était orné d'une plaie massive, large de dix centimètres, avec une grosse partie de l'os frontal suspendue à un lambeau de peau. Les éclaboussures sur le lit et le mur parlaient d'elles-mêmes.

Bublanski fit une moue boudeuse.

— Qu'est-ce qu'il faut qu'on regarde ? demanda Modig.

Gunnar Samuelsson souleva le linge et découvrit le bas-ventre de Bjurman. Bublanski mit ses lunettes avant de se pencher comme Modig pour lire le texte tatoué sur le ventre de Bjurman. Les lettres étaient grossières et irrégulières – ce texte n'était manifestement pas l'œuvre d'un tatoueur professionnel. Mais le message apparaissait avec toute la netteté voulue : JE SUIS UN PORC SADIQUE, UN SALAUD ET UN VIOLEUR.

Modig et Bublanski se regardèrent, stupéfaits.

— Serait-ce le début d'un mobile que nous sommes en train de regarder ? finit par dire Modig.

MIKAEL BLOMKVIST ACHETA quatre cents grammes de pâtes précuites au 7-Eleven en rentrant chez lui et mit le carton à chauffer dans le micro-ondes pendant qu'il se déshabillait pour une douche de trois minutes. Il prit une fourchette et mangea debout directement à même le carton. Il avait faim, mais pas d'appétit, il voulait simplement ingurgiter la nourriture aussi vite que possible. Cela fait, il s'ouvrit une Vestfyn et but la bière directement à la bouteille.

Sans allumer aucune lampe dans l'appartement, il alla se mettre devant la fenêtre donnant sur la vieille ville et resta immobile un long moment tout en essayant de ne pas penser.

Vingt-quatre heures auparavant, exactement, il était encore en train de manger chez sa sœur quand Dag Svensson l'avait appelé sur le portable. Dag et Mia étaient toujours en vie alors.

Il n'avait pas dormi depuis trente-six heures et l'époque où il pouvait impunément sauter une nuit de sommeil était bien révolue. Il savait aussi qu'il n'allait pas pouvoir s'endormir sans penser à ce qu'il avait vu. Les images d'Enskede s'étaient gravées pour toujours sur sa rétine.

Il finit par éteindre son portable et se glisser sous la couette. A 11 heures il ne dormait toujours pas. Il se leva et brancha la cafetière. Il alluma le lecteur de CD et écouta Debbie Harry chanter *Maria*. Il s'entoura d'une couverture et s'assit dans le canapé du séjour pour boire son café et réfléchir à Lisbeth Salander.

Qu'est-ce qu'il savait réellement sur elle ? Pratiquement rien.

Il savait qu'elle avait une mémoire photographique et qu'elle était un hacker diabolique. Il savait que c'était une femme singulière et renfermée qui ne parlait pas d'elle-même, et qu'elle n'avait pas la moindre confiance dans les autorités.

Il savait qu'elle pouvait être d'une violence brutale. C'était la raison pour laquelle lui-même était encore en vie.

Mais il avait totalement ignoré qu'elle était sous tutelle et qu'elle avait passé une partie de son adolescence à l'HP.

Il fallait qu'il choisisse son camp.

A un moment donné après minuit, il décida qu'il n'avait tout simplement pas envie de croire les conclusions de la police qui accusait Lisbeth d'avoir tué Dag et Mia. Il lui devait quand même une chance de s'expliquer avant qu'il la condamne.

Il ne se rendit pas compte qu'il s'endormait, mais il se réveilla dans le canapé à 4 h 30. Il tituba jusqu'au lit et se rendormit immédiatement.

16

VENDREDI SAINT 25 MARS – SAMEDI DE PÂQUES 26 MARS

MALOU ERIKSSON SE PENCHA en arrière dans le canapé de Mikael Blomkvist. Sans réfléchir, elle mit les pieds sur la table basse – comme elle l'aurait fait chez elle – et les reposa immédiatement par terre. Mikael Blomkvist lui sourit gentiment.

— Pas de problème, dit-il. Détends-toi, fais comme chez toi.

Elle lui rendit son sourire et remit les pieds sur la table.

Le vendredi, Mikael avait transporté toutes les copies des papiers de Dag Svensson de la rédaction de *Millénium* à son appartement. Il avait trié le matériel par terre dans le séjour. Le samedi, lui et Malou avaient passé huit heures à passer en revue les e-mails, les notes, les griffonnages dans les blocs-notes et surtout les textes du livre à venir.

Le matin, Mikael avait eu la visite de sa sœur Annika Giannini. Elle avait apporté les journaux du soir aux titres belliqueux avec la photo d'identité de Lisbeth Salander s'étalant en grand format à la une. Un des deux journaux s'en tenait aux faits :

TRAQUÉE POUR
TRIPLE MEURTRE

L'autre journal avait musclé son titre :

LA POLICE RECHERCHE
UNE TUEUSE EN SÉRIE
PSYCHOPATHE

Ils avaient parlé pendant une heure, pendant laquelle Mikael avait expliqué sa relation avec Lisbeth Salander et pourquoi il mettait en doute sa culpabilité. Pour finir, il avait demandé à sa sœur si elle pouvait envisager de représenter Lisbeth Salander si elle était arrêtée.

— Il m'est arrivé de représenter des femmes dans des affaires de viol et de mauvais traitements, mais je ne suis pas en premier lieu un avocat d'affaires criminelles.

— Tu es l'avocate la plus futée que je connaisse et Lisbeth aura besoin de quelqu'un à qui elle puisse faire confiance. Je pense qu'elle t'acceptera.

Annika Giannini réfléchit un moment avant de dire avec une certaine hésitation qu'elle discuterait avec Lisbeth Salander le cas échéant.

A 13 heures le samedi, l'inspectrice Sonja Modig avait appelé et demandé à pouvoir passer immédiatement chercher le sac de Lisbeth Salander. La police avait apparemment ouvert et lu la lettre qu'il avait envoyée à Lundagatan.

Modig arriva vingt minutes plus tard et Mikael lui demanda de s'installer avec Malou Eriksson à la table à manger dans le séjour. Il alla chercher le sac de Lisbeth qu'il avait posé sur une étagère à côté du four à micro-ondes. Il hésita un bref instant avant d'ouvrir le sac et de sortir le marteau et la bombe lacrymogène. *Subtilisation de preuves matérielles.* La bombe lacrymogène était classée arme illégale et vaudrait une condamnation. Le marteau ferait invariablement naître certaines associations avec la nature violente de Lisbeth. Elle n'avait pas besoin de ça, estima Mikael.

Il offrit du café à Sonja Modig.

— Est-ce que je peux poser quelques questions ? demanda l'inspectrice de police.

— Je vous en prie.

— Dans votre lettre à Salander que nous avons trouvée dans son appartement à Lundagatan, vous écrivez que vous avez une dette à son égard. A quoi faites-vous allusion ?

— Au fait que Lisbeth Salander m'a rendu un très grand service.

— De quoi s'agit-il ?

— Un service de caractère purement privé dont je n'ai pas l'intention de parler.

Sonja Modig le regarda attentivement.

— Il s'agit d'une enquête pour meurtre, vous le savez ?

— Et j'espère que vous arrêterez le plus vite possible le salaud qui a tué Dag et Mia.

— Vous ne pensez pas que Salander soit coupable ?

— Non.

— Dans ce cas, qui selon vous serait l'assassin de vos amis ?

— Je ne sais pas. Mais Dag Svensson était sur le point de mettre en cause un grand nombre d'hommes qui avaient beaucoup à perdre. L'un d'eux peut être responsable.

— Et pourquoi un de ces hommes tuerait-il maître Nils Bjurman ?

— Je n'en sais rien. Pas encore.

Son regard avait la stabilité de la certitude. Sonja Modig sourit tout à coup. Elle savait qu'on le surnommait Super Blomkvist. Elle comprit soudain pourquoi.

— Mais vous avez l'intention de l'apprendre ?

— Si je peux. Vous pouvez dire cela à Bublanski.

— Je n'y manquerai pas. Et si Lisbeth Salander vous donne de ses nouvelles, j'espère que vous nous le ferez savoir.

— Je ne compte pas sur elle pour donner signe de vie et reconnaître qu'elle est coupable des meurtres, mais si elle entrait en contact, je ferais tout pour la convaincre d'abandonner la partie et de se rendre à la police. Dans ce cas, je ferai aussi tout ce que je peux pour l'aider – elle aura besoin d'un ami.

— Et si elle dit qu'elle n'est pas coupable ?

— Alors j'espère qu'elle sera en mesure de nous éclairer sur ce qui s'est passé.

— Monsieur Blomkvist, entre nous et sans en faire grand cas. J'espère que vous réalisez que Lisbeth Salander doit être arrêtée, et j'espère aussi que vous ne commettrez pas de bêtise si elle donne de ses nouvelles. Si vous vous trompez et qu'elle est coupable, il peut s'avérer extrêmement dangereux de ne pas prendre la situation au sérieux.

Mikael hocha la tête.

— J'espère que nous n'aurons pas à vous placer sous surveillance. Vous êtes conscient qu'il est contraire à la loi d'aider une personne recherchée. Dans le cas qui nous occupe, vous pourriez être condamné pour protection de criminel.

— Et de mon côté j'espère que vous consacrerez quelques minutes à réfléchir à des coupables alternatifs.

— Nous le ferons. Question suivante. Avez-vous la moindre idée du type d'ordinateur que Dag Svensson utilisait pour travailler ?

— Il avait un Mac d'occasion, un iBook 500, blanc avec un écran de 14 pouces. Comme le mien mais avec un écran plus grand.

Mikael montra sa bécane qui trônait sur la table à manger.

— Savez-vous où il gardait cet ordinateur-là ?

— En général, Dag le transportait dans un sac à dos noir. Je suppose qu'il se trouve encore chez lui.

— Il ne s'y trouve pas. Est-ce qu'il peut être sur son lieu de travail ?

— Non. J'ai vérifié le bureau de Dag et il n'y est pas.

Ils restèrent un moment sans rien dire.

— Dois-je en tirer la conclusion que l'ordinateur de Dag Svensson manque ? finit par demander Mikael.

MIKAEL ET MALOU AVAIENT IDENTIFIÉ un nombre considérable de personnes pouvant théoriquement avoir une raison de tuer Dag Svensson. Chaque nom avait été marqué sur quelques grandes feuilles de brouillon que Mikael avait scotchées sur le mur du séjour. La liste de noms était composée exclusivement d'hommes qui étaient soit des clients de prostituées, soit des maquereaux et qui figuraient dans le livre. A 20 heures, ils disposaient d'une liste de trente-sept noms dont vingt-neuf pouvaient être identifiés et huit figuraient seulement sous des pseudonymes dans la présentation de Dag Svensson. Vingt des hommes identifiés étaient des michetons qui à différentes occasions avaient utilisé l'une ou l'autre des filles.

Ils avaient aussi discuté de l'aspect purement pratique de la publication du livre de Dag Svensson. Le problème résidait dans le fait qu'un très grand nombre d'affirmations était basé sur les informations que Dag ou Mia détenaient personnellement et qu'eux seuls pouvaient écrire, mais qu'un auteur moins au courant du sujet se devait de vérifier ou d'approfondir davantage.

Ils constatèrent qu'environ quatre-vingts pour cent du manuscrit présent pourraient être publiés sans grand problème, mais qu'il faudrait pas mal de recherches pour que *Millénium* ose publier les vingt pour cent restants. Leur hésitation ne découlait pas d'un doute sur la véracité du contenu, mais uniquement du fait qu'ils n'étaient pas suffisamment informés du sujet. Si Dag Svensson avait été en vie, ils auraient pu publier sans la moindre hésitation – Dag et Mia auraient su prendre en main et rejeter d'éventuelles objections et critiques.

Mikael regarda par la fenêtre. La nuit était tombée et il pleuvait. Il demanda à Malou si elle voulait encore du café. Elle n'en voulait plus.

— D'accord, dit Malou. Nous avons le manuscrit sous contrôle. Mais nous n'avons pas trouvé la moindre trace du meurtrier de Dag et Mia.

— Ça peut être l'un des noms sur le mur, dit Mikael.

— Ça peut être quelqu'un qui n'a rien à voir avec le livre. Ou ça peut être ta copine.

— Lisbeth, dit Mikael.

Malou le regarda en douce. Cela faisait dix-huit mois qu'elle travaillait à *Millénium* et elle avait commencé en plein chaos pendant l'affaire Wennerström. Après des années de remplacements et de missions intérimaires, le boulot à *Millénium* était le premier emploi fixe de sa vie. Elle s'y plaisait énormément. Travailler à *Millénium* signifiait un statut social de marque. Elle entretenait de bonnes relations avec Erika Berger et le reste du personnel mais s'était toujours sentie vaguement mal à l'aise en compagnie de Mikael Blomkvist. Il n'y avait pas de véritable raison à cela, mais de tous les collaborateurs, Mikael était celui qu'elle ressentait comme le plus fermé et inaccessible.

Au cours de l'année, il était souvent arrivé tard dans la journée et il était resté tout seul dans son petit bureau ou chez Erika Berger. Il était régulièrement distrait et, pendant les premiers mois, Malou avait eu l'impression de le voir plus fréquenter les studios de télé que la rédaction. Il était souvent en voyage ou apparemment occupé ailleurs. Sa compagnie était tout sauf conviviale et, à en juger par les commentaires qu'elle avait glanés auprès d'autres collaborateurs, Mikael avait changé. Il était devenu plus silencieux et plus inaccessible.

— Si mon boulot est de chercher pourquoi Dag et Mia ont été tués, il me faut en savoir davantage sur Salander. Je ne sais pas par quel bout commencer, si je ne...

Elle laissa sa phrase en suspens. Mikael la regarda du coin de l'œil. Finalement, il s'assit dans le fauteuil qui formait un angle droit avec le siège de Malou et posa ses pieds à côté des siens.

— Est-ce que tu te plais à *Millénium* ? demanda-t-il de façon inattendue. Je veux dire, ça fait dix-huit mois que tu travailles chez nous, mais j'ai tellement cavalé au cours de l'année qu'on n'a jamais vraiment eu le temps de faire connaissance.

— C'est génial de travailler à *Millénium*, dit Malou. Est-ce que vous êtes contents de moi ?

Mikael sourit.

— Plus d'une fois, Erika et moi, on a constaté que jamais on n'a eu une secrétaire de rédaction aussi compétente. On trouve que tu es une vraie perle. Et pardon de ne pas l'avoir dit avant.

Malou sourit, satisfaite. Les louanges du grand Mikael Blomkvist étaient plus que les bienvenues.

— Mais ce n'était pas tout à fait ça que je demandais, dit-elle.

— Tu te poses des questions sur la relation de Lisbeth Salander avec *Millénium*.

— Erika et toi, vous êtes très économes en information.

Mikael hocha la tête et croisa son regard. Erika comme lui avaient entièrement confiance en Malou Eriksson, mais il y avait des choses dont il ne pouvait pas discuter avec elle.

— Je suis d'accord avec toi, dit-il. Si nous devons fouiller les meurtres de Dag et de Mia, il te faut plus d'infos. Je suis une source de première main et je suis aussi le lien entre elle et Dag et Mia. Vas-y, pose tes questions, et j'y répondrai dans la mesure de mes possibilités. Et si je suis dans l'impossibilité de répondre, je le dirai.

— Pourquoi toutes ces cachotteries ? Qui est Lisbeth Salander et quel est son rapport avec *Millénium* ?

— Je t'explique. Il y a deux ans, j'ai engagé Lisbeth Salander comme enquêteuse pour un boulot extrêmement compliqué. Et c'est cela, le problème. Je ne peux pas te dire quel genre de boulot Lisbeth a fait pour moi. Erika sait de quoi il retourne et elle est tenue au secret professionnel.

— Il y a deux ans… c'était avant que tu viennes à bout de Wennerström. Dois-je en conclure qu'elle a enquêté dans ce contexte-là ?

— Non, tu ne dois rien conclure de tel. Je ne dirai ni oui ni non, je ne confirmerai rien et je ne nierai rien. Mais je peux dire que j'ai engagé Lisbeth dans une tout autre affaire et qu'elle a fait un boulot du feu de Dieu.

— D'accord, tu habitais à Hedestad à l'époque et tu vivais comme un ermite, si j'ai bien compris. Et Hedestad n'est pas resté un point anonyme sur la carte médiatique cet été-là. Harriet Vanger a ressuscité de la mort et tout ça. Je trouve assez curieux qu'à *Millénium* on n'ait pas écrit un mot sur la résurrection de Harriet.

— Donc… ni oui ni non. Imagine ce que tu veux mais je considère comme pratiquement nulle la probabilité que tu tombes dans le mille. Il sourit. Mais si on n'a pas parlé de Harriet, c'est parce qu'elle siège au CA. On laisse les autres médias s'occuper d'elle. Et pour ce qui concerne Lisbeth… crois-moi, Malou, quand je dis que ce qu'elle a fait pour moi n'a pas le moindre soupçon de lien plausible avec ce qui s'est passé à Enskede. Il n'y a tout simplement aucun rapport.

— D'accord.

— Laisse-moi te donner un conseil. N'essaie pas de deviner. Ne tire pas de conclusions. Contente-toi de constater qu'elle a travaillé pour moi et que je ne peux pas dire de quoi il s'agissait. Laisse-moi cependant ajouter qu'elle a fait autre chose pour moi. En cours de route, elle m'a sauvé la vie. Au sens exact du terme. J'ai une énorme dette de reconnaissance envers elle.

Malou eut l'air interloquée. Jamais elle n'avait entendu parler de ça à *Millénium.*

— Cela veut donc dire que tu la connais relativement bien, si j'ai tout bien compris.

— Aussi bien que quelqu'un peut connaître Lisbeth Salander, j'imagine, répondit Mikael. Elle est probablement l'être le plus hermétique que j'aie jamais rencontré.

Mikael se leva soudain et regarda l'obscurité dehors.

— Je ne sais pas si tu en veux ou pas, mais j'ai l'intention de me préparer une vodka-lime, finit-il par dire.

Malou sourit.

— D'accord. C'est mieux qu'un café de plus.

DRAGAN ARMANSKIJ EMPLOYA le week-end de Pâques dans sa maison de campagne de Blidö à réfléchir sur Lisbeth Salander. Ses enfants étaient adultes et ils avaient choisi de ne pas passer Pâques avec leurs parents. Ritva, son épouse depuis vingt-cinq ans, n'avait aucun problème pour remarquer que par moments il se trouvait à des années-lumière d'elle. Il s'enfonçait dans une rumination silencieuse et ne répondait que de façon incohérente quand elle lui parlait. Tous les matins, il prit la voiture et alla acheter les journaux à l'épicerie du village. Il s'installa devant la fenêtre de la véranda et lut les articles sur la chasse à Lisbeth Salander.

Dragan Armanskij était déçu de lui-même. Déçu d'une part de s'être si radicalement trompé sur Lisbeth Salander. Il savait depuis plusieurs années qu'elle avait des problèmes psychiques. L'idée qu'elle puisse passer brusquement à la violence et blesser qui la menaçait ne lui était pas étrangère. Qu'elle se soit attaquée à son tuteur – que sans aucun doute elle voyait comme une personne qui se mêlait de ses affaires et agissements personnels – était compréhensible sur un certain plan intellectuel. Elle considérait toutes les tentatives de diriger sa vie comme des provocations et peut-être comme des attaques hostiles.

En revanche, il n'arrivait pas à comprendre ce qui avait pu la faire aller à Enskede et tirer sur deux personnes qui selon toutes les sources disponibles lui étaient totalement inconnues.

Dragan Armanskij s'attendait en permanence à ce qu'un lien entre Salander et le couple d'Enskede soit établi – qu'on découvre que l'un d'eux avait eu affaire à elle ou qu'ils avaient agi de façon à la mettre en rage. Aucun lien de telle sorte ne figurait dans les journaux, où l'on ne faisait que des spéculations sur une Lisbeth Salander malade mentale qui avait dû être frappée d'une sorte de crise.

A deux reprises, il appela l'inspecteur Bublanski pour prendre des nouvelles de l'évolution de l'enquête, mais le chef des investigations non plus n'arrivait pas à trouver le moindre lien entre Salander et Enskede – à part Mikael Blomkvist. Mais là, l'enquête était tombée sur un os. Mikael Blomkvist connaissait aussi bien Salander que le couple d'Enskede, mais aucune preuve ne révélait que Lisbeth

Salander, elle, connaissait ou même avait entendu parler de Dag Svensson et de Mia Bergman. Par conséquent, l'enquête avait du mal à déterminer le déroulement des événements. S'il n'y avait pas eu l'arme du crime avec ses empreintes digitales et le lien indiscutable avec sa première victime, maître Bjurman, la police aurait tâtonné à l'aveuglette.

APRÈS UN PASSAGE AUX TOILETTES, Malou Eriksson revint s'asseoir dans le canapé.

— Résumons, dit-elle. Notre mission consiste à déterminer si Lisbeth Salander a tué Dag et Mia comme l'affirme la police. Mais je n'ai pas la moindre idée de comment commencer.

— Considère ça comme un travail de fouilles. On ne va pas faire une enquête de police. En revanche, on va se baser sur l'enquête que fait la police et essayer de trouver ce qu'ils savent. Comme n'importe quel boulot d'investigation, avec la différence qu'on ne va pas nécessairement publier tout ce qu'on trouve.

— Mais si Salander est coupable, il y a forcément un lien entre elle et Dag et Mia. Et le seul lien, c'est toi.

— Et en l'occurrence, je ne suis pas un lien du tout. Ça fait plus d'un an que je n'ai pas vu Lisbeth. Je ne sais même pas comment elle aurait connu leur existence.

Mikael se tut soudain. Contrairement à tous les autres, il savait que Lisbeth Salander était un hacker de taille internationale. Il réalisa tout à coup que son iBook était rempli de correspondance avec Dag Svensson, de différentes versions du livre de Dag et en plus d'une copie électronique de la thèse de Mia Bergman. Il ne savait pas si Lisbeth Salander se trouvait dans son ordinateur ou pas, mais elle aurait pu trouver, par l'intermédiaire de l'ordinateur, qu'il connaissait Dag Svensson.

Le seul problème était que Mikael n'arrivait pas à imaginer le moindre motif qui pousserait Lisbeth à se rendre à Enskede et tuer Dag et Mia. Au contraire – ce sur quoi ils travaillaient était un reportage qui parlait de la violence à l'égard des femmes, que Lisbeth Salander aurait encouragé de toutes ses forces. Du moins s'il ne se trompait pas sur son compte.

— On dirait que tu viens de penser à quelque chose, dit Malou.

Mikael n'avait pas l'intention de dire quoi que ce soit sur les talents de Lisbeth dans la branche informatique.

— Non, je suis simplement fatigué, j'ai la tête en vrac, répondit-il.

— Maintenant il se trouve qu'elle n'est pas soupçonnée uniquement des meurtres de Dag et Mia, mais aussi de celui de son tuteur, et là le lien devient visible. Qu'est-ce que tu sais sur lui ?

— Que dalle. Je n'ai jamais entendu parler de maître Bjurman et je ne savais même pas qu'elle avait un tuteur.

— Mais la probabilité que quelqu'un d'autre ait tué les trois personnes est infime. Je veux dire que même si quelqu'un tuait Dag et Mia à cause de leur histoire, il n'avait strictement aucune raison de tuer le tuteur de Lisbeth Salander.

— Je sais et j'y ai réfléchi à me rendre malade. Mais je peux imaginer au moins un scénario où une personne extérieure pourrait tuer aussi bien Dag et Mia que le tuteur de Lisbeth.

— Et c'est quoi ?

— Bon, disons que Dag et Mia ont été tués parce qu'ils fouillaient dans le commerce du sexe et que Lisbeth y avait été mêlée d'une façon ou d'une autre comme tierce personne. Si Bjurman était le tuteur de Lisbeth, la possibilité existe qu'elle se soit confiée à lui tout simplement et qu'il soit ainsi devenu un témoin ou qu'il ait appris quelque chose qui a mené à ce qu'il soit tué lui aussi.

Malou réfléchit un moment.

— Je vois ce que tu veux dire, dit-elle avec hésitation. Mais tu n'as pas la moindre preuve d'une telle théorie.

— Non. Pas la moindre.

— Qu'est-ce que tu en penses ? Est-ce qu'elle est coupable ou non ?

Mikael tarda un long moment avant de répondre.

— Je vais tourner les choses comme ça : est-elle capable de tuer ? La réponse est oui. Lisbeth Salander est d'une nature violente. Je l'ai vue en action quand…

— Quand elle t'a sauvé la vie ?

Mikael hocha la tête.

— Je ne peux pas raconter le contexte. Mais un homme avait l'intention de me tuer et il était sur le point d'y arriver. Elle s'est interposée et l'a sérieusement malmené avec un club de golf.

— Et tu n'as rien dit de tout cela à la police.

— Absolument rien. C'est entre toi et moi.

— D'accord.

Il la regarda, l'air profondément sérieux.

— Malou, il faut que je puisse avoir confiance en toi dans ce contexte.

— Je ne vais rien raconter de ce qu'on se dit à qui que ce soit. Même pas à Anton. Tu n'es pas seulement mon chef – je t'aime bien aussi et je n'ai pas l'intention de te nuire.

Mikael hocha la tête.

— Pardonne-moi, dit-il.

— Arrête de demander pardon tout le temps.

Il rit, puis il retrouva son sérieux.

— Je suis persuadé que si ç'avait été nécessaire, elle l'aurait tué pour me défendre.

— D'accord.

— Mais le fait est que je la vois aussi comme une personne très rationnelle. Singulière, oui, mais totalement rationnelle selon ses propres principes. Elle a usé de violence parce que c'était nécessaire, pas parce qu'elle en avait envie. Il lui faut une raison pour tuer – elle doit être menacée à l'extrême et provoquée.

Il réfléchit encore un moment. Malou l'observait patiemment.

— Je ne peux rien dire sur son tuteur. J'ignore tout de lui. Mais il m'est impossible d'imaginer Lisbeth en train d'assassiner Dag et Mia. Je n'y crois pas.

Ils restèrent un long moment silencieux. Malou jeta un regard sur sa montre et constata qu'il était 21 h 30.

— Il est tard. Je devrais rentrer chez moi, dit-elle.

Mikael hocha la tête.

— On y a passé toute la journée. On continuera à faire fonctionner nos méninges demain. Non, laisse la vaisselle… je m'en occupe.

DANS LA NUIT DU SAMEDI au dimanche de Pâques, Armanskij avait une insomnie et écoutait la respiration bruyante de Ritva. Lui non plus n'arrivait pas à tirer le drame au clair. Il finit par se lever, glissa les pieds dans ses pantoufles, enfila une robe de chambre et sortit dans la pièce de séjour. L'air était frais et il ajouta quelques bûchettes dans le poêle à bois, ouvrit une bière et s'assit pour fixer la nuit au-dessus du chenal de Furusund.

Qu'est-ce que je sais ?

Dragan Armanskij pouvait confirmer sans trop de difficulté que Lisbeth Salander était fêlée et imprévisible. Il n'y avait pas le moindre doute là-dessus.

Il savait que quelque chose s'était passé au cours de l'hiver 2003 quand elle avait tout à coup cessé de travailler pour lui et avait disparu à l'étranger pour son année sabbatique. Il était persuadé que Mikael Blomkvist était d'une façon ou d'une autre mêlé à sa soudaine absence – mais Mikael ne savait pas non plus ce qui s'était passé ni pourquoi elle avait soudain disparu.

Elle était revenue et lui avait rendu visite. Elle avait prétendu être "indépendante économiquement", ce qu'Armanskij avait interprété comme une manière de dire qu'elle avait assez d'argent pour se débrouiller pendant quelque temps.

Elle avait passé le printemps à aller rendre visite à Holger Palmgren. Elle n'avait pas contacté Mikael Blomkvist.

Elle avait soudain tué trois personnes, dont deux lui étaient en apparence de parfaits inconnus.

Ça ne colle pas. Ce n'est pas logique.

Armanskij but une goulée directement à la bouteille et alluma un cigarillo. Il avait mauvaise conscience aussi, ce qui avait contribué au malaise qu'il trimballait ce week-end.

Quand Bublanski était passé le voir, il n'avait pas hésité à lui fournir toutes les infos pouvant aider à la capture de Lisbeth Salander. Il lui semblait incontestable qu'il fallait l'arrêter – le plus vite serait le mieux. Mais il avait mauvaise conscience d'avoir une si piètre opinion de Lisbeth qu'il avait accepté sans la remettre en question l'annonce de sa culpabilité. Armanskij était réaliste. Si la police vous affirmait qu'une personne était soupçonnée de meurtre, il y avait de grandes chances qu'il en soit ainsi. Par conséquent, Lisbeth Salander était coupable.

Mais la police ne prenait pas en compte le fait que Lisbeth Salander estimait peut-être avoir une raison d'agir comme elle l'avait fait – s'il pouvait y avoir des circonstances atténuantes ou au moins une explication plausible de sa furie. La tâche de la police était de l'arrêter et de prouver qu'elle avait tiré les coups de feu – pas de fouiller dans ses méninges et d'expliquer pourquoi. Ils se contentaient de trouver une motivation à peu près plausible à ses actes, mais ils étaient aussi prêts, s'ils manquaient d'explications, à établir qu'il s'agissait d'un acte dément. *Lisbeth Salander fait un malade mental assassin idéal.* Il secoua la tête.

Dragan Armanskij n'aimait pas cette explication.

Lisbeth Salander ne faisait jamais rien contre sa volonté et sans réfléchir aux conséquences.

Spéciale – oui. Folle – non.

Par conséquent, il existait une explication, fût-elle obscure et inaccessible à une personne extérieure.

Vers 2 heures, il prit une décision.

17

DIMANCHE DE PÂQUES 27 MARS – MARDI 29 MARS

DRAGAN ARMANSKIJ SE LEVA TÔT le dimanche matin après une nuit de ruminations agitées. Il descendit doucement sans réveiller sa femme, prépara du café et se fit des tartines. Puis il sortit son ordinateur portable et se mit à écrire.

Il utilisa le même formulaire de rapport que Milton Security utilisait pour les enquêtes sur la personne. Il remplit le rapport avec autant de données de base qu'il pouvait trouver sur la personnalité de Lisbeth Salander.

Vers 9 heures, Ritva descendit chercher du café. Elle demanda ce qu'il faisait. Il répondit évasivement en continuant à écrire avec obstination. Elle connaissait suffisamment son mari pour savoir qu'il serait inaccessible toute la journée.

MIKAEL S'ÉTAIT TROMPÉ, ce qui venait sans doute du fait que c'était Pâques et que le commissariat était relativement dépeuplé. Il fallut attendre jusqu'au matin du dimanche pour que les médias trouvent que c'était lui qui avait découvert Dag et Mia. Le premier à appeler, alors que Mikael était encore au lit, fut un reporter d'*Aftonbladet*, une vieille connaissance de Mikael.

— Salut Blomkvist. C'est Nicklasson.

— Salut Nicklasson, dit Mikael.

— C'est toi qui as trouvé le couple d'Enskede.

Mikael confirma.

— J'ai un informateur qui prétend qu'ils travaillaient pour *Millénium*.

— Ton informateur a à moitié tort et à moitié raison. Dag Svensson travaillait sur un reportage en free-lance pour *Millénium*. Ce qui n'était pas le cas de Mia Bergman.

— Merde alors. C'est un putain de scoop.

— Oui, j'imagine, dit Mikael, fatigué.

— Pourquoi est-ce que vous n'avez rien annoncé ?

— Dag Svensson était un ami et un collègue. On a trouvé que c'était de bon ton de laisser leur famille apprendre ce qui s'était passé avant qu'on publie quoi que ce soit là-dessus.

Mikael savait qu'il ne serait pas cité sur ce point.

— OK. Sur quoi est-ce qu'il travaillait, Dag ?

— Un sujet pour le compte de *Millénium*.

— Ça parlait de quoi ?

— Quel scoop avez-vous l'intention de publier demain à *Aftonbladet* ?

— C'est un scoop, donc.

— Nicklasson, je t'emmerde.

— Allez Bloomy, sois sympa. Tu crois que les meurtres ont quelque chose à voir avec le sujet de Dag Svensson ?

— Si tu m'appelles Bloomy encore une fois, je raccroche et je ne te parle plus de l'année.

— Excuse-moi. Est-ce que tu crois que Dag Svensson a été tué à cause de son activité de journaliste investigateur ?

— Je n'ai aucune idée de la raison pour laquelle Dag Svensson a été tué.

— Est-ce que son sujet avait un rapport avec Lisbeth Salander ?

— Non. Pas le moindre rapport.

— Est-ce que tu sais si Dag connaissait cette foldingue de Salander ?

— Non.

— Dag a déjà écrit pas mal de textes sur la cybercriminalité. Est-ce que c'était ce type de sujet qu'il traitait pour *Millénium* ?

Ben, mon vieux, tu t'accroches, toi, pensa Mikael, et il était sur le point de dire à Nicklasson d'aller se faire foutre lorsqu'il se retint brusquement et se redressa dans le lit. Deux pensées parallèles l'avaient soudain frappé. Nicklasson dit encore quelque chose.

— Attends une seconde, Nicklasson. Reste en ligne. Je reviens.

Mikael se redressa et mit la main sur le combiné. Brusquement, il se trouvait sur une autre planète.

Depuis les meurtres, Mikael s'était torturé le cerveau pour essayer de trouver un moyen de contacter Lisbeth Salander. La probabilité qu'elle lise ses déclarations était très forte, où qu'elle se trouve. S'il niait qu'il la connaissait, elle pourrait l'interpréter comme un abandon de sa part ou comme le fait qu'il l'avait vendue aux médias. S'il la défendait, d'autres interpréteraient que Mikael en savait plus sur les meurtres que ce qu'il avait dit. S'il se prononçait de manière adéquate, cela pourrait donner à Lisbeth l'idée de le contacter. L'occasion était trop bonne pour qu'il la laisse filer. Il devait dire quelque chose. *Mais quoi ?*

— Excuse-moi, Nicklasson. Je suis de retour. Qu'est-ce que tu disais ?

— Je demandais si Dag Svensson écrivait sur la cybercriminalité.

— Si tu veux une déclaration de ma part, je te la donne.

— Feu vert.

— Tu dois me citer mot pour mot.

— Comment pourrais-je te citer autrement ?

— Je préfère ne pas avoir à répondre à cette question.

— Qu'est-ce que tu veux me dire ?

— Je t'envoie un mail dans quinze minutes.

— Quoi ?

— Vérifie tes mails dans quinze minutes, dit Mikael, et il raccrocha.

Mikael se mit à sa table de travail et démarra son iBook et Word. Puis il se concentra deux minutes avant de commencer à écrire.

> [Erika Berger, la directrice de *Millénium*, est profondément touchée par le meurtre du journaliste free-lance Dag Svensson qui était aussi son collaborateur. Elle espère que ces meurtres trouveront rapidement leur solution.
>
> C'est Mikael Blomkvist, le responsable de la publication à *Millénium*, qui a découvert son collègue et l'amie de celui-ci assassinés dans la nuit du Jeudi saint.
>
> "Dag Svensson était un journaliste hors pair et un être humain que j'aimais beaucoup.
>
> Il avait plusieurs idées de reportages. Il était entre autres en train de travailler sur un grand reportage traitant d'intrusion

informatique illégale", confie Mikael Blomkvist à *Aftonbladet.*

Ni Mikael Blomkvist ni Erika Berger ne veulent avancer de spéculations sur le coupable des meurtres et sur les mobiles qu'il peut y avoir à ceux-ci.]

ENSUITE, MIKAEL PRIT son téléphone et appela Erika Berger.

— Salut Ricky, tu viens d'être interviewée par *Aftonbladet*.

— Ah bon.

Il lut rapidement les brèves citations.

— Pourquoi ? demanda Erika.

— Parce que ce n'est que la vérité. Dag a travaillé comme pigiste pendant dix ans et l'un de ses domaines était justement la sécurité en informatique. J'ai discuté du sujet plusieurs fois avec lui et on a même discuté de la possibilité de prendre un de ses textes après l'histoire du trafic de femmes.

Il attendit quelques secondes avant de continuer.

— Est-ce que tu connais quelqu'un d'autre qui s'intéresse aux questions d'intrusion informatique ? demanda-t-il.

Erika Berger se tut un moment. Puis elle comprit ce que Mikael cherchait à faire.

— C'est futé, Micke. Vachement futé. D'accord. Fonce.

Nicklasson appela dans les soixante secondes après avoir reçu le mail de Mikael.

— Ça ne vaut pas un clou comme déclaration.

— C'est exactement tout ce que tu auras, ce qui est plus qu'aucun autre journal n'obtiendra. Soit tu publies toute la citation, soit rien du tout.

DÈS QUE MIKAEL EUT ENVOYÉ ces déclarations à Nicklasson, il s'assit à nouveau à sa table de travail. Il réfléchit brièvement, puis il pianota sur son clavier.

[Chère Lisbeth,
J'écris cette lettre que je vais laisser dans mon disque dur, sachant que tôt ou tard tu la liras. Je me rappelle comment tu as investi le disque dur de Wennerström il y a deux ans

et je devine que tu as aussi saisi l'occasion pour pirater le mien. A l'heure qu'il est, j'ai bien compris que tu ne veux rien avoir à faire avec moi. Je ne sais pas encore pourquoi tu as rompu notre relation de cette façon, mais je n'ai pas l'intention de demander et tu n'auras pas à t'expliquer.

Malheureusement, que tu le veuilles ou non, les événements des deux derniers jours nous ont de nouveau rapprochés. La police prétend que tu as tué de sang-froid deux personnes que j'aimais énormément. Je n'ai pas besoin de mettre en doute la brutalité des meurtres – c'est moi qui ai trouvé Dag et Mia quelques minutes après qu'on leur avait tiré dessus. Le problème est que je ne pense pas que ce soit toi qui les aies tués. En tout cas, j'espère que non. Si, comme l'affirme la police, tu étais un tueur psychopathe, cela voudrait dire que je me suis totalement mépris sur ton compte ou alors que tu as incroyablement changé au cours de l'année. Et si ce n'est pas toi le tueur, ça veut dire que la police pourchasse le mauvais suspect.

A ce stade, je devrais sans doute te conseiller d'abandonner et de te livrer à la police. Je soupçonne cependant que je parle à une sourde. Mais le fait est que ta situation est intenable et, tôt ou tard, tu seras arrêtée. Quand tu seras arrêtée, tu auras besoin d'un ami. Si tu ne veux pas traiter avec moi, j'ai une sœur. Elle s'appelle Annika Giannini et elle est avocate. Je lui ai parlé et elle est prête à te représenter si tu prends contact avec elle. Tu peux lui faire confiance.

A *Millénium*, nous avons entamé notre propre enquête sur les meurtres de Dag et Mia. En ce moment, je suis en train d'établir une liste des personnes qui avaient de bonnes raisons de réduire Dag Svensson au silence. Je ne sais pas si je suis la bonne piste, mais je vais passer en revue les personnes sur cette liste, l'une après l'autre.

Mon problème est que je ne vois pas comment maître Nils Bjurman entre en scène. Il ne figure pas dans le matériel de Dag, et je ne vois aucun lien entre lui et Dag et Mia.

Aide-moi. *Please*. Quel est le lien ? Mikael.

PS. Tu devrais te faire faire une autre photo d'identité. Celle-ci ne te rend pas justice.]

Il réfléchit un court instant puis il nomma le document [Pour Sally]. Ensuite il créa un dossier qu'il nomma [LISBETH SALANDER] et qu'il plaça bien en vue sur le bureau de son iBook.

LE MARDI MATIN, DRAGAN ARMANSKIJ convoqua une réunion autour de la table de conférence ronde dans son bureau à Milton Security. Il appela trois personnes.

Johan Fräklund, soixante-deux ans, ancien inspecteur de police à Solna, était le chef de l'unité d'intervention à Milton. C'était Fräklund qui avait la responsabilité globale de la planification et des analyses. Armanskij l'avait recruté de l'administration de l'Etat dix ans auparavant et en était venu à considérer Fräklund comme une des recrues les plus performantes de l'entreprise.

Armanskij appela aussi Steve Bohman, quarante-huit ans, et Niklas Eriksson, vingt-neuf ans. Bohman, comme Fräklund, était un ancien policier. Formé à la brigade d'intervention de Norrmalm dans les années 1980, il avait gagné la brigade criminelle où il avait dirigé des douzaines d'enquêtes dramatiques. Bohman avait été l'un des acteurs-clés de l'enquête sur l'Homme au Laser au début des années 1990, et en 1997, après une certaine persuasion et une offre de salaire considérablement plus élevée, il était passé chez Milton.

Niklas Eriksson n'avait pas ce genre de palmarès. Il avait suivi la formation de l'école de police mais au dernier moment, juste avant de passer son examen, il avait appris qu'il souffrait d'une insuffisance cardiaque congénitale, qui non seulement exigeait une importante intervention chirurgicale, mais qui signifiait aussi que la future carrière de policier d'Eriksson passait à la trappe.

Fräklund – ancien collègue du père d'Eriksson – avait proposé à Armanskij qu'il lui donne une chance. Comme un poste se libérait dans l'unité d'intervention, Armanskij avait accepté son recrutement. Il ne l'avait jamais regretté. Eriksson travaillait à Milton depuis cinq ans maintenant. Contrairement à la plupart des autres employés de la section d'intervention, Eriksson manquait d'habitude du terrain – en revanche il se distinguait comme une ressource intellectuelle perspicace.

— Bonjour tout le monde, asseyez-vous, commencez par lire, dit Armanskij.

Il distribua trois chemises contenant une cinquantaine de photocopies de coupures de presse relatant la chasse à Lisbeth Salander, ainsi qu'un résumé de trois pages de son passé. Armanskij avait passé le lundi de Pâques à rédiger le document. Eriksson termina le premier sa lecture et posa la chemise. Armanskij attendit que Bohman et Fräklund aient terminé aussi.

— Je suppose qu'aucun de vous n'a loupé les titres dans les tabloïds pendant le week-end, dit Dragan Armanskij.

— Lisbeth Salander, dit Fräklund d'une voix morne.

Steve Bohman secoua la tête.

Niklas Eriksson regarda dans le vide d'un air impénétrable en esquissant un sourire triste.

Dragan Armanskij regarda le trio d'un œil scrutateur.

— L'une de nos employées, dit-il. Est-ce que vous avez réussi à faire sa connaissance au cours des années qu'elle a passées avec nous ?

— J'ai essayé de plaisanter avec elle une fois, dit Niklas Eriksson, la mine contrite. Ça n'a pas trop marché. J'ai cru qu'elle allait me décapiter. C'était une rabat-joie, je crois que je n'ai pas échangé plus de dix phrases avec elle, en tout et pour tout.

— Elle était assez spéciale, dit Fräklund.

Bohman haussa les épaules.

— Elle était complètement dingue, une vraie peste à fréquenter. Je savais qu'elle était cinglée, mais pas détraquée à ce point.

— Elle était un drôle d'oiseau dans cette maison, renchérit Fräklund. Je n'avais pas trop à faire avec elle, mais je ne peux pas dire que nous ayons jamais eu une relation chaleureuse.

Dragan Armanskij hocha la tête.

— Elle suivait ses propres voies, dit-il. Elle n'était pas facile à manier. Mais je l'ai engagée parce qu'elle était la meilleure enquêteuse que j'aie jamais rencontrée. Elle livrait toujours des résultats qui sortaient de l'ordinaire.

— C'est un truc que je n'ai jamais compris, dit Fräklund. Je n'ai jamais pigé comment elle pouvait être aussi fichtrement compétente tout en étant si asociale.

Tous les trois hochèrent la tête.

— L'explication est évidemment à trouver dans son état psychique, dit Armanskij en montrant l'une des chemises. Elle était déclarée incapable.

— Je l'ignorais totalement, dit Eriksson. Je veux dire, elle n'avait pas un écriteau dans le dos disant qu'elle était sous tutelle. Tu n'as jamais rien dit.

— Non, reconnut Armanskij. Je n'ai jamais rien dit parce que j'estimais qu'elle n'avait pas besoin d'être plus stigmatisée qu'elle ne l'était déjà. Je trouve que tout le monde doit avoir sa chance.

— Nous avons vu le résultat de cette expérimentation à Enskede, dit Bohman.

— Peut-être.

ARMANSKIJ HÉSITA UN INSTANT. Il ne voulait pas révéler sa faiblesse pour Lisbeth Salander devant les trois professionnels qui le contemplaient, les yeux pleins d'expectative. Leur ton avait été assez neutre pendant la conversation, mais Armanskij savait aussi que Lisbeth Salander était cordialement détestée par tous les trois, tout comme par la totalité des employés de Milton Security. Il ne devait pas paraître faible ni décontenancé. C'était donc primordial de présenter la chose d'une façon qui créerait une bonne dose d'enthousiasme et de professionnalisme.

— J'ai décidé d'utiliser, pour la toute première fois, une partie des ressources de Milton à une affaire purement interne, dit-il. Cela ne doit pas atteindre des sommes astronomiques dans le budget, mais j'ai l'intention de vous détacher tous les deux, Bohman et Eriksson, de votre travail ordinaire. Votre mission sera, pour utiliser une expression passe-partout, d'"établir la vérité" sur Lisbeth Salander.

Bohman et Eriksson posèrent un regard sceptique sur Armanskij.

— Je veux que toi, Fräklund, tu prennes les rênes de l'investigation. Je veux savoir ce qui s'est passé et ce qui a amené Lisbeth Salander à tuer son tuteur et le couple à Enskede. Il y a forcément une explication qui se tient.

— Pardon, mais ceci ressemble à s'y méprendre à une mission policière, objecta Fräklund.

— Sans aucun doute, répliqua Armanskij immédiatement. Mais nous avons un certain avantage par rapport à la police. Nous connaissions Lisbeth Salander et nous avons une petite idée de sa manière de fonctionner.

— Bof, dit Bohman, sur un ton très dubitatif. Je ne pense pas que qui que ce soit ici dans la boîte connaisse Salander ni n'ait la moindre idée de ce qui se déroulait dans sa petite tête.

— Aucune importance, répondit Armanskij. Salander travaillait pour Milton Security. Je considère qu'il est de notre responsabilité d'établir la vérité.

— Salander n'a pas travaillé pour nous depuis… combien ça fait ? bientôt deux ans, dit Fräklund. Je ne pense pas que nous soyons si responsables que ça de ce qu'elle fait. Et je ne pense pas que la police apprécierait qu'on se mêle d'une enquête policière.

— Au contraire, dit Armanskij.

Il jouait son atout et il fallait le jouer judicieusement.

— Comment ça ? demanda Bohman.

— Hier, j'ai eu quelques longs entretiens avec le chef de l'enquête préliminaire, le procureur Ekström, et avec l'inspecteur qui dirige l'investigation, Bublanski. Ekström est sous pression. Ceci n'est pas un règlement de compte lambda parmi des gangsters mais un événement avec un énorme potentiel dans les médias, où un avocat, une criminologue et un journaliste ont été exécutés. Je leur ai expliqué que compte tenu que le suspect principal est une ancienne employée de Milton Security, nous avons décidé d'entamer notre propre enquête sur l'affaire.

Armanskij fit une pause avant de poursuivre.

— Ekström et moi-même sommes d'accord que l'important en ce moment est que Lisbeth Salander soit arrêtée au plus vite avant d'avoir le temps de causer d'autres dégâts, à elle-même ou à autrui, dit-il. Comme nous la connaissons mieux en tant qu'être humain que la police, nous pouvons y contribuer. Ekström et moi avons donc décidé que vous deux – il indiqua Bohman et Eriksson –, vous allez déménager pour le commissariat central où vous vous joindrez à l'équipe de Bublanski.

Tous les trois regardèrent Armanskij d'un air perplexe.

— Pardon, une question idiote… mais nous sommes des civils, dit Bohman. Est-ce que la police va nous ouvrir la porte d'une enquête de meurtre comme ça, sans façon ?

— Vous travaillerez sous la direction de Bublanski, mais vous m'informerez moi aussi. Vous aurez libre accès à l'enquête. Tout le matériel que nous avons et que vous trouverez sera communiqué à Bublanski. Pour la police, cela signifie simplement que l'équipe de Bublanski sera renforcée gratuitement. Et vous n'avez pas toujours été des civils, aucun de vous. Vous, Fräklund et Bohman, vous avez bien travaillé comme policiers pendant de nombreuses années avant de commencer ici et toi, Eriksson, tu as fait l'école de police.

— Mais c'est contre les principes...

— Pas du tout. La police fait souvent appel à des consultants civils dans différentes investigations. Il peut s'agir de psychologues dans des enquêtes sur des crimes sexuels ou d'interprètes dans des enquêtes impliquant des étrangers. Vous interviendrez tout simplement en tant que consultants civils ayant des connaissances sur le principal suspect.

Fräklund hocha lentement la tête.

— D'accord. Milton se joint à l'investigation de la police et essaie de contribuer à l'arrestation de Salander. Y a-t-il autre chose ?

— Une chose : votre mission côté Milton est d'établir la vérité. Rien d'autre. Moi, je veux savoir si Salander a tué ces trois personnes – et dans ce cas pourquoi.

— Y aurait-il un doute sur sa culpabilité ? demanda Eriksson.

— Les indices dont dispose la police sont très embarrassants pour elle. Mais je veux savoir s'il y a une autre dimension dans cette histoire – s'il existe un complice que nous ignorons et qui était peut-être la personne qui tenait l'arme du crime ou bien s'il y a des circonstances que nous ne connaissons pas.

— Je crois qu'il sera difficile de trouver des circonstances atténuantes à un triple meurtre, dit Fräklund. Dans ce cas, on doit partir du principe qu'il existe une possibilité qu'elle soit totalement innocente. Et je n'y crois pas.

— Moi non plus, reconnut Armanskij. Mais votre boulot sera d'assister la police de toutes les manières possibles et de contribuer à son arrestation rapide.

— Le budget ? demanda Fräklund.

— Courant. Je veux être tenu informé des coûts au fur et à mesure, et si ça atteint des sommes faramineuses, on abandonne. Mais dites-vous que vous travaillerez à temps plein là-dessus pendant au moins une semaine à partir de maintenant.

Il hésita encore un instant.

— Je suis celui qui connaît le mieux Salander. Cela signifie que vous devez me considérer comme un des acteurs et que je dois figurer parmi les personnes que vous allez interroger, finit-il par dire.

SONJA MODIG FRANCHIT LE COULOIR au pas de course et eut le temps d'arriver dans la salle des interrogatoires alors que les dernières chaises finissaient de racler par terre. Elle s'installa à côté de Bublanski qui avait convoqué à cette représentation tout le groupe d'investigation, y compris le chef de l'enquête préliminaire. Hans Faste jeta un regard irrité sur Sonja à cause de son retard, puis s'attela à l'introduction ; c'était lui l'initiateur de cette réunion.

Il avait continué à creuser les nombreux clashs entre la bureaucratie de l'Assistance sociale et Lisbeth Salander, la prétendue "piste psychopathe" comme il disait, et il avait indéniablement eu le temps d'accumuler un vaste matériau. Hans Faste se racla la gorge.

— Je vous présente le Dr Peter Teleborian, médecin-chef de la clinique psychiatrique de l'hôpital Sankt Stefan à Uppsala. Il a eu la gentillesse de venir à Stockholm pour mettre à la disposition de l'enquête sa connaissance de Lisbeth Salander.

Sonja Modig déplaça son regard sur Peter Teleborian. C'était un homme de petite taille avec des cheveux châtains frisés, des lunettes à monture d'acier et un petit bouc. Il était habillé avec décontraction, veste beige en velours côtelé, jean et chemise rayée déboutonnée au cou. Ses traits étaient accusés, avec quelque chose d'un jeune garçon. Sonja avait déjà vu Peter Teleborian à plusieurs reprises mais n'avait jamais parlé avec lui. Il avait donné des cours sur les dérangements psychiques quand elle était en dernière année de l'école de police et, une autre fois, dans un stage de formation continue où il avait parlé de psychopathes et de comportements psychopathes chez les jeunes. Elle avait également assisté au procès d'un violeur en série où il était appelé à témoigner en tant qu'expert. Après avoir participé pendant de nombreuses années au débat public, il était l'un des psychiatres les plus connus du pays. Il s'était démarqué par sa critique sévère des coupes sauvages dans les soins psychiatriques ayant eu pour résultat la fermeture d'hôpitaux psychiatriques et l'abandon pur et simple de gens qui se trouvaient en détresse psychique manifeste, les livrant à un destin de SDF et de cas sociaux. Après le meurtre d'Anna Lindh, ministre des Affaires extérieures, Teleborian avait siégé dans la commission parlementaire qui enquêtait sur la ruine des services psychiatriques.

Peter Teleborian adressa un hochement de tête à l'assemblée et se versa de l'eau minérale dans un gobelet en plastique.

— On verra à quoi je peux être utile, commença-t-il de façon prudente. Je déteste voir mes pronostics se réaliser dans ce genre de contexte.

— Pronostics ? demanda Bublanski.

— Oui. On peut parler d'ironie. Le soir des meurtres à Enskede, je participais à un panel à la télé où on discutait de la bombe à retardement qui est amorcée un peu partout dans notre société. C'est terrifiant. Je n'avais sans doute pas Lisbeth Salander en tête à ce moment-là mais je citais une suite d'exemples – anonymes évidemment – de patients qui devraient tout bonnement se trouver dans des institutions de soins plutôt que de courir les rues en toute liberté. Je dirais que rien que cette année, la police aura à résoudre au moins une demi-douzaine d'homicides ou d'assassinats où le coupable appartient à ce groupe de patients assez limité en nombre.

— Et vous voulez dire que Lisbeth Salander fait partie de ces fous furieux ? demanda Hans Faste.

— Le choix de l'expression "fous furieux" n'est pas très pertinent. Mais oui, elle fait partie de la clientèle que la société a abandonnée. Elle est sans hésitation l'un de ces individus déchirés que je n'aurais pas lâchés dans la société si on m'avait demandé mon avis.

— Vous voulez dire qu'elle aurait dû se trouver enfermée avant de commettre un crime ? demanda Sonja Modig.

Ce n'est pas tout à fait conciliable avec les principes d'une société de droit.

Hans Faste plissa les sourcils et lui jeta un regard irrité. Sonja Modig se demanda pourquoi Faste semblait sans arrêt sortir les griffes contre elle.

— Vous avez entièrement raison, répondit Teleborian qui lui vint ainsi indirectement en aide. Ce n'est pas conciliable avec la société de droit, au moins pas dans sa forme actuelle. Il y a un équilibre à tenir entre le respect de l'individu et le respect des victimes potentielles qu'un être psychiquement malade peut semer sur sa route. Aucun patient ne ressemble à un autre et il faut les soigner cas par cas. Il est évident que dans les services de soins psychiatriques, nous commettons aussi des erreurs et libérons des personnes qui n'ont rien à faire en liberté.

— Nous ne sommes peut-être pas obligés d'approfondir la politique sociale dans l'affaire qui nous préoccupe, dit Bublanski avec diplomatie.

— Vous avez raison, renchérit Teleborian. Il s'agit maintenant d'un cas spécifique. Mais laissez-moi seulement dire qu'il est important que vous compreniez que Lisbeth Salander est une personne malade qui a besoin de soins, comme n'importe quel patient souffrant d'une rage de dents ou d'une insuffisance cardiaque a besoin de soins. Elle peut guérir et elle aurait pu être guérie aujourd'hui si elle avait reçu l'aide adéquate au moment où elle était encore réceptive aux traitements.

— Vous étiez donc son médecin, dit Hans Faste.

— Je suis une des nombreuses personnes qui ont eu affaire à Lisbeth Salander. Elle était ma patiente au début de son adolescence, et j'ai été l'un des médecins qui l'ont évaluée avant la décision de la mettre sous tutelle à sa majorité.

— Parlez-nous d'elle, demanda Bublanski. Qu'est-ce qui a pu l'amener à se rendre à Enskede pour tuer deux personnes inconnues d'elle et qu'est-ce qui a pu l'amener à tuer son tuteur ?

Peter Teleborian éclata d'un petit rire.

— Non, ça je ne peux pas vous le dire. Je ne suis plus son évolution depuis plusieurs années et je ne sais pas à quel degré de psychose elle se trouve. Par contre, je peux vous dire tout de suite que je doute fort que le couple d'Enskede lui soit inconnu.

— Qu'est-ce qui vous fait dire ça ? demanda Hans Faste.

— L'une des faiblesses du traitement de Lisbeth Salander est qu'il n'y a jamais eu de diagnostic complet d'elle. Cela découle du fait qu'elle n'a pas été réceptive aux soins. Elle a toujours refusé de répondre aux questions ou de participer à toute forme de traitement thérapeutique.

— Vous ne savez donc pas si elle est réellement malade ou pas ? demanda Sonja Modig. Je veux dire, s'il n'y a pas de diagnostic.

— Voyez les choses ainsi, dit Peter Teleborian. J'ai reçu Lisbeth Salander quand elle allait avoir treize ans. Elle était psychotique, elle avait des phobies et souffrait d'une manie de la persécution manifeste. Elle a été ma patiente pendant deux ans quand elle était internée d'office à Sankt Stefan. La raison de son internement d'office était que tout au long de son enfance, elle avait fait preuve d'un comportement particulièrement violent envers ses camarades de classe, ses professeurs et des gens qu'elle connaissait. Plusieurs incidents avec coups et blessures ont été signalés au principal. Mais la violence avait toujours été dirigée contre des personnes dans son cercle de connaissances, c'est-à-dire contre quelqu'un qui avait dit ou fait une chose qu'elle prenait pour une offense. Il n'y a aucun exemple où elle se serait attaquée à un parfait inconnu. C'est pourquoi je crois qu'il existe un lien entre elle et le couple d'Enskede.

— A part l'attaque dans le métro quand elle avait dix-sept ans, dit Hans Faste.

— C'est un cas où nous devons considérer comme établi que c'est elle qui s'est fait agresser et qu'elle n'a fait que se défendre, dit Teleborian. La personne en question était un criminel sexuel notoire. Mais c'est également un bon exemple de sa façon d'agir. Elle aurait pu s'éloigner ou chercher une protection auprès des autres passagers du wagon. Elle a choisi de commettre des coups et blessures aggravés. Quand elle se sent menacée, elle réagit par voies de fait.

— Mais de quoi est-ce qu'elle souffre, alors ? demanda Bublanski.

— Je viens de le dire, nous ne disposons pas vraiment de diagnostic. Je dirais qu'elle souffre de schizophrénie et qu'elle est toujours en équilibre à la limite de la psychose. Elle manque d'empathie et pour diverses raisons on peut la qualifier de sociopathe. Je dois avouer que je trouve surprenant qu'elle s'en soit si bien tirée depuis sa majorité. Elle a donc évolué dans la société, même si elle était sous tutelle, pendant huit ans sans commettre d'acte qui aurait mené à une plainte ou à une arrestation. Mais son pronostic…

— Son pronostic ?

— Pendant tout ce temps, elle n'a reçu aucun traitement. Je parierais que la physionomie de sa maladie, que nous aurions peut-être pu apaiser et traiter il y a dix ans, fait désormais partie de sa personnalité. Mon pronostic est qu'une fois qu'elle sera arrêtée, elle ne sera pas condamnée à une peine de prison. Elle devra être internée dans une institution.

— Alors comment se fait-il que le tribunal d'instance ait décidé de lui accorder un visa pour la société ? marmonna Hans Faste.

— Il faut sans doute voir cela comme la conjonction d'un avocat à la langue bien pendue et d'une manifestation des restrictions budgétaires et de la libéralisation perpétuelle. C'était en tout cas une décision à laquelle je me suis opposé quand le service de médecine légale m'a consulté. Mais je n'avais aucun droit de décision.

— Mais un pronostic comme celui dont vous parlez doit forcément plutôt tenir de la supposition, glissa Sonja Modig. Je veux dire, vous ne savez en fait rien de ce qui lui est arrivé depuis sa majorité.

— C'est plus qu'une supposition. C'est mon expérience.

— Peut-elle être un danger pour elle-même ? demanda Sonja Modig.

— Vous voulez dire : peut-elle envisager de se suicider ? Non, j'en doute. Elle serait plutôt une psychopathe égomaniaque. C'est elle qui compte. Toutes les autres personnes de son entourage n'ont aucune importance.

— Vous avez dit que sa réaction peut se traduire par des voies de fait, dit Hans Faste. Autrement dit, elle peut être considérée comme dangereuse.

Peter Teleborian le contempla un long moment. Ensuite il inclina la tête et se frotta le front avant de répondre.

— Vous ne soupçonnez pas à quel point il est difficile de dire exactement comment une personne va réagir. Je ne voudrais pas que Lisbeth Salander soit blessée quand vous l'arrêterez… mais disons que, dans son cas, je veillerais à ce que l'arrestation se fasse avec la plus grande prudence. Si elle est armée, le risque est grand qu'elle utilise son arme.

18

MARDI 29 MARS – MERCREDI 30 MARS

TROIS ENQUÊTES PARALLÈLES sur les meurtres d'Enskede étaient donc en cours. La première était celle de l'inspecteur Bublanski, avec l'avantage de l'autorité de l'Etat. En apparence, la solution semblait se trouver à portée de main ; ils avaient une suspecte et une arme du crime associée à la suspecte. Ils avaient un lien incontestable avec la première victime et un lien possible via Mikael Blomkvist avec les deux autres victimes. Pour Bublanski, il ne s'agissait maintenant pratiquement plus que de trouver Lisbeth Salander et de la fourrer dans une des cages à poules de la maison d'arrêt de Kronoberg.

L'enquête de Dragan Armanskij était formellement soumise à l'enquête de police officielle, mais Armanskij avait aussi son propre agenda. Son intention personnelle était d'une certaine manière de surveiller les intérêts de Lisbeth Salander – trouver la vérité et de préférence une vérité avec une forme de circonstances atténuantes.

L'enquête la plus incommode était celle de *Millénium*. Le journal manquait totalement des ressources dont disposaient aussi bien la police que l'entreprise d'Armanskij. Contrairement à la police, Mikael Blomkvist n'était pas particulièrement intéressé par la découverte d'un motif plausible qui aurait amené Lisbeth Salander à se rendre à Enskede pour tuer deux de ses amis. Un moment, au cours du week-end de Pâques, il s'était dit qu'il ne croyait tout simplement pas à cette histoire. Si Lisbeth Salander était mêlée aux meurtres en quoi que ce soit, c'était forcément pour de tout autres raisons que ce que laissait entendre l'enquête officielle. Quelqu'un d'autre avait tenu l'arme ou quelque chose s'était passé en dehors du contrôle de Lisbeth Salander.

NIKLAS ERIKSSON RESTA SILENCIEUX pendant le trajet en taxi de Slussen au commissariat central de Kungsholmen. Il était tout étourdi de s'être retrouvé enfin, et sans préavis, dans une véritable enquête de police. Il jeta un regard en coin vers Steve Bohman qui relisait encore une fois le résumé d'Armanskij. Puis il sourit soudain pour lui-même.

Cette mission lui avait fourni une possibilité totalement inopinée de réaliser une ambition que ni Armanskij ni Steve Bohman ne connaissaient ou même ne pouvaient deviner. Il se retrouvait soudain en mesure de coincer Lisbeth Salander. Il espérait pouvoir contribuer à son arrestation. Il espérait qu'elle serait condamnée à la prison à perpétuité.

Tout le monde savait que Lisbeth Salander n'était pas très populaire à Milton Security. La plupart des collaborateurs qui avaient eu affaire avec elle la vivaient comme une plaie. Mais ni Bohman ni Armanskij ne soupçonnaient à quel point Niklas Eriksson détestait Lisbeth Salander.

La vie avait été injuste avec Niklas Eriksson. Il était beau gosse. C'était un homme dans la fleur de l'âge. De plus, il était intelligent. Pourtant, il était à jamais exclu de toutes possibilités de devenir ce qu'il avait toujours voulu devenir, en l'occurrence policier. Son problème était un souffle au cœur provoqué par une lésion microscopique d'une valve. Il avait été opéré et le défaut avait été corrigé mais, ayant eu un problème cardiaque, il était à tout jamais déclassé et jugé inférieur en tant qu'être humain.

Quand on lui avait proposé de travailler à Milton Security, il avait accepté. Il l'avait cependant fait sans le moindre enthousiasme. Il considérait Milton comme une poubelle pour individus au rancart – flics sur le retour et qui n'étaient plus à la hauteur. Il était un des laissés pour compte – mais sans aucune responsabilité personnelle.

Quand il avait commencé à Milton, une de ses premières missions avait été d'assister l'unité d'intervention. Il devait établir une analyse de sécurité de la protection personnelle d'une chanteuse mondialement connue et plus toute jeune, qui avait fait l'objet de menaces de la part d'un admirateur trop enthousiaste, patient psychiatrique en cavale, de surcroît. La chanteuse habitait seule une villa à Södertörn où Milton avait installé un système de surveillance et une alarme, et où ils avaient mis en faction un garde du corps. Tard un soir, l'admirateur enthousiaste avait essayé d'entrer par effraction. Le garde du corps avait rapidement neutralisé le bonhomme, par la suite condamné pour menaces et effraction et réexpédié en asile.

Pendant deux semaines, Niklas Eriksson s'était à plusieurs reprises rendu à la villa de Södertörn en compagnie d'autres employés de Milton. Il trouvait à la chanteuse vieillissante un air de mégère snob et hautaine qui l'avait regardé avec surprise quand il avait joué le charmeur. Elle aurait dû s'estimer heureuse qu'un admirateur se souvienne encore d'elle.

Il méprisait la façon dont le personnel de Milton léchait les bottes de cette femme. Mais il n'avait évidemment pas exprimé son opinion.

Un après-midi, peu avant l'arrestation de l'admirateur, la chanteuse et deux employés de Milton s'étaient trouvés au bord d'une petite piscine derrière la maison alors que lui-même était à l'intérieur pour faire des photos des fenêtres et des portes qu'il fallait éventuellement renforcer. Il était passé d'une pièce à une autre et était arrivé à la chambre de la dame, et soudain il n'avait pas su résister à la tentation d'ouvrir une commode. Il y avait trouvé une douzaine d'albums de photos datant de son époque de gloire dans les années 1970 et 1980, quand elle et son orchestre faisaient des tournées dans le monde entier. Il avait aussi trouvé un carton avec des photos très personnelles de la chanteuse. Photos relativement innocentes, mais qui avec un peu d'imagination pouvaient être considérées comme des "études érotiques". *Mon Dieu, quelle poufiasse !* Il avait volé cinq des photos les plus osées, apparemment prises par un amant et conservées en souvenir, sans doute.

Il en avait fait des copies puis avait remis les originaux à leur place. Ensuite, il avait attendu cinq mois avant de les vendre à un tabloïd anglais. On les lui avait payées 9 000 livres. Elles avaient fait couler beaucoup d'encre.

Il ne savait toujours pas comment Lisbeth Salander s'y était prise. Peu après la publication des photos, il avait reçu sa visite. Elle savait que c'était lui qui avait vendu les photos. Elle avait menacé de le dénoncer à Dragan Armanskij si jamais il recommençait ce genre de choses. Elle l'aurait dénoncé si elle avait pu étayer ses affirmations par des documents – ce qu'apparemment elle n'était pas en mesure de faire. Mais depuis ce jour-là, il avait senti qu'elle le surveillait. Dès qu'il se retournait, il voyait ses petits yeux porcins.

Il s'était senti acculé et frustré. Sa seule riposte possible fut de miner sa crédibilité en alimentant les ragots sur elle dans la salle du personnel, sans trop de succès cependant. Il n'osait pas se mettre trop en avant car, comme tout le monde dans la boîte, il savait que, pour une raison incompréhensible, elle était sous la protection d'Armanskij en personne. Eriksson se demandait quelle sorte de pouvoir elle avait sur le président de Milton ou s'il fallait penser que ce vieux salaud la baisait en secret. Mais si personne à Milton n'appréciait outre mesure Lisbeth Salander, le personnel respectait Armanskij et acceptait la présence de cette fille étrange. Niklas Eriksson avait vécu avec un énorme soulagement sa disparition progressive du paysage et la fin de ses activités pour Milton.

Une possibilité de lui rendre la monnaie de sa pièce venait de se présenter. Enfin sans risque. Elle pouvait l'accuser de tout ce qu'elle voulait – personne ne la croirait. Même Armanskij ne prêterait pas foi à une tueuse psychopathe.

L'INSPECTEUR BUBLANSKI VIT HANS FASTE sortir de l'ascenseur en compagnie de Bohman et Eriksson de Milton Security. Faste était allé chercher leurs nouveaux collaborateurs dans le sas de sécurité. Bublanski n'était pas enthousiaste à la pensée d'ouvrir les dossiers d'une enquête pour meurtre à des personnes extérieures, mais la décision avait été prise par ses supérieurs et puis… après tout, Bohman était un vrai policier avec pas mal de kilomètres au compteur. Et Eriksson, sortant de l'école de police, ne pouvait pas être un parfait imbécile. Bublanski indiqua la salle de réunion.

La chasse à Lisbeth Salander en était à son sixième jour et l'heure était venue de faire un bilan complet. Le procureur

Ekström ne participait pas à la réunion. Etaient présents les inspecteurs Sonja Modig, Hans Faste, Curt Bolinder et Jerker Holmberg, renforcés par quatre collègues de l'unité d'investigation de la Crim nationale. Bublanski commença par présenter les nouveaux collaborateurs de Milton Security et demanda si l'un d'eux voulait dire quelques mots. Bohman s'éclaircit la gorge.

— Ça fait quelque temps maintenant que j'ai quitté cette maison, mais certains d'entre vous me connaissent et savent que j'ai été des vôtres pendant de nombreuses années avant de partir dans le privé. La raison de notre présence ici est donc que Salander a travaillé pour nous pendant plusieurs années et que nous ressentons une certaine responsabilité. Notre mission est de contribuer par tous nos moyens à l'arrestation de Salander au plus vite. Nous pouvons fournir certaines données sur elle en tant qu'individu. Nous ne sommes donc pas ici pour embrouiller l'enquête, ni pour vous faire des coups en douce.

— Comment était-elle en tant que collègue ? demanda Faste.

— Ce n'était pas exactement quelqu'un qu'on avait envie de serrer sur son cœur, répondit Niklas Eriksson.

Il se tut quand Bublanski leva une main.

— Nous aurons tout loisir d'aborder les détails au cours de cette réunion. Mais prenons les choses dans l'ordre pour avoir une vue cohérente de notre position. Cette réunion terminée, vous irez tous les deux chez le procureur Ekström signer un serment de secret professionnel. Commençons maintenant par Sonja.

— C'est frustrant. Nous avons eu une percée quelques heures seulement après le meurtre, quand nous avons identifié Salander. Nous avons trouvé son domicile – ou ce que nous avons cru être son domicile. Ensuite, pas la moindre piste. Nous avons reçu une trentaine d'appels de gens qui l'ont vue, mais jusqu'à présent, ils se sont tous révélés faux. Elle semble s'être envolée.

— C'est assez incompréhensible, dit Curt Bolinder. Son apparence physique est assez caractéristique, elle a des tatouages, et elle ne devrait pas être difficile à trouver.

— La police d'Uppsala a fait une descente hier avec tambour et trompettes sur la foi d'un tuyau. Tout ça pour alpaguer un gamin de quatorze ans qui ressemblait à Salander, et à qui ils ont foutu une peur bleue. Les parents n'étaient pas très contents, je peux vous dire.

— Je suppose qu'on n'est pas aidé par le fait qu'on chasse un individu qui a l'air d'avoir quatorze ans. Elle peut se fondre dans des bandes de jeunes.

— Mais avec la publicité qui a été faite autour d'elle dans les médias, quelqu'un aurait dû voir quelque chose, objecta Bolinder. Ils vont la passer dans *Avis de recherche* cette semaine, on verra bien si ça mène quelque part.

— J'ai du mal à le croire, quand on pense qu'elle a été à la une de tous les journaux suédois, dit Hans Faste.

— Ce qui signifie que nous devons peut-être changer de raisonnement, dit Bublanski. Elle a pu réussir à filer à l'étranger, mais il est plus vraisemblable qu'elle se terre quelque part et attend.

Bohman leva une main. Bublanski lui fit un signe de tête.

— L'image que nous avons d'elle n'indique en rien qu'elle soit autodestructrice. Elle est fin stratège et elle prévoit ses actions comme un joueur d'échecs. Elle ne fait rien sans analyser les conséquences. C'est en tout cas l'avis de Dragan Armanskij.

— C'est également l'avis de son ancien psychiatre. Mais laissons l'aspect de son caractère pour le moment, dit Bublanski. Tôt ou tard, elle sera obligée de bouger. Jerker, quelles sont ses ressources ?

— Là, vous allez vous régaler, dit Jerker Holmberg. Elle a un compte à Handelsbanken depuis plusieurs années. C'est cet argent qu'elle déclare. Ou plus exactement l'argent que maître Bjurman déclarait. Il y a un an, ce compte indiquait un solde de 100 000 couronnes. En automne 2003, elle a retiré la totalité de la somme.

— Elle avait besoin d'argent liquide en automne 2003. Selon Armanskij, c'est le moment où elle a arrêté de travailler à Milton Security, dit Bohman.

— Ça se peut. Le compte est resté à zéro pendant deux semaines. Ensuite, elle l'a recrédité de la même somme.

— Elle pensait avoir besoin de cet argent pour je ne sais quoi, mais comme elle ne l'a pas utilisé elle a remis l'argent à la banque ?

— Ça se tient. En décembre 2003, elle a utilisé le compte pour payer certaines factures, entre autres les charges pour un an à venir. Le solde n'était plus que de 70 000 couronnes. Ensuite, aucun mouvement pendant un an à part un versement de 9 000 couronnes et quelques. J'ai vérifié – c'était l'héritage de sa mère.

— OK.

— En mars cette année, elle a retiré l'argent de l'héritage – la somme exacte était de 9 312 couronnes. C'est la seule fois où elle a touché à ce compte.

— Alors de quoi est-ce qu'elle vit, bordel ?

— Ecoutez ça. En janvier cette année, elle a ouvert un nouveau compte. Cette fois-ci à la SEB. Elle a versé la somme de 2 millions de couronnes.

— Quoi ?

— Il sort d'où, cet argent ? demanda Modig.

— L'argent a été transféré sur son compte à partir d'une banque des îles Anglo-Normandes.

Le silence envahit la salle de réunion.

— Je ne comprends rien, finit par dire Sonja Modig.

— C'est donc de l'argent qu'elle n'a pas déclaré, demanda Bublanski.

— Oui, mais techniquement, elle n'a pas besoin de le faire avant l'année prochaine. Il est à remarquer que cette somme n'est pas mentionnée dans le compte rendu mensuel que faisait Bjurman de la situation financière de Salander.

— Tu veux dire, soit il n'était pas au courant, soit ils trafiquaient quelque chose ensemble. Jerker, où en sommes-nous côté technique ?

— J'ai fait un bilan avec le chef de l'enquête préliminaire hier soir. Voici donc ce que nous savons. Un : nous sommes en mesure de lier Salander aux deux lieux des crimes. Nous avons trouvé ses empreintes digitales sur l'arme du crime et sur les éclats d'une tasse à café brisée à Enskede. Nous attendons la réponse des échantillons d'ADN que nous avons pris... mais il n'y a quasiment aucun doute qu'elle s'est trouvée dans l'appartement.

— OK.

— Deux. Nous avons ses empreintes digitales sur le carton de l'arme dans l'appartement de maître Bjurman.

— OK.
— Trois. Nous avons enfin un témoin qui la place sur le lieu du crime à Enskede. Un buraliste s'est manifesté pour dire que Lisbeth Salander est venue acheter un paquet de Marlboro light dans son magasin le soir du meurtre.
— Et il met tout ce temps à se décider à parler.
— Il était parti pendant le week-end comme tout le monde. Toujours est-il que le bureau de tabac est situé au coin, ici, à environ cent quatre-vingt-dix mètres du lieu du crime. Jerker Holmberg montra un plan. Elle est entrée dans le magasin juste quand il allait fermer, à 22 heures. Il a pu donner une description parfaite d'elle.
— Le tatouage sur le cou ? demanda Curt Bolinder.
— Il a été un peu flou là-dessus. Il croit se souvenir d'un tatouage. Mais il a définitivement vu qu'elle avait un piercing au sourcil.
— Quoi d'autre ?
— Pas beaucoup plus comme preuves purement techniques. Mais c'est suffisant.
— Faste – l'appartement dans Lundagatan ?
— Nous y avons trouvé ses empreintes digitales, mais je ne crois pas qu'elle y habite. Nous avons mis l'appart sens dessus dessous et toutes les affaires semblent appartenir à Miriam Wu. Elle a été ajoutée au contrat en février cette année, pas avant.
— Qu'avons-nous sur elle ?
— Aucune condamnation. Lesbienne notoire. Parfois elle participe à des shows et des trucs comme ça, à la Gay Pride. Elle fait semblant de faire des études de sociologie et elle est copropriétaire d'une boutique porno dans Tegnérgatan. Domino Fashion.
— Boutique porno ? demanda Sonja Modig en levant les sourcils.

A une occasion, et pour le plus grand bonheur de son mari, elle avait acheté de la lingerie sexy chez Domino Fashion. Ce qu'elle n'avait aucune intention de révéler aux hommes autour de la table.
— Ouais, ils vendent des menottes et des fringues de pute et des trucs comme ça. Si tu cherches un fouet…
— Il ne s'agit pas du tout d'une boutique porno, mais d'une boutique de mode pour les gens qui aiment la lingerie raffinée, dit-elle.

— C'est du pareil au même.

— Continue, dit Bublanski irrité. Nous n'avons aucune piste de Miriam Wu.

— Pas la moindre.

— Elle peut être juste partie pour le week-end, proposa Sonja Modig.

— Ou alors Salander l'a descendue aussi, proposa Faste. Elle veut peut-être faire table rase de toutes ses connaissances.

— Miriam Wu est lesbienne, donc. Devons-nous en tirer la conclusion que Salander et elle sont ensemble ?

— Je crois que nous pouvons assez tranquillement tirer la conclusion qu'il y a une relation sexuelle, dit Curt Bolinder. Je base cette affirmation sur plusieurs choses. Premièrement, nous avons trouvé les empreintes de Lisbeth Salander dans et autour du lit dans l'appartement. Nous avons également trouvé ses empreintes sur des menottes qui ont manifestement été utilisées comme gadget sexuel.

— Alors elle va sans doute apprécier les menottes que je lui garde au chaud, dit Hans Faste.

Sonja Modig soupira profondément.

— Continue, dit Bublanski.

— Deuxièmement : une info nous dit que Miriam Wu a mené un flirt poussé au Moulin avec une fille qui correspond au signalement de Salander. C'était il y a une quinzaine de jours. L'informateur affirme qu'il sait qui est Salander et qu'il l'a déjà croisée au Moulin, bien que cette année on ne l'y ait pas vue puisqu'elle était à l'étranger. Je n'ai pas eu le temps de vérifier avec le personnel. Je vois ça cet après-midi.

— Son dossier aux Affaires sociales ne mentionne pas qu'elle est lesbienne. Dans son adolescence, elle faisait souvent des fugues de ses familles d'accueil pour aller draguer des hommes dans les bars. Plusieurs fois, elle a été arrêtée en compagnie d'hommes plus âgés qu'elle.

— Parce qu'en plus elle faisait le trottoir ! dit Hans Faste.

— Qu'est-ce qu'on sait sur ses amis ? Curt ?

— Pratiquement rien. Elle n'a pas été interpellée depuis qu'elle avait dix-huit ans. Elle connaît Dragan Armanskij et Mikael Blomkvist, ça, on le sait. Et elle connaît évidemment

Miriam Wu. La même source qui m'a tuyauté sur elle et Wu au Moulin dit qu'elle traînait avec un groupe de nanas autrefois. Un groupe de filles qui se faisaient appeler les Evil Fingers.

— Evil Fingers ? Et c'est quoi ? voulut savoir Bublanski.

— On dirait un truc occulte. Elles avaient l'habitude de se réunir pour faire la bringue.

— Ne dis pas que Salander est une foutue sataniste aussi, dit Bublanski. Les médias vont en raffoler.

— Un groupe de lesbiennes satanistes, proposa Faste généreusement.

— Hans, tu as une vision moyenâgeuse des femmes, dit Sonja Modig. Même moi j'ai entendu parler des Evil Fingers.

— Ah bon ? fit Bublanski, tout surpris.

— C'était un groupe de rock féminin à la fin des années 1990. Pas des super-vedettes, mais un moment elles étaient vaguement connues.

— Donc, des lesbiennes satanistes jouant du hard rock, dit Hans Faste.

— Ça va, ça va, dit Bublanski. Hans, toi et Curt vous vous renseignerez sur les membres des Evil Fingers et vous irez leur parler. Est-ce que Salander a d'autres amis ?

— Pas beaucoup, à part son ancien tuteur, Holger Palmgren. Mais il est en soins de longue durée après une attaque, apparemment c'est assez grave. Non – je ne peux vraiment pas dire que j'ai trouvé un cercle d'amis. Cela dit, nous n'avons pas non plus déniché le domicile de Salander, ni de carnet d'adresses, mais je n'ai pas l'impression qu'elle ait beaucoup d'amis proches.

— Quand même, personne ne peut se balader comme un fantôme sans laisser de traces dans la société. Qu'est-ce qu'il faut penser de Mikael Blomkvist ?

— On ne l'a pas exactement placé en filature, mais on lui a donné de nos nouvelles de temps à autre au cours du week-end, dit Faste. Au cas où Salander se manifesterait, donc. Il est rentré chez lui après le boulot et ne semble pas avoir quitté son appartement pendant tout le week-end.

— J'ai du mal à croire qu'il soit impliqué dans le meurtre, dit Sonja Modig. Sa version tient la route et il nous a fourni un emploi du temps détaillé pour la soirée en question.

— Mais il connaît Salander. Il est le maillon entre elle et le couple d'Enskede. Et ensuite il y a son témoignage sur les deux hommes qui ont agressé Salander une semaine avant les meurtres. Qu'est-ce qu'il faut en penser ?

— A part Blomkvist, il n'y a pas un seul témoin de l'agression… ou de la supposée agression, dit Faste.

— Tu penses que Blomkvist fabule ou qu'il ment ?

— Je ne sais pas. Mais toute l'histoire paraît inventée. Un homme adulte qui n'arriverait pas à bout d'une fille qui pèse dans les quarante kilos, je n'y crois pas.

— Pourquoi est-ce que Blomkvist mentirait ?

— Peut-être pour détourner l'attention de Salander.

— Et rien de tout ça ne colle vraiment. C'est Blomkvist qui a avancé la théorie que le couple d'Enskede a été tué à cause du livre que Dag Svensson était en train d'écrire.

— Tu parles, dit Faste. C'est Salander. Pourquoi est-ce que quelqu'un assassinerait son tuteur pour faire taire Dag Svensson ? Et qui… un gars de la police ?

— Si Blomkvist publie sa théorie, on sera dans la merde avec des pistes policières dans tous les sens, dit Curt Bolinder.

Tout le monde hocha la tête.

— OK, dit Sonja Modig. Pourquoi a-t-elle tué Bjurman ?

— Et que veut dire ce tatouage ? demanda Bublanski en montrant la photographie du ventre de Bjurman.

JE SUIS UN PORC SADIQUE, UN SALAUD ET UN VIOLEUR.

Un bref silence s'abattit sur le groupe.

— Que disent les médecins ? voulut savoir Bohman.

— Le tatouage date d'il y a un à trois ans. Ils peuvent le voir à la peau, selon la profondeur du saignement, dit Sonja Modig.

— On peut supposer que Bjurman ne s'est pas fait tatouer ça volontairement.

— C'est vrai qu'il y a des tarés partout, mais j'imagine que ça ne fait pas partie des tatouages très courants, même parmi les fanas.

Sonja Modig agita un index.

— Le médecin légiste dit que techniquement c'est un tatouage épouvantable, ce que moi-même j'ai pu constater. Conclusion : c'est un amateur qui l'a réalisé. L'aiguille n'a pas été enfoncée avec régularité et c'est un énorme tatouage sur une partie très sensible du corps. Globalement, ça a dû être une procédure terriblement douloureuse, qu'il faudrait pratiquement mettre au niveau des coups et blessures aggravés.

— A part le fait que Bjurman n'a jamais porté plainte, dit Faste.

— Moi non plus je ne porterais pas plainte si quelqu'un me tatouait un slogan pareil sur le ventre, dit Curt Bolinder.

— J'ai un autre truc, dit Sonja Modig. Qui viendrait éventuellement étayer le message du tatouage – que Bjurman était un porc sadique.

Elle ouvrit un dossier avec des photos sorties de l'imprimante qu'elle fit circuler.

— J'en ai seulement imprimé un petit échantillonnage. Mais voilà ce que j'ai trouvé dans un dossier sur le disque dur de Bjurman. Ce sont des photos téléchargées d'Internet. Son ordinateur contient plus de deux mille photos de ce genre.

Faste siffla et brandit une photo d'une femme ligotée dans une position brutale et inconfortable.

— C'est peut-être quelque chose pour Domino Fashion ou Evil Fingers, dit-il.

Bublanski agita une main irritée pour que Faste ferme sa gueule.

— Comment faut-il interpréter ça ? demanda Bohman.

— Le tatouage date de disons… deux ans, dit Bublanski. C'est à peu près l'époque où Bjurman est tombé malade. Ni le médecin légiste, ni son dossier médical n'indiquent qu'il avait de maladies sérieuses, à part de l'hypertension. On peut donc supposer qu'il y a un lien.

— Salander a changé au cours de cette même année, dit Bohman. Elle a soudain cessé de travailler pour Milton et elle s'est tirée à l'étranger.

— Sommes-nous d'accord pour supposer qu'il y a un lien là aussi ? Si le message du tatouage est correct, Bjurman avait donc violé quelqu'un. Salander est indéniablement bien placée. Dans ce cas, ce serait un bon mobile pour un meurtre.

— Il y a quand même d'autres façons d'interpréter ça, dit Hans Faste. J'imagine bien un scénario où Salander et la Chinetoque proposent une sorte de service d'escorte teinté sadomaso. Bjurman étant un de ces barges qui prennent leur pied à se faire fouetter par des petites filles. Il a pu se trouver dans une sorte de relation de dépendance avec Salander où les choses ont déraillé.

— Mais ça n'explique pas pourquoi elle est allée à Enskede.

— Si Dag Svensson et Mia Bergman étaient sur le point de révéler le commerce du sexe, ils peuvent être tombés sur Salander et Wu. Là, il peut y avoir eu un motif pour Salander de les tuer.

— Ce qui nous fait encore davantage de spéculations, dit Sonja Modig.

Ils poursuivirent la réunion pendant encore une heure et débattirent aussi du fait que l'ordinateur portable de Dag Svensson avait disparu. Quand ils arrêtèrent pour aller déjeuner, ils se sentaient tous frustrés. L'enquête comportait plus de points d'interrogation que jamais.

ERIKA BERGER APPELA Magnus Borgsjö de la direction de *Svenska Morgon-Posten* dès son arrivée à la rédaction le mardi matin.

— Je suis intéressée, dit-elle.

— J'en étais sûr.

— J'avais l'intention de te faire part de ma décision tout de suite après le week-end de Pâques. Mais comme tu peux le comprendre, nous sommes en plein chaos ici à la rédaction.

— Le meurtre de Dag Svensson. Toutes mes condoléances. C'est une sale histoire.

— Alors tu comprends que ce n'est pas le bon moment pour moi d'annoncer que je vais quitter le navire.

Il garda le silence un moment.

— Nous avons un problème, dit Borgsjö.

— Lequel ?

— Quand nous avons discuté la première fois, je t'ai dit que le poste était à pourvoir pour le 1er août. Mais il se trouve que Håkan Morander, le rédacteur en chef auquel tu dois succéder, n'est pas du tout en bonne santé. Il a des problèmes cardiaques et il faut qu'il réduise son activité. Il en a discuté avec son médecin il y a quelques jours et je viens d'apprendre qu'il quittera son poste le 1er juillet. Je croyais qu'il allait rester jusqu'à l'automne et que tu pourrais prendre le relais en parallèle avec lui en août et septembre. Mais dans la situation actuelle, c'est la crise. Erika, nous aurons besoin de toi dès le 1er mai – au plus tard le 15 mai.

— Mon Dieu. C'est dans quelques semaines seulement.

— Es-tu toujours intéressée ?

— Oui… mais ça signifie que je n'ai qu'un mois pour faire du rangement à *Millénium*.

— Je sais. Désolé, Erika, mais je suis obligé de te mettre la pression. Ceci dit, un mois devrait suffire pour boucler tes affaires dans un journal qui a une demi-douzaine d'employés.

— Mais ça signifie que je plaque tout en plein chaos.

— Tu dois plaquer de toute façon. Tout ce qu'on fait, c'est avancer la date de quelques semaines.

— J'ai quelques conditions à poser.

— Je t'écoute.

— Je resterai dans le CA de *Millénium*.

— Ce n'est pas forcément pertinent. *Millénium* est un mensuel, certes, et considérablement plus petit, mais d'un point de vue purement technique, nous sommes concurrents.

— Peu m'importe. Je serai totalement en dehors de l'activité rédactionnelle de *Millénium*, mais je n'ai aucune intention de vendre ma part. Par conséquent, je reste dans le CA.

— Entendu, on trouvera une solution.

Ils fixèrent une rencontre avec la direction la première semaine d'avril, afin de discuter des détails et de rédiger le contrat.

MIKAEL BLOMKVIST EUT UNE IMPRESSION de déjà vu en examinant la liste de suspects qu'il avait dressée avec Malou pendant le week-end. Il y avait là trente-sept personnes que Dag Svensson malmenait sans pitié dans son livre. De ceux-ci, vingt et un étaient des michetons qu'il avait identifiés.

Mikael se rappela soudain sa traque d'un meurtrier à Hedestad deux ans auparavant, avec au départ une galerie de suspects qui comptait près de cinquante personnes. Il avait été obligé d'arrêter les spéculations sur la culpabilité éventuelle de chacune.

Vers 10 heures le mardi, il fit signe à Malou Eriksson de venir dans son bureau. Il ferma la porte et lui demanda de s'installer.

Ils gardèrent le silence le temps de siroter un café. Finalement, il poussa vers elle la liste des trente-sept noms dressée pendant le week-end.

— Qu'est-ce qu'on fait ?

— Pour commencer, on va montrer cette liste à Erika dans dix minutes. Ensuite, on va essayer de les décortiquer les uns après les autres. Il se peut que quelqu'un dans la liste soit lié aux meurtres.

— Et on fera comment pour les décortiquer ?

— Je vais me concentrer sur les vingt et un michetons nommément cités dans le livre. Ils ont plus à perdre que les autres. Je vais emboîter le pas à Dag et leur rendre visite un à un.

— D'accord.

— J'ai deux boulots pour toi. Premièrement, il y a sept noms ici qui ne sont pas identifiés, deux michetons et cinq profiteurs. Ton boulot dans les jours qui viennent va être d'essayer de les identifier. Certains des noms figurent dans la thèse de Mia ; il y a peut-être des références qui pourraient nous aider à deviner leurs véritables noms.

— Entendu.

— Deuxièmement, nous savons très peu de choses sur Nils Bjurman, le tuteur de Lisbeth. Les journaux ont donné un CV sommaire de lui, mais j'imagine que la moitié est erronée.

— Je vais donc fouiner dans son passé.

— Exactement. Tout ce que tu peux trouver.

HARRIET VANGER APPELA Mikael Blomkvist vers 17 heures.

— Tu peux parler ?

— Un petit moment.

— Cette fille qu'ils recherchent… c'est celle qui t'a aidé à me retrouver, n'est-ce pas ?

Harriet Vanger et Lisbeth Salander ne s'étaient jamais rencontrées.

— Oui, répondit Mikael. Excuse-moi, je n'ai pas eu le temps de t'appeler pour te tenir informée. Mais effectivement, c'est elle.

— Qu'est-ce que ça signifie ?

— En ce qui te concerne… rien, j'espère.

— Mais elle sait tout sur moi et sur ce qui s'est passé il y a deux ans.

— Oui, elle sait tout ce qui s'est passé.

Harriet Vanger resta silencieuse à l'autre bout de la ligne.

— Harriet… je ne pense pas qu'elle soit coupable. Je suis obligé de me dire qu'elle est innocente. J'ai confiance en Lisbeth Salander.

— Si on doit croire ce que disent les journaux…

— On ne doit pas croire ce que disent les journaux. C'est trop simpliste. Elle a donné sa parole de ne pas te trahir. Je pense qu'elle la tiendra pour le restant de sa vie. Comme je l'ai compris, elle a des principes.

— Et si elle ne tient pas parole ?

— Je ne sais pas. Harriet. Je vais tout faire pour découvrir ce qui s'est réellement passé.

— Bien.

— Ne t'inquiète pas.

— Je ne m'inquiète pas. Mais je veux être préparée au pire. Comment tu vas, Mikael ?

— Pas terrible. Nous sommes sur le pied de guerre depuis les meurtres.

Harriet Vanger se tut un moment.

— Mikael… je suis à Stockholm, là, maintenant. Je prends l'avion pour l'Australie demain et je serai absente pendant un mois.

— Ah bon.

— Je suis descendue au même hôtel.

— Je ne sais pas trop que te dire. Je me sens en mille morceaux. Je dois travailler cette nuit et je ne serais pas une compagnie très marrante.

— Tu n'as pas besoin d'être une compagnie marrante. Viens juste te détendre un moment.

MIKAEL RENTRA CHEZ LUI vers 1 heure du matin. Il était fatigué et envisagea de tout laisser tomber et d'aller se coucher, mais il démarra quand même son iBook et vérifia sa boîte aux lettres. Rien d'intéressant ne s'y était ajouté.

Il ouvrit le dossier [LISBETH SALANDER] et découvrit un tout nouveau document. Il était intitulé [Pour MikBlom] et posé juste à côté du document intitulé [Pour Sally].

Ce fut presque un choc de voir soudain ce fichier dans son ordinateur. *Elle est ici. Lisbeth Salander est venue dans mon ordinateur. Elle y est peut-être encore.* Il double cliqua.

Il n'aurait su dire à quoi il s'était attendu. Une lettre. Une réponse. Des affirmations de son innocence. Une explication. La réplique de Lisbeth Salander à Mikael Blomkvist était frustrante tant elle était brève. Le message ne consistait qu'en un seul mot. Quatre lettres.

[Zala.]

Mikael fixa le nom.

Dag Svensson avait parlé de Zala au téléphone deux heures avant d'être tué.

Qu'est-ce qu'elle essaie de dire ? Est-ce que Zala serait le lien entre Bjurman et Dag et Mia ? Comment ? Pourquoi ? Qui est-il ? Et comment Lisbeth Salander peut-elle le savoir ? Comment est-elle mêlée à cela ?

Il ouvrit les propriétés du fichier et constata que le texte avait été créé moins de quinze minutes plus tôt. Puis il sourit tout à coup. Le fichier était marqué *Mikael Blomkvist* comme auteur d'origine. Elle avait créé le fichier dans son ordinateur et avec son logiciel à lui. C'était mieux qu'un e-mail, ça ne laissait pas de traces et pas d'adresse IP qu'on pourrait remonter, même si Mikael était relativement sûr qu'on ne pourrait jamais remonter jusqu'à Lisbeth Salander via le réseau. Et cela prouvait tout bonnement que Lisbeth Salander avait opéré un *hostile takeover* – elle appelait ça comme ça – de son ordinateur.

Il s'approcha de la fenêtre et regarda l'hôtel de ville. Il ne pouvait pas se défaire du sentiment d'être observé par Lisbeth Salander à cet instant, presque comme si elle se trouvait dans la pièce et le contemplait à travers l'écran de son iBook. Concrètement, elle pouvait se trouver presque n'importe où dans le monde, mais il soupçonna qu'elle était beaucoup plus près. Quelque part dans le centre de Stockholm. Dans un rayon d'un kilomètre autour de l'endroit où il se trouvait.

Il réfléchit un court instant, puis il s'assit et créa un nouveau document Word qu'il nomma [Sally – 2] et qu'il plaça sur le bureau. Il écrivit un message énergique.

[Lisbeth,
Quelle foutue nana compliquée tu fais. Qui est ce Zala ? C'est lui, le lien ? Sais-tu qui a tué Dag & Mia et, dans ce cas, dis-le-moi pour qu'on puisse démêler ce merdier et rentrer dormir. Mikael.]

Elle se trouvait à l'intérieur de l'iBook de Mikael Blomkvist. La réplique arriva moins d'une minute plus tard. Un nouveau fichier se matérialisa dans le dossier sur son bureau, cette fois-ci baptisé [Super Blomkvist].

[C'est toi le journaliste. T'as qu'à le trouver.]

Les sourcils de Mikael se contractèrent. Elle se foutait de lui et utilisait son surnom en sachant bien qu'il le détestait. Et elle ne livrait pas le moindre indice. Il pianota le fichier [Sally – 3] et le plaça sur le bureau.

[Lisbeth,
Un journaliste trouve des choses en posant des questions aux gens qui savent. Je te le demande. Sais-tu pourquoi Dag et Mia ont été tués et qui les a tués ? Dans ce cas, dis-le-moi. Donne-moi un indice pour avancer. Mikael.]

De plus en plus découragé, il attendit une autre réplique pendant plusieurs heures. Il était 4 heures avant qu'il abandonne et aille se coucher.

19

MERCREDI 30 MARS – VENDREDI 1er AVRIL

RIEN D'UN INTÉRÊT PARTICULIER ne se passa le mercredi. Mikael utilisa la journée à passer au peigne fin le matériau de Dag Svensson pour trouver toutes les références au nom de Zala. Comme Lisbeth Salander l'avait fait plus tôt, il découvrit le dossier [ZALA] dans l'ordinateur de Dag Svensson et lut les trois fichiers [Irene P.], [Sandström] et [Zala] et, tout comme Lisbeth, Mikael s'aperçut que Dag Svensson avait eu une source à la police du nom de Gulbrandsen. Il réussit à le localiser à la criminelle de Södertälje mais quand il appela, on lui dit que Gulbrandsen était en voyage professionnel et ne serait de retour que lundi prochain.

Il constata que Dag Svensson avait consacré beaucoup de temps à Irene P. Il lut le rapport d'autopsie et apprit que la femme avait été tuée lentement et d'une façon brutale. Le meurtre avait eu lieu fin février. La police n'avait aucun indice sur son assassin, mais on était parti du principe que du moment qu'Irene P. était prostituée, l'assassin devait être un de ses clients.

Mikael se demanda pourquoi Dag Svensson avait rangé le document sur Irene P. dans le dossier [ZALA]. Cela indiquait qu'il faisait un lien entre Zala et Irene P., mais il n'y avait aucune référence à cela dans le texte. Autrement dit, Dag Svensson avait fait ce lien dans sa tête.

Le fichier [Zala] était si bref qu'il ressemblait plutôt à des notes de travail temporaires. Mikael constata que Zala (à supposer qu'il existait vraiment) apparaissait comme une sorte de fantôme dans le monde du crime. Ça n'avait pas l'air très réaliste et le texte ne renvoyait à aucune source.

Il ferma le fichier et se gratta la tête. Démêler les meurtres de Dag et Mia était une tâche bien plus compliquée qu'il ne se l'était imaginé. Et malgré lui, il était tout le temps pris d'un doute. Le problème était qu'il ne disposait en fait d'aucun indice indiquant clairement que Lisbeth n'était pas mêlée aux meurtres. Sa seule base était l'absurdité qu'elle soit allée à Enskede pour tuer deux de ses amis.

Il savait qu'elle ne manquait pas de ressources ; elle s'était servie de ses talents de hacker pour voler une somme délirante de plusieurs milliards de couronnes. Même Lisbeth ne savait pas qu'il savait. A part qu'il avait été obligé (et Lisbeth l'y avait autorisé) d'expliquer ses talents en informatique à Erika Berger, il n'avait jamais révélé ses secrets à qui que ce soit.

Il refusait de croire Lisbeth Salander coupable des meurtres. Il avait envers elle une dette qu'il ne pourrait jamais payer. Non seulement elle lui avait sauvé la vie quand Martin Vanger s'apprêtait à le tuer, mais elle avait aussi sauvé sa carrière professionnelle et probablement le magazine *Millénium* en livrant la tête de ce financier pourri de Wennerström.

Des choses comme ça vous engageaient. Il ressentait une grande loyauté envers Lisbeth Salander. Qu'elle soit coupable ou non, il avait l'intention de tout faire pour l'aider quand tôt ou tard elle serait arrêtée.

Mais il admettait qu'il ne savait que dalle sur elle. Les nombreux avis psychiatriques, le fait qu'elle ait été internée d'office dans l'une des institutions psychiatriques les plus respectables du pays et qu'elle avait même été déclarée incapable indiquaient clairement que sa tête n'allait pas très bien. Les médias avaient accordé beaucoup de place au médecin-chef Peter Teleborian, de la clinique psychiatrique Sankt Stefan à Uppsala. Par discrétion il ne s'était pas prononcé spécifiquement sur Lisbeth Salander mais il n'avait pas manqué d'y aller de son couplet sur l'effondrement des soins accordés aux malades mentaux. Teleborian était une autorité respectée non seulement en Suède mais partout dans le monde, en tant qu'éminent expert des maladies psychiques. Il avait été très convaincant et avait réussi à exprimer sa sympathie pour les victimes et leurs familles tout en laissant entendre qu'il se préoccupait grandement du bien-être de Lisbeth.

Mikael se demanda s'il devait prendre contact avec Peter Teleborian pour le convaincre de contribuer d'une façon ou d'une autre. Mais il s'en abstint. Il se dit que Peter Teleborian aurait tout loisir d'aider Lisbeth Salander une fois qu'elle serait arrêtée.

Finalement, il alla dans la kitchenette se chercher du café dans un mug portant le logo des modérés et entra chez Erika Berger.

— J'ai une liste très longue de michetons et de maquereaux que je dois interviewer, dit-il.

Elle hocha la tête d'un air soucieux.

— Il faudra sans doute une semaine, voire deux, pour s'occuper de tout le monde sur la liste. Ils sont éparpillés de Strängnäs à Norrköping, jamais très loin de Stockholm mais quand même. J'ai besoin d'une voiture.

Elle ouvrit son sac à main et en tira les clés de sa BMW.

— Je peux ?

— Bien sûr que tu peux. Je prends le train aussi souvent que la voiture pour venir au boulot. Et si ça coince, je peux prendre la voiture de Lars.

— Merci.

— Il y a une condition.

— Ah bon ?

— Certains de ces individus sont de vraies brutes. Si tu pars en croisade contre des maquereaux pour élucider les meurtres de Dag et Mia, je veux que tu prennes ça et que tu le gardes constamment dans ta poche.

Elle posa une bombe lacrymogène sur le bureau.

— D'où tu sors ça ?

— Je l'ai achetée aux Etats-Unis l'année dernière. Tu imagines une fille seule dans les rues, la nuit, sans arme ?

— Et toi, tu imagines le ramdam que ça ferait si je l'utilisais et me faisais coincer pour détention d'arme illégale ?

— C'est mieux que d'avoir à écrire ta nécrologie. Mikael… je ne sais pas si tu l'as compris, mais des fois je m'inquiète beaucoup pour toi.

— Ah bon.

— Tu prends des risques et tu es tellement grande gueule que jamais tu n'arrives à faire marche arrière quand tu as démarré une connerie.

Il sourit et reposa la bombe sur le bureau d'Erika.

— Merci pour ta sollicitude. Mais je n'en ai pas besoin.
— Micke, j'insiste.
— Si tu veux. Mais je suis déjà préparé.
Il plongea la main dans la poche de sa veste et en ressortit la cartouche de gaz lacrymogène qu'il avait trouvée dans le sac de Lisbeth Salander et qu'il portait sur lui depuis. Erika soupira.

BUBLANSKI FRAPPA SUR LE MONTANT de la porte du bureau de Sonja Modig et s'installa sur la chaise des visiteurs devant sa table de travail.
— L'ordinateur de Dag Svensson, dit-il.
— J'y ai pensé aussi, répondit-elle. C'est moi qui ai fait la reconstitution des dernières vingt-quatre heures de Svensson et Bergman. Il y a toujours quelques trous, mais Dag Svensson n'est pas allé à la rédaction de *Millénium* ce jour-là. En revanche il a bougé en ville et vers 16 heures il a rencontré un vieux copain de classe. Une rencontre fortuite dans un café de Drottninggatan. Ce copain affirme que Dag Svensson avait définitivement un portable dans son sac à dos. Il l'a vu et ils en ont même parlé.
— Et vers 23 heures, après qu'il a été tué, l'ordinateur n'était pas à son domicile.
— Exact.
— Qu'est-ce qu'on doit en tirer comme conclusion ?
— Il a pu se rendre ailleurs et pour une raison ou une autre le laisser ou l'oublier.
— Est-ce vraisemblable ?
— Pas très vraisemblable. Mais il a pu le laisser à réviser ou à réparer. Puis il y a la possibilité qu'il ait eu un autre endroit où il travaillait et qu'on ne connaît pas. Il lui est déjà arrivé de louer un bureau dans une agence de pigistes à Sankt Eriksplan par exemple.
— Je vois.
— Puis il y a évidemment la possibilité que le tueur ait embarqué l'ordinateur.
— D'après Armanskij, Lisbeth Salander est un crack en informatique.
— Oui, fit Sonja Modig de la tête.
— Hmm. La théorie de Blomkvist est que Dag Svensson et Mia Bergman ont été tués à cause de la recherche

que faisait Svensson. Qui donc devait se trouver dans l'ordinateur.

— On a un paquet de métros de retard. Trois victimes, ça fait tant de pistes à remonter que ça nous pose des problèmes de temps, mais il se trouve qu'on n'a pas encore opéré de véritable perquisition sur le lieu de travail de Dag Svensson à *Millénium*.

— J'ai parlé avec Erika Berger ce matin. Elle dit qu'ils s'étonnent qu'on ne soit pas encore venu jeter un coup d'œil sur ses affaires. On s'est trop concentré sur Lisbeth Salander pour l'arrêter le plus vite possible alors qu'on en sait encore beaucoup trop peu sur le mobile. Est-ce que tu pourrais…

— Je me suis arrangée avec Berger pour une visite demain.

— Merci.

LE JEUDI, MIKAEL ÉTAIT EN CONVERSATION avec Malou Eriksson dans son bureau quand il entendit un téléphone sonner à la rédaction. Il aperçut Henry Cortez par l'entrebâillement de la porte et ne prêta plus attention à la sonnerie. Puis, au fond de son crâne, il enregistra que c'était le téléphone sur le bureau de Dag Svensson qui sonnait. Il s'interrompit au milieu d'une phrase et bondit sur ses pieds.

— Stop – touche pas à ce téléphone ! hurla-t-il.

Henry Cortez venait de poser la main sur le combiné. Mikael bondit à travers la pièce. *C'était quoi déjà, ce putain de nom qu'il…*

— Indigo Marketing, bonjour, je suis Mikael. En quoi puis-je vous être utile ?

— Euh… bonjour, je m'appelle Gunnar Björck. J'ai reçu une lettre comme quoi j'ai gagné un téléphone portable.

— Toutes mes félicitations, dit Mikael Blomkvist. Il s'agit d'un Sony Ericsson, le tout dernier modèle.

— Et c'est gratuit ?

— Totalement gratuit. Sinon que pour recevoir votre cadeau, vous devez vous prêter à une interview. Nous réalisons des études de marché et des analyses poussées pour différentes entreprises. Il faudra répondre aux questions pendant une petite heure. Et si vous acceptez, vous partez pour la deuxième manche avec 100 000 couronnes à la clé.

— Je comprends. On peut le faire par téléphone ?

— Ah, là, je suis désolé. L'étude comporte un volet identification de différents logos d'entreprises, que nous devons donc vous montrer. Nous vous demanderons aussi quel type d'images publicitaires vous paraît attirant en vous montrant plusieurs alternatifs. Un de nos collaborateurs passera vous voir.

— Ah bon… et comment ça se fait que j'aie été choisi ?

— Nous réalisons ce type d'étude deux ou trois fois par an. Dans l'opération actuelle, nous mettons l'accent sur des hommes de votre âge avec une belle situation. Nous avons ensuite pioché au hasard parmi des numéros d'identité personnels.

Pour finir, Gunnar Björck accepta de recevoir un collaborateur d'Indigo Marketing. Il fit savoir qu'il était en arrêt maladie et se reposait dans une maison de campagne à Smådalarö. Il expliqua comment s'y rendre. Ils se mirent d'accord pour un rendez-vous le vendredi matin.

— OUAIS ! s'exclama Mikael après avoir raccroché.

Il donna un coup de poing dans l'air. Malou Eriksson et Henry Cortez échangèrent un regard perplexe.

PAOLO ROBERTO ATTERRIT à Arlanda à 11 h 30 le jeudi. Il avait dormi la plus grande partie du vol en provenance de New York et pour une fois il ne ressentait pas l'effet du décalage horaire.

Il avait passé un mois aux Etats-Unis à discuter boxe, à regarder des matches d'exhibition et à chercher des idées pour une production qu'il avait l'intention de vendre à Strix Télévision. Il constata avec nostalgie que sa carrière était maintenant définitivement au rancart, d'une part à cause de la douce pression de sa famille et d'autre part parce qu'il prenait de l'âge. Il n'y pouvait pas grand-chose à part essayer de garder la forme, ce qu'il faisait au moyen de séances d'entraînement intenses au moins une fois par semaine. Il était encore un grand nom dans le monde de la boxe et il supposa que d'une façon ou d'une autre il continuerait à travailler avec ce sport pour le restant de ses jours.

Il alla chercher son sac sur le tapis roulant. On l'arrêta au passage de la douane et on lui demanda de passer au sas de fouille. L'un des douaniers avait cependant les yeux bien en face des trous et le reconnut.

— Salut Paolo. Et tu n'as que des gants de boxe dans le sac, j'imagine ?

Paolo Roberto assura qu'il n'avait pas le moindre objet de contrebande avec lui et on le laissa entrer au pays.

Il quitta le hall d'arrivée et s'engagea dans la descente vers la navette d'Arlanda quand il s'arrêta net, brusquement confronté au visage de Lisbeth Salander sur les manchettes des journaux du soir. D'abord il ne comprit pas ce qu'il voyait. Il se demanda si malgré tout il ne ressentait pas le décalage horaire. Puis il lut de nouveau le titre.

LA CHASSE
A LISBETH
SALANDER

Son regard passa à la deuxième manchette.

EN EXCLUSIVITÉ !
UNE PSYCHOPATHE
RECHERCHÉE POUR
TRIPLE MEURTRE

Indécis, il entra dans le Point-Presse et acheta les journaux du soir comme ceux du matin, puis il se dirigea vers une cafétéria. Il lut avec un sentiment d'irréalité.

EN ARRIVANT A SON APPARTEMENT dans Bellmansgatan vers 23 heures le jeudi, Mikael Blomkvist était fatigué et déprimé. Il avait pensé aller se coucher tôt et essayer de rattraper un peu son retard de sommeil, mais il ne sut résister à la tentation de se brancher sur le Net et de vérifier sa boîte aux lettres.

Il n'avait rien reçu de grand intérêt mais par acquit de conscience, il ouvrit le dossier [LISBETH SALANDER]. Son cœur se mit à battre quand il découvrit un nouveau fichier nommé [MB2]. Il double cliqua.

[Le procureur E. balance des infos aux médias. Demande-lui pourquoi il n'a pas refilé l'ancien rapport de police.]

Mikael regarda stupéfait le mystérieux message. Qu'est-ce qu'elle voulait dire ? Quel ancien rapport de police ? Il ne comprenait pas ce qu'elle insinuait. Quelle foutue nana compliquée ! Pourquoi fallait-il toujours qu'elle formule ses messages façon rébus ? Un moment plus tard, il créa un nouveau fichier qu'il baptisa [Cryptique].

> [Salut Sally. Je suis vachement fatigué, je n'arrête pas depuis les meurtres. Je ne suis pas d'humeur à jouer aux devinettes. Il se peut que tu t'en foutes ou que tu ne prennes pas la situation au sérieux, mais moi je veux savoir qui a tué mes amis. M.]

Il attendit devant l'écran. La réponse [Cryptique 2] arriva au bout d'une minute.

> [Qu'est-ce que tu ferais si c'était moi ?]

Il répondit avec [Cryptique 3].

> [Lisbeth, si tu es devenue complètement folle, il n'y a sans doute que Peter Teleborian pour t'aider. Mais je ne pense pas que tu aies tué Dag et Mia. J'espère ne pas me tromper.
>
> Dag et Mia avaient l'intention de dénoncer le commerce du sexe. Mon hypothèse est que cela a motivé les meurtres, d'une façon ou d'une autre. Mais je n'ai rien pour étayer.
>
> Je ne sais pas ce qui a foiré entre nous deux, mais à un moment, on a discuté de l'amitié. Je te disais que l'amitié est basée sur deux choses – respect et confiance. Même si tu ne m'aimes pas, tu peux quand même avoir confiance en moi, entièrement. Je n'ai jamais révélé tes secrets. Même pas ce qui est arrivé aux milliards de Wennerström. Fais-moi confiance. Je ne suis pas ton ennemi. M.]

La réponse tarda tant à venir que Mikael avait abandonné tout espoir. Mais environ cinquante minutes plus tard apparut soudain [Cryptique 4].

> [Je vais y réfléchir.]

Mikael respira enfin. Tout à coup il perçut une petite lueur d'espoir. La réponse signifiait exactement ce qu'elle disait. Elle allait y réfléchir. C'était la première fois depuis qu'elle avait soudain disparu de sa vie qu'elle acceptait de communiquer avec lui. Qu'elle veuille réfléchir signifiait qu'elle allait peser le pour et le contre avant de lui parler. Il écrivit [Cryptique 5]

[D'accord. Je t'attends. Mais ne tarde pas trop.]

L'INSPECTEUR HANS FASTE reçut le coup de fil sur son téléphone portable alors qu'il roulait dans Långholmsgatan en direction du pont de Västerbron pour aller au boulot le vendredi matin. La police n'avait pas assez de ressources pour mettre l'appartement de Lundagatan sous surveillance permanente. Ils étaient convenus avec un voisin de palier, policier à la retraite, qu'il garde un œil sur l'appartement.

— La Chinetoque vient de rentrer, dit le voisin.

Hans Faste n'aurait pas pu se trouver à un endroit plus propice. Il fit un demi-tour illégal devant l'arrêt de bus dans Heleneborgsgatan juste devant le pont, et gagna Lundagatan via Högalidsgatan. Il se gara moins de deux minutes après le coup de fil, traversa la rue au pas de jogging et gagna l'immeuble sur cour par la porte cochère.

Miriam Wu était encore devant la porte de son appartement et fixait la serrure forcée et les rubans adhésifs quand elle entendit les pas dans l'escalier. Elle se retourna et vit approcher un homme athlétique et solidement bâti, au regard intense. Elle le perçut comme hostile, lâcha son sac de voyage par terre et se prépara à une démonstration de boxe thaïe si nécessaire.

— Miriam Wu ? demanda-t-il.

A sa grande surprise, l'homme tendit une plaque de policier.

— Oui, répondit Mimmi. De quoi s'agit-il ?

— Où étais-tu passée toute cette semaine ?

— J'étais en voyage. Qu'est-ce qui s'est passé ? J'ai été cambriolée ?

Faste la dévisagea.

— Je dois te demander de me suivre à Kungsholmen, dit-il en posant une main sur l'épaule de Miriam Wu.

BUBLANSKI ET MODIG virent une Miriam Wu passablement irritée escortée à la salle d'interrogatoire par Faste.

— Asseyez-vous. Je suis l'inspecteur criminel Jan Bublanski et voici ma collègue Sonja Modig. Je regrette que nous ayons été obligés de vous faire venir de cette façon, mais nous avons quelques questions à vous poser.

— Ah bon. Et pourquoi ? Votre collègue, là, il n'est pas très causant.

Mimmi agita le pouce en direction de Faste.

— Ça fait plus d'une semaine qu'on vous recherche. Vous pouvez nous dire où vous étiez ?

— Oui, bien sûr. Mais je n'en ai pas envie et, pour autant que je sache, ça ne vous concerne pas.

Bublanski leva un sourcil.

— Je rentre chez moi, je trouve ma porte défoncée et barrée avec le ruban de la police, puis un mâle bourré d'anabolisants me traîne ici. Je pourrais avoir une explication ?

— Tu n'aimes pas les mâles ? demanda Hans Faste.

Miriam Wu le regarda, interloquée. Bublanski et Modig le fixèrent chacun avec des yeux sévères.

— Dois-je comprendre que vous n'avez pas lu les journaux au cours de la semaine passée ? Vous étiez à l'étranger ?

Secouée, Miriam Wu commençait à manquer d'assurance.

— Non, je n'ai pas lu de journaux. J'étais à Paris pour voir mes parents pendant quinze jours. J'arrive tout juste de la gare.

— Vous avez pris le train ?

— Je n'aime pas l'avion.

— Et vous n'avez pas vu les titres des journaux ?

— Je sors du train de nuit, je suis rentrée en métro.

L'inspecteur Bubulle réfléchit. Les journaux du matin ne titraient pas tous sur Lisbeth Salander. Il se leva et quitta la pièce, puis revint au bout d'une minute avec l'édition de Pâques d'*Aftonbladet*, dont la une était entièrement occupée par la photo d'identité de Lisbeth Salander.

Miriam Wu faillit tomber dans les pommes.

MIKAEL BLOMKVIST SUIVIT la description que lui avait donnée Gunnar Björck, soixante-deux ans, pour se rendre à la maison de campagne de Smådalarö. Il se gara et constata que la “petite maison” était une villa moderne avec toutes les commodités, d'où on voyait un coin de l'anse de Jungfrufjärden. Il monta un sentier gravillonné et sonna à la porte. Gunnar Björck ressemblait parfaitement à la photo d'identité que Dag Svensson avait dénichée.

— Bonjour, dit Mikael.

— Bonjour, vous avez trouvé sans problèmes ?

— Sans problèmes.

— Entrez. On va s'installer dans la cuisine.

— Ça me paraît très bien.

Gunnar Björck semblait être en bonne santé, mais il boitait légèrement.

— Je suis en arrêt maladie, dit-il.

— Rien de sérieux, j'espère, dit Mikael.

— J'attends qu'on m'opère d'une hernie discale. Vous voulez du café ?

— Non merci, dit Mikael.

Il s'assit devant la table, ouvrit sa sacoche et en sortit un dossier. Björck s'assit en face de lui.

— J'ai l'impression de vous reconnaître. On s'est déjà rencontré ?

— Non, dit Mikael.

— Vous me paraissez vraiment très familier.

— Vous m'avez peut-être vu dans les journaux.

— C'est quoi déjà, votre nom ?

— Mikael Blomkvist. Je suis journaliste, je travaille au magazine *Millénium.*

Gunnar Björck eut l'air intrigué. Puis les morceaux du puzzle tombèrent à leur place. *Super Blomkvist. L'affaire Wennerström.* Mais il n'avait pas encore compris les implications.

— *Millénium.* Je ne savais pas que vous faisiez des études de marché.

— A titre exceptionnel, seulement. Je voudrais que vous jetiez un coup d'œil sur ces trois photos pour me dire quel modèle vous préférez.

Mikael étala les photos de trois filles sur la table. Une des photos était téléchargée d'une page porno d'Internet et sortie sur imprimante. Les deux autres étaient des agrandissements de photos d'identité en couleurs.

Gunnar Björck devint livide.

— Je ne comprends pas.

— Non ? Elle, c'est Lidia Komarova, seize ans, de Minsk en Biélorussie. A côté, c'est Myang So Chin, dite aussi Jo-Jo, de Thaïlande. Vingt-cinq ans. Et, pour finir, Yelena Barasowa, dix-neuf ans, de Tallinn. Tu as acheté des services sexuels à ces trois femmes et j'aimerais savoir laquelle tu as préférée. Tu peux considérer ça comme une étude de marché.

BUBLANSKI REGARDA MIRIAM WU d'un œil sceptique et elle lui rendit son regard.

— Si je résume, vous prétendez que vous connaissez Lisbeth Salander depuis un peu plus de trois ans. Sans contrepartie, elle vous a mise sur son contrat d'appartement ce printemps et elle est allée habiter ailleurs. Vous vous retrouvez au lit avec elle de temps à autre quand elle donne signe de vie, mais vous ne savez pas où elle habite, ni ce qu'est son boulot ou comment elle gagne sa croûte. Et vous voulez que je vous croie ?

— Je m'en fiche de ce que vous croyez. Je n'ai rien fait de criminel, et mon choix de vie et de partenaires sexuels ne vous regarde pas, ni vous ni qui que ce soit.

Bublanski soupira. Il avait accueilli la nouvelle de l'apparition de Miriam Wu avec un sentiment de libération. *Enfin une percée.* Les réponses qu'elle lui avait fournies étaient cependant tout sauf éclairantes. A dire vrai, elles étaient même particulièrement étranges. Le problème était qu'il la croyait. Elle répondait avec précision et sans hésiter. Elle pouvait dire exactement à quels endroits et à quels moments elle avait rencontré Salander et elle leur décrivit si précisément les circonstances qui l'avaient fait déménager à Lundagatan qu'aussi bien Bublanski que Modig se dirent qu'une histoire aussi étrange ne pouvait être que véridique.

Hans Faste avait assisté à l'interrogatoire de Miriam Wu avec un sentiment grandissant d'irritation, mais il avait réussi à la fermer. Il trouvait Bublanski beaucoup trop mou avec la Chinetoque. Cette espèce de garce arrogante en rajoutait dans les explications pour éviter de répondre à la seule question importante, à savoir où, bordel de merde, cette sale pute de Lisbeth Salander était allée se cacher.

Mais Miriam Wu ne savait pas où se trouvait Lisbeth Salander. Elle n'avait aucune idée du boulot de Lisbeth Salander. Elle n'avait jamais entendu parler de Milton Security. Elle n'avait jamais entendu parler de Dag Svensson ou de Mia Bergman et ne pouvait donc pas répondre à une seule question intéressante. Elle ignorait totalement que Salander était sous tutelle, que dans son adolescence elle avait été internée d'office et qu'elle avait à son palmarès des avis psychiatriques éloquents.

Par contre, elle confirma qu'elle et Lisbeth Salander étaient allées au Moulin, qu'elles s'étaient embrassées et étaient ensuite rentrées à Lundagatan puis s'étaient séparées tôt le lendemain matin. Quelques jours plus tard, Miriam Wu avait pris le train pour Paris et loupé tous les titres des journaux suédois. A part une brève apparition de Lisbeth pour laisser les clés de la voiture, elle ne l'avait pas vue depuis le soir au Moulin.

— Des clés de voiture ? demanda Bublanski. Salander n'a pas de voiture.

Miriam Wu expliqua qu'elle avait acheté une Honda bordeaux qui était garée devant l'immeuble. Bublanski se leva et regarda Sonja Modig.

— Tu peux reprendre l'interrogatoire ? dit-il et il quitta la pièce.

Il lui fallait trouver Jerker Holmberg et lui demander une enquête technique sur une Honda bordeaux. Il avait surtout besoin de se retrouver seul pour réfléchir.

DANS SA CUISINE AVEC LA BELLE VUE SUR LA MER, Gunnar Björck, en arrêt maladie, chef adjoint à la brigade des étrangers à la Säpo, avait pris la couleur cendre d'un fantôme. Mikael le contemplait avec des yeux neutres et patients. A présent, il était persuadé que Björck n'avait rien à voir avec les meurtres d'Enskede. Dag Svensson n'ayant jamais eu le temps de le rencontrer, Björck ignorait totalement qu'on n'allait pas tarder à afficher son nom et sa photo dans un reportage qui en disait long sur les michetons du commerce du sexe.

La contribution de Björck se limitait à un seul détail mais intéressant. Il était un ami personnel de maître Nils Bjurman. Ils s'étaient rencontrés dans le club de tir de la police dont Björck était un membre actif depuis vingt-six ans. A une époque, il avait même siégé au CA avec Bjurman. Ce n'était pas une amitié très profonde, mais deux-trois fois ils s'étaient vus pour dîner ensemble.

Non, il n'avait pas vu Bjurman depuis plusieurs mois. Pour autant qu'il s'en souvenait, la dernière fois remontait à la fin de l'été précédent quand ils avaient pris une bière ensemble à une terrasse de café. Il regrettait que Bjurman ait été tué par cette psychopathe, mais il n'avait pas l'intention d'assister à l'enterrement.

Mikael s'interrogea sur cette coïncidence, mais finit par abandonner. Bjurman avait dû connaître des centaines de personnes dans sa vie professionnelle et associative. Ce n'était ni invraisemblable ni statistiquement bizarre qu'il connaisse une personne figurant dans les registres de Dag Svensson. Mikael avait découvert que lui-même connaissait vaguement un journaliste qui y figurait aussi.

Il fallait en terminer. Björck était passé par toutes les phases attendues. Dénégation d'abord, puis – quand Mikael avait montré une partie de la documentation – colère, menaces, tentative de corruption et, pour finir, suppliques. Mikael avait patiemment ignoré tous ses éclats.

— Vous vous rendez compte que vous allez démolir ma vie en publiant ça, dit Björck finalement.

— Oui, répondit Mikael.

— Et vous allez le faire quand même.

— Sans hésitation.

— Pourquoi ? Vous pourriez quand même avoir pitié de moi. Je suis malade.

— Intéressant de t'entendre évoquer la pitié comme argument.

— Ça ne coûte rien d'être un peu humain.

— Tu as raison, mon vieux. Tu es là à te lamenter que je détruis ta vie alors que tu n'as pas hésité à détruire la vie de plusieurs jeunes filles en transgressant la loi. Nous avons les preuves pour trois d'entre elles. Dieu sait combien d'autres sont passées entre tes mains. Où était ta charité humaine alors ?

Il se leva et ramassa les documents qu'il remit dans la sacoche de l'ordinateur.

— Je trouverai la sortie tout seul.

Il se dirigea vers la porte, puis s'arrêta et se tourna à nouveau vers Björck.

— Au fait, aurais-tu entendu parler d'un individu qui s'appelle Zala ? demanda-t-il.

Björck le regarda fixement. Il était toujours tellement remué qu'il entendit à peine les paroles de Mikael. Le nom de Zala lui importait peu.

Puis ses yeux s'élargirent.

Zala !

Ce n'est pas possible.

Bjurman !

Est-ce que c'est vraiment possible ?

Mikael se rendit compte de son changement et se rapprocha de la table de la cuisine.

— Pourquoi vous me parlez de Zala ? dit Björck.

Il avait l'air d'avoir subi un choc.

— Parce que le bonhomme m'intéresse, dit Mikael.

Un silence compact s'installa dans la cuisine. Mikael pouvait littéralement voir les rouages tourner dans la tête de Björck. Pour finir, Björck prit un paquet de cigarettes sur le rebord de la fenêtre. C'était la première cigarette qu'il allumait depuis que Mikael était entré.

— Si je sais quelque chose sur Zala… qu'est-ce que ça vaut pour toi ? dit-il, avec soudain un peu plus d'assurance.

— Ça dépend de ce que tu sais.

Björck réfléchit. Les pensées se bousculaient dans sa tête.

Comment Blomkvist pouvait-il être au parfum pour Zalachenko ?

— C'est un nom que je n'ai pas entendu depuis longtemps, finit par dire Björck.

— Donc tu sais qui il est, dit Mikael.

— Je n'ai pas dit ça. Qu'est-ce que tu cherches ?

Mikael hésita une seconde.

— Il est l'un des noms sur ma liste d'individus qui intéressaient Dag Svensson.

— Combien est-ce que ça vaut ?

— Combien est-ce que vaut quoi ?

— Si je peux te mener à Zala... est-ce que tu peux envisager de m'oublier dans votre reportage ?

Mikael s'assit lentement. Depuis Hedestad, il avait décidé de ne plus jamais marchander un sujet. Il n'avait pas l'intention de marchander avec Björck et, quoi qu'il arrive, il le dénoncerait. Par contre, Mikael se savait suffisamment dépourvu de scrupules pour jouer double jeu et passer un accord avec Björck. Il ne ressentait aucune mauvaise conscience. Björck était un pourri. S'il connaissait le nom d'un meurtrier possible, son boulot était d'intervenir – pas d'utiliser cette information pour un marchandage à son profit. Mikael n'avait aucun problème à laisser Björck espérer qu'il ait une voie de sortie s'il livrait des informations sur un autre pourri. Il glissa la main dans la poche de sa veste et mit en marche le dictaphone qu'il avait arrêté en se levant de table.

— Raconte, dit-il.

SONJA MODIG ÉTAIT FURIEUSE contre Hans Faste mais rien sur son visage ne trahissait ce qu'elle pensait de lui. La poursuite de l'interrogatoire de Miriam Wu depuis que Bublanski avait quitté la pièce avait été tout sauf rigoureuse et Faste avait totalement ignoré tous ses coups d'œil rageurs.

Modig était surprise aussi. Elle n'avait jamais aimé Hans Faste et son côté macho, mais elle l'avait pris pour un policier compétent. Cette compétence faisait complètement défaut aujourd'hui. De toute évidence, Faste se sentait provoqué par une femme belle, intelligente et ouvertement lesbienne. Et de toute évidence aussi, Miriam Wu devinait l'irritation de Faste et l'alimentait sans la moindre pitié.

— Alors, tu as trouvé le godemiché dans ma commode ? Qu'est-ce que ça t'a évoqué comme fantasme ? demanda Miriam Wu avec un petit sourire de curiosité.

Faste faillit exploser.

— Ta gueule et réponds à la question, dit Faste.

— Tu m'as demandé si je l'utilise pour baiser Lisbeth Salander. Et je réponds que ce n'est pas tes oignons.

Sonja Modig leva la main.

— L'interrogatoire de Miriam Wu est interrompu pour une courte pause à 11 h 12.

Modig arrêta le magnétophone.

— S'il te plaît, reste là, Miriam. Faste, j'ai deux mots à te dire.

Miriam Wu sourit avec innocence quand Faste lui lança un regard furieux et suivit Modig dans le couloir. Modig pivota sur ses talons et approcha son nez à deux centimètres de celui de Faste.

— Bublanski m'a demandé de reprendre l'interrogatoire avec elle. Toi, ce que tu apportes, c'est zéro.

— Ben quoi ? Cette foutue gouine, elle est pire qu'une anguille.

— Y aurait-il une sorte de symbolique freudienne dans le choix de ta métaphore ?

— Quoi ?

— Rien. Va retrouver Curt Bolinder et lance-lui un bon défi façon macho ou descends te défouler au stand de tir ou fais ce que tu veux. Mais reste à l'écart de cet interrogatoire.

— Pourquoi t'es comme ça, Modig ?

— Tu sabotes mon interrogatoire.

— Elle te branche donc tant que tu veux l'interroger en tête-à-tête ?

La main de Sonja Modig partit tellement vite qu'elle n'eut pas le temps de se maîtriser. Elle balança une gifle à Hans Faste. A la seconde même, elle regretta son geste, mais il était alors déjà trop tard. Elle jeta un coup d'œil dans les deux sens du couloir et constata que, heureusement, il n'y avait pas eu de témoins.

Hans Faste eut d'abord l'air surpris. Puis il se mit à ricaner, jeta son blouson sur l'épaule et s'en alla. Sonja Modig faillit le rappeler pour s'excuser mais décida de se taire. Elle attendit une minute pour se calmer. Ensuite elle alla chercher deux cafés au distributeur et retourna auprès de Miriam Wu.

Elles ne dirent rien pendant un moment. Finalement, Modig regarda Miriam Wu.

— Excuse-moi. C'est probablement l'un des pires interrogatoires de toute l'histoire de ce commissariat.

— Ça doit être sympa de l'avoir comme collègue, ce type. Si je comprends bien, il est hétéro et divorcé, et c'est lui qui fournit les blagues sur les pédés devant la machine à café.

— Il est… une sorte de relique de quelque part. C'est tout ce que je peux dire.

— Et ce n'est pas ton cas ?

— Disons que je ne suis pas homophobe.

— D'accord.

— Miriam, je… on est tous sur les rotules vingt-quatre heures sur vingt-quatre depuis dix jours maintenant. On est fatigué et nerveux. On essaie de résoudre un double meurtre effrayant à Enskede et un meurtre tout aussi effrayant dans un appartement d'Odenplan. Ta copine est associée aux deux lieux des crimes. Nous avons des preuves techniques et elle est recherchée au niveau national. Tu dois comprendre que nous voulons à tout prix la trouver avant qu'elle fasse du mal à quelqu'un ou à elle-même.

— Je connais Lisbeth Salander… Je ne peux pas croire qu'elle ait assassiné quelqu'un.

— Tu ne peux pas croire ou tu ne veux pas croire ? Miriam, on ne lance pas un avis de recherche national sans de bonnes raisons. Mais je peux te dire que mon chef, l'inspecteur Bublanski, n'est pas lui non plus entièrement convaincu de sa culpabilité. On discute de la possibilité qu'elle ait un complice ou qu'elle ait été mêlée à tout ceci d'une autre façon. Cela dit, il faut qu'on la trouve. Tu crois qu'elle est innocente, Miriam, mais qu'est-ce qu'il va se passer si tu te trompes ? Tu dis toi-même que tu ne sais pas grand-chose de Lisbeth Salander.

— Je ne sais pas ce que je dois croire.

— Alors aide-nous à trouver la vérité.

— Est-ce que je suis inculpée de quelque chose ?

— Non.

— Donc je peux partir d'ici quand je veux ?

— Théoriquement oui.

— Et pas théoriquement ?

— Tu resteras un point d'interrogation pour nous.

Miriam Wu considéra ses paroles.

— D'accord. Vas-y, pose tes questions. Si elles m'énervent, je ne réponds pas.

Sonja Modig remit en marche le magnétophone.

20

VENDREDI 1er AVRIL – DIMANCHE 3 AVRIL

MIRIAM WU PASSA UNE HEURE avec Sonja Modig. Vers la fin de l'interrogatoire, Bublanski revint dans la pièce et s'assit pour écouter sans rien dire. Miriam Wu le salua poliment mais continua à parler avec Sonja.

A la fin, Modig regarda Bublanski et demanda s'il avait d'autres questions à poser. Bublanski secoua la tête.

— Je déclare donc l'interrogatoire de Miriam Wu terminé. Il est 13 h 09.

Elle arrêta le magnétophone.

— J'ai cru comprendre qu'il y a eu des problèmes avec l'inspecteur Faste, dit Bublanski.

— Il n'était pas très concentré, dit Sonja Modig de façon neutre.

— C'est un abruti, dit Miriam Wu.

— L'inspecteur Faste a beaucoup de mérites mais il n'est sans doute pas le mieux indiqué pour interroger une jeune femme, dit Bublanski en regardant Miriam Wu droit dans les yeux. Je n'aurais évidemment pas dû lui laisser cette tâche. Je te prie de m'excuser.

Miriam Wu eut l'air surprise.

— Accepté. J'ai été plutôt mauvaise avec vous au début aussi.

Bublanski balaya sa précision. Il la regarda.

— Est-ce que je peux te poser quelques questions hors protocole maintenant ? Sans le magnétophone.

— Bien sûr.

— Plus j'en entends sur Lisbeth Salander, plus je suis perplexe. L'image que me renvoient les personnes qui la connaissent est incompatible avec l'image d'elle qui ressort des papiers et des documents médicolégaux des services sociaux.

— Ah bon.

— Ce serait bien si tu pouvais répondre directement et sans fioritures.

— Allons-y.

— Le bilan psychiatrique qui a été établi quand Lisbeth Salander a eu dix-huit ans laisse entendre qu'elle est mentalement arriérée et handicapée.

— Foutaises. Lisbeth est probablement plus intelligente que toi et moi réunis.

— Elle n'a pas terminé l'école, elle n'a aucun bulletin de notes qui montre qu'elle sait lire et écrire.

— Lisbeth Salander lit et écrit bien mieux que moi. Parfois elle s'amuse à griffonner des formules mathématiques. De l'algèbre pur. Ce sont des maths trop compliquées pour moi.

— Des maths ?

— C'est une sorte de hobby qu'elle a.

Bublanski et Modig ne dirent rien.

— Un hobby ? demanda Bublanski après un moment.

— Des équations, je crois. Je ne sais même pas ce que veulent dire les signes.

Bublanski soupira.

— Le service social a rédigé un rapport après qu'elle avait été arrêtée dans le parc de Tantolunden en compagnie d'un homme âgé alors qu'elle avait dix-sept ans. On sous-entend qu'elle se prostituait.

— Lisbeth qui ferait la pute ? Des conneries. Je ne sais rien de son boulot, mais je ne suis absolument pas étonnée d'entendre qu'elle a bossé à Milton Security.

— Comment est-ce qu'elle gagne sa vie ?

— Je ne sais pas.

— Est-ce qu'elle est lesbienne ?

— Non. Lisbeth fait l'amour avec moi, mais ça ne veut pas dire qu'elle est homo. Je pense qu'elle n'est même pas sûre de son identité sexuelle. Je dirais qu'elle est bisexuelle.

— Vous utilisez des menottes et ce genre de trucs... est-ce que Lisbeth Salander a un penchant sadique ou comment est-ce que tu la décrirais ?

— Je crois que tu as tout compris de travers. Nous utilisons des menottes parfois comme un jeu de rôles, ça n'a rien à voir avec le sadisme ou la violence et les abus. C'est un jeu.

— Est-ce qu'il lui est arrivé d'être violente avec toi ?

— Non. C'est plutôt moi qui suis la dominatrice dans nos jeux.

Miriam afficha son sourire innocent.

LA RÉUNION DE L'APRÈS-MIDI, à 15 heures, se termina avec la première querelle sérieuse de l'enquête. Bublanski résuma la situation et expliqua ensuite qu'il ressentait le besoin d'élargir les investigations.

— Depuis le premier jour, nous avons concentré toute notre énergie à retrouver Lisbeth Salander. Elle est soupçonnée au plus haut degré – et sur des bases objectives – mais notre image d'elle rencontre une résistance auprès de tous ceux qui la connaissent aujourd'hui. Ni Armanskij, ni Blomkvist, ni maintenant Miriam Wu ne la voient comme une tueuse psychopathe. C'est pourquoi je voudrais qu'on élargisse un peu notre manière de penser et qu'on commence à réfléchir à d'autres coupables potentiels ou à la possibilité que Salander ait un complice ou qu'elle ait été simplement présente quand les coups de feu ont été tirés.

La mise au point de Bublanski déclencha un vif débat dans lequel il rencontra une opposition ferme de la part de Hans Faste et de Steve Bohman de Milton Security. Tous deux soutenaient que l'explication la plus simple était souvent la bonne et qu'envisager un coupable bis, c'était carrément adhérer aux thèses du grand complot.

— Salander aurait pu ne pas être seule au moment des coups de feu, mais nous n'avons aucune trace d'un complice.

— Et voilà, on pourra toujours ressortir la piste policière de Blomkvist ! dit Hans Faste vertement.

Seule Sonja Modig apporta son soutien à Bublanski dans le débat. Curt Bolinder et Jerker Holmberg se contentèrent de vagues commentaires. Niklas Eriksson, de Milton Security, ne dit pas un mot pendant toute la discussion. Pour finir, le procureur Ekström leva la main.

— Bublanski, j'imagine que tu n'as quand même pas l'intention de rayer Salander de l'enquête.

— Non, évidemment pas. On a ses empreintes digitales. Mais jusqu'à maintenant, on a réfléchi à se rendre malade sur un mobile qu'on ne trouve pas. Je voudrais qu'on raisonne sur d'autres pistes éventuelles. Est-ce que d'autres personnes ont pu être mêlées ? Est-ce que ça a malgré tout quelque chose à voir avec le livre sur le commerce du sexe qu'écrivait Dag Svensson ? Blomkvist a raison quand il dit que plusieurs personnes mentionnées dans le livre ont des motifs de tuer.

— Et comment comptes-tu procéder ? demanda Ekström.

— Je voudrais que deux d'entre vous se penchent sur des meurtriers alternatifs. Sonja… et toi, Niklas, vous ferez ça ensemble.

— Moi ? demanda Niklas Eriksson surpris.

Bublanski l'avait choisi parce qu'il était le plus jeune dans la pièce et celui qui était peut-être le plus apte à un raisonnement non orthodoxe.

— Tu travailleras avec Modig. Reprenez tout ce qu'on sait et essayez de trouver ce qu'on a loupé. Faste, toi, Curt Bolinder et Bohman, vous continuez à chercher Salander. C'est la priorité absolue.

— Qu'est-ce que je dois faire ? demanda Jerker Holmberg.

— Tu vas te focaliser sur maître Bjurman. Examine son appartement de nouveau. Vérifie si on est passé à côté de quelque chose. Des questions ?

Personne n'avait de questions.

— Bon. On reste discret sur la réapparition de Miriam Wu. Elle pourrait avoir d'autres choses à nous raconter et je ne veux pas que les médias se jettent sur elle.

Le procureur Ekström entérina le plan de Bublanski.

— BON, DIT NIKLAS ERIKSSON en regardant Sonja Modig. C'est toi qui es de la police, alors c'est à toi de décider ce qu'on va faire.

Ils étaient dans le couloir devant la salle de réunion.

— Je crois qu'on va commencer par aller discuter à nouveau avec Mikael Blomkvist, dit-elle. Mais il faut d'abord que je dise un mot à Bublanski. On est vendredi après-midi et je ne travaille ni samedi ni dimanche. Ça veut dire qu'on ne va pas démarrer avant lundi. Emploie ton week-end à réfléchir à ce dont on dispose.

Ils se dirent au revoir. Sonja Modig entra dans le bureau de Bublanski au moment où celui-ci prenait congé du procureur Ekström.

— Tu aurais une minute ?

— Assieds-toi.

— Faste m'a mise tellement en colère que j'ai craqué.

— Il m'a dit que tu l'avais agressé. Je crois comprendre ce qui s'est passé. C'est pour ça que je suis entré présenter mes excuses à Miriam.

— Il a dit que je voulais me trouver seule avec Miriam parce qu'elle me branchait.

— Je préférerais qu'on n'aborde pas les détails. Mais ça remplit toutes les exigences du harcèlement sexuel. Je crois. Est-ce que tu veux porter plainte ?

— Je lui ai filé une beigne. Ça suffit.

— D'accord, si je comprends bien, il t'a poussée à bout.

— Exactement.

— Hans Faste a un problème avec les femmes de caractère.

— Je m'en suis rendu compte.

— Tu es une femme de caractère et tu es un excellent policier.

— Merci.

— J'apprécierais que tu cesses de tabasser le personnel.

— Ça ne se reproduira pas. Je n'ai pas eu le temps d'examiner le bureau de Dag Svensson à *Millénium* aujourd'hui.

— C'est un retard qu'on avait déjà. Rentre chez toi et profite de ton week-end. Lundi tu t'y remettras avec des forces nouvelles.

NIKLAS ERIKSSON S'ARRÊTA à la gare centrale prendre un café chez George. Il se sentait étrangement démoralisé. Toute la semaine, il s'était attendu à ce que Lisbeth Salander soit arrêtée d'une minute à l'autre. Si elle opposait une résistance lors de l'arrestation, avec un peu de chance un policier compatissant pourrait même la truffer de plomb.

Et ce fantasme lui plaisait.

Sauf que Salander était toujours en liberté. Et non seulement ça, mais maintenant Bublanski se mettait aussi à gamberger sur des coupables alternatifs. La situation n'évoluait pas dans le bon sens.

Il trouvait déjà insupportable d'être subordonné à Steve Bohman – ce type était le plus ennuyeux et le plus dépourvu d'imagination qu'on puisse trouver à Milton – et voilà maintenant qu'en plus il était subordonné à Sonja Modig.

C'était elle qui remettait le plus en question la piste Salander et probablement celle qui avait fait hésiter Bublanski. Il se demanda si ce gars qu'on surnommait Bubulle n'avait pas une liaison avec cette sale conne. Ça n'aurait rien d'étonnant. Elle le menait par le bout du nez. De tous les flics affectés à l'enquête, seul Faste avait le cran de dire ce qu'il pensait.

Niklas Eriksson réfléchit.

Dans la matinée, lui et Bohman avaient eu une brève entrevue avec Armanskij et Fräklund à Milton. Une semaine d'investigations n'avait donné aucun résultat et Armanskij était frustré que personne ne semble avoir trouvé d'explication aux meurtres. Fräklund avait émis l'idée que Milton Security devait se poser la question de l'utilité de la mission – il y avait d'autres tâches pour Bohman et Eriksson que fournir une aide gratuite aux forces de l'ordre.

Armanskij avait réfléchi un moment puis décidé que Bohman et Eriksson continueraient encore une semaine. Si alors il n'y avait pas de résultats, on interromprait le projet.

Autrement dit, Niklas Eriksson avait un sursis d'une semaine avant que la porte de l'enquête ne se referme. Il hésitait sur la marche à suivre.

Un moment plus tard, il prit son portable et appela Tony Scala, un journaliste pigiste qui écrivait en général des conneries dans un magazine pour hommes et que Niklas Eriksson avait rencontré à quelques reprises. Les salutations échangées, il lui annonça qu'il avait des infos concernant l'enquête sur les meurtres à Enskede. Il expliqua comment il s'était soudain retrouvé au centre de l'enquête de police la plus brûlante depuis des années. Comme prévu, Scala mordit à l'hameçon puisque ça pouvait signifier des piges pour un journal plus important. Ils fixèrent un rendez-vous pour une heure plus tard et choisirent le café Aveny dans Kungsgatan.

Le trait le plus marquant de la personnalité de Tony Scala était qu'il était gros. Très gros.

— Si tu veux que je te file des infos, il y a deux conditions.

— Vas-y, accouche !

— Premièrement, Milton Security ne doit pas être mentionné dans le texte. Notre rôle est purement consultatif et si Milton était mentionné, quelqu'un pourrait commencer à soupçonner que je suis à l'origine de la fuite.

— Mais c'est quand même une sorte de scoop que Salander ait travaillé pour Milton.

— Du ménage et des trucs comme ça, coupa Eriksson. Ça n'a rien d'un scoop.

— D'accord.

— Deuxièmement, tu devras rédiger ton papier de façon qu'on pense que c'est une femme qui est derrière la fuite.

— Pourquoi ?

— Pour éloigner les soupçons de moi.

— Bien. Qu'est-ce que tu peux me filer ?

— La copine lesbienne de Salander vient de refaire surface.

— Hou là ! La nana qui était sur le contrat de l'appartement de Lundagatan et qui avait disparu ?

— Miriam Wu. Est-ce que ça vaut quelque chose ?

— Eh oui. Elle était où ?

— A l'étranger. Elle prétend qu'elle n'avait même pas entendu parler des meurtres.

— Est-ce qu'ils la soupçonnent de quelque chose ?

— Non, pas pour l'instant. Elle a subi un interrogatoire aujourd'hui, on l'a relâchée il y a trois heures.

— Aha. Tu crois son histoire ?

— Je crois qu'elle est une foutue baratineuse. Elle sait quelque chose.

— Je note.

— Mais vérifie son passé. On tient quand même une meuf qui s'adonne au sexe sadomaso avec Salander.

— Et tu sais ça, toi ?

— Elle l'a avoué pendant l'interrogatoire. On a trouvé des menottes, des vêtements de cuir, des fouets et tout le bazar lors de la perquisition.

Les fouets, c'était un peu exagéré. D'accord, c'était carrément du mensonge, mais cette salope de Chinetoque avait sûrement joué avec des fouets aussi.

— Tu plaisantes ? dit Tony Scala.

PAOLO ROBERTO FAISAIT PARTIE des derniers visiteurs à quitter la bibliothèque à la fermeture. Il avait passé l'après-midi à lire ligne par ligne tout ce qui avait été écrit sur la chasse à Lisbeth Salander.

En sortant dans Sveavägen, il se sentit découragé et troublé. Et il avait faim. Il entra dans un McDonald's, commanda un hamburger et s'installa dans un coin.

Lisbeth Salander triple meurtrière. Il ne pouvait pas le croire. Pas cette petite nana fragile et complètement fêlée. La question était de savoir s'il devait s'en occuper. Et dans ce cas, pour faire quoi ?

MIRIAM WU AVAIT PRIS UN TAXI pour revenir à Lundagatan et était entrée dans son appartement rénové depuis peu pour contempler le désastre. Les armoires, les placards, les boîtes de rangement et les tiroirs de la commode avaient été vidés et leur contenu trié. Il y avait de la poudre à empreintes digitales dans tout l'appartement. Ses gadgets sexuels particulièrement intimes étaient posés en un tas sur le lit. Pour autant qu'elle pouvait en juger, rien ne manquait.

Sa première mesure fut d'appeler SOS-Clés de Södermalm pour faire installer une nouvelle serrure. Le serrurier devait arriver avant une heure.

Elle brancha la cafetière et s'assit au milieu du désastre en secouant la tête. *Lisbeth, Lisbeth, dans quoi est-ce que tu es allée te fourrer ?*

Elle ouvrit son portable et essaya d'appeler le numéro de Lisbeth mais elle n'obtint que le message que son correspondant n'était pas joignable. Elle resta longtemps à la table de la cuisine et essaya de mettre de l'ordre dans ses pensées. La Lisbeth Salander qu'elle connaissait n'était pas un tueur malade mental mais, d'un autre côté, Miriam ne la connaissait pas si bien. Lisbeth était certes torride au lit mais pouvait aussi se montrer froide comme un poisson quand son humeur changeait.

Elle se dit qu'elle ne déciderait pas ce qu'elle croirait avant d'avoir vu Lisbeth et d'avoir eu une explication. Elle se sentit soudain au bord des larmes et se lança compulsivement dans le ménage.

A 19 heures, elle avait une nouvelle serrure et un appartement avec son aspect habituel. Elle prit une douche et elle venait de s'installer dans la cuisine, vêtue d'une robe de chambre orientale en soie noir et or, quand on sonna à la porte. Elle alla ouvrir et se trouva face à face avec un homme exceptionnellement gros, assez négligé et mal rasé.

— Salut Miriam, je suis Tony Scala, journaliste. Est-ce que tu pourrais répondre à quelques questions ?

Il était accompagné d'un photographe qui lui décocha un flash en pleine figure.

Miriam Wu envisagea un *dropkick* et un coude sur le nez, mais eut la présence d'esprit de comprendre que ça ferait des photos d'autant plus savoureuses.

— Est-ce que tu es partie en voyage avec Lisbeth Salander ? Tu sais où elle se trouve ?

Miriam Wu claqua la porte et ferma avec sa nouvelle serrure. Tony Scala souleva le volet du courrier et lui parla par l'interstice.

— Miriam, tu seras obligée de parler avec les médias tôt ou tard. Je peux t'aider.

Elle forma une massue avec sa main, qu'elle cogna de toutes ses forces sur la plaque pivotante. Tony Scala poussa un cri de douleur. Ensuite elle fonça dans sa chambre et s'allongea sur le lit en fermant les yeux. *Lisbeth, quand je t'aurai mis la main dessus, je t'étrangle.*

APRÈS SA VISITE A SMÅDALARÖ, Mikael Blomkvist avait passé l'après-midi chez un autre des michetons que Dag Svensson avait eu l'intention de nommer. Il en avait ainsi terminé avec six des trente-sept noms à la fin de la semaine. Le dernier mentionné était un juge à la retraite habitant Tumba et qui à plusieurs reprises avait présidé des affaires de prostitution. Ce salopard de juge, et en un sens c'était réconfortant, n'avait pas nié les faits, ni menacé, ni invoqué la pitié. Au contraire, il avait sans détour reconnu que bien sûr il avait baisé des putes de l'Est. Non, il ne regrettait rien. La prostitution était un métier honorable, et il estimait qu'il avait rendu un service aux filles en étant leur client.

Mikael se trouvait à hauteur de Liljeholmen quand Malou Eriksson appela vers 22 heures.

— Salut, dit Malou. Tu as vu l'édition Web de ce canard racoleur ?

— Non, quoi ?

— La copine de Lisbeth Salander vient de rentrer.

— Quoi ? Qui ?

— Miriam Wu, la lesbienne qui habite son appartement dans Lundagatan.

Wu, pensa Mikael. *Salander-Wu sur la porte.*

— Merci. J'y vais tout de suite.

MIRIAM WU AVAIT FINI PAR DÉBRANCHER son téléphone fixe et couper son portable. A 19 h 30, la nouvelle avait été publiée sur les pages Web d'un des journaux du matin. Peu après, *Aftonbladet* l'appelait et, trois minutes plus tard, c'était au tour d'*Expressen* de lui demander un commentaire. A la télé, *Aktuellt* passa l'info sans nommer Miriam, mais à 21 heures, pas moins de seize reporters de différents médias avaient essayé de l'interviewer.

A deux reprises, on avait sonné à la porte. Miriam Wu n'avait pas ouvert et elle avait éteint toutes les lampes de l'appartement. Elle était d'humeur à briser le nez du prochain journaliste qui viendrait la tracasser. Finalement, elle alluma son téléphone portable et appela une amie qui habitait à Hornstull, un trajet faisable à pied, et lui demanda à pouvoir venir dormir chez elle.

Elle franchit la porte d'entrée sur Lundagatan moins de cinq minutes avant que Mikael Blomkvist se gare et sonne en vain chez elle.

BUBLANSKI APPELA SONJA MODIG peu après 10 heures le samedi. Elle avait dormi jusqu'à 9 heures et ensuite elle avait chahuté un moment avec ses mômes avant que son mari les emmène à la boutique de proximité pour les achats hebdomadaires de bonbons et autres chocolats.

— Tu as lu les journaux d'aujourd'hui ?

— Non. Je me suis réveillée il y a à peine une heure et je me suis occupée des enfants. Il s'est passé quelque chose ?

— Quelqu'un de l'équipe laisse fuir des infos à la presse.

— On l'a tout le temps su. Quelqu'un a lâché le rapport médicolégal de Salander il y a plusieurs jours.

— C'était le procureur Ekström.

— Ah bon ?

— Oui. Evidemment. Même s'il ne le reconnaîtra jamais. Il essaie d'exacerber l'intérêt parce que ça l'arrange. Mais cette fois, ce n'est pas pareil. Un certain Tony Scala, journaliste, a parlé avec un policier qui lui a fourni un tas d'informations sur Miriam Wu. Entre autres des détails de ce qui a été dit à l'interrogatoire hier. Des choses qu'on avait bien décidé de garder pour nous. Du coup, Ekström est furibard.

— Oh merde.

— Le journaliste ne nomme personne. La source est décrite comme une personne ayant une "position centrale dans l'enquête".

— Putain, dit Sonja Modig.

— A un endroit de l'article, on comprend qu'il s'agit d'une femme.

Sonja Modig garda le silence pendant vingt secondes, le temps que la donnée fasse son chemin en elle. Elle était la seule femme de l'enquête.

— Bublanski… je n'ai pas dit un mot, à aucun journaliste. Je n'ai pas discuté de cette enquête avec qui que ce soit en dehors du couloir. Même pas avec mon mari.

— Je te crois. Et je ne pense pas une seconde que ces fuites viennent de toi. Mais c'est malheureusement ce que pense le procureur Ekström. Et c'est Hans Faste qui est de garde ce week-end, et il ne se gêne évidemment pas pour en rajouter avec ses insinuations.

Sonja Modig se sentit tout à coup complètement déglinguée.

— Qu'est-ce qui va se passer maintenant ?

— Ekström va exiger que tu sois écartée de l'enquête pendant qu'on examine l'accusation.

— C'est complètement fou tout ça. Comment vais-je pouvoir prouver…

— Tu n'auras pas à prouver quoi que ce soit. C'est à l'investigateur de prouver.

— Je sais, mais… merde alors. Combien de temps ça prendra, cette investigation ?

— Elle a déjà eu lieu.

— Quoi ?

— Je t'ai posé une question. Tu as répondu que tu n'as pas laissé fuir d'information. Donc l'investigation est terminée et je n'ai plus qu'à écrire un rapport. On se voit à 9 heures lundi dans le bureau d'Ekström pour passer tout ça en revue.

— Merci Bublanski.

— De rien.

— Il y a un problème.

— Je sais.

— Si la fuite ne vient pas de moi, c'est qu'elle vient de quelqu'un d'autre de l'équipe.

— Tu proposes qui ?

— Spontanément, je serais tentée de dire Faste… mais sans vraiment y croire.

— Je suis plutôt de ton avis. Mais il peut aussi être un vrai connard, et hier il était sincèrement furibard.

BUBLANSKI AIMAIT BIEN se promener selon le temps qu'il faisait ou le temps dont il disposait. C'était l'une des rares formes d'exercice physique qu'il s'accordait. Il habitait Katarina Bangata à Södermalm, pas très loin de la rédaction de *Millénium*, ni très loin de Milton Security où avait travaillé Lisbeth Salander, et pas très loin non plus de Lundagatan où elle avait habité. De plus, il pouvait aller à pied à la synagogue de Sankt Paulsgatan. Dans l'après-midi du samedi, il se promena et rendit visite à tous ces endroits.

Au début de la promenade, sa femme Agnes l'accompagna. Ils étaient mariés depuis vingt-trois ans et il lui avait été fidèle sans le moindre écart pendant toutes ces années.

Ils s'arrêtèrent un moment dans la synagogue et parlèrent avec le rabbin. Bublanski était juif polonais tandis que la famille d'Agnes – largement décimée à Auschwitz – était originaire de Hongrie.

Après la synagogue, ils se séparèrent – Agnes avait des courses à faire alors que son mari préférait continuer à se promener. Il ressentait le besoin d'être seul et de se balader pour réfléchir à cette enquête pénible. Il passa au crible les mesures qu'il avait prises depuis que l'enquête avait atterri sur son bureau le matin du Jeudi saint, donc depuis neuf jours, et il ne trouva pas beaucoup de négligences.

A part l'erreur de ne pas avoir immédiatement envoyé quelqu'un à la rédaction de *Millénium* pour inspecter le bureau de Dag Svensson. Lorsqu'il s'y était enfin décidé – il avait lui-même procédé à l'inspection –, Mikael Blomkvist avait déjà fait le ménage et enlevé Dieu sait quoi.

Une autre erreur était que l'enquête était passée à côté de la voiture que Lisbeth Salander s'était achetée. Jerker Holmberg avait cependant rapporté que la voiture ne contenait rien d'intéressant. A part cette voiture oubliée, donc, l'enquête était aussi proprette qu'on pouvait s'y attendre.

Il s'arrêta devant un kiosque à journaux à Zinkensdamm et regarda pensivement une manchette. La photo d'identité de Lisbeth Salander avait été réduite à la taille d'une vignette, petite mais néanmoins reconnaissable, dans le coin supérieur, et l'accent avait été mis sur des nouvelles plus fraîches.

LA POLICE SE PENCHE
SUR UNE BANDE DE
LESBIENNES
SATANIQUES

Il acheta le journal et feuilleta jusqu'à la page dominée par une photo de cinq nanas en fin d'adolescence, habillées de noir, blousons de cuir cloutés, jeans déchirés et tee-shirts extrêmement moulants. Une des filles brandissait un drapeau avec un pentagramme et une autre montrait l'index et le petit doigt. Il lut la légende. *Lisbeth Salander fréquentait un groupe de death metal qui jouait dans de petits clubs. En 1996, le groupe rendait hommage à*

Church of Satan et sa chanson tube avait pour titre Etiquette of Evil.

Le nom des Evil Fingers n'était pas mentionné et leurs visages avaient été floutés. Ceux qui connaissaient les membres du groupe de rock reconnaîtraient cependant les filles sans problème.

Les deux pages suivantes focalisaient sur Miriam Wu et étaient illustrées avec la photo d'un show au Berns, auquel elle avait participé. Elle était photographiée seins nus et portant un bonnet d'officier russe. La photo était prise en contre-plongée. Tout comme pour les filles des Evil Fingers, son visage avait été flouté. Elle était mentionnée comme "la femme de trente et un ans".

> La jeune femme amie de Salander, auteur de textes sur les lesbiennes et le sadomasochisme, est connue dans les bars branchés de Stockholm. Elle n'a pas essayé de cacher qu'elle draguait des femmes et qu'elle aimait dominer sa partenaire.

Le reporter avait même retrouvé une certaine Sara qui, à l'en croire, avait été draguée par l'amie de Salander. Le petit ami de Sara avait été "perturbé" par ces tentatives. L'article établissait qu'il s'agissait d'une variante féministe louche et élitiste dans la périphérie du mouvement gay et qui s'exprimait entre autres dans un *"bondage workshop"* lors de la Gay Pride. Pour le reste, le texte se basait sur des citations d'un article de Miriam Wu vieux de six ans et qu'on pouvait éventuellement qualifier de provocateur, qu'elle avait publié dans un fanzine féministe et qu'un reporter avait déniché. Bublanski parcourut le texte et balança ensuite le tabloïd dans une poubelle.

Il réfléchit un moment sur Hans Faste et Sonja Modig. Deux enquêteurs compétents. Mais Faste posait problème. Il portait sur les nerfs des gens. Bublanski comprit qu'il lui fallait avoir un entretien avec Faste, mais il avait du mal à croire que les fuites dans l'enquête venaient de lui.

En levant les yeux, il découvrit qu'il se trouvait dans Lundagatan, devant la porte de l'immeuble de Lisbeth Salander. Un acte irréfléchi, mais révélateur. Cette femme le rendait perplexe.

Il monta les marches qui amenaient au-dessus de Lundagatan et resta un long moment accoudé à la rambarde à réfléchir à l'histoire de Mikael Blomkvist, selon laquelle Salander aurait été agressée. Cette histoire non plus ne menait nulle part. Personne n'avait porté plainte, on n'avait aucun nom ni aucun véritable signalement. Blomkvist prétendait qu'il n'avait pas pu voir le numéro d'immatriculation de la fourgonnette qui avait quitté les lieux.

Du moins si cette histoire avait réellement eu lieu.

Autrement dit, encore une impasse.

Bublanski contempla la Honda bordeaux qui était tout le temps restée garée dans la rue. Tout à coup, il vit Mikael Blomkvist s'avancer vers la porte de l'immeuble.

MIRIAM WU SE RÉVEILLA TARD dans la journée, entortillée dans les draps, et elle fut proche de la panique quand elle s'assit dans le lit pour découvrir une pièce inconnue.

Elle avait pris toute cette attention médiatique comme excuse pour appeler une amie et lui demander l'hospitalité. Mais c'était tout autant une fuite, elle le sentait bien, parce qu'elle avait soudain eu peur que Lisbeth Salander vienne frapper à la porte.

L'interrogatoire de la police et les articles des journaux l'avaient affectée plus qu'elle n'aurait cru. Elle avait certes décidé de ne pas juger Lisbeth avant que celle-ci ait pu expliquer ce qui s'était passé, mais elle avait commencé à la croire coupable malgré tout.

Elle jeta un coup d'œil sur Viktoria Viktorsson, trente-sept ans, surnommée Double-V et lesbienne à cent pour cent. Elle était couchée sur le ventre et marmottait dans son sommeil. Miriam Wu se faufila dans la salle de bains et passa sous la douche. Ensuite elle sortit acheter du pain. Sauf que, à la caisse de la boutique de proximité près du café Cinnamon dans Verkstadsgatan, son regard tomba sur les manchettes des journaux. Elle fonça de nouveau se réfugier dans l'appartement de Double-V.

MIKAEL BLOMKVIST DÉPASSA la Honda bordeaux et s'arrêta devant l'immeuble de Lisbeth Salander, pianota le code et disparut. Il resta absent deux minutes puis il ressortit dans la rue. Personne à la maison ? Blomkvist regarda dans les deux sens de la rue, apparemment indécis. Bublanski l'observait pensivement.

Ce qui inquiétait Bublanski, c'était que si Blomkvist avait menti au sujet de l'agression dans Lundagatan, cela portait à croire qu'il jouait un jeu qui, au pire, pouvait signifier qu'il était complice des meurtres d'une façon ou d'une autre. Mais s'il disait la vérité – et il n'y avait aucune raison de mettre en doute sa parole –, ça signifiait qu'il existait une équation cachée dans tout ce drame. Cela signifiait qu'il y avait d'autres acteurs que ceux qui étaient visibles et que le meurtre pouvait s'avérer beaucoup plus compliqué que simplement commis par une fille malade mentale atteinte d'une crise de folie.

Quand Blomkvist commença à bouger en direction de Zinkensdamm, Bublanski le héla. Il s'arrêta, vit le policier et vint à sa rencontre. Ils se serrèrent la main en bas des marches.

— Salut Blomkvist. Tu cherches Lisbeth Salander ?

— Non. Je cherche Miriam Wu.

— Elle n'est pas là. Les médias ont été informés par je ne sais qui qu'elle avait refait surface.

— Qu'est-ce qu'elle avait à raconter ?

Bublanski regarda attentivement Mikael Blomkvist. Super Blomkvist.

— On marche un moment ensemble ? dit Bublanski. J'ai besoin d'un café.

Ils passèrent devant l'église de Högalid en silence. Bublanski l'amena au café Lillasyster au pont de Liljeholmen, où il commanda un double espresso avec une cuillère de lait froid alors que Mikael prit un *caffè latte*. Ils s'installèrent dans la section fumeurs.

— Ça fait longtemps que je n'ai pas été sur une affaire aussi frustrante, dit Bublanski. Est-ce que je peux en discuter avec toi sans en lire la moitié demain matin dans *Expressen* ?

— Je ne travaille pas pour *Expressen*.

— Tu sais ce que je veux dire.

— Bublanski, je ne crois pas que Lisbeth soit coupable.

— Et maintenant tu es en train de mener ton enquête perso ? C'est pour ça qu'ils t'appellent Super Blomkvist ?

Mikael eut un sourire.

— Je crois savoir qu'ils t'appellent inspecteur Bubulle.

Bublanski afficha un sourire figé.

— Pourquoi tu ne crois pas Salander coupable ?

— Je ne sais rien sur son tuteur, mais elle n'avait tout simplement aucune raison de tuer Dag et Mia. Surtout pas Mia. Lisbeth déteste les hommes qui haïssent les femmes et Mia était justement en train de coincer toute une série de michetons. Ce que faisait Mia était exactement dans le registre de ce que Lisbeth aurait fait. Elle a une éthique.

— Je n'ai pas réussi à me faire une image d'elle. Un cas psychiatrique lourd ou une enquêteuse compétente ?

— Lisbeth est différente. Elle est terriblement asociale, mais il n'y a définitivement rien qui cloche dans sa tête. Au contraire, je dirais qu'elle est plus intelligente que toi et moi.

Bublanski soupira. Mikael Blomkvist parlait comme Miriam Wu.

— Quoi qu'il en soit, il faut l'arrêter. Je ne peux pas entrer dans les détails mais nous avons des preuves techniques qu'elle se trouvait sur le lieu du crime et elle est personnellement mise en relation avec l'arme du crime.

Mikael approuva de la tête.

— Je suppose que ça veut dire que vous y avez trouvé ses empreintes digitales. Mais ça ne veut pas dire qu'elle a tiré.

Bublanski hocha la tête.

— Dragan Armanskij aussi a des doutes. Il est trop prudent pour le dire franchement, mais lui aussi cherche à étayer son innocence.

— Et toi ? Qu'est-ce que tu crois ?

— Je suis un flic. J'arrête des gens et je les interroge. En ce moment, la situation de Lisbeth Salander m'a l'air assez sombre. On a condamné des assassins sur des indices bien plus minces que ça.

— Tu n'as pas répondu à ma question.

— Je ne sais pas. Si elle était innocente… qui, à ton avis, aurait intérêt à tuer aussi bien son tuteur que tes deux amis ?

Mikael sortit un paquet de cigarettes et le tendit à Bublanski qui secoua la tête. Il ne voulait pas mentir à la police et il supposait qu'il devrait dire quelque chose au sujet de ses réflexions sur l'homme qu'on appelait Zala. Il devrait aussi parler du commissaire Gunnar Björck de la Säpo.

Mais Bublanski et ses collègues avaient eux aussi accès au matériel de Dag Svensson qui contenait le même dossier [ZALA]. Tout ce qu'ils avaient à faire était de lire. Au lieu de quoi ils avançaient comme un bulldozer et révélaient tous les détails intimes de Lisbeth Salander dans les médias.

Il avait une idée mais il ne savait pas où ça mènerait. Il ne voulait pas nommer Björck avant d'être sûr. *Zalachenko.* Voilà le lien avec Bjurman aussi bien qu'avec Dag et Mia. Le seul problème était que Björck n'avait rien raconté.

— Laisse-moi creuser encore un peu, et je te donnerai une théorie alternative.

— Pas une piste vers la police, j'espère.

Mikael sourit.

— Non. Pas encore. Qu'est-ce qu'a dit Miriam Wu ?

— A peu près la même chose que toi. Elles avaient une relation.

Il guetta la réaction de Mikael.

— Ce ne sont pas mes affaires, dit Mikael.

— Miriam Wu et Salander se sont fréquentées pendant trois ans. Miriam ne savait rien sur le passé de Salander, elle ne savait même pas où elle travaille. Difficile à digérer. Mais je crois qu'elle disait la vérité.

— Lisbeth est terriblement cachottière, dit Mikael.

Ils gardèrent le silence un moment.

— Est-ce que tu as le numéro de Miriam Wu ?

— Oui.

— Tu peux me le donner ?

— Non.

— Pourquoi pas ?

— Mikael, il s'agit d'une enquête de police. Nous n'avons pas besoin d'investigateurs privés avec des théories loufoques.

— Je n'ai pas encore de théories. Mais je crois que la réponse à l'énigme se trouve dans le matériel de Dag Svensson.

— Tu trouveras probablement le numéro de Miriam Wu sans grands problèmes en faisant un petit effort.

— Probablement. Mais le plus simple est de demander à quelqu'un qui l'a déjà.

Bublanski soupira. Mikael fut soudain terriblement agacé contre lui.

— Est-ce que les policiers sont plus intelligents que les gens ordinaires que tu appelles des investigateurs privés ? demanda-t-il.

— Non, je ne crois pas. Mais la police a une formation et sa mission est d'enquêter sur des crimes.

— Les personnes privées aussi ont une formation, dit Mikael lentement. Et il arrive qu'un investigateur privé soit bien plus doué qu'un policier pour enquêter sur des crimes.

— C'est toi qui le dis.

— J'en suis persuadé. Prends le cas de Joy Rahman. Des policiers ont fermé leurs yeux assis sur leur cul pendant cinq ans pendant que Rahman était innocent et bouclé pour le meurtre d'une vieille dame. Il serait encore enfermé si une enseignante n'avait pas consacré plusieurs années à une enquête sérieuse. Elle l'a fait sans toutes les ressources dont tu disposes. Non seulement elle a prouvé qu'il était innocent, mais elle a aussi pu désigner un individu qui selon toute vraisemblance était le véritable meurtrier.

— Le cas Rahman était devenu une histoire de prestige. Le procureur refusait d'écouter les faits.

Mikael Blomkvist contempla longuement Bublanski.

— Bublanski… Je vais te dire une chose. A cet instant précis, le cas Salander aussi est devenu une histoire de prestige. J'affirme qu'elle n'a pas tué Dag et Mia. Et je vais le prouver. Je vais te trouver un meurtrier alternatif et quand ça se passera, je vais écrire un article que toi et tes collègues vous allez trouver vachement pénible à lire.

EN RENTRANT CHEZ LUI, Bublanski ressentit le besoin de débattre de la chose avec Dieu mais, au lieu d'aller à la synagogue, il se rendit à l'église catholique dans Folkungagatan. Il gagna un des bancs tout au fond et resta tranquillement assis pendant plus d'une heure. En tant que juif, il n'avait théoriquement rien à faire dans une église, mais c'était un endroit paisible qu'il rejoignait souvent quand il avait besoin de mettre de l'ordre dans ses pensées. Il considérait l'église comme un endroit qui en valait un autre pour réfléchir, et il était certain que Dieu n'y trouverait rien à redire. De plus, il y avait une grande différence entre le catholicisme et le judaïsme. Il allait à la synagogue parce qu'il cherchait la compagnie d'autres personnes. Les catholiques allaient à l'église parce qu'ils voulaient se trouver en paix avec Dieu. L'église invitait au silence et imposait que les visiteurs soient laissés tranquilles.

Il réfléchit à Lisbeth Salander et à Miriam Wu. Et il réfléchit à ce qu'Erika Berger et Mikael Blomkvist lui avaient occulté. Il était persuadé qu'ils savaient quelque chose sur Salander qu'ils n'avaient pas raconté. Il se demanda quelle "recherche" Lisbeth Salander avait effectuée pour Mikael Blomkvist. Un moment, il se dit que Salander avait travaillé pour Blomkvist peu de temps avant qu'il révèle l'affaire Wennerström, mais il finit par éliminer cette possibilité. Lisbeth Salander n'avait tout simplement aucun lien avec ce genre de drames et il semblait hors de question qu'elle ait pu contribuer avec quoi que ce soit de valable. Quelle que fût sa compétence comme enquêteuse sur la personne.

Bublanski était soucieux.

Il n'aimait pas cette certitude absolue qu'avait Mikael Blomkvist de l'innocence de Salander. Que lui-même en tant que policier soit assailli par le doute était une chose – c'était son métier de douter. Mais c'en était une autre que Mikael Blomkvist lance un défi en tant qu'investigateur privé.

Il n'aimait pas les investigateurs privés qui livraient en général des théories sur le grand complot, très bonnes pour fournir de gros titres aux journaux mais qui le plus souvent étaient source d'un travail supplémentaire totalement inutile pour les policiers.

Cette enquête sur un meurtre était devenue la plus dingue qu'il ait jamais faite. Il sentait que d'une manière ou d'une autre, il avait perdu les pédales. L'investigation d'un meurtre se doit de suivre une chaîne de conséquences logiques.

Quand un jeune de dix-sept ans est retrouvé poignardé sur Mariatorget, il faut établir quelles bandes de skinheads ou quels gangs de jeunes traînaient du côté de la place et de Södra Station une heure auparavant. Il y a les amis, les connaissances, les témoins et assez vite aussi des suspects.

Quand un homme de quarante-deux ans est abattu de trois coups de pistolet dans un bar à Skärholmen et qu'on découvre qu'il était un homme de main de la mafia yougoslave, il faut essayer de trouver qui parmi les petits nouveaux cherche à prendre le contrôle de la contrebande de cigarettes.

Quand une femme de vingt-six ans d'un milieu respectable et ayant une vie rangée est retrouvée étranglée dans son appartement, il faut essayer de retrouver qui était son petit ami ou la dernière personne avec qui elle a parlé au troquet la veille au soir.

Bublanski avait mené tant d'enquêtes de ce type qu'il aurait pu les faire en dormant.

L'enquête actuelle avait pourtant si bien commencé. Ils avaient trouvé un suspect principal dès les premières heures. Lisbeth Salander était comme faite pour le rôle – un cas psychiatrique attesté qui avait connu des crises de violence incontrôlables toute sa vie. Concrètement, restait simplement à la cueillir et à obtenir des aveux ou, selon les circonstances, à l'envoyer dans une cellule matelassée. Ensuite, tout avait déraillé.

Salander n'habitait pas à son adresse. Elle avait des amis comme Dragan Armanskij et Mikael Blomkvist. Elle avait une relation avec une lesbienne notoire qui s'adonnait au sexe avec des menottes et qui déclenchait l'emballement des médias dans une situation déjà passablement enflammée. Elle avait 2,5 millions sur son compte en banque et aucun travail connu. Et maintenant Blomkvist débarquait avec des théories sur le trafic des femmes et autres conspirations – et en sa qualité de journaliste célèbre, il avait le réel pouvoir de créer un chaos complet dans l'enquête au moyen d'un seul article bien placé.

Et, surtout, le principal suspect se révélait impossible à trouver, bien qu'elle soit haute comme deux pouces, qu'elle ait un physique particulier et des tatouages partout sur le corps. Bientôt deux semaines depuis les meurtres et ils n'avaient pas le moindre soupçon d'une trace leur indiquant où elle se trouvait.

GUNNAR BJÖRCK, EN ARRÊT MALADIE pour hernie discale, adjoint-chef à la Säpo, avait passé vingt-quatre heures misérables depuis que Mikael Blomkvist avait franchi sa porte. Une douleur sourde et permanente s'était installée dans son dos. Il avait arpenté la maison qu'on lui avait prêtée, incapable de se détendre et incapable de prendre des initiatives. Il avait essayé de réfléchir mais les morceaux du puzzle refusaient de se mettre en place.

Il n'arrivait pas à comprendre les tenants et les aboutissants de cette histoire.

Quand il avait appris la nouvelle du meurtre de Nils Bjurman, le lendemain de la découverte du corps de l'avocat, il était resté sidéré. Mais il n'avait pas été surpris lorsque Lisbeth Salander avait presque immédiatement été désignée comme suspect principal et que la traque avait commencé. Il avait attentivement écouté chaque parole prononcée à la télé et il était sorti acheter tous les journaux qu'il pouvait trouver, et il avait consciencieusement lu chaque mot des divers articles.

Il ne doutait pas une seconde que Lisbeth Salander ne fût une malade mentale et capable de tuer. Il n'avait eu aucune raison de remettre en question sa culpabilité ou les conclusions de l'enquête de police – au contraire, tout ce qu'il savait sur Lisbeth Salander indiquait qu'elle était une psychopathe démente. Il avait failli se manifester au téléphone pour contribuer à l'enquête avec de bons conseils ou au moins pour contrôler que l'affaire était correctement menée, mais il avait fini par se dire que le cas ne le concernait plus. Ce n'était plus de son ressort et il y avait des gens compétents pour gérer cette affaire. Sans compter qu'un appel téléphonique de sa part pourrait susciter l'attention indésirable qu'il tenait justement à éviter. Il avait fini par se détendre et n'avait plus suivi les informations que d'une oreille distraite.

La visite de Mikael Blomkvist avait totalement chamboulé sa tranquillité. Il ne lui était jamais venu à l'esprit que l'orgie meurtrière de Salander pouvait le concerner personnellement – qu'une des victimes était un enfoiré de journaliste sur le point de le dénoncer à la Suède entière.

Et il s'était encore moins imaginé que le nom de Zala allait resurgir comme une grenade dégoupillée dans l'histoire et moins que tout que Mikael Blomkvist connaissait ce nom. C'était si invraisemblable que ça défiait tout entendement.

Le lendemain de la visite de Mikael, il avait pris son téléphone pour appeler son ex-patron, soixante-dix-huit ans et domicilié à Laholm. Il lui fallait d'une manière ou d'une autre essayer de comprendre l'histoire sans laisser entendre qu'il appelait pour d'autres raisons qu'une simple curiosité et une inquiétude professionnelle. La conversation fut relativement courte.

— C'est Björck. J'imagine que tu as lu les journaux.

— En effet. Elle est réapparue.

— Et elle n'a pas beaucoup changé.

— Ça ne nous concerne plus.

— Alors tu ne crois pas que…

— Non, je ne crois pas. Tout ça, c'est mort et enterré. Personne ne fera le lien.

— Mais il s'agit de Bjurman et pas d'un autre. Je suppose que ce n'était pas un hasard qu'il soit devenu son tuteur.

Il y eut un silence à l'autre bout de la ligne.

— Non, ce n'était pas un hasard. Il y a trois ans, ça semblait une bonne idée. Qui aurait pu prévoir ce qui se passe ?

— Qu'est-ce qu'il savait, Bjurman ?

Son ex-chef gloussa soudain.

— Tu sais très bien comment il était. Ce n'était pas exactement un acteur-né.

— Je veux dire… est-ce qu'il connaissait le lien ? Est-ce qu'il y a quelque chose dans ses papiers qui pourrait mener à…

— Non, bien sûr que non. Je comprends ce que tu veux savoir, mais tu n'as aucune inquiétude à te faire. Salander a toujours été un facteur incontrôlable dans cette histoire. Nous nous sommes arrangés pour que Bjurman obtienne le poste, mais c'était uniquement parce que ça nous arrangeait d'avoir comme tuteur quelqu'un qu'on pouvait tenir à l'œil. Ça valait mieux qu'un élément inconnu. Si elle s'était mise à bavarder, il serait venu nous voir. Maintenant, tout ça se termine on ne peut mieux.

— Comment ça ?

— Eh bien, quand ça sera fini, Salander se retrouvera à l'HP pour un bon bout de temps.

— Admettons.

— Donc, pas d'inquiétude à avoir. Tu peux tranquillement retourner à ton arrêt maladie.

Mais c'était justement ce que Gunnar Björck n'arrivait pas à faire. Par la faute de Mikael Blomkvist. Il s'installa à la table de cuisine et regarda l'anse de Jungfrufjärden tout en essayant de résumer sa propre situation. Il était menacé des deux côtés.

Mikael Blomkvist allait le dénoncer comme micheton. Le risque était imminent qu'il termine sa carrière de policier épinglé pour infraction à la loi sur le commerce du sexe.

Mais le plus grave était que Mikael Blomkvist traquait Zalachenko. D'une façon ou d'une autre Zalachenko était mêlé à l'histoire. Ce qui mènerait directement à Björck encore une fois.

Son ex-chef semblait persuadé qu'il ne pouvait rien y avoir de compromettant dans les papiers laissés par Bjurman. Il se trompait. Il y avait le rapport de 1991. Et c'était lui, Gunnar Björck, qui l'avait fourni à Bjurman.

Il essaya de visualiser la rencontre avec Bjurman plus de neuf mois auparavant. Ils s'étaient retrouvés dans la vieille ville. Bjurman l'avait appelé un après-midi au boulot et avait proposé qu'ils prennent une bière ensemble. Ils avaient parlé de tir au pistolet et d'un tas d'autres choses mais Bjurman l'avait contacté pour une raison particulière. Il avait besoin d'un service. Il avait posé des questions sur Zalachenko…

Björck se leva et s'approcha de la fenêtre de la cuisine. Il avait un peu trop bu, ce jour-là. Pas mal, même. Qu'est-ce qu'il lui avait demandé, Bjurman ?

— *A propos… je suis sur une affaire où une vieille connaissance a refait surface…*

— *Ah bon, qui ça ?*

— *Alexander Zalachenko. Tu te souviens de lui ?*

— *Ben oui. Ce n'est pas quelqu'un qu'on oublie facilement.*

— *Qu'est-ce qu'il est devenu ensuite ?*

Théoriquement, ça ne regardait pas Bjurman. Il y avait même lieu de faire gaffe à Bjurman rien que parce qu'il posait la question… s'il n'y avait pas eu le fait que Bjurman était le tuteur de Lisbeth Salander. Il avait dit qu'il avait besoin du vieux rapport. *Et je le lui ai donné.*

Il avait commis une erreur monumentale. Il avait supposé que Bjurman était déjà au courant – le contraire était tout bonnement impensable. Et Bjurman avait présenté les choses comme une simple tentative de prendre un raccourci dans la lenteur bureaucratique où tout était estampillé top secret et pouvait prendre des mois. Surtout dans une affaire concernant Zalachenko.

Je lui ai donné le rapport, toujours estampillé top secret. Mais Bjurman avait une raison juste et compréhensible et il n'était pas homme à balancer. Un connard, d'accord, mais qui avait toujours tenu sa langue. Qu'est-ce que ça pouvait bien faire… tant d'années après ?

Bjurman l'avait embobiné. Il lui avait donné l'impression qu'il s'agissait de formalités et de bureaucratie. Plus il y pensait, plus il était convaincu que Bjurman avait placé ses mots avec une parfaite exactitude et une extrême prudence.

Qu'est-ce qu'il recherchait ? Et pourquoi Salander l'avait-elle tué ?

MIKAEL BLOMKVIST SE RENDIT à Lundagatan encore quatre fois dans la journée du samedi dans l'espoir de tomber sur Miriam Wu, mais elle brillait par son absence.

Il passa une grande partie de la journée dans le Bar-Café de Hornsgatan avec son iBook et lut de nouveau le courrier électronique de Dag Svensson à l'adresse *millenium.se* ainsi que le contenu du dossier qu'il avait nommé [ZALA]. Les dernières semaines avant les meurtres, Dag Svensson avait consacré de plus en plus de temps à faire des recherches sur Zala.

Mikael aurait sacrément aimé pouvoir appeler Dag Svensson et lui demander pourquoi le fichier [Irina P.] se trouvait dans le dossier sur Zala. La seule conclusion plausible que Mikael pouvait trouver était que Dag avait soupçonné Zala du meurtre d'Irina.

Vers 17 heures, Bublanski l'avait soudain appelé pour lui donner le numéro de téléphone de Miriam Wu. Mikael ne comprenait pas ce qui avait poussé le flic à changer d'avis, mais dès qu'il eut le numéro, il appela à peu près une fois toutes les demi-heures. Ce ne fut que vers 23 heures que, ayant branché son téléphone portable, elle répondit. La conversation fut brève.

— Bonsoir Miriam. Je m'appelle Mikael Blomkvist.

— Et t'es qui, toi, qui vas encore m'emmerder ?

— Je suis journaliste, je travaille pour une revue qui s'appelle *Millénium.*

Miriam Wu exprima ses sentiments avec beaucoup de vigueur.

— Ah oui. Ce Blomkvist-là. Eh ben, va te faire foutre, journaleux de mes deux !

Puis elle interrompit la conversation avant que Mikael ait eu une chance de placer un mot pour expliquer ce qu'il voulait. Intérieurement, il maudit Tony Scala et essaya de la rappeler. Elle ne répondit pas. En désespoir de cause, il envoya un SMS à son portable.

Je t'en prie. C'est important.

Elle n'avait pas répondu.

Tard dans la nuit du samedi au dimanche, Mikael arrêta son ordinateur, se déshabilla et se glissa dans le lit. Il se sentait frustré, il aurait aimé qu'Erika Berger soit avec lui.

IV

TERMINATOR MODE

24 mars au 8 avril

La racine d'une équation est un nombre qui, remplaçant l'inconnue, fait de l'équation une identité. On dit que la racine satisfait à l'équation.

Pour résoudre une équation, on doit en déterminer toutes les racines. Quand une équation est satisfaite par toutes les valeurs imaginables des inconnues, on parle d'identité.

$$(a + b)^2 = a^2 + 2ab + b^2$$

21

JEUDI SAINT 24 MARS – LUNDI 4 AVRIL

LISBETH SALANDER PASSA la première semaine de sa cavale loin de tous les événements dramatiques. Elle restait tranquillement dans son appartement dans Fiskaregatan à Mosebacke. Son portable était coupé et la carte SIM enlevée. Elle n'avait plus l'intention d'utiliser ce téléphone-là. Elle suivait avec des yeux de plus en plus écarquillés les titres des éditions Web des journaux et les émissions des journaux télévisés.

Elle découvrit, très irritée, sa photo d'identité lancée sur Internet et bientôt mise en icone sur tous les sujets d'actualité à la télé. Elle avait l'air d'une folle là-dessus.

Après des années d'effort pour devenir anonyme, elle avait été transformée en la personne la plus connue et la plus publique du royaume. Avec une douce surprise, elle se rendit compte que la recherche à l'échelle nationale d'une fille de petite taille soupçonnée d'un triple meurtre était l'un des événements les plus sensationnels de l'année, à peu près du même niveau que les abus sexuels et financiers et le crime perpétré par le gourou de la secte de Knutby. Elle suivit les commentaires et les explications dans les médias, les sourcils pensivement levés, fascinée de voir que des actes frappés du sceau du secret concernant ses difficultés mentales semblaient accessibles à tous dans toutes les rédactions. Un titre réveilla de vieux souvenirs enterrés.

INTERPELLÉE POUR VIOLENCES A GAMLA STAN

Un reporter juridique à TT avait dépassé ses concurrents en mettant la main sur une copie de l'enquête médicolégale qui avait été faite après que Lisbeth avait été arrêtée pour avoir balancé son pied dans la gueule d'un passager à la station de métro Gamla Stan.

Lisbeth se souvenait très bien de l'incident dans le métro. Elle était sur le chemin du retour dans sa famille d'accueil temporaire à Hägersten. A Rådmansgatan, un homme qu'elle ne connaissait ni d'Eve ni d'Adam et qui semblait parfaitement sobre était monté dans la rame et l'avait immédiatement mise dans son collimateur. Elle avait appris plus tard qu'il s'appelait Karl Evert Blomgren, qu'il avait cinquante-deux ans et que c'était un ancien joueur de bandy domicilié à Gävle. Alors que le wagon était à moitié vide, il s'était assis à côté d'elle et avait commencé à la harceler. Il avait posé la main sur son genou et essayé d'engager une conversation du style : "Je te file 200 balles si tu viens chez moi." Comme elle l'ignorait et ne répondait pas, il s'était fait plus pressant et l'avait traitée de salope. Qu'elle ne réponde pas et qu'elle change de siège à Centralen ne l'avait pas refroidi.

Le métro arrivait à Gamla Stan, quand il l'avait entourée de ses bras par-derrière et avait glissé les mains sous son pull, tout en lui chuchotant à l'oreille qu'elle était une pute. Lisbeth Salander n'aimait pas être qualifiée de pute par de parfaits inconnus dans le métro. Elle avait répondu par un coup de coude dans l'œil, puis elle s'était arc-boutée des deux mains sur un poteau et lui avait planté un talon sur la racine du nez. Le gars avait abondamment saigné.

Elle aurait eu la possibilité de s'échapper du wagon quand le train s'arrêta à quai, mais comme elle était habillée en punk avec des cheveux teints en bleu, un ami de l'ordre s'était jeté sur elle et l'avait bloquée à terre jusqu'à l'arrivée de la police.

Elle maudit son sexe et sa petite taille. Si elle avait été un garçon, personne n'aurait osé se jeter sur elle.

Elle ne chercha jamais à expliquer pourquoi elle avait balancé son pied dans la gueule de Karl Evert Blomgren. Elle estimait inutile d'essayer d'expliquer quoi que ce soit à une autorité en uniforme. Par principe, elle refusait même de répondre aux questions des psychologues quand ils se mettaient en tête d'évaluer son état mental. Heureusement, d'autres passagers avaient suivi le déroulement des événements, dont une femme intraitable de Härnösand qui se révéla être une députée centriste. La femme apporta immédiatement son témoignage, disant que Blomgren avait accosté Salander avant qu'elle l'attaque. Plus tard, il s'avéra que Blomgren avait déjà deux condamnations pour attentat à la pudeur et le procureur décida d'abandonner les poursuites. Cela ne signifia cependant pas que l'enquête sociale sur elle fut interrompue. Celle-ci eut pour résultat peu de temps après que le tribunal de première instance décida de déclarer Lisbeth Salander incapable. Là-dessus, elle s'était retrouvée sous la tutelle de Holger Palmgren pour commencer et ensuite de Nils Bjurman.

Et maintenant, tous ces détails intimes et protégés par le secret professionnel se trouvaient sur le Net à la vue et au su de tous. Ses états de service étaient complétés par des descriptions colorées de tous les conflits qu'elle avait connus avec son entourage depuis l'école primaire, et de son internement dans une clinique de pédopsychiatrie au début de l'adolescence.

LE DIAGNOSTIC QUE LES MÉDIAS FAISAIENT de Lisbeth Salander variait selon les éditions et les journaux. Parfois elle était décrite comme psychotique et parfois comme schizophrène avec de sérieuses tendances à la manie de la persécution. Tous les journaux la décrivaient comme mentalement attardée – elle n'avait même pas su assimiler l'enseignement du collège et elle en était sortie sans bulletin de notes. Le public ne pouvait que constater qu'elle était déséquilibrée et encline à la violence.

Lorsque les médias découvrirent que Lisbeth Salander était une amie de la lesbienne notoire Miriam Wu, un lynchage en règle se déchaîna dans plusieurs journaux. Miriam Wu s'était produite dans le show de Benita Costa pendant la Gay Pride, un show provocateur où Mimmi avait été photographiée les seins à l'air, en pantalon de cuir avec bretelles et en bottes vernies à talons aiguilles. En outre, elle avait écrit des articles dans un magazine gay fréquemment cité par les médias et à quelques reprises elle avait été interviewée pour sa participation dans différents shows.

La combinaison lesbienne/tueuse en série/sexe sadomaso était apparemment imbattable pour augmenter les tirages.

Plusieurs journaux évoquèrent la possibilité que la thèse de Mia Bergman, qui traitait du commerce du sexe, ait pu pousser Lisbeth Salander à commettre les crimes, puisque au dire des services sociaux elle était une prostituée.

A la fin de la semaine, les médias découvrirent que Salander avait aussi des liens avec une bande de jeunes femmes qui flirtaient avec le satanisme. Le groupe s'appelait les Evil Fingers et cela incita un journaliste culturel mâle d'un certain âge à écrire un long texte sur l'instabilité de la jeunesse et les dangers qui se dissimulent partout, depuis la culture skinhead jusqu'au hip-hop.

A ce stade, le public était repu d'informations sur Lisbeth Salander. Si on additionnait les affirmations dans les différents médias, la police pourchassait une lesbienne psychotique membre d'une bande de satanistes qui prônait le sexe sadomaso et haïssait la société en général et les hommes en particulier. Salander s'étant trouvée à l'étranger l'année précédente, des liens internationaux n'étaient pas à exclure.

UNE SEULE FOIS, LISBETH SALANDER réagit avec une sorte d'émotion devant ce que véhiculait le bruissement des médias. Un titre attira son attention.

"NOUS AVIONS PEUR D'ELLE"

Elle menaçait de nous tuer, disent ses professeurs et camarades

Celle qui parlait était un ancien professeur, une certaine Birgitta Miåås, actuellement peintre sur soie, qui s'étalait sur Lisbeth Salander ayant menacé ses camarades de classe et racontait que même les professeurs avaient eu peur d'elle.

Lisbeth avait effectivement croisé Miåås. Leur rencontre n'avait cependant pas été d'une grande pureté.

Elle se mordit la lèvre inférieure et constata qu'elle avait onze ans à l'époque. Elle se souvenait de Miåås comme d'une remplaçante pénible en maths qui s'était entêtée à lui poser une question à laquelle elle avait déjà répondu correctement, mais faux à en croire le manuel. En réalité, le manuel se trompait, ce qui, de l'avis de Lisbeth, aurait dû être évident pour tout le monde. Mais Miåås s'était de plus en plus entêtée et Lisbeth était devenue de moins en moins disposée à discuter la question. Pour finir, elle était restée sans bouger, la bouche formant un mince trait avec la lèvre inférieure poussée en avant jusqu'à ce que Miåås, totalement frustrée, la prenne par l'épaule et la secoue pour attirer son attention. Lisbeth avait riposté en lançant son livre à la tête de Miåås, d'où un certain désordre. Elle avait craché et donné des coups de pied autour d'elle tandis que ses camarades de classe essayaient de la maîtriser.

Cet article disposait d'un grand espace dans un journal du soir et laissait aussi la place à quelques citations mises en légende d'un encadré montrant l'un des anciens élèves de sa classe posant devant l'entrée de son école de l'époque. Le garçon en question s'appelait David Gustavsson et se disait actuellement assistant financier. Il prétendait que les élèves avaient peur de Lisbeth Salander puisqu'un jour "elle avait proféré des menaces de mort". Lisbeth se souvenait de David Gustavsson comme d'un de ses plus grands persécuteurs à l'école, un gros costaud brutal doté d'un QI minimal et qui loupait rarement une occasion de distribuer des injures et des coups de coude dans les couloirs. Une fois il l'avait attaquée derrière le gymnase à la pause déjeuner et, comme d'habitude, elle s'était défendue. Physiquement, elle n'avait aucune chance, mais elle estimait que mieux valait mourir que capituler. L'incident avait déraillé, un grand nombre d'élèves s'étant rassemblés autour d'eux pour regarder David Gustavsson taper sur Lisbeth Salander à ne plus en finir. Cela les avait amusés jusqu'à un certain point, mais cette idiote ne comprenait pas son propre intérêt, elle restait à terre et ne se mettait même pas à pleurer ou à implorer pitié.

Un moment plus tard, les élèves eux-mêmes ne supportaient plus ce spectacle. David était tellement supérieur et Lisbeth tellement sans défense que David commença à récolter des mauvais points. Il avait démarré quelque chose qu'il ne savait pas terminer. Pour en finir, il balança à Lisbeth deux bons coups de poing dont l'un lui fendit la lèvre et l'autre lui coupa le souffle. Les autres élèves l'abandonnèrent en un tas misérable derrière le gymnase et disparurent en riant au coin du bâtiment.

Lisbeth Salander était rentrée à la maison panser ses plaies. Deux jours plus tard, elle était revenue avec une batte de base-ball. Au milieu de la cour, elle l'avait assénée sur la tête de David, sur l'oreille. Quand il fut à terre, complètement choqué, elle appuya la batte sur sa gorge, se pencha sur lui et lui chuchota que si jamais il la touchait encore, elle le tuerait. A ce moment, les adultes se rendirent compte que quelque chose se passait, et on emmena David à l'infirmerie, tandis que Lisbeth devait comparaître devant le principal pour y recevoir le verdict : punition, notification dans son dossier et poursuite des enquêtes sociales.

Pendant quinze ans, Lisbeth n'avait jamais repensé à Miåås ou à Gustavsson. Elle nota mentalement qu'il lui faudrait contrôler, dès qu'elle aurait un peu plus de temps, ce qu'étaient leurs occupations actuelles.

TOUT CE QU'ON ÉCRIVAIT sur Lisbeth Salander avait fait d'elle une célébrité nationale. Son passé était examiné et disséqué, puis publié dans le moindre détail, depuis les crises à l'école primaire jusqu'à l'internement à la clinique pédopsychiatrique de Sankt Stefan près d'Uppsala où elle avait passé plus de deux ans.

Elle dressa l'oreille quand le médecin-chef Peter Teleborian fut interviewé à la télé. Il avait huit ans de plus que la dernière fois où Lisbeth l'avait vu, à l'occasion des délibérations au tribunal d'instance pour la faire déclarer incapable. Il avait de gros plis sur le front et gratta son petit bouc en se tournant vers le reporter pour expliquer, très soucieux, qu'il était tenu au secret professionnel et ne pouvait donc pas parler d'une patiente particulière. Tout ce qu'il pouvait dire était que Lisbeth Salander était un cas très compliqué qui exigeait des soins qualifiés, et que le tribunal avait décidé, à l'encontre de sa recommandation, de la placer sous tutelle et de l'insérer dans la société au lieu de lui accorder les soins en institution dont elle avait besoin. C'était un scandale, soutint Teleborian. Il regretta que trois personnes soient mortes du fait de cette erreur d'estimation, et au passage en profita pour dénoncer les coupes dans les budgets de la psychiatrie que le gouvernement avait fait passer en force ces dernières décennies.

Lisbeth nota qu'aucun journal ne révélait que la forme de soins la plus habituelle dans le service de pédopsychiatrie fermé que dirigeait le Dr Teleborian était de placer "les patients agités et difficiles" dans une pièce dite "dépourvue de stimuli". Cette pièce était meublée d'une couchette avec des courroies. Le prétexte scientifique était que les enfants agités ne devaient pas recevoir de "stimuli" qui pourraient déclencher des crises.

Plus âgée, elle avait découvert qu'il existait un autre terme pour la chose. *Privation sensorielle.* Exposer des prisonniers à une privation sensorielle était classé inhumain par la convention de Genève. C'était un élément récurrent des expériences de lavage de cerveau auxquelles s'adonnaient périodiquement différentes dictatures. Il existait des documents démontrant que les prisonniers politiques ayant avoué toutes sortes de crimes fantaisistes pendant les procès de Moscou dans les années 1930 avaient subi de tels traitements.

Quand elle vit le visage de Peter Teleborian à la télé, le cœur de Lisbeth se transforma en un gros glaçon. Elle se demanda s'il utilisait toujours le même après-rasage immonde. Il avait été responsable de ce qui était défini comme une thérapie. Elle n'avait jamais compris ce qu'ils attendaient d'elle à part que d'une façon ou d'une autre elle devait recevoir un traitement et devenir consciente de ses actes. Lisbeth avait vite compris qu'une "patiente agitée et difficile" signifiait une patiente qui remettait en question le raisonnement et le savoir de Teleborian.

Par la même occasion, Lisbeth Salander découvrit que la méthode thérapeutique la plus courante en matière de maladie mentale au XVIe siècle était encore pratiquée à Sankt Stefan au seuil du XXIe siècle.

Elle avait passé à peu près la moitié de son temps à Sankt Stefan attachée sur la couchette dans la pièce "dépourvue de stimuli". C'était apparemment une sorte de record.

Teleborian ne l'avait jamais touchée sexuellement. Il ne l'avait jamais touchée à part dans des contextes absolument innocents. Une fois seulement, comme une remontrance, il avait posé la main sur son épaule alors qu'elle se trouvait attachée dans l'isolement.

Elle se demanda si les marques de ses dents étaient encore visibles sur la phalange de l'auriculaire de Teleborian.

Cela avait pris la tournure d'un duel où Teleborian avait toutes les cartes en main. La méthode de Lisbeth avait été de se retrancher et d'ignorer totalement sa présence dans la pièce.

Elle avait douze ans quand deux femmes policiers l'avaient transportée à Sankt Stefan. C'était quelques semaines après que Tout Le Mal était arrivé. Elle se souvenait de tout jusque dans le moindre détail. D'abord, elle avait cru que tout allait s'arranger d'une manière ou d'une autre. Elle avait essayé d'expliquer sa version aux policiers, aux assistantes sociales, au personnel de l'hôpital, aux infirmières, médecins, psychologues et même à un pasteur qui voulait qu'elle prie avec lui. Quand elle était assise à l'arrière de la voiture de police et qu'ils dépassaient le Wenner-Gren Center en route pour Uppsala, elle ne savait toujours pas où on l'amenait. Personne ne l'avait informée. C'était alors qu'elle avait commencé à se douter que rien du tout n'allait s'arranger.

Elle avait essayé d'expliquer à Peter Teleborian.

Le résultat de tous ces efforts fut que la nuit de ses treize ans, elle se trouvait attachée sur la couchette.

Peter Teleborian était sans conteste le sadique le plus immonde et le plus abject que Lisbeth Salander ait rencontré de toute sa vie. A ses yeux, il surpassait Bjurman de plusieurs longueurs. Bjurman avait été un vicelard brutal mais qu'elle avait su reprendre en main. Peter Teleborian, lui, était à l'abri derrière un rideau de papiers, d'estimations, de mérites universitaires et de charabia psychiatrique. Aucun, absolument aucun de ses actes ne pouvait jamais être dénoncé ou critiqué.

L'Etat lui avait donné pour mission d'attacher des petites filles désobéissantes avec des sangles.

Et chaque fois que Lisbeth Salander était attachée sur le dos et qu'il resserrait le harnais et qu'elle croisait son regard, elle pouvait lire son excitation. Elle savait. Et il savait qu'elle savait. Le message était passé.

La nuit de ses treize ans, elle décida de ne plus jamais échanger la moindre parole avec Peter Teleborian ni avec aucun autre psychiatre ou docteur de la tête. C'était le cadeau d'anniversaire qu'elle s'offrait. Elle avait tenu sa promesse. Et elle savait que cela avait frustré Peter Teleborian, et que ça avait sans doute plus qu'autre chose contribué à ce que nuit après nuit elle soit attachée avec le harnais. Ce prix-là, elle était prête à le payer.

Elle apprit tout sur le contrôle de soi. Elle n'avait plus de crises et elle ne lançait plus d'objets autour d'elle les jours où on la sortait de l'isolement.

Mais elle ne parlait pas aux médecins.

En revanche, elle parlait poliment et sans restriction aux infirmières, au personnel de la cantine et aux femmes de ménage. Cela fut remarqué. Une gentille infirmière du nom de Carolina, pour qui Lisbeth s'était prise d'affection jusqu'à un certain point, lui avait un jour demandé pourquoi elle agissait ainsi.

Pourquoi est-ce que tu ne parles pas avec les médecins ?

Parce qu'ils n'écoutent pas ce que je dis.

La réponse n'était pas spontanée. C'était sa façon de communiquer malgré tout avec les médecins. Elle savait très bien que chaque commentaire de sa part était incorporé à son dossier et attestait ainsi que son silence était le fruit d'une décision rationnelle.

La dernière année à Sankt Stefan, Lisbeth avait été de moins en moins souvent mise en cellule d'isolement. Et quand cela se produisait, c'était toujours quand d'une façon ou d'une autre elle avait irrité Peter Teleborian, ce qu'elle réussissait toujours à faire dès qu'il posait les yeux sur elle. Il essayait sans cesse de briser son silence obstiné et de la forcer à reconnaître qu'il existait.

Un jour, Teleborian avait décidé de lui administrer un type de tranquillisant qui faisait qu'elle avait du mal à respirer et du mal à penser, ce qui à son tour avait entraîné une angoisse. Alors elle avait refusé de prendre ce médicament, d'où la décision de lui faire avaler les comprimés de force trois fois par jour.

Sa résistance avait été si violente que le personnel avait dû la maintenir d'autorité, lui ouvrir la bouche et ensuite l'obliger à avaler. La première fois, Lisbeth s'enfonça immédiatement les doigts dans la gorge et vomit le déjeuner sur l'aide-soignante la plus proche. Le résultat fut qu'on l'attachait pour lui faire ingurgiter les comprimés. Lisbeth répondit en apprenant à vomir sans avoir à mettre les doigts dans la gorge. La violence de son refus et le travail supplémentaire que cela impliquait pour le personnel aboutirent à l'interruption de l'essai.

Elle venait d'avoir quinze ans quand on l'avait ramenée à Stockholm et placée dans une famille d'accueil. Le changement l'avait prise de court. A cette époque, Peter Teleborian n'était pas encore médecin-chef de Sankt Stefan et Lisbeth Salander était persuadée que c'était l'unique raison de sa libération soudaine. Si Teleborian avait pu décider seul, elle serait encore attachée sur la couchette dans l'isolement.

Et maintenant elle le revoyait à la télé. Elle se demanda s'il espérait l'avoir de nouveau comme patiente ou bien si elle était trop âgée maintenant pour satisfaire à ses fantasmes. Sa contestation de la décision du tribunal de ne pas l'interner fut efficace et éveilla l'indignation de la femme reporter qui l'interviewait mais qui apparemment n'avait pas la moindre idée des questions qu'il aurait fallu lui poser. Personne ne pouvait se permettre de contredire Peter Teleborian. Le précédent médecin-chef de Sankt Stefan était décédé depuis. Le juge au tribunal d'instance qui avait présidé le cas Salander, et qui maintenant aurait dû en partie endosser le rôle du méchant dans le drame, était à la retraite. Il refusait d'accorder des déclarations à la presse.

LISBETH TROUVA L'UN DES TEXTES les plus déroutants dans les pages Web d'un journal local du Centre de la Suède. Elle lut le texte trois fois avant d'arrêter l'ordinateur et d'allumer une cigarette. Elle s'assit sur le coussin dans l'encoignure de la fenêtre et contempla l'éclairage public nocturne avec un sentiment de résignation.

> "ELLE EST BISEXUELLE", DIT UNE AMIE D'ENFANCE
>
> La femme de vingt-six ans qui est pourchassée pour trois meurtres est décrite comme une personne solitaire et repliée sur elle-même, avec de grandes difficultés d'adaptation à l'école. Malgré de nombreuses tentatives pour la sociabiliser, elle est toujours restée à l'écart.

“Elle avait manifestement de gros problèmes avec son identité sexuelle, se souvient Johanna, qui fut l’une de ses rares amies proches à l’école. Très tôt il était évident qu’elle était différente et qu’elle était bisexuelle. Nous nous faisions du souci pour elle.”

Le texte continuait en décrivant quelques épisodes dont Johanna se souvenait. Lisbeth fronça les sourcils. Pour sa part, elle n’arrivait pas à se rappeler ces épisodes, ni qu’elle ait eu une amie proche qui s’appelait Johanna. Vraiment, elle n’arrivait pas à se rappeler qu’elle ait jamais eu quelqu’un qu’on pouvait qualifier d’ami proche et qui aurait essayé de l’intégrer à la société du temps de l’école.

Le texte restait flou sur l’époque où ces épisodes auraient eu lieu, mais concrètement, elle avait quitté l’école à l’âge de douze ans. Cela signifiait que sa camarade d’enfance inquiète aurait découvert sa bisexualité lors de sa première année de collège !

Dans le raz de marée déchaîné de textes délirants au cours de la semaine, l’interview de Johanna fut celui qui l’atteignit le plus. Il était si manifestement fabriqué. Soit le reporter était tombé sur une mythomane complète, soit il avait tout inventé lui-même. Elle mémorisa son nom et l’inscrivit sur la liste des objets d’étude futurs.

MÊME LES REPORTAGES COMPATISSANTS, teintés d’une pointe de critique envers le système, avec des titres tels que “Défaillance de la société” ou “Elle n’a jamais reçu l’aide dont elle avait besoin”, n’arrivaient pas à diminuer son rôle comme ennemi public numéro un – une meurtrière qui dans une crise de folie avait exécuté trois citoyens honorables.

Lisbeth lut les interprétations de sa vie avec une certaine fascination et nota une lacune manifeste dans les connaissances du public. En dépit d’un accès apparemment illimité aux détails de sa vie les plus intimes et frappés du sceau du secret, les médias étaient totalement passés à côté de Tout Le Mal qui avait eu lieu juste avant ses treize ans. La connaissance de sa vie allait de l’école maternelle jusque vers ses onze ans puis reprenait lorsque, à quinze ans, on l'avait libérée de la clinique de pédopsychiatrie et placée dans une famille d'accueil.

Apparemment, quelqu'un au sein de l'enquête de police pourvoyait les médias d'informations mais, pour des raisons que Lisbeth Salander ignorait, avait décidé d'omettre Tout Le Mal. Cela l'intriguait. Si la police tenait tant à souligner sa tendance à la violence extrême, alors cette enquête-là constituait la charge la plus accablante dans son dossier, bien supérieure à toutes les bêtises de cour d'école. Il était à l'origine de son transport à Uppsala et de son internement à Sankt Stefan.

LE DIMANCHE DE PÂQUES, Lisbeth commença à établir une vue d'ensemble de l'enquête de police. Les données dans les médias lui fournirent une bonne image des participants. Elle nota que le procureur Ekström dirigeait l'enquête préliminaire, c'était en général lui qui parlait lors des conférences de presse. L'enquête sur le terrain proprement dite était menée par l'inspecteur criminel Jan Bublanski, un homme doté d'une légère surcharge pondérale et vêtu d'une veste mal taillée, qui assistait Ekström à certaines conférences de presse.

Quelques jours plus tard, elle avait identifié Sonja Modig, le seul flic femme de l'équipe et celle qui avait découvert le corps de Bjurman. Elle nota les noms de Hans Faste et Curt Bolinder, mais loupa totalement Jerker Holmberg qui ne figurait dans aucun reportage. Pour chaque individu, elle créa un dossier dans son ordinateur, qu'elle commença à alimenter de données.

Les informations sur la progression de l'enquête de police se trouvaient évidemment dans les ordinateurs dont disposaient les enquêteurs, et dont la base de données était sauvegardée dans le serveur du commissariat. Lisbeth Salander savait qu'il était extrêmement difficile de pirater le réseau interne de la police, mais nullement impossible. Elle l'avait déjà fait.

Lors d'une mission pour Dragan Armanskij quatre ans plus tôt, elle avait dressé un plan de la structure du réseau de la police et médité sur les possibilités d'entrer dans le registre des casiers judiciaires pour effectuer ses propres recherches. Elle avait lamentablement échoué dans ses tentatives d'intrusion illégale – pour cela les pare-feu de la police étaient trop sophistiqués et minés avec toutes sortes d'embûches qui pouvaient se terminer par une désagréable publicité.

Le réseau interne de la police était construit selon les règles de l'art, avec ses propres câbles, et il était à l'écart de tous branchements extérieurs et d'Internet. Autrement dit, ce qu'il faudrait était un flic ayant l'autorisation d'utiliser le réseau qui ferait une recherche à sa demande ou, deuxième possibilité, que le réseau interne de la police croie qu'elle était une personne autorisée. De ce point de vue, les experts en sécurité de la police avaient heureusement laissé ouverte une énorme porte de derrière. Un grand nombre de commissariats dans le pays étaient branchés sur le réseau central, dont plusieurs étaient de petites unités locales fermées la nuit et dépourvues d'alarme ou de surveillance. Le commissariat de proximité à Långvik près de Västerås en était un. Il occupait cent trente mètres carrés dans le même bâtiment que la bibliothèque municipale et la caisse maladie, et, dans la journée, trois policiers y assuraient une permanence.

Lisbeth Salander n'avait pas réussi à pénétrer dans le réseau pour l'enquête qu'elle menait à cette époque-là, mais elle avait décidé que cela valait le coup de consacrer un peu de temps et d'énergie à y trouver un accès pour des enquêtes futures. Elle avait réfléchi aux possibilités qui s'offraient à elle, puis elle avait fait une demande de boulot d'été comme femme de ménage à la bibliothèque de Långvik. Parallèlement au maniement des serpillières et des seaux, il lui avait fallu environ dix minutes dans les bureaux de l'urbanisme municipal pour obtenir les plans détaillés des locaux. Elle avait les clés du bâtiment mais pas des locaux de la police. En revanche, elle avait découvert qu'elle pouvait sans grande difficulté s'introduire dans le local de la police via une fenêtre de salle de bains au premier étage, qu'on laissait entrouverte la nuit en été compte tenu de la chaleur. Le commissariat n'était surveillé que par un garde de Securitas qui passait deux ou trois fois par nuit. Dérisoire.

Il lui fallut à peu près cinq minutes pour trouver le nom d'utilisateur et le mot-clé glissés sous le sous-main du bureau de l'officier de police local et environ une nuit d'expérimentation pour comprendre la structure du réseau et identifier de quel type d'accès cette personne disposait et quel type d'accès était interdit à cette équipe locale. En bonus, elle obtint aussi les noms d'utilisateurs et les mots-clés des deux autres policiers. L'un d'eux était Maria Ottosson, agent de police de trente-deux ans. Dans son ordinateur, Lisbeth découvrit que celle-ci avait demandé et obtenu un poste d'investigatrice à la brigade des fraudes à la police de Stockholm. Lisbeth toucha le jackpot avec Ottosson : l'innocente Maria avait laissé son ordinateur portable, un PC Dell, dans un tiroir du bureau qui n'était pas fermé à clé ! Maria Ottosson était donc un policier qui utilisait son PC privé au boulot. Sublime ! Lisbeth démarra l'ordinateur et inséra son CD avec le logiciel Asphyxia 1.0, la toute première version de son logiciel d'espionnage. Elle plaça le programme à deux endroits, comme part active intégrée à Microsoft Explorer et comme sauvegarde dans le carnet d'adresses de Maria Ottosson. Lisbeth se dit que si Ottosson achetait un nouvel ordinateur, elle y transférerait son carnet d'adresses, et la probabilité était grande aussi qu'elle transfère son carnet d'adresses à son ordinateur de service à la brigade des fraudes à Stockholm quand elle prendrait son poste quelques semaines plus tard.

Elle plaça également des logiciels dans les ordinateurs fixes des policiers, qui lui permettraient de venir y chercher des informations de l'extérieur. En s'appropriant tout bonnement leurs identités, elle pouvait faire des recherches dans le registre des casiers judiciaires. Par contre, il lui fallait avancer à pas de loup pour que les intrusions ne se voient pas. Le département sécurité de la police, par exemple, était doté d'une alarme automatique si un policier local se connectait hors service et si ça se répétait ou si le nombre de recherches augmentait de façon importante. Si elle pêchait des informations sur des enquêtes auxquelles la police locale ne pouvait raisonnablement pas être mêlée, une alarme se déclenchait aussi.

Au cours de l'année suivante, elle avait travaillé avec son collègue hacker Plague pour prendre le contrôle du réseau de la police. La tâche s'était avérée comporter des difficultés si insurmontables qu'ils avaient fini par abandonner le projet. En cours de route, ils avaient cependant stocké près d'une centaine d'identités de policiers existantes, qu'ils pouvaient emprunter au besoin.

Plague avait franchi une belle étape quand il avait réussi à pirater l'ordinateur personnel du chef du département sécurité informatique de la police. Le gars était un consultant en économie sans grandes connaissances en informatique, mais disposant d'une profusion d'informations dans son ordinateur portable. S'ils ne pouvaient pas pirater totalement le réseau de la police, Lisbeth et Plague étaient au moins en mesure de l'infester de virus malveillants de différents types – activité que ni l'un ni l'autre n'avait le moindre intérêt à mener. Ils étaient des hackers, pas des saboteurs. Ils voulaient l'accès aux réseaux, pas les détruire.

Lisbeth Salander contrôla sa liste et constata qu'aucune des personnes dont elle avait volé l'identité ne travaillait sur l'enquête du triple meurtre – ç'aurait été trop inespéré. Par contre elle pouvait sans problèmes majeurs entrer lire les détails de l'avis de recherche national, y compris les mises à jour la concernant. Elle découvrit qu'on l'avait aperçue et pourchassée entre autres à Uppsala, Norrköping, Göteborg, Malmö, Hässleholm et Kalmar, et qu'une mise à jour secrète travaillée au morphing et donnant une meilleure idée de son apparence physique avait été diffusée.

L'UN DES RARES AVANTAGES de Lisbeth, considérant l'attention que lui consacraient les médias, était qu'on disposait de très peu de photos d'elle. A part la photo d'identité vieille de quatre ans de son passeport et de son permis de conduire, et une photo dans le registre de la police où elle était âgée de dix-huit ans (et totalement méconnaissable), il n'y avait que quelques photos éparses tirées de vieux albums de photos et des clichés pris par un prof lors d'une excursion dans la réserve naturelle de Nacka quand elle avait douze ans. Les photos de l'excursion montraient un personnage flou assis tout seul à l'écart des autres.

La photo du passeport la montrait avec des yeux fixes et écarquillés, la bouche comme un mince trait et la tête légèrement inclinée, ce qui confirmait l'idée d'une meurtrière asociale arriérée, et les médias multipliaient le message à l'envi. La seule chose positive avec cette photo était qu'elle y était si méconnaissable que peu de gens la reconnaîtraient dans la vie réelle.

ELLE SUIVIT AVEC INTÉRÊT les profils qu'on dressait des trois victimes. Le mardi, les médias commencèrent à faire du sur-place et, en l'absence de nouvelles révélations sensationnelles dans la chasse à Lisbeth Salander, l'intérêt se recentra sur les victimes. Dag Svensson, Mia Bergman et Nils Bjurman étaient décrits dans un long article de fond d'un des journaux du soir. Le message qui en ressortait était que trois citoyens honorables avaient été abattus pour des raisons incompréhensibles.

Nils Bjurman y faisait figure d'avocat respecté et socialement engagé, membre de Greenpeace et déployant "un vrai engagement pour les jeunes". Une colonne était consacrée à l'ami proche et collègue de Bjurman Rune Håkansson, qui avait son bureau dans le même immeuble que Bjurman. Håkansson confirma l'image de Bjurman homme attaché à la défense des droits des petites gens. Un fonctionnaire à la commission des Tutelles parlait de "son engagement authentique pour sa protégée Lisbeth Salander".

Lisbeth Salander esquissa son premier sourire en coin de la journée.

Un grand intérêt se portait sur Mia Bergman, la victime féminine du drame. Elle était décrite comme une jolie jeune femme dotée d'une intelligence rare, pourvue d'une liste de mérites déjà impressionnante et devant laquelle s'ouvrait une carrière brillante. Des amis choqués, des camarades de cours et son directeur de thèse étaient cités. La question habituelle était "pourquoi ?" Des photos montraient des bouquets de fleurs et des bougies allumées devant le portail de son immeuble à Enskede.

En comparaison, on consacrait peu d'espace à Dag Svensson. Il était décrit comme un reporter perspicace et courageux, mais sa compagne lui ravissait la vedette.

Lisbeth nota avec une légère surprise qu'il fallut attendre jusqu'au dimanche de Pâques avant que quelqu'un découvre que Dag Svensson travaillait sur un grand reportage pour le magazine *Millénium*. Sa surprise grandit quand elle vit que rien n'était dit sur la nature exacte de son travail.

ELLE NE LUT JAMAIS LES PROPOS de Mikael Blomkvist dans l'édition Web d'*Aftonbladet*. Ce fut seulement tard le mardi, quand ses déclarations furent reprises par un journal télévisé, qu'elle se rendit compte que Blomkvist leur avait balancé des informations carrément erronées. Mikael prétendait que Dag Svensson avait été engagé pour écrire un reportage sur "la sécurité informatique et l'intrusion informatique illégale".

Lisbeth Salander fronça les sourcils. Elle savait que son affirmation était fausse et se demanda à quel jeu jouait *Millénium*. Puis elle comprit le message et esquissa le deuxième sourire en coin de la journée. Elle se connecta au serveur en Hollande et double cliqua sur l'icone intitulée *MikBlom/laptop*. Elle trouva le dossier [LISBETH SALANDER] et le document [Pour Sally] bien en vue au milieu du bureau. Elle double cliqua et lut.

Ensuite, elle resta immobile un long moment devant la lettre de Mikael. En elle s'affrontaient des sentiments contradictoires. Jusque-là, elle avait eu contre elle la totalité de la Suède, ce qui dans sa simplicité était une équation relativement nette et compréhensible. Maintenant, elle se retrouvait brusquement avec un allié, ou au moins un allié potentiel qui affirmait qu'il la croyait innocente. Et il fallait évidemment que ce soit le seul homme en Suède qu'en aucun cas elle ne voulait voir. Elle soupira. Mikael Blomkvist était comme toujours une foutue bonne âme bourrée de naïveté. Lisbeth Salander n'avait pas été innocente depuis ses dix ans.

Les innocents, ça n'existe pas. Par contre, il existe différents degrés de responsabilité.

Nils Bjurman était mort parce qu'il avait choisi de ne pas jouer selon les règles qu'elle avait édictées. Il avait eu toutes ses chances, et pourtant il était allé engager un putain de mâle anabolisé pour lui faire du mal. Elle n'y était pour rien.

Mais il ne fallait pas sous-estimer l'apparition sur scène de Super Blomkvist. Il pourrait être utile.

Il était doué pour les devinettes et son obstination était incomparable. Elle avait appris ça à Hedestad. Quand il se mettait quelque chose sous la dent, il tenait bon, quitte à se ramasser. Quelle naïveté ! Sauf qu'il était libre de ses mouvements quand pour sa part elle devait rester invisible. Elle pourrait se servir de lui jusqu'à ce qu'elle puisse tranquillement quitter le pays. Et elle se disait qu'elle n'allait pas tarder à être obligée de le faire.

Malheureusement, Mikael Blomkvist était ingouvernable. Il fallait qu'il ait envie lui-même. Et il avait besoin d'un prétexte moral pour agir.

Autrement dit, il était assez prévisible. Elle réfléchit un moment, puis elle créa un nouveau document qu'elle baptisa [Pour MikBlom] et elle écrivit un seul mot.

> [Zala.]

Cela devrait lui donner de quoi réfléchir.

Elle était toujours en train de gamberger quand elle se rendit compte que Mikael Blomkvist venait d'allumer son ordinateur. Sa réplique vint peu de temps après qu'il avait lu sa réponse.

> [Lisbeth,
> Quelle foutue nana compliquée tu fais. Qui est ce Zala ? C'est lui, le lien ? Sais-tu qui a tué Dag & Mia et, dans ce cas, dis-le-moi pour qu'on puisse démêler ce merdier et rentrer dormir. Mikael.]

OK. Le moment était venu de le ferrer.

Elle créa un autre document et le baptisa [Super Blomkvist]. Elle savait que cela allait l'agacer. Puis elle écrivit un court message.

> [C'est toi le journaliste. T'as qu'à le trouver.]

Comme prévu, il répliqua tout de suite en lui demandant de revenir à de bons sentiments et de préciser. Elle sourit et ferma le disque dur de Mikael.

AU POINT OÙ ELLE EN ÉTAIT DE SES INTRUSIONS, elle continua et ouvrit le disque dur de Dragan Armanskij. Elle lut pensivement le rapport qu'il avait dressé sur elle le lundi de

Pâques. Le destinataire du rapport n'était pas mentionné, mais elle se dit que la seule possibilité était qu'Armanskij collaborait avec les flics pour qu'elle soit coincée.

Elle passa un moment à parcourir le courrier électronique d'Armanskij, mais ne trouva rien d'intéressant. Elle s'apprêtait à quitter le disque dur quand elle tomba sur le mail adressé au responsable technique de Milton Security. Armanskij demandait l'installation d'une caméra de surveillance cachée dans son bureau.

Eh là ! Eh là !

Elle vérifia la date et constata que le mail avait été envoyé à peine une heure après sa visite amicale fin janvier.

Cela signifiait qu'elle devait réajuster certains processus du système automatique de surveillance avant d'entreprendre de nouvelles visites dans le bureau d'Armanskij.

22

MARDI 29 MARS – DIMANCHE 3 AVRIL

DANS LA MATINÉE DU MARDI, Lisbeth Salander pénétra dans le fichier de la Crim nationale et fit une recherche sur Alexander Zalachenko. Il n'existait pas dans le listing, ce qui ne l'étonnait pas outre mesure puisque, à sa connaissance, il n'avait jamais été condamné en Suède et qu'il ne figurait même pas dans le registre de l'état civil.

Pour pénétrer, elle avait emprunté l'identité du commissaire Douglas Skiöld, cinquante-cinq ans et attaché au district de police de Malmö. Elle sursauta lorsque son ordinateur émit soudain un petit bruit et qu'une icone dans le menu se mit à clignoter, l'avertissant que quelqu'un la cherchait sur le site de chat ICQ.

Elle hésita un instant. Sa première impulsion fut de se débrancher. Puis elle réfléchit. Skiöld n'avait pas le programme ICQ dans son ordinateur. Peu de personnes d'un certain âge avaient installé ce programme qui était avant tout un logiciel utilisé par les jeunes et par des utilisateurs avertis amateurs de chat.

Ce qui signifiait que quelqu'un cherchait à la joindre, *elle*. Et là, les possibilités étaient réduites. Elle lança ICQ et écrivit :

[Qu'est-ce que tu veux, Plague ?]
[Salut, Wasp. T'es difficile à trouver. Tu vérifies jamais ton mail ?]
[Comment t'as fait ?]
[Skiöld. J'ai la même liste. Je me suis dit que t'allais utiliser une des identités avec le maximum d'accès.]
[Qu'est-ce que tu veux ?]
[Qui c'est ce Zalachenko que tu cherches ?]

[PTO.]
[?]
[Pas Tes Oignons.]
[Qu'est-ce qu'il se passe ?]
[Va t'faire, Plague.]
[Je croyais que j'avais un handicap social, comme tu dis toujours. Si je dois en croire les journaux, en comparaison de toi je suis absolument normal.]
[??]
[Je te le rends, ton bras d'honneur. T'as besoin d'aide ?]

Lisbeth hésita une seconde. D'abord Blomkvist et maintenant Plague. Ça n'arrêtait pas, la foule accourait à sa rescousse ! Le problème avec Plague, c'est qu'il était un solitaire de cent soixante kilos qui ne communiquait avec l'entourage que par Internet, et qui faisait paraître Lisbeth Salander comme un miracle de compétence sociale. Comme elle ne répondait pas, Plague pianota une autre ligne.

[Toujours là ? T'as besoin d'aide pour quitter le pays ?]
[Non.]
[Pourquoi tu les as flingués ?]
[Va te faire !]
[T'as l'intention d'en flinguer d'autres, et dans ce cas est-ce que je dois m'inquiéter ? Je pense être le seul à pouvoir te suivre à la trace.]
[Occupe-toi de tes oignons, comme ça tu n'auras pas à t'inquiéter.]
[Je ne m'inquiète pas. Cherche-moi sur hotmail si t'as besoin de quelque chose. Arme ? Nouveau passeport ?]
[T'es un sociopathe.]
[Comparé à toi ?]

Lisbeth quitta ICQ et s'assit dans le canapé pour réfléchir. Au bout de dix minutes, elle retourna à l'ordinateur et envoya un mail à l'adresse hotmail de Plague.

[Le procureur Rickard Ekström, qui dirige l'enquête préliminaire, habite à Täby. Il est marié et a deux enfants, et il dispose du câble dans sa villa. J'aurais besoin d'avoir accès à son portable et/ou son ordinateur personnel fixe. J'ai besoin de le lire en temps réel. *Hostile takeover* avec reflet du disque dur.]

Elle savait que Plague lui-même quittait rarement son appartement à Sundbyberg, et elle espérait qu'il avait briefé un ado boutonneux pour faire son travail sur le terrain. Elle ne signa pas son mail, c'était superflu. Un quart d'heure plus tard, il la sonna sur ICQ.

[Combien tu paies ?]
[10 000 sur ton compte + les frais et 5 000 pour ton collaborateur.]
[Je te recontacte.]

LE JEUDI MATIN elle reçut un mail de Plague. Pour tout contenu il y avait une adresse ftp. Lisbeth fut sidérée. Elle ne s'était pas attendue à un résultat avant au moins deux semaines. Faire un *hostile takeover*, même à l'aide des programmes géniaux de Plague et de ses logiciels sur mesure, était un processus laborieux qui sous-entendait que de petits bouts d'information étaient injectés dans un ordinateur, kilo-octet par kilo-octet, jusqu'à ce qu'un programme simple soit créé. Le temps que cela prenait dépendait de la fréquence d'utilisation de l'ordinateur. Ensuite, il fallait encore quelques jours pour transférer toute l'info sur un disque dur en miroir. Le faire en quarante-huit heures n'était pas seulement inouï, mais théoriquement impossible. Lisbeth fut impressionnée. Elle le sonna sur ICQ.

[Comment t'as fait ?]
[Ils sont quatre dans la maison à avoir un ordi. Et je te dis pas l'absence de pare-feu ! Sécurité zéro. Il n'y avait qu'à entrer sur le câble et télécharger. J'ai 6 000 couronnes de frais. C'est pas trop pour toi ?]
[Ça roule. Plus un bonus pour la rapidité.]

Elle hésita un instant, puis elle transféra 30 000 couronnes au compte de Plague via Internet. Elle ne tenait pas à le gâter avec des sommes exagérées. Puis elle s'installa confortablement et ouvrit l'ordinateur portable du chef de l'enquête préliminaire, le procureur Ekström.

Au bout d'une heure à peine, elle avait lu tous les rapports que l'inspecteur Jan Bublanski avait envoyés à Ekström. Lisbeth se dit que selon le règlement, de tels rapports n'auraient pas dû quitter le commissariat, et qu'Ekström passait tout simplement outre au règlement en ramenant le boulot à la maison via une connexion Internet privée sans pare-feu.

Cela prouvait tout simplement encore une fois qu'aucun système de sécurité ne vaut mieux que le collaborateur le plus débile. Grâce à l'ordinateur d'Ekström, elle trouva plusieurs éléments d'information indispensables.

D'abord, elle découvrit que Dragan Armanskij avait détaché deux collaborateurs pour se joindre gratuitement au groupe d'investigation de Bublanski, ce qui concrètement signifiait que Milton Security sponsorisait la traque que les flics menaient pour la coincer. Leur tâche était de contribuer de toutes les manières possibles à la capture de Lisbeth Salander. *Je te remercie, Armanskij. Je m'en souviendrai.* Elle s'assombrit en découvrant l'identité des collaborateurs. Elle avait trouvé Bohman bien carré mais globalement correct dans son comportement envers elle. Niklas Eriksson était un minable pourrave qui avait utilisé sa position à Milton Security pour flouer une des clientes de l'entreprise.

L'éthique de Lisbeth Salander était sélective. L'idée de flouer les clients de l'entreprise ne lui était pas étrangère, à condition que ça soit mérité, mais elle ne le ferait jamais après avoir accepté un boulot impliquant le secret professionnel.

ENSUITE, LISBETH DÉCOUVRIT que le corbeau qui refilait des informations aux médias était le chef de l'enquête préliminaire en personne. Cela ressortait du courrier électronique d'Ekström où il répondait aux questions concernant l'enquête médicolégale de Lisbeth et le lien entre elle et Miriam Wu.

Le troisième élément d'information capital fut que l'équipe de Bublanski n'avait pas le moindre indice sur l'endroit où il fallait chercher Lisbeth Salander. Elle lut avec grand intérêt un rapport énumérant les mesures prises et les adresses placées sous surveillance sporadique. La liste était brève. Lundagatan, bien sûr, mais aussi l'adresse de Mikael Blomkvist, l'ancienne adresse de Miriam Wu près de Sankt Eriksplan, ainsi que le Moulin où elle avait été vue. *Merde, qu'est-ce qui m'a pris ce jour-là de m'afficher avec Mimmi ? Fallait être une débile totale !*

Le vendredi, les investigateurs d'Ekström avaient aussi trouvé la piste des Evil Fingers. Elle devina que cela aurait pour conséquence que de nouvelles adresses allaient être dans le collimateur. Elle fronça les sourcils. Du coup, les filles des Evils devraient disparaître de son cercle de connaissances, même si elle n'avait eu aucun contact avec elles depuis son retour en Suède.

PLUS ELLE Y RÉFLÉCHISSAIT, plus elle était perplexe. Le procureur Ekström laissait fuir toute sorte de saloperies sur elle aux médias. Elle n'avait aucun mal à comprendre le but d'Ekström ; la publicité lui était favorable et préparait le terrain en vue du jour où il allait la mettre en examen.

Mais pourquoi n'avait-il pas livré le rapport de police de 1991 ? C'était la raison directe de son enfermement à Sankt Stefan. Pourquoi est-ce qu'il occultait cette affaire ?

Elle entra dans l'ordinateur d'Ekström et passa une heure à vérifier ses documents. Quand elle eut terminé, elle alluma une cigarette. Elle n'avait pas trouvé dans son ordinateur une seule référence à ce qui s'était passé en 1991. Cela menait à une conclusion étrange. Il n'était pas au courant de ce rapport.

Elle hésita sur la marche à suivre. Puis elle jeta un regard sur son PowerBook. Voilà un joli défi pour *ce foutu Super Blomkvist.* Elle redémarra l'ordinateur, entra dans le disque dur de Blomkvist et créa le document [MB2].

> [Le procureur E. balance des infos aux médias. Demande-lui pourquoi il n'a pas refilé l'ancien rapport de police.]

Cela devrait suffire pour le lancer. Elle attendit patiemment pendant deux heures que Mikael se connecte. Il s'occupa d'abord de ses mails, et il lui fallut un quart d'heure pour découvrir son document et cinq minutes de plus avant de répondre dans le document [Cryptique]. Il ne mordait pas à l'hameçon. Au lieu de ça, il ressassait qu'il voulait savoir qui avait tué ses amis.

C'était un argument à la portée de Lisbeth. Elle s'adoucit un peu et répondit avec [Cryptique 2].

> [Qu'est-ce que tu ferais si c'était moi ?]

Ce qui à vrai dire était une question personnelle. Il répliqua avec [Cryptique 3]. Elle en fut ébranlée.

[Lisbeth, si tu es devenue complètement folle, il n'y a sans doute que Peter Teleborian pour t'aider. Mais je ne pense pas que tu aies tué Dag et Mia. J'espère ne pas me tromper.

Dag et Mia avaient l'intention de dénoncer le commerce du sexe. Mon hypothèse est que cela a motivé les meurtres, d'une façon ou d'une autre. Mais je n'ai rien pour étayer.

Je ne sais pas ce qui a foiré entre nous deux, mais à un moment, on a discuté de l'amitié. Je te disais que l'amitié est basée sur deux choses – respect et confiance. Même si tu ne m'aimes pas, tu peux quand même avoir confiance en moi, entièrement. Je n'ai jamais révélé tes secrets. Même pas ce qui est arrivé aux milliards de Wennerström. Fais-moi confiance. Je ne suis pas ton ennemi. M.]

Que Mikael fasse référence à Peter Teleborian la rendit furieuse tout d'abord. Puis elle comprit que Mikael ne cherchait pas à l'emmerder. Il ignorait totalement qui était Peter Teleborian et l'avait probablement seulement vu à la télé, où il apparaissait comme un expert responsable et mondialement respecté en pédopsychiatrie.

Mais ce qui la secoua vraiment fut la référence aux milliards de Wennerström. Elle n'arrivait pas à comprendre comment il avait pu découvrir ça. Elle était convaincue de ne pas avoir commis d'erreur et personne au monde ne savait ce qu'elle avait fait.

Elle relut la lettre plusieurs fois.

La référence à l'amitié la rendit mal à l'aise. Elle ne savait pas quoi répondre.

Pour finir, elle créa [Cryptique 4].

[Je vais y réfléchir.]

Elle se déconnecta et s'installa dans le recoin devant la fenêtre.

CE NE FUT QUE VERS 23 HEURES LE VENDREDI, neuf jours après les meurtres, que Lisbeth Salander quitta son appartement à Mosebacke. Son stock de Billys Pan Pizza et autres denrées, tout comme l'ultime miette de pain et de fromage, était terminé depuis plusieurs jours. Les trois derniers jours, elle s'était nourrie d'un paquet de flocons d'avoine acheté sur une impulsion un jour où elle s'était juré de mieux se nourrir. Elle avait ainsi découvert que dix centilitres de flocons d'avoine plus quelques raisins secs et vingt centilitres d'eau placés pendant soixante secondes dans le four à micro-ondes se transformaient en un porridge mangeable.

Le manque de nourriture n'était pas la seule raison de sa sortie. Il fallait qu'elle voie quelqu'un. Malheureusement, elle ne pouvait pas réaliser ce projet en restant enfermée dans un appartement sur la place de Mosebacke Torg. Elle ouvrit son placard, sortit la perruque blonde et se munit du passeport norvégien au nom d'Irene Nesser.

Irene Nesser existait réellement. Elle avait une certaine ressemblance avec Lisbeth Salander et elle avait perdu son passeport trois ans auparavant. Il s'était retrouvé dans les mains de Lisbeth grâce à Plague et elle avait utilisé l'identité d'Irene Nesser selon les besoins ces derniers dix-huit mois.

Lisbeth retira l'anneau qu'elle avait dans le sourcil et se maquilla devant le miroir de la salle de bains. Elle enfila un jean sombre et un pull marron à surpiqûres jaunes, simple mais chaud, et des boots à talons. Elle avait un petit stock de cartouches de gaz lacrymogène dans un carton, elle en sortit une. Elle sortit aussi une matraque électrique qu'elle n'avait pas touchée depuis un an et la mit en charge. Elle glissa des vêtements de rechange dans un fourre-tout en nylon. Tard le soir, donc, elle quitta l'appartement. Elle commença par se rendre chez McDonald's dans Hornsgatan. Elle choisit ce restaurant parce qu'il y avait moins de risques que l'un de ses anciens collègues de Milton Security la croise là, contrairement aux McDo du côté de Slussen ou de Medborgarplatsen. Elle mangea un Big Mac et l'arrosa d'un maxi Coca.

Son repas terminé, elle prit le bus n° 4 à Västerbron jusqu'à Sankt Eriksplan. Elle marcha jusqu'à Odenplan et se retrouva devant l'adresse de feu maître Bjurman dans Upplandsgatan peu après minuit. Elle ne s'attendait pas à ce que l'appartement soit sous surveillance, mais elle nota qu'une fenêtre voisine au même étage était éclairée et par conséquent alla faire un tour du côté de Vanadisplan. Quand elle revint une heure plus tard, l'appartement voisin était plongé dans le noir.

SUR DES PIEDS LÉGERS COMME DES PLUMES et sans allumer la lumière, elle monta l'escalier jusqu'à l'appartement de Bjurman. Elle utilisa un cutter pour trancher joliment le ruban adhésif que la police avait mis devant la porte. Elle se glissa dans l'appartement sans un bruit.

Elle alluma la lampe du vestibule qui ne se verrait pas de l'extérieur, elle le savait, avant d'allumer une petite lampe torche et de passer directement dans la chambre. Les stores étaient baissés. Elle laissa le rayon de lumière balayer le lit qui était toujours éclaboussé de sang. L'idée lui vint qu'elle-même avait failli mourir dans ce lit et elle se sentit soudain profondément satisfaite que Bjurman soit enfin disparu de sa vie.

Le but de sa visite sur le lieu du crime était de trouver une réponse à deux questions. Premièrement, elle ne comprenait pas le lien entre Bjurman et Zala. Elle était persuadée qu'un tel lien existait forcément, mais elle n'avait pas réussi à le mettre en évidence en examinant le contenu de l'ordinateur de Bjurman.

Deuxièmement, une question n'arrêtait pas de la tracasser. Pendant sa visite nocturne quelques semaines auparavant, elle avait remarqué que Bjurman avait retiré un document la concernant du classeur étiqueté “Lisbeth Salander”. Les pages qui manquaient étaient une partie de la description de la mission qui lui était attribuée, formulée par la commission des Tutelles, dans laquelle l'état psychique de Lisbeth Salander était résumé dans des termes extrêmement brefs. Bjurman n'avait aucun besoin de ces pages et il était tout à fait possible qu'il ait simplement fait le ménage dans le classeur et jeté les pages. Contredisait cette hypothèse le fait que les avocats ne jettent jamais des documents se rapportant à une affaire en cours. Il pouvait s'agir de papiers totalement superflus – c'était quand même illogique de s'en débarrasser. Pourtant ils ne s'étaient plus trouvés dans son classeur, et elle ne les avait pas repérés non plus ailleurs autour de sa table de travail.

Elle découvrit que la police avait emporté les classeurs concernant sa petite personne et d'autres documents.

Deux heures durant, elle passa l'appartement au peigne fin pour vérifier si la police aurait loupé quelque chose et elle put ensuite constater avec une légère frustration que tel n'était pas le cas.

Dans la cuisine, elle trouva une boîte contenant toutes sortes de clés. Il y avait des clés de voiture et deux clés sur un anneau dont une était une clé d'immeuble et l'autre une clé de cadenas. Elle fit un tour silencieux au grenier où elle tâtonna entre tous les cadenas jusqu'à ce qu'elle trouve le box de Bjurman. Il avait entreposé là de vieux meubles, une armoire avec des vêtements devenus superflus, des skis, une batterie de voiture, des cartons avec des livres et d'autres vieilleries. Elle ne trouva rien d'intéressant, descendit les escaliers et utilisa la clé de l'immeuble pour ouvrir le garage. Elle trouva sa Mercedes et lui consacra un petit moment pour s'apercevoir qu'elle ne contenait rien d'utile.

Elle avait négligé de visiter son bureau. Elle y avait fait une visite seulement quelques semaines plus tôt, en même temps que la visite nocturne dans son appartement, et elle savait qu'il n'avait pas utilisé son bureau depuis deux ans. Tout ce qu'il y avait, c'était de la poussière.

Elle retourna dans l'appartement et s'assit sur le canapé pour réfléchir. Quelques minutes plus tard, elle se leva et retourna voir la boîte à clés dans la cuisine. Elle prit les clés l'une après l'autre et les examina. Il y avait des clés spéciales style clés de sécurité et une clé rustique à l'ancienne, rouillée. Elle fronça les sourcils. Puis elle leva le regard vers une étagère au-dessus du plan de travail, où Bjurman avait posé une vingtaine de sachets de graines. Elle les prit et constata qu'il s'agissait de graines pour un jardin d'herbes aromatiques.

Il a une maison de campagne ! Ou un jardin potager quelque part, avec une cabane. Voilà ce que j'avais loupé.

Il lui fallut quelques minutes pour trouver un reçu vieux de six ans dans la comptabilité de Bjurman, pour le règlement de la facture d'une entreprise ayant réalisé des travaux de terrassement sur son terrain, puis une minute de plus pour trouver des quittances d'assurance concernant un bâtiment près de Stallarholmen, du côté de Mariefred.

A 5 HEURES elle s'arrêta au 7-Eleven ouvert jour et nuit en haut de Hantverkaregatan près de Fridhemsplan. Elle acheta une quantité non négligeable de Billys Pan Pizza, du lait, du pain, du fromage et autres produits de base. Elle acheta aussi un journal du matin dont la une la fascina.

LA FEMME RECHERCHÉE AURAIT-ELLE QUITTÉ LE PAYS ?

Ce journal avait choisi, pour une raison inconnue de Lisbeth, de ne pas la nommer. On parlait d'elle comme de "la femme de vingt-six ans". Le texte indiquait qu'une source au sein de la police prétendait qu'elle aurait peut-être quitté le pays et pouvait se trouver à Berlin. Pourquoi elle se serait enfuie à Berlin n'était pas dit mais, selon la source, des tuyaux auraient mentionné sa présence dans un club "anarcho-féministe" à Kreuzberg. Le club était décrit comme un repaire pour jeunes fanatiques d'un peu tout, du terrorisme politique jusqu'à l'anti-mondialisation et au satanisme.

Elle prit le bus du matin pour retourner à Södermalm, où elle descendit à Rosenlundsgatan pour rejoindre à pied son appartement. Elle prépara du café et mangea quelques tartines avant de se glisser dans le lit.

Lisbeth dormit jusque dans l'après-midi. A son réveil, elle renifla pensivement les draps et constata qu'il était grand temps de les changer. Elle passa le samedi soir à faire le ménage dans son appartement. Elle sortit les poubelles et elle mit des piles de journaux accumulés dans deux sacs en plastique qu'elle rangea dans un placard du vestibule. Elle fit la lessive, une machine de sous-vêtements et de tee-shirts, puis une machine de jeans. Elle remplit le lave-vaisselle et le mit en route, puis elle termina en passant l'aspirateur et une serpillière humide.

Il était 21 heures et elle était trempée de sueur. Elle remplit la baignoire en ajoutant généreusement de bain moussant. Elle s'y glissa, ferma les yeux et réfléchit. Quand elle se réveilla, il était minuit et l'eau était glacée. Elle sortit du bain, irritée, et se sécha avant d'aller se coucher. Elle se rendormit presque instantanément.

LE DIMANCHE MATIN, Lisbeth Salander fut emplie d'une rage soudaine en démarrant son PowerBook et en lisant toutes les conneries qu'on avait écrites sur Miriam Wu. Elle se sentit misérable et bourrée de mauvaise conscience. Elle n'avait pas réalisé à quel point on allait s'attaquer à Mimmi. Et le seul crime de Mimmi était d'être… hmm… sa copine ? son amie ? sa maîtresse ?

Elle ne savait pas très bien quel mot utiliser pour décrire sa relation avec Mimmi, mais elle comprenait que quelque forme qu'elle ait pu prendre, elle était terminée maintenant. Lisbeth serait obligée de rayer le nom de Mimmi de la liste déjà pas très longue de ses connaissances. Après tout ce que ces débiles avaient écrit, elle doutait que Mimmi ait jamais envie de fréquenter encore cette folle psychotique de Lisbeth Salander.

Il y avait de quoi être en rage.

Elle mémorisa le nom de Tony Scala, le journaliste qui avait démarré la traque. Puis décida aussi de retrouver un chroniqueur particulièrement désagréable, dont l'article qui se voulait comique dans un journal du soir faisait un usage illimité de l'expression "la lesbienne sadomaso".

La liste des gens dont Lisbeth avait l'intention de s'occuper commençait à devenir longue.

Mais il fallait d'abord qu'elle trouve Zala.

Elle ne savait pas exactement ce qui allait se passer à ce moment-là.

MIKAEL FUT RÉVEILLÉ par le téléphone à 7 h 30 le dimanche matin. Il tendit la main, encore endormi, et répondit.

— Bonjour, dit Erika Berger.

— Mmmm, répondit Mikael.

— Tu es seul ?

— Malheureusement.

— Alors je propose que tu ailles prendre une douche et mettes le café en route. Tu vas recevoir une visite d'ici un quart d'heure.

— C'est vrai ?

— Paolo Roberto.

— Le boxeur ? Le roi du ring ?

— En personne. Il m'a appelée et on a parlé pendant une demi-heure.

— Pourquoi ?

— Pourquoi il m'a appelée ? Eh bien, on se connaît suffisamment pour se dire : Salut, ça va quand on se croise. Je l'avais rencontré et j'avais fait une longue interview de lui à la sortie de *Stockholmsnatt*, tu sais, ce film de Hildebrand qui parle de la vie de Paolo et de la violence dans les gangs de jeunes. Et on s'est régulièrement croisé au fil des ans.

— Je ne savais pas. Mais je voulais dire : pourquoi est-ce qu'il va venir me voir ?

— Parce que… non, je crois qu'il vaut mieux qu'il te l'explique lui-même.

MIKAEL ÉTAIT A PEINE SORTI DE LA DOUCHE et entré dans son pantalon quand Paolo Roberto sonna à la porte. Il ouvrit et demanda au boxeur de s'installer à la table à manger le temps qu'il trouve une chemise et prépare deux doubles espressos qu'il servit avec une cuillère à thé de lait. Paolo Roberto regarda le café, impressionné.

— Tu voulais me parler ?

— C'est Erika Berger qui me l'a conseillé.

— OK, vas-y, j'écoute.

— Je connais Lisbeth Salander.

Mikael leva les sourcils.

— Ah bon ?

— Ça m'a un peu surpris quand Erika Berger m'a dit que toi aussi tu la connaissais.

— Je crois qu'il vaut mieux que tu commences par le début.

— D'accord. Je t'explique. Je suis rentré avant-hier après un mois à New York et j'ai trouvé la tronche de Lisbeth affichée à la une dans tous ces putains de journaux. Ils écrivent un tas de merdes sur elle. On dirait qu'il n'y a pas un seul foutu journaleux pour dire du bien d'elle.

— Tu as réussi à caser un putain, un merde et un foutu dans ton laïus.

Paolo éclata de rire.

— Désolé. Mais je suis plutôt en pétard. En fait, j'ai appelé Erika parce que j'avais besoin de parler et je ne savais pas très bien avec qui. Comme ce journaliste tué à Enskede travaillait pour *Millénium* et comme je connais Erika Berger, c'est elle que j'ai appelée.

— Bon.

— Je veux dire, même si Salander est devenue folle et qu'elle a fait tout ce que la police prétend qu'elle a fait, il faut quand même qu'on soit fair-play avec elle. On vit dans une société de droit et personne ne doit être condamné sans être entendu.

— C'est exactement mon opinion, dit Mikael.

— C'est ce qu'Erika m'a fait comprendre. Quand je l'ai appelée, je croyais qu'à *Millénium* vous étiez tous après sa tête, vu que ce Dag Svensson travaillait pour vous. Mais Erika m'a dit que tu penses qu'elle est innocente.

— Je connais Lisbeth Salander. J'ai du mal à la voir en tueur fou.

Paolo rit une nouvelle fois.

— La petite est frappadingue… mais elle est du côté des gentils. Je l'aime bien.

— Tu la connais comment ?

— Je boxe avec Salander depuis qu'elle a dix-sept ans.

MIKAEL BLOMKVIST FERMA LES YEUX dix secondes avant de regarder à nouveau Paolo Roberto. Lisbeth Salander le surprendrait toujours.

— Suis-je bête ! Lisbeth Salander boxe avec Paolo Roberto. Vous êtes tous les deux dans la même catégorie de poids.

— Je ne plaisante pas.

— Ça va, je te crois. Un jour, elle m'a dit qu'elle faisait un peu de sparring avec les gars d'un club de boxe.

— Attends, je te raconte. Il y a dix ans, l'AS de Zinken m'a demandé d'être entraîneur suppléant pour les juniors intéressés par la boxe. J'étais connu comme boxeur et ils se disaient que j'allais attirer du monde, alors j'y allais l'après-midi servir de sparring-partner aux gars.

— Ah bon.

— Toujours est-il que j'y suis resté tout l'été et un bon bout de l'automne aussi. Ils avaient démarré une campagne, avec des affiches et tout, ils espéraient amener les jeunes à la boxe. Et on a attiré pas mal de mecs dans les quinze-seize ans et jusqu'à vingt. Pas mal d'immigrés. La boxe était une bonne alternative pour ne pas traîner dans les rues à faire les cons. Je suis bien placé pour le savoir.

— Compris.

— Et puis un jour, au milieu de l'été, voilà que cette espèce de crevette débarque de nulle part. Tu vois comment elle est ? Elle est arrivée au local et a dit qu'elle voulait apprendre à boxer.

— J'imagine très bien la scène.

— Il y avait donc une demi-douzaine de mecs tous à peu près deux fois plus lourds qu'elle et beaucoup plus grands qui se sont fendu la gueule. J'étais de ceux qui rigolaient. Je veux dire, rien de sérieux mais on l'a un peu taquinée. On a une section nanas aussi, et j'ai dit un truc idiot du genre qu'on ne laissait les minettes boxer que les jeudis, tu vois.

— J'imagine que ça ne l'a pas fait rire.

— *Niet.* Elle n'a pas ri. Elle m'a regardé de ses yeux noirs. Puis elle a attrapé une paire de gants que quelqu'un avait posée sur une chaise et elle les a enfilés. Ils n'étaient pas attachés ni rien et ils étaient trop grands pour elle. Et nous, les mecs, on a rigolé encore plus. Tu comprends ?

— Ça promet, tout ça.

Paolo Roberto rit encore.

— Comme j'étais le dirigeant, je me suis avancé et j'ai fait semblant de lui envoyer quelques jabs.

— Hou là !

— A peu près. Tout à coup, elle m'a envoyé un putain de direct en travers de la gueule.

Il rit de nouveau.

— Tu vois le topo, j'étais là en train de faire le clown en face d'elle, je n'étais absolument pas préparé à ça. Elle a réussi à en placer deux ou trois avant que j'aie même eu le temps d'esquiver. C'est-à-dire, elle était style force zéro dans ses muscles et j'avais l'impression d'être frappé par une plume. Mais quand j'ai commencé à parer les coups, elle a changé de tactique. Elle boxait à l'instinct, et elle en a placé quelques autres. Alors j'ai commencé à parer pour de vrai, et j'ai découvert qu'elle était plus rapide qu'un putain de reptile. Si elle avait été plus grande et plus forte, j'aurais eu un match, si tu vois ce que je veux dire.

— Je vois ce que tu veux dire.

— Alors elle a de nouveau changé de tactique et m'a balancé un putain de swing dans l'aine. Et que j'ai bien senti.

Mikael hocha la tête.

— Du coup, je lui ai renvoyé un jab et je l'ai touchée au visage. Je veux dire, ce n'était pas un coup très fort ni rien, seulement un petit pof. Alors elle m'a donné un coup de pied sur le genou. Je veux dire, c'était du n'importe quoi. J'étais trois fois plus grand et gros qu'elle, elle n'avait aucune chance mais elle continuait à me tabasser comme si sa vie était en jeu.

— Tu t'étais moqué d'elle.

— Je l'ai compris après. Et j'ai eu honte. Je veux dire… on avait mis des affiches pour essayer de faire venir les jeunes au club et puis elle, elle vient et demande très sérieusement à apprendre à boxer et elle tombe sur une bande de cons qui se foutent de sa gueule. Moi aussi j'aurais pété un plomb si quelqu'un m'avait traité comme ça.

Mikael hocha la tête.

— Et ça a duré un bon moment tout ça. Finalement je l'ai attrapée et je l'ai forcée à terre et je l'ai bloquée là jusqu'à ce qu'elle cesse de gigoter. Crois-moi ou pas, mais elle avait les larmes aux yeux et elle m'a regardé avec une telle hargne que… tu vois.

— Alors tu as commencé à boxer avec elle.

— Quand elle s'est calmée, je l'ai lâchée et j'ai demandé si c'était sérieux, si elle voulait vraiment apprendre à boxer. Elle m'a lancé les gants à la tronche et s'est dirigée vers la sortie. Alors je l'ai rattrapée et je lui ai bloqué le passage. Je lui ai demandé pardon et j'ai dit que si elle était sérieuse, je lui apprendrais et que dans ce cas elle n'avait qu'à venir le lendemain à 17 heures.

Il se tut et ses yeux se perdirent au loin.

— Le lendemain soir, on avait la section des nanas et elle est réellement venue. Je l'ai mise dans le ring avec une nana qui s'appelait Jennie Karlsson, qui avait dix-huit ans et qui boxait depuis plus d'un an. Le problème était que nous n'avions personne dans la catégorie de poids de Lisbeth qui aurait eu plus de douze ans. Et j'ai briefé Jennie de simuler les coups et d'y aller doucement avec Salander, puisqu'elle était carrément novice.

— Ça s'est passé comment ?

— Sincèrement… Jennie s'est retrouvée avec une lèvre fendue au bout de dix secondes. Le temps d'un round, Salander a réussi à aligner les coups et à esquiver tout ce que tentait Jennie. Et là, je veux dire, on parle d'une nana qui n'avait jamais mis un pied dans un ring auparavant. Au deuxième round, Jennie était tellement hargneuse qu'elle frappait pour de bon, et elle n'a pas placé une seule touche. J'en étais comme deux ronds de flan. Je n'ai jamais vu un boxeur sérieux bouger aussi vite. Si j'avais la moitié de la rapidité de Salander, je m'estimerais heureux.

Mikael hocha la tête.

— Sauf que le problème de Salander, c'était évidemment que ses coups ne valaient rien. J'ai commencé à l'entraîner. Je l'ai gardée dans la section nanas pendant quelques semaines et elle a perdu plusieurs matches parce que tôt ou tard son adversaire réussissait à l'aligner et alors on était obligé d'arrêter le match, style la fourrer dans les vestiaires parce qu'elle se fâchait et commençait à balancer des coups de pied, à mordre et à cogner dans tous les sens.

— C'est du Lisbeth tout craché.

— Elle n'abandonnait jamais. Et à la fin, elle avait foutu en boule tant de nanas de la section que le coach l'a virée.

— Aïe ?

— Oui, c'était carrément impossible de boxer avec elle. Elle ne connaissait qu'une position qu'entre nous on appelait *Terminator mode* et qui consistait à flanquer des droites à l'adversaire, qu'il s'agisse d'un échauffement ou d'un entraînement amical. Et les nanas rentraient souvent chez elles avec des bleus parce qu'elle leur avait balancé des coups de tatane. C'est alors que m'est venue une idée. J'avais un problème avec un mec qui s'appelait Samir. Il avait dix-sept ans, originaire de Syrie. C'était un bon boxeur, bien bâti et avec du punch dans les poings… mais il ne savait pas bouger. Il restait immobile tout le temps.

— Oui.

— Alors j'ai demandé à Salander de venir au club un après-midi où je devais entraîner Samir. Elle s'est changée et je l'ai mise dans le ring avec lui, casque, protège-dents et tout le toutim. Au début, Samir a refusé le sparring avec elle parce que c'était qu'une "putain de nana" et tout ce discours macho. Alors je lui ai dit, fort pour que tout le monde entende, qu'il ne s'agissait pas d'un sparring et j'ai parié 500 balles qu'elle allait le plomber. A Salander, j'ai dit qu'elle n'était pas là pour un entraînement et que Samir allait la foutre KO pour de vrai. Elle m'a regardé avec cette expression sceptique, tu sais. Samir était encore en train de discuter quand le coup de gong a sonné. Elle s'est lancée comme si sa vie en dépendait et lui en a collé un en pleine tronche et il en est tombé sur le cul. A l'époque, ça faisait tout un été que je l'avais entraînée, et elle avait commencé à avoir un peu de muscle et de poids dans ses coups.

— Samir a beaucoup apprécié, j'imagine.

— Tu parles, pendant des mois ils ont causé de la séance. Samir s'est pris une raclée, tout simplement. Elle a gagné aux points. Si elle avait eu plus de force physique, elle l'aurait amoché. Au bout d'un moment, Samir était tellement frustré qu'il tabassait de toutes ses forces. J'ai vraiment eu peur qu'il aligne la petite, on aurait été obligé d'appeler une ambulance. Elle s'est fait des bleus en parant avec les épaules une fois ou deux et il a réussi à l'envoyer dans les cordes parce qu'elle ne résistait pas au poids de ses coups. Mais il était à dix mille lieues de la toucher pour de vrai.

— Merde alors. J'aurais bien aimé voir ça.

— Ce jour-là, les mecs du club se sont mis à respecter Salander. Surtout Samir. Et je l'ai tout bonnement mise en sparring-partner pour les mecs bien plus grands et lourds. Elle était ma botte secrète et ç'a été des putains d'entraînements. On préparait des séances où Lisbeth avait pour mission de placer cinq coups à différents endroits du corps… la mâchoire, le front, le ventre et ainsi de suite. Et les mecs contre qui elle boxait avaient pour tâche de se défendre et de protéger ces endroits-là. A la fin, c'était devenu la gloire d'avoir boxé contre Lisbeth Salander. C'était un peu comme se battre contre un frelon. On l'appelait la guêpe, d'ailleurs, et elle est devenue une sorte de mascotte du club. Je crois que ça lui plaisait bien, parce qu'un jour elle est arrivée avec le tatouage d'une guêpe sur le cou.

Mikael sourit. Il se souvenait très bien de la guêpe. Elle faisait même partie du signalement dans l'avis de recherche.

— Ça a duré combien de temps ?

— Un soir par semaine pendant près de trois ans. Je n'ai assuré à plein temps qu'en été, ensuite c'était plus sporadique. C'est Putte Karlsson, l'entraîneur junior, qui s'occupait des entraînements avec Salander. Ensuite, Salander a commencé à travailler et elle n'avait pas le temps de venir aussi souvent, mais jusqu'à l'année dernière, elle se montrait une fois par mois. Je l'ai vue quatre, cinq fois dans l'année pour quelques séances avec elle. Génial, question entraînement, et je peux te dire qu'on transpirait comme il faut. Elle ne parlait presque jamais avec qui que ce soit. Quand elle n'avait pas de partenaire, elle pouvait rester deux heures à cogner sur le sac de sable, comme si ç'avait été son ennemi juré.

23

DIMANCHE 3 AVRIL – LUNDI 4 AVRIL

MIKAEL PRÉPARA DEUX AUTRES ESPRESSOS. Il s'excusa quand il alluma une cigarette. Paolo Roberto haussa les épaules. Mikael le contempla pensivement.

Paolo Roberto avait la réputation d'être une grande gueule qui disait volontiers ce qu'il pensait. Mikael réalisa rapidement qu'il était tout aussi grande gueule en privé, mais que c'était aussi un homme intelligent et humble. Il se rappela que Paolo Roberto avait également misé sur une carrière politique en étant candidat au Parlement pour le compte des sociaux-démocrates. Il apparaissait de plus en plus comme un homme avec quelque chose dans le crâne. Mikael se surprit à bien aimer le personnage, spontanément.

— Pourquoi est-ce que tu m'amènes cette histoire ?

— Salander est dans une merde totale. Je ne sais pas ce qu'on peut faire, mais je pense qu'elle a besoin d'un ami dans son camp.

Mikael hocha la tête.

— Qu'est-ce qui te fait croire qu'elle est innocente ? demanda Paolo Roberto.

— Difficile à expliquer. Lisbeth est quelqu'un de terriblement intransigeant, mais je ne crois tout simplement pas à cette histoire qu'elle aurait tué Dag et Mia. Surtout pas Mia. D'une part, elle n'avait aucun mobile…

— Aucun mobile que nous connaissons.

— OK, Lisbeth n'aurait aucun scrupule à utiliser la violence à l'égard de quelqu'un qui le mérite. Mais je ne sais pas. J'ai mis au défi Bublanski, le flic qui tient les rênes de l'enquête. Je crois qu'il y a un motif derrière le meurtre de

Dag et Mia. Et je crois que ce motif se trouve dans le reportage sur lequel travaillait Dag.

— Si tu as raison, Salander n'a pas seulement besoin de quelqu'un pour lui tenir la main quand elle sera arrêtée – il lui faut l'assistance de l'artillerie lourde.

— Je suis d'accord.

Une lueur dangereuse se mit à briller dans les yeux de Paolo Roberto.

— Si elle est innocente, elle aura été victime d'un des pires scandales judiciaires de l'histoire. Elle a été désignée comme meurtrière par les médias et la police, et toutes les saloperies qu'on a écrites...

— Je suis toujours d'accord avec toi.

— Alors, qu'est-ce qu'on peut faire ? Est-ce que je peux être utile en quoi que ce soit ?

Mikael réfléchit un instant.

— La meilleure aide que nous pouvons fournir est évidemment de présenter un coupable alternatif. Je travaille là-dessus. Ensuite, pour l'aider nous devons absolument mettre la main sur elle avant qu'un flic ne la descende. Lisbeth n'est pas tout à fait du genre à se rendre de son plein gré.

Paolo Roberto hocha la tête.

— Et comment on va la trouver ?

— Je ne sais pas. Mais il y a effectivement une chose que tu pourrais faire. Un truc pratique, si tu as envie, et du temps.

— Ma femme n'est pas là et je suis célibataire pour la semaine à venir. J'ai du temps et j'ai envie.

— OK, je pensais au fait que tu sois boxeur...

— Oui ?

— Lisbeth a une amie, Miriam Wu, les journaux ont parlé d'elle.

— Annoncée comme la gouine sadomaso... Oui, les journaux ont parlé d'elle.

— J'ai son numéro de portable et j'ai essayé de la joindre. Elle coupe la communication dès qu'elle entend que c'est un journaliste à l'autre bout de la ligne.

— Je la comprends.

— Je n'ai pas trop de temps pour courir après Miriam Wu. Mais j'ai lu qu'elle fait de la boxe thaïe. Je me dis que si un boxeur connu la contacte...

— Je comprends. Et tu espères qu'elle pourra nous mener à Salander.

— Quand la police l'a interrogée, elle a dit qu'elle ignorait totalement où se trouve Lisbeth. Mais ça vaut le coup d'essayer.

— Donne-moi son numéro. Je vais te la trouver.

Mikael lui donna le numéro du portable et l'adresse dans Lundagatan.

GUNNAR BJÖRCK AVAIT PASSÉ LE WEEK-END à analyser sa situation. Son avenir ne tenait plus qu'à un fil très ténu et il lui fallait jouer subtilement ses maigres cartes.

Mikael Blomkvist était un salopard de première. Le tout était de savoir si on pouvait le convaincre de passer sous silence… le fait qu'il avait eu recours aux services de ces pétasses. Ce qu'il avait fait était passible de poursuites et il ne doutait pas qu'il serait viré si cela était révélé. Les journaux le mettraient en pièces. Un agent de la Säpo qui abuse de prostituées adolescentes… si seulement ces foutues connes n'avaient pas été si jeunes.

Mais rester sans rien faire équivalait à sceller son sort. Il avait eu la sagesse de ne rien dire à Mikael Blomkvist. Il avait décrypté le visage de Blomkvist et enregistré sa réaction. Blomkvist était emmerdé. Il voulait de l'information. Mais il serait obligé de payer. Le prix était son silence. C'était la seule issue.

Zala modifiait l'équation de toute l'enquête.

Dag Svensson avait traqué Zala.

Bjurman avait cherché Zala.

Et le commissaire Gunnar Björck était le seul à savoir qu'il existait un lien entre Zala et Bjurman, ce qui signifiait que Zala était un lien commun entre Enskede et Odenplan.

Ce qui posait un autre problème dramatique pour le bien-être futur de Gunnar Björck. C'était lui qui avait fourni l'info sur Zalachenko à Bjurman – en toute amitié et sans penser au fait que cette info était toujours sous le sceau du secret. Ça paraissait minime, mais en réalité cela voulait dire qu'il s'était rendu coupable d'un délit.

De plus, depuis la visite de Mikael Blomkvist le vendredi, il s'était rendu coupable d'un autre délit. Il était flic et, s'il détenait une information relative à une enquête pour meurtre, son devoir était de le signaler immédiatement à la police. Sauf qu'en donnant cette info à Bublanski ou au procureur Ekström, il se dénoncerait automatiquement lui-même. Tout serait rendu public. Pas les putes, mais toute l'affaire Zalachenko.

Dans la journée du samedi, il avait fait une rapide visite à son lieu de travail à la Säpo à Kungsholmen. Il avait sorti les vieux dossiers sur Zalachenko et avait tout relu. C'était lui-même qui avait rédigé les rapports, mais ça datait de pas mal d'années maintenant. Les plus vieux avaient bientôt trente ans d'âge. Le dernier document en date en avait dix.

Zalachenko.

Glissant comme une saloperie de serpent.

Zala.

Gunnar Björck avait lui-même noté le surnom dans son enquête mais n'arrivait pas à se rappeler s'il l'avait jamais utilisé.

Mais le lien était clair comme de l'eau de roche. Avec Enskede. Avec Bjurman. Et avec Salander.

Gunnar Björck réfléchit. Il ne comprenait pas encore comment tous les morceaux du puzzle se tenaient, mais il croyait comprendre pourquoi Lisbeth Salander était allée à Enskede. Il pouvait également facilement imaginer que Lisbeth Salander ait été prise d'un accès de rage et ait tué Dag Svensson et Mia Bergman, s'ils avaient refusé de coopérer ou s'ils l'avaient provoquée. Elle avait un mobile que Gunnar Björck et peut-être seulement deux-trois autres personnes dans tout le pays comprenaient.

Elle est malade mentale, totale. J'espère, pour l'amour de Dieu, qu'un flic va la descendre quand elle sera arrêtée. Elle sait. Elle peut faire éclater toute l'histoire si elle parle.

Mais Gunnar Björck eut beau raisonner en long et en large, restait toujours le fait que Mikael Blomkvist était sa seule issue – ce qui, dans la situation actuelle de Gunnar Björck, était l'unique question digne d'intérêt. Son désespoir ne cessait de grandir. Il fallait amener Mikael Blomkvist à le traiter comme une source secrète et le convaincre de garder le silence sur ses… incartades coquines avec ces foutues putes. *Si seulement Salander pouvait régler son compte à Blomkvist.*

Il contempla le numéro de téléphone de Zalachenko et pesa le pour et le contre de l'opportunité de l'appeler. Il n'arrivait pas à se décider.

MIKAEL AVAIT TRANSFORMÉ EN VERTU le fait de constamment faire le point sur ses fouilles. Après le départ de Paolo Roberto, il y consacra une heure. C'était presque devenu un journal intime, où il laissait libre cours à ses pensées en même temps qu'il consignait minutieusement tous les entretiens, rencontres et recherches qu'il faisait. Il cryptait quotidiennement le document avec PGP et envoyait des copies par mail à Erika Berger et Malou Eriksson, pour que ses collaboratrices soient mises au courant.

Dag Svensson avait focalisé sur Zala les dernières semaines avant sa mort. Le nom avait surgi dans la dernière conversation téléphonique avec Mikael, seulement deux heures avant qu'il soit tué. Gunnar Björck prétendait qu'il avait des renseignements sur Zala.

Mikael passa un quart d'heure à faire le résumé de ce qu'il avait trouvé sur Björck, assez peu de choses en somme.

Björck avait soixante-deux ans, il était célibataire et né à Falun. Il avait travaillé comme policier depuis l'âge de vingt et un ans. Il avait débuté comme gardien de la paix, puis il avait étudié le droit et s'était retrouvé à un poste secret alors qu'il n'avait que vingt-six ou vingt-sept ans. C'était en 1969 ou 1970, vers la fin du mandat de Per-Gunnar Vinge comme chef de la Säpo.

Vinge avait été licencié pour avoir prétendu, dans une conversation avec le président du conseil général du Norrbotten, Ragnar Lassinanti, qu'Olof Palme était l'espion des Russes. Puis ce furent l'affaire IB et Holmér et le Facteur et l'assassinat de Palme et les scandales qui se succédaient. Mikael ignorait totalement le rôle que Gunnar Björck avait joué dans les drames au sein de la police secrète pendant ces trente dernières années.

La carrière de Björck entre 1970 et 1985 était en gros une feuille blanche, ce dont il ne fallait pas s'étonner quand on avait affaire à la Säpo, puisque tout ce qui concernait son activité était sous le sceau du secret. Björck aurait pu être affecté à l'entretien des crayons comme il aurait pu être agent secret en Chine. Cette dernière hypothèse restant cependant fort improbable.

En octobre 1985, Björck était parti pour Washington où il avait travaillé à l'ambassade de Suède pendant deux ans. A partir de 1988, il avait repris son poste à la Säpo à Stockholm. En 1996, il devint personnage officiel dans le sens qu'il fut nommé adjoint-chef à la brigade des étrangers. Mikael n'avait pas trop de renseignements sur la nature exacte de ses tâches. Après 1996, Björck s'était prononcé dans les médias à plusieurs occasions lors de l'expulsion de quelque Arabe suspect. En 1998, il avait été sur la sellette quand plusieurs diplomates irakiens avaient été expulsés du pays.

Quel lien entre tout ceci et Lisbeth Salander et les meurtres de Dag et Mia ? Probablement aucun.

Mais Gunnar Björck sait quelque chose sur Zala.

Donc il y a forcément un lien.

ERIKA BERGER N'AVAIT RACONTÉ à personne, même pas à son mari auquel d'habitude elle ne cachait rien, qu'elle allait passer à *Svenska Morgon-Posten*. Il lui restait à peu près un mois à *Millénium*, puis elle travaillerait pour le Grand Dragon. Elle angoissait. Elle savait que les journées allaient filer à une vitesse affolante et que brusquement ce serait son dernier jour.

Elle ressentait aussi une inquiétude dévorante pour Mikael. Elle avait lu son dernier mail avec un sentiment d'impuissance. Elle reconnaissait les signes. C'était la même obstination qui l'avait fait s'accrocher à Hedestad deux ans auparavant et c'était la même obsession avec laquelle il s'était attaqué à Wennerström. Depuis jeudi dernier, rien d'autre n'existait pour lui que la mission de savoir qui avait tué Dag et Mia, et de réussir à blanchir Lisbeth Salander d'une façon ou d'une autre.

Même si cette ambition avait toutes ses sympathies – Dag et Mia avaient également été les amis d'Erika –, il y avait un côté de Mikael qui la mettait mal à l'aise. Il développait un manque de scrupules quand il flairait le sang.

A l'instant même où il l'avait appelée la veille pour lui dire qu'il avait mis Bublanski au défi et avait commencé à se mesurer à lui dans le style cow-boy, elle avait compris que la chasse à Lisbeth Salander allait le dévorer pendant les temps à venir. Elle savait d'expérience qu'il allait se montrer impossible tant qu'il n'aurait pas résolu le problème. Il allait osciller entre égocentrisme et dépression. Et quelque part dans cette équation, il allait aussi prendre des risques sans doute totalement inconsidérés.

Et Lisbeth Salander ? Erika l'avait rencontrée une seule fois et elle savait trop peu de choses sur cette fille étrange pour pouvoir partager la conviction qu'avait Mikael de son innocence. Et si Bublanski avait raison ? Si elle était coupable ? Et si Mikael réussissait à la trouver et tombait sur une malade mentale avec une arme à la main ?

L'appel téléphonique inattendu de Paolo Roberto le matin n'avait rien fait pour la calmer non plus. C'était évidemment une bonne chose que Mikael ne soit malgré tout pas le seul à croire en Lisbeth Salander, mais Paolo Roberto lui aussi était du genre à rouler des mécaniques.

En plus, il fallait qu'elle trouve son propre successeur pour reprendre la barre de *Millénium*. Il y avait urgence maintenant. Elle envisagea d'appeler Christer Malm et de discuter la chose avec lui, mais réalisa qu'elle ne pourrait pas l'informer tout en continuant à occulter la nouvelle à Mikael.

Mikael était un reporter brillantissime, mais il serait catastrophique comme directeur. De ce point de vue, elle et Christer avaient bien plus de choses en commun, mais elle n'était pas très sûre que Christer accepte. Malou était trop jeune et indécise. Monica Nilsson était trop égocentrique. Henry Cortez était un bon reporter mais beaucoup trop jeune et inexpérimenté. Lottie Karim était trop sensible. Et elle n'était pas sûre que Christer et Mikael accepteraient une nouvelle recrue venue d'ailleurs.

Elle était dans la panade la plus complète.

Ce n'était pas comme ça qu'elle voulait terminer ses années à *Millénium*.

LE DIMANCHE SOIR, Lisbeth Salander ouvrit de nouveau Asphyxia 1.3 et pénétra dans le disque dur en miroir de [*MikBlom/laptop*]. Elle constata qu'il n'était pas connecté au Net et passa ensuite un moment à lire tout ce qui s'était ajouté au cours des deux derniers jours.

Elle lut le journal de recherche de Mikael et se demanda vaguement s'il l'écrivait aussi détaillé pour elle et dans ce cas ce que cela signifiait. Il savait évidemment qu'elle entrait dans son ordinateur, et la conclusion naturelle était qu'il souhaite qu'elle lise ce qu'il écrivait. Le tout était de déceler ce qu'il n'écrivait pas. Sachant qu'elle se promenait dans son ordinateur, il pouvait manipuler le flot d'informations. Elle nota au passage qu'il n'était manifestement pas arrivé à grand-chose d'autre que provoquer Bublanski en duel au sujet de son éventuelle innocence. Cela l'irrita. Normalement, Mikael Blomkvist n'était pas homme à baser ses conclusions sur des sentiments mais sur des faits. *Hallucinant, la naïveté de ce mec !*

Mais il avait quand même zoomé sur Zala. *Bien raisonné, Super Blomkvist.* Elle se demanda s'il se serait intéressé à Zala si elle ne lui avait pas envoyé le nom.

Ensuite, elle nota avec une légère surprise que Paolo Roberto avait soudain surgi dans les documents. Bonne nouvelle. Elle sourit tout à coup. Elle aimait bien cette grande gueule. Il était macho jusqu'au bout des doigts. Quand ils se retrouvaient sur le ring, il n'hésitait pas à lui rentrer dans le mou. Si elle le laissait faire, s'entend.

Puis elle se redressa dans la chaise en lisant le dernier mail de Mikael Blomkvist à Erika Berger.

Gunnar Björck, de la Säpo, détient des informations sur Zala.

Gunnar Björck connaissait Bjurman.

Le regard de Lisbeth se brouilla quand elle traça mentalement un triangle. Zala. Bjurman. Björck. *Damned, mais c'est que ça se tient, ça !* Jamais auparavant elle n'avait considéré le problème sous cet angle. Mikael Blomkvist n'était peut-être pas si con que ça après tout. Sauf qu'il ne comprenait évidemment rien au contexte. Elle-même n'y comprenait rien, alors qu'elle avait une connaissance bien plus grande de ce qui s'était passé. Elle réfléchit un moment à Bjurman et se rendit compte que le fait qu'il avait connu Björck le transformait en un pion un peu plus important qu'elle ne l'avait imaginé.

Elle comprit qu'elle serait probablement obligée de faire une visite à Smådalarö.

Ensuite, elle entra dans le disque dur de Mikael et créa un nouveau document dans le dossier [LISBETH SALANDER]. Elle le baptisa [Coin du ring]. Il le verrait la prochaine fois qu'il démarrerait son iBook.

[1. Tiens-toi à l'écart de Teleborian. Ce mec est une sangsue.
2. Miriam Wu n'a absolument rien à voir avec cette histoire.
3. Tu as raison de zoomer sur Zala. C'est lui, la clé. Mais tu ne le trouveras dans aucun registre.
4. Il y a un lien entre Bjurman et Zala. Je ne sais pas lequel mais j'y travaille. Björck ?
5. Important. Il existe un rapport de police embarrassant me concernant, daté de février 1991. Je ne connais pas le numéro du rôle et je ne le trouve nulle part. Pourquoi Ekström ne l'a-t-il pas livré aux médias ? Réponse : il n'existe pas dans son ordi. Conclusion : il ignore son existence. Comment est-ce possible ?]

Elle réfléchit un court moment et ajouta un paragraphe.

[PS. Mikael, je ne suis pas innocente. Mais je n'ai pas tué Dag et Mia et je n'ai rien à voir avec leur assassinat. Je les ai rencontrés le soir de la tuerie, mais je les avais quittés avant qu'ils soient tués. Merci de croire en moi. Dis à Paolo qu'il a une gauche de femmelette.]

Elle réfléchit encore un moment et comprit que c'était vraiment trop douloureux pour une droguée aux informations de son calibre de ne pas savoir. Elle ajouta une autre ligne.

[PS2. Comment est-ce que t'es au courant pour Wennerström ?]

Mikael Blomkvist trouva le document de Lisbeth trois heures plus tard. Il lut le message, ligne par ligne, à cinq reprises sinon plus. Pour la première fois elle avait clairement annoncé quelque chose. Elle disait qu'elle n'avait pas tué Dag et Mia. Il la crut et ressentit un énorme soulagement. Et enfin elle lui parlait, fût-ce en termes mystérieux comme toujours.

Il nota aussi qu'elle niait seulement les meurtres de Dag et Mia sans mentionner Bjurman. Mikael opta pour le fait qu'il avait seulement parlé de Dag et Mia dans son mail. Après un moment de réflexion, il créa [Coin du ring 2].

[Salut Sally,
Merci d'avoir enfin dit que tu es innocente. J'ai cru en toi, mais j'ai aussi été influencé par la tempête médiatique et il m'est arrivé de ressentir des doutes. Ça m'a fait du bien de l'entendre directement en provenance de ton clavier.

Alors il ne nous reste plus qu'à trouver le véritable meurtrier. C'est une chose qu'on a déjà faite, toi et moi. On avancerait plus vite si tu étais moins mystérieuse. Je suppose que tu vérifies mon journal d'enquête. Alors tu sais à peu près ce que je fais et comment je raisonne. Je crois que Björck sait quelque chose et je vais avoir une nouvelle conversation avec lui un de ces jours.

Est-ce que je suis sur une mauvaise piste quand je me concentre sur les michetons ?

Cette histoire d'un rapport de police m'intrigue. Je vais mettre ma collaboratrice Malou là-dessus pour le trouver. A l'époque, tu avais douze-treize ans, c'est ça ? De quoi s'agit-il ?

Je prends note de ton avis sur Teleborian. M.

PS. Tu as loupé un truc dans le coup contre Wennerström. Je savais déjà ce que tu avais fait quand on s'est vu à Sandhamn pour Noël, mais je n'ai pas posé de questions parce que tu n'en parlais pas. Et je n'ai pas l'intention de te dire quelle erreur tu as faite, à moins que tu ne m'invites pour un café.]

La réponse arriva trois heures plus tard.

[Oublie les michetons. C'est Zala qui est intéressant. Et un géant blond. Mais le rapport de police est intéressant puisque quelqu'un semble vouloir le dissimuler. Ça ne peut pas être un hasard.]

LE PROCUREUR EKSTRÖM était de mauvais poil quand il rassembla l'équipe de Bublanski pour une réunion le lundi matin. Plus d'une semaine de recherches d'un suspect identifié avec un physique particulier n'avait donné aucun résultat. L'humeur d'Ekström ne s'améliora pas lorsque Curt

Bolinder, qui avait été de garde le week-end, l'informa des derniers événements.

— Intrusion ? dit Ekström avec une surprise non dissimulée.

— Le voisin a appelé le dimanche soir quand il s'est rendu compte que les scellés sur la porte de Bjurman avaient été coupés. Je suis passé vérifier.

— Et qu'est-ce qu'elle a donné, ta vérification ?

— Les scellés étaient coupés à trois endroits. Probablement avec une lame de rasoir ou un cutter. Du beau boulot. Ça se voyait à peine.

— Un cambriolage ? Il y a des voyous qui se spécialisent sur les défunts…

— Ce n'est pas un cambriolage. J'ai examiné l'appartement. Tous les objets de valeur habituels, le magnétoscope et des trucs comme ça, étaient là. En revanche, la clé de voiture de Bjurman était posée sur la table de la cuisine.

— La clé de voiture ? fit Ekström.

— Jerker Holmberg est passé dans l'appartement mercredi dernier faire un contrôle, des fois qu'on aurait loupé quelque chose. Il a vérifié entre autres la voiture. Il jure qu'il n'y avait pas de clé de voiture sur la table de cuisine quand il a quitté l'appartement et remis les scellés.

— Il peut avoir oublié de ranger la clé. Tout le monde peut se tromper.

— Holmberg n'a pas utilisé cette clé-là. Il s'est servi du double dans le trousseau de Bjurman que nous avions déjà saisi.

Bublanski passa la main sur son menton.

— Donc pas un cambriolage au sens habituel ?

— Intrusion. Quelqu'un est entré dans l'appartement de Bjurman pour fouiner. Cela a forcément eu lieu entre le mercredi et le dimanche soir quand le voisin a remarqué que les scellés étaient rompus.

— Autrement dit, quelqu'un a cherché quelque chose… Jerker ?

— Il n'y a rien là-bas que nous n'ayons pas déjà saisi.

— Que nous connaissions en tout cas. Le mobile des meurtres reste toujours peu clair. Nous sommes partis de l'hypothèse que Salander est une psychopathe, mais même les psychopathes ont besoin d'un mobile.

— Qu'est-ce que tu proposes ?

— Je ne sais pas. Quelqu'un consacre un moment à passer l'appartement de Bjurman au peigne fin. Alors il faut répondre à deux questions. Premièrement : qui ? Deuxièmement : pourquoi ? Qu'est-ce que nous avons loupé ?

Le silence s'installa pour un court moment.

— Jerker...

Jerker Holmberg poussa un soupir résigné.

— D'accord. Je retourne chez Bjurman et je repasse l'appartement au peigne fin.

IL ÉTAIT 11 HEURES LE LUNDI quand Lisbeth Salander se réveilla. Elle resta une demi-heure à se prélasser au lit avant de se lever et de mettre en marche la cafetière et de se doucher. Sa toilette expédiée, elle se prépara deux grosses tartines et s'installa devant son PowerBook pour se mettre à jour de ce qui se passait dans l'ordinateur du procureur Ekström et pour lire les éditions Web de divers quotidiens. Elle nota que l'intérêt pour les meurtres d'Enskede avait diminué. Puis elle ouvrit le dossier d'enquête de Dag Svensson et lut attentivement ses notes de la confrontation avec le journaliste Per-Åke Sandström, ce micheton qui faisait le jeu de la mafia du sexe et qui savait quelque chose sur Zala. Quand elle eut fini de lire, elle se versa encore un café et s'assit dans le recoin devant la fenêtre pour réfléchir.

Vers 16 heures, elle avait fini de réfléchir.

Elle avait besoin d'argent. Elle détenait trois cartes de crédit. L'une était au nom de Lisbeth Salander et donc concrètement inutilisable. La deuxième était au nom d'Irene Nesser, mais Lisbeth évitait de l'utiliser puisqu'il lui faudrait présenter le passeport au nom d'Irene Nesser comme pièce d'identité, ce qui comportait des risques. La troisième était au nom de Wasp Enterprises, liée à un compte qui contenait plus de 10 millions de couronnes et qui pouvait être alimenté via Internet. N'importe qui pouvait utiliser la carte, mais devait évidemment montrer une pièce d'identité.

Elle alla dans la cuisine, ouvrit une boîte à gâteaux et en sortit une liasse de billets. Il lui restait 950 couronnes en liquide, ce qui était peu. Heureusement elle avait aussi 1 800 dollars américains qui traînaient depuis son retour en Suède et qu'elle pouvait changer de façon anonyme dans n'importe quel bureau de change. Ça améliorait la situation.

Elle mit la perruque d'Irene Nesser, s'habilla avec soin et fourra des vêtements de rechange et une trousse de maquillage dans un sac à dos. Ensuite, elle entreprit sa deuxième expédition hors de chez elle. Elle rejoignit Folkungagatan à pied, puis Erstagatan où elle entra chez Watski juste avant l'heure de fermeture. Elle acheta du chatterton, un palan à deux poulies et huit mètres de cordage solide en coton.

Elle prit le 66 pour revenir. A Medborgarplatsen, elle vit une femme qui attendait le bus. Tout d'abord elle ne la reconnut pas, mais une alarme tinta au fond de son crâne et elle regarda de nouveau et l'identifia comme Åsa Flemström, préposée aux salaires de la compta à Milton Security. Elle avait adopté une nouvelle coiffure plus mode. Lisbeth descendit discrètement du bus tandis que Flemström y montait. Elle regarda attentivement autour d'elle, à l'affût d'un visage qui pourrait lui sembler familier. Lisbeth passa devant l'immeuble de Bofill et rejoignit Södra Station où elle prit le train de banlieue vers le nord.

L'INSPECTRICE SONJA MODIG serra la main d'Erika Berger qui lui proposa tout de suite un café. En allant le chercher dans la kitchenette, Erika sourit devant leurs mugs dépareillés, portant tous des logos de différents partis politiques, syndicats et entreprises.

— On nous les donne dans les réunions électorales ou après des interviews, expliqua Erika Berger et elle en tendit un avec le logo des jeunes libéraux.

Sonja Modig passa trois heures devant le bureau de Dag Svensson, aidée dans sa tâche par la secrétaire de rédaction Malou Eriksson, d'une part pour comprendre de quoi parlaient le livre et l'article de Dag Svensson, d'autre part pour naviguer dans son matériel de recherche. Sonja Modig fut stupéfaite d'en découvrir l'étendue. La disparition de l'ordinateur portable de Dag Svensson avait représenté un gros handicap pour l'enquête de police, son travail leur ayant du coup paru inaccessible. En réalité, des sauvegardes de la plupart des données n'avaient pas cessé d'exister à la rédaction de *Millénium*.

Mikael Blomkvist n'était pas là mais Erika Berger fournit à Sonja Modig une liste des éléments qu'il avait retirés du bureau de Dag Svensson – principalement des notes concernant l'identité des sources. Modig finit par appeler Bublanski pour expliquer la situation. Il fut décidé que tout le matériel sur le bureau de Dag Svensson, y compris l'ordinateur de *Millénium*, serait saisi pour des raisons techniques d'investigation. Le chef de l'enquête préliminaire reviendrait pour négociation s'ils estimaient justifié d'exiger aussi les éléments mis de côté. Sonja Modig établit ensuite un protocole de saisie et se fit aider par Henry Cortez pour tout descendre dans sa voiture.

LE LUNDI SOIR, MIKAEL ressentit une profonde frustration. Depuis la semaine précédente, il avait passé en revue dix des noms que Dag Svensson avait eu l'intention de révéler. Chaque fois il s'était trouvé en face d'hommes inquiets, indignés et choqués. Il constata que le revenu moyen de ces personnes était d'environ 400 000 couronnes par an. C'était un ramassis pathétique d'hommes qui avaient peur.

A aucun moment cependant il n'avait eu l'impression que ces bonshommes lui cachaient quelque chose en relation avec les meurtres de Dag Svensson et de Mia Bergman. Au contraire ; plusieurs de ceux avec qui il avait parlé estimaient que leur situation allait plutôt devenir catastrophique quand les médias commenceraient à crier haro sur des noms, les leurs, associés aux meurtres.

Mikael ouvrit son iBook pour voir s'il avait reçu un nouveau message de Lisbeth. Ce n'était pas le cas. Par contre, dans son mail précédent elle lui avait signalé que les michetons n'avaient aucun intérêt et qu'il gaspillait son temps. Il la maudit dans des termes qu'Erika Berger aurait qualifiés à la fois de sexistes et d'innovants. Il avait faim mais n'avait aucune envie de cuisiner. Sans compter qu'à part du lait à la supérette du coin, il n'avait rien acheté à manger depuis quinze jours. Il enfila sa veste et descendit à la taverne grecque dans Hornsgatan et commanda une grillade d'agneau.

LISBETH SALANDER AVAIT INSPECTÉ la cage d'escalier, et au crépuscule avait entrepris deux tours discrets autour des bâtiments voisins. Il s'agissait de petits immeubles bas qu'elle soupçonnait fort de transmettre tous les bruits, ce qui n'arrangeait guère ses affaires. Le journaliste Per-Åke Sandström habitait un appartement d'angle au deuxième étage, c'est-à-dire le dernier. La cage d'escalier continuait jusqu'à une porte de grenier. Ça pourrait aller.

Le seul problème était que toutes les fenêtres de l'appartement étaient sombres, signe que son propriétaire n'était pas chez lui.

Elle trouva une pizzeria quelques rues plus loin et commanda une Hawaii, s'assit dans un coin et lut les journaux du soir. Peu avant 21 heures, elle acheta un *caffè latte* dans un Point-Presse et retourna au petit immeuble. Les lumières étaient toujours éteintes dans l'appartement. Elle entra dans la cage d'escalier et s'assit sur le palier du grenier, d'où elle voyait la porte de l'appartement de Per-Åke Sandström un demi-étage plus bas. Elle but son café en attendant patiemment.

C'EST AU STUDIO D'ENREGISTREMENT Recent Trash Records, dans un local industriel à Älvsjö, que l'inspecteur Hans Faste réussit finalement à retrouver Cilla Norén, vingt-huit ans et leader désigné du groupe de satanistes les Evil Fingers. Le choc entre les cultures fut de l'ordre de la première rencontre entre les Portugais et les Indiens caraïbes.

Après plusieurs tentatives infructueuses auprès des parents de Cilla Norén, Faste avait finalement réussi à la pister, via sa sœur, jusqu'à ce studio, où à l'en croire elle était "assistante" à la production d'un CD du groupe Cold Wax de Borlänge. Faste n'avait jamais entendu parler de ce groupe et constata qu'il semblait composé de mecs d'une vingtaine d'années. Dès le couloir précédant le studio, il fut accueilli par un raz de marée sonore qui lui coupa le souffle. Il contempla Cold Wax à travers une vitre puis il attendit qu'une brèche s'installe dans le rideau de son.

Cilla Norén avait des cheveux longs aile de corbeau avec des mèches rouge et vert, et un maquillage noir. Elle était un peu boulotte et vêtue d'un pull court qui montrait son ventre avec un piercing au nombril. Elle portait une ceinture cloutée autour des hanches et avait tout l'air d'un personnage de film d'horreur.

Faste montra sa carte de policier et demanda à avoir un entretien avec elle. Elle mâchait un chewing-gum et le regarda avec scepticisme. Finalement, elle indiqua une porte et le guida dans ce qui semblait être une sorte de kitchenette avec table et chaises, et où il manqua s'étaler sur un sac-poubelle traînant juste derrière la porte. Cilla Norén remplit d'eau une bouteille en plastique et en but à peu près la moitié, puis s'assit à la table et alluma une cigarette. Elle fixa Hans Faste de ses yeux bleu ciel. Il ne savait pas par quel bout commencer.

— Qu'est-ce que c'est, Recent Trash Records ?

Elle paraissait ennuyée à mort.

— C'est un label qui produit de nouveaux groupes de jeunes.

— Quel est ton rôle ici ?

— Je suis technicien du son.

Faste la regarda.

— Tu as une formation pour ça ?

— Non. J'ai appris sur le tas.

— On peut vivre de ça ?

— La réponse a vraiment son importance ?

— Je voulais savoir, c'est tout. Je suppose que tu as lu les articles sur Lisbeth Salander ces derniers temps.

Elle fit oui de la tête.

— On nous a informés que tu la connais. C'est vrai ?

— Ça se peut.

— Ça se peut ou ça ne se peut pas ?

— Ça dépend de ce que vous cherchez.

— Je cherche à retrouver une désaxée soupçonnée de trois meurtres. Je veux des infos sur Lisbeth Salander.

— Je n'ai pas eu de nouvelles de Lisbeth depuis l'année dernière.

— Quand est-ce que tu l'as rencontrée la dernière fois ?

— C'était à l'automne il y a deux ans. Au Moulin. Elle y allait de temps en temps et ensuite on ne l'a plus vue.

— Tu as essayé de la contacter ?

— J'ai appelé quelque fois sur son portable. Le numéro n'existe plus.

— Et tu ne sais pas où je pourrais la trouver ?

— Non.

— C'est quoi, Evil Fingers ?

Cilla Norén prit un air amusé.

— Vous ne lisez pas les journaux ?

— Pourquoi ?

— Ils écrivent tous qu'on est un groupe de satanistes.

— Et c'est vrai ?

— Est-ce que j'ai l'air d'une sataniste ?

— Je ne sais pas de quoi a l'air une sataniste.

— Ecoutez, je ne sais pas qui barjotte le plus – la police ou les journaux.

— Ecoute-moi bien, mademoiselle, c'est une question sérieuse.

— Si on est des satanistes ?

— Réponds à mes questions au lieu de chipoter.

— Et c'est quoi, la question ?

Hans Faste ferma les yeux pendant une seconde et pensa à la visite professionnelle qu'il avait faite en Grèce pendant ses vacances quelques années plus tôt. En Grèce, malgré tous les problèmes, la police avait un grand avantage sur la police suédoise. Si Cilla Norén avait adopté la même attitude en Grèce, il l'aurait menottée et il l'aurait assommée à coups de matraque. Il la regarda.

— Est-ce que Lisbeth Salander faisait partie des Evil Fingers ?

— Je ne pense pas.

— Qu'est-ce que tu veux dire ?

— Lisbeth est probablement la personne la plus hermétique à la musique que j'aie jamais rencontrée.

— Hermétique à la musique ?

— Elle sait distinguer la trompette de la batterie, mais c'est à peu près tout pour ses dons musicaux.

— Je voulais dire : est-ce qu'elle appartenait au groupe des Evil Fingers ?

— Et je viens de répondre à la question. Qu'est-ce que vous imaginez que c'était, les Evil Fingers ?

— Raconte-moi.

— Vous menez une enquête de police en lisant des articles de journaux débiles.

— Réponds à la question.

— Evil Fingers était un groupe de rock. On était une bande de nanas au milieu des années 1990 qui aimaient le hard rock et on jouait pour le fun. On se faisait connaître avec des pentagrammes et un peu de *sympathy for the Devil.* Puis on a arrêté de jouer et je suis la seule qui continue à bosser dans la musique.

— Et Lisbeth Salander ne faisait pas partie du groupe ?

— Je viens de le dire.

— Pourquoi est-ce que nos sources prétendent que Salander faisait partie du groupe ?

— Parce que vos sources sont à peu près aussi débiles que les journaux.

— Explique-toi.

— On était cinq nanas et on a continué à se voir de temps en temps. Avant, on se retrouvait au Moulin une fois par semaine. Maintenant c'est à peu près une fois par mois. Mais on garde le contact.

— Et qu'est-ce que vous faites quand vous vous retrouvez ?

— Qu'est-ce qu'ils font, les gens qui vont au Moulin ?

Hans Faste soupira.

— Vous vous retrouvez pour picoler, donc.

— On boit des mousses. Et on se dit des conneries. Qu'est-ce que vous faites quand vous retrouvez vos copains, vous ?

— Et Lisbeth Salander, où est-ce qu'elle intervient dans l'histoire ?

— Je l'ai rencontrée à KomVux quand j'avais dix-huit ans. Elle venait au Moulin se joindre de temps en temps à la bande et écluser une bière avec nous.

— Il ne faut donc pas considérer les Evil Fingers comme une organisation ?

Cilla Norén le regarda comme s'il débarquait d'une autre planète.

— Est-ce que vous êtes lesbiennes ?

— Vous voulez une baffe ?

— Réponds à la question.

— Ce qu'on est ne vous regarde pas.

— Tout doux. Tu n'arriveras pas à me foutre en boule.

— Toc-toc, ohé ? La police prétend que Lisbeth Salander a assassiné trois personnes puis elle vient me poser des questions sur mes préférences sexuelles. Va te faire foutre.

— Dis donc… je peux te mettre au trou.

— Sous quel prétexte ? D'ailleurs, j'ai oublié de dire que je suis en fac de droit depuis trois ans et que mon papa, c'est Ulf Norén au cabinet Norén & Knape. On se donne rencard au tribunal ?

— Je croyais que tu travaillais dans la musique.

— C'est ce que je fais parce que c'est sympa. Tu crois que je pourrais vivre de ça ?

— J'ignore totalement de quoi tu vis.

— Je ne vis pas d'une activité sataniste et lesbienne, si c'est ça que tu crois. Si c'est ça le postulat de départ de la police dans la chasse à Lisbeth Salander, je comprends pourquoi vous n'avez pas réussi à l'arrêter.

— Est-ce que tu sais où elle se trouve ?

Cilla Norén commença à balancer le corps en remontant ses mains devant elle.

— Je sens qu'elle est tout près… attends que je branche la télépathie.

— Laisse tomber tes conneries.

— J'ai déjà dit que je n'ai pas eu de ses nouvelles depuis bientôt deux ans. Je n'ai aucune idée de l'endroit où elle se trouve. Y avait autre chose ?

SONJA MODIG AVAIT ALLUMÉ l'ordinateur de Dag Svensson et passé la soirée à dresser l'inventaire du contenu du disque dur et des ZIP. Elle resta jusqu'à 22 h 30 à lire le livre de Dag Svensson.

Elle se rendit compte de deux choses. Premièrement, elle découvrit que Dag Svensson était un brillant écrivain dont la prose était fascinante d'objectivité quand il décrivait les mécanismes du commerce du sexe. Elle aurait aimé qu'il puisse venir donner une conférence à l'école de police – ses connaissances auraient fait un complément apprécié aux cours. Hans Faste, par exemple, était quelqu'un à qui les connaissances de Svensson auraient été profitables.

La deuxième chose fut qu'elle comprit tout à coup le point de vue de Mikael Blomkvist qui pensait que l'enquête de Dag pouvait constituer un mobile des meurtres. La dénonciation de michetons que Dag Svensson projetait de faire n'allait pas seulement nuire à une poignée de personnes. C'était une dénonciation brutale. Certains des acteurs les plus en vue qui avaient déjà été condamnés dans des affaires de mœurs ou participé au débat public seraient totalement anéantis. Mikael Blomkvist avait raison. Le livre constituait une raison de tuer.

Le seul problème était que même si un micheton qui risquait la dénonciation avait décidé de tuer Dag Svensson, il n'y avait aucun lien avec maître Nils Bjurman. Il ne figurait même pas dans les éléments de Dag Svensson, ce qui non seulement réduisait considérablement le poids des arguments de Blomkvist mais renforçait plutôt l'image de Lisbeth Salander comme seul suspect possible.

Même si le mobile était peu clair en ce qui concernait les meurtres de Dag Svensson et de Mia Bergman, Lisbeth Salander était associée au lieu du crime et à l'arme du crime. Des indices techniques aussi nets pouvaient difficilement s'interpréter de travers. Ils indiquaient que Salander était bel et bien la personne qui avait tiré les coups de feu meurtriers dans l'appartement d'Enskede.

L'arme signifiait en outre un lien direct avec le meurtre de maître Bjurman. Et dans le cas Bjurman existaient incontestablement un lien personnel et un mobile possible – à en juger par la décoration artistique sur le ventre de Bjurman, il pouvait s'agir d'une forme d'abus sexuel ou en tout cas d'une relation sadomaso entre les deux. Il paraissait difficilement imaginable que Bjurman ait accepté de son plein gré de se faire tatouer de cette façon bizarre, cela supposerait qu'il éprouvait une sorte de jouissance dans l'humiliation ou que Salander – du moins si c'était elle qui avait réalisé le tatouage – l'avait mis dans une situation d'impuissance. Modig n'avait pas envie de spéculer sur la manière dont elle l'aurait fait.

Et Peter Teleborian avait confirmé que la violence de Lisbeth Salander se portait contre des personnes que pour diverses raisons elle considérait comme menaçantes ou qui l'auraient offensée.

Sonja Modig réfléchit un petit moment à ce que Teleborian avait dit sur Lisbeth Salander. Il avait semblé authentiquement soucieux de protéger son ancienne patiente et il ne voulait pas qu'elle soit blessée. En même temps, l'enquête était principalement basée sur la seule analyse qu'il avait faite d'elle – une désaxée sociale à la limite de la psychose.

Mais la théorie de Mikael Blomkvist était subjectivement attirante.

Elle se mordit doucement la lèvre inférieure tout en essayant de visualiser un autre scénario que celui de Lisbeth Salander en tueur solitaire. Finalement elle prit un bic et écrivit en hésitant une ligne sur un bloc-notes devant elle.

Deux motifs complètement différents ? Deux meurtriers ? Une seule arme du crime !

Une pensée fugace qu'elle n'arrivait pas à formuler lui trottait dans la tête, une question qu'elle avait l'intention de soulever lors de la prochaine réunion matinale de Bublanski. Elle n'arrivait pas vraiment à expliquer pourquoi elle se sentait tout à coup si mal à l'aise avec l'idée de Lisbeth Salander dans le rôle de tueur unique.

Ensuite, elle décida qu'elle en avait assez fait, elle déconnecta résolument l'ordinateur et enferma les disques dans le tiroir de son bureau. Elle enfila sa veste, éteignit sa lampe de travail et elle s'apprêtait à fermer sa porte à clé quand elle entendit un bruit plus loin dans le couloir. Elle fronça les sourcils. Elle pensait être la seule ce soir au bureau et elle avança dans le couloir jusqu'à ce qu'elle arrive devant le bureau de Hans Faste. Sa porte était entrouverte et elle l'entendit qui parlait au téléphone.

— Incontestablement, ça relie les choses entre elles, l'entendit-elle dire.

Elle resta indécise un court moment avant d'inspirer à fond et de frapper sur le chambranle. Hans Faste leva des yeux surpris sur elle. Elle le salua en levant deux doigts en l'air.

— Modig est toujours dans la maison, dit Faste au téléphone. Il écouta et hocha la tête sans lâcher Sonja Modig des yeux. OK. Je vais l'informer.

Puis il raccrocha.

— C'était Bubulle, expliqua-t-il. Qu'est-ce que tu veux ?

— C'est quoi qui relie les choses entre elles ? demanda-t-elle.

Il la scruta.

— Tu écoutes aux portes ?

— Non, mais ta porte était ouverte et tu disais ce truc au moment où j'allais frapper.

Faste haussa les épaules.

— J'appelais Bubulle pour lui dire que le labo a enfin fourni quelque chose d'utilisable.

— Ah bon.

— Dag Svensson avait un téléphone portable avec une carte Comviq. Ils ont enfin réussi à sortir une liste des communications. Cela confirme d'une part l'appel à Mikael Blomkvist à 20 h 12. Blomkvist se trouvait encore chez sa sœur à ce moment-là.

— Bien. Mais je ne pense pas que Blomkvist ait un rapport quelconque avec les meurtres.

— Moi non plus. Mais Dag Svensson a fait un autre appel dans le courant de la soirée. A 21 h 34. La conversation a duré trois minutes.

— Et ?

— Il appelait le téléphone fixe de maître Nils Bjurman. Autrement dit, il y a un lien entre les meurtres.

Sonja Modig se laissa lentement tomber dans la chaise des visiteurs de Hans Faste.

— Je t'en prie. Assieds-toi.

Elle ignora sa vanne.

— D'accord. Qu'est-ce que nous dit l'horaire ? Peu après 20 heures, Dag Svensson appelle Mikael Blomkvist et fixe un rendez-vous pour plus tard dans la soirée. A 21 h 30, Svensson appelle Bjurman. Peu avant la fermeture à 22 heures, Salander achète des cigarettes dans le bureau de tabac d'Enskede. Peu après 23 heures, Mikael Blomkvist et sa sœur arrivent à Enskede et à 23 h 11, il appelle SOS-Secours.

— C'est bien ça, Miss Marple.

— Mais ça ne colle pas du tout. D'après le médecin légiste, Bjurman a été tué entre 22 heures et 23 heures. A ce moment, Salander se trouvait déjà à Enskede. Nous avons toujours supposé que Salander a d'abord tué Bjurman et ensuite le couple d'Enskede.

— Ça ne veut rien dire du tout. J'en ai rediscuté avec le médecin légiste. Nous n'avons retrouvé Bjurman que le lendemain soir, presque vingt-quatre heures plus tard. Le médecin dit que l'heure de sa mort peut différer d'au moins une heure.

— Mais Bjurman est forcément la première victime puisque nous avons trouvé l'arme à Enskede. Cela voudrait dire qu'elle a tué Bjurman à un moment donné après 21 h 34, heure où Svensson appelait Bjurman, et qu'elle est ensuite immédiatement partie pour Enskede acheter ses clopes dans le magasin. Est-ce que ça fait même assez de temps pour se rendre d'Odenplan à Enskede ?

— Oui, ça suffit. Elle n'a pas pris les transports en commun comme on croyait au début. Elle avait une voiture. Avec Steve Bohman, on a fait le trajet pour voir, et on a eu tout notre temps.

— Mais ensuite elle attend une demi-heure avant de tuer Dag Svensson et Mia Bergman. Qu'est-ce qu'elle a fait entre-temps ?

— Elle a bu un café avec eux. On a ses empreintes sur la tasse.

Il lui jeta un regard triomphal. Sonja Modig soupira. Elle garda le silence pendant quelques minutes.

— Hans, tu vois cette affaire comme un truc de prestige. Tu peux être un véritable enfoiré par moments et tu fais sortir les gens de leurs gonds, mais il se trouve que j'ai frappé à ta porte pour te demander pardon pour la gifle. Elle n'était pas justifiée.

Il la regarda un long moment.

— Modig, tu peux penser que je suis un enfoiré. Moi, je trouve que tu n'es pas très professionnelle et que tu n'as rien à faire dans la police. En tout cas pas à ce niveau.

Sonja Modig soupesa différentes répliques mais finit par hausser les épaules et se lever.

— OK. Comme ça on sait où on en est l'un par rapport à l'autre, dit-elle.

— On sait où on en est. Et crois-moi, tu ne feras pas long feu ici.

Sonja Modig referma la porte derrière elle plus fort qu'elle n'en avait eu l'intention. *Ne laisse pas ce connard te mettre en boule.* Elle descendit au garage chercher sa voiture. Hans Faste souriait satisfait à la porte fermée.

MIKAEL BLOMKVIST VENAIT DE RENTRER quand son portable se mit à sonner.

— Salut. C'est Malou. Tu peux parler ?

— Bien sûr.

— Il y a un truc qui m'a frappée hier.

— Oui.

— J'ai lu les coupures sur la chasse à Salander qu'on a à la rédaction et j'ai trouvé ce grand reportage sur son passé dans les hôpitaux psychiatriques.

— Oui.

— Ça va peut-être chercher loin, mais je me demande seulement pourquoi il y a un tel trou dans sa biographie.

— Trou ?

— Oui. Il y a une profusion de détails sur toutes les histoires auxquelles elle était mêlée à l'école. Des histoires avec les professeurs et les autres élèves, tu vois.

— Je m'en souviens. Il y avait une prof qui disait qu'elle avait peur de Lisbeth au début du collège.

— Birgitta Miåås.

— C'est ça.

— Bon. Et il y a pas mal de détails de Lisbeth en pédopsy. Plus un tas de détails sur elle dans des familles d'accueil pendant son adolescence et les coups et blessures à Gamla Stan et tout ça.

— Oui. Et où veux-tu en venir ?

— Elle est internée en psy juste avant d'avoir treize ans.

— Oui.

— Mais il n'y a pas un mot qui explique pourquoi elle est internée.

Mikael garda le silence.

— Tu veux dire que...

— Je veux dire que si une fille de douze ans est internée en psy, c'est qu'il s'est passé quelque chose qui le motive. Et dans le cas de Lisbeth, ça devrait être un truc énorme, une putain de crise je veux dire, et on aurait dû trouver ça dans sa bio. Sauf qu'il n'y a aucune explication.

Mikael fronça les sourcils.

— Malou, je sais d'une source sûre qu'il existe un rapport de police sur Lisbeth daté de février 1991, quand elle avait douze ans. Il ne se trouve pas dans le rôle. J'avais l'intention de te demander d'essayer de le trouver.

— S'il existe un rapport, il est forcément enregistré dans le rôle. Sinon ce serait hors la loi. Tu as vraiment vérifié ?

— Non, mais ma source dit que le rapport ne se trouve pas dans le rôle.

Malou resta sans rien dire une seconde.

— Et c'est une bonne source que tu as ?

— Une très bonne source.

Malou garda le silence encore un moment. Elle et Mikael arrivèrent en même temps à la même conclusion.

— La Säpo, dit Malou.

— Björck, dit Mikael.

24

MARDI 5 AVRIL

PER-ÅKE SANDSTRÖM, journaliste free-lance, quarante-sept ans, rentra chez lui à Solna peu après minuit. Il était un peu éméché et sentait une boule de panique poindre dans son ventre. Il avait passé la journée à ne rien faire, désespérément. Per-Åke Sandström avait tout simplement peur.

Cela allait bientôt faire quinze jours que Dag Svensson avait été tué à Enskede. Sandström avait regardé les informations à la télé le lendemain, stupéfait. Il avait ressenti une vague de soulagement et d'espoir – Svensson était mort et avec lui peut-être aussi le livre sur le trafic de femmes dans lequel ce type avait l'intention de le dénoncer comme délinquant sexuel. *Merde, une seule foutue pute de trop et il se trouvait dans la merde jusqu'au cou.*

Il haïssait Dag Svensson. Il l'avait supplié, il avait rampé devant ce salopard.

Le premier jour après les meurtres, il avait été trop euphorique pour pouvoir penser lucidement. Le lendemain seulement, il se mit à réfléchir. Si Dag Svensson travaillait sur un livre où il allait être nommé comme violeur avec des tendances pédophiles, alors ce n'était pas invraisemblable que la police commence à fouiner dans ses petits écarts. Bon Dieu… il pourrait être suspecté pour les meurtres.

La panique s'était un peu calmée lorsque le visage de Lisbeth Salander était apparu dans tous les journaux du pays. *C'est qui, celle-là, Lisbeth Salander ?* Il n'en avait jamais entendu parler. Mais les flics la considéraient manifestement comme suspecte et, à en croire le procureur qu'on entendait, les meurtres étaient en passe d'être résolus.

L'intérêt pour sa personne n'allait peut-être pas se matérialiser. Mais il savait par expérience personnelle que les journalistes conservent toujours leurs documents et leurs notes. *Millénium. Un journal de merde avec une réputation totalement surfaite. Ils étaient comme tous les autres. Ils fouinaient et déblatéraient et portaient atteinte aux autres.*

Il ignorait où en était le travail avec le livre. Il ne savait pas ce qu'ils savaient. Il n'avait personne à qui demander. Il avait l'impression de se trouver dans un vide.

Au cours de la semaine, son comportement avait oscillé entre panique et ivresse. Les flics n'étaient pas venus frapper à sa porte. Peut-être – s'il avait une chance invraisemblable – se tirerait-il d'affaire. S'il n'avait pas de chance, sa vie serait foutue.

Il glissa la clé dans la serrure et la tourna. Au moment où il ouvrait la porte, il entendit un froissement derrière lui et sentit une douleur paralysante dans le bas du dos.

GUNNAR BJÖRCK N'AVAIT PAS ENCORE EU le temps de s'endormir quand le téléphone sonna. Il était assis, en pyjama et robe de chambre, dans l'obscurité de la cuisine à ruminer son dilemme. Au cours de sa très longue carrière, jamais il ne s'était trouvé ne fût-ce qu'à proximité d'une situation aussi inextricable.

Tout d'abord, il pensa ne pas répondre au téléphone. Il regarda sa montre et constata qu'il était minuit passé. Mais le téléphone continua à sonner et, après la dixième sonnerie, il ne résista plus. Ça pouvait être important.

— C'est Mikael Blomkvist, entendit-il à l'autre bout du fil.

Merde alors.

— Il est minuit passé. Je dormais.

— Je suis désolé. Mais je m'étais dit que tu serais intéressé par ce que j'ai à dire.

— Qu'est-ce que tu veux ?

— Demain à 10 heures, je vais faire une conférence de presse concernant les meurtres de Dag Svensson et de Mia Bergman.

Gunnar Björck déglutit.

— J'ai l'intention de rendre compte de détails du livre sur le commerce du sexe que Dag Svensson était en train de terminer. Le seul micheton que je vais nommer, c'est toi.

— Tu m'avais promis du temps...

Il entendit la panique dans sa voix et s'arrêta.

— Plusieurs jours se sont écoulés. Tu avais promis de m'appeler après le week-end de Pâques. Demain on est mardi. Soit tu parles, soit je tiens ma conférence de presse demain.

— Si tu tiens cette conférence de presse, tu ne sauras jamais rien sur Zala.

— Possible. Mais alors ça ne sera plus mon problème. Alors il faudra que tu parles avec les investigateurs officiels de l'enquête. Et avec la totalité des médias du pays, évidemment.

Il n'y avait aucune place pour des négociations.

Il accepta de rencontrer Mikael Blomkvist mais réussit à repousser le rendez-vous au mercredi. Un petit répit. Mais il était prêt.

Il jouerait le tout pour le tout, que ça passe ou ça casse.

SANDSTRÖM N'AURAIT SU DIRE combien de temps il était resté sans connaissance, mais quand il reprit ses esprits, il était allongé par terre dans le séjour. Tout son corps était douloureux et il ne pouvait pas bouger. Il lui fallut un moment pour comprendre que ses mains étaient attachées dans le dos avec ce qui devait être du ruban adhésif, et que ses pieds étaient ligotés. Il avait un bout de ruban collé sur la bouche. Les lampes étaient allumées dans la pièce et les stores baissés. Il était incapable de comprendre ce qui s'était passé.

Il perçut des bruits qui semblaient venir de sa pièce de travail. Il resta immobile et écouta, et entendit un tiroir s'ouvrir et se fermer. *Un cambriolage ?* Il entendit un bruit de papier, quelqu'un fouillait dans ses tiroirs.

Une éternité plus tard, il entendit des pas derrière lui. Il essaya de tourner la tête, mais ne vit personne. Il s'efforça de garder son calme.

Tout à coup, quelqu'un passa une solide corde en coton par-dessus sa tête. Un nœud coulant serra son cou. La panique lui fit presque relâcher ses sphincters. Il leva les yeux et vit la corde courir jusqu'à un palan qui avait été suspendu au crochet auquel normalement pendait le lustre du séjour. Puis son ennemi apparut dans son champ de vision. La première chose qu'il vit fut une paire de petites boots noires.

Il ne savait pas ce à quoi il s'était attendu mais le choc n'aurait pas pu être plus grand quand il leva le regard. Tout d'abord, il ne reconnut pas la psychopathe démente dont la photo d'identité avait orné les devantures des kiosques depuis le week-end de Pâques. Elle avait des cheveux noirs coupés court et ne ressemblait pas à la photo des journaux. Elle était entièrement vêtue de noir – jean, courte veste ouverte en coton, tee-shirt et gants noirs.

Mais ce qui lui fit le plus peur fut son visage. Elle s'était maquillée. Elle avait du rouge à lèvres noir, de l'eye-liner et une ombre à paupières vert sombre vulgaire et ostentatoire. Le reste du visage était tout blanc. Barrant le visage de biais, du côté gauche du front au côté droit du menton en passant sur le nez, courait un large trait rouge.

C'était un masque grotesque. Elle avait l'air complètement folle.

Le cerveau de Sandström résista. Il nageait en pleine irréalité.

Lisbeth Salander saisit le cordon et tira. Il sentit la corde s'enfoncer dans son cou et, l'espace de quelques secondes, il n'arriva pas à respirer. Puis il lutta pour prendre appui sur ses pieds. Avec ce palan elle n'avait aucun effort à fournir pour l'obliger à se mettre debout. Quand il fut bien droit sur ses pieds, elle cessa de hisser et attacha la corde en faisant quelques tours autour du tuyau d'un radiateur, qu'elle bloqua avec un nœud.

Puis elle le laissa et disparut de son champ de vision. Elle resta absente plus d'un quart d'heure. Quand elle revint, elle tira une chaise et s'assit bien en face de lui. Il essaya d'éviter de regarder son visage au maquillage grotesque mais ne put s'en empêcher. Elle posa un pistolet sur la table. *Le sien. Elle l'avait trouvé dans la boîte à chaussures de la penderie.* Un Colt 1911 Government. Une petite arme illégale qu'il avait depuis plusieurs années et qu'il s'était procurée sur un coup de tête quand un ami la revendait, mais qu'il n'avait jamais utilisée, même à l'essai.

Devant ses yeux, elle sortit le chargeur et y glissa une balle. Per-Åke Sandström faillit s'évanouir. Il se força à rencontrer son regard.

— Je ne comprendrai jamais pourquoi les hommes ont toujours besoin de garder des souvenirs de leurs perversions, dit-elle.

Elle avait une voix douce mais glaciale. Elle parlait à voix basse mais distincte. Elle leva une photo qu'elle avait imprimée à partir de son disque dur.

— Je suppose qu'il s'agit de l'Estonienne Ines Hammujärvi, dix-sept ans, originaire du village de Riepalu près de Narva. Tu t'es bien amusé avec elle ?

La question était rhétorique. Per-Åke Sandström ne pouvait pas répondre. Sa bouche était toujours scotchée et son cerveau incapable de formuler une réponse. La photo montrait… *bon sang, pourquoi est-ce que j'ai gardé ces photos ?*

— Tu sais qui je suis ? Hoche la tête.

Per-Åke Sandström hocha la tête.

— Tu es un porc sadique, un salaud et un violeur.

Il ne bougea pas.

— Hoche la tête.

Il hocha la tête. Il eut soudain des larmes aux yeux.

— Mettons au point les règles, dit Lisbeth Salander. A mon avis, on devrait t'exécuter illico. Que tu survives à cette nuit ou pas m'est complètement égal. Tu comprends ?

Il hocha la tête.

— A ce stade, tu sais forcément que je suis une folle qui adore tuer des gens. Surtout des hommes.

Elle montra les journaux du soir des derniers jours, qu'il avait conservés en pile sur la table.

— Je vais enlever le scotch de ta bouche. Si tu cries ou si tu lèves la voix, je te zapperai avec ça.

Elle brandit une matraque électrique.

— Cette vilaine chose envoie 75 000 volts. A peu près 60 000 volts la fois d'après, quand je m'en suis servie une fois et que je ne l'ai pas rechargée. Tu comprends ?

Il eut l'air d'hésiter.

— Cela signifie que tes muscles ne fonctionnent plus. C'est ce que tu as vécu devant la porte tout à l'heure en rentrant.

Elle lui sourit.

— Cela signifie que tes jambes ne vont plus te porter et que tu te pendras toi-même. Et une fois que je t'aurai démoli, je me lèverai et je quitterai l'appartement, tout simplement.

Il hocha la tête. *Oh, mon Dieu, c'est une folle, une vraie tueuse.* Malgré lui, les larmes se mirent soudain à couler de façon incontrôlée sur ses joues. Il renifla.

Elle se leva et arracha le ruban adhésif. Son visage grotesque se trouva à quelques centimètres seulement du sien.

— Tais-toi, dit-elle. Ne dis pas un mot. Si tu parles sans y être invité, je te démolis.

Elle attendit qu'il ait fini de renifler et qu'il croise son regard.

— Tu as une seule possibilité de survivre à cette nuit, dit-elle. Une chance – pas deux. Je vais te poser un certain nombre de questions. Si tu y réponds, je te laisserai vivre. Hoche la tête si tu as compris.

Il hocha la tête.

— Si tu refuses de répondre à une question, je te bousille. Tu comprends ?

Il hocha la tête.

— Si tu mens ou si tu réponds évasivement, je te bousille.

Il hocha la tête.

— Je ne négocierai pas avec toi. Je ne t'accorderai pas de deuxième chance. Soit tu réponds immédiatement à mes questions, soit tu meurs. Si tu réponds de façon satisfaisante, tu survivras. C'est aussi simple que ça.

Il hocha la tête. Il la croyait. Il n'avait pas le choix.

— Je t'en prie, dit-il. Je ne veux pas mourir…

Elle le regarda avec gravité.

— C'est toi-même qui décides si tu vas vivre ou mourir. Mais tu viens juste de transgresser ma première règle qui est que tu n'as pas le droit de parler sans mon autorisation.

Il serra les lèvres. *Bon sang, elle est complètement malade.*

MIKAEL BLOMKVIST SE SENTAIT à tel point frustré et fébrile qu'il ne savait pas quoi faire. Pour finir, il mit sa veste et un foulard, marcha au hasard jusqu'à Södra Station, passa devant l'immeuble de Bofill avant de finalement atterrir à la rédaction dans Götgatan. Tout y était éteint et calme. Il n'alluma aucune lampe, mais mit en route la cafetière, se planta devant la fenêtre et regarda la rue en bas en attendant que l'eau coule à travers le filtre. Il essayait de mettre de l'ordre dans ses pensées. Comme il voyait les choses, toute l'enquête autour des meurtres de Dag Svensson et Mia Bergman était une mosaïque brisée dont certains morceaux étaient discernables tandis que d'autres manquaient totalement. Quelque part dans la mosaïque, il y avait un dessin. Il pouvait le deviner mais pas le voir. Trop de morceaux étaient absents dans la mosaïque.

Le doute l'assaillit. *Elle n'est pas une meurtrière folle*, se dit-il, comme un rappel. Elle avait écrit qu'elle n'avait pas tué Dag et Mia. Il la croyait. Mais d'une façon incompréhensible, elle était quand même intimement liée à l'énigme de ces meurtres.

Il se mit lentement à réviser la théorie qu'il défendait depuis le jour où il était entré dans l'appartement d'Enskede. De façon évidente, il avait supposé que le reportage de Dag Svensson sur le trafic de femmes était le seul mobile plausible des meurtres de Dag et Mia. Maintenant il commençait, tardivement, à accepter l'affirmation de Bublanski que cela n'expliquait pas le meurtre de Bjurman.

Salander avait écrit qu'il pouvait laisser tomber les michetons et qu'il devait se focaliser sur Zala. *Comment ?* Que voulait-elle dire ? Foutue nana compliquée. Pourquoi ne pouvait-elle pas dire les choses de façon compréhensible ?

Mikael retourna dans la kitchenette et se versa du café dans un mug orné du logo de la Jeune Gauche. Il s'assit dans le canapé au milieu de la rédaction, posa les pieds sur la table basse et alluma une cigarette clandestine.

Björck, c'était la liste des michetons. Bjurman, c'était Salander. Ça ne pouvait pas être un hasard qu'aussi bien Bjurman que Björck aient travaillé à la Säpo. Et un rapport de police concernant Salander avait disparu.

Pouvait-il y avoir plus d'un mobile ?

Il resta immobile un moment et se figea sur la pensée. Renversa la perspective.

Est-ce que Lisbeth Salander pouvait être le mobile ?

Mikael resta avec une idée qu'il n'arrivait pas à formuler en mots. Il y avait là quelque chose d'inexploré mais il n'arrivait pas vraiment à s'expliquer ce qu'il entendait par l'idée que Lisbeth Salander puisse personnellement constituer un motif de tuer. Il ressentit la fugace impression d'une révélation sur le point de percer.

Puis il réalisa qu'il était trop fatigué, renversa le café dans l'évier et rentra se coucher. Dans l'obscurité de sa chambre, il reprit le fil et resta éveillé pendant deux heures à essayer de comprendre ce qu'il voulait dire.

LISBETH SALANDER ALLUMA UNE CIGARETTE et s'installa confortablement sur la chaise devant lui. Elle croisa les jambes, la droite sur la gauche, et le fixa. Jamais auparavant Per-Åke Sandström n'avait vu de regard aussi intense. Quand elle parla, sa voix était toujours aussi basse.

— Tu as rendu visite à Ines Hammujärvi dans son appartement à Norsborg la première fois en janvier 2003. Elle venait alors d'avoir seize ans. Pourquoi es-tu allé la voir ?

Per-Åke Sandström ne savait pas quoi répondre. Il ne savait même pas expliquer comment ça avait commencé et pourquoi il… Elle leva la matraque électrique.

— Je… je ne sais pas. Je la voulais. Elle était si belle.

— Belle ?

— Oui. Elle était belle.

— Et tu estimais avoir le droit de l'attacher dans le lit et de la baiser.

— Elle était d'accord. Je le jure. Elle était d'accord.

— Tu l'as payée ?

Per-Åke Sandström se mordit la langue.

— Non.

— Pourquoi pas ? C'était une pute. En général, on les paie, les putes.

— Elle était un… elle était un cadeau.

— Un cadeau ? répéta Lisbeth Salander.

Sa voix eut soudain un ton dangereux.

— On me l'a proposée comme un renvoi d'ascenseur pour un service que j'avais rendu à quelqu'un.

— Per-Åke, dit Lisbeth Salander sur un ton suave. Tu n'es tout de même pas en train d'éviter de répondre à ma question ?

— Je le jure. Je vais répondre à tout ce que tu veux savoir. Je ne mentirai pas.

— Bien. Quel service et à qui ?

— J'avais introduit des stéroïdes anabolisants en Suède. C'était pendant un voyage de reportages en Estonie, j'étais avec quelques amis et j'ai embarqué les comprimés dans ma voiture. Je voyageais avec un homme qui s'appelait Harry Ranta. Mais il n'était pas dans ma voiture.

— Comment as-tu rencontré Harry Ranta ?

— Ça fait des années que je le connais. Depuis les années 1980. C'est un copain, rien de plus. On allait boire un verre ensemble.

— Et c'est Harry Ranta qui t'a proposé Ines Hammujärvi comme... cadeau ?

— Oui... non, pardon, c'était plus tard, ici à Stockholm. C'était son frère, Atho Ranta.

— Tu veux dire qu'Atho Ranta est venu frapper à ta porte et t'a demandé si tu avais envie d'aller à Norsborg baiser Ines ?

— Non... j'étais à une... on faisait une fête à... merde, je ne me rappelle pas où on était...

Il se mit tout à coup à trembler de façon incontrôlée, il sentit que ses genoux commençaient à céder et il dut se raidir pour rester debout.

— Réponds calmement sans t'affoler, dit Lisbeth Salander. Je ne vais pas te pendre uniquement parce qu'il te faut du temps pour rassembler tes idées. Mais si je sens que tu te dérobes, alors... poff !

Elle haussa les sourcils et prit un air d'ange. Dans la mesure où on pouvait discerner un ange derrière un masque aussi grotesque.

Per-Åke Sandström hocha la tête. Il déglutit. Il avait soif, sa bouche était archisèche et il sentait la corde lui serrer le cou.

— Donc... on s'en fout de l'endroit où tu te pintais la gueule. Comment ça se fait qu'Atho Ranta t'ait proposé Ines ?

— On parlait de... on... je lui disais que je voulais...

Soudain il se mit à pleurer sans retenue.

— Tu lui as dit que tu voulais une de ses putes.

Il hocha la tête.

— J'étais soûl. Il a dit qu'elle avait besoin… besoin…

— De quoi avait-elle besoin ?

— Atho a dit qu'elle avait besoin d'une correction. Elle lui posait un problème. Elle ne faisait pas ce qu'il voulait.

— Et que voulait-il qu'elle fasse ?

— Qu'elle fasse le trottoir pour lui. Il m'a proposé de… J'étais soûl et je ne savais pas ce que je faisais. Je ne voulais pas… Pardon.

Il renifla.

— Ce n'est pas à moi que tu dois demander pardon. Alors tu as offert à Atho de l'aider à corriger Ines et vous êtes allés chez elle.

— Ça ne s'est pas passé comme ça.

— Raconte comment ça s'est passé alors. Pourquoi as-tu suivi Atho chez Ines ?

Elle joua avec la matraque électrique en équilibre sur ses genoux. Il se remit à trembler.

— Je suis allé chez Ines parce que je la voulais. Elle était là et elle était à vendre. Ines habitait chez une amie de Harry Ranta. Je ne me souviens pas de son nom. Atho a attaché Ines dans le lit et je… j'ai fait l'amour avec elle. Atho regardait.

— Non… tu n'as pas fait l'amour avec elle. Tu l'as violée.

Il ne répondit pas.

— N'est-ce pas ?

Il hocha la tête.

— Qu'est-ce qu'elle a dit, Ines ?

— Elle n'a rien dit.

— Est-ce qu'elle a protesté ?

Il secoua la tête.

— Elle a donc trouvé que c'était sympa qu'un gros dégueulasse de cinquante ans l'attache et la baise.

— Elle était soûle. Elle s'en fichait.

Lisbeth Salander poussa un soupir résigné.

— OK. Ensuite tu as continué à rendre visite à Ines.

— Elle était tellement… elle avait envie de moi.

— Tu parles !

Il jeta un regard désespéré sur Lisbeth Salander. Puis il hocha la tête.

— Je… je la violais. Harry et Atho m'avaient donné la permission. Ils voulaient qu'elle soit… qu'elle soit dressée.

— Tu les as payés ?

Il hocha la tête.

— Combien ?

— C'était un prix d'ami. Je les avais aidés pour la contrebande.

— Combien ?

— Quelques billets de mille en tout.

— Sur une de ces photos, Ines se trouve ici dans ton appartement.

— Harry l'a fait venir.

Il renifla de nouveau.

— Donc, pour quelques billets de mille tu as eu une nana avec qui tu pouvais faire ce que tu voulais. Combien de fois est-ce que tu l'as violée ?

— Je ne sais pas… quelques fois.

— D'accord. Qui est le chef de cette bande ?

— Ils vont me tuer si je le dis.

— Je m'en fous. Là, pour le moment, je suis un plus gros problème pour toi que les frères Ranta.

Elle leva la matraque électrique.

— Atho est le chef. C'est l'aîné. Harry, c'est l'homme de terrain.

— Qui d'autre fait partie de la bande ?

— Je ne connais que Harry et Atho. La nana d'Atho participe aussi. Et un mec qu'ils appellent… je ne sais plus. Olle quelque chose. Il est suédois. Je ne sais pas qui il est. C'est un toxico et il rend des services.

— La nana d'Atho ?

— Silvia. C'est une pute.

Lisbeth garda le silence un moment pendant qu'elle réfléchissait. Puis elle leva les yeux.

— Qui est Zala ?

Per-Åke Sandström pâlit visiblement. *La même question qu'avait rabâchée Dag Svensson*. Il ne dit rien pendant si longtemps qu'il se rendit compte que la folle commençait à avoir l'air irrité.

— Je ne sais pas, dit-il. Je ne sais pas qui il est.

Lisbeth Salander s'assombrit.

— Jusque-là, tu t'es bien comporté. Ne gaspille pas ta chance, dit-elle.

— Je le jure, sur tout ce que j'ai de précieux. Je ne sais pas qui il est. Ce journaliste que tu as tué…

Il se tut, se rendant compte tout à coup que ce n'était peut-être pas une bonne idée d'évoquer son orgie meurtrière à Enskede.

— Oui ?

— Il m'a demandé la même chose. Je ne sais pas. Si je le savais, je le dirais. Je le jure. C'est quelqu'un qu'Atho connaît.

— Tu as parlé avec lui ?

— Une minute au téléphone. J'ai parlé avec quelqu'un qui disait qu'il s'appelait Zala. Ou plus exactement il a parlé avec moi.

— Pourquoi ?

Per-Åke Sandström cilla. Des perles de sueur roulèrent dans ses yeux et il sentit de la morve couler sur son menton.

— Je... ils voulaient que je leur rende encore un service.

— Elle commence à patiner maintenant, ton histoire, avertit Lisbeth Salander.

— Ils voulaient que je fasse un autre voyage à Tallinn pour ramener une voiture toute prête. Des amphétamines. Je n'ai pas voulu.

— Pourquoi tu n'as pas voulu ?

— C'était trop. Ils étaient de vrais gangsters. Je voulais me retirer. J'avais mon travail.

— Tu veux dire que toi tu n'étais qu'un gangster occasionnel.

— Je ne suis pas comme ça pour de vrai, dit-il misérablement.

— Ah bon.

Sa voix était chargée d'un tel mépris que Per-Åke Sandström ferma les yeux.

— Continue. Comment Zala est-il arrivé dans l'histoire ?

— Un véritable cauchemar.

Il se tut et soudain les larmes se remirent à couler. Il se mordit la lèvre tellement fort qu'elle éclata et se mit à saigner.

— Ça patine, dit Lisbeth Salander d'une voix fraîche.

— Atho m'a relancé plusieurs fois. Harry m'a averti, il a dit qu'Atho commençait à se fâcher et qu'il ne savait pas ce qui pourrait arriver. Finalement, j'ai accepté de rencontrer

Atho. C'était en août l'année dernière. Je suis allé avec Harry à Norsborg…

Sa bouche remuait mais les mots s'évanouirent. Les yeux de Lisbeth Salander devinrent des fentes. Il retrouva sa voix.

— Atho était comme fou. Il est très brutal. Tu n'as aucune idée de sa brutalité. Il a dit que c'était trop tard pour que je me retire et que si je ne faisais pas ce qu'il disait, je ne survivrais pas. Il allait me faire une démonstration.

— Oui ?

— Ils m'ont forcé à venir avec eux. On est parti vers Södertälje. Atho m'a dit de mettre une capuche. C'était un sac qu'il a noué sur mes yeux. J'étais mort de trouille.

— Donc tu as voyagé avec un sac sur la tête. Qu'est-ce qu'il s'est passé ensuite ?

— La voiture s'est arrêtée. Je ne sais pas où je me trouvais.

— A quel endroit est-ce qu'ils t'ont mis le sac ?

— Juste avant Södertälje.

— Et combien de temps a-t-il fallu ensuite pour arriver ?

— Peut-être… peut-être un peu plus d'une demi-heure. Ils m'ont fait sortir de la voiture. C'était une sorte d'entrepôt.

— Continue.

— Harry et Atho m'ont fait entrer. Il y avait de la lumière à l'intérieur. La première chose que j'ai vue, c'était un pauvre malheureux sur le sol en ciment. Il était ligoté. Ils l'avaient horriblement tabassé.

— C'était qui ?

— Il s'appelait Kenneth Gustafsson. Mais je ne l'ai su que plus tard. Eux n'ont jamais prononcé son nom.

— Qu'est-ce qu'il s'est passé ?

— Il y avait un homme. C'était l'homme le plus grand que j'aie jamais vu. Il était énorme. Rien que des muscles.

— Décris-moi ce type.

— Blond. On aurait vraiment dit le diable en personne.

— Son nom ?

— Il n'a pas dit son nom.

— OK. Un géant blond. Qui d'autre était là ?

— Il y avait un autre homme. Il avait l'air ravagé. Blond aussi. Les cheveux en queue de cheval.

Magge Lundin.

— Qui d'autre ?

— Seulement moi et Harry et Atho.

— Continue.

— Le blond… le géant je veux dire, m'a avancé une chaise. Il ne m'a pas dit un seul mot. C'était Atho qui parlait. Il a dit que le mec par terre était une balance. Il voulait que je voie ce qui arrive à ceux qui font des histoires.

Per-Åke Sandström pleurait sans retenue.

— Ça patine encore, fit Lisbeth Salander.

— Le blond a soulevé le mec par terre et l'a posé sur une chaise en face de moi. On était assis à un mètre l'un de l'autre. Je pouvais le regarder droit dans les yeux. Le géant s'est mis derrière lui et a mis ses mains autour du cou du mec. Et il… il…

— L'a étranglé, inséra Lisbeth pour l'aider.

— Oui… non… il l'a serré à mort. Je crois qu'il lui a cassé la nuque avec ses seules mains. J'ai entendu sa nuque se rompre et il est mort, là, devant moi.

Per-Åke Sandström tanguait dans la corde. Ses larmes coulaient à flots. Il n'avait jamais raconté ça avant. Lisbeth lui accorda une minute pour reprendre ses esprits.

— Et ensuite ?

— L'autre homme – celui avec la queue de cheval – a démarré une tronçonneuse et a tranché la tête et les mains. Quand il a eu fini, le géant s'est approché de moi. Il a mis ses mains autour de mon cou. J'ai essayé de dégager ses mains. J'y suis allé de toutes mes forces, mais je ne l'ai pas fait bouger d'un millimètre. Mais il ne m'a pas étranglé… il a seulement gardé ses mains comme ça un long moment. Et entre-temps, Atho a pris son portable et appelé quelqu'un. Il parlait russe. Puis il a dit que Zala voulait me parler et il a tenu le téléphone contre mon oreille.

— Qu'est-ce qu'il t'a dit, Zala ?

— Il a seulement dit qu'il tenait à ce que je rende à Atho le service qu'il m'avait demandé. Il m'a demandé si j'avais toujours envie de me retirer. J'ai promis d'aller à Tallinn chercher la voiture avec les amphétamines. Je n'avais pas le choix.

Lisbeth garda le silence un long moment. Elle contemplait pensivement le journaliste reniflant suspendu par la corde et semblait réfléchir à quelque chose.

— Décris sa voix.
— Elle… je ne sais pas. Elle semblait tout à fait normale.
— Voix basse, voix claire ?
— Basse. Ordinaire. Rêche.
— Vous avez parlé en quelle langue ?
— En suédois.
— Un accent ?
— Oui… peut-être un peu. Mais il parlait un bon suédois. Atho et lui parlaient russe.
— Tu comprends le russe ?
— Un peu. Pas tout. Seulement un peu.
— Qu'est-ce qu'Atho lui a dit ?
— Il a seulement dit que la démonstration était finie. Rien d'autre.
— Est-ce que tu as déjà raconté tout ça à quelqu'un ?
— Non.
— A Dag Svensson ?
— Non… non.
— Dag Svensson est venu te voir.
Sandström fit oui de la tête.
— Je n'ai pas entendu.
— Oui.
— Pourquoi ?
— Il savait que j'avais… les putes.
— Qu'est-ce qu'il t'a demandé ?
— Il voulait savoir…
— Oui ?
— Zala. Il posait des questions sur Zala. C'était la deuxième visite.
— La deuxième visite ?
— Il m'avait déjà contacté deux semaines avant sa mort. C'était la première visite. Ensuite il est revenu deux jours avant que tu… qu'il…
— Avant que je le flingue ?
— C'est ça.
— Et alors il a posé des questions sur Zala ?
— Oui.
— Qu'est-ce que tu as raconté alors ?
— Rien. Je ne pouvais rien raconter. J'ai reconnu que je lui avais parlé au téléphone. C'était tout. Je n'ai rien dit sur le monstre blond ni sur ce qu'ils ont fait à Gustafsson.

— OK. Dag Svensson, qu'est-ce qu'il a demandé exactement ?

— Je… il voulait savoir pour Zala. C'était tout.

— Et tu n'as rien raconté ?

— Rien qui soit digne d'intérêt. Je ne sais rien, en fait.

Lisbeth Salander resta silencieuse un court moment. *Il y avait quelque chose qu'il évitait de dire.* Elle se mordit pensivement la lèvre inférieure. Mais oui, évidemment.

— A qui as-tu parlé des visites de Dag Svensson ?

Sandström blêmit.

Lisbeth agita la matraque électrique.

— J'ai appelé Harry Ranta.

— Quand ?

Il avala.

— Le soir où Dag Svensson est venu pour la première fois.

Elle continua à le questionner pendant encore une demi-heure mais constata bientôt qu'il n'avait plus que des répétitions et quelques détails épars à donner. Finalement elle se leva et posa la main sur la corde.

— Tu es probablement un des salopards les plus minables que j'aie jamais rencontrés, dit Lisbeth Salander. Ce que tu as fait à Ines mérite la peine de mort. Mais j'ai promis que tu vivrais si tu répondais à mes questions. Je tiens toujours mes promesses.

Elle se pencha et défit le nœud. Per-Åke Sandström s'effondra en un tas pitoyable par terre. Son soulagement était presque euphorique. Du plancher, il la vit poser un tabouret sur la table basse, grimper dessus et décrocher le palan. Elle ramassa la corde et la mit dans un sac à dos. Elle disparut dans la salle de bains où elle resta pendant dix minutes. Il entendit de l'eau couler. Quand elle revint, elle était démaquillée.

Son visage avait l'air nu et récuré.

— Tu n'as qu'à te détacher toi-même.

Elle lâcha un couteau de cuisine par terre.

Il l'entendit faire de petits bruits dans l'entrée pendant un long moment. On aurait dit qu'elle se changeait. Puis il entendit la porte s'ouvrir et se refermer. Une demi-heure plus tard seulement, il réussit à couper le ruban adhésif. En s'asseyant dans le canapé du séjour, il découvrit qu'elle avait emporté son Colt 1911 Government.

LISBETH SALANDER ARRIVA CHEZ ELLE à 5 heures du matin seulement. Elle enleva la perruque d'Irene Nesser et alla immédiatement se coucher sans démarrer son ordinateur et contrôler si Mikael Blomkvist avait résolu l'énigme du rapport de police disparu.

Elle se réveilla dès 9 heures et passa toute la journée du mardi à sortir des données sur les frères Atho et Harry Ranta.

Atho Ranta était pourvu d'un bien triste casier judiciaire. Citoyen finlandais mais originaire d'une famille estonienne, il était arrivé en Suède en 1971. De 1972 à 1978 il avait travaillé comme menuisier du bâtiment. Viré après avoir été pris en flagrant délit de vol sur un chantier, il avait été condamné à sept mois de prison. Entre 1980 et 1982, il avait travaillé pour une entreprise beaucoup plus petite. Il s'était fait virer après être arrivé ivre plusieurs fois sur son lieu de travail. Durant le reste des années 1980, il avait gagné sa vie comme videur, technicien dans une entreprise de maintenance de chaudières, plongeur et gardien dans une école. Il s'était fait virer de tous ces emplois après être arrivé passablement ivre ou avoir été impliqué dans toutes sortes de bagarres. Son boulot de gardien avait été interrompu peu de mois après son embauche, quand une institutrice avait porté plainte contre lui pour harcèlement sexuel et comportement menaçant.

En 1987, il était condamné à une amende et à un mois de prison pour vol de voiture, conduite en état d'ivresse et recel. L'année suivante, condamné à une amende pour détention d'armes illégale. En 1990, condamné pour un délit de mœurs dont la nature n'était pas précisée dans le registre criminel. En 1991, traduit en justice pour menaces, mais acquitté. La même année, condamné à une amende et une peine de prison conditionnelle pour contrebande d'alcool. En 1992, il purgeait trois mois pour coups et blessures sur une amie, ainsi que pour menaces contre la sœur de celle-ci. Ensuite il se tenait à carreau jusqu'en 1997, où il était condamné pour recel et coups et blessures aggravés. Cette fois-ci il était bon pour dix mois de prison.

Son frère cadet Harry l'avait suivi en Suède en 1982, pour travailler pendant les années 1980 comme magasinier. Son casier judiciaire montrait qu'il avait été condamné à trois reprises. En 1990 pour escroquerie aux assurances, suivie en 1992 d'une condamnation à deux ans pour coups et blessures aggravés, recel, vol, vol aggravé et viol. Expulsé vers la Finlande, il était de retour en Suède dès 1996, quand il fut de nouveau condamné à dix mois de prison pour coups et blessures aggravés et viol. Il fit appel, et la cour d'appel suivit la ligne de défense de Harry Ranta et l'acquitta pour l'accusation de viol. Par contre, la condamnation pour coups et blessures fut maintenue, et il purgea six mois. En 2000, Harry Ranta était de nouveau mis en examen pour menaces et viol ; la plaignante se rétracta cependant et l'affaire fut classée.

Elle obtint leurs dernières adresses : Atho Ranta habitait à Norsborg et Harry à Alby.

PAOLO ROBERTO SE SENTIT FRUSTRÉ quand, pour la cinquantième fois, il composa le numéro de Miriam Wu et n'obtint que le message enregistré. Il s'était rendu à l'adresse dans Lundagatan plusieurs fois par jour depuis qu'il avait accepté la mission de la retrouver. La porte de son appartement restait fermée.

Il jeta un coup d'œil à sa montre. 20 heures et quelques, mardi. Il fallait bien qu'elle finisse par rentrer. Il comprenait le désir de Miriam Wu de se tenir à l'écart, mais maintenant les médias s'étaient un peu calmés. Il se dit que, plutôt que de faire tous ces allers et retours, il pouvait tout aussi bien s'installer à demeure devant la porte de son immeuble au cas où elle apparaîtrait, ne fût-ce que pour passer prendre des vêtements de rechange ou Dieu sait quoi. Il remplit un thermos de café et se prépara quelques tartines. Avant de quitter son appartement, il fit le signe de croix devant le crucifix.

Il se gara à une trentaine de mètres de la porte de l'immeuble de Lundagatan et recula le siège pour avoir plus de place pour ses jambes. Il mit l'autoradio à faible volume et scotcha sur le tableau de bord une photo de Miriam Wu découpée dans un journal du soir. Il la trouvait vraiment canon, cette fille. Il regarda patiemment les rares passants. Miriam Wu n'en faisait jamais partie.

Toutes les dix minutes, il essayait d'appeler. Il abandonna ses tentatives vers 21 heures, quand son portable l'avertit que la batterie n'allait pas tarder à être vide.

PER-ÅKE SANDSTRÖM PASSA LE MARDI dans un état proche de l'apathie. Il avait dormi sur le canapé du séjour, incapable de rejoindre son lit et incapable d'arrêter de soudains accès de pleurs qui le secouaient régulièrement. Le mardi matin, il était descendu au Monopole des Spiritueux dans le centre de Solna acheter un quart d'aquavit, puis il était retourné à son canapé et il avait bu à peu près la moitié du contenu.

Le soir seulement il commença à prendre conscience de son état et se mit à réfléchir à ce qu'il pourrait faire. Il aurait voulu ne jamais avoir entendu parler des frères Atho et Harry Ranta et de leurs putes. Il n'arrivait pas à comprendre comment il avait pu être aussi con et se laisser entraîner dans cet appartement à Norsborg, où Atho avait attaché, jambes écartées, Ines Hammujärvi, seize ans et fortement droguée, puis l'avait défié pour savoir qui des deux bandait le plus. Ils s'y étaient mis à tour de rôle, et il avait gagné le concours en exécutant au cours de la soirée un grand nombre de prestations sexuelles de différents types.

A un moment, Ines Hammujärvi avait repris connaissance et avait commencé à protester. Atho avait alors passé une demi-heure à la cogner puis à la faire boire en alternance, après quoi, quand elle s'était calmée, Atho avait invité Per-Åke à poursuivre ses exercices.

Sale pute.

Quel con il avait été.

Il n'avait aucune pitié à attendre de *Millénium*. Ils vivaient de ce genre de scandales.

Il avait une trouille bleue de cette folle de Salander.

Sans parler du monstre blond.

Il ne pouvait pas s'adresser à la police.

Il ne pouvait pas se débrouiller seul. C'était une illusion que de croire que les problèmes allaient disparaître d'eux-mêmes.

Ne restait qu'une maigre alternative où il pouvait espérer trouver un tout petit peu de sympathie et peut-être une sorte de solution. Il comprit que c'était une mince planche de salut.

Mais c'était sa seule possibilité.

L'après-midi, il rassembla son courage et fit le numéro du portable de Harry Ranta. Il n'obtint pas de réponse. Il continua à essayer d'appeler Harry Ranta jusqu'à 22 heures, quand il jeta l'éponge. Après y avoir réfléchi un bon moment (et s'être fortifié avec l'aquavit qui restait), il appela Atho Ranta. Silvia, la compagne d'Atho, répondit. Il apprit que les frères Ranta se trouvaient en vacances à Tallinn. Non, Silvia ne savait pas comment les contacter. Non, elle n'avait aucune idée de quand ils devaient revenir – ils étaient en Estonie pour un temps indéterminé.

Silvia paraissait satisfaite.

Per-Åke Sandström se laissa tomber dans son canapé. Il n'aurait su dire s'il était abattu ou soulagé qu'Atho ne soit pas chez lui et qu'ainsi il n'ait pas à s'expliquer. Mais le message était clair. Pour diverses raisons, les frères Ranta s'étaient faits tout petits et s'étaient mis au vert à Tallinn pour un moment. Ce qui ne contribua pas à calmer Per-Åke Sandström.

25

MARDI 5 AVRIL – MERCREDI 6 AVRIL

PAOLO ROBERTO NE S'ÉTAIT PAS ENDORMI, mais il était tellement plongé dans ses pensées qu'il lui fallut un moment avant de voir la femme qui arrivait à pied du côté de l'église de Högalid vers 23 heures. Il la vit dans le rétroviseur. Tout d'abord, elle ne lui évoqua rien, mais quand elle passa sous un réverbère environ soixante-dix mètres derrière lui, il tourna brusquement la tête et reconnut immédiatement Miriam Wu.

Il se redressa sur son siège. Sa première impulsion fut de descendre de voiture. Puis il comprit qu'il risquait de lui faire peur et qu'il ferait mieux d'attendre qu'elle soit arrivée devant la porte de l'immeuble.

Au moment même où il avait cette pensée, il vit une fourgonnette sombre démarrer plus bas dans la rue et freiner à hauteur de Miriam Wu. Paolo Roberto vit avec stupeur un homme – une brute blonde d'une taille démesurée – descendre par la portière latérale à glissière et se saisir de Miriam Wu. Manifestement, la fille fut totalement prise par surprise. Elle essaya de se libérer en reculant mais le géant blond la tenait fermement par le bras.

Paolo resta bouche bée en voyant la jambe droite de Miriam Wu s'élever et décrire une courbe rapide. *C'est vrai, elle faisait du kick-boxing*. Elle balança un coup de pied à la tête du géant blond. Le coup ne parut lui faire ni chaud ni froid. Par contre, le géant blond leva la main et gifla Miriam Wu. Même de loin, Paolo Roberto put entendre le bruit du coup. Miriam Wu s'écroula comme frappée par la foudre. Le géant blond se pencha, la ramassa d'une main et la balança dans la fourgonnette. Alors seulement,

Paolo Roberto ferma la bouche et reprit ses esprits. Il bondit hors de sa voiture et s'élança vers la fourgonnette.

Il comprit vite l'inutilité de ce qu'il faisait. Le véhicule dans lequel Miriam Wu avait été jetée comme un sac de patates démarra en douceur, fit un demi-tour sur place et s'éloigna dans la rue avant même que Paolo Roberto ait pris de la vitesse. La voiture disparut vers l'église de Högalid. Paolo pivota, se précipita vers sa propre voiture et se jeta derrière le volant. Il démarra en trombe, fit demi-tour lui aussi et se dirigea vers l'église. La fourgonnette avait disparu quand il arriva au carrefour. Il freina et regarda en direction de Högalidsgatan, puis il choisit de tourner à gauche vers Hornsgatan.

En arrivant à hauteur de Hornsgatan, le feu était rouge, mais il n'y avait pas de circulation et il s'engagea pour regarder autour de lui. Les seuls feux arrière qu'il pouvait voir étaient en train de tourner à gauche vers le pont de Liljeholmen près de Långholmsgatan. Il ne put pas voir s'il s'agissait de la fourgonnette mais c'était la seule voiture en vue et Paolo Roberto écrasa le champignon. Il fut arrêté par les feux rouges à Långholmsgatan et obligé de laisser passer le trafic en provenance de Kungsholmen, alors que les secondes filaient. Quand le carrefour devant lui fut vide, il appuya à fond sur l'accélérateur et passa au rouge, priant pour qu'il n'y ait pas de voiture de police pour l'arrêter juste à ce moment-là.

Il dépassa de loin la vitesse autorisée sur le pont de Liljeholmen et accéléra encore une fois le pont passé. Il n'avait aucune idée de l'endroit où se trouvait la fourgonnette qu'il avait aperçue et il ne savait pas si elle avait tourné vers Gröndal ou vers Årsta. Il prit au pif encore une fois et appuya à fond sur la pédale. Il roulait à plus de 150 kilomètres à l'heure et doubla en trombe les conducteurs respectueux de la loi, en se disant que plus d'un devait noter son numéro d'immatriculation.

A hauteur de Bredäng, il repéra de nouveau la fourgonnette. Il réduisit l'écart jusqu'à se trouver à une cinquantaine de mètres derrière elle pour s'assurer qu'il s'agissait bien du bon véhicule. Il revint aux 90 kilomètres à l'heure et conserva un écart d'environ deux cents mètres. Alors seulement il se remit à respirer.

MIRIAM WU SENTIT DU SANG couler le long de son cou au moment où elle atterrit dans la fourgonnette. Elle saignait du nez. Le coup lui avait fendu la lèvre inférieure et probablement cassé le nez. L'attaque l'avait complètement surprise et toute sa résistance avait été balayée en moins d'une seconde. Elle sentit la voiture démarrer avant même que son agresseur ait eu le temps de refermer la portière. Un instant, le géant blond perdit l'équilibre quand la voiture faisait demi-tour.

Miriam Wu se retourna et prit appui au sol avec la hanche. Quand le géant blond se retourna vers elle, elle décocha son coup de pied. Elle l'atteignit à la tempe. Elle vit une marque à l'endroit où son talon avait porté. Normalement, le coup aurait dû le blesser.

Il la regarda, interloqué. Puis il sourit.

Mon Dieu, c'est quoi ce foutu Terminator ?

Elle balança un autre coup mais il lui attrapa la jambe et lui tordit le pied si brutalement qu'elle hurla de douleur et fut obligée de rouler sur le ventre.

Puis il se pencha sur elle et lui asséna une gifle avec le plat de la main. Miriam Wu en resta sonnée, comme frappée par une massue. Il s'assit à califourchon sur son dos. Elle essaya de le repousser mais il était si lourd qu'elle ne put le bouger d'un millimètre. Il lui rabattit brutalement les bras dans le dos et les bloqua avec des menottes. Elle était sans défense. Miriam Wu se sentit tout à coup paralysée par la peur.

MIKAEL BLOMKVIST DÉPASSA le Globe en revenant de Tyresjö. Il avait passé tout l'après-midi et la soirée à rendre visite à trois individus sur la liste des michetons. Cela n'avait absolument rien donné. Il avait rencontré des types terrorisés, déjà secoués par Dag Svensson et qui s'étaient préparés à voir le monde s'écrouler. Ils l'avaient supplié et imploré. Il les avait tous rayés de sa liste personnelle de meurtriers potentiels.

Il ouvrit son téléphone portable en passant le pont de Skanstull et appela Erika Berger. Elle ne répondit pas. Il essaya d'appeler Malou Eriksson. Elle ne répondit pas non plus. Merde. C'était tard le soir. Il voulait discuter avec quelqu'un.

Il se demanda si Paolo Roberto avait trouvé quelque chose sur Miriam Wu et fit son numéro. Il entendit cinq sonneries avant que Paolo réponde.

— Paolo.

— Salut. C'est Blomkvist. Je voulais juste savoir comment ça avance…

— Blomkvist, je suis en train… *ssscrrp ssscrrp* dans une voiture avec Miriam.

— Je n'entends rien.

— *Srcp, scrrrraaaap scrrraaaap.*

— Ta voix disparaît. Je ne t'entends pas.

Puis la liaison fut coupée.

PAOLO ROBERTO JURA. La batterie de son portable venait de lui expirer dans la main, au moment où il passait Fittja. Il appuya sur le bouton ON et réussit à ranimer le téléphone. Il fit le numéro de SOS-Secours, mais au moment où on décrochait, le portable s'éteignit de nouveau.

Merde.

Il avait un chargeur qui fonctionnait sur l'allume-cigare, sauf que ce chargeur se trouvait chez lui, sur la commode de l'entrée. Il envoya balader le portable sur le siège du passager et se concentra sur les feux arrière de la fourgonnette qu'il voulait garder en ligne de mire. Il conduisait une BMW avec le réservoir plein et il n'y avait aucune foutue possibilité que la fourgonnette le sème. Mais il ne souhaitait pas être repéré et il laissa l'écart s'agrandir de plusieurs centaines de mètres.

Un malabar qui carbure aux anabolisants assomme une fille devant mes yeux. Je vais me choper ce salopard pour lui en toucher deux mots.

Si Erika Berger avait été là, elle l'aurait traité de cowboy macho. Paolo Roberto appelait ça se fâcher.

MIKAEL BLOMKVIST PRIT PAR LUNDAGATAN mais constata que l'appartement sur cour de Miriam Wu était sombre et éteint. Il fit une nouvelle tentative d'appeler Paolo Roberto, mais n'obtint que la confirmation que l'abonné ne pouvait être joint. Il marmonna un juron et rentra chez lui préparer du café et des tartines.

LE TRAJET DURA PLUS LONGTEMPS que ce qu'avait pensé Paolo Roberto. Ils passèrent Södertälje, puis prirent l'E20 en direction de Strängnäs. Peu après Nykvarn, la fourgonnette tourna à gauche sur des routes secondaires dans la campagne du Sörmland.

Du coup, le risque augmentait qu'il attire l'attention et soit découvert. Paolo Roberto leva le pied de l'accélérateur et laissa encore davantage d'espace entre lui et la fourgonnette.

Paolo n'était pas très calé en géographie, mais pour autant qu'il put en juger, ils passèrent à l'ouest du lac Yngern. Il perdit la fourgonnette de vue et accéléra. Il arriva dans une ligne droite et freina.

La fourgonnette avait disparu. Les petites routes ne manquaient pas dans le coin. Il avait perdu ces salopards.

MIRIAM WU AVAIT MAL DANS LA NUQUE et au visage, mais elle avait maîtrisé la panique et l'angoisse de se trouver ainsi sans défense. Il ne l'avait plus frappée. Elle avait pu s'asseoir et s'adosser au siège du conducteur. Ses mains étaient menottées dans le dos et elle avait un large morceau de ruban adhésif en travers de la bouche. Une de ses narines était remplie de sang et elle avait du mal à respirer.

Elle contempla le géant blond. Depuis qu'il lui avait mis le bâillon, il n'avait pas dit un mot et l'avait totalement ignorée. Elle regarda la marque à l'endroit où elle lui avait donné le coup de pied, qui théoriquement aurait dû lui causer des dégâts conséquents. Il ne semblait pas s'en être rendu compte. Ce n'était pas normal.

Il était grand et terriblement bien bâti. Ses muscles indiquaient qu'il passait des heures chaque semaine dans une salle de sport. Mais pas pour faire de la gonflette. Ses muscles paraissaient naturels. Ses mains avaient l'air de poêles massives. Elle comprit pourquoi elle avait eu l'impression de recevoir un coup de massue quand il l'avait giflée.

La fourgonnette avançait en cahotant sur une route défoncée.

Elle n'avait aucune idée de l'endroit où elle se trouvait, à part qu'elle croyait qu'ils avaient roulé sur l'E4 en direction du sud pendant un long moment avant d'emprunter des routes plus petites.

Elle savait que même si ses mains étaient libres, elle n'aurait aucune chance contre le géant blond. Elle se sentit totalement impuissante.

MALOU ERIKSSON APPELA MIKAEL peu après 23 heures alors qu'il venait de rentrer, avait lancé la machine à café et était en train de se préparer une tartine dans la cuisine.

— Excuse-moi d'appeler si tard. Ça fait plusieurs heures que j'essaie de t'appeler, mais tu ne réponds jamais.

— Désolé. J'avais coupé mon portable dans la journée pendant que j'interrogeais des michetons.

— J'ai trouvé quelque chose qui pourrait être intéressant.

— Je t'écoute.

— Bjurman. Tu m'avais dit de fouiller dans son passé.

— Oui.

— Il est né en 1950 et a commencé son droit en 1970. Il a obtenu son diplôme en 1976 et a commencé à travailler au cabinet Klang & Reine en 1978 avant d'ouvrir son propre cabinet en 1989.

— Oui.

— Dans l'intervalle, il a travaillé entre autres comme stagiaire au tribunal d'instance une courte période, quelques semaines seulement en 1976. Juste après son examen en 1976, il a travaillé pendant deux ans, entre 1976 et 1978, comme juriste à la direction générale de la Police nationale.

— Oui.

— J'ai vérifié ce qu'étaient ses missions. Pas facile à trouver. Mais il instruisait des affaires juridiques à la Säpo. Il travaillait à la brigade des étrangers.

— Putain, répète-moi ça !

— Autrement dit, il devrait y avoir travaillé en même temps que ce Björck de Smådalarö.

— Quel foutu enfoiré ! Björck, je veux dire. Il n'a pas mentionné qu'il avait travaillé avec Bjurman.

LA FOURGONNETTE ÉTAIT FORCÉMENT dans les parages. Paolo Roberto était resté tellement loin derrière que par moments il avait perdu la voiture de vue, mais il l'avait toujours repérée quelques secondes avant de la perdre de nouveau. Il fit demi-tour sur le bord de la route et retourna vers le nord. Il conduisait lentement et guettait les bifurcations.

Cent cinquante mètres plus loin seulement, il vit soudain un cône de lumière scintiller dans une brèche du rideau de forêt. Il aperçut une petite route forestière du côté opposé de la route et tourna le volant. Il parcourut une dizaine de mètres et se gara. Il ne se donna pas la peine de fermer à clé, puis il retourna au pas de course vers la route principale et sauta par-dessus un fossé. Il regretta de ne pas avoir une lampe de poche quand il slaloma entre les buissons et les jeunes repousses.

La forêt ne formait qu'une mince bande côté route et soudain il se trouva devant une cour gravillonnée. Il vit quelques bâtiments sombres et bas, et il s'en approchait lentement lorsque l'éclairage au-dessus d'un portail de chargement s'alluma.

Paolo s'accroupit et ne bougea plus. Une seconde plus tard, une lampe fut allumée à l'intérieur du bâtiment. L'entrepôt mesurait une trentaine de mètres de long, avec une mince enfilade de fenêtres tout en haut de la façade. La cour était pleine de conteneurs et, à sa droite, un camion jaune était garé. A côté du camion il aperçut une Volvo blanche. A la lueur de l'éclairage extérieur, il découvrit soudain la fourgonnette garée à seulement vingt-cinq mètres devant lui.

Une porte de passage s'ouvrit dans le portail de chargement droit devant lui. Un homme blond et avec un gros bide sortit de l'entrepôt et alluma une cigarette. Quand l'homme tourna la tête, Paolo vit une queue de cheval à la lumière de l'ouverture.

Paolo ne bougea pas d'un poil, un genou posé par terre. Il était totalement visible à moins de vingt mètres de l'homme, mais la lueur du briquet avait eu raison de sa vision nocturne. Puis Paolo, et apparemment l'homme lui aussi, entendirent un cri à moitié étouffé dans la fourgonnette. Quand la queue de cheval se mit en mouvement en direction de la fourgonnette, Paolo s'allongea lentement à plat ventre.

Il entendit le bruit de la portière à glissière de la fourgonnette quand elle s'ouvrit et il vit le géant blond sauter à terre puis se pencher dans le véhicule et en extraire Miriam Wu. Il la fourra sous son bras et la porta sans problèmes malgré ses tentatives pour se dégager. Les deux hommes échangèrent quelques mots mais Paolo ne put entendre ce qu'ils disaient. Puis l'homme à la queue de cheval ouvrit la portière du conducteur et monta. Il démarra et traversa la cour en décrivant une courbe serrée. Le faisceau des phares ne passa qu'à quelques mètres de Paolo. La fourgonnette disparut dans un chemin d'accès et Paolo entendit le bruit du moteur s'éloigner.

Miriam Wu sous le bras, le géant blond entra dans l'entrepôt par la porte de passage. Paolo vit ensuite la silhouette du géant blond passer derrière les fenêtres. Il eut l'impression qu'il se déplaçait vers des régions plus reculées du bâtiment.

Il se leva, tous sens en éveil. Ses vêtements étaient humides. Il était à la fois soulagé et inquiet. Soulagé d'avoir su pister la fourgonnette et d'avoir Miriam Wu à portée de main, et en même temps plein de respect pour l'inquiétant géant blond qui l'avait traitée comme si elle n'était qu'un sac à provisions de chez Konsum. Paolo avait surtout remarqué sa taille immense et l'impression de très grande puissance.

Le plus logique aurait été de se retirer et d'appeler la police. Mais son téléphone portable était mort et il n'avait qu'une vague idée de l'endroit où il se trouvait, et il n'était pas sûr de pouvoir décrire le chemin pour s'y rendre. Il n'avait pas non plus la moindre idée de ce qui arrivait à Miriam Wu à l'intérieur du bâtiment.

Il fit un lent demi-cercle autour du bâtiment et constata qu'il ne semblait y avoir qu'une entrée. Deux minutes plus tard, il était de retour et conscient qu'il lui fallait prendre une décision. Paolo avait bien compris que le géant blond n'était pas un gentil. Ce type avait assommé Miriam Wu. Paolo n'avait pas vraiment peur – il avait une grande confiance en lui et savait qu'il pouvait se montrer efficace s'ils devaient en venir aux mains. La question était de savoir si l'homme dans le bâtiment était armé et s'ils étaient plusieurs à l'intérieur. Il hésita. Il ne devait pas y en avoir d'autres.

Le portail de chargement était suffisamment large pour laisser passer sans problème le camion jaune qui était garé dehors, et une porte d'entrée ordinaire était pratiquée dedans. Il s'approcha de celle-ci, appuya sur la poignée et ouvrit. Il se retrouva dans un grand entrepôt éclairé par quelques ampoules, rempli de fatras, de cartons déchirés et de matériel en désordre.

MIRIAM WU SENTAIT LES LARMES couler sur ses joues. Ce n'était pas tant la douleur que la détresse qui la faisait pleurer. Pendant le trajet, le géant l'avait totalement ignorée. Il avait arraché le ruban adhésif de sa bouche quand la fourgonnette s'était arrêtée. Il l'avait soulevée et portée sans le moindre effort, et jetée sur le sol en ciment sans prêter attention à ses suppliques et ses protestations. Quand il la regardait, ses yeux étaient de glace.

Miriam Wu comprit tout à coup qu'elle allait mourir dans cet entrepôt.

Il lui tourna le dos, s'approcha d'une table, ouvrit une bouteille d'eau minérale et but de longues goulées. Il ne lui avait pas entravé les jambes et Miriam Wu commença à se lever.

Il se tourna vers elle et sourit. Il se trouvait plus près de la porte qu'elle. Elle n'aurait pas la moindre chance de lui passer devant. Résignée, elle s'arrêta sur les genoux et s'emporta contre elle-même. *Tu verras si je vais me rendre sans me battre*. Elle se mit debout et serra les dents. *Allez, vas-y, connard de Terminator !*

Les mains ainsi menottées dans le dos, elle se sentit maladroite et déséquilibrée mais, quand il s'approcha d'elle, elle commença à tourner en rond et à chercher une brèche. Elle lui allongea un coup de pied dans les côtes, pivota et lui allongea un autre coup de pied dans l'aine. Elle le toucha à la hanche, recula d'un mètre et changea de jambe pour le coup suivant. Les mains dans le dos, elle n'avait pas assez d'équilibre pour atteindre son visage, mais elle lui balança un puissant coup de pied dans la poitrine.

Il tendit une main, la saisit par l'épaule et la retourna comme si elle avait été une feuille de papier. Il lui donna un seul coup de poing, pas particulièrement fort, dans les reins. Miriam Wu hurla comme une folle lorsqu'une douleur paralysante lui vrilla le diaphragme. Elle retomba à genoux. Il lui flanqua encore une gifle et elle s'effondra par terre. Il leva le pied et lui asséna un coup de pied dans le flanc. Elle eut le souffle coupé et entendit des côtes se briser.

PAOLO ROBERTO NE VIT RIEN du passage à tabac, mais il entendit soudain Miriam Wu hurler de douleur, un cri fort et strident qui s'arrêta tout de suite. Il tourna la tête en direction du son et serra les dents. Il y avait une autre pièce derrière une cloison de séparation. Il traversa le local sans un bruit et jeta un regard prudent par l'entrebâillement de la porte au moment où le géant blond repoussait Miriam Wu sur le dos. Le géant disparut de son champ de vision pendant quelques secondes et revint soudain avec une tronçonneuse qu'il posa par terre devant elle. Paolo Roberto haussa les sourcils.

— Je veux une réponse à une question simple.

Il avait une voix bizarrement fluette, presque comme s'il n'avait pas encore mué. Paolo nota un accent étranger.

— Où se trouve Lisbeth Salander ?

— Je ne sais pas, murmura Miriam Wu.

— Ce n'est pas la bonne réponse. Je te donne une deuxième chance avant de démarrer ce truc.

Il s'accroupit sur les talons et tapota la tronçonneuse.

— Où se cache Lisbeth Salander ?

Miriam Wu secoua la tête.

Paolo hésita. Mais lorsque le géant blond tendit la main pour prendre la tronçonneuse, il fit trois enjambées résolues dans la pièce et plaça un sérieux crochet du droit dans ses reins.

Paolo Roberto n'était pas devenu un boxeur mondialement célèbre en faisant preuve de tendresse sur les rings. Il avait à son actif 33 matches dans sa carrière de professionnel et il en avait gagné 28. Quand il frappait quelqu'un, il s'attendait à une réaction. Cette réaction serait, par exemple, que l'objet de l'exercice tombe à genoux et qu'il ait mal quelque part. Mais là, Paolo eut l'impression d'avoir plongé sa main dans un mur de béton. Jamais il n'avait vécu une chose semblable pendant toutes les années où il avait fréquenté les rings. Il regarda stupéfait le colosse devant lui.

Le géant blond se retourna et regarda Paolo Roberto avec la même stupeur.

— Qu'est-ce que tu dirais de te mesurer plutôt à quelqu'un de ta catégorie ? dit Paolo Roberto.

Il frappa une série de droite-gauche-droite en direction du diaphragme et il y mit du muscle. De vrais coups de massue. Il eut l'impression de frapper un mur. Le seul effet fut que le géant recula d'un demi-pas, plus surpris que bousculé par la force des coups. Et brusquement son visage s'illumina d'un sourire.

— Tu es Paolo Roberto ! dit le géant blond.

Paolo s'arrêta, interloqué. Il venait de placer quatre coups qui, selon les règles, auraient dû expédier le géant blond par terre et lui-même aurait dû être en train de rejoindre son coin du ring tandis que l'arbitre commençait à compter. Pas un seul de ses coups ne semblait avoir eu le moindre effet.

Bon Dieu. Ça, c'est pas normal.

Ensuite, il vit presque au ralenti le crochet droit du blondinet fendre l'air. Le type était lent et son coup prévisible. Paolo esquiva et para partiellement avec l'épaule gauche. Il eut l'impression d'avoir été frappé par un tuyau en fer.

Paolo Roberto recula de deux pas, plein d'un nouveau respect pour son adversaire.

Il a quelque chose qui cloche. Personne cogne comme ça, bordel.

Il para machinalement un crochet du gauche avec l'avant-bras et sentit tout de suite une douleur fulgurante. Il n'eut pas le temps de parer le crochet du droit qui arriva de nulle part et atterrit sur son front.

Comme ivre, Paolo tituba à reculons par la porte. Il s'effondra bruyamment contre une pile de tabourets en bois et secoua la tête. Il sentit tout de suite le sang couler à flots sur son visage. *Il m'a arraché l'arcade. Il va falloir me recoudre. Encore une fois !*

L'instant d'après, le géant arrivait dans son champ de vision et Paolo se jeta instinctivement de côté. Il évita d'un cheveu un nouveau coup de massue de l'énorme poigne. Il recula rapidement de trois-quatre pas et réussit à lever les bras en position de défense. Paolo Roberto était secoué.

Le géant blond le contempla avec des yeux qui exprimaient de la curiosité et presque de l'amusement. Puis il adopta la même position de défense que Paolo Roberto. *C'est un boxeur.* Ils commencèrent lentement à se tourner autour.

LES CENT QUATRE-VINGTS SECONDES qui suivirent furent le match le plus bizarre que Paolo Roberto ait jamais livré. Il n'y avait ni cordes, ni gants. Les seconds et l'arbitre n'existaient pas. Pas de gong qui interrompait le match et envoyait les deux combattants chacun dans son coin du ring pour quelques secondes de pause, avec de l'eau, des sels d'ammoniac et une serviette pour essuyer le sang des yeux.

Paolo Roberto comprit soudain qu'il se battait pour sa vie. Tout l'entraînement, toutes les années où il avait cogné sur des sacs de sable, tout le sparring et toute son expérience de tous les matches furent concentrés dans l'énergie qu'il développa soudain tandis que l'adrénaline circulait comme jamais avant il ne l'avait ressenti.

A présent, il ne mettait plus de sourdine à ses coups. Lui et son adversaire s'affrontèrent dans un échange où Paolo investissait toute sa force et tous ses muscles. Gauche, droite, gauche, gauche encore et un jab avec le droit sur le visage, s'abaisser pour le crochet gauche, un pas en arrière, attaque du droit. Chaque coup que Paolo Roberto décocha toucha son adversaire.

Il menait le match le plus important de sa vie. Il se battait avec le cerveau autant qu'avec les poings. Il réussissait à se baisser et à éviter chaque coup que le géant lui décochait.

Il plaça un crochet droit absolument pur sur la mâchoire, qui aurait dû faire s'effondrer son adversaire en un tas par terre. Il eut l'impression de se fracasser les os de la main. Il regarda ses jointures et vit qu'elles étaient couvertes de sang. Il nota des rougeurs et des hématomes sur la figure du géant blond. L'adversaire de Paolo ne semblait même pas se rendre compte des coups.

Paolo recula et fit une pause pendant qu'il évaluait son adversaire. *Ce n'est pas un boxeur. Il bouge comme un boxeur mais il est à dix mille lieues de savoir boxer. Il fait semblant. Il ne sait pas parer. Il signale ses coups. Et il est d'une lenteur incroyable.*

L'instant d'après, le géant plaça un crochet gauche sur le côté de la cage thoracique de Paolo. Ce fut sa deuxième touche sérieuse. Paolo sentit la douleur lui traverser le corps quand les côtes craquèrent. Il essaya de reculer mais trébucha sur le fatras par terre et tomba à la renverse. L'espace d'une seconde, il vit le géant se dresser devant lui mais il eut le temps de rouler sur le côté, puis il se remit sur pied, un peu sonné.

Il recula et essaya de rassembler ses forces.

Le géant fut de nouveau sur lui mais Paolo était sur la défensive. Il esquiva, esquiva encore et recula. Il ressentait une douleur chaque fois qu'il parait un coup avec l'épaule.

Puis vint l'instant que tous les boxeurs ont vécu avec crainte à un moment ou un autre. Le sentiment qui peut surgir au beau milieu d'un match. Le sentiment de ne pas suffire. La certitude. *Merde, je suis en train de perdre.*

C'est l'instant décisif dans presque tous les matches de boxe.

C'est l'instant où la force fait tout à coup défaut et où l'adrénaline circule tellement vite que ça devient une charge paralysante et qu'une capitulation résignée se présente tel un fantôme devant le ring. C'est l'instant qui distingue l'amateur du pro et le vainqueur du perdant. Peu de boxeurs affrontant cet abîme ont assez de force pour retourner le match et transformer une défaite assurée en victoire.

Paolo Roberto fut frappé par cette certitude. Il la ressentit comme un soudain frémissement dans sa tête qui l'étourdit complètement et il vécut l'instant comme s'il observait la scène de l'extérieur, comme s'il regardait le géant blond à travers l'objectif d'un appareil photo. C'était l'instant où il s'agissait de gagner ou de disparaître.

Paolo Roberto recula en décrivant un large demi-cercle pour rassembler des forces et gagner du temps. Le géant le suivit méthodiquement mais lentement, comme s'il savait que l'issue était déjà déterminée mais qu'il voulait faire durer le round. *Il boxe, mais sans savoir boxer. Il sait qui je suis. Il veut m'aligner. Sa force de frappe est presque inconcevable et il semble totalement insensible aux coups.*

Les pensées tourbillonnaient dans la tête de Paolo tandis qu'il essayait d'évaluer la situation et de décider ce qu'il allait faire.

Tout à coup, il revécut la nuit de Mariehamn deux ans plus tôt. Sa carrière de pro avait pris fin de la façon la plus brutale lors de sa rencontre avec l'Argentin Sebastián Luján. Il avait connu le premier KO de sa vie et était resté sans connaissance pendant quinze minutes.

Il avait souvent repensé à ce qui avait foiré. Il pétait la forme. Il était concentré. Sebastián Luján n'était pas meilleur que lui. Mais l'Argentin avait réussi à placer un coup parfaitement pur, et soudain le round s'était transformé en naufrage.

Plus tard, sur la vidéo, il s'était vu tituber sans défense. Le knock-out était arrivé vingt-trois secondes plus tard.

Sebastián Luján n'était pas meilleur que lui, ni mieux entraîné. La marge était si ténue que le résultat du match aurait tout aussi bien pu être l'inverse.

La seule différence qu'il trouvait, après coup, était que Sebastián Luján avait été plus gourmand que lui. Quand Paolo était monté sur le ring à Mariehamn, il avait visé une victoire, mais il n'avait pas ressenti l'envie de boxer. Ce n'était plus une question de vie ou de mort pour lui. Une défaite n'était pas une catastrophe.

Un an et demi plus tard, il était toujours boxeur. Il n'était plus pro et il n'acceptait que des matches amicaux de sparring. Mais il s'entraînait. Il n'avait pas pris de poids, ni de bourrelets à la taille. Il n'était évidemment pas un instrument aussi bien accordé qu'à l'approche d'un match pour un titre, quand le corps a été exercé pendant des mois, mais il était *Paolo Roberto* et le roi était bel et bien son cousin. Et contrairement à Mariehamn, ce match dans l'entrepôt au sud de Nykvarn se jouait littéralement à la vie ou à la mort.

PAOLO ROBERTO SE DÉCIDA SUBITEMENT. Il s'arrêta net et laissa le géant blond l'approcher de près. Il feinta avec le gauche et misa tout ce qu'il avait sur un crochet droit. Il y mit toutes ses forces et explosa dans un coup qui percuta la bouche et le nez. Son attaque était totalement inattendue après qu'il avait battu en retraite pendant un si long moment. Enfin il entendit quelque chose céder. Il compléta avec gauche-droite-gauche et plaça les trois coups sur le visage.

Le géant blond boxait au ralenti et riposta avec le droit. Paolo le vit signaler le coup longtemps à l'avance et se baissa devant l'énorme poing. Il le vit changer le poids de côté et comprit que le géant avait l'intention de suivre avec le gauche. Plutôt que de parer, Paolo s'inclina en arrière et laissa le crochet gauche lui passer devant le nez. Il riposta avec un coup puissant sur le côté du corps, juste sous les côtes. Quand le géant esquiva pour parer l'attaque, le crochet gauche de Paolo surgit et s'abattit de nouveau sur le nez.

Il sentit subitement que tout ce qu'il faisait était juste et qu'il avait le contrôle total du combat. Enfin l'ennemi reculait. Il saignait du nez. Il ne souriait plus.

Ensuite le géant blond donna un coup de pied.

Son pied partit et prit Paolo Roberto totalement par surprise. Par habitude, Paolo était tombé dans le rythme normal de la boxe et ne s'attendait pas à un coup de pied. Ce fut comme un coup de marteau sur le côté de la cuisse juste au-dessus du genou, et une douleur fulgurante lui traversa la jambe. *Non*. Il fit un pas en arrière quand sa jambe droite céda et qu'il trébucha de nouveau sur des trucs qui traînaient par terre.

Le géant le regarda. Pendant une brève seconde, leurs yeux se rencontrèrent. Le message était clair. *Le match était fini.*

Puis les yeux du géant s'écarquillèrent quand Miriam Wu lui balança un coup de pied par-derrière dans l'entrejambe.

CHAQUE MUSCLE DU CORPS de Miriam Wu lui faisait mal mais, d'une façon ou d'une autre, elle avait réussi à passer ses mains menottées sous ses fesses, si bien qu'elle se retrouvait avec les bras sur le devant du corps. Dans son état, ce fut une prestation acrobatique d'envergure.

Elle avait mal aux côtes, à la nuque, dans le dos, dans les reins et elle avait eu de la peine à se mettre debout. Pour finir, elle chancela vers la porte et vit, sidérée, Paolo Roberto – *d'où il sort celui-là ?* – toucher le géant blond avec son crochet droit puis la série de coups sur la figure avant qu'il soit fauché par le coup de pied.

Miriam Wu réalisa qu'elle se fichait éperdument de savoir comment et pourquoi Paolo Roberto avait surgi là. Il faisait partie des gentils. Pour la première fois de sa vie, elle ressentit une envie meurtrière de faire mal à quelqu'un. Elle s'avança rapidement de quelques pas et mobilisa les dernières miettes d'énergie et de muscles qu'elle avait encore intacts. Elle arriva sur le géant par-derrière et plaça son coup de pied droit dans l'entrejambe. Ce n'était sans doute pas de la boxe thaïe dans les règles de l'art, mais le coup de pied eut son effet.

Miriam Wu hocha la tête pour elle-même d'un air entendu. Les mecs pouvaient être grands comme des maisons et bâtis en granit, mais leurs couilles étaient toujours au même endroit. Et son coup de pied fut si pur qu'il devrait être noté dans le *Livre Guinness des records.*

Pour la première fois, le géant blond eut l'air ébranlé. Il émit un gémissement, se toucha les parties et tomba à genoux.

Miriam resta indécise une seconde ou deux avant de réaliser qu'elle devait poursuivre et essayer d'en terminer. Elle choisit de lui donner un coup de pied à la figure, mais il réussit à lever un bras. Normalement il était impossible qu'il récupère aussi vite. Et c'était comme de donner un coup de pied dans un tronc d'arbre. Il lui attrapa brusquement le pied, la fit tomber et commença à la tirer vers lui. Elle le vit lever un poing, et elle se tortilla désespérément et donna un coup avec sa jambe libre. Elle le toucha sur l'oreille à la même seconde que le coup de poing s'abattait sur sa tempe. Miriam Wu eut l'impression d'avoir foncé droit dans un mur la tête la première. Elle vit des chandelles et tout devint noir devant ses yeux.

Le géant blond commença à se relever.

Ce fut alors que Paolo Roberto le frappa sur l'arrière de la tête avec la planche sur laquelle il avait trébuché. Le géant blond s'abattit de tout son long et atterrit avec fracas.

PAOLO ROBERTO CONTEMPLA l'entrepôt avec une sensation d'irréel. Le géant blond se tordait par terre. Miriam Wu avait des yeux vitreux et semblait totalement KO. Leurs efforts réunis leur octroyaient un court répit.

Paolo Roberto avait du mal à appuyer sur sa jambe blessée et il soupçonnait qu'un muscle avait claqué juste au-dessus du genou. Il boitilla vers Miriam Wu et la remit sur pied. Elle commença à bouger mais le regard qu'elle posa sur lui était très flou. Sans un mot, il la hissa sur son épaule et commença à se diriger vers la sortie en boitant. La douleur dans son genou droit était si vive que par moments il sauta sur une jambe.

Ce fut une libération de se retrouver dehors dans l'air froid et sombre. Mais pas question de s'arrêter. Il navigua à travers la cour gravillonnée et pénétra dans le rideau forestier, le même chemin qu'à l'aller. Dès qu'il fut parmi les arbres, il trébucha sur la racine d'un pin renversé et s'effondra. Miriam Wu gémit et il entendit la porte de l'entrepôt s'ouvrir bruyamment.

Le géant blond apparut comme une silhouette monumentale dans le rectangle clair de l'ouverture de la porte. Paolo mit une main sur la bouche de Miriam Wu. Il se pencha et lui chuchota à l'oreille de rester absolument silencieuse.

Puis il tâta par terre autour de la racine et trouva une pierre plus grosse que son poing fermé. Il se signa. Pour la première fois de sa vie de pécheur, Paolo Roberto était prêt à tuer un être humain. Il était tellement battu et malmené qu'il savait qu'il ne tiendrait pas un round de plus. Mais personne, même pas un monstre blond qui était une erreur de la nature, ne pouvait se battre avec le crâne brisé. Il serra la pierre et sentit qu'elle était de forme ovale avec un bord acéré.

Le géant blond alla au coin du bâtiment et de là fit un grand tour dans la cour. Il s'arrêta à moins de dix mètres de l'endroit où Paolo retenait sa respiration. Le géant écouta et guetta – mais il ne pouvait pas savoir de quel côté ils avaient disparu dans la nuit. Après avoir épié pendant quelques minutes, il sembla comprendre l'inutilité de ce qu'il faisait. Il disparut dans le bâtiment à vive allure et resta absent une minute ou deux. Il éteignit la lumière, apparut avec un sac et se dirigea vers la Volvo blanche. Il démarra en trombe et fila sur le chemin d'accès. Paolo écouta en silence jusqu'à ce que le bruit du moteur se soit évanoui au loin. En baissant le regard, il vit les yeux de Miriam scintiller dans le noir.

— Salut Miriam, dit-il. Je m'appelle Paolo Roberto et tu n'as pas besoin d'avoir peur de moi.

— Je sais.

Sa voix était faible. Epuisé, il s'adossa à la grosse racine et sentit l'adrénaline retomber dans son corps.

— Je ne sais pas comment je vais pouvoir y aller, dit Paolo. Mais j'ai une voiture garée de l'autre côté de la route. C'est à environ cent cinquante mètres.

LE GÉANT BLOND FREINA et s'engagea sur une aire de repos à l'est de Nykvarn. Il était secoué et ébranlé, et il se sentait bizarre dans la tête.

C'était la première fois de toute sa vie qu'il avait été battu dans une bagarre. Et l'homme qui lui avait infligé cette correction était Paolo Roberto… le célèbre boxeur. Ça ressemblait à un rêve absurde du genre qu'il lui arrivait de faire au cours de nuits agitées. Il avait du mal à comprendre d'où avait surgi Paolo Roberto. Tout à coup, il s'était simplement trouvé là, dans l'entrepôt.

C'était complètement insensé.

Il n'avait pas accusé les coups de Paolo Roberto. Cela ne l'étonnait pas. Mais le coup de pied dans l'entrejambe, il l'avait senti. Et le coup épouvantable sur sa tête l'avait presque mis KO. Avec les doigts, il tâta sa nuque et sentit une bosse énorme. Il appuya dessus, mais ne ressentit aucune douleur. Pourtant, il avait la tête qui tournait. Surpris, il sentit avec la langue qu'il avait perdu une dent à la mâchoire supérieure gauche. Sa bouche avait un goût de sang. Il saisit son nez entre le pouce et l'index, et le bougea doucement. Il entendit un crépitement dans sa tête et constata que le nez était cassé.

Il avait agi comme il fallait en allant chercher son sac et en quittant l'entrepôt avant l'arrivée de la police. Mais il avait commis une erreur colossale. Sur Discovery Channel, il avait vu que les enquêteurs sur les lieux de crimes étaient capables de trouver quantité de preuves médicolégales. Du sang. Des cheveux. De l'ADN.

Il n'avait aucune envie de retourner à l'entrepôt, mais il n'avait pas le choix. Il était obligé de faire le ménage. Il fit demi-tour et repartit en sens inverse. Peu avant Nykvarn, il croisa une voiture sans y prêter attention.

LE TRAJET DE RETOUR A STOCKHOLM fut un cauchemar. Paolo Roberto avait du sang dans les yeux et il en avait tellement pris pour son grade que tout son corps lui faisait souffrir le martyre. Il conduisait n'importe comment et se rendit compte qu'il zigzaguait d'un côté à l'autre de la route. Il s'essuya les yeux d'une main et tâta doucement son nez. Ça faisait vraiment mal et il ne pouvait respirer que par la bouche. Il guettait sans cesse une Volvo blanche et eut l'impression d'en croiser une près de Nykvarn.

En arrivant sur l'E20, la conduite devint plus facile. Il envisagea de s'arrêter à Södertälje, mais il n'avait aucune idée d'où il pourrait aller. Il jeta un coup d'œil sur Miriam Wu, toujours menottée, affalée sans ceinture de sécurité à l'arrière de la voiture. Il avait été obligé de la porter jusqu'à la voiture et elle était tombée dans les pommes à peine hissée à l'intérieur. Il ne savait pas si elle s'était évanouie à cause de ses blessures ou si elle avait simplement déconnecté par pur épuisement. Il hésita. Pour finir, il s'engagea sur l'E4 en direction de Stockholm.

MIKAEL BLOMKVIST NE DORMAIT que depuis une heure quand le téléphone se mit à sonner. Il regarda l'heure, vit qu'il était un peu plus de 4 heures et se tendit pour décrocher, encore à moitié endormi. C'était Erika Berger. Tout d'abord, il ne comprit pas ce qu'elle disait.

— Paolo Roberto, il est où ?

— A l'hôpital de Söder avec Miriam Wu. Il a essayé de t'appeler, mais tu ne réponds pas sur le portable et il n'a pas ton numéro de fixe.

— J'ai coupé le portable. Qu'est-ce qu'il fait à l'hôpital ?

La voix d'Erika Berger était patiente mais ferme.

— Mikael. Prends un taxi et vas-y vite te renseigner. Il était dans une confusion totale quand il m'a appelée, il parlait d'une tronçonneuse et d'une maison dans la forêt et d'un monstre qui ne savait pas boxer.

Mikael cilla sans comprendre. Puis il secoua la tête et tendit le bras pour attraper son pantalon.

PAOLO ROBERTO AVAIT L'AIR MISÉRABLE, étendu en caleçon sur une civière. Mikael attendait depuis plus d'une heure de pouvoir le voir. Son nez était dissimulé par un pansement. Son œil gauche était tout enflé et le sourcil couvert d'un strip chirurgical à l'endroit où il avait reçu cinq points de suture. Il avait un bandage autour des côtes et des plaies et égratignures sur tout le corps. Son genou gauche était entouré d'une bande très serrée.

Mikael Blomkvist lui tendit un café dans un gobelet en carton de la machine à café du couloir et examina son visage d'un œil critique.

— Tu ressembles à une bagnole après un carambolage, dit-il. Raconte ce qu'il s'est passé.

Paolo Roberto secoua la tête et croisa le regard de Mikael.

— Putain de monstre, répondit-il.

— Qu'est-ce qu'il s'est passé ?

Paolo Roberto secoua la tête de nouveau et regarda ses poings. Les jointures étaient tellement abîmées qu'il avait du mal à tenir le gobelet. On lui avait mis des pansements. Sa femme appréciait moyennement la boxe et elle allait être furieuse.

— Je suis un boxeur, dit-il. Je veux dire, quand j'étais en activité, je n'avais pas peur de monter sur un ring contre qui que ce soit. J'ai pris quelques bonnes baffes, je sais donner et je sais recevoir. Quand je m'attaque à quelqu'un, c'est pour qu'il s'écroule et qu'il ait mal.

— Et ce n'est pas ce qu'il a fait, ce gars.

Paolo Roberto secoua la tête pour la troisième fois. Il raconta calmement et en détail les événements de la nuit.

— Je l'ai touché au moins trente fois. Quatorze-quinze fois à la tête. Je l'ai touché à la mâchoire quatre fois. Au début, je retenais les coups – je ne voulais pas le tuer, simplement me défendre. Vers la fin, j'ai donné exactement tout ce que j'avais. Un de mes coups aurait dû lui briser la mâchoire. Et ce putain de monstre s'est seulement secoué un peu et a continué à frapper. Bordel de merde, c'était pas un être humain normal.

— Il était comment ?

— Bâti comme un robot antichar. Je n'exagère rien. Il mesurait plus de deux mètres et devait peser dans les cent trente, cent quarante kilos. Je ne plaisante pas en disant qu'il n'y avait que des muscles et une ossature en béton armé. Un putain de géant blond qui ne ressentait tout simplement pas la douleur.

— Tu ne l'as jamais vu auparavant ?

— Jamais. Ce n'était pas un boxeur. Mais bizarrement, c'en était un quand même.

— Qu'est-ce que tu veux dire ?

Paolo Roberto réfléchit un moment.

— Il ignorait tout de la boxe. Je pouvais feinter et l'obliger à sortir sa garde et il n'avait pas la moindre idée de comment on bouge pour éviter les coups. Il était complètement à côté de ses pompes. Mais en même temps, il essayait de bouger comme un boxeur. Il levait correctement les bras et il se mettait tout le temps en position de départ comme un vrai boxeur. On aurait dit qu'il s'était entraîné à la boxe mais sans écouter un mot de ce que disaient les entraîneurs.

— D'accord.

— Ce qui nous a sauvé la vie, à moi et à la nana, c'est qu'il bougeait super-lentement. Il balançait des swings d'amateur qu'il signalait des mois à l'avance et je pouvais esquiver ou parer. J'ai encaissé deux coups – un sur la gueule et tu vois le résultat, ensuite sur le corps quand il m'a cassé une côte. Mais les deux étaient des demi-coups. S'il les avait placés comme il faut, il m'aurait arraché la tête.

Paolo Roberto rit soudain. Un rire tonitruant.

— Quoi ?

— J'ai gagné. Ce fou furieux a essayé de me tuer et j'ai gagné. J'ai réussi à l'étendre. Mais j'ai dû utiliser une saloperie de planche pour qu'il ait son compte.

Il redevint sérieux.

— Si Miriam Wu ne lui avait pas shooté dans les couilles au bon moment, va savoir comment ça se serait terminé.

— Paolo – je suis vraiment, vraiment heureux que tu aies remporté ce match. Miriam Wu dira la même chose quand elle se réveillera. Tu as des informations sur son état ?

— Elle a à peu près la même tête que moi. Une commotion cérébrale, plusieurs côtes cassées, le nez brisé et des dégâts aux reins.

Mikael se pencha et mit la main sur le genou de Paolo Roberto.

— Si jamais un jour tu as besoin d'un service…, dit Mikael.

Paolo Roberto hocha la tête et sourit doucement.

— Blomkvist, si toi, tu as encore besoin d'un service…

— Oui.

— … envoie Sebastián Luján.

26

MERCREDI 6 AVRIL

L'INSPECTEUR CRIMINEL JAN BUBLANSKI était d'humeur exécrable quand il retrouva Sonja Modig dans le parking de l'hôpital de Söder peu avant 7 heures du matin. Il avait été réveillé par le coup de fil de Mikael Blomkvist. Au bout d'un moment, il avait compris que quelque chose de dramatique s'était passé au cours de la nuit, et à son tour il avait appelé et réveillé Modig. Ils rencontrèrent Mikael devant l'entrée et se rendirent ensemble dans la chambre de Paolo Roberto.

Bublanski avait du mal à assimiler tous les détails mais il finit par comprendre que Miriam Wu avait été enlevée et que Paolo Roberto avait foutu une raclée au ravisseur. Cela dit, en regardant de plus près l'ex-boxeur professionnel, il n'était pas évident de savoir qui avait foutu une raclée à qui. En ce qui concernait Bublanski, les événements de la nuit avaient élevé l'enquête sur Lisbeth Salander à un nouveau niveau de complications. Rien dans cette putain d'affaire ne semblait être normal.

Sonja Modig posa la première question pertinente pour savoir comment Paolo Roberto avait fait son entrée dans l'intrigue.

— Je suis un ami de Lisbeth Salander.

Bublanski et Modig échangèrent un regard sceptique.

— Et vous vous connaissez comment ?

— Salander me servait de sparring-partner aux entraînements.

Bublanski fixa les yeux quelque part sur le mur derrière Paolo Roberto. Sonja Modig pouffa soudain d'un rire déplacé. Donc, rien dans cette affaire ne semblait normal, simple et sans complication. Petit à petit ils avaient quand même noté tous les faits.

— Je voudrais maintenant faire quelques remarques, dit Mikael Blomkvist sèchement.

Tous le regardèrent.

— Premièrement. Le signalement de l'homme au volant de la fourgonnette correspond au signalement que j'ai donné de la personne qui a agressé Lisbeth Salander exactement au même endroit dans Lundagatan. Un grand mec blond avec une queue de cheval et un gros bide. D'accord ?

Bublanski hocha la tête.

— Deuxièmement. Le but de cet enlèvement était d'obliger Miriam Wu à révéler la cachette de Lisbeth Salander. Ces deux beaux blonds traquent donc Salander depuis au moins une semaine avant les meurtres. Compris ?

Modig fit oui de la tête.

— Troisièmement. S'il y a d'autres acteurs dans cette histoire, Lisbeth Salander n'est plus la "démente solitaire" qu'on a voulu faire croire.

Ni Bublanski ni Modig ne répliquèrent.

— Il sera très difficile de faire valoir que le gars avec la queue de cheval est membre d'une bande de lesbiennes satanistes.

Modig esquissa un sourire.

— Et quatrièmement, pour finir. Je crois que cette histoire a quelque chose à voir avec un type nommé Zala. Dag Svensson focalisait sur lui les deux dernières semaines. Toute l'information à ce sujet se trouve dans son ordinateur. Dag Svensson l'associait au meurtre d'une prostituée à Södertälje, nommée Irina Petrova. L'autopsie révèle qu'elle a subi de graves violences. Tellement graves qu'au moins trois des blessures étaient mortelles. Le rapport d'autopsie reste flou sur le type d'outil qui a été utilisé pour la tuer, mais les blessures ont une ressemblance frappante avec la violence que Miriam Wu et Paolo ont subie. L'outil dans ce cas pourrait être les mains d'un géant blond.

— Et Bjurman ? demanda Bublanski. Je veux bien que quelqu'un ait pu avoir une raison de réduire Dag Svensson au silence. Mais qui peut bien avoir une raison d'éliminer le tuteur de Lisbeth Salander ?

— Je ne sais pas. Tous les morceaux du puzzle ne sont pas encore en place, mais quelque part il y a un lien entre

Bjurman et Zala. C'est la seule chose plausible. Qu'est-ce que vous diriez de commencer à suivre un autre raisonnement ? Si Lisbeth Salander n'est pas coupable, cela veut dire que quelqu'un d'autre a commis les meurtres. Je crois que ces crimes ont quelque chose à voir avec le commerce du sexe. Et Salander préférerait mourir plutôt qu'être mêlée à une telle chose. Je vous l'ai dit, elle est d'une moralité inébranlable.

— Dans ce cas, quel est son rôle ?

— Je ne sais pas. Témoin ? Adversaire ? Elle a peut-être surgi à Enskede pour avertir Dag et Mia que leur vie était en danger. N'oubliez pas que c'est une enquêteuse exceptionnelle.

BUBLANSKI LANÇA LA MACHINE. Il appela la police de Södertälje et donna l'itinéraire que lui avait fourni Paolo Roberto, et leur demanda de trouver un entrepôt désaffecté au sud-est du lac Yngern. Ensuite il appela l'inspecteur Jerker Holmberg – celui-ci habitait à Flemingsberg et se trouvait donc le plus près de Södertälje – et lui demanda de rejoindre la police de Södertälje plus vite que l'éclair pour les assister dans l'examen des lieux.

Jerker Holmberg rappela une heure plus tard. Il venait d'arriver sur les lieux. La police de Södertälje n'avait eu aucun problème à localiser l'entrepôt en question. Il venait de brûler entièrement, avec deux remises sur le même terrain, et les pompiers étaient en train d'éteindre ce qui en restait. L'incendie criminel ne faisait aucun doute – on avait trouvé deux bidons d'essence dans les décombres.

Bublanski ressentit une frustration proche de la rage.

Qu'est-ce que c'était que ce foutoir ? Qui était ce géant blond ? Qui était réellement Lisbeth Salander ? Et pourquoi est-ce que c'était si impossible de la retrouver ?

La situation ne s'améliora aucunement quand le procureur Richard Ekström vint se mêler à la réunion de 9 heures. Bublanski fit un compte rendu du développement dramatique de la nuit. Il proposa qu'on donne une autre priorité aux investigations, depuis qu'un certain nombre d'événements mystérieux étaient venus embrouiller le scénario sur lequel l'enquête s'était basée pour travailler.

Le récit de Paolo Roberto renforça sérieusement l'histoire de l'agression de Lisbeth Salander dans Lundagatan. Du coup, l'hypothèse que les meurtres soient un acte de folie commis par une femme seule et malade mentale perdit de sa force. Cela ne signifiait pas que Lisbeth Salander était déchargée des soupçons qui pesaient sur elle – pour cela il faudrait d'abord trouver une explication plausible à ses empreintes digitales sur l'arme du crime – mais ça signifiait que l'enquête devait maintenant sérieusement se concentrer sur la possibilité d'un autre coupable. Dans ce cas, il n'y avait actuellement qu'une hypothèse – la théorie de Mikael Blomkvist selon laquelle les meurtres étaient liés aux révélations imminentes de Dag Svensson sur le commerce du sexe. Bublanski identifia trois points primordiaux.

La tâche la plus importante pour l'instant consistait en l'identification de l'homme blond et grand et de son complice avec la queue de cheval qui avaient enlevé et martyrisé Miriam Wu. L'homme blond de grande taille avait un aspect physique si particulier qu'il devrait être relativement facile à retrouver.

Curt Bolinder fit la remarque pertinente que Lisbeth Salander aussi avait un aspect physique particulier et qu'après bientôt trois semaines de recherches, la police ignorait encore totalement où elle se trouvait.

La deuxième tâche signifiait que la direction des investigations devait maintenant détacher un groupe qui se concentrerait activement sur la prétendue liste de michetons qui se trouvait dans l'ordinateur de Dag Svensson. Cela comportait un problème de logistique. Le groupe d'investigation était certes en possession de l'ordinateur de *Millénium* que Dag Svensson avait utilisé et des sauvegardes sur disques ZIP de son portable disparu, mais ceux-ci contenaient les recherches accumulées de plusieurs années, littéralement des milliers de pages qu'il faudrait un temps fou pour cataloguer et comprendre. Le groupe avait besoin d'un renfort et Bublanski désigna séance tenante Sonja Modig pour diriger les opérations.

La troisième tâche consistait à zoomer sur une personne inconnue du nom de Zala. Pour ce faire, le groupe d'investigation demanderait l'aide du Groupe spécial d'enquête sur la criminalité organisée, qui leur avait signalé être déjà tombé sur ce nom à plusieurs reprises. Il confia cette tâche à Hans Faste.

Pour finir, Curt Bolinder devait coordonner la poursuite des recherches de Lisbeth Salander.

Le compte rendu de Bublanski ne dura que six minutes, mais déclencha une dispute d'une heure. Hans Faste était intraitable dans sa résistance envers Bublanski et ne chercha nullement à cacher son attitude. Cela étonna beaucoup Bublanski qui certes n'avait jamais aimé Faste mais l'avait quand même considéré comme un policier compétent.

Hans Faste était d'avis que l'enquête devait se concentrer sur Lisbeth Salander, peu importaient toutes les informations secondaires. Selon lui, le faisceau d'indices contre Salander était si net qu'il serait actuellement absurde de se mettre à expérimenter des coupables alternatifs.

— Je veux dire, tout ça c'est du blabla. Nous avons un cas psychiatrique qui n'a fait que se confirmer d'année en année. Tu crois vraiment que tous les rapports de l'HP et du médecin légiste sont des plaisanteries ? Elle est associée au lieu du crime. On a des preuves qu'elle fait le trottoir et elle a une grosse somme d'argent non déclarée sur son compte en banque.

— J'en suis conscient.

— Elle participe à une sorte de culte lesbien du sexe. Et je mets ma main au feu que cette autre gouine, Cilla Norén, en sait plus qu'elle ne veut le dire.

Bublanski éleva la voix.

— Faste. Arrête ça. Tu es complètement obsédé par la perspective homo. Ce n'est pas professionnel.

Il regretta immédiatement de s'être prononcé devant tout le groupe plutôt que de parler en tête-à-tête avec Faste. Le procureur Ekström interrompit les disputes. Il semblait indécis quant à la marche à suivre. Pour finir, il déclara la ligne de Bublanski valable ; lui passer dessus équivaudrait à écarter Bublanski de son poste de chef des investigations.

— On fait comme Bublanski a décidé.

Bublanski jeta un regard sur Steve Bohman et Niklas Eriksson de Milton Security.

— J'ai cru comprendre qu'on ne disposera de vous que pendant trois jours de plus, et il faut qu'on profite de la situation. Bohman, tu assisteras Curt Bolinder dans la chasse à Lisbeth Salander. Eriksson, tu continueras avec Modig.

Ekström réfléchit un instant et leva la main quand tout le monde était sur le point de partir.

— Autre chose. Cette histoire de Paolo Roberto, on la garde pour nous. Les médias vont devenir hystériques si une autre célébrité fait son entrée dans l'enquête. Donc, pas un mot là-dessus en dehors de cette pièce.

SONJA MODIG CUEILLIT BUBLANSKI tout de suite après la réunion.

— J'ai perdu patience avec Faste. Ce n'était pas très professionnel de ma part, dit Bublanski.

— Je sais comment ça fait, sourit-elle. J'ai commencé avec l'ordinateur de Svensson dès lundi.

— Je sais. Tu en es où ?

— Il avait une douzaine de versions de son manuscrit, des quantités énormes de documents de recherche, et j'ai du mal à déterminer ce qui est important et ce qui n'a aucun intérêt. Il faudra des jours et des jours rien que pour ouvrir et parcourir tous les dossiers.

— Niklas Eriksson ?

Sonja Modig hésita. Puis elle se retourna et ferma la porte du bureau de Bublanski.

— Je ne veux pas le traîner dans la boue, mais franchement, il n'est pas d'une grande utilité.

Bublanski fronça les sourcils.

— Accouche.

— Je ne sais pas. Il n'est pas un vrai policier comme Bohman l'a été. Il dit un tas de conneries et il affiche à peu près la même attitude envers Miriam Wu que Hans Faste, et la mission ne semble pas l'intéresser outre mesure. Je n'arrive pas à mettre le doigt dessus, mais il a un problème avec Lisbeth Salander, c'est sûr.

— C'est-à-dire ?

— J'ai le sentiment qu'il y a un truc pourri en train de fermenter quelque part.

Bublanski hocha lentement la tête.

— J'en suis désolé. Bohman est OK mais, pour être franc, je n'aime pas qu'il y ait des personnes extérieures sur l'enquête.

Sonja Modig hocha la tête.
— Alors, qu'est-ce qu'on fait ?
— Il va falloir que tu te le farcisses jusqu'à la fin de la semaine. Armanskij a dit qu'ils arrêteront le boulot s'il n'y a pas de résultat. Vas-y, commence à fouiller et dis-toi que tu feras tout toute seule.

LA FOUILLE DE SONJA MODIG fut interrompue quarante-cinq minutes après qu'elle avait commencé, quand elle fut écartée de l'enquête. Elle fut subitement convoquée chez le procureur Ekström, où se trouvait déjà Bublanski. Les deux hommes avaient le visage rouge. Le journaliste free-lance Tony Scala venait de balancer le scoop que Paolo Roberto avait sauvé la gouine sadomaso Miriam Wu d'un kidnappeur. Le texte comportait plusieurs détails qu'aucune personne extérieure à l'enquête n'aurait pu connaître. La formulation insinuait que la police envisageait la possibilité de mettre Roberto en examen pour coups et blessures aggravés.

Ekström avait déjà reçu plusieurs appels de journalistes qui voulaient des précisions sur le rôle du boxeur. Il n'était pas loin de faire une crise quand il accusa Sonja Modig d'être à l'origine des fuites. Modig rejeta immédiatement l'accusation, mais en vain. Ekström tenait à l'écarter de l'enquête. Bublanski était furieux. Sans la moindre hésitation, il prit le parti de Modig.

— Sonja dit que la fuite ne vient pas d'elle. Ça me suffit. C'est de la folie de détacher une enquêteuse expérimentée qui est déjà parfaitement au courant de l'affaire.

Ekström répliqua avec une méfiance ouverte envers Sonja Modig. Pour finir, il s'installa derrière son bureau et s'enferma dans un mutisme buté. Impossible de lui faire changer d'avis.

— Modig. Je ne peux pas prouver que tu es à l'origine des fuites, mais je n'ai aucune confiance en toi dans l'enquête. Tu en es détachée avec effet immédiat. Prends-toi des congés pour le reste de la semaine. Tu seras affectée à d'autres missions lundi.

Modig n'avait pas le choix. Elle hocha la tête et se dirigea vers la porte. Bublanski l'arrêta.

— Sonja. Je le clame haut et fort. Je ne crois pas un instant à cette accusation et tu as toute ma confiance. Mais ce n'est pas moi qui décide. Passe dans mon bureau avant de rentrer chez toi.

Elle acquiesça de la tête. Ekström avait l'air furieux. Le visage de Bublanski avait pris une teinte inquiétante.

SONJA MODIG RETOURNA à son bureau où elle et Niklas Eriksson travaillaient avec l'ordinateur de Dag Svensson. Elle était en colère et sur le point de fondre en larmes. Eriksson la regarda en cachette et nota que quelque chose n'allait pas, mais il ne dit rien et elle l'ignora. Elle s'assit derrière son bureau et regarda droit en face. Un silence pesant s'installa dans la pièce.

Finalement Eriksson s'excusa et dit qu'il devait aller aux toilettes. Il demanda s'il pouvait lui rapporter du café. Elle secoua la tête.

Quand il fut sorti, elle se leva, enfila sa veste, prit son sac et gagna le bureau de Bublanski. Il lui indiqua la chaise des visiteurs.

— Sonja, je ne vais pas lâcher prise dans cette affaire à moins qu'Ekström ne me détache aussi de l'enquête. Je n'accepte pas ce qui se passe et j'ai l'intention d'aller jusqu'au bout. Pour l'instant tu restes dans l'enquête, sur mon ordre. Tu as compris ?

Elle hocha la tête.

— Tu ne vas pas rentrer chez toi pour le reste de la semaine, comme Ekström t'a dit. Je t'ordonne d'aller à la rédaction de *Millénium* et de discuter une nouvelle fois avec Mikael Blomkvist. Ensuite, tu lui demandes tout simplement de te guider à travers le disque dur de Dag Svensson. Ils en ont une copie à *Millénium.* On gagnera beaucoup de temps si on dispose de quelqu'un qui connaît déjà le matériel et qui sera en mesure d'éliminer les données sans importance.

Sonja Modig respirait un peu mieux.

— Je n'ai rien dit à Niklas Eriksson.

— Je m'en charge. Il se joindra à Curt Bolinder. Est-ce que tu as vu Hans Faste ?

— Non. Il est parti directement après la réunion de ce matin.

Bublanski soupira.

MIKAEL BLOMKVIST AVAIT QUITTÉ L'HÔPITAL de Söder vers 8 heures pour rentrer chez lui. Il réalisa qu'il était loin d'avoir eu sa dose de sommeil, et qu'il devait absolument être en forme pour l'entretien dans l'après-midi avec Gunnar Björck à Smådalarö. Il se déshabilla et mit le réveil à sonner à 10 h 30, ce qui lui donna deux bonnes heures de sommeil bien mérité. Réveillé, il prit une douche, se rasa et enfila une chemise propre avant de partir. Il venait de passer la place de Gullmarsplan quand Sonja Modig appela sur son portable. Mikael répondit qu'il était pris et ne pouvait absolument pas la voir. Elle expliqua ce qu'elle voulait et il la renvoya à Erika Berger.

Sonja Modig se rendit à la rédaction de *Millénium*. Elle observa Erika Berger et constata qu'elle aimait bien cette femme volontaire et sûre d'elle, avec ses fossettes et sa courte frange blonde. Erika avait quelque chose d'une Laura Palmer plus âgée. Elle se demanda, un peu hors sujet, si Berger aussi était lesbienne puisque, d'après Hans Faste, toutes les femmes dans cette enquête semblaient avoir ces préférences sexuelles, puis elle se rappela avoir lu quelque part qu'elle était mariée avec l'artiste Lars Beckman. Erika écouta sa demande d'aide pour parcourir le contenu du disque dur de Dag Svensson. Elle eut l'air embêtée.

— Il y a un problème, dit Erika Berger.

— Dites-moi, dit Sonja Modig.

— Ce n'est pas qu'on ne veuille pas que les meurtres soient résolus ni qu'on ne veuille pas aider la police. D'ailleurs vous avez déjà tout le matériel de l'ordinateur de Dag Svensson. Le problème est un dilemme éthique. Les médias et la police, ce n'est pas un bon mélange.

— Croyez-moi. Je l'ai compris ce matin, sourit Sonja Modig.

— Comment ça ?

— Rien. Seulement une réflexion personnelle.

— D'accord. Pour conserver leur crédibilité, les médias doivent observer une distance bien marquée avec les autorités. Les journalistes qui courent le commissariat et qui collaborent aux enquêtes policières finissent par devenir des larbins de la police.

— J'en ai croisé quelques-uns, dit Modig. Si j'ai tout bien compris, le contraire existe aussi. Des policiers qui deviennent les larbins de certains journaux.

Erika Berger rit.

— C'est vrai. Malheureusement, je dois révéler qu'ici à *Millénium* nous n'avons tout simplement pas les moyens de pratiquer ce genre de journalisme vénal. Mais maintenant on ne parle pas d'un interrogatoire des collaborateurs de *Millénium* que vous voudriez faire – nous serions d'accord sans discussion – mais on parle d'une demande formelle que *Millénium* aide activement l'enquête en mettant à disposition notre matériau journalistique.

Sonja Modig hocha la tête.

— Il y a deux aspects. Premièrement, il s'agit du meurtre d'un des collaborateurs du journal. De ce point de vue, il est évident que nous fournirons toute l'aide que vous voulez. Mais l'autre aspect, c'est qu'il existe des choses que nous ne pouvons pas livrer à la police. Je parle de nos sources.

— Je sais être souple. Je peux m'engager à protéger vos sources. Elles ne m'intéressent pas, d'ailleurs.

— Il ne s'agit pas de vos bonnes intentions ni de la confiance qu'on a en vous. Il s'agit du fait qu'on ne livre jamais une source quelles que soient les circonstances.

— D'accord.

— Puis il y a le fait qu'ici à *Millénium*, on mène notre propre enquête sur les meurtres, ce qu'il faut donc considérer comme un travail journalistique. Et là, je suis prête à donner des informations à la police quand on aura quelque chose à publier – mais pas avant.

Erika Berger plissa le front et réfléchit. Finalement elle hocha pensivement la tête et poursuivit.

— Il faut aussi que je puisse me regarder dans la glace. Voilà ce qu'on va faire… Vous allez travailler avec notre collaboratrice Malou Eriksson. Elle connaît parfaitement le matériel et elle a la compétence requise pour déterminer où passe la limite. Elle aura pour mission de vous guider dans le livre de Dag Svensson, dont vous avez déjà une copie. Le but sera de faire un inventaire compréhensible des personnes qu'on peut considérer comme des suspects potentiels.

IRENE NESSER IGNORAIT TOUT DU DRAME qui s'était déroulé au cours de la nuit quand elle prit le train de banlieue de Södra Station à Södertälje. Elle portait une veste en cuir noir mi-longue, un pantalon sombre et un pull rouge soigné. Elle avait des lunettes qu'elle remontait sur la tête.

A Södertälje, elle trouva le car pour Strängnäs et acheta un billet pour Stallarholmen. Elle descendit au sud de Stallarholmen peu après 11 heures. Elle se trouvait à un arrêt de car sans habitations en vue. Elle visualisa la carte dans sa tête. Elle avait le lac Mälaren à quelques kilomètres au nord-est et la campagne était parsemée de maisons de vacances mais aussi de villas habitées tout au long de l'année. La propriété de maître Nils Bjurman était située dans une zone de maisons de vacances à trois kilomètres environ de l'arrêt de car. Elle but une gorgée d'eau de sa bouteille en plastique et se mit en route. Elle arriva quarante-cinq minutes plus tard.

Elle commença par un tour sur le terrain, histoire de se faire une idée du voisinage. A droite, la plus proche maison se trouvait à plus de cent cinquante mètres. Il n'y avait personne. A gauche s'étendait un long fossé. Elle dépassa deux autres maisons avant d'arriver à un petit village de vacances, où elle nota la présence humaine sous forme d'une fenêtre ouverte et du son d'une radio. Mais c'était à trois cents mètres de distance de la maison de Bjurman. Elle pourrait donc travailler relativement en paix.

Elle avait emporté les clés qu'elle avait trouvées dans l'appartement de Bjurman et n'eut aucun problème pour entrer. Sa première mesure fut d'ouvrir un volet à l'arrière de la maison, ce qui lui fournissait une voie de retraite au cas où il y aurait des problèmes côté perron. Le problème qu'elle imaginait était qu'un flic se mette soudain en tête de rendre visite à la maison.

La maison de Bjurman était une construction ancienne et assez petite, comportant une salle de séjour, une chambre et une petite kitchenette avec l'eau courante. Les toilettes étaient des cabinets d'aisances au fond du jardin. Elle passa vingt minutes à fouiller les placards, les penderies et les commodes. Elle ne trouva pas le moindre bout de papier concernant Lisbeth Salander ou Zala.

Finalement elle sortit dans le jardin et examina les cabinets d'aisances et une remise à bois. Il n'y avait rien d'intéressant et pas de documents. Elle avait fait le voyage pour rien.

Elle s'assit sur le perron, but de l'eau et croqua une pomme.

Quand elle passa dans l'entrée pour aller refermer le volet, son regard tomba sur une échelle en alu. Elle revint dans le séjour et examina le plafond lambrissé. La trappe du grenier était pratiquement invisible entre deux poutres. Elle alla chercher l'échelle, ouvrit la trappe et trouva immédiatement cinq classeurs A4.

LE GÉANT BLOND ÉTAIT EMBÊTÉ. Les choses étaient allées de travers et les catastrophes s'étaient succédé.

Sandström avait contacté les frères Ranta. Terrorisé, il avait rapporté que Dag Svensson préparait un reportage pour dévoiler ses histoires de putes et pour dénoncer les frères Ranta. Jusque-là ce n'était pas un gros problème. Que les médias balancent Sandström n'était pas les oignons du géant blond, et les frères Ranta pouvaient se mettre au vert quelque temps. Ils avaient donc traversé la mer Baltique à bord du *Baltic Star* pour prendre des vacances. Il y avait peu de probabilités pour que ces conneries mènent au tribunal mais si le pire devait arriver, ils savaient faire de la voltige. C'était stipulé dans le contrat.

Par contre, Lisbeth Salander avait réussi à échapper à Magge Lundin. C'était incompréhensible, vu que Salander avait la taille d'une poupée comparée à Lundin et que la mission se limitait à la fourrer dans une voiture et à la transporter à l'entrepôt au sud de Nykvarn.

Ensuite Sandström avait eu une autre visite et, cette fois-ci, Dag Svensson était sur la piste de Zala. Cela renversait totalement la situation. Entre la panique de Bjurman et le fouinage de Dag Svensson, une situation potentiellement dangereuse avait surgi.

Un amateur, c'est un gangster qui n'est pas prêt à assumer les conséquences. Bjurman était un amateur complet.

Le géant blond avait déconseillé à Zala d'avoir quoi que ce soit à faire avec Bjurman. Mais, pour Zala, le nom de Lisbeth Salander avait été irrésistible. Il haïssait Salander. C'était totalement irrationnel. Il avait réagi au quart de tour.

C'était un pur hasard si le géant blond s'était trouvé chez Bjurman le soir où Dag Svensson avait appelé. Le même putain de journaliste qui avait déjà créé des problèmes avec Sandström et avec les frères Ranta. Le géant y était allé pour calmer l'avocat ou le menacer au besoin à cause de l'enlèvement raté de Lisbeth Salander, et l'appel de Svensson avait terriblement paniqué Bjurman. Il s'était montré bouché et intraitable. Et brusquement, il avait voulu se retirer.

Pour couronner le tout, Bjurman était allé chercher son revolver de cow-boy pour le menacer. Le géant blond avait dévisagé Bjurman, stupéfait, et lui avait arraché son arme. Il portait déjà des gants et ne risquait pas de laisser d'empreintes. En réalité, il n'avait pas eu le choix une fois que Bjurman s'était mis à flipper.

Bjurman connaissait l'existence de Zala. En cela, il était une charge. Le géant blond ne pouvait pas expliquer pourquoi il avait obligé Bjurman à se déshabiller, à part qu'il voulait signifier clairement à quel point il le détestait. Il avait presque perdu son élan en voyant le tatouage sur son ventre : JE SUIS UN PORC SADIQUE, UN SALAUD ET UN VIOLEUR.

Pendant un bref instant, il avait presque plaint Bjurman. C'était un parfait connard. Mais le géant blond œuvrait dans une branche où on ne pouvait permettre à de tels sentiments secondaires de venir déranger l'activité pratique. Il l'avait donc emmené dans la chambre, l'avait forcé à se mettre à genoux puis il avait utilisé un oreiller comme silencieux.

Il avait passé cinq minutes à fouiller l'appartement de Bjurman pour trouver un lien avec Zala. La seule chose qu'il avait trouvée était le numéro de son propre téléphone portable. Par précaution, il avait emporté le portable de Bjurman.

Dag Svensson était le problème suivant. Quand on trouverait Bjurman mort, Dag Svensson allait évidemment contacter la police. Il allait pouvoir raconter que Bjurman avait été tué quelques minutes après qu'il lui avait parlé au téléphone au sujet de Zala. Pas besoin d'une imagination débridée pour comprendre que cela allait faire de Zala l'objet de vastes spéculations.

Le géant blond se considérait comme quelqu'un de futé, mais il avait un énorme respect pour le don stratégique redoutable de Zala.

Ils collaboraient depuis bientôt douze ans. Cela avait été une décennie fertile, et le géant blond considérait Zala avec respect, presque comme un mentor. Il pouvait rester des heures à écouter Zala expliquer la nature humaine et ses faiblesses, et comment on pouvait en tirer profit.

Mais, brusquement, leurs affaires s'étaient mises à tanguer. Les choses commençaient à aller de travers.

Il s'était rendu directement de chez Bjurman à Enskede et avait garé la Volvo blanche deux pâtés de maisons plus loin. Par chance, la porte du hall n'était pas complètement refermée. Il était monté et avait sonné à la porte marquée Svensson-Bergman.

Il n'avait pas eu le temps de fouiller l'appartement ni d'emporter de papiers. Il avait tiré deux coups de feu – une femme se trouvait aussi dans l'appartement. Puis il avait pris l'ordinateur de Dag Svensson qui trônait sur la table du séjour, avait pivoté sur ses talons, descendu les escaliers et avait rejoint sa voiture et quitté Enskede. Sa seule gaffe avait été de laisser tomber le revolver dans les escaliers en essayant de sortir ses clés de voiture tout en faisant de l'équilibre avec l'ordinateur, tout ça pour gagner du temps. Il s'était arrêté un dixième de seconde, mais le revolver avait dégringolé dans l'escalier de la cave et il avait jugé que ça prendrait trop de temps d'aller le récupérer. Il savait parfaitement que les gens se souvenaient de lui une fois qu'ils l'avaient vu, et le plus important était de disparaître des lieux avant qu'on ne le voie.

Ce revolver perdu lui avait valu des réprimandes de Zala. Mais jamais ils n'avaient été aussi étonnés que lorsque la police avait lancé sa chasse à Lisbeth Salander. L'arme s'était ainsi transformée en un heureux hasard incroyable.

Malheureusement, ça créait aussi un nouveau problème. Salander était le seul maillon faible qui restait. Elle connaissait Bjurman et elle connaissait Zala. Elle savait additionner deux et deux. Quand Zala et lui discutèrent la chose, ils furent d'accord. Ils devaient trouver Salander et l'enterrer quelque part. Ce serait parfait si on ne la retrouvait jamais. Peu à peu, l'enquête sur les meurtres passerait aux archives et se couvrirait de poussière.

Ils avaient misé sur Miriam Wu pour les mener à Salander. Et subitement, les choses avaient de nouveau mal tourné. *Paolo Roberto.* Entre tous. Surgi de nulle part. Et d'après les journaux, il était de plus un ami de Lisbeth Salander.

Le géant blond en était médusé.

Après Nykvarn, il avait cherché refuge dans la maison de Magge Lundin à Svavelsjö, à seulement quelques centaines de mètres du quartier général du MC Svavelsjö. Ce n'était pas une cachette idéale, mais il n'avait pas eu beaucoup d'alternatives et il lui fallait à tout prix un endroit où se terrer jusqu'à ce que les bleus sur son visage s'estompent et qu'il puisse discrètement quitter la région de Stockholm. Il tripota son nez cassé et tâta la bosse dans la nuque. Elle était moins enflée maintenant.

Il avait bien fait d'y retourner et de mettre le feu à tout le merdier. Il fallait toujours faire le ménage derrière soi.

Puis il se figea tout à coup.

Bjurman. Il avait rencontré Bjurman à une occasion, très rapidement, dans sa maison de campagne près de Stallarholmen début février, quand Zala avait accepté le boulot de s'occuper de Salander. Bjurman avait eu un classeur avec des papiers sur Salander qu'il avait feuilletés. Merde, comment avait-il pu louper ça ? Ce classeur pourrait mener à Zala.

Il descendit dans la cuisine et expliqua à Magge Lundin pourquoi celui-ci devait de toute urgence se rendre à Stallarholmen pour allumer un nouveau brasier.

L'INSPECTEUR CRIMINEL BUBLANSKI consacra sa pause déjeuner à essayer de mettre de l'ordre dans cette enquête qu'il sentait en train de déraper. Il passa un long moment avec Curt Bolinder et Steve Bohman pour coordonner la traque à Lisbeth Salander. De nouveaux tuyaux étaient tombés en provenance de Göteborg et de Norrköping, entre autres. Göteborg fut assez rapidement éliminé, mais le tuyau de Norrköping avait un vague potentiel. Ils informèrent leurs collègues et mirent une surveillance discrète sur une adresse où on avait signalé la présence d'une fille rappelant Lisbeth Salander.

Il essaya d'avoir un entretien diplomatique avec Hans Faste, mais ce dernier n'était pas dans la maison et ne répondait pas sur son portable. Après la réunion houleuse du matin, Faste avait disparu, écumant de rage.

Puis Bublanski se heurta au chef des investigations préliminaires, Richard Ekström, en essayant de résoudre le problème Sonja Modig. Il consacra un long moment à avancer les raisons objectives qui lui faisaient juger insensé de l'écarter de l'enquête. Ekström refusa d'écouter et Bublanski décida d'attendre après le week-end pour remettre sur le tapis cette situation idiote. La relation entre le chef des investigations et le chef de l'enquête préliminaire commençait à devenir intenable.

Peu après 15 heures, il sortit dans le couloir et vit Niklas Eriksson quitter le bureau de Sonja Modig où il était toujours en train de passer en revue le contenu du disque dur de Dag Svensson. Ce qui, de l'avis de Bublanski, était désormais absurde puisque Eriksson n'avait plus l'assistance d'un vrai fonctionnaire de police pour l'aider dans sa recherche. Il décida d'associer Niklas Eriksson à Curt Bolinder pour le restant de la semaine.

Mais avant qu'ils aient eu le temps d'échanger un mot, Eriksson disparut aux toilettes tout au fond du couloir. Bublanski se gratta l'oreille et s'approcha du bureau de Sonja Modig pour attendre le retour d'Eriksson. Debout dans l'encadrement de la porte ouverte, il contempla la chaise vide de Sonja Modig.

Puis son regard tomba sur le téléphone portable de Niklas Eriksson, abandonné sur l'étagère derrière sa table de travail.

Bublanski hésita une seconde et jeta un regard vers la porte des toilettes encore fermée. Puis, cédant à l'impulsion, il entra dans la pièce et prit le portable d'Eriksson, puis retourna d'un pas rapide à son propre bureau et referma la porte derrière lui. Il fit défiler la liste des appels.

A 9 h 57, cinq minutes après la fin de la réunion houleuse du matin, Niklas Eriksson avait appelé un numéro commençant par 070. Bublanski prit le téléphone fixe sur son bureau et composa le numéro. Le journaliste Tony Scala lui répondit.

Il raccrocha et regarda le portable d'Eriksson. Puis il se leva, les traits déformés par la rage. Il venait de faire deux pas vers la porte quand le téléphone de son bureau sonna. Il revint et rugit son nom dans le combiné.

— C'est Jerker. Je suis toujours à l'entrepôt de Nykvarn.

— Ah bon.

— L'incendie est éteint. Ça fait deux heures maintenant qu'on examine les lieux. La police de Södertälje a fait venir un chien pour renifler la zone, des fois qu'il y aurait quelqu'un dans les décombres.

— Et ?

— Il n'y avait personne. Mais on a fait une pause pour que le chien se repose la truffe un moment. Le maître-chien dit que c'est nécessaire, parce que les odeurs sont vraiment très fortes sur le lieu d'un incendie.

— Viens-en au fait.

— Il est allé faire un tour et il a lâché le chien un peu plus loin. Le clebs a marqué à environ soixante-quinze mètres dans la forêt derrière l'entrepôt. On y a creusé. Il y a dix minutes, on a sorti une jambe humaine avec le pied et une chaussure. Tout indique que c'est une chaussure d'homme. Les morceaux n'étaient pas enterrés très profond.

— Oh merde ! Jerker, il faut que tu…

— J'ai déjà pris la direction des opérations sur le lieu des trouvailles et interrompu la fouille. Je veux un médecin légiste sur place et de vrais techniciens avant de poursuivre.

— Excellent boulot, Jerker.

— Ce n'est pas tout. Il y a cinq minutes, le clebs a marqué de nouveau, à une petite centaine de mètres du premier endroit.

LISBETH SALANDER AVAIT FAIT DU CAFÉ sur la cuisinière de Bjurman, mangé une autre pomme et passé deux heures à lire, page par page, l'enquête que Bjurman avait faite sur elle. Elle était impressionnée. Il avait consacré beaucoup d'efforts à sa tâche et systématisé les informations comme s'il s'agissait d'un passe-temps passionnant. Il avait trouvé des données sur elle dont elle ignorait jusqu'à l'existence.

Elle lut le journal intime de Holger Palmgren avec des sentiments très mitigés. Il y avait deux carnets de notes reliés. Il avait commencé ses notes quand elle avait quinze ans et venait de fuguer de sa deuxième famille d'accueil, un couple âgé à Sigtuna dont le mari était sociologue et la femme auteur de livres pour enfants. Lisbeth était restée douze jours chez eux, elle avait senti qu'ils étaient infiniment fiers d'accomplir une œuvre sociale en la prenant en pitié, et qu'ils s'attendaient à ce qu'elle exprime une profonde gratitude. Lisbeth avait craqué quand sa mère d'accueil tout à fait temporaire s'était autofélicitée devant une voisine en soulignant l'importance de prendre en charge les jeunes qui avaient des problèmes manifestes. *Je ne suis pas un putain de projet social*, voulait-elle crier chaque fois que sa mère d'accueil l'exhibait à ses amies. Au douzième jour, elle avait volé 100 couronnes de la caisse du ménage et pris le car pour Upplands-Väsby, puis le train de banlieue pour Stockholm. La police l'avait retrouvée six semaines plus tard, réfugiée chez un tonton de soixante-sept ans à Haninge.

Il avait été assez réglo. Il lui fournissait le gîte et le couvert. Elle n'avait pas eu grand-chose à faire en contrepartie. Il voulait la mater quand elle était nue. Il ne la touchait jamais. Elle savait qu'il fallait considérer le bonhomme comme un pédophile, mais elle n'avait jamais ressenti de menace venant de lui. Elle le sentait comme un être renfermé et socialement handicapé. Après coup, il lui arrivait même de ressentir un étrange sentiment de parenté en pensant à lui. Ils vivaient tous les deux complètement en marge.

Un voisin avait fini par la repérer et avait averti la police. Une assistante sociale avait fait de gros efforts pour la convaincre de porter plainte pour abus sexuel. Elle s'était obstinée à refuser de reconnaître qu'il y ait jamais eu quoi que ce soit d'inconvenant, et de toute façon elle avait quinze ans et était sexuellement majeure. *Allez vous faire foutre !* Ensuite, Holger Palmgren était intervenu et l'avait fait sortir. Palmgren avait commencé à tenir un journal intime la concernant dans ce qui ressemblait à une tentative frustrée de démêler ses propres doutes. Les premières phrases avaient été formulées en décembre 1993.

L. apparaît décidément comme la gamine la plus difficile que j'aie jamais connue. La question est de savoir si j'agis bien en m'opposant à son retour à Sankt Stefan. Elle est maintenant venue à bout de deux familles d'accueil en trois mois et elle court un risque manifeste de pâtir de ses fugues. Il va falloir que je décide si oui ou non j'abandonne cette mission et demande qu'elle soit confiée à de véritables experts. Je ne sais pas ce qui est bien et ce qui est mal. Aujourd'hui, j'ai eu un entretien sérieux avec elle.

Lisbeth se souvenait du moindre mot qui avait été dit au cours de cet entretien sérieux. C'était la veille du réveillon de Noël. Holger Palmgren l'avait emmenée chez lui et l'avait installée dans sa chambre d'amis. Il avait préparé des spaghettis bolonaise pour le dîner et l'avait ensuite invitée à s'asseoir dans le canapé du séjour, et il s'était assis sur une chaise en face elle. Elle s'était vaguement demandé si Palmgren lui aussi voulait la voir nue. Au lieu de cela, il lui avait parlé comme si elle était une adulte.

Ce fut un monologue de deux heures. Elle répondit à peine à ses questions. Il expliqua les réalités de la vie, à savoir qu'elle avait maintenant le choix entre être internée de nouveau à Sankt Stefan ou habiter dans une famille d'accueil. Il promit d'essayer de trouver une famille qui lui conviendrait, et il exigea qu'elle accepte son choix. Il avait décidé qu'elle passerait Noël chez lui, pour avoir le temps de réfléchir à son avenir. Le choix lui incombait entièrement, mais au plus tard le lendemain du jour de Noël il voulait une réponse de sa part et une promesse. Elle serait obligée de promettre que si elle avait des problèmes, elle se tournerait vers lui plutôt que de fuguer. Là-dessus il l'avait envoyée au lit et s'était manifestement assis pour écrire les premières lignes de son journal intime sur Lisbeth Salander.

La menace – l'alternative d'être renvoyée à Sankt Stefan après Noël – lui faisait plus peur que ce que Holger Palmgren pouvait imaginer. Elle passa un Noël misérable, en surveillant avec méfiance le moindre geste de Palmgren. Le lendemain de Noël, il n'avait toujours pas essayé de la tripoter et il n'avait pas non plus l'air de vouloir la mater en douce. Au contraire, il s'était mis terriblement en colère quand elle l'avait provoqué en se promenant nue de la chambre d'amis à la salle de bains. Il avait claqué la porte de la salle de bains d'un coup sec. Elle avait fini par lui donner les promesses qu'il exigeait. Elle avait tenu sa parole. A peu près, disons.

Dans son journal, Palmgren commentait méthodiquement chacune de ses rencontres avec elle. Parfois en trois lignes, parfois des pages entières de réflexions. Certains passages la stupéfièrent. Palmgren avait été plus perspicace qu'elle ne l'avait soupçonné, et parfois il ajoutait de petits commentaires sur des moments où elle avait essayé de le rouler, mais qu'il avait parfaitement perçus.

Ensuite, elle ouvrit le rapport de police de 1991.

Subitement les morceaux du puzzle tombèrent à leur place. Elle eut l'impression que le sol se mettait à tanguer.

Elle lut le rapport médicolégal écrit par un Dr Jesper H. Löderman et dans lequel un certain Dr Peter Teleborian était l'une des références les plus importantes. Löderman avait été le joker du procureur quand il avait essayé de la faire interner lors des délibérations à sa majorité.

Puis elle trouva une enveloppe contenant une correspondance entre Peter Teleborian et Gunnar Björck. Les lettres étaient datées de 1991, peu après que Tout Le Mal était arrivé.

Rien n'était dit explicitement dans les lettres, mais soudain une trappe s'ouvrit sous Lisbeth Salander. Il lui fallut quelques minutes pour comprendre les implications. Gunnar Björck faisait référence à ce qui avait dû être un entretien privé. Il formulait sa lettre de façon impeccable, mais entre les lignes Björck disait que ça arrangerait tout le monde si Lisbeth Salander pouvait passer le reste de sa vie enfermée dans un asile de fous.

> Il est important que l'enfant prenne du recul par rapport à la situation actuelle. Je ne saurais juger de son état psychique ni des soins dont elle a besoin, mais plus longtemps elle pourra être maintenue en institution, moins il y a de risques qu'elle crée involontairement des problèmes dans l'affaire qui nous préoccupe.

L'affaire qui nous préoccupe.

Lisbeth Salander goûta l'expression un court moment.

Peter Teleborian avait été responsable de son traitement à Sankt Stefan. Il ne s'était pas agi d'un hasard. Au seul ton de sa correspondance, elle pouvait tirer la conclusion que ces lettres n'avaient jamais été destinées à apparaître au grand jour.

Peter Teleborian avait connu Gunnar Björck.

Lisbeth Salander se mordit la lèvre inférieure tout en réfléchissant. Elle n'avait jamais effectué de recherche sur Teleborian, mais il avait débuté sa carrière à l'institut médicolégal, et la Säpo elle-même avait parfois besoin de consulter des médecins légistes ou des psychiatres dans différentes enquêtes. Elle comprit soudain que si elle se mettait à creuser, elle trouverait un lien. A un moment, au début de la carrière de Teleborian, son chemin avait croisé celui de Björck. Quand Björck avait eu besoin de quelqu'un pour enterrer Lisbeth Salander, il s'était tourné vers Teleborian.

Voilà comment les choses s'étaient passées. Ce qui jusque-là avait ressemblé à un hasard prit soudain une tout autre dimension.

ELLE RESTA IMMOBILE UN LONG MOMENT à regarder droit devant elle. Il n'y a pas d'innocents. Seulement différents degrés de responsabilité. Et quelqu'un avait la responsabilité de Lisbeth Salander. Elle serait définitivement obligée de faire une visite à Smådalarö. Elle supposa que personne d'autre dans l'irréprochable système judiciaire de l'Etat n'aurait envie de discuter du sujet avec elle et, faute de mieux, un entretien avec Gunnar Björck ferait l'affaire.

Elle se réjouissait d'avance de cette conversation.

Elle n'avait pas besoin d'emporter tous les classeurs. A peine lus, ils étaient pour toujours gravés dans sa mémoire. Elle prit les deux journaux intimes de Holger Palmgren, le rapport de police de Björck de 1991, l'enquête médicolégale de 1996 qui avait servi de base pour la déclarer incapable ainsi que la correspondance de Peter Teleborian et Gunnar Björck. Son sac à dos fut rempli à craquer.

Elle ferma la porte mais elle n'avait pas encore eu le temps de tourner la clé quand elle entendit un bruit de motos. Elle regarda autour d'elle. Il était trop tard pour essayer de se cacher et elle savait qu'elle n'avait pas la moindre chance de distancer deux motards sur des Harley Davidson. Sur la défensive, elle descendit du perron et les rencontra au milieu de la cour.

BUBLANSKI SORTIT FURIBARD dans le couloir et constata qu'Eriksson n'était pas encore revenu au bureau de Sonja Modig. En revanche, les toilettes étaient vides. Il poursuivit dans le couloir et l'aperçut tout à coup, un gobelet en plastique à la main, dans le bureau de Curt Bolinder et Steve Bohman.

Sans se montrer, Bublanski fit demi-tour et monta d'un étage au bureau du procureur Ekström. Il arracha la porte sans frapper et interrompit Ekström au beau milieu d'une conversation téléphonique.

— Viens, dit-il.

— Quoi ? fit Ekström.

— Raccroche et viens avec moi.

L'expression de Bublanski était telle qu'Ekström obtempéra. A ce stade, il était facile de comprendre pourquoi ses collègues l'avaient baptisé Bubulle. Son visage avait pris l'aspect d'une énorme bulle de chewing-gum rose. Ils descendirent rejoindre la pause café amicale dans le bureau de Curt Bolinder. Bublanski fonça droit sur Eriksson, l'attrapa d'une poigne ferme par les cheveux et le tourna vers Ekström.

— Aïe ! Qu'est-ce que tu fous ? T'es complètement taré.

— Bublanski ! s'écria Ekström, effaré.

Ekström avait l'air alarmé. Curt Bolinder et Steve Bohman restaient bouche bée.

— C'est à toi, ça ? demanda Bublanski en brandissant le portable.

— Lâche-moi !

— EST-CE QUE C'EST TON PORTABLE ?

— Oui, merde. Lâche-moi !

— Certainement pas. Tu es en état d'arrestation.

— Quoi ?

— Je t'arrête pour violation du sceau du secret et obstruction d'une enquête de police. A moins que tu n'aies une explication valable à nous donner du coup de fil passé ce matin à 9 h 57 à un journaliste nommé Tony Scala, immédiatement après notre réunion du matin et juste avant que Scala diffuse des informations que nous avions décidé de garder secrètes. L'appel apparaît sur la liste de ton portable.

MAGGE LUNDIN EUT DU MAL à croire ses yeux en voyant Lisbeth Salander dans la cour devant la maison de campagne de Bjurman. Il avait consulté une carte routière et le géant blond lui avait fourni une description précise du trajet. Après avoir reçu l'ordre de se rendre à Stallarholmen pour y mettre le feu, il était allé au local du club, dans l'imprimerie désaffectée en bordure de Svavelsjö, pour prendre Benny Nieminen avec lui. Il faisait chaud, un temps parfait pour sortir les bécanes pour la première fois depuis l'hiver. Ils avaient enfilé leurs combinaisons de cuir et fait le trajet entre Svavelsjö et Stallarholmen à une allure tranquille.

Et voilà que Lisbeth Salander était là qui les attendait. Elle pouvait s'être mis une perruque blonde, il la reconnaissait quand même. La taille, l'allure, ça ne pouvait être qu'elle.

C'était un bonus qui allait sidérer le géant blond.

Ils avancèrent chacun d'un côté et s'arrêtèrent à deux mètres d'elle. Une fois les moteurs coupés, le silence fut total dans la forêt. Lundin ne sut d'abord pas très bien quoi dire, puis il finit par retrouver sa langue.

— Tiens, tiens. Ça fait un moment qu'on te cherche, Salander.

Il sourit tout à coup. Lisbeth Salander contemplait Lundin avec des yeux inexpressifs. Elle nota qu'il avait toujours une plaie rouge à peine cicatrisée sur la mâchoire à l'endroit où elle l'avait griffé avec le trousseau de clés. Elle leva le regard et fixa les cimes des arbres derrière lui. Puis elle baissa de nouveau le regard. Ses yeux étaient d'un noir inquiétant.

— J'ai eu une putain de semaine de merde et je suis d'humeur exécrable. Et tu sais ce qui est le pire ? Chaque fois que je me retourne, c'est pour trouver un tas de merde avec un gros bide qui me barre la route et se croit quelque chose. Je me casse, maintenant. Pousse-toi.

Magge Lundin ouvrit la bouche. D'abord il crut avoir mal entendu. Puis il se mit à rire, malgré lui. La situation était désopilante. Une espèce de crevette qu'il aurait pu foutre dans la poche de sa veste faisait la maligne face à deux hommes adultes, avec des blousons ornés du logo du MC Svavelsjö et donc les plus dangereux de chez Méchant, et qui d'ici peu allaient être des membres à part entière des Hell's Angels. Ils pouvaient la réduire en miettes et la fourrer dans une boîte à gâteaux. Et elle la ramenait, cette conne !

Mais même si cette fille était complètement folle – ce qui était apparemment le cas à en croire les articles des journaux et ce qu'il voyait de ses yeux, là, devant cette baraque –, leurs blousons auraient dû lui inspirer du respect. Ce qui apparemment n'était pas le cas. Cette histoire était à se tordre de rire, peut-être, mais intolérable. Il se tourna à demi vers Benny Nieminen.

— Hé hé, ça lui ferait pas de mal à cette gouine de tâter de la bite, dit-il, en rabattant la béquille et en descendant de sa Harley.

Il fit deux pas lents en direction de Lisbeth Salander et baissa les yeux sur elle. Elle ne bougea pas d'un poil. Magge Lundin secoua la tête et poussa un soupir sinistre. Puis il décocha un revers avec cette force considérable dont Mikael Blomkvist avait fait les frais lors de l'incident dans Lundagatan.

Il tapa dans l'air. Au moment où la main aurait dû toucher son visage, Lisbeth fit un pas en arrière et resta immobile, hors d'atteinte.

Appuyé contre le guidon de sa Harley, Benny Nieminen contemplait son copain un sourire aux lèvres. Lundin devint écarlate et fit vivement deux pas en direction de Lisbeth. Elle recula encore. Lundin accéléra.

Lisbeth Salander s'arrêta soudain net et lui vida la moitié du contenu de la bombe lacrymogène droit dans la figure. Ses yeux se mirent à brûler comme du feu. Lisbeth Salander envoya la pointe de sa botte de toutes ses forces dans son entrejambe et la transforma en énergie cinétique avec une pression d'environ cent vingt newtons par centimètre carré. Le souffle coupé, Magge Lundin tomba à genoux et se trouva ainsi à une hauteur plus confortable pour Lisbeth Salander. Elle prit son élan et lui balança un coup de pied en plein visage, comme si elle avait tiré un corner. Un craquement désagréable se fit entendre avant que Magge Lundin ne s'affaisse sans un bruit comme un sac de patates.

Il fallut plusieurs secondes à Benny Nieminen pour comprendre qu'une chose impossible venait de se dérouler devant ses yeux. Il commença par vouloir baisser la béquille de sa Harley, ne la trouva pas et fut obligé de regarder. Ensuite, il prit les devants et voulut sortir le pistolet qu'il avait dans la poche intérieure de son blouson. Il était sur le point de baisser la fermeture éclair quand il aperçut un mouvement du coin de l'œil.

Il leva les yeux, pour voir Lisbeth arriver comme un boulet de canon sur lui. Elle sauta à pieds joints et l'atteignit de plein fouet sur la hanche, ce qui n'était pas suffisant pour le blesser mais suffisant pour le renverser, et la moto avec. Il évita de justesse de se coincer la jambe sous la moto et fit quelques pas trébuchants en arrière avant de retrouver son équilibre.

Quand il la repéra de nouveau dans son champ de vision, il vit son bras bouger et une pierre de la taille d'un poing voler dans l'air. Il se baissa instinctivement. La pierre rata sa tête de quelques centimètres.

Il réussit enfin à sortir son pistolet et essaya de défaire le cran de sûreté, mais quand il leva les yeux pour la troisième fois, Lisbeth Salander se trouvait devant lui. Il lut de la haine dans son regard et, stupéfait, ressentit pour la première fois une vraie peur.

— Bonne nuit, fit Lisbeth Salander.

Elle lui fourra la matraque électrique dans le bas du ventre et déchargea 75 000 volts, elle garda les électrodes en contact avec son corps pendant au moins vingt secondes. Benny Nieminen se transforma en légume sans volonté.

Lisbeth entendit un bruit derrière elle, se retourna et contempla Magge Lundin. Il avait péniblement réussi à se mettre à genoux et il était sur le point de se relever. Elle le contempla. Aveuglé, il tâtonnait avec les bras dans le brouillard brûlant du gaz lacrymogène.

— Je vais te tuer ! hurla-t-il soudain.

Il bredouilla encore quelque chose d'incompréhensible, tâtonnant à l'aveuglette autour de lui pour essayer de trouver Lisbeth Salander. Elle inclina la tête et le contempla pensivement. Puis il hurla de nouveau.

— Sale pute !

Lisbeth Salander se pencha et ramassa le pistolet de Benny Nieminen, elle constata qu'il s'agissait d'un Wanad P-83 polonais.

Elle ouvrit le chargeur et vérifia s'il avait la munition adéquate, du Makarov 9 millimètres. Puis elle fit jouer la glissière et engagea une balle dans le canon. Elle enjamba Benny Nieminen et s'approcha de Magge Lundin, visa en tenant l'arme des deux mains et lui tira une balle dans le pied. Le choc le fit hurler et il s'écroula de nouveau.

Elle le contempla et hésita à se donner la peine de lui poser des questions sur l'identité du géant blond qui l'avait accompagné quand elle l'avait aperçu au café Blomberg et qui, au dire du journaliste Per-Åke Sandström, avait assassiné quelqu'un dans un entrepôt, en compagnie de Magge Lundin. Hmm. Elle aurait peut-être dû poser les questions avant de tirer.

D'une part Magge Lundin ne semblait pas en état de mener une conversation claire, d'autre part il y avait la possibilité que quelqu'un ait entendu le coup de feu. Mieux valait pour elle quitter l'endroit sur-le-champ. Elle pourrait toujours retrouver Magge Lundin plus tard et l'interroger sous des formes plus calmes. Elle remit le cran de sûreté, fourra l'arme dans sa poche et ramassa son sac à dos.

Elle avait eu le temps de parcourir une dizaine de mètres sur la route quand elle s'arrêta et se retourna. Elle revint lentement vers la maison de Nils Bjurman et examina la moto de Magge Lundin.

Harley Davidson, se dit-elle. Cool.

27

MERCREDI 6 AVRIL

LE TEMPS PRINTANIER ÉTAIT MAGNIFIQUE quand Mikael engagea la voiture d'Erika Berger en direction du sud sur la route de Nynäs. On pouvait déjà deviner une tendance au vert sur les champs noirs et une réelle chaleur emplissait l'air. Un temps parfait pour oublier tous les problèmes et partir pour quelques jours de détente à la cabane de Sandhamn.

Il était convenu avec Gunnar Björck qu'il le retrouverait vers 13 heures, mais il était en avance et s'arrêta à Dalarö boire un café et lire les journaux. Il ne s'était pas préparé à la rencontre. Björck avait quelque chose à raconter et Mikael était fermement déterminé à ne pas quitter Smådalarö avant d'avoir appris des choses sur Zala. Des choses qui pourraient l'aider à progresser.

Björck l'accueillit dans la cour. Il avait l'air plus crâne et plus sûr de lui que deux jours plus tôt. *Qu'est-ce que tu mijotes, mon coco ?* Mikael évita de lui serrer la main.

— Je peux te fournir des informations sur Zala, dit Gunnar Björck. A certaines conditions.

— Je t'écoute.

— Que je ne sois pas mentionné dans le reportage de *Millénium.*

— D'accord.

Björck eut l'air surpris. Blomkvist avait accepté facilement et sans discussion le point pour lequel il avait prévu un long combat. C'était sa seule carte. Des infos sur les meurtres en échange de son anonymat. Et Blomkvist acceptait sans façon de supprimer ce qui aurait dû constituer un gros titre dans le journal.

— Je suis sérieux, dit Björck avec méfiance. Je veux le voir écrit noir sur blanc.

— Je te mettrai ça noir sur blanc si tu y tiens, mais un tel papier ne vaut pas un clou. Tu as transgressé la loi et je le sais. Normalement j'ai le devoir de te dénoncer aux flics. Tu sais des choses que je veux obtenir, et tu te sers de ça pour acheter mon silence. J'y ai réfléchi et j'accepte. Je te facilite les choses en m'engageant à ne pas mentionner ton nom dans *Millénium*. Soit tu me fais confiance, soit tu ne me fais pas confiance.

Björck réfléchit.

— Moi aussi, je pose une condition, dit Mikael. Le prix de mon silence est que tu racontes tout ce que tu sais. Si je découvre que tu me caches quelque chose, tous nos accords seront caducs. Alors je t'épinglerai sur toutes les manchettes du pays, comme je l'ai fait avec Wennerström.

Björck eut un frisson en y pensant.

— D'accord, dit-il. Je n'ai pas le choix. Tu me promets que mon nom ne sera pas mentionné dans *Millénium* et je te dis qui est Zala. Et pour cela j'exige d'être protégé, en tant que source.

Il tendit la main. Mikael la serra. Il venait de promettre de dissimuler une infraction à la loi, ce qui en soi ne lui faisait ni chaud ni froid. Il avait seulement promis que lui-même et le journal *Millénium* n'écriraient rien sur Björck. Dag Svensson avait déjà écrit toute l'histoire de Björck dans son livre. Et le livre de Dag Svensson serait publié. Mikael était fermement décidé à veiller là-dessus.

L'ALERTE TOMBA AU POSTE DE POLICE de Strängnäs à 15 h 18. L'appel arriva directement au standard du poste sans passer par le central des secours. Le propriétaire d'une maison de campagne juste à l'est de Stallarholmen, un certain Öberg, signalait qu'il avait entendu un coup de feu et qu'il était allé vérifier sur place. Il avait trouvé deux hommes grièvement blessés. L'un des deux peut-être pas si grièvement que ça, mais il souffrait énormément. Et, au fait, la maison était celle de Nils Bjurman. C'est-à-dire ce maître Nils Bjurman assassiné dont on avait tant parlé dans les journaux.

La police de Strängnäs avait eu sa matinée chargée par un vaste contrôle routier sur le territoire de la commune, prévu de longue date. Au cours de l'après-midi, la surveillance de la circulation avait été interrompue, quand une femme de cinquante-sept ans avait été tuée par son compagnon dans leur domicile à Finninge. Presque simultanément, un incendie s'était déclaré dans un immeuble à Storgärdet, avec une victime, et, cerise sur le gâteau, deux voitures étaient entrées en collision de plein fouet à hauteur de Vargholmen sur la route d'Enköping. Les alertes s'étaient succédé en l'espace de quelques minutes et, de ce fait, une grande partie des ressources de la police de Strängnäs était bloquée.

L'officier de garde au poste, une femme, avait cependant suivi les événements à Nykvarn dans la matinée et avait compris qu'il y avait un certain rapport avec cette Lisbeth Salander qu'on recherchait partout. Nils Bjurman étant lié à cette enquête, elle en tira ses conclusions. Elle prit trois mesures. Elle détacha le seul véhicule d'intervention disponible à Strängnäs en cette journée chargée pour l'expédier de toute urgence à Stallarholmen. Elle appela ses collègues de Södertälje et leur demanda de l'assistance. La police de Södertälje n'était pas moins submergée de travail, puisqu'une grande partie de ses ressources avait été concentrée sur des fouilles autour d'un entrepôt qui avait brûlé au sud de Nykvarn, mais le lien éventuel entre Nykvarn et Stallarholmen amena l'officier de garde à Södertälje à détacher deux voitures pour qu'elles filent immédiatement à Stallarholmen en renfort du véhicule d'intervention de Strängnäs. Finalement, la femme de garde au poste de Strängnäs prit son téléphone pour appeler l'inspecteur Jan Bublanski à Stockholm. Elle le joignit sur son portable.

Bublanski se trouvait à Milton Security pour une discussion accablante avec son PDG Dragan Armanskij et les deux collaborateurs Fräklund et Bohman. Leur collaborateur Niklas Eriksson brillait par son absence.

La réaction de Bublanski fut d'ordonner à Curt Bolinder de se rendre de toute urgence à la maison de campagne de Bjurman. Il devait emmener Hans Faste, au cas où on pouvait mettre la main sur lui. Après un moment de réflexion,

Bublanski appela aussi Jerker Holmberg, qui se trouvait encore au sud de Nykvarn, ce qui faisait une distance plus courte à parcourir. Holmberg avait des nouvelles à lui communiquer.

— J'étais sur le point de t'appeler. On vient d'identifier le corps dans le trou.

— Ce n'est pas possible. Pas aussi vite.

— Tout baigne, quand les macchabées sont assez sympas pour avoir leur portefeuille sur eux, avec leur carte d'identité plastifiée.

— D'accord. C'est qui ?

— Il est connu chez nous. Kenneth Gustafsson, quarante-quatre ans et domicilié à Eskilstuna. On l'appelait le Vagabond. Ça t'évoque quelque chose ?

— Tu parles. Evidemment. Alors comme ça, le Vagabond était enterré à Nykvarn. Je ne l'ai pas surveillé de près, ce voyou-là, mais il me semble qu'il opérait pas mal dans les années 1990, il est de la faune des trafiquants, des petits voleurs et des tox.

— C'est lui. En tout cas, c'est sa carte d'identité dans le portefeuille. Les légistes se chargent de l'identification définitive. Ils vont s'amuser, pour le recoller. Le mec est en pièces détachées, au moins cinq ou six morceaux.

— Hmm. Paolo Roberto a raconté que le blondinet avec qui il s'est battu avait menacé Miriam Wu avec une tronçonneuse.

— Le découpage a très bien pu être fait à la tronçonneuse, je n'ai pas regardé de trop près. On vient de commencer les fouilles de l'autre emplacement. Ils sont en train de monter la tente.

— C'est bien. Jerker, je sais que tu as eu une longue journée, mais est-ce que tu peux t'arrêter dans la soirée ?

— Oui. D'accord. Je commence par faire un tour à Stallarholmen.

Bublanski raccrocha et se frotta les yeux.

LE DÉTACHEMENT DE STRÄNGNÄS arriva à la maison de campagne de Bjurman à 15 h 44. Au chemin d'accès, ils entrèrent littéralement en collision avec un homme qui tentait de quitter les lieux sur une Harley Davidson instable qu'il alla incruster dans l'avant du fourgon de la police. Le choc ne fut pas très violent. Les policiers descendirent du fourgon et identifièrent Benny Nieminen, trente-sept ans, un assassin connu du milieu des années 1990. Nieminen n'avait pas l'air d'avoir la forme, et on lui passa les menottes. Quand les policiers les refermèrent sur ses poignets, ils découvrirent assez étonnés que le dos de son blouson de cuir était abîmé. Il manquait un carré d'environ vingt centimètres sur vingt en plein milieu. L'impression était assez curieuse. Benny Nieminen ne voulut pas commenter la chose.

Puis ils parcoururent les deux cents mètres environ jusqu'à la maison. Ils y trouvèrent un ancien docker du nom d'Öberg en train de faire un bandage de soutien au pied d'un Carl-Magnus Lundin, trente-six ans et patron de la bande de voyous pas tout à fait inconnue du MC Svavelsjö.

Le commandant du fourgon d'intervention était l'inspecteur de police Nils-Henrik Johansson. Il descendit, ajusta son ceinturon et contempla le triste personnage par terre. Il laissa tomber la réplique de police classique.

— Qu'est-ce qu'il se passe ici ?

Le docker à la retraite interrompit ses soins au pied de Magge Lundin et jeta un bref regard sur Johansson.

— C'est moi qui vous ai appelé.

— Vous avez signalé des coups de feu.

— J'ai signalé que j'ai entendu un coup de feu et que je suis allé vérifier et que j'ai trouvé ces types. Ce gars-là s'est ramassé une balle dans le pied et une bonne raclée. Je crois qu'il a besoin d'une ambulance.

Öberg tourna les yeux vers le fourgon d'intervention.

— Tiens, vous avez chopé l'autre canaille. Il était hors jeu quand je suis arrivé, mais il ne semblait pas blessé. Il a récupéré au bout d'un moment, et il ne voulait pas rester.

JERKER HOLMBERG ARRIVA avec les policiers de Södertälje au moment où l'ambulance quittait le lieu. Le détachement de Strängnäs lui fit un bref résumé de ses observations. Ni Lundin ni Nieminen n'avaient voulu expliquer la raison de leur présence sur les lieux. Lundin n'était d'ailleurs pas en état de parler.

— Donc, deux motards en combi de cuir, une Harley Davidson, une blessure par balle et pas d'arme. Ai-je bien tout compris ? demanda Holmberg.

Le commandant Johansson hocha la tête. Holmberg réfléchit un instant.

— On peut supposer qu'ils ne sont pas venus ici à deux sur une moto.

— Je crois que c'est considéré comme peu viril dans leurs cercles de n'être que passager, dit Johansson.

— Dans ce cas, il manque une moto. De même que l'arme manque aussi, on peut en tirer la conclusion qu'un troisième larron a déjà quitté les lieux.

— Ça me semble plausible.

— Ce qui nous crée un problème logique. Si ces deux messieurs de Svavelsjö sont arrivés chacun sur sa moto, il manque aussi le véhicule qu'aurait utilisé le troisième individu. Il n'a tout de même pas pu partir avec son propre véhicule et sur une moto en même temps. Et ça fait assez long de venir à pied de la route de Strängnäs.

— A moins que le troisième individu n'ait habité dans la maison.

— Hmm, fit Jerker Holmberg. Cette maison appartenait à feu maître Bjurman qui définitivement n'y habite plus.

— Il peut aussi y avoir eu un quatrième individu qui serait parti en voiture.

— Mais alors pourquoi ne pas partir ensemble dans ce cas ? J'ai le sentiment que cette histoire ne se résume pas au vol d'une Harley Davidson, même si elles sont très convoitées.

Il réfléchit un moment et demanda ensuite au détachement d'envoyer deux agents à la recherche d'un véhicule abandonné sur une piste forestière quelque part dans les parages et aussi pour frapper aux portes des maisons proches et demander si quelqu'un aurait vu quelque chose d'inhabituel.

— A cette époque de l'année, il n'y a pas beaucoup de gens qui habitent dans le coin, dit le commandant du détachement, mais il promit de faire de son mieux.

Ensuite Holmberg ouvrit la porte de la maison qui n'avait pas été refermée à clé. Il trouva immédiatement les classeurs restés sur la table de la cuisine, contenant l'enquête de Bjurman sur Lisbeth Salander. Il s'assit et se mit à feuilleter avec stupéfaction.

JERKER HOLMBERG AVAIT DE LA CHANCE. Trente minutes seulement après qu'avait commencé l'opération porte-à-porte parmi les maisonnettes très peu habitées, on tomba sur Anna Viktoria Hansson, soixante-douze ans, qui avait passé cette journée printanière à nettoyer un jardin à la bifurcation pour le village de vacances. Mais oui, elle avait de bons yeux. Mais oui, elle avait vu une fille de petite taille avec une veste sombre passer à pied vers midi à peu près. Vers 15 heures, deux hommes sur des motos étaient passés. Ils faisaient un de ces boucans. Et peu après la fille était repassée en sens inverse sur l'une des motos. Ensuite les voitures de police étaient arrivées.

En même temps que Jerker Holmberg recevait ce rapport, Curt Bolinder arriva à la maison de campagne.

— C'est quoi, l'histoire ? demanda-t-il.

Jerker Holmberg contempla son collègue d'un air morose.

— Je ne sais pas très bien comment expliquer tout ça, répondit Holmberg.

— JERKER, TU ESSAIES DE ME FAIRE GOBER que Lisbeth Salander a débarqué dans la baraque de Bjurman et que toute seule elle a filé la rouste de sa vie au dirigeant du MC Svavelsjö ? demanda Bublanski dans le combiné.

Sa voix semblait excédée.

— Ben quoi, elle a bien été entraînée par Paolo Roberto...

— Jerker. Tais-toi.

— Je te livre les faits. Magnus Lundin est blessé au pied par balle. Il risque de rester boiteux pour le restant de sa vie. La balle est ressortie par le côté du talon.

— En tout cas, elle ne lui a pas tiré dans la tête.

— Ce n'était probablement pas nécessaire. Si j'ai bien compris la brigade, Lundin a de graves blessures à la figure, la mâchoire brisée et deux dents cassées. Les ambulanciers craignaient une commotion cérébrale. A part la blessure au pied, il souffre aussi énormément du bas-ventre.

— Comment va Nieminen ?

— Il semble totalement indemne. Mais selon le vieux qui nous a alertés, il était étalé par terre, sans connaissance, quand il est arrivé. Il était incapable de dire quoi que ce soit, mais il s'est remis au bout d'un moment et il essayait de quitter les lieux quand la police de Strängnäs est arrivée.

Pour la première fois depuis très longtemps, Bublanski resta totalement muet.

— Un détail mystérieux..., dit Jerker Holmberg.

— C'est quoi encore ?

— Je ne sais pas comment décrire la chose. Le blouson de cuir de Nieminen... oui, il était arrivé à moto.

— Oui ?

— Il était endommagé.

— Comment ça endommagé ?

— Il en manque un bout. Quelqu'un a découpé un morceau d'environ vingt centimètres sur vingt dans le dos. Juste à l'endroit où figure le logo du MC Svavelsjö.

Bublanski leva les sourcils.

— Pourquoi Lisbeth Salander irait-elle découper un morceau de son blouson ? Comme un trophée ?

— Pas la moindre idée. Mais j'ai pensé à une chose, dit Jerker Holmberg.

— Quoi ?

— Magnus Lundin a un énorme bide et il est blond, avec une queue de cheval. Un des gars qui ont enlevé la copine de Salander, Miriam Wu, était blond avec une queue de cheval et un bide de buveur de bière.

LISBETH SALANDER N'AVAIT PAS RESSENTI cette sensation vertigineuse depuis plusieurs années, quand elle avait fait de la chute libre au parc d'attractions de Gröna Lund. Elle avait fait trois tours et elle aurait pu en faire trois de plus si elle n'avait pas été à court d'argent.

Elle constata aussi que c'était une chose de piloter une Kawasaki 125, qui à vrai dire n'était qu'une mobylette débridée, et une tout autre de garder le contrôle d'une Harley Davidson de 1 450 centimètres cubes. Ses trois cents premiers mètres sur la piste forestière de Bjurman, lamentablement entretenue, valaient toutes les montagnes russes du monde. Elle se sentit comme un gyroscope vivant. A deux reprises, elle faillit partir droit dans le décor mais réussit au dernier moment à reprendre le contrôle de la bécane. Elle avait l'impression de chevaucher un élan affolé.

De plus, le casque s'entêtait tout le temps à vouloir glisser devant ses yeux, bien qu'elle l'ait rembourré avec un bout de cuir découpé dans le blouson molletonné de Benny Nieminen.

Craignant de ne pas savoir maîtriser le poids de la moto, elle préféra ne pas s'arrêter. Elle était trop petite pour pouvoir vraiment poser un pied par terre et elle redoutait que la Harley se renverse. Dans ce cas, elle n'aurait jamais assez de force pour la relever.

Ça devint plus facile dès qu'elle arriva sur la piste plus large qui menait vers le village de vacances. Quelques minutes plus tard, lorsqu'elle s'engagea sur la route de Strängnäs, elle osa lâcher le guidon d'une main pour ajuster le casque. Ensuite elle mit les gaz. Elle fit le trajet jusqu'à Södertälje en un temps record, un sourire ravi collé sur la figure en permanence. Peu avant Södertälje, elle croisa deux voitures tous gyrophares scintillants, les sirènes poussées à fond.

Le plus sage aurait évidemment été d'abandonner la Harley dès Södertälje et de laisser Irene Nesser prendre le train de banlieue pour Stockholm, mais Lisbeth Salander ne sut pas résister à la tentation. Elle s'engagea sur l'E4 et accéléra. Elle veilla soigneusement à ne pas dépasser la limitation de vitesse, bon, en tout cas pas trop, mais elle avait quand même l'impression de se trouver en chute libre. Ce ne fut qu'à hauteur d'Älvsjö qu'elle prit la bretelle de sortie et trouva son chemin vers le parc des Expositions de Stockholm où elle se gara sans renverser le monstre. L'âme pleine de nostalgie, elle abandonna la moto en compagnie du casque et du morceau de cuir décoré du blouson de Benny Nieminen, et se dirigea à pied vers la gare. Elle s'était beaucoup refroidie. Elle descendit à l'arrêt suivant, Södra Station, et rentra à pied chez elle pour filer s'allonger dans la baignoire.

— SON NOM EST ALEXANDER ZALACHENKO, dit Gunnar Björck. Mais en réalité il n'existe pas. Tu ne le trouveras pas dans le registre de l'état civil.

Zala. Alexander Zalachenko. Enfin un nom.

— Qui est-il et comment puis-je le trouver ?

— Ce n'est pas quelqu'un qu'on a envie de trouver.

— Crois-moi, j'ai très, très envie de le rencontrer.

— Ce que je vais te raconter maintenant, ce sont des données classées secret-défense. Si on devait apprendre que c'est moi qui te les ai racontées, je suis bon pour une sérieuse condamnation. C'est un des plus grands secrets que nous ayons à la Défense nationale suédoise. Il faut que tu comprennes pourquoi il est si important que tu garantisses ma protection en tant que source.

— Je l'ai déjà fait, non ?

— Tu as l'âge pour te souvenir de la guerre froide.

Mikael hocha la tête. *Allez, crache le morceau !*

— Alexander Zalachenko est né en 1940 à Stalingrad en Ukraine, dans l'Union soviétique de l'époque. Il avait un an quand l'opération Barbarossa fut lancée, avec l'offensive allemande sur le front est. Les deux parents de Zalachenko sont morts dans la guerre. C'est en tout cas ce que pense Zalachenko. Il ne sait pas lui-même ce qui s'est passé pendant la guerre. Ses premiers souvenirs datent d'un orphelinat dans l'Oural.

Mikael hocha la tête, pour signaler qu'il suivait le fil.

— L'orphelinat se trouvait dans une ville de garnison et il était dirigé par l'Armée rouge. On peut dire que Zalachenko a eu une formation militaire très précoce. Cela se passait pendant les pires années du stalinisme. Après la chute de l'Union soviétique, un tas de documents ont été retrouvés qui prouvent l'existence de différentes expérimentations faites pour créer un escadron de soldats d'élite particulièrement bien entraînés, recrutés parmi des orphelins pris en charge par l'Etat. Zalachenko était l'un de ces enfants.

Mikael hocha de nouveau la tête.

— Pour faire court. A l'âge de cinq ans, il a été placé dans une école militaire. On s'est rendu compte qu'il était très intelligent. Quand il a eu quinze ans, en 1955, il a été déplacé dans une école militaire à Novossibirsk où pendant trois ans il a reçu, avec deux mille autres élèves, un entraînement équivalent à celui des *spetsnaz*, les unités d'élite russes, donc.

— D'accord. Un valeureux petit soldat.

— En 1958, il avait alors dix-huit ans, il a été transféré à Minsk pour suivre la formation spéciale du GRO. Tu sais ce qu'était le GRO ?

— Je crois, oui.

— Littéralement, ça signifie *Glavnoe razvedivatelnoe oupravlenie*, c'est le service de renseignements et d'action militaire directement subordonné au plus haut commandement militaire de l'armée. Il ne faut pas confondre le GRO avec le KGB, qui était la police secrète civile.

— Je sais.

— Dans les films de James Bond, les grands espions à l'étranger sont en général des gars dits du KGB. En réalité, le KGB était principalement le service de sécurité intérieure du régime, qui gérait des camps de prisonniers en Sibérie et éliminait les opposants au régime d'une balle dans la nuque dans les caves de la Loubianka. Ceux qui répondaient de l'espionnage et des opérations hors des frontières appartenaient en général au GRO.

— Ton truc est en train de prendre la tournure d'une leçon d'histoire. Continue.

— A vingt ans, Alexander Zalachenko a reçu sa première affectation à l'étranger. On l'a envoyé à Cuba. C'était une phase d'entraînement, et il n'avait à l'époque que le grade qui correspond à porte-enseigne. Mais il y est resté deux ans, et il a vécu la crise de Cuba et l'invasion de la baie des Cochons.

— D'accord.

— En 1963, il était de retour à Minsk pour la poursuite de sa formation. Ensuite il a été basé d'abord en Bulgarie puis en Hongrie. En 1965, il a été promu lieutenant et a eu son premier poste en Europe de l'Ouest, à Rome, où il a servi pendant un an. C'était sa première mission *under cover*. Il était civil donc, avec un faux passeport et sans contacts avec l'ambassade.

Mikael hocha la tête. Malgré lui, il commençait à être fasciné.

— En 1967, il a été transféré à Londres. Il y a organisé l'exécution d'un transfuge du KGB. Au cours des dix années suivantes, il est devenu l'un des meilleurs agents du GRO. Il appartenait à la vraie élite des soldats politiques dévoués. Il était dressé depuis tout gamin. Il parle au moins six langues couramment. Il s'est fait passer pour journaliste, photographe, maquettiste, marin… tout ce que tu veux. Il était expert dans l'art de survivre, expert en camouflage et en manœuvres de diversion. Il avait ses propres agents et organisait ou réalisait ses propres opérations. Plusieurs de celles-ci étaient des missions d'élimination, dont un grand nombre se sont déroulées dans le Tiers Monde, mais il était aussi question de chantage, de menaces ou d'autres actions que ses supérieurs voulaient voir réalisées. En 1969, il est passé capitaine, en 1972 commandant et en 1975 il a été promu lieutenant-colonel.

— Comment s'est-il retrouvé en Suède ?

— J'y arrive. Au fil des ans, il a glissé dans la corruption et il a mis de côté un peu de fric par-ci, par-là. Il buvait trop et il avait trop d'histoires de femmes. Ses supérieurs étaient au courant, mais il était toujours un de leurs favoris et ils passaient l'éponge tant que ça restait des broutilles. En 1976, il a été envoyé en mission en Espagne. On ne va pas entrer dans les détails, mais il s'est bourré la gueule et a complètement merdé. La mission a capoté et brusquement il est tombé en disgrâce et il a reçu l'ordre de retourner en Russie. Il a choisi d'ignorer l'injonction et s'est ainsi retrouvé dans une situation encore pire. Le GRO a alors ordonné à un attaché militaire de l'ambassade à Madrid de le contacter et de le raisonner. Quelque chose a carrément foiré pendant l'entretien et Zalachenko a tué l'homme de l'ambassade. Et là, d'un coup, il n'avait plus le choix. Il ne pouvait plus revenir en arrière et il a choisi de sauter précipitamment du train.

— Je vois.

— Il a déserté en Espagne en arrangeant une piste qui semblait mener au Portugal et éventuellement à un accident de bateau. Il a aussi semé une piste qui indiquait qu'il s'était enfui aux Etats-Unis. En réalité, il a choisi de se réfugier dans le pays le plus improbable d'Europe. Il a rejoint la Suède, où il a contacté la Säpo et demandé l'asile politique. Ce qui était en fait assez bien raisonné, la probabilité qu'un escadron de la mort du KGB ou du GRO vienne le chercher ici était quasiment inexistante.

Gunnar Björck se tut.

— Et ?

— Que doit faire le gouvernement quand l'un des espions majeurs de l'Union soviétique se désiste tout à coup et demande l'asile politique en Suède ? C'était juste au moment où nous avions un gouvernement de droite, en fait l'une des toutes premières affaires que nous ayons eu à traiter avec le nouveau Premier ministre. Ces froussards de politiciens ont évidemment essayé de s'en débarrasser au plus vite, mais ils ne pouvaient tout de même pas le renvoyer en URSS – le scandale aurait été colossal. Au lieu de cela, ils ont essayé de le renvoyer aux Etats-Unis ou en Angleterre, mais Zalachenko refusait. Il n'aimait pas les Etats-Unis et, d'après lui, l'Angleterre était un des pays où l'URSS avait des agents du plus haut niveau dans le renseignement. Il ne voulait pas aller en Israël, parce qu'il n'aimait pas les juifs. Par conséquent, il avait décidé qu'il allait s'établir en Suède.

Tout cela semblait tellement invraisemblable que Mikael se demanda vaguement si Gunnar Björck ne le menait pas en bateau.

— Il est donc resté en Suède ?

— Exactement.

— Et tout ça n'a jamais été rendu public ?

— Pendant de nombreuses années, ça a été l'un des secrets militaires les mieux gardés en Suède. Il se trouve que Zalachenko nous était très utile. Pendant une période à la fin des années 1970 et au début des années 1980, il était le joyau de la couronne parmi les transfuges, même en comparaison de ce qui se passait hors des frontières de la Suède. Jamais auparavant un chef des opérations d'un des commandos d'élite du GRO n'avait déserté.

— Ce qui signifie qu'il avait des informations à vendre ?

— C'est ça. Il jouait bien ses cartes et distillait l'information quand elle lui était le plus profitable. Suffisamment d'informations pour qu'on puisse identifier un agent dans le quartier général de l'OTAN à Bruxelles. Un agent illégal à Rome. Le contact d'un cercle d'espions à Berlin. Les noms de tueurs à gages qu'il avait employés à Ankara ou Athènes. Il ne savait pas grand-chose sur la Suède, mais il détenait des infos sur des opérations à l'étranger, qu'à notre tour nous avons pu distiller contre des renvois d'ascenseur. Il était notre mine d'or.

— Autrement dit, vous avez commencé à collaborer avec lui.

— Nous lui avons procuré une nouvelle identité, tout ce que nous avons eu à faire était de lui fournir un passeport et un peu d'argent, et ensuite il se débrouillait tout seul. C'était exactement ce pour quoi il avait été entraîné.

Mikael se tut un moment pour digérer ces informations. Puis il leva les yeux sur Björck.

— Tu m'as menti la dernière fois que je suis venu ici.

— Comment ça ?

— Tu as prétendu avoir rencontré Bjurman au club de tir de la police dans les années 1980. En réalité, tu l'as rencontré bien avant.

Gunnar Björck hocha pensivement la tête.

— C'était une réaction machinale. Tout ça est sous le sceau du secret et je n'avais aucune raison d'aborder la façon dont j'ai rencontré Bjurman. C'est seulement quand tu as posé la question sur Zala que j'ai fait le lien.

— Raconte ce qui s'est passé.

— J'avais trente-trois ans et je travaillais à la Säpo depuis trois ans. Bjurman avait vingt-six ans et venait d'obtenir son diplôme. Il avait trouvé du boulot pour instruire certaines affaires juridiques à la Säpo. C'était plutôt un stage, en réalité. Bjurman est originaire de Karlskrona et son père travaillait dans le service de renseignements militaires.

— Et ?

— En fait, ni Bjurman ni moi n'étions qualifiés pour nous occuper de quelqu'un comme Zalachenko, mais il a pris contact le jour des élections en 1976. Le commissariat était pratiquement vide – tous étaient soit en congé, soit en service de surveillance et des trucs comme ça. Et c'est justement le moment qu'a choisi Zalachenko pour entrer au commissariat de Norrmalm et déclarer qu'il demandait l'asile politique et qu'il voulait parler avec quelqu'un de la Säpo. Il n'a donné aucun nom. J'étais de garde et j'ai cru qu'il s'agissait d'un réfugié ordinaire, alors j'ai pris Bjurman avec moi pour instruire l'affaire. Nous l'avons rencontré au commissariat de Norrmalm.

Björck se frotta les yeux.

— Il était assis là et racontait calmement de façon très neutre comment il s'appelait, qui il était et sur quoi il travaillait. Bjurman prenait des notes. Au bout d'un moment, j'ai réalisé qui j'avais en face de moi et j'en suis tombé sur le cul. Alors j'ai interrompu l'entretien et j'ai emmené Zalachenko et Bjurman à la vitesse grand V loin de la police officielle. Je ne savais pas quoi faire, alors j'ai réservé une chambre à l'hôtel Continental et je l'y ai installé. J'ai laissé Bjurman faire le baby-sitter pendant que je descendais à l'accueil appeler mon chef.

Il éclata soudain de rire.

— J'ai souvent pensé à notre comportement, de vrais amateurs. Mais c'est comme ça que ça s'est passé.

— Qui était ton chef ?

— Ça n'a aucune importance. Je n'ai pas l'intention de nommer davantage de personnes.

Mikael haussa les épaules et laissa le détail passer sans argumenter.

— Aussi bien mon chef que moi avons compris qu'il fallait agir dans le plus grand secret et mêler le moins de gens possible à l'affaire. Bjurman en particulier n'aurait dû avoir aucun rapport avec cette histoire – elle était bien au-dessus de son niveau – mais vu qu'il était déjà dans le secret, mieux valait le garder plutôt que de mettre encore quelqu'un de nouveau au parfum. Et je suppose que le même raisonnement valait pour un junior comme moi. En tout nous étions sept personnes ayant un lien avec la Säpo à connaître l'existence de Zalachenko.

— Combien de personnes sont au courant de cette histoire ?

— Entre 1976 et jusqu'au début des années 1990... en tout et pour tout environ vingt personnes du gouvernement, de l'état-major et au sein de la Säpo.

— Et après le début des années 1990 ?

Björck haussa les épaules.

— A l'instant même où l'Union soviétique s'est écroulée, il a perdu tout son intérêt.

— Mais qu'est-ce qui est arrivé à Zalachenko après son installation en Suède ?

Björck garda le silence si longtemps que Mikael commença à se tortiller sur sa chaise.

— Pour être tout à fait franc... Zalachenko est devenu une star et nous autres qui étions mêlés à son affaire, nous avons bâti nos carrières là-dessus. Comprends-moi bien, c'était aussi un boulot à plein temps. J'ai été désigné mentor de Zalachenko en Suède et, durant les dix premières années, nous nous sommes rencontrés peut-être pas quotidiennement mais au moins plusieurs fois par semaine. C'était pendant les années importantes, quand il était bourré d'informations fraîches. Mais il s'agissait tout autant de garder un œil sur lui.

— Comment ça ?

— Zalachenko était une sacrée vipère. Il pouvait être d'un charme incroyable, mais il pouvait aussi être complètement parano et fou. Il avait des périodes de beuverie où il devenait violent. Plus d'une fois, j'ai dû intervenir la nuit pour arranger des histoires où il était allé se fourrer.

— Par exemple… ?

— Par exemple, il allait au resto et se disputait avec quelqu'un et cassait la gueule à deux vigiles qui essayaient de le calmer. Il était assez petit et frêle comme bonhomme, mais il avait reçu une incroyable formation au corps à corps et il exhibait malheureusement cette compétence en certaines occasions. J'ai même dû aller le chercher au poste.

— Il m'a l'air fou, ce gars. Après tout, il risquait d'attirer l'attention sur lui. Ça ne paraît pas très professionnel.

— Mais il était comme ça. Il n'avait commis aucun crime en Suède et il n'était pas mis en examen ou arrêté pour quoi que ce soit. Nous lui avons fourni un passeport suédois, une carte d'identité et un nom suédois. Et la Säpo lui payait un appartement dans une banlieue de Stockholm. Il recevait aussi un salaire de la Säpo, pour qu'il reste à disposition permanente. Mais nous ne pouvions pas lui interdire d'aller au resto ou d'avoir des embrouilles avec les femmes. Nous ne pouvions que faire le ménage derrière lui. Ça a été ma mission jusqu'en 1985, quand j'ai été muté et qu'un successeur a repris le flambeau comme guide de Zalachenko.

— Et le rôle de Bjurman, dans tout ça ?

— Très franchement, Bjurman était un poids. Il n'était pas spécialement intelligent, c'était la mauvaise personne au mauvais endroit. Et c'était un pur hasard s'il avait été mêlé à l'histoire Zalachenko. Il n'y a participé que tout au début et à quelques rares occasions, quand nous avions besoin de traiter certaines formalités juridiques. Mon chef a résolu le problème avec Bjurman.

— Comment ?

— Le plus simplement possible. Bjurman a trouvé du boulot hors de la police, dans un cabinet d'avocats qui était pour ainsi dire proche…

— Klang & Reine.

Gunnar Björck jeta un regard acéré sur Mikael. Puis il hocha la tête.

— Intellectuellement, Bjurman n'était pas une lumière, mais il s'en est bien tiré. Au fil des ans, il a toujours eu des missions, de petites enquêtes et ce genre de choses à faire pour la Säpo. Donc, lui aussi a en quelque sorte bâti sa carrière sur Zalachenko.

— Et où se trouve Zala aujourd'hui ?

Björck hésita un instant.

— Je ne sais pas. Mes contacts avec lui se sont espacés après 1985 et ça va faire douze ans que je ne l'ai pas rencontré. La dernière chose que j'ai entendue, c'est qu'il a quitté la Suède en 1992.

— Manifestement il est de retour. Son nom a surgi dans un contexte où il est question d'armes, de drogues et de trafic de femmes.

— Je ne devrais pas être surpris, soupira Björck. Mais rien ne te prouve qu'il s'agit du Zala dont je parle ou de quelqu'un d'autre.

— La probabilité que deux Zala apparaissent dans cette histoire devrait être microscopique. Quel était son nom suédois ?

Björck contempla Mikael.

— Je n'ai pas l'intention de le révéler.

— Tu as promis de ne pas faire d'histoires.

— Tu voulais savoir qui est Zala. J'ai raconté. Mais je n'ai pas l'intention de te donner le dernier morceau du puzzle avant d'être sûr que tu tiendras ta part de l'accord.

— Zala a probablement commis trois meurtres et la police pourchasse une innocente. Si tu crois que j'ai l'intention de te lâcher sans avoir le nom de Zala, tu te trompes.

— Comment sais-tu que Lisbeth Salander n'est pas la meurtrière ?

— Je le sais.

Gunnar Björck sourit à Mikael. Il se sentit tout à coup beaucoup plus sûr de lui.

— Je crois que c'est Zala, le meurtrier, dit Mikael.

— Erreur. Zala n'a tué personne.

— Comment est-ce que tu le sais ?

— Parce qu'aujourd'hui, Zala a soixante-cinq ans et qu'il est gravement handicapé. On lui a amputé un pied et il a des difficultés pour marcher. Il ne s'est pas baladé du côté d'Odenplan, ni à Enskede pour tirer sur des gens. S'il devait assassiner quelqu'un, il lui faudrait d'abord appeler une ambulance.

MALOU ERIKSSON SOURIT POLIMENT à Sonja Modig.

— Il faut demander ça à Mikael.

— D'accord.

— Je ne peux pas discuter de son enquête avec vous.

— Mais si l'homme qu'on appelle Zala est un coupable possible…

— C'est avec Mikael que vous devez en parler, répéta Malou. Je peux vous aider à sortir des informations du travail de Dag Svensson, mais rien sur notre propre enquête.

Sonja Modig soupira.

— Je comprends le principe. Qu'est-ce que vous pouvez me dire au sujet des personnes sur cette liste ?

— Seulement ce que Dag Svensson écrit, rien sur les sources. Mais je suppose que je peux révéler que Mikael a contacté une douzaine de ces personnes et qu'il les a éliminées de sa liste. Ça pourrait vous aider.

Sonja Modig hocha la tête avec hésitation. *Non, ça ne va pas m'aider. La police doit quand même frapper à leur porte et entreprendre un interrogatoire formel. Un juge. Trois avocats. Plusieurs politiciens et journalistes… et des collègues. Ça va faire un joyeux manège.* Sonja Modig se dit que la police aurait dû s'attaquer à cette liste dès le lendemain des meurtres.

Son regard tomba sur un nom de la liste. Gunnar Björck.

— Il n'y a pas d'adresse pour cet homme-là.

— Non.

— Pourquoi ?

— Il travaille à la Säpo, son adresse est top secret. Mais il est en congé de maladie en ce moment. Dag Svensson n'avait pas réussi à le trouver.

— Et vous, est-ce que vous avez réussi à le trouver ? sourit Sonja Modig.

— Demandez à Mikael.

Sonja Modig contempla le mur au-dessus du bureau de Dag Svensson. Elle réfléchit.

— Est-ce que je peux vous poser une question personnelle ?

— Je vous en prie.

— Vous ici, qui pensez-vous coupable du meurtre de vos amis et de maître Bjurman ?

Malou Eriksson ne dit rien. Elle aurait aimé que Mikael Blomkvist soit là pour se charger de ces questions. C'était désagréable d'être questionnée ainsi, même si elle était parfaitement innocente. Encore plus désagréable de ne pas pouvoir expliquer où exactement en était *Millénium* dans ses conclusions. Puis elle entendit la voix d'Erika Berger dans son dos.

— Nous partons du principe que les meurtres ont eu lieu pour empêcher la diffusion d'une des révélations sur lesquelles travaillait Dag Svensson. Mais nous ne savons pas qui a tiré. Mikael focalise sur la personne inconnue qui est appelée Zala.

Sonja Modig se retourna et contempla la patronne de *Millénium*. Erika Berger tendit deux mugs de café à Malou et à Sonja. Ils portaient les logos du syndicat des fonctionnaires et des démocrates-chrétiens. Erika Berger sourit poliment. Ensuite, elle retourna dans son bureau.

Elle revint trois minutes plus tard.

— Modig. Votre chef vient d'appeler. Vous avez coupé votre portable. Il faut le rappeler.

L'INCIDENT A LA MAISON DE CAMPAGNE de Bjurman déclencha une activité fébrile durant tout l'après-midi. Une alerte nationale fut lancée, diffusant l'information qu'enfin Lisbeth Salander avait refait surface. L'alerte indiquait qu'elle se déplaçait probablement sur une Harley Davidson appartenant à Magge Lundin. On précisait que Salander était armée et qu'elle avait tiré sur une personne devant une maison de campagne près de Stallarholmen.

La police installa des barrages aux entrées de Strängnäs et de Mariefred, et à toutes les entrées de Södertälje. Les trains de banlieue entre Södertälje et Stockholm furent fouillés le soir pendant plusieurs heures. Aucune fille de petite taille, avec ou sans Harley Davidson, ne put cependant être trouvée.

Ce ne fut que vers 19 heures qu'une voiture de police avisa une Harley abandonnée garée devant le parc des Expositions de Stockholm à Älvsjö, ce qui déplaça les investigations de Södertälje à Stockholm. D'Älvsjö on reçut également le rapport qu'un morceau d'un blouson de cuir portant le logo du MC Svavelsjö avait été retrouvé. Cette trouvaille amena l'inspecteur Bublanski à repousser ses lunettes sur le front et à contempler d'un air boudeur l'obscurité dehors sur Kungsholmen.

Cette journée avait viré en une obscurité totale. Un enlèvement de l'amie de Salander, une intervention de Paolo Roberto, puis un incendie criminel et des voyous enterrés dans les forêts de Södertälje. Et pour finir, un chaos incompréhensible à Stallarholmen.

Bublanski se rendit dans la grande pièce de travail et examina un plan de Stockholm avec les environs. Son regard passa de Stallarholmen à Nykvarn, puis à Svavelsjö pour s'arrêter à Älvsjö, les quatre localités qui pour des raisons complètement différentes étaient venues sur le tapis. Il déplaça le regard sur Enskede et soupira. Il avait le sentiment désagréable que la police se trouvait à des kilomètres à la traîne dans le déroulement des événements. Il ne comprenait absolument rien. Quels que fussent les dessous des meurtres à Enskede, ils étaient bien plus complexes que ce qu'ils avaient initialement pensé.

MIKAEL BLOMKVIST IGNORAIT tout des événements dramatiques à Stallarholmen. Il quitta Smådalarö vers 15 heures. Il s'arrêta à une station-service prendre un café tout en essayant de cerner le problème.

Mikael était profondément frustré. Björck lui avait donné tant de détails qu'il en était stupéfait, mais il avait aussi catégoriquement refusé de lui donner le dernier morceau du puzzle concernant l'identité suédoise de Zalachenko. Mikael se sentait floué. Tout à coup, l'histoire prenait fin et Björck s'était entêté à refuser de raconter le dénouement.

— Nous avons un accord, insista Mikael.

— Et j'en ai rempli ma part. J'ai raconté qui est Zalachenko. Si tu veux davantage d'informations, nous devons formuler un nouvel accord. Il me faut des garanties que mon nom sera totalement laissé en dehors et qu'il n'y aura pas de suite.

— Comment pourrais-je te donner de telles garanties ? Je ne suis pas maître de l'enquête de police, et tôt ou tard ils vont remonter jusqu'à toi.

— Ce n'est pas l'enquête de police qui m'inquiète. Ce que je veux, ce sont des garanties que jamais tu ne m'épingleras au sujet des putes.

Mikael nota que Björck semblait plus soucieux de dissimuler son lien avec le commerce du sexe que d'avoir livré des données classées secret-défense. C'était révélateur de sa personnalité.

— Je t'ai déjà promis de ne pas écrire un mot sur toi dans ce contexte.

— Mais maintenant il me faut des garanties que tu ne me mentionneras jamais en rapport avec Zalachenko.

Mikael n'avait aucune intention de donner ce genre de garanties. Il pouvait aller jusqu'à traiter Björck comme une source anonyme dans la trame du fond, mais il ne pouvait pas garantir un anonymat complet. Finalement, ils s'étaient mis d'accord pour réfléchir à la chose pendant un jour ou deux avant de reprendre la conversation.

Mikael buvait son gobelet de café dans la station-service quand il sentit que quelque chose était là, à sa portée. Si près que ça pouvait devenir une silhouette mais sans qu'il réussisse à mettre l'image au point. Puis l'idée le frappa qu'il y avait peut-être une autre personne en mesure de jeter pas mal de lumière sur l'histoire. Mikael se trouvait assez près du centre de rééducation d'Ersta. Il regarda l'heure, se leva vivement et partit rendre visite à Holger Palmgren.

GUNNAR BJÖRCK ÉTAIT INQUIET. Après la rencontre avec Mikael Blomkvist, il était complètement épuisé. Son dos lui faisait plus mal que jamais. Il prit trois cachets d'analgésique et alla s'allonger sur le canapé du séjour. Les pensées tournaient dans sa tête. Au bout d'une heure, il se leva, mit de l'eau à chauffer et sortit des sachets de thé. Il s'assit à la table de la cuisine et rumina.

Pouvait-il faire confiance à Blomkvist ? Il avait joué toutes ses cartes et maintenant il était livré au bon vouloir de ce journaliste de malheur. Mais il avait conservé l'information la plus importante. L'identité de Zala et son véritable rôle dans les événements. Une carte décisive qu'il gardait dans sa manche.

Comment avait-il pu se retrouver dans ce merdier ? Il n'était pas un criminel. Tout ce qu'il avait fait était de se payer quelques putes. Il était célibataire. Cette foutue môme de seize ans n'avait même pas fait semblant de l'aimer. Elle l'avait regardé pleine de dégoût.

Connasse. Si seulement elle n'avait pas été si jeune. Si seulement elle avait eu plus de vingt ans, il ne serait pas dans ce merdier. Les médias le massacreraient si jamais ils apprenaient l'histoire. Blomkvist aussi le détestait. Il n'essayait même pas de le cacher.

Zalachenko.

Un maquereau. Quelle ironie. Il avait baisé des putes qui appartenaient à Zalachenko. Mais Zalachenko était suffisamment futé pour rester dans l'ombre.

Bjurman et Salander.

Et Blomkvist.

Une issue.

Après une heure de rumination, il entra dans son bureau et sortit le bout de papier avec le numéro de téléphone qu'il avait pris sur son lieu de travail au cours d'une visite plus tôt dans la semaine. Ce n'était pas la seule chose qu'il avait occultée à Mikael Blomkvist. Il savait exactement où se trouvait Zalachenko, mais il ne lui avait pas parlé depuis douze ans. Il n'avait aucune envie de jamais lui parler à nouveau.

Mais Zalachenko était une sacrée fine mouche. Il comprendrait la problématique. Il saurait disparaître de la surface de la terre. Partir à l'étranger prendre sa retraite. La vraie catastrophe serait s'il était arrêté. Alors tout menacerait de s'écrouler.

Il hésita un long moment avant de saisir le téléphone et de composer le numéro.

— Salut. C'est Sven Jansson, dit-il.

Un pseudo qu'il n'avait pas utilisé depuis très longtemps. Zalachenko se souvenait très bien de lui.

28

MERCREDI 6 AVRIL – JEUDI 7 AVRIL

BUBLANSKI RETROUVA SONJA MODIG pour une tasse de café et un sandwich chez Wayne's dans Vasagatan vers 20 heures. Jamais auparavant elle n'avait vu son chef aussi abattu. Il l'informa de tout ce qui s'était passé au cours de la journée. Elle garda longuement le silence. Finalement elle tendit la main et la posa sur le poignet de Bublanski. C'était la première fois qu'elle le touchait et il n'y avait aucune autre intention dans son geste que de l'amitié. Il sourit tristement et tapota sa main de façon tout aussi amicale.

— Je devrais peut-être prendre ma retraite, dit-il.

Elle lui sourit avec indulgence.

— Cette enquête est en train de se casser la gueule, poursuivit-il. Elle s'est même déjà bien cassé la gueule. J'ai raconté à Ekström tout ce qui s'est passé aujourd'hui et la seule consigne qu'il m'ait donnée, c'est "Fais pour le mieux". Il semble incapable d'agir.

— Je ne veux pas dire du mal de mes supérieurs, mais en ce qui me concerne, Ekström peut aller se faire foutre.

Bublanski hocha la tête.

— Formellement, tu es de retour dans l'enquête. Je suppose qu'il ne va pas te présenter ses excuses.

Elle haussa les épaules.

— En ce moment, j'ai l'impression que toute l'enquête se résume à toi et moi, dit Bublanski. Faste est parti en trombe ce matin, fou furieux, et il a gardé son portable coupé toute la journée. S'il ne se montre pas demain, je vais être obligé de diffuser un avis de recherche.

— Pour ma part, Faste peut rester à l'écart. Qu'est-ce qui va se passer pour Niklas Eriksson ?

— Rien. Je voulais le mettre en examen mais Ekström n'a pas osé. On l'a viré et je suis allé dire deux mots à Dragan Armanskij. On a interrompu la collaboration avec Milton, ce qui malheureusement signifie qu'on perd Steve Bohman aussi. C'est dommage. C'est un policier compétent.

— Et Armanskij, comment est-ce qu'il a pris ça ?

— Il était anéanti. Ce qui est intéressant, c'est que…

— Quoi ?

— Armanskij m'a dit que Lisbeth Salander n'avait jamais aimé Eriksson. Il s'est rappelé qu'elle lui avait conseillé de le mettre à la porte il y a quelques années. Elle disait que c'était un enfoiré mais sans vouloir expliquer pourquoi. Evidemment, Armanskij n'a pas suivi son conseil.

— Hmm.

— Curt est toujours à Södertälje. Ils vont faire une perquisition chez Carl-Magnus Lundin très bientôt. Jerker est en train de déterrer l'ancien taulard Kenneth Gustafsson, dit le Vagabond, du côté de Nykvarn. Et juste avant que j'arrive ici, il m'a rappelé pour dire qu'il y a quelqu'un dans la deuxième tombe aussi. A en juger par les vêtements, c'est une femme. Elle semble y être depuis un certain temps.

— Un cimetière dans la forêt. Jan, j'ai l'impression que cette histoire est bien plus monstrueuse que ce qu'on a cru en commençant. J'imagine qu'on n'accuse pas Salander des meurtres à Nykvarn.

Bublanski sourit pour la première fois depuis plusieurs heures.

— Non. Il faudra la décharger de ce morceau-là. Mais elle est quand même armée et elle a tiré sur Lundin.

— Je note qu'elle lui a tiré dans le pied et pas dans la tête. Dans le cas de Magge Lundin, la différence n'est peut-être pas énorme, mais nous avons toujours dit que la personne qui a commis les meurtres à Enskede est un excellent tireur.

— Sonja… tout ça est complètement absurde. Magge Lundin et Benny Nieminen sont deux gros violents avec des casiers judiciaires qui font des kilomètres. Lundin a pris un peu de poids, certes, et il n'est sans doute pas au mieux de sa forme, mais il est dangereux. Et Nieminen est un salopard féroce qui en général fait peur même aux plus gros bras. Je n'arrive pas à comprendre qu'une petite crevette comme Salander ait pu leur casser la gueule de cette façon. Lundin est sérieusement blessé.

— Hmmm.

— Je ne dis pas qu'il ne le mérite pas. Mais je ne comprends pas comment elle s'y est prise.

— On lui demandera quand on la trouvera. C'est attesté partout qu'elle est violente.

— En tout cas, je n'arrive même pas à imaginer ce qui s'est passé là-bas. Il s'agit de deux gars que Curt Bolinder aurait hésité à affronter individuellement. Et Curt Bolinder n'est pas précisément un tendre.

— La question est de savoir si elle avait des raisons de s'attaquer à Lundin et Nieminen.

— Une nana seule avec deux psychopathes, des crétins pur sang dans une maison de campagne déserte. J'imagine assez les raisons, dit Bublanski.

— Est-ce qu'elle a pu recevoir l'aide de quelqu'un ? Est-ce qu'il y avait d'autres personnes sur les lieux ?

— Rien dans l'examen technique ne l'indique. Salander est entrée dans la maison. Il y avait une tasse de café sur la table. Et de plus nous avons Anna Viktoria Hansson qui du haut de ses soixante-douze ans joue les concierges et note tous ceux qui circulent. Elle jure que les seuls qui sont passés sont Salander et les deux types de Svavelsjö.

— Comment est-elle entrée dans la maison ?

— Avec une clé. Je pense qu'elle l'a prise dans l'appartement de Bjurman. Rappelle-toi…

— … les scellés coupés. Oui. La petite demoiselle n'a pas chômé.

Sonja Modig tambourina avec les doigts sur la table pendant quelques secondes, puis partit dans une autre direction.

— Est-ce qu'on a pu établir que c'est Lundin qui a participé à l'enlèvement de Miriam Wu ?

Bublanski hocha la tête.

— On a demandé à Paolo Roberto de regarder un album photo avec trois douzaines de motards. Il l'a identifié immédiatement et sans hésitation. Il dit que c'est l'homme qu'il a vu à l'entrepôt de Nykvarn.

— Et Mikael Blomkvist ?

— Je n'ai pas réussi à le joindre. Il ne répond pas sur son portable.

— Bon. Mais Lundin colle avec le signalement de l'agression dans Lundagatan. On peut donc établir que le MC Svavelsjö poursuit Salander depuis un certain temps. Pourquoi ?

Bublanski écarta les bras.

— Est-ce que Salander a habité la maison de campagne de Bjurman pendant tout ce temps où elle a été recherchée ? voulut savoir Sonja Modig.

— J'ai envisagé l'hypothèse aussi. Mais Jerker ne le pense pas. La maison n'a pas l'air d'avoir été utilisée récemment et on a ce témoin qui affirme qu'elle est arrivée dans le village aujourd'hui seulement.

— Pourquoi y est-elle allée ? J'ai du mal à croire qu'elle avait rendez-vous avec Lundin.

— Tu as raison, c'est fort peu probable. Elle a dû y aller à la recherche de quelque chose. Et la seule chose qu'on y a trouvée était quelques classeurs qui semblent être l'enquête personnelle de Bjurman sur Lisbeth Salander. Il s'agit d'un tas de documents des Affaires sociales et de la commission des Tutelles concernant Salander, et aussi de vieilles notes de sa scolarité. Mais il manque des classeurs. Ils sont numérotés au dos. On a les classeurs 1, 4 et 5.

— Le 2 et le 3 manquent.

— Et peut-être d'autres après le 5.

— Ce qui amène une question. Pourquoi Salander chercherait-elle des informations sur elle-même ?

— Je vois bien deux raisons. Soit elle veut dissimuler quelque chose qu'elle sait que Bjurman a noté sur elle, soit elle veut apprendre quelque chose. Mais il y a une autre question aussi.

— Ah oui ?

— Pourquoi Bjurman a-t-il fait une si vaste enquête sur elle qu'il a cachée ensuite dans sa maison de campagne ? Il semblerait que Salander ait trouvé les classeurs dans le grenier. Il était son tuteur avec pour mission de s'occuper de ses finances et des trucs comme ça. Mais ces classeurs donnent l'impression qu'il était plutôt obsédé par sa vie au point de vouloir la décortiquer.

— Bjurman apparaît de plus en plus comme un zigoto assez louche. J'y ai pensé aujourd'hui quand j'épluchais la liste des michetons à *Millénium*. Je m'attendais presque à l'y trouver aussi.

— Pas mal raisonné. Il y a bien cette collection de hardcore dans son ordinateur. Ça mérite réflexion. Tu as trouvé quelque chose ?

— Je ne sais pas trop. Mikael Blomkvist est en train de rencontrer tous les gars sur la liste, mais d'après cette fille à *Millénium*, Malou Eriksson, il n'a rien trouvé qui ait de l'intérêt. Jan… il faut que je te dise une chose.

— Quoi ?

— Je ne pense pas que c'est Salander qui a fait tout ça. Enskede et Odenplan, je veux dire. J'étais aussi convaincue de sa culpabilité que tous les autres quand on a démarré, mais je n'y crois plus. Et je ne sais pas trop expliquer pourquoi.

Bublanski hocha la tête. Il se rendit compte qu'il était d'accord avec Sonja Modig.

LE GÉANT BLOND FAISAIT LES CENT PAS dans le pavillon de Magge Lundin à Svavelsjö, il était inquiet. Il s'arrêta devant la fenêtre de la cuisine et guetta le long de la route. Ils auraient dû être de retour à l'heure qu'il était. Il sentit l'inquiétude lui ronger le ventre. Quelque chose s'était passé.

De plus, il n'aimait pas se trouver seul chez Magge Lundin. Il ne connaissait pas cette maison. Il y avait un grenier à côté de sa chambre à l'étage et la maison craquait tout le temps de façon désagréable. Il essaya de se débarrasser de son malaise. Le géant blond savait que c'était idiot, mais il n'avait jamais aimé être seul. Il ne craignait pas le moins du monde les êtres humains en chair et en os, mais il estimait que les maisons vides à la campagne avaient quelque chose de terriblement désagréable. Les nombreux bruits mettaient son imagination en branle. Il n'arrivait pas à se libérer de la sensation que quelque chose d'obscur et de malveillant le contemplait par l'entrebâillement d'une porte. Des fois, même, il avait l'impression d'entendre une respiration.

Plus jeune, on s'était fichu de lui à cause de sa peur du noir. C'est-à-dire on s'était fichu de lui jusqu'à ce qu'il foute des roustes à ses camarades et parfois aussi à des gens plus âgés qui trouvaient leur plaisir dans ce genre de divertissement. Il s'y entendait bien, en roustes.

Mais c'était gênant. Il détestait l'obscurité et la solitude. Il haïssait les êtres qui peuplaient l'obscurité et la solitude. Il aurait voulu que Lundin rentre maintenant. La présence de Lundin rétablirait l'équilibre, même s'ils ne se parlaient pas, même s'ils ne se trouvaient pas dans la même pièce. Il entendrait de vrais bruits, des mouvements et il saurait qu'il y avait des humains près de lui.

Il essaya de se débarrasser de son malaise en écoutant des disques. Ne tenant pas en place, il chercha quelque chose à lire sur les étagères de Lundin. Malheureusement, la veine intellectuelle de Lundin laissait pas mal à désirer, et il dut se contenter d'une collection de vieilles revues de moto, de magazines pour hommes et de polars malmenés du genre qui ne l'avait jamais fasciné. Son isolement tourna de plus en plus à la claustrophobie. Il passa un moment à nettoyer et à huiler l'arme à feu qu'il gardait dans son sac, ce qui eut pour effet de le calmer temporairement.

Finalement, incapable de rester davantage dans la maison, il sortit faire un petit tour dehors dans la cour pour prendre l'air. Il resta hors de vue des voisins, mais s'arrêta de façon à pouvoir voir les fenêtres éclairées où il y avait des gens. En restant complètement immobile, il pouvait entendre de la musique au loin.

Quand il s'apprêta à rentrer dans la baraque de Lundin, son malaise était terrifiant et il resta longuement sur le perron, son cœur battant la chamade, avant de se secouer et d'ouvrir résolument la porte.

A 19 heures, il descendit dans le séjour et alluma la télé pour regarder les informations sur TV4. Stupéfait, il écouta les titres puis la description des incidents à la maison de campagne à Stallarholmen. C'était le premier sujet du journal.

Il grimpa l'escalier quatre à quatre jusqu'à la chambre d'amis à l'étage et fourra ses affaires dans un sac. Deux minutes plus tard, il sortit par la porte et démarra en trombe la Volvo blanche.

Il était parti au dernier moment. A un kilomètre seulement de Svavelsjö, il croisa deux voitures de police, les gyrophares bleus allumés, qui entraient dans le village.

APRÈS BIEN DES EFFORTS, Mikael Blomkvist put rencontrer Holger Palmgren vers 18 heures le mercredi. Des efforts parce qu'il lui avait fallu convaincre le personnel de le laisser entrer. Il insista avec tant de vigueur qu'une infirmière appela un certain Dr A. Sivarnandan, qui habitait apparemment tout près de la maison de santé. Sivarnandan arriva au bout d'un quart d'heure et prit en main le problème de ce journaliste tenace. Pour commencer, il fut intraitable. Au cours des deux dernières semaines, plusieurs journalistes avaient réussi à localiser Holger Palmgren et avaient déployé des méthodes quasi désespérées pour obtenir un commentaire. Holger Palmgren lui-même s'était obstiné à refuser de telles visites et le personnel avait reçu l'ordre de ne laisser entrer personne.

Sivarnandan avait aussi suivi l'évolution avec une grande inquiétude. Il était effaré des titres qu'avait causés Lisbeth Salander dans les médias et il avait noté que son patient avait sombré dans une profonde dépression qui selon lui découlait de l'incapacité de Palmgren d'agir en quoi que ce soit. Il avait interrompu sa rééducation et passait ses journées à lire les journaux et à suivre la chasse à Lisbeth Salander à la télé. Le reste du temps, il ruminait dans sa chambre.

Mikael resta avec obstination devant le bureau du Dr Sivarnandan et expliqua qu'il n'avait aucunement l'intention d'exposer Holger Palmgren à quoi que ce soit de désagréable, et que son but n'était pas d'obtenir un commentaire. Il expliqua qu'il était un ami de Lisbeth Salander, qu'il mettait en doute sa culpabilité et qu'il cherchait désespérément des informations qui pourraient jeter une lumière sur certains détails dans son passé.

Le Dr Sivarnandan ne se laissait pas facilement séduire. Mikael fut obligé de s'asseoir et d'expliquer longuement son rôle dans le drame. Sivarnandan ne céda qu'au bout de plus d'une demi-heure de discussion. Il demanda à Mikael d'attendre qu'il monte dans la chambre de Holger Palmgren lui demander s'il acceptait de le recevoir.

Sivarnandan revint au bout de dix minutes.

— Il accepte de vous voir. Si vous ne lui plaisez pas, il vous jettera dehors. Vous n'avez pas le droit de l'interviewer ni de parler de cette visite dans les médias.

— Je vous assure que je n'écrirai pas une ligne là-dessus.

Holger Palmgren avait une petite chambre avec un lit, une commode, une table et quelques chaises. L'homme était un épouvantail maigre aux cheveux blancs, avec des problèmes d'équilibre manifestes, mais il se leva quand même quand Mikael entra. Il ne tendit pas la main, mais indiqua une des chaises à côté de la petite table. Mikael s'assit. Sivarnandan resta dans la chambre. Au début, Mikael eut du mal à comprendre les paroles bafouillées par Holger Palmgren.

— Qui êtes-vous pour vous dire l'ami de Lisbeth Salander et qu'est-ce que vous voulez ?

Mikael se pencha en arrière. Il réfléchit un court moment.

— Holger, vous n'êtes pas obligé de me parler. Mais je vous demande d'écouter ce que j'ai à dire avant de décider de me mettre à la porte.

Palmgren hocha brièvement la tête et se traîna jusqu'à la chaise en face de Mikael.

— J'ai rencontré Lisbeth Salander la première fois il y a environ deux ans. Je l'ai engagée pour faire une recherche pour moi sur un sujet que je préfère ne pas aborder ni évoquer. Elle est venue me voir dans un lieu où je vivais temporairement et nous avons travaillé ensemble pendant plusieurs semaines.

Il se demanda jusqu'à quel point il devait expliquer à Palmgren. Il décida de rester aussi proche de la vérité que possible.

— En cours de route, deux choses se sont passées. L'une est que Lisbeth m'a sauvé la vie. L'autre est que nous avons été très proches pendant une période. J'ai appris à la connaître et je l'aimais énormément.

Sans entrer dans le détail, Mikael parla de sa relation avec Lisbeth et de la fin brutale de celle-ci après les fêtes de Noël un an auparavant quand Lisbeth était partie à l'étranger.

Ensuite il parla de son travail à *Millénium* et des meurtres de Dag Svensson et de Mia Bergman, et il expliqua comment il avait soudain été mêlé à la chasse à un meurtrier.

— J'ai compris que vous avez été importuné par des journalistes ces derniers temps et que les journaux ont publié des bêtises à n'en plus finir. Tout ce que je peux faire maintenant, c'est vous assurer que je ne suis pas ici pour obtenir du matériel pour un énième article. Je suis probablement l'une des très rares personnes de ce pays en ce moment qui sans hésitation et sans arrière-pensées sont dans le camp de Lisbeth. Je crois qu'elle est innocente. Je crois que c'est un homme qui s'appelle Zalachenko qui est derrière les meurtres.

Mikael fit une pause. Quelque chose avait scintillé dans les yeux de Palmgren quand il avait prononcé le nom de Zalachenko.

— Si vous pouvez contribuer avec quoi que ce soit qui pourrait éclairer son passé, alors c'est le moment. Si vous ne voulez pas l'aider, alors je gaspille mon temps, et je saurai aussi quelle est votre position.

Holger Palmgren n'avait pas dit un mot pendant son discours. Au dernier commentaire, il y eut de nouveau un scintillement dans ses yeux. Mais il sourit. Il parla aussi lentement et distinctement qu'il put.

— Et vous voulez vraiment l'aider.

Mikael fit oui de la tête.

Holger Palmgren se pencha en avant.

— Décrivez-moi le canapé dans son séjour.

Mikael lui rendit son sourire.

— Quand je suis passé chez elle, elle avait un vieux truc absolument immonde qui pourrait à la rigueur intéresser un brocanteur. Je dirais du début des années 1950. Il a deux coussins informes en tissu marron avec un dessin jaune. Le tissu s'est déchiré à plusieurs endroits et la garniture s'en échappe.

Holger Palmgren éclata de rire. Ça ressemblait plutôt à un raclement de gorge. Il regarda le Dr Sivarnandan.

— Il est en tout cas allé dans son appartement. Dites-moi, docteur, pourrais-je avoir un café pour mon invité ?

— Bien sûr.

Sivarnandan se leva et quitta la pièce. Il s'arrêta à la porte et adressa un signe de la tête à Mikael.

— Alexander Zalachenko, dit Holger Palmgren dès que la porte fut fermée.

Mikael écarquilla les yeux.

— Vous connaissez le nom ?

Holger Palmgren hocha la tête.

— Lisbeth m'a dit son nom. Je crois que c'est important que je raconte cette histoire à quelqu'un… s'il me prenait l'idée d'aller mourir subitement, ce qui n'est pas totalement improbable.

— Lisbeth ? Comment pouvait-elle connaître son existence ?

— Il est le père de Lisbeth Salander.

Tout d'abord, Mikael eut du mal à comprendre ce que disait Holger Palmgren. Puis les mots firent leur chemin.

— Qu'est-ce que vous me dites là ?!

— Zalachenko est arrivé ici dans les années 1970. Il était une sorte de réfugié politique – je n'ai jamais vraiment compris cette histoire et Lisbeth était toujours très chiche en renseignements. Tout ça était une chose qu'elle ne voulait absolument pas aborder.

Son acte de naissance. Père inconnu.

— Zalachenko est le père de Lisbeth, répéta Mikael.

— Une seule fois pendant toutes les années où je l'ai connue, elle a raconté ce qui s'était passé. C'était à peu près un mois avant que j'aie mon attaque. Voici ce que j'ai compris : Zalachenko est arrivé ici au milieu des années 1970. Il a rencontré la maman de Lisbeth en 1977, ils sont devenus un couple et le résultat a été deux enfants.

— Deux ?

— Lisbeth, et sa sœur Camilla. Elles sont jumelles.

— Seigneur – vous voulez dire qu'il y en a deux comme elle !

— Elles sont très différentes. Mais c'est une autre histoire. La mère de Lisbeth s'appelait Agneta Sofia Sjölander. Elle avait dix-sept ans quand elle a rencontré Alexander Zalachenko. Je ne connais pas trop les détails de leur rencontre, mais j'ai cru comprendre qu'elle était une jeune fille assez immature et qu'elle a été une proie facile pour un homme plus âgé et plus expérimenté. Elle a été impressionnée par lui et probablement follement amoureuse.

— Je comprends.

— Zalachenko s'est montré tout sauf sympathique. Il était bien plus âgé qu'elle. J'imagine qu'il cherchait une femme facile, rien de plus.

— Vous avez probablement raison.

— Elle fantasmait sans doute sur un avenir rassurant avec lui, mais il n'avait aucune intention de se marier.

D'ailleurs, ils ne se sont jamais mariés, mais en 1979 elle a changé son nom de Sjölander en Salander. C'était probablement sa façon de marquer qu'ils étaient ensemble.

— Qu'est-ce que vous entendez par là ?

— Zala. *Salander.*

— Bon Dieu ! s'exclama Mikael.

— J'ai commencé à me pencher là-dessus juste quand je suis tombé malade. Ce qui est arrivé ensuite, c'est que Zalachenko s'est avéré être un psychopathe d'envergure. Il buvait et tabassait Agneta. Pour autant que j'ai pu comprendre, cette violence s'est poursuivie tout au long de l'enfance des filles. Lisbeth se souvient que Zalachenko faisait régulièrement son apparition. Parfois il pouvait rester absent de longues périodes avant de revenir soudain à Lundagatan. Et chaque fois c'était la même chose. Zalachenko venait pour le sexe et pour boire et ça se terminait toujours en différents sévices pour Agneta Salander. Lisbeth m'a raconté des détails qui laissent entendre qu'il ne s'agissait pas uniquement de sévices physiques. Il était armé et menaçant, et il ressemblait fort à un sadique appréciant la terreur psychique. J'ai compris que ça n'a fait qu'empirer avec les années. La plus grande partie des années 1980, la mère de Lisbeth l'a vécue dans la terreur.

— Est-ce qu'il frappait aussi les enfants ?

— Non. Apparemment, il ne s'intéressait absolument pas à ses filles. Il leur disait à peine bonjour. La mère les envoyait en général dans la chambre quand Zalachenko arrivait, et elles n'avaient pas le droit d'en sortir sans autorisation. Une ou deux fois il lui est peut-être arrivé de donner une tape à Lisbeth ou à sa sœur, mais c'était surtout parce qu'elles dérangeaient ou se trouvaient sur son chemin. Toute la violence était dirigée contre la mère.

— Merde alors. Pauvre Lisbeth.

Holger Palmgren hocha la tête.

— Lisbeth m'a raconté tout ça environ un mois avant que j'aie mon attaque. C'était la première fois qu'elle parlait ouvertement de ce qui s'était passé. Je venais de décider que c'était assez, toutes ces inepties de tutelle. Lisbeth était aussi intelligente que toi et moi et je me préparais à relancer son cas au tribunal d'instance. Puis j'ai eu mon attaque… et quand je me suis réveillé, j'étais ici.

Il fit un grand mouvement avec le bras. Une aide-soignante frappa à la porte et entra avec le café. Palmgren garda le silence jusqu'à ce qu'elle ait quitté la pièce.

— Il y a des choses dans ce récit que je ne comprends pas. Agneta Salander a été obligée de se faire soigner à l'hôpital une douzaine de fois. J'ai lu son dossier. Elle était manifestement victime d'une maltraitance sévère et les Affaires sociales auraient dû intervenir. Mais rien ne s'est passé. Lisbeth et Camilla étaient placées à l'accueil social quand elle était hospitalisée, mais dès qu'elle sortait de l'hôpital, elle rentrait chez elle pour attendre le round suivant. La seule explication que je puisse donner, c'est que tout le réseau de protection sociale a failli à sa mission et qu'Agneta avait beaucoup trop peur pour faire autre chose qu'attendre son tortionnaire. Puis il est arrivé quelque chose. Lisbeth appelle cela Tout Le Mal.

— Et c'est quoi ?

— Zalachenko ne s'était pas montré pendant plusieurs mois. Lisbeth venait d'avoir douze ans. Elle avait presque commencé à croire qu'il avait disparu pour de bon. Ce n'était évidemment pas le cas. Un jour il est revenu. D'abord, Agneta a enfermé Lisbeth et sa sœur dans la chambre. Ensuite elle a eu des rapports avec Zalachenko. Puis il a commencé à la tabasser. Il prenait plaisir à la torturer. Mais cette fois-ci, ce n'était pas deux petites enfants qui étaient enfermées… Les filles ont réagi différemment. Camilla avait une peur panique que quelqu'un apprenne ce qui se déroulait chez elles. Elle refoulait tout et faisait comme si elle ne savait pas que sa maman était maltraitée. Quand les coups avaient fini de pleuvoir, Camilla venait en général faire un câlin à son papa comme si tout allait bien.

— C'était sa façon de se protéger.

— Oui. Mais Lisbeth était d'un autre calibre. Cette fois-ci, elle a interrompu la séance de violence. Elle est allée dans la cuisine chercher un couteau qu'elle a planté dans l'épaule de Zalachenko. Elle l'a poignardé cinq fois avant qu'il réussisse à lui prendre le couteau et à lui donner un coup de poing. Les plaies n'étaient pas profondes mais il saignait comme un cochon, et il a décampé.

— C'est du Lisbeth tout craché, ça.

Palmgren rit.

— Oui. Mieux vaut ne pas énerver Lisbeth Salander. Son attitude envers l'entourage est que si quelqu'un la menace avec un pistolet, elle s'en procure un plus gros. C'est cela qui me fait si peur dans ce qui se passe en ce moment.

— C'était ça, Tout Le Mal ?

— Non. Maintenant deux choses vont se passer. Je n'arrive pas à comprendre. Zalachenko était suffisamment blessé pour avoir besoin de soins à l'hôpital. Il aurait dû y avoir une enquête de police.

— Mais ?

— Mais pour ce que j'en sais, il ne s'est absolument rien passé. Lisbeth prétend qu'un homme est venu parler avec Agneta. Elle ne sait pas ce qui a été dit ni qui il était. Et ensuite sa mère a dit à Lisbeth que Zalachenko avait tout pardonné.

— Pardonné ?

— C'est l'expression qu'elle a utilisée.

Et subitement Mikael comprit.

Björck. Ou l'un des collègues de Björck. Il fallait nettoyer derrière Zalachenko. Quel salopard ! Il ferma les yeux.

— Quoi ? demanda Palmgren.

— Je crois savoir ce qui s'est passé. Et cette fois-ci quelqu'un va payer. Mais continuez votre récit.

— Zalachenko ne s'est pas montré pendant des mois. Lisbeth l'attendait et se préparait. Elle faisait l'école buissonnière à tout moment pour surveiller sa maman. Elle avait une peur bleue que Zalachenko lui fasse du mal. Elle avait douze ans et ressentait une responsabilité pour sa mère qui n'osait pas aller à la police et qui ne pouvait pas rompre avec Zalachenko, ou qui peut-être ne percevait pas le sérieux de la situation. Mais le jour où Zalachenko est revenu, Lisbeth était justement à l'école. Elle rentrait quand il était en train de quitter l'appartement. Il n'a rien dit. Il a seulement ri. Lisbeth est entrée et a trouvé sa maman sans connaissance par terre dans la cuisine.

— Et Zalachenko n'a pas touché Lisbeth ?

— Non. Elle l'a rattrapé quand il montait dans sa voiture. Il a baissé la vitre, probablement pour lui dire quelque chose. Lisbeth s'était préparée. Elle a jeté une brique de lait dans la voiture, qu'elle avait remplie d'essence. Puis elle a craqué une allumette.

— Nom de Dieu !

— Deux fois, elle a essayé de tuer son père. Et cette fois-ci, il y a eu des conséquences. Un homme brûlant comme une torche dans une voiture dans Lundagatan, ça ne pouvait pas passer inaperçu.

— En tout cas, il a survécu.

— Zalachenko en est sorti terriblement mal en point, avec de graves brûlures. Ils ont été obligés d'amputer un pied. Il a eu le visage sérieusement brûlé et des brûlures ailleurs sur le corps aussi. Et Lisbeth s'est retrouvée en pédopsychiatrie à Sankt Stefan.

ELLE EN CONNAISSAIT DÉJÀ CHAQUE MOT PAR CŒUR, mais Lisbeth Salander relut attentivement les documents la concernant qu'elle avait trouvés dans la maison de campagne de Bjurman. Ensuite, elle s'installa dans le recoin de la fenêtre et ouvrit l'étui à cigarettes que lui avait offert Miriam Wu. Elle alluma une cigarette et regarda Djurgården. Elle avait découvert quelques détails sur sa vie qu'elle ne connaissait pas avant.

Tant de morceaux du puzzle tombaient en place qu'elle en devint toute glacée. Ce qui l'intéressait avant tout était le rapport de police rédigé par Gunnar Björck en février 1991. Elle n'aurait su dire lequel de tous les adultes qui lui avaient parlé était Björck, mais elle croyait savoir. Il s'était présenté sous un autre nom. *Sven Jansson*. Elle se rappelait chaque nuance de son visage, chaque mot qui avait été dit et chaque geste qu'il avait fait lors des trois occasions où elle l'avait rencontré.

Ça avait été le chaos complet.

Dans la voiture, Zalachenko flambait comme une torche. Il avait réussi à ouvrir la portière et à rouler sur le trottoir, mais s'était pris la jambe dans la ceinture de sécurité au milieu du brasier. Des gens s'étaient précipités pour étouffer les flammes. Les pompiers étaient arrivés pour éteindre l'incendie de la voiture. L'ambulance était arrivée et elle avait essayé de convaincre les ambulanciers de laisser tomber Zalachenko pour s'occuper plutôt de sa maman. Ils l'avaient repoussée. La police était venue et des témoins l'avaient désignée. Elle avait essayé d'expliquer ce qui s'était passé, mais elle avait eu l'impression que personne ne l'écoutait, et tout à coup elle s'était retrouvée sur la banquette arrière d'une voiture de police et il avait fallu des minutes, des minutes, des minutes qui étaient presque devenues une heure avant que la police entre finalement dans l'appartement et trouve sa maman.

Sa mère, Agneta Sofia Salander, était sans connaissance. Elle avait des lésions cérébrales. La première d'une longue série d'hémorragies cérébrales avait été déclenchée par les coups. Elle n'allait jamais se rétablir.

Lisbeth comprit subitement pourquoi personne n'avait lu le rapport de police, pourquoi Holger Palmgren n'avait pas réussi à l'obtenir et pourquoi encore aujourd'hui le procureur Richard Ekström, qui dirigeait la chasse lancée contre elle, n'y avait pas accès. Le rapport n'avait pas été fait par la police normale. Il avait été fait par un enfoiré de la Säpo. Il portait des tampons disant que l'enquête était classée secrète selon la loi sur la sécurité de l'Etat.

Alexander Zalachenko avait travaillé pour la Säpo.

Il ne s'agissait pas d'une enquête. Il s'agissait d'une affaire étouffée. Zalachenko était plus important qu'Agneta Salander. Il ne devait pas être identifié et dénoncé. Zalachenko n'existait pas.

Ce n'était pas Zalachenko qui était le problème – c'était Lisbeth Salander, la gamine folle qui menaçait de faire sauter l'un des plus gros secrets de la nation.

Un secret dont elle n'avait eu aucune connaissance. Elle réfléchit. Zalachenko avait rencontré sa maman presque immédiatement après être arrivé en Suède. Il s'était présenté sous son nom véritable. Il n'avait pas encore reçu de nom de couverture ni d'identité suédoise. Voilà qui expliquait pourquoi Lisbeth n'avait trouvé son nom dans aucun registre officiel durant toutes ces années. Elle connaissait son vrai nom. Mais l'Etat suédois lui avait donné un nouveau nom.

Elle comprit l'idée générale. Si Zalachenko était mis en examen pour coups et blessures aggravés, l'avocat d'Agneta Salander allait commencer à fouiller son passé. *Où travaillez-vous, monsieur Zalachenko ? Comment vous appelez-vous réellement ?*

Si Lisbeth Salander se retrouvait à l'Assistance sociale, quelqu'un allait peut-être commencer à fouiller. Elle était trop jeune pour être mise en examen, mais si l'attentat au cocktail Molotov était trop minutieusement étudié, la même chose se produirait. Elle imagina les titres dans les journaux. Le rapport devait par conséquent être fait par une personne de confiance. Et ensuite être classé top secret et enterré, très profondément, pour que personne ne puisse le retrouver. Et Lisbeth Salander devait donc elle aussi être enterrée si profondément que personne ne pourrait la retrouver.

Gunnar Björck.

Sankt Stefan.

Peter Teleborian.

L'explication la mit hors d'elle.

Cher Etat... Je vais avoir un entretien avec toi si jamais je trouve quelqu'un avec qui parler.

Elle se demanda brièvement ce que penserait le ministre des Affaires sociales s'il recevait un cocktail Molotov par les portes de son ministère. Mais faute de responsables, Peter Teleborian était un bon substitut. Elle nota mentalement de s'occuper sérieusement de lui dès qu'elle aurait réglé tout le reste.

Mais elle ne comprenait toujours pas tous les tenants et aboutissants. Zalachenko avait soudain surgi de nouveau après toutes ces années. Il risquait d'être désigné par Dag Svensson. *Deux coups de feu. Dag Svensson et Mia Bergman.* Une arme portant ses propres empreintes digitales...

Zalachenko ou celui qu'il avait envoyé pour exécuter la sentence ne pouvaient évidemment pas savoir qu'elle avait trouvé le revolver dans le tiroir de Bjurman et l'avait manipulé. Cela avait été un pur hasard, mais pour elle il était clair depuis le début qu'il devait y avoir un lien entre Bjurman et Zala.

Pourtant, l'histoire ne collait toujours pas. Elle réfléchit et essaya les morceaux du puzzle l'un après l'autre.

Il n'y avait qu'une réponse plausible.

Bjurman.

Bjurman avait fait l'enquête sur sa personne. Il avait fait le lien entre elle et Zalachenko. Il s'était tourné vers Zalachenko.

Elle possédait un film montrant Bjurman en train de la violer. C'était son épée sur la nuque de Bjurman. Bjurman avait dû imaginer que Zalachenko pourrait obliger Lisbeth à révéler où se trouvait ce film.

Elle quitta le recoin de la fenêtre, alla ouvrir le tiroir de son bureau et sortit le CD. Au marqueur, elle avait écrit *Bjurman* dessus. Elle ne l'avait même pas glissé dans une pochette. Elle ne l'avait pas regardé depuis qu'elle l'avait passé en avant-première à Bjurman deux ans plus tôt. Elle le soupesa dans sa main puis le remit dans le tiroir.

Bjurman avait été un con. S'il s'était occupé de ses oignons, elle l'aurait laissé filer à condition qu'il réussisse à lever sa tutelle. Zalachenko ne l'aurait jamais laissé filer. Bjurman aurait été transformé pour toujours en un chien de compagnie de Zalachenko. Ce qui en soi aurait été une punition méritée.

Le réseau de Zalachenko. Des tentacules s'étendaient vers le MC Svavelsjö.

Le géant blond.

Il était la clé.

Il fallait qu'elle le trouve et le force à révéler où se cachait Zalachenko.

Elle ralluma une cigarette et contempla le château de Skeppsholmen. Elle déplaça le regard vers les montagnes russes du parc d'attractions de Gröna Lund. Soudain, elle se parla à haute voix. Elle imita une voix qu'elle avait entendue dans un film à la télé un jour.

Daaaaddyyyy, I am coming to get yooo ou.

Si quelqu'un l'avait entendue, il se serait dit qu'elle était une cinglée patentée. A 19 h 30, elle alluma la télé pour voir les dernières nouvelles de la chasse à Lisbeth Salander. Elle eut le choc de sa vie.

BUBLANSKI RÉUSSIT A COINCER Hans Faste sur son portable peu après 20 heures. Ce ne furent pas des politesses qu'ils échangèrent sur le réseau des télécommunications. Bublanski ne demanda pas à Faste où il avait été, il l'informa seulement sans chaleur des événements de la journée.

Faste était ébranlé.

Il en avait eu assez du cirque dans la maison et avait fait quelque chose qu'il n'avait jamais fait auparavant en service. De rage, il était allé en ville. Il avait fini par couper son portable et s'était assis au pub de la Gare centrale et avait bu deux bières tout en débordant de colère.

Ensuite il était rentré chez lui, avait pris une douche et s'était endormi.

Il avait besoin de sommeil.

Il s'était réveillé à temps pour *Rapport* et ses yeux étaient presque sortis de leurs orbites quand il avait regardé les infos. Un cimetière à Nykvarn. Lisbeth Salander avait tiré sur le patron du MC Svavelsjö. Chasse à l'homme à travers les banlieues sud. Le filet se resserrait.

Il avait rebranché son portable.

Ce foutu Bublanski avait appelé presque tout de suite et l'avait informé que l'enquête recherchait désormais de façon officielle un coupable alternatif. Il lui avait dit aussi d'aller relever Jerker Holmberg à l'examen du lieu du crime à Nykvarn. Alors qu'on arrivait à la conclusion de l'enquête sur Salander, Faste allait donc s'occuper à ramasser des mégots dans la forêt. Aux autres de chasser Salander.

Que venait foutre le MC Svavelsjö dans tout ça ?

Après tout, il y avait peut-être quelque chose dans ce qu'elle disait, cette putain de gouine, Modig.

Non, ce n'était pas possible.

C'était forcément Salander.

Il voulait être celui qui l'arrêterait. Il avait tellement envie de l'arrêter qu'il serra le téléphone portable à en avoir presque mal à la main.

HOLGER PALMGREN CONTEMPLA calmement Mikael Blomkvist qui allait et venait devant la fenêtre de sa petite chambre. Il était presque 19 h 30 et ils parlaient sans interruption depuis bientôt une heure. Finalement, Palmgren frappa sur la table pour attirer l'attention de Mikael.

— Assieds-toi avant d'user complètement tes chaussures, dit-il, passant du coup au tutoiement.

Mikael s'assit.

— Tous ces secrets, dit-il. Je n'avais pas compris le lien avant que tu racontes le passé de Zalachenko. Je n'avais vu que les évaluations sur l'état de Lisbeth qui établissent qu'elle est psychiquement dérangée.

— Peter Teleborian.

— Il a forcément une espèce d'accord avec Björck. Ça doit être une sorte de collaboration.

Mikael hocha pensivement la tête. Quoi qu'il arrive, Peter Teleborian ferait l'objet d'une investigation journalistique.

— Lisbeth m'a dit de rester à l'écart de lui. Qu'il était malveillant.

Holger Palmgren le regarda attentivement.

— Quand est-ce qu'elle a dit ça ?

Mikael se tut. Puis il sourit et regarda Palmgren.

— Encore des secrets. Merde alors. J'ai communiqué avec elle pendant sa cavale. A travers mon ordinateur. Des messages brefs et mystérieux de sa part, mais elle m'a tout le temps guidé dans la bonne direction.

Holger Palmgren soupira.

— Et tu n'as évidemment pas raconté ça à la police, dit-il.

— Non. Pas exactement.

— Officiellement tu ne me l'as pas raconté non plus. Mais elle s'y connaît assez bien en informatique.

Tu es loin d'imaginer à quel point.

— J'ai une grande confiance en sa capacité de retomber sur ses pieds. Elle vit peut-être chichement, mais c'est une battante.

Pas tout à fait chichement. Elle a volé près de 3 milliards de couronnes. Elle ne crèvera pas de faim. Tout comme Fifi Brindacier, elle a un coffre plein de pièces d'or.

— Ce que je ne comprends pas, dit Mikael, c'est pourquoi tu n'as pas agi pendant toutes ces années.

Holger Palmgren soupira de nouveau. Il se sentit incommensurablement triste.

— J'ai échoué, dit-il. Quand j'ai été désigné comme son administrateur *ad hoc*, elle n'était qu'une parmi toute une flopée de jeunes à problèmes. J'en ai eu à la douzaine. C'est Bengt Brådhensjö qui m'a confié cette mission quand il était chef des services sociaux. Lisbeth se trouvait déjà à Sankt Stefan à cette époque et je ne l'ai même pas rencontrée durant la première année. J'ai parlé avec Teleborian une paire de fois et il a expliqué qu'elle était psychotique et qu'elle recevait tous les soins qu'on pouvait imaginer. Je l'ai cru, naturellement. Mais j'ai aussi parlé avec Jonas Beringer, qui à l'époque était chef de service. Je ne pense pas qu'il soit mêlé en quoi que ce soit à cette histoire. Il a fait une évaluation à ma demande et on s'est mis d'accord pour essayer de la réintroduire dans la société via une famille d'accueil. Elle avait quinze ans.

— Et tu as été derrière elle depuis, tout au long des années ?

— Pas suffisamment. Je me suis battu pour elle après l'épisode dans le métro. J'avais appris à la connaître et je l'aimais beaucoup. Elle avait du caractère. J'ai réussi à éviter qu'elle ne soit internée. Le compromis qu'on a trouvé avec les autorités était qu'elle soit déclarée incapable et que je devienne son tuteur.

— On ne peut tout de même pas envisager que Björck ait pu déterminer ce que le tribunal devait décider. Cela aurait attiré l'attention. Il voulait qu'elle soit enfermée et, pour arriver à ses fins, il a tenté de dresser un portrait d'elle bien noir à travers des appréciations psychiatriques, entre autres grâce à Teleborian, en espérant que le tribunal prenne la décision logique. Au lieu de quoi ils ont adopté ton point de vue.

— Je n'ai jamais estimé qu'elle devait être placée sous tutelle. Mais pour être absolument franc, je dois avouer que je ne me suis pas beaucoup remué pour lever la décision. J'aurais dû agir plus vigoureusement et plus tôt. Mais j'aimais beaucoup Lisbeth et… je remettais ça tout le temps à plus tard. J'avais trop d'affaires sur les bras. Et ensuite je suis tombé malade.

Mikael hocha la tête.

— Je ne trouve pas qu'il y ait de quoi te faire des reproches. Tu es une des rares personnes à l'avoir soutenue au fil des ans.

— Mais le problème a tout le temps été que je ne savais pas que je devais intervenir. Lisbeth était ma cliente, mais elle n'a jamais mentionné Zalachenko. Quand elle est sortie de Sankt Stefan, il a fallu plusieurs années pour qu'elle me témoigne des bribes de confiance. Ce n'est qu'après le procès que j'ai senti qu'elle commençait lentement à communiquer avec moi autrement que pour des formalités nécessaires.

— Comment ça se fait qu'elle ait commencé à parler de Zalachenko ?

— Je suppose que malgré tout elle avait commencé à me faire confiance. De plus, j'avais plusieurs fois commencé à discuter de la possibilité de faire lever la tutelle. Elle a réfléchi là-dessus pendant quelques mois. Ensuite elle a appelé un jour pour me rencontrer. Elle avait fini de réfléchir. Et elle a raconté toute l'histoire de Zalachenko et son interprétation de ce qui s'était passé.

— Je vois.

— Alors tu vois peut-être aussi que pour moi c'était un gros morceau à digérer. C'est alors que je me suis mis à fouiller dans l'histoire. Et je n'ai même pas trouvé Zalachenko dans un registre suédois. Par moments, c'était difficile de savoir si elle inventait ou pas.

— Quand tu as eu ton attaque, Bjurman est devenu son tuteur. Ça n'était certainement pas un hasard.

— Non. Je ne sais pas si un jour on pourra le prouver, mais je me dis que si on creuse suffisamment profond, on trouvera… l'individu quel qu'il soit qui a succédé à Björck et qui supervise le ménage derrière l'affaire Zalachenko.

— Je n'ai aucun problème pour comprendre le refus total de Lisbeth de parler avec des psychologues ou des autorités, dit Mikael. Chaque fois qu'elle a essayé, ça n'a fait qu'empirer les choses. Elle a essayé d'expliquer ce qui s'était passé à des dizaines d'adultes et personne ne l'a écoutée. Toute seule, elle a essayé de sauver la vie de sa mère et de la défendre contre un psychopathe. Elle a fini par faire la seule chose qu'elle pouvait faire. Et au lieu de s'entendre dire "Tu as bien fait" et "Tu es une bonne petite", elle a été enfermée à l'asile de fous.

— Ce n'est pas aussi simple que ça. J'espère que tu comprends bien que Lisbeth a quelque chose qui cloche, dit Palmgren sévèrement.

— Qu'est-ce que tu entends par là ?

— Tu dois savoir qu'elle a eu pas mal de problèmes au cours de sa jeunesse, des difficultés à l'école et tout ça.

— Tous les journaux ont ressassé ça. Moi aussi, j'aurais sans doute eu une scolarité difficile si j'avais eu son enfance.

— Les problèmes de Lisbeth dépassent de loin les problèmes qu'il y avait dans son milieu familial. J'ai lu toutes les évaluations psychiatriques sur elle et il n'y a même pas de diagnostic. Mais je crois qu'on peut être d'accord pour dire que Lisbeth Salander n'est pas comme les gens normaux. Est-ce que tu as jamais joué aux échecs avec elle ?

— Non.

— Elle a une mémoire photographique.

— Je le sais. Je l'ai compris à force de la fréquenter.

— D'accord. Elle adore les énigmes. Une fois, quand elle est venue me voir pour Noël, je lui ai donné à résoudre quelques problèmes d'un test d'intelligence de Mensa. C'était un test du genre où on vous montre cinq symboles similaires et on doit déterminer comment doit être le sixième.

— Ah oui.

— J'avais moi-même essayé de faire ce test et j'avais eu environ la moitié juste. Et j'ai bûché pendant deux soirs là-dessus. Elle a jeté un regard sur le papier et répondu correctement à toutes les questions.

— D'accord, dit Mikael. Lisbeth est une fille très spéciale.

— Elle a énormément de mal à communiquer avec autrui. J'ai avancé une forme du syndrome d'Asperger ou quelque chose comme ça. Si tu lis les descriptions cliniques des patients atteints du syndrome d'Asperger, il y a certaines choses qui collent parfaitement avec Lisbeth, mais il y en a autant qui ne collent pas du tout.

Il se tut un bref instant.

— Elle n'est absolument pas dangereuse pour ceux qui la laissent tranquille et la traitent avec respect.

Mikael hocha la tête.

— Mais elle est violente, sans hésitation, dit Palmgren à voix basse. Si on la provoque ou la menace, elle peut riposter avec une extrême violence.

Mikael hocha la tête encore une fois.

— La question est de savoir ce qu'on fait maintenant, dit Holger Palmgren.

— Maintenant, on va trouver Zalachenko, répondit Mikael.

A ce moment, le Dr Sivarnandan frappa à la porte.

— J'espère que je ne vous dérange pas. Mais si vous êtes intéressés par Lisbeth Salander, vous devriez allumer la télé et regarder *Rapport*.

29

MERCREDI 6 AVRIL – JEUDI 7 AVRIL

LISBETH SALANDER TREMBLAIT DE RAGE. Le matin, elle était allée tranquillement à la maison de campagne de Bjurman. Elle n'avait pas allumé son ordinateur depuis la veille au soir, et au cours de la journée elle avait été trop occupée pour écouter les informations. Elle était préparée à ce que le bazar à Stallarholmen occasionne certains titres, mais elle fut absolument prise de court par la tempête qui s'abattit sur elle dans les informations à la télé.

Miriam Wu était à l'hôpital de Söder, fracassée par un géant blond qui l'avait enlevée devant son domicile dans Lundagatan. Son état était considéré comme sérieux.

Paolo Roberto l'avait sauvée. Comment il s'était retrouvé dans un entrepôt à Nykvarn était incompréhensible. Il était interviewé à sa sortie de l'hôpital mais il ne voulait pas faire de commentaires. A voir son visage, on pouvait penser qu'il sortait de dix rounds les mains attachées dans le dos.

Les restes de deux personnes avaient été retrouvés enterrés dans une forêt dans la zone où Miriam Wu avait été emmenée. La police indiquait qu'en fin de journée avait été trouvé un troisième endroit où on allait procéder à des fouilles. Il y avait peut-être d'autres tombes encore sur le terrain.

Ensuite, la chasse à Lisbeth Salander.

Le filet se resserrait autour d'elle. Au cours de la journée, la police l'avait localisée dans un village de vacances pas loin de Stallarholmen. Elle était armée et dangereuse. Elle avait tiré sur un Hell's Angel, peut-être deux. L'agression avait eu lieu à la maison de campagne de Nils Bjurman. La police pensait qu'elle avait réussi à passer à travers les mailles et qu'elle avait quitté la zone.

Le chef de l'enquête préliminaire, Richard Ekström, tint une conférence de presse. Il répondit évasivement. Non, il ne pouvait pas répondre à la question de savoir si Lisbeth Salander avait des liens avec les Hell's Angels. Non, il ne pouvait pas confirmer que Lisbeth Salander avait été vue à l'entrepôt de Nykvarn. Non, rien n'indiquait que ceci soit un règlement de compte entre gangsters. Non, il n'était pas établi que Lisbeth Salander soit la seule coupable des meurtres d'Enskede – la police n'avait jamais affirmé qu'elle était la meurtrière, disait Ekström, elle l'avait uniquement recherchée pour l'entendre dans cette affaire.

Lisbeth Salander fronça les sourcils. Quelque chose s'était apparemment passé au sein de l'enquête de police.

ELLE FILA SUR LE NET et lut tout d'abord les pages des journaux, puis elle entra successivement dans le disque dur du procureur Ekström, dans celui de Dragan Armanskij et celui de Mikael Blomkvist.

La boîte aux lettres d'Ekström contenait plusieurs courriers intéressants, surtout un mémo envoyé par l'inspecteur Jan Bublanski à 17 h 22. Le mémo était court et très critique sur la manière d'Ekström de mener l'enquête préliminaire. Le mail se terminait par ce qu'il fallait sans doute considérer comme un ultimatum. Bublanski procédait par points. Il exigeait (a) que l'inspectrice criminelle Sonja Modig soit immédiatement réintégrée dans son équipe, (b) qu'on modifie l'orientation de l'enquête pour obtenir des coupables alternatifs des meurtres d'Enskede et (c) qu'une véritable enquête soit lancée sur le mystérieux individu connu sous le nom de Zala.

[Les accusations contre Lisbeth Salander se fondent sur un seul et lourd indice – ses empreintes digitales sur l'arme du crime. Cela est bel et bien une preuve, et tu le sais bien, qu'elle a manipulé l'arme, mais pas une preuve qu'elle s'en est servie et encore moins qu'elle l'a dirigée contre les victimes.

Nous nous trouvons actuellement dans la situation où nous savons que d'autres acteurs sont mêlés à ce drame, que la police de Södertälje a trouvé deux corps enterrés et qu'elle va fouiller un troisième endroit. L'entrepôt appartient à un cousin de Carl-Magnus Lundin. Il me semble évident que Lisbeth Salander, malgré sa violence et quel que soit son profil psychologique, n'a rien à voir avec tout ceci.]

Bublanski terminait en constatant que si ses exigences n'étaient pas satisfaites, il se sentirait obligé de quitter l'enquête, et il ne le ferait pas sans bruit. Ekström avait répondu à Bublanski qu'il fasse pour le mieux.

Dans le disque dur de Dragan Armanskij, Lisbeth trouva d'autres infos, mais qui la laissèrent quelque peu perplexe. Un court échange de mails avec le service de la comptabilité de Milton établissait que Niklas Eriksson quittait l'entreprise avec effet immédiat. Ses indemnités de congé ainsi que trois mois d'indemnités de départ seraient versés. Un mail adressé au gardien stipulait que dès son entrée dans l'immeuble, Eriksson serait obligatoirement escorté jusqu'à son bureau pour récupérer ses affaires personnelles, puis serait congédié. Un mail à la section technique stipulait que le passe d'Eriksson devait lui être réclamé.

Mais le plus intéressant était un échange de mails entre Dragan Armanskij et Frank Alenius, l'avocat de Milton Security. Dragan demandait comment Lisbeth Salander pourrait être le mieux représentée au cas où elle serait arrêtée. Alenius commençait par répondre qu'il n'y avait aucune raison pour Milton de s'engager dans la défense d'une ancienne employée coupable de meurtres – le fait pour l'entreprise d'être mêlée à une telle histoire pouvant apparaître comme franchement négatif. Armanskij répondait avec colère que l'affirmation selon laquelle Lisbeth Salander aurait commis des meurtres restait à prouver et qu'il était maintenant question de soutenir une ancienne employée que personnellement Dragan Armanskij estimait innocente.

Lisbeth ouvrit le disque dur de Mikael Blomkvist et constata qu'il n'avait rien écrit, il n'était même pas entré dans son ordinateur depuis tôt la veille. Il n'y avait rien de nouveau.

STEVE BOHMAN POSA LE DOSSIER sur la table de conférence dans le bureau de Dragan Armanskij. Il s'assit lourdement. Fräklund prit le dossier, l'ouvrit et commença à lire. Dragan Armanskij était devant la fenêtre, il contemplait la vieille ville.

— J'imagine que ce sont les dernières informations que je puisse livrer. Je suis viré de l'enquête à partir d'aujourd'hui, dit Bohman.

— Ce n'est pas ta faute, dit Fräklund.

— Non, ce n'est pas ta faute, répéta Armanskij en s'asseyant.

Il avait réuni tout le matériau que Bohman lui avait fourni depuis presque deux semaines en une pile sur la table.

— Tu as fait du bon boulot, Steve. J'ai parlé avec Bublanski. Il est allé jusqu'à regretter de te perdre, mais il n'avait pas le choix, à cause d'Eriksson.

— Ça va. Je me suis rendu compte que je suis bien mieux ici chez Milton que là-bas à Kungsholmen.

— Est-ce que tu peux nous faire un résumé ?

— Eh bien, si le but était de trouver Lisbeth Salander, nous avons lamentablement échoué. Ça a été une enquête très bordélique avec conflit au niveau de la direction et Bublanski n'a peut-être pas eu le contrôle complet des investigations.

— Hans Faste…

— Hans Faste est un sale type. Mais le problème n'est pas seulement Faste et une enquête bordélique. Bublanski a veillé à ce que toutes les options soient examinées aussi soigneusement que possible. Le fait est que Salander est vraiment douée pour effacer les traces derrière elle.

— Mais ton boulot n'était pas uniquement d'arrêter Salander, glissa Armanskij.

— Non, et je me réjouis qu'on n'ait pas informé Niklas Eriksson de ma deuxième mission quand on a démarré. Ma tâche était effectivement aussi de te servir d'informateur et de taupe, et de veiller à ce que Salander ne soit pas pendue innocente.

— Et quelle est ton opinion aujourd'hui ?

— Quand on a commencé, j'étais assez certain de sa culpabilité. Aujourd'hui, je ne sais plus. Tant de contradictions ont surgi…

— Oui ?

— … que je ne la considère plus comme principale suspecte. Je penche de plus en plus dans le sens de Mikael Blomkvist.

— Ce qui signifie qu'il nous faut trouver des coupables alternatifs. On n'a qu'à passer en revue toute l'enquête depuis le début, dit Armanskij, et il servit du café aux participants à la conférence.

LISBETH SALANDER VIVAIT l'une des pires soirées de sa vie. Elle pensa à l'instant où elle avait jeté la bombe incendiaire par la vitre de la voiture de Zalachenko. A dater de cet instant, les cauchemars avaient cessé et elle avait ressenti une grande paix intérieure. Au fil des ans, d'autres problèmes avaient surgi, mais qui l'avaient toujours concernée, elle, et qu'elle avait su gérer. Maintenant, il s'agissait de Mimmi.

Mimmi était à l'hôpital de Söder, brisée dans tout son corps. Mimmi était innocente. Elle n'avait aucun rapport avec cette histoire. Son seul crime était de connaître Lisbeth Salander.

Lisbeth se maudit. C'était sa faute. La culpabilité l'assaillit. Elle avait gardé sa propre adresse secrète et soigneusement veillé à être protégée de toutes les manières imaginables. Et ensuite elle avait installé Mimmi à l'adresse que tout le monde connaissait.

Comment avait-elle pu être inconsciente à ce point ?

Elle aurait tout aussi bien pu la démolir elle-même.

Elle était tellement malheureuse qu'elle en eut les larmes aux yeux. *Lisbeth Salander ne pleure jamais.* Elle essuya ses larmes.

Vers 22 h 30, elle se sentit si fébrile qu'elle ne pouvait pas rester dans l'appartement. Elle enfila sa veste et se faufila dans la nuit. Elle marcha dans des rues secondaires jusqu'à ce qu'elle ait rejoint Ringvägen et se tienne devant l'accès à l'hôpital de Söder. Elle avait envie d'aller dans la chambre de Mimmi, de la réveiller et d'expliquer que tout s'arrangerait. Puis elle vit la lumière bleue d'une voiture de police du côté de Zinken et elle bifurqua dans une rue transversale avant d'être repérée.

Elle fut de retour chez elle peu après minuit. Elle avait froid et elle se déshabilla et se glissa dans son lit. Elle n'arrivait pas à dormir. A 1 heure, elle se leva et traversa nue l'appartement plongé dans le noir. Elle entra dans la chambre d'amis où elle avait installé un lit et une commode mais sans y mettre les pieds par la suite. Elle s'assit par terre adossée à la cloison et fixa l'obscurité.

Lisbeth Salander avec une chambre d'amis. C'est une blague ?

Elle resta là jusqu'à 2 heures, tremblant de froid. Puis elle se mit à pleurer. Elle ne se souvenait pas de l'avoir jamais fait auparavant.

A 2 H 30, LISBETH SALANDER avait pris sa douche et était habillée. Elle mit en route la cafetière, prépara des tartines et alluma l'ordinateur. Elle entra dans le disque dur de Mikael Blomkvist. Cela l'intriguait qu'il n'ait pas tenu à jour son journal d'enquête, mais elle n'avait pas eu la force d'y réfléchir pendant la nuit.

Le journal d'enquête n'ayant toujours pas été ouvert, elle alla voir dans le dossier [LISBETH SALANDER]. Elle trouva tout de suite un nouveau document avec le titre [Lisbeth-IMPORTANT]. Elle vérifia les propriétés de ce document. Il avait été créé à 0 h 52. Puis elle double cliqua et lut le message.

> [Lisbeth, prends immédiatement contact avec moi. Cette histoire est pire que tout ce que j'ai pu imaginer. Je sais qui est Zalachenko et je crois savoir ce qui s'est passé. J'ai parlé avec Holger Palmgren. J'ai compris le rôle de Teleborian et pourquoi c'était si important de t'enfermer en pédopsychiatrie. Je crois savoir qui a tué Dag et Mia. Je crois savoir pourquoi, mais il me manque quelques morceaux déterminants du puzzle. Je ne comprends pas le rôle de Bjurman. APPELLE-MOI IMMÉDIATEMENT. ON PEUT RÉSOUDRE TOUT ÇA. Mikael.]

Lisbeth lut le document deux fois. Super Blomkvist y avait mis du zèle. Premier de la classe. *Foutu premier de la classe.* Il croyait encore que c'était possible de résoudre quoi que ce soit.

Il voulait du bien. Il voulait aider.

Il ne comprenait pas que quoi qu'il arrive, pour elle, la vie était foutue.

La vie était foutue avant même qu'elle ait eu treize ans.

Il n'y avait qu'une solution.

Elle ouvrit un nouveau document et essaya d'écrire une réponse à Mikael Blomkvist, mais les pensées tournoyaient dans sa tête et il y avait tant de choses qu'elle voulait lui dire.

Lisbeth Salander amoureuse. C'était à se tordre de rire.

Il ne le saurait jamais. Elle ne lui donnerait jamais la satisfaction de se réjouir de ce qu'elle ressentait pour lui.

Elle glissa le document à la corbeille et fixa l'écran vide. Mais il ne méritait quand même pas un complet silence de sa part. Il était fidèlement resté dans son coin du ring comme un vaillant petit soldat. Elle créa un nouveau document et écrivit une seule ligne.

[Merci d'avoir été mon ami.]

POUR COMMENCER, elle avait quelques décisions logistiques à prendre. Elle avait besoin d'un moyen de transport. Utiliser la Honda bordeaux garée dans Lundagatan était tentant mais exclu. Rien dans l'ordinateur portable du procureur Ekström n'indiquait que quelqu'un dans l'enquête avait découvert qu'elle avait acheté une voiture, sans doute parce que l'achat était si récent qu'elle n'avait même pas eu le temps d'envoyer les papiers d'immatriculation et d'assurance. Mais Mimmi avait peut-être lâché l'info quand les flics lui avaient posé des questions. Lisbeth ne pouvait pas miser sur son silence, et elle savait que Lundagatan était sous surveillance sporadique.

La police savait qu'elle possédait une moto, et c'était encore plus compliqué d'aller la chercher dans le local à Lundagatan. De plus, après quelques journées avec une chaleur quasi estivale, on avait promis un temps instable et de la pluie, et elle n'avait pas trop envie de se lancer avec une moto sur des routes glissantes.

Elle pouvait bien sûr louer une voiture au nom d'Irene Nesser, mais cela comportait des risques. Il y avait toujours la possibilité que quelqu'un la reconnaisse et qu'ainsi le nom d'Irene Nesser devienne inutilisable. Ce qui serait une catastrophe, puisqu'il représentait sa seule possibilité de sortie du pays.

Puis sa bouche afficha un rictus qui voulait être un sourire. Il y avait évidemment une autre possibilité. Elle ouvrit son ordinateur et entra dans le réseau de Milton Security, elle navigua jusqu'au parc des véhicules qui était administré par une secrétaire à l'accueil de l'entreprise. Milton Security disposait de quatre-vingt-quinze véhicules, dont la plupart étaient les voitures de surveillance au logo de la société. La majorité d'entre elles étaient basées dans différents garages en ville. Mais il y avait également quelques voitures banalisées qui pouvaient être utilisées au besoin lors de déplacements professionnels. Celles-là se trouvaient dans le garage du siège de Milton du côté de Slussen. Pratiquement au coin de la rue.

Elle vérifia les fichiers du personnel et choisit l'employé Marcus Hedin, qui venait de partir en vacances pour quinze jours. Il avait laissé le numéro de téléphone d'un hôtel aux îles Canaries. Elle modifia le nom de l'hôtel et inversa les chiffres du numéro de téléphone où il était joignable. Puis elle inséra une note disant que la dernière mesure de Hedin avant de partir en vacances avait été d'amener une des voitures en réparation, invoquant un embrayage récalcitrant. Elle choisit une Toyota Corolla automatique qu'elle avait déjà utilisée et elle indiqua que la voiture serait de retour une semaine plus tard.

Pour finir, elle entra dans le système et déprogramma les caméras de surveillance qu'elle serait obligée de passer. Entre 4 h 30 et 5 heures, elles diffuseraient une reprise de ce qui s'était passé la demi-heure précédente, mais avec le code horaire actualisé.

Peu avant 4 heures, son sac à dos était prêt. Elle avait deux rechanges de vêtements, deux bombes lacrymogènes et la matraque électrique à pleine charge. Elle regarda les deux armes qu'elle avait récoltées. Elle rejeta le Colt 1911 Government de Sandström pour lui préférer le P-83 Wanad polonais de Benny Nieminen, avec une balle en moins dans le chargeur. Il était plus fin et mieux adapté à sa main. Elle le glissa dans la poche de sa veste.

LISBETH RABATTIT LE COUVERCLE de son PowerBook mais laissa l'ordinateur en place sur le bureau. Elle avait transféré le contenu du disque dur vers une sauvegarde cryptée sur le Net, puis elle avait effacé tout son disque dur avec un programme qu'elle avait créé elle-même et qui garantissait qu'on ne pourrait pas en reconstruire le contenu. Elle ne comptait pas avoir besoin de son PowerBook, il l'encombrerait plus qu'autre chose. A la place, elle emporta son organiseur Palm Tungsten de poche.

Elle regarda autour d'elle dans le bureau. Elle avait le sentiment qu'elle ne reviendrait jamais dans l'appartement de Fiskaregatan et constata qu'elle laissait des secrets derrière elle qu'elle ferait peut-être mieux de détruire. Puis elle jeta un coup d'œil à sa montre et comprit qu'elle n'avait pas beaucoup de temps. Un dernier coup d'œil, puis elle éteignit la lampe du bureau.

ELLE REJOIGNIT A PIED Milton Security, entra par le garage et prit l'ascenseur pour gagner les bureaux. Elle ne croisa personne dans les couloirs vides et n'eut aucun problème pour prendre la clé de la voiture dans l'armoire murale à l'accueil, qui n'était pas verrouillée.

Trente secondes plus tard, elle était de retour dans le garage et ouvrit la serrure de la Corolla avec la télécommande. Elle lança le sac à dos sur le siège du passager et ajusta la position du siège du conducteur ainsi que le rétroviseur. Elle utilisa son vieux passe pour ouvrir la porte du garage.

Peu avant 4 h 30, elle quittait Söder Mälarstrand au pont de Västerbron. Le jour commençait à se lever.

MIKAEL BLOMKVIST SE RÉVEILLA à 6 h 30. Il n'avait pas mis le réveil et il n'avait dormi que trois heures. Il se leva, démarra son iBook et ouvrit le dossier [LISBETH SALANDER]. Il trouva immédiatement sa courte réponse.

[Merci d'avoir été mon ami.]

Mikael sentit un frisson lui parcourir le dos. Ce n'était pas la réponse qu'il avait espérée. Ça ressemblait plutôt à un adieu. *Lisbeth Salander seule contre le monde entier.* Il alla brancher la machine à café dans la cuisine, puis il se rendit dans la salle de bains. Il enfila un jean fatigué et réalisa qu'il n'avait pas eu le temps de faire de lessive ces dernières semaines et qu'il n'avait pas une seule chemise propre. Il mit un sweat-shirt bordeaux sous sa veste grise.

En se préparant des tartines dans la cuisine, il aperçut soudain un reflet métallique sur le plan de travail entre le four à micro-ondes et le mur. Il fronça les sourcils et se servit d'une fourchette pour extirper un trousseau de clés.

Les clés de Lisbeth Salander. Il les avait trouvées après l'agression dans Lundagatan et les avait posées sur le micro-ondes avec le sac. Elles avaient dû tomber. Du coup, il avait omis de les rendre avec le sac à Sonja Modig.

Il fixa le trousseau. Trois grandes clés et trois petites. Les trois grandes correspondaient à une porte de hall et à un appartement avec deux serrures. *Son appartement.* Elles ne correspondaient pas à Lundagatan. Merde, où habitait-elle ?

Il regarda de plus près les trois petites clés. Une devait être celle de sa Kawasaki. Une autre était une clé typique d'armoire ou de meuble de rangement. Il leva la troisième clé. Le numéro 24914 était gravé dessus. L'information le frappa de plein fouet.

Une boîte postale. Lisbeth Salander a une boîte postale.

Il passa en revue les bureaux de poste du quartier de Södermalm dans l'annuaire. Elle avait habité dans Lundagatan. Le bureau de Ringen était trop loin. Peut-être celui de Hornsgatan. Ou de Rosenlundsgatan.

Il arrêta la cafetière, laissa tomber le petit-déjeuner et prit la BMW d'Erika Berger pour se rendre directement à Rosenlundsgatan. La clé ne correspondait pas. Il continua jusqu'au bureau de poste de Hornsgatan. La clé convenait parfaitement à la boîte n° 24914. Il l'ouvrit et trouva vingt-deux lettres qu'il glissa dans la poche extérieure du sac de son ordinateur.

Il continua à rouler dans Hornsgatan, se gara devant le Ciné du Quartier et prit son petit-déjeuner au Copacabana. En attendant son *caffè latte*, il examina les lettres l'une après l'autre. Toutes étaient adressées à Wasp Enterprises. Neuf lettres avaient été postées en Suisse, huit aux îles Caïmans, une aux îles Anglo-Normandes et quatre à Gibraltar. Sans la moindre gêne, il ouvrit les enveloppes. Les vingt et une premières contenaient des relevés bancaires et différentes synthèses et avis d'opérations. Mikael Blomkvist constata que Lisbeth Salander était pleine aux as.

La vingt-deuxième lettre était plus épaisse. L'adresse était écrite à la main. L'enveloppe portait un logo imprimé qui indiquait l'expéditeur, une adresse à Buchanan House, Queensway Quay à Gibraltar. L'en-tête de la lettre d'accompagnement précisait qu'elle était envoyée par Jeremy S. MacMillan, *Solicitor*. Son écriture était soignée.

Jeremy S. MacMillan
Solicitor

Dear Ms Salander,

This is to confirm that the final payment of your property has been concluded as of January 20. As agreed, I'm enclosing copies of all documentation but will keep the original set. I trust this will be to your satisfaction.

Let me add that I hope everything is well with you, my dear. I very much enjoyed the surprise visit you made last summer and, must say, I found your presence refreshing. I'm looking forward to, if needed, be of additional service.

Yours faithfully,

J. S. M.

La lettre était datée du 24 janvier. Lisbeth Salander ne vidait apparemment pas très souvent sa boîte aux lettres. Mikael regarda les documents joints. Il s'agissait d'actes de vente d'un appartement au numéro 9, Fiskaregatan à Mosebacke.

Ensuite il faillit s'étrangler avec son café. Le coût d'acquisition était de 25 millions de couronnes, et avait été effectué en deux versements à douze mois d'intervalle.

LISBETH SALANDER VIT UN HOMME BRUN et solidement bâti ouvrir la porte latérale d'Auto-Expert à Eskilstuna. Il s'agissait à la fois d'un garage de stationnement et de réparation et d'une agence de location de voitures. Une de ces sociétés comme on en trouve partout. Il était 6 h 50 et, selon un écriteau sur la porte principale, la boutique n'ouvrait qu'à 7 h 30. Elle traversa la rue, ouvrit la porte latérale et suivit l'homme dans la boutique. Il l'entendit et se retourna.

— Refik Alba ? demanda-t-elle.

— Oui. Qui êtes-vous ? On n'est pas encore ouvert.

Elle leva le P-83 Wanad de Benny Nieminen et le pointa sur son visage en tenant le pistolet des deux mains.

— Je ne suis pas d'humeur à bavarder et je suis pressée. Je veux voir ton registre des véhicules loués. Je veux le voir maintenant. Je te donne dix secondes.

Refik Alba était âgé de quarante-deux ans. Il était kurde, né à Diyarbakir, et il avait eu sa part d'armes. Il resta comme paralysé. Puis il comprit que si une folle entrait dans son bureau en tenant un pistolet à la main, il n'y avait pas grand-chose à discuter.

— Dans l'ordinateur, dit-il.

— Allume-le.

Il obéit.

— Qu'est-ce qu'il y a derrière cette porte ? demanda-t-elle tandis que l'ordinateur démarrait et que l'écran se mettait à scintiller.

— C'est juste un cagibi.

— Ouvre la porte.

Elle vit quelques combinaisons de travail.

— D'accord. Entre tranquillement dedans, comme ça je n'aurai pas à te faire du mal.

Il obéit sans protester.

— Sors ton téléphone portable, pose-le par terre et envoie-le-moi.

Il fit ce qu'elle avait dit.

— Bien. Ferme la porte maintenant.

Il s'agissait d'un antique PC avec Windows 95 et un disque dur de 280 Mo. Il fallut une éternité pour ouvrir le document Excel avec les fichiers des locations. Elle constata que la Volvo blanche que conduisait le géant blond avait été louée à deux reprises. D'abord pendant deux semaines en janvier et ensuite depuis le 1er mars. Elle n'avait pas encore été restituée. Il payait chaque semaine pour une location de longue durée.

Son nom était Ronald Niedermann.

Elle examina les classeurs sur l'étagère au-dessus de l'ordinateur. Sur la tranche de l'un d'eux, PIÈCES D'IDENTITÉ était soigneusement écrit. Elle le prit et feuilleta jusqu'à Ronald Niedermann. Quand il avait loué la voiture en janvier, il avait présenté son passeport et Refik Alba en avait tout simplement fait une photocopie. Lisbeth reconnut immédiatement le géant blond. D'après le passeport, il était allemand, âgé de trente-cinq ans et était né à Hambourg. Le fait que Refik Alba ait fait une copie du passeport indiquait que Ronald Niedermann était un client ordinaire et pas une connaissance qui avait juste emprunté la voiture.

Tout en bas, Refik Alba avait noté un numéro de téléphone portable et l'adresse d'une boîte postale à Göteborg.

Lisbeth remit en place le classeur et ferma l'ordinateur. Elle regarda autour d'elle et vit un coin en caoutchouc par terre, destiné à bloquer la porte d'entrée en position ouverte. Elle le prit, s'approcha du placard et frappa à la porte avec le canon du pistolet.

— Est-ce que tu m'entends là-dedans ?

— Oui.

— Est-ce que tu sais qui je suis ?

Silence.

Il doit être aveugle s'il ne m'a pas reconnue.

— D'accord. Tu sais qui je suis. Est-ce que tu as peur de moi ?

— Oui.

— Tu n'as pas besoin d'avoir peur de moi, monsieur Alba. Je ne te ferai aucun mal. J'ai bientôt fini ici. Je m'excuse de t'avoir dérangé.

— Euh… d'accord.

— Est-ce que tu as suffisamment d'air là-dedans pour respirer ?

— Oui… qu'est-ce que tu cherches en fait ?

— Je voulais vérifier si une certaine femme a loué une voiture ici il y a deux ans, mentit-elle. Je n'ai pas trouvé ce que je cherchais. Mais ce n'est pas ta faute. Je m'en vais dans quelques minutes.

— OK.

— Je vais glisser ce truc en caoutchouc sous la porte pour la bloquer. La porte est suffisamment mince pour que tu puisses la défoncer, mais cela te prendra un petit moment. Tu n'as pas besoin d'appeler la police. Tu ne me reverras plus jamais et tu pourras ouvrir ta boutique comme d'habitude aujourd'hui et faire comme si l'incident n'avait jamais eu lieu.

La probabilité qu'il n'appelle pas la police était à peu près inexistante, mais pourquoi ne pas lui proposer de réfléchir à une alternative ? Elle quitta le magasin et retourna à sa Toyota Corolla d'emprunt au coin de la rue, où elle se changea rapidement en Irene Nesser.

Cela l'irritait de ne pas avoir trouvé la vraie adresse du géant blond, de préférence dans la région de Stockholm, au lieu d'une boîte postale de l'autre côté de la Suède. Mais c'était la seule piste qu'elle avait. *Bon, ben, en route pour Göteborg*.

Elle roula vers l'accès à l'E20 et prit vers l'ouest à Arboga. Elle alluma la radio, mais elle venait juste de rater les informations et tomba sur une radio commerciale. Elle écouta quelqu'un chanter *putting out fire with gasoline*. Elle ignorait que c'était David Bowie qui chantait et elle ne connaissait pas ce morceau, mais elle ressentit les paroles comme prophétiques.

30

JEUDI 7 AVRIL

MIKAEL CONTEMPLA LA PORTE DU HALL D'ENTRÉE du 9, Fiskaregatan à Mosebacke. L'adresse était l'une des plus exclusives et des plus discrètes de Stockholm. Il inséra la clé dans la serrure, et elle glissa parfaitement. Le panneau d'affichage dans la cage d'escalier ne lui servit pas à grand-chose. Mikael se dit que les appartements de l'immeuble, hormis quelques habitants ordinaires, devaient pour la plupart abriter le siège d'entreprises. L'absence du nom de Lisbeth Salander sur le panneau ne l'étonnait pas, mais il avait du mal à l'imaginer se planquer ici.

Il monta l'escalier, en lisant les plaques sur les portes à chaque étage. Aucun nom ne fit écho dans sa tête. Puis il arriva au dernier étage et lut *V. Kulla* sur la porte.

Mikael se tapa la main sur le front. *Villa Villerkulla*, la maison de Fifi Brindacier ! Il sourit tout à coup. A quel autre endroit Super Blomkvist aurait-il pu trouver Lisbeth Salander ? Il se dit que ce choix ne pouvait quand même pas lui être destiné personnellement.

Il mit le doigt sur la sonnette et attendit une minute. Puis il sortit le trousseau de clés et ouvrit la serrure de sécurité et la serrure ordinaire sous la poignée.

Au moment où il ouvrait la porte, la sirène d'alarme se mit à hurler.

LE PORTABLE DE LISBETH SALANDER sonna alors qu'elle se trouvait sur l'E20 à hauteur de Glanshammar près d'Örebro. Elle freina immédiatement et s'engagea sur une aire de stationnement d'urgence. Elle sortit son Palm de la poche et le brancha sur le portable.

Quinze secondes plus tôt, quelqu'un avait ouvert la porte de son appartement. L'alarme n'était pas connectée à une société de surveillance. Sa seule fonction était de l'avertir personnellement de toute intrusion ou tentative d'effraction. Au bout de trente secondes, l'alarme se déclenchait et l'intrus aurait la désagréable surprise de se faire arroser par le contenu d'une bombe de peinture installée dans ce qui ressemblait à une boîte de dérivation derrière la porte. Elle sourit, tout excitée, et compta les secondes.

MIKAEL FIXA AVEC FRUSTRATION l'écran d'affichage de l'alarme à côté de la porte. Il n'avait franchement pas envisagé que l'appartement puisse être mis sous alarme. Il vit un compteur digital afficher les secondes. A *Millénium*, l'alarme se déclenchait si personne ne pianotait le bon code de quatre chiffres dans les trente secondes, puis débarquaient quelques malabars d'une société de sécurité.

Sa première impulsion fut de refermer la porte et de quitter rapidement les lieux. Mais il resta comme figé.

Quatre chiffres. Taper le bon code par hasard était totalement impossible.

25-24-23-22…

Foutue Fifi Brinda…

19-18…

Quel code est-ce que tu as bien pu mettre ?

15-14-13…

Il sentit la panique l'envahir.

10-9-8…

Puis il leva la main et entra par pur désespoir le seul numéro qui lui venait à l'esprit. 9277. Les chiffres qui correspondaient aux lettres WASP sur les touches d'un portable.

A la grande surprise de Mikael, le compte à rebours s'arrêta à six secondes de la fin. Puis la sirène piailla une dernière fois avant que le compteur se remette à zéro et qu'une lumière verte s'allume.

LISBETH ÉCARQUILLA LES YEUX. Elle crut avoir mal vu et secoua même l'ordinateur de poche, chose totalement irrationnelle, elle le savait. Le compte à rebours s'était arrêté six secondes avant que la bombe de peinture se déclenche. Et l'instant d'après, le compteur se remettait à zéro.

Impossible.

Personne d'autre qu'elle ne connaissait le code. Aucune société de sécurité n'étant connectée à l'alarme, personne ne pouvait la déconnecter.

Comment ?

Elle n'arrivait pas à comprendre comment c'était possible. La police ? Non. Zala ? Exclu.

Elle composa un numéro sur son portable et attendit que la caméra de surveillance se connecte et envoie des images de faible résolution vers le portable. La caméra était dissimulée dans ce qui ressemblait à un détecteur de fumée au plafond et elle prenait une image par seconde. Elle joua toute la séquence depuis le début – l'instant zéro où la porte avait été ouverte et l'alarme activée. Puis un sourire en coin s'installa lentement sur son visage quand elle vit Mikael Blomkvist qui pendant presque trente secondes exécutait une pantomime saccadée avant d'entrer le code et de s'appuyer ensuite contre le chambranle avec l'air de quelqu'un qui vient d'échapper à une crise cardiaque.

Ce Foutu Super Blomkvist l'avait trouvée !

Il avait les clés qu'elle avait perdues dans Lundagatan. Il était assez futé pour se souvenir que Wasp était son pseudonyme sur le Net. Et s'il avait trouvé l'appartement, il avait peut-être aussi découvert qu'il était la propriété de Wasp Enterprises. Puis elle le vit se déplacer d'un mouvement saccadé dans le vestibule et disparaître rapidement du champ de l'objectif.

Merde. Comment j'ai pu être aussi prévisible ? Et pourquoi j'ai laissé… maintenant tous mes secrets sont étalés devant les yeux fouineurs de Super Blomkvist.

Après une brève pause de réflexion, elle décida que cela n'avait plus d'importance. Elle avait effacé le disque dur. C'était ça, l'important. C'était peut-être même un avantage que ce soit justement Mikael Blomkvist qui ait trouvé sa planque. Il connaissait déjà plus de ses secrets qu'aucun autre être humain. Le premier de la classe ferait ce qu'il fallait. Il n'allait pas la vendre, se dit-elle. Elle passa la première et continua pensivement sa route vers Göteborg.

MALOU ERIKSSON TOMBA SUR PAOLO ROBERTO dans la cage d'escalier de la rédaction de *Millénium* quand elle arriva au boulot à 8 h 30. Elle le reconnut tout de suite, se présenta et le fit entrer à la rédaction. Il boitait sérieusement. Elle sentit l'odeur de café et constata qu'Erika Berger était déjà là.

— Salut Berger. Merci de recevoir comme ça en catastrophe, dit Paolo.

Impressionnée, Erika étudia sa collection de bleus et de bosses sur le visage avant de se pencher et de lui planter une bise sur la joue.

— Tu as vraiment une sale gueule, dit-elle.

— Ce n'est pas la première fois que je me casse le nez. Qu'est-ce que tu as fait de Blomkvist ?

— Il est parti quelque part jouer au détective. Comme d'habitude, il est injoignable. A part un mail étrange cette nuit, je n'ai pas eu de ses nouvelles depuis hier matin. Merci d'avoir... bref, merci.

Elle montra son visage.

Paolo Roberto rit.

— Tu veux du café ? Tu as dit que tu avais quelque chose à raconter. Malou, tu viens avec nous ?

Ils s'installèrent dans les fauteuils confortables du bureau d'Erika.

— C'est ce grand connard blond avec qui je me suis battu. J'ai dit à Mikael que sa boxe ne vaut pas un clou. Mais ce qui était bizarre, c'est qu'il se mettait tout le temps en position de défense avec les poings et il tournait toujours en rond comme s'il était un boxeur habitué. J'ai eu l'impression qu'il avait quand même reçu une sorte d'entraînement.

— Mikael m'a dit ça hier au téléphone, dit Malou.

— Je n'arrivais pas à me défaire de cette image et hier après-midi, en rentrant chez moi, je me suis mis à l'ordi et j'ai envoyé quelques mails à des clubs de boxe un peu partout en Europe. J'ai raconté ce qui s'était passé et j'ai laissé une description détaillée de ce gars.

— OK.

— Je crois que ça a mordu.

Il posa une photo faxée sur la table devant Erika et Malou. Le cliché semblait avoir été pris lors d'un entraînement dans une salle de boxe. Deux boxeurs écoutaient les instructions d'un gros homme plus tout jeune en survêtement, coiffé d'un chapeau de cuir à bords étroits. Une demi-douzaine de personnes traînaient autour du ring et écoutaient. Au fond se tenait un homme de grande taille avec un carton dans les bras. Il avait l'air d'un skinhead, la tête rasée. Quelqu'un l'avait entouré d'un cercle au marqueur.

— La photo a dix-sept ans. Le mec dans le fond s'appelle Ronald Niedermann. Il avait dix-huit ans quand la photo a été prise, il doit donc en avoir presque trente-cinq aujourd'hui. Ça correspond au géant qui a enlevé Miriam Wu. Je ne peux pas affirmer à cent pour cent que c'est lui. La photo est un peu trop vieille et la qualité est vraiment mauvaise. Mais je peux dire que la ressemblance est frappante.

— D'où tu tiens cette photo ?

— J'ai reçu une réponse du Dynamic de Hambourg. Un vieil entraîneur qui s'appelle Hans Münster.

— Oui ?

— Ronald Niedermann a boxé pour ce club pendant un an à la fin des années 1980. Ou plutôt il a essayé de boxer. J'ai reçu le mail ce matin et j'ai appelé Münster pour discuter avec lui avant de venir ici. Pour résumer ce que m'a dit Münster… Ronald Niedermann est originaire de Hambourg, il traînait avec une bande de skins dans les années 1980. Il avait un frère un peu plus âgé, un boxeur vraiment doué, et c'est par lui qu'il est entré dans le club. Niedermann avait une force colossale et un physique tout aussi unique. Münster m'a dit qu'il n'avait jamais vu quelqu'un qui tapait aussi fort, même pas chez les meilleurs. Un jour, ils ont mesuré sa frappe, et il a pour ainsi dire éclaté le dynamomètre.

— On dirait qu'il aurait pu faire carrière comme boxeur, dit Erika.

Paolo Roberto secoua la tête.

— D'après Münster, c'était impossible de le garder dans un ring. Pour plusieurs raisons. Premièrement, il n'arrivait pas à apprendre à boxer. Il restait sur place et distribuait des swings d'amateur. Il était d'une maladresse phénoménale et cela colle parfaitement avec le gars de Nykvarn. Mais le pire, c'est qu'il ne contrôlait pas sa propre force.

De temps à autre il réussissait à placer un coup qui causait des dégâts énormes à ses pauvres simples sparring-partners. Résultat, des nez cassés et des mâchoires pétées, sans arrêt des blessures complètement inutiles. Ils ne pouvaient tout simplement pas le garder.

— Il savait boxer, mais sans savoir, dit Malou.

— C'est ça. Mais la véritable raison qui lui a fait cesser la boxe était médicale.

— Comment ça ?

— Ce gars semblait pratiquement invulnérable. Les coups pouvaient lui pleuvoir dessus, il ne faisait que se secouer et continuer à se battre. Ils ont découvert qu'il souffrait d'une maladie extrêmement rare qui s'appelle l'analgésie congénitale.

— Répète… quoi ?

— Analgésie congénitale. J'ai cherché sur le Net. C'est un défaut génétique qui signifie que la transmission dans ce qu'ils appellent les fibres C ne fonctionne pas comme elle devrait. En bref, il ne ressent pas la douleur.

— Ça alors ! On dirait plutôt le rêve pour un boxeur.

Paolo Roberto secoua la tête.

— Au contraire. C'est une maladie qui menace carrément la vie. La plupart des gens qui en souffrent meurent relativement jeunes, vers vingt, vingt-cinq ans. La douleur est le système d'alarme qui prévient le cerveau que quelque chose ne va pas. Si tu poses la main sur une plaque brûlante, ça fait mal et tu l'enlèves vite fait. Quand on a cette maladie, on ne se rend compte de rien avant de sentir l'odeur de chair cramée.

Malou et Erika échangèrent un regard.

— C'est sérieux, ce que tu dis là ? demanda Erika.

— Absolument. Ronald Niedermann ne peut rien ressentir, c'est comme s'il avait une anesthésie locale massive vingt-quatre heures sur vingt-quatre. Il s'est tiré d'affaire parce qu'il a la chance d'avoir une autre particularité génétique qui compense. Il est d'une constitution remarquable, avec un squelette extrêmement puissant qui le rend pratiquement invulnérable. Sa force naturelle est quasiment unique. Et il doit aussi tout simplement cicatriser facilement.

— Je commence à comprendre que ce combat que tu as mené contre lui devait être assez intéressant.

— Oui. Mais je n'aimerais pas le revivre. La seule chose qui a provoqué un semblant de réaction, c'est quand Miriam Wu lui a balancé son pied dans les couilles. Il s'est mis à genoux pendant une seconde… il doit y avoir une sorte de motricité connectée à un coup de ce genre, puisqu'il n'a pas dû ressentir la douleur. Et crois-moi, personnellement, je serais mort si j'avais pris un tel coup.

— Mais comment se fait-il que tu l'aies remporté, alors ?

— Les gens qui ont cette maladie sont évidemment blessés exactement comme les gens normaux. Je veux bien que Niedermann ait un squelette en béton. Mais quand je l'ai frappé avec la planche, il s'est quand même écroulé. Commotion cérébrale, probablement.

Erika regarda Malou.

— J'appelle Mikael tout de suite, dit Malou.

MIKAEL ENTENDIT LA SONNERIE de son portable mais il était tellement ébranlé qu'il ne répondit qu'au cinquième signal.

— C'est Malou. Paolo Roberto croit avoir identifié le géant blond.

— Bien, dit Mikael distraitement.

— Tu es où ?

— C'est difficile à expliquer.

— T'as l'air bizarre.

— Excuse-moi. Qu'est-ce que tu disais ?

Malou résuma le récit de Paolo.

— D'accord, dit Mikael. Continuez là-dessus et vois si tu le trouves fiché quelque part. Je crois que c'est urgent. Tu me rappelles sur le portable.

A la stupéfaction de Malou, Mikael termina la conversation sans même dire au revoir.

A cet instant, Mikael se tenait devant une fenêtre et admirait une vue magnifique qui s'étendait de la vieille ville jusque loin sur le Saltsjön. Il se sentait engourdi et presque choqué. Il avait fait un tour dans l'appartement de Lisbeth Salander. Il y avait une cuisine à droite à partir du vestibule d'entrée. Puis un séjour, une pièce de travail, une chambre et pour finir une petite chambre d'amis qui semblait n'avoir jamais servi. Le matelas était toujours sous plastique et il n'y avait pas de draps. Tous les meubles étaient neufs et impeccables, directement de chez Ikea.

Ce n'était pas ça, le problème.

Ce qui ébranlait Mikael était que Lisbeth Salander avait acheté l'ex-pied-à-terre du milliardaire Percy Barnevik, estimé à 25 millions de couronnes. L'appartement devait faire facilement trois cent cinquante mètres carrés.

Mikael traversa des couloirs déserts et fantomatiques, et des pièces immenses avec des parquets aux marqueteries de différentes essences et des papiers peints de Tricia Guild du genre qu'Erika Berger mentionnait avec ravissement du bout des lèvres. L'appartement était centré sur un magnifique salon lumineux avec une cheminée que Lisbeth semblait n'avoir jamais utilisée. Il y avait un balcon énorme avec une vue fantastique, une buanderie, un sauna, une salle de gym, des locaux de rangement et une salle de bains avec une baignoire de la catégorie king size. Il y avait même une cave à vins, vide à part une bouteille de porto Quinta do Noval – *Nacional !* – de 1976. Mikael avait du mal à imaginer Lisbeth Salander avec un verre de porto à la main. Une carte de visite indiquait qu'il s'agissait d'un cadeau d'installation de la part de l'agent immobilier.

La cuisine était équipée de tout ce qu'on pouvait imaginer autour d'une cuisinière française rutilante, avec four à gaz, une Corradi Château 120 dont Mikael n'avait jamais entendu parler et sur laquelle Lisbeth avait tout juste fait chauffer de l'eau pour le thé.

En revanche, il éprouva beaucoup de respect pour sa machine à espressos qui trônait à part, une Jura Impressa modèle X7, avec refroidisseur de lait incorporé. Cette machine aussi ne semblait pas avoir été utilisée et elle devait déjà se trouver dans l'appartement quand Lisbeth l'avait acheté. Mikael savait qu'une Jura était l'équivalent de la Rolls-Royce dans le monde de l'espresso – un appareil de pro pour usage domestique qui coûtait dans les 70 000 couronnes. Pour sa part, il avait une machine à espressos d'une marque bien plus modeste, achetée chez John Wall et qui coûtait déjà près de 3 500 couronnes – l'une des rares extravagances qu'il se soit jamais offertes pour équiper sa cuisine.

Le réfrigérateur contenait une brique de lait ouverte, du fromage, du beurre, de la pâte de poisson et un pot de cornichons à moitié vide. Dans le placard, il trouva quatre tubes déjà bien entamés de comprimés de vitamines, des sachets de thé, du café pour une cafetière tout à fait ordinaire sur le plan de travail, deux miches de pain et un paquet de biscottes. Sur la table de la cuisine, il y avait un panier avec des pommes. Le congélateur contenait un gratin de poisson et trois tartes au bacon. Dans la poubelle sous le plan de travail, à côté de la cuisinière de luxe, il trouva plusieurs cartons vides de Billys Pan Pizza.

Tout cela était totalement disproportionné. Lisbeth avait volé quelques milliards et s'était acheté un appartement où elle aurait pu loger la cour royale dans sa totalité. Mais elle n'utilisait que quatre pièces qu'elle avait meublées. Les dix-huit autres étaient entièrement vides.

Mikael termina sa tournée par la pièce de travail. Dans tout l'appartement, il n'y avait pas une plante verte. Pas de tableaux sur les murs, même pas de posters. Il n'y avait pas de tapis ni de napperons. Nulle part, il ne trouva un saladier décoratif, un bougeoir ou quelque babiole souvenir pour réchauffer l'atmosphère ou qu'elle aurait gardée pour des raisons sentimentales.

Mikael sentit son cœur se serrer. Il voulait à tout prix retrouver Lisbeth Salander et la serrer dans ses bras.

Elle le mordrait sans doute s'il essayait.

Salopard de Zalachenko !

Puis il s'assit devant le bureau et ouvrit le classeur avec le rapport de Björck de 1991. Il ne lut pas tout, il parcourut les pages et essaya de résumer.

Il ouvrit son PowerBook avec l'écran de 17 pouces, le disque dur de 200 Go et 1 000 Mo de RAM. Vide. Elle avait fait le ménage. Cela n'augurait rien de bon.

Il ouvrit les tiroirs de son bureau et trouva immédiatement un Colt 1911 Government single action de 9 millimètres et un chargeur plein de sept cartouches. C'était le flingue que Lisbeth Salander avait pris au journaliste Per-Åke Sandström, mais cela Mikael l'ignorait totalement. Il n'était pas encore arrivé à la lettre S sur la liste des michetons.

ENSUITE IL TROUVA LE CD marqué Bjurman.

Il le glissa dans son iBook et, horrifié, prit connaissance du contenu du film. Il resta immobile, choqué en voyant

Lisbeth Salander se faire maltraiter, violer et presque assassiner. Manifestement, le film avait été tourné avec une caméra cachée. Il ne regarda pas le film dans sa totalité mais passa d'une séquence à une autre, chacune surpassant la précédente en horreur.

Bjurman.

Le tuteur de Lisbeth Salander l'avait violée et elle avait un témoignage de cet événement dans le moindre détail. Une datation digitale révélait que le film avait été tourné deux ans plus tôt. C'était avant qu'il fasse sa connaissance. Plusieurs morceaux du puzzle tombèrent à leur place.

Björck et Bjurman avec Zalachenko dans les années 1970.

Zalachenko et Lisbeth Salander et un cocktail Molotov artisanal dans une brique de lait au début des années 1990.

Puis Bjurman de nouveau, maintenant devenu son tuteur à la suite de Holger Palmgren. Le cercle était refermé. Ce type avait agressé sa protégée. Il l'avait considérée comme une fille mentalement malade et sans défense, mais Lisbeth Salander n'était pas sans défense. Elle était la fille qui à l'âge de douze ans avait engagé la lutte contre un tueur professionnel retiré du GRO et qui l'avait transformé en handicapé à vie.

Lisbeth Salander était la femme qui haïssait les hommes qui n'aimaient pas les femmes.

Il pensa à l'époque où il avait appris à la connaître à Hedestad. Ce devait être quelques mois après le viol. Il ne se souvenait pas qu'elle ait eu le moindre mot pour insinuer un tel événement. Dans l'absolu, elle ne lui avait pas révélé grand-chose sur elle-même. Mikael ne pouvait même pas imaginer ce qu'elle avait fait à Bjurman – mais elle ne l'avait pas tué. *Bizarrement.* Sinon Bjurman serait mort deux ans plus tôt. Elle avait dû instaurer un moyen de contrôle sur lui et dans un but qu'il n'arrivait pas à imaginer. Ensuite Mikael réalisa qu'il avait l'instrument de contrôle devant lui sur la table. Le CD. Tant qu'elle l'avait, Bjurman était son esclave impuissant. Et Bjurman s'était tourné vers celui qu'il croyait être un allié. Zalachenko. Le pire ennemi de Lisbeth. Son père.

Ensuite un enchaînement d'événements. Bjurman avait été tué, puis Dag Svensson et Mia Bergman.

Mais comment… ? Qu'est-ce qui avait bien pu transformer Dag Svensson en une menace ?

Et soudain Mikael comprit ce qui s'était *forcément* passé à Enskede.

L'INSTANT D'APRÈS, MIKAEL DÉCOUVRIT le bout de papier par terre au pied de la fenêtre. Lisbeth avait imprimé une page, l'avait froissée et jetée par terre. Il lissa le papier. C'était une édition Web d'*Aftonbladet* au sujet de l'enlèvement de Miriam Wu qu'elle avait imprimée.

Mikael ne savait pas quel rôle Miriam Wu avait joué dans le drame – si elle avait joué un rôle, même – mais elle avait été l'une des rares amies de Lisbeth. Peut-être sa seule amie. Lisbeth lui avait donné son ancien appartement. Maintenant elle se trouvait grièvement blessée à l'hôpital.

Niedermann et Zalachenko.

D'abord sa maman. Ensuite Miriam Wu. Lisbeth devait être folle de haine.

Ces types l'avaient poussée à bout.

Elle était partie en chasse maintenant.

VERS MIDI, DRAGAN ARMANSKIJ reçut un coup de fil du centre de rééducation d'Ersta. Il s'était attendu à un appel de Holger Palmgren bien avant et avait lui-même évité de prendre contact avec lui. Il avait craint d'être obligé d'annoncer que Lisbeth Salander était forcément coupable. Maintenant il avait en tout cas la possibilité de dire qu'il y avait des doutes raisonnables quant à sa culpabilité.

— Tu en es où ? demanda Palmgren en sautant les phrases de politesse.

— Avec quoi ? dit Armanskij.

— Avec ton enquête sur Salander.

— Et qu'est-ce qui te fait croire que je mène une telle enquête ?

— Ne me fais pas perdre mon temps.

Armanskij soupira.

— Tu as raison, dit-il.

— Je veux que tu viennes me voir, dit Palmgren.

— D'accord. Je peux venir te voir ce week-end.

— Ce n'est pas bon. Je veux que tu viennes ce soir. On a beaucoup de choses à discuter.

MIKAEL AVAIT FAIT DU CAFÉ et s'était préparé des tartines dans la cuisine de Lisbeth. Quelque part, il espérait entendre soudain ses clés dans la serrure. Mais cet espoir était vain, bien sûr. Le disque dur vidé dans son PowerBook indiquait qu'elle avait quitté sa planque pour de bon. Il avait trouvé son adresse trop tard.

A 14 h 30, il était toujours assis derrière le bureau de Lisbeth. Il avait lu trois fois le rapport du simulacre d'enquête de Björck, formulé comme un mémo pour un supérieur sans nom. La recommandation était simple : trouver un psychiatre coopératif qui pourrait interner Salander en pédopsychiatrie pour quelques années. La fille était de toute façon dérangée, son comportement l'indiquait clairement.

Mikael avait l'intention de se pencher avec intérêt sur Björck et Teleborian dans un proche avenir. L'idée le réjouit. Son portable se mit à sonner et dérangea la suite de ses pensées.

— Resalut. C'est Malou. Je crois que j'ai quelque chose.

— Quoi ?

— Il n'y a pas de Ronald Niedermann dans l'état civil en Suède. Il n'existe pas dans l'annuaire du téléphone, ni dans le rôle des contribuables, ni dans les immatriculations des voitures, ni nulle part.

— Je vois.

— Mais écoute ça. En 1998, une société anonyme a été enregistrée et le nom protégé à la direction des Brevets. Elle s'appelle KAB Import SA et son adresse est une boîte postale à Göteborg. Elle traite d'importation de matériel électronique. Le président s'appelle Karl Axel Bodin, KAB donc, né en 1941.

— Ça ne me dit absolument rien.

— A moi non plus. Le reste de la direction est composé d'un commissaire aux comptes qui siège dans quelques douzaines de sociétés pour lesquelles il fait des bilans. Il semble être un de ces comptables qui bossent pour plusieurs petites entreprises à la fois. Celle-ci est cependant restée en veille pratiquement depuis son démarrage.

— Je vois.

— Le troisième membre de la direction est un certain R. Niedermann. Il y a une année de naissance mais pas de numéro d'identité. Il n'est donc pas enregistré en Suède. Il est né le 18 janvier 1970, et est mentionné comme représentant de la société sur le marché allemand.

— Super, Malou. Super. Est-ce qu'on a une autre adresse que la boîte postale ?

— Non, mais j'ai trouvé Karl Axel Bodin. Il est domicilié dans l'Ouest de la Suède, avec comme adresse la boîte aux lettres n° 612 à Gosseberga. J'ai vérifié, ça a l'air d'être un domaine agricole près de Nossebro, au nord-est de Göteborg.

— Qu'est-ce qu'on sait sur lui ?

— Il a déclaré des revenus de 260 000 couronnes il y a deux ans. Il n'a pas de casier d'après notre ami à la police. Il a une licence d'arme pour une carabine de chasse à l'élan et pour un fusil à plombs. Il a deux voitures, une Ford et une Saab, toutes les deux de modèles anciens. Rien chez le percepteur. Il est célibataire et se dit agriculteur.

— Un homme anonyme sans histoires avec la justice.

Mikael réfléchit quelques secondes. Il devait faire un choix.

— Autre chose. Dragan Armanskij de Milton Security a appelé pour toi plusieurs fois dans la journée.

— D'accord. Merci Malou. Je vais le rappeler.

— Mikael… est-ce que tout va bien ?

— Non, tout ne va pas bien. Je rappellerai.

Il savait qu'il n'agissait pas comme il l'aurait dû. En bon citoyen il devrait maintenant prendre le téléphone et appeler Bublanski. Mais s'il le faisait, soit il serait obligé de raconter la vérité sur Lisbeth Salander, soit il se retrouverait dans une situation embrouillée entre demi-mensonges et parties occultées. Mais là n'était pas le problème.

Lisbeth Salander était partie traquer Niedermann et Zalachenko. Mikael ne savait pas où elle en était, mais si Malou avait pu trouver la boîte aux lettres n° 612 à Gosseberga, Lisbeth Salander pouvait le faire aussi. La probabilité était donc grande qu'elle soit en route pour Gosseberga. C'était la prochaine étape naturelle.

Si Mikael appelait la police et racontait où Niedermann se terrait, il serait obligé de raconter que Lisbeth Salander s'y rendait probablement en ce moment. Elle était recherchée pour trois meurtres et pour usage d'arme à Stallarholmen.

Cela signifierait que la force d'intervention nationale ou Dieu sait quel commando de ce genre seraient dépêchés pour l'interpeller.

Et Lisbeth Salander résisterait probablement avec la plus grande violence.

Mikael prit un papier et un stylo, et dressa une liste de ce qu'il ne pouvait pas ou ne voulait pas raconter à la police.

Pour commencer, il écrivit *L'adresse.*

Lisbeth avait mis beaucoup de soin à se procurer une adresse secrète. C'est là qu'elle avait sa vie et ses secrets. Il n'avait pas l'intention de la vendre.

Ensuite il écrivit *Bjurman*, suivi d'un point d'interrogation.

Du coin de l'œil, il regarda le CD sur la table devant lui. Bjurman avait violé Lisbeth. Il avait failli la tuer et il avait honteusement tiré profit de sa position comme tuteur. Aucun doute là-dessus. Il devrait être dénoncé comme le salopard qu'il était. Sauf que là se posait un dilemme éthique. Lisbeth n'avait pas porté plainte contre lui. Avait-elle envie d'être livrée aux médias par le biais d'une enquête de police dont les détails les plus intimes s'échapperaient au bout de quelques heures ? Elle ne le lui pardonnerait jamais. Le CD constituait une preuve et des extraits feraient leur petit effet dans les tabloïds.

Il réfléchit un moment et se dit finalement que c'était à Lisbeth de décider comment elle voulait agir. Mais si lui avait su trouver son appartement, la police devrait tôt ou tard réussir à faire pareil. Il mit le CD dans une pochette qu'il glissa dans son sac.

Ensuite il écrivit *Le rapport de Björck.* Le rapport de 1991 avait été classé secret d'Etat. Il éclairait sur tout ce qui s'était passé. Il nommait Zalachenko et expliquait le rôle de Björck, et avec la liste des michetons de l'ordinateur de Dag Svensson, Björck allait passer quelques heures difficiles face à Bublanski. Grâce à la correspondance, Peter Teleborian aussi se retrouvait dans la merde.

Le classeur allait mener la police à Gosseberga… mais Mikael aurait au moins quelques heures d'avance.

Pour finir, il lança Word et écrivit point par point tous les faits importants qu'il avait découverts au cours des dernières vingt-quatre heures grâce aux entretiens avec Björck et Palmgren, et aux documents qu'il avait trouvés chez Lisbeth. Ce travail lui prit une bonne heure. Il grava le document sur un CD avec sa propre enquête.

Il se demanda s'il devait donner de ses nouvelles à Dragan Armanskij, mais décida de laisser tomber. Il avait suffisamment de balles comme ça à garder en l'air.

MIKAEL S'ARRÊTA A LA RÉDACTION de *Millénium* et s'enferma avec Erika Berger.

— Il s'appelle Zalachenko, dit Mikael sans même la saluer. C'est un vieil assassin soviétique du service de renseignements. Il a déserté en 1976 et a eu un permis de séjour en Suède et un salaire versé par la Säpo. Après la chute de l'URSS, il est devenu gangster à temps plein, comme tant d'autres, et il s'occupe de trafic de femmes, d'armes et de drogues.

Erika Berger posa son stylo.

— OK. Pourquoi est-ce que je ne suis pas étonnée de voir le KGB surgir dans cette histoire ?

— Pas le KGB. Le GRO. Le bureau de renseignements militaires.

— C'est du sérieux, donc.

Mikael hocha la tête.

— Tu veux dire que c'est lui qui a tué Dag et Mia ?

— Pas personnellement. Il a envoyé quelqu'un. Ronald Niedermann que Malou a trouvé.

— Tu peux le prouver ?

— Grosso modo. Restent quelques zones d'ombre. Mais Bjurman a été tué parce qu'il a demandé de l'aide à Zalachenko pour s'occuper de Lisbeth.

Mikael expliqua ce qu'il avait vu sur le film que Lisbeth conservait dans le tiroir de son bureau.

— Zalachenko est son père. Bjurman a formellement travaillé pour la Säpo au milieu des années 1970, il était de ceux qui ont accueilli Zalachenko quand il a abandonné le navire. Ensuite il est devenu avocat et démerdard à plein temps, et il rendait des services à un groupe restreint au sein de la Säpo. C'est à croire qu'il existe un très petit cercle qui se réunit de temps en temps au sauna pour diriger le monde et conserver le secret sur Zalachenko. Je pense que pour le reste la Säpo n'a jamais entendu parler du salopard. Lisbeth menaçait de révéler le secret. Conclusion, ils l'ont enfermée en pédopsy.

— Ce n'est pas vrai.

— Si, dit Mikael. D'accord, c'est assez spécial, et Lisbeth n'était pas très gérable à l'époque comme maintenant... mais depuis ses douze ans, elle représente une menace pour la sécurité de la nation.

Il fit un rapide résumé de l'histoire.

— Ça fait beaucoup à digérer, dit Erika. Et Dag et Mia...

— Ont été tués parce que Dag avait trouvé le lien entre Bjurman et Zalachenko.

— Et qu'est-ce qui va se passer maintenant ? On devrait quand même raconter tout ça à la police ?

— Certaines parties, oui, mais pas tout. J'ai rassemblé toute l'information essentielle sur ce CD, genre sauvegarde au cas où. Lisbeth est partie à la chasse à Zalachenko. Je vais essayer de la retrouver. Rien sur ce CD ne doit filtrer.

— Mikael... je n'aime pas ça du tout. On ne peut pas retenir des informations dans une enquête de meurtre.

— On ne retiendra rien. J'ai l'intention d'appeler Bublanski. Mais je pense que Lisbeth est en route pour Gosseberga. Elle est recherchée pour un triple meurtre et si on appelle la police, ils vont envoyer les forces d'intervention avec des armes de gros calibre, et il y a de fortes chances qu'elle résiste. Et alors n'importe quoi peut arriver.

Il s'arrêta et sourit sans joie.

— Il faut qu'on tienne la police à l'écart ne serait-ce que pour épargner les forces d'intervention qui risquent d'y laisser des plumes. Il faut que je mette la main sur Lisbeth en premier.

Erika Berger eut l'air sceptique.

— Je n'ai pas l'intention de révéler les secrets de Lisbeth. Bublanski n'a qu'à les trouver tout seul. Je veux que tu me rendes un service. Ce classeur contient le rapport de Björck de 1991 et une correspondance entre Björck et Teleborian. Je voudrais que tu en fasses une copie et l'envoies par porteur à Bublanski ou à Modig. Pour ma part, je prends le train pour Göteborg dans vingt minutes.

— Mikael...

— Je sais. Mais j'ai l'intention d'être dans le camp de Lisbeth pendant la bataille.

Erika Berger serra les lèvres et ne dit rien. Puis elle hocha la tête. Mikael se dirigea vers la porte.

— Sois prudent, dit Erika alors qu'il avait déjà disparu.

Elle se dit qu'elle aurait dû partir avec lui. C'était la seule chose convenable. Mais elle n'avait toujours pas raconté qu'elle allait démissionner de *Millénium* et que tout était fini, quoi qu'il arrive. Elle prit le classeur et alla copier les documents.

LA BOÎTE POSTALE se trouvait dans un bureau de poste d'un centre commercial. Lisbeth ne connaissait pas Göteborg et ne savait pas exactement où elle était, mais elle avait localisé le bureau de poste et s'était installée dans une cafétéria d'où elle apercevait la boîte par un mince interstice entre des posters publicitaires pour la Nouvelle Poste Suédoise suspendus à des fils.

Irene Nesser était maquillée plus discrètement que Lisbeth Salander. Elle avait un collier ridicule et elle lisait *Crime et Châtiment*, trouvé chez un bouquiniste quelques rues plus au nord. Elle prenait son temps et tournait régulièrement les pages. Elle avait commencé sa surveillance vers midi et elle ignorait complètement à quelle heure la boîte était relevée en général, si c'était quotidiennement ou peut-être toutes les deux semaines, si elle était déjà relevée pour aujourd'hui ou si quelqu'un allait venir. Mais c'était sa seule piste et elle but des *caffè latte* en attendant.

Elle s'était presque assoupie, les yeux grands ouverts, quand soudain elle vit qu'on ouvrait la boîte. Elle regarda l'heure. 13 h 45. *Un bol monstre.*

Lisbeth se leva vivement et s'approcha de la vitre, de l'autre côté de laquelle elle vit un homme en blouson de cuir noir quitter le secteur des boîtes postales. Elle le rattrapa dans la rue. C'était un jeune homme mince d'une vingtaine d'années. Il tourna au coin et ouvrit la portière d'une Renault garée là. Lisbeth Salander mémorisa le numéro d'immatriculation et se précipita vers la Corolla qu'elle avait garée cent mètres plus bas dans la même rue. Elle fut derrière lui quand il tourna dans Linnégatan. Elle le suivit jusqu'à l'Avenyn puis en montant vers Nordstan.

MIKAEL BLOMKVIST EUT JUSTE LE TEMPS d'attraper le X2000 de 17 h 10. Il acheta son billet dans le train en payant avec sa carte de crédit, puis alla s'installer dans le wagon-restaurant vide et commanda à dîner.

Une angoisse lancinante lui tordait le ventre. S'il redoutait d'arriver trop tard, il gardait l'espoir que Lisbeth Salander l'appelle, mais en même temps il savait qu'elle ne le ferait pas.

Elle avait essayé de tuer Zalachenko en 1991. Maintenant celui-ci venait de riposter, des années plus tard.

Holger Palmgren avait fait une analyse correcte de Lisbeth Salander. Elle avait acquis une expérience pratique solide de l'inutilité de parler avec les autorités.

Mikael jeta un coup d'œil sur la sacoche de son ordinateur. Il avait emporté le Colt trouvé dans le tiroir de Lisbeth. Il ne savait pas très bien pourquoi il avait pris l'arme, mais son instinct lui disait de ne pas la laisser dans l'appartement. Il reconnaissait que ce n'était pas un raisonnement très logique.

Le train passait sur le pont d'Årsta quand il ouvrit son portable et appela Bublanski.

— Qu'est-ce que tu veux ? demanda Bublanski irrité.

— Terminer, dit Mikael.

— Terminer quoi ?

— Tout ce merdier. Est-ce que tu veux savoir qui a tué Dag et Mia et Bjurman ?

— Si tu détiens des informations, j'aimerais les connaître.

— Le tueur s'appelle Ronald Niedermann. C'est ce géant blond qui s'est battu avec Paolo Roberto. Il est citoyen allemand, il a trente-cinq ans et il travaille pour un salopard qui s'appelle Alexander Zalachenko, également connu sous le nom de Zala.

Bublanski resta sans rien dire un long moment. Ensuite il soupira bruyamment. Mikael entendit un bruit de papier, puis le cliquetis d'un stylo à bille.

— Et tu es sûr de tout ça ?

— Oui.

— Bon. Et où se trouvent Niedermann et ce Zalachenko ?

— Je ne le sais pas encore. Mais dès que je le trouve, je te le dirai. D'ici peu, Erika Berger va te faire parvenir un rapport de police datant de 1991. Dès qu'elle en aura fait une copie. Tu y trouveras toutes sortes d'informations sur Zalachenko et Lisbeth Salander.

— Comment ça ?

— Zalachenko est le père de Lisbeth. C'est un barbouze russe dissident de la guerre froide, un assassin.

— Un barbouze russe ! répéta Bublanski, la voix remplie de doute.

— Un petit clan à la Säpo l'a couvert et a occulté chacun de ses crimes.

Mikael entendit Bublanski tirer une chaise pour s'asseoir.

— Je crois qu'il vaut mieux que tu passes déposer un témoignage formel.

— Désolé. Je n'ai pas le temps.

— Pardon ?

— Je ne me trouve pas à Stockholm en ce moment. Mais je te fais signe dès que j'ai trouvé Zalachenko.

— Blomkvist… Tu n'as pas besoin de prouver quoi que ce soit. Moi aussi je doute de la culpabilité de Salander.

— Puis-je te rappeler que je ne suis qu'un simple investigateur privé qui ne connaît rien au travail de la police ?

Il savait que c'était puéril, mais il coupa la conversation sans autre forme de procès. Ensuite il appela Annika Giannini.

— Salut frangine.

— Salut. Du nouveau ?

— On peut le dire. Je vais sans doute avoir besoin d'un bon avocat demain.

Elle soupira.

— Qu'est-ce que tu as fait ?

— Rien de grave encore, mais je pourrais être arrêté pour entrave à enquête de police ou un truc comme ça. Mais ce n'est pas pour ça que je t'appelle. Tu ne pourras pas me représenter.

— Pourquoi pas ?

— Parce que je veux que tu te charges de la défense de Lisbeth Salander et tu ne peux pas nous défendre tous les deux.

Mikael raconta brièvement de quoi il retournait. Annika Giannini garda un silence funeste.

— Et tu as des documents pour étayer ça…, finit-elle par dire.

— Oui.

— Il faut que j'y réfléchisse. Lisbeth a besoin d'un avocat d'assises…

— Tu seras parfaite.

— Mikael…

— Dis-moi, frangine, ce n'était pas toi qui m'en voulais parce que je n'avais pas demandé de l'aide quand j'en avais besoin ?

Leur conversation terminée, Mikael réfléchit un moment. Puis il prit le téléphone et appela Holger Palmgren. Il n'avait aucune raison particulière pour le faire, mais il estimait que le vieil homme dans son centre de rééducation devait malgré tout être informé des pistes que Mikael suivait et de son espoir que l'histoire serait terminée dans les heures à venir.

Le problème était évidemment que Lisbeth Salander aussi suivait des pistes.

LISBETH SALANDER SE PENCHA pour attraper une pomme dans son sac à dos, sans quitter la ferme du regard. Elle était étendue en bordure d'un bosquet, sur le tapis de sol de la Corolla en guise de protection. Elle s'était changée et portait un pantalon vert en grosse toile avec des poches sur les jambes, un pull épais et une courte veste chaude doublée.

Le lieu-dit Gosseberga était situé à environ quatre cents mètres de la route départementale et comportait deux groupes de bâtiments. Le principal se trouvait à environ cent vingt mètres devant elle. C'était une maison en bois ordinaire, peinte en blanc et avec un étage. Il y avait une remise et une étable soixante-dix mètres plus loin. Le portail de l'étable encadrait l'avant d'une voiture blanche. Elle aurait parié pour une Volvo, mais la distance était trop grande pour qu'elle soit entièrement sûre.

A sa droite, entre elle et la maison d'habitation, un champ s'étendait sur un peu plus de deux cents mètres jusqu'à une petite mare. Le chemin d'accès coupait le champ en deux et disparaissait dans une partie boisée en direction de la route. A l'entrée de la propriété se trouvait un autre bâtiment qui avait tout d'une fermette abandonnée ; les fenêtres étaient couvertes de tissus clairs. Au nord de ce bâtiment, une partie boisée servait d'écran du côté du voisin le plus proche, un groupe de maisons près de six cents mètres plus loin. La ferme devant elle était donc relativement isolée.

Elle se trouvait à proximité du lac Anten, dans un paysage vallonné où les champs étaient interrompus par de petits villages et des zones de forêt dense. La carte routière ne donnait aucune information détaillée sur le secteur, mais elle avait suivi la Renault noire de Göteborg sur l'E20 et tourné vers l'ouest et Sollebrunn à Alingsås. Trois quarts d'heure plus tard environ, la voiture avait subitement bifurqué sur une piste forestière avec un panneau indiquant Gosseberga. Elle s'était garée derrière une grange dans un bosquet à une centaine de mètres au nord de la bifurcation et était revenue à pied.

Elle n'avait jamais entendu parler de Gosseberga, mais autant qu'elle pouvait en juger, le nom s'appliquait à la maison d'habitation et à l'étable devant elle. Elle était passée devant la boîte aux lettres installée au bord de la route. La plaque indiquait 612 – K. A. Bodin. Le nom ne lui évoquait rien.

Elle avait décrit un demi-cercle autour du bâtiment pour choisir son point d'observation avec soin. Elle avait le soleil du soir dans le dos. Depuis son arrivée vers 15 h 30, il ne s'était pratiquement passé qu'une seule chose. A 16 heures, le conducteur de la Renault était sorti de la maison. A la porte, il avait échangé quelques mots avec une personne qu'elle n'avait pas pu voir. Puis il était parti au volant de la voiture et n'était pas revenu. Pour le reste, rien n'avait bougé dans la ferme. Elle attendit patiemment et contempla le bâtiment à travers de petites jumelles Minolta à grossissement 8.

IRRITÉ, MIKAEL BLOMKVIST tambourina avec les doigts sur la table dans le wagon-restaurant. Le X2000 était immobilisé à Katrineholm. Le train était arrêté depuis bientôt une heure avec un problème technique mystérieux qu'il fallait réparer, au dire des haut-parleurs. La compagnie présentait ses excuses pour le retard.

Il poussa un soupir de frustration et alla chercher un autre café. Seulement un quart d'heure plus tard, le train se mit en route avec une secousse. Il regarda l'heure. 20 heures.

Il aurait dû prendre l'avion ou louer une voiture.

Le sentiment d'arriver trop tard ne fit que s'amplifier.

VERS 18 HEURES, QUELQU'UN AVAIT ALLUMÉ UNE LAMPE au rez-de-chaussée et, peu après, une lampe extérieure s'était allumée au-dessus du perron. Lisbeth aperçut des ombres dans ce qu'elle pensait être la cuisine à droite de la porte d'entrée, mais elle ne réussit pas à distinguer de visage.

Tout à coup, la porte s'ouvrit et le géant blond nommé Ronald Niedermann sortit. Il portait un pantalon sombre et un col roulé moulant qui accentuait ses muscles. Lisbeth hocha la tête pour elle-même. Enfin une confirmation qu'elle était arrivée au bon endroit. Elle constata encore une fois que Niedermann était vraiment baraqué. Mais il était fait de chair et d'os comme tous les humains, quoi que Paolo Roberto et Miriam Wu aient pu endurer. Niedermann fit le tour de la maison et disparut vers la voiture dans l'étable pendant quelques minutes. Il revint, une petite sacoche à la main, et rentra dans la maison.

Quelques minutes plus tard seulement, il ressortit, cette fois accompagné d'un homme d'un certain âge, petit et mince, qui boitait et s'appuyait sur une canne. Il faisait trop sombre pour que Lisbeth puisse distinguer les traits de son visage, mais elle sentit un froid glacial dans la nuque.

Daaaddyy, I am heeeeree...

Elle observa Zalachenko et Niedermann marcher sur le chemin d'accès. Ils s'arrêtèrent à la remise où Niedermann prit quelques bûches. Puis ils retournèrent à la maison d'habitation et refermèrent la porte.

Lisbeth Salander resta immobile pendant plusieurs minutes après qu'ils furent rentrés. Puis elle baissa les jumelles et se retira d'une dizaine de mètres jusqu'à être complètement dissimulée par les arbres. Elle ouvrit son sac à dos et sortit un thermos, se versa du café noir et mit un morceau de sucre dans sa bouche qu'elle commença à sucer. Elle mangea un sandwich au fromage sous plastique qu'elle avait acheté plus tôt dans la journée dans une station-service sur la route de Göteborg. Elle réfléchit.

Son casse-croûte terminé, elle sortit de son sac le P-83 Wanad de Benny Nieminen. Elle retira le chargeur et vérifia que rien ne bloquait l'orifice ni le canon. Elle fit semblant de tirer. Elle avait six cartouches Makarov de calibre 9 millimètres dans le chargeur. Ça devrait suffire. Elle remit le chargeur en place et engagea une cartouche. Elle mit le cran de sûreté et plaça l'arme dans la poche droite de sa veste.

LISBETH COMMENÇA L'OFFENSIVE en direction du bâtiment par un mouvement circulaire à travers la forêt. Elle avait parcouru environ trois cent cinquante mètres quand elle s'arrêta soudain au milieu d'un pas.

Dans la marge de son exemplaire de l'*Arithmétique*, Pierre de Fermat avait griffonné : *J'en ai découvert une démonstration merveilleuse. L'étroitesse de la marge ne la contient pas.*

Le carré s'était transformé en cube ($x^3 + y^3 = z^3$), et les mathématiciens avaient passé des siècles à essayer de résoudre l'énigme de Fermat. Pour enfin y arriver, à la fin du XXe siècle, Andrew Wiles s'était battu pendant dix ans, en utilisant les logiciels les plus performants du monde.

Et brusquement elle comprit. La réponse était d'une simplicité totalement désarmante. Un jeu avec des chiffres qui s'alignaient et soudain retombaient en place en une formule simple qu'il fallait avant tout considérer comme un rébus.

Fermat ne disposait pas d'un ordinateur, et la solution d'Andrew Wiles était basée sur des mathématiques qui n'étaient pas encore inventées quand Fermat avait formulé son théorème. Fermat n'aurait jamais pu produire la preuve qu'Andrew Wiles avait présentée. La solution de Fermat était évidemment tout autre.

Elle fut si surprise qu'elle dut s'asseoir sur une souche. Elle regarda droit devant elle pendant qu'elle vérifiait l'équation.

C'est ça qu'il voulait dire. Pas étonnant que les mathématiciens se soient arraché les cheveux.

Puis elle pouffa de rire.

Un philosophe aurait eu plus de chances de résoudre cette énigme.

Elle aurait aimé faire la connaissance de Fermat.

C'était une putain de grande gueule.

Un moment plus tard, elle se leva et poursuivit son offensive à travers la forêt. En arrivant plus près, elle eut l'étable entre elle et la maison d'habitation.

31

JEUDI 7 AVRIL

LISBETH SALANDER ENTRA DANS L'ÉTABLE par une porte desservant une ancienne rigole à purin. Il n'y avait pas d'animaux à la ferme. Elle regarda autour d'elle pour constater qu'il y avait trois voitures, rien d'autre – la Volvo blanche d'Auto-Expert, une vieille Ford et une Saab un peu plus récente. Plus au fond, il y avait une herse rouillée et d'autres machines datant de l'époque où la ferme était en activité.

Elle s'attarda dans la pénombre de l'étable et observa la maison d'habitation. La nuit était tombée et les lumières étaient allumées dans toutes les pièces du rez-de-chaussée. Elle ne voyait rien bouger, mais avait l'impression de distinguer la lueur dansante d'un poste de télévision. Elle jeta un regard sur sa montre. 19 h 30. *L'heure de* Rapport *à la télé.*

Cela l'intriguait que Zalachenko ait choisi de s'installer dans une maison aussi isolée. Cela ne ressemblait pas à l'homme qu'elle avait connu tant d'années plus tôt. Elle ne s'était pas attendue à le trouver à la campagne dans une petite ferme blanche, plutôt dans un pavillon de banlieue anonyme ou dans une villégiature à l'étranger. Au cours de sa vie, il avait dû se faire plus d'ennemis que Lisbeth Salander. Elle était perturbée par le fait que l'endroit semble si peu protégé. Elle se dit cependant qu'il devait avoir des armes dans la maison.

Après une longue hésitation, elle se faufila hors de l'étable dans le crépuscule. Elle traversa la cour d'un pas agile et s'arrêta le dos contre la façade de l'habitation. De faibles notes de musique lui parvinrent. Sans un bruit, elle contourna la maison et essaya de regarder par les fenêtres, mais celles-ci étaient situées trop haut.

D'instinct, Lisbeth n'aimait pas la situation de départ. Toute la première moitié de sa vie, elle avait vécu dans la terreur perpétuelle de l'homme dans la maison. L'autre moitié, après qu'elle avait échoué à le tuer, elle avait attendu qu'il réapparaisse dans sa vie. Cette fois-ci, elle n'avait pas l'intention de commettre d'erreurs. Zalachenko avait beau être un vieil infirme, il était aussi un assassin bien trempé qui avait survécu à plus d'une bataille.

En outre, il fallait qu'elle prenne en compte Ronald Niedermann.

Elle aurait préféré surprendre Zalachenko dehors en plein air, quelque part dans la cour où il serait vulnérable. Elle n'avait pas trop envie de lui parler, et elle aurait bien aimé avoir un fusil à lunette. Mais elle n'en avait pas et le bonhomme avait du mal à marcher, donc pas de raison de sortir. Le seul aperçu qu'elle avait eu de lui était pendant les minutes où il s'était rendu à la remise de bois, et il ne fallait pas espérer que l'envie lui prenne de faire une promenade du soir. Cela signifiait que si elle voulait attendre une meilleure occasion, elle devait se retirer et passer la nuit dans la forêt. Elle n'avait pas de sac de couchage et même si la soirée était tiède, la nuit serait froide. Maintenant qu'elle l'avait enfin à portée de main, elle ne voulait pas risquer qu'il lui échappe de nouveau. Elle pensa à Miriam Wu et à sa maman.

Lisbeth se mordit la lèvre inférieure. Il fallait qu'elle s'introduise dans la maison, ce qui était la pire alternative. Elle pouvait évidemment frapper à la porte et vider une partie de son chargeur dès que quelqu'un ouvrirait, et ensuite entrer pour trouver l'autre enfoiré. Mais cela signifiait que celui qui restait serait prévenu et vraisemblablement armé. *Analyse des conséquences. Quelles autres possibilités ?*

Soudain, elle aperçut le profil de Niedermann quand il passa devant une fenêtre à seulement quelques mètres d'elle. Il regardait par-dessus son épaule dans la pièce et parlait avec quelqu'un.

Ils se trouvent tous les deux dans la pièce à gauche de l'entrée.

Lisbeth se décida. Elle sortit le pistolet de la poche de sa veste, ôta le cran de sûreté et monta sans bruit sur le perron. Elle tenait l'arme dans la main gauche pendant qu'avec une lenteur infinie elle appuya sur la poignée de la porte. Celle-ci n'était pas fermée à clé. Elle fronça les sourcils et hésita. Il y avait des doubles serrures de sécurité sur la porte.

Zalachenko n'aurait pas laissé la porte ouverte. Sa nuque se couvrit de chair de poule.

Ça ne collait pas.

L'entrée était plongée dans le noir. A droite, elle aperçut un escalier montant à l'étage. Il y avait deux portes droit devant et une à gauche. Elle pouvait voir de la lumière filtrer par une fente au-dessus de la porte. Elle resta immobile et écouta. Puis elle entendit une voix et le raclement d'une chaise dans la pièce à gauche.

Elle fit deux grandes enjambées, ouvrit la porte et pointa son arme sur… *la pièce était vide.*

Elle entendit un froissement de vêtements derrière elle et pivota comme un reptile. A la seconde où elle essayait de viser, l'énorme poigne de Ronald Niedermann se ferma comme un anneau de fer autour de son cou et l'autre attrapa sa main qui tenait l'arme. Il la saisit par la nuque et la souleva en l'air comme si elle était une poupée.

L'ESPACE D'UNE SECONDE, elle agita les jambes dans le vide. Puis elle se tourna et donna un coup de pied en direction de l'entrejambe de Niedermann. Elle rata et l'atteignit à la hanche. Ce fut comme de donner un coup de pied dans un tronc d'arbre. Tout devint noir devant ses yeux quand il serra autour de son cou et elle sentit qu'elle perdait l'arme.

Merde.

Puis Ronald Niedermann la projeta dans la pièce. Elle atterrit brutalement sur un canapé et glissa par terre. Elle sentit le sang affluer de nouveau dans sa tête et se mit debout, encore étourdie. Elle vit un lourd cendrier triangulaire en verre massif sur une table, l'attrapa et le lança en se retournant. Niedermann intercepta son bras au vol. Elle glissa sa main libre dans la poche gauche de son pantalon, sortit la matraque électrique, pivota et l'enfonça dans l'entrejambe de Niedermann.

Elle sentit la décharge électrique transmise en elle par le bras que Niedermann tenait. Elle s'attendait à ce qu'il s'écroule de douleur. Au lieu de quoi il la regarda avec une expression interloquée. Les yeux de Lisbeth Salander s'écarquillèrent de stupeur. De toute évidence, l'homme ressentait un désagrément, mais globalement, il ignorait la douleur. *Il n'est pas normal, ce mec.*

Niedermann se pencha et lui prit la matraque qu'il examina, toujours l'air interloqué. Puis il la gifla du plat de la main. Ce fut comme s'il l'avait frappée avec une massue. Elle s'effondra par terre devant le canapé. Elle leva les yeux et rencontra ceux de Ronald Niedermann. Il la regarda avec curiosité, un peu comme s'il se demandait quel serait son prochain mouvement. Comme un chat qui se prépare à jouer avec sa proie.

Ensuite, elle devina un mouvement dans l'entrebâillement d'une porte plus loin dans la pièce. Elle tourna la tête.

Il entra lentement dans la lumière.

Il s'appuyait sur une canne anglaise et elle put voir qu'une jambe se terminait par une prothèse.

Sa main gauche était une boule atrophiée à laquelle manquaient deux doigts.

Elle leva les yeux vers son visage. La moitié gauche était un patchwork de cicatrices laissées par les brûlures. Il ne restait presque rien de son oreille et il n'avait pas de sourcils. Il était chauve. Elle se souvenait de lui comme d'un homme viril et athlétique, aux cheveux noirs ondulés. Il ne mesurait pas plus de un mètre soixante-cinq et il était décharné.

— Salut papa, dit-elle d'une voix sans expression.

Alexander Zalachenko regarda sa fille avec tout aussi peu d'expression.

RONALD NIEDERMANN ALLUMA le plafonnier. Il tâta sa veste pour vérifier qu'elle ne portait pas d'autre arme, puis il mit le cran de sûreté du P-83 Wanad et enleva le chargeur. Zalachenko se traîna jusqu'à un fauteuil et brandit une télécommande.

Le regard de Lisbeth tomba sur l'écran de télé derrière lui. Zalachenko cliqua et elle vit soudain apparaître une image scintillante et verte de la zone derrière l'étable et d'un bout du chemin d'accès. *Caméra avec optique à infrarouge. Ils savaient qu'elle s'approchait.*

— J'ai commencé à me dire que tu n'oserais pas te montrer, dit Zalachenko. On te surveille depuis 16 heures. Tu as déclenché presque toutes les alarmes autour de la ferme.

— Détecteurs de mouvement, dit Lisbeth.

— Deux au chemin d'accès et quatre dans la coupe de l'autre côté du pré. Tu as établi ton poste de surveillance exactement à l'endroit où nous avions installé l'alarme. C'est de là qu'on a la meilleure vue de la ferme. En général ce sont des élans ou des chevreuils et parfois des gens qui ramassent des baies qui viennent trop près. Mais c'est rare qu'on voie quelqu'un approcher un flingue à la main.

Il garda le silence une seconde.

— Tu croyais vraiment que Zalachenko allait rester totalement exposé dans une petite maison à la campagne ?

LISBETH SE MASSA LA NUQUE et fit mine de se lever.

— Reste par terre, dit Zalachenko durement.

Niedermann cessa de tripoter le pistolet de Lisbeth et la contempla calmement. Il haussa un sourcil et lui sourit. Lisbeth se souvint du visage massacré de Paolo Roberto qu'elle avait vu à la télé et décida que c'était une bonne idée de rester par terre. Elle poussa un soupir et s'adossa au canapé.

Zalachenko tendit sa main droite intacte. Niedermann tira une arme glissée dans son pantalon, fit jouer la glissière et la lui donna. Lisbeth nota que c'était un Sig Sauer, l'arme standard de la police. Zalachenko fit un signe du menton. Sans autre forme de communication, Niedermann pivota sur ses talons et enfila une veste. Il quitta la pièce et Lisbeth entendit la porte sur l'extérieur s'ouvrir puis se refermer.

— Juste pour que tu n'ailles pas imaginer des bêtises. La moindre tentative de te lever et je te truffe de plombs.

Lisbeth se détendit. Il aurait le temps de placer deux balles, voire trois, avant qu'elle puisse l'atteindre, et il utilisait probablement des munitions qui la feraient mourir d'hémorragie en quelques minutes.

— Tu as une sale gueule, dit Zalachenko en indiquant l'anneau qu'elle portait au sourcil. On dirait une pute.

Lisbeth le fixa.
— Mais tu as mes yeux, dit-il.
— Ça fait mal ? demanda-t-elle avec un signe de tête sur sa prothèse.
Zalachenko la contempla un long moment.
— Non. Plus maintenant.
Lisbeth hocha la tête.
— Tu rêves de me tuer, dit-il.
Elle ne répondit pas. Il éclata de rire.
— J'ai pensé à toi pendant des années. A peu près chaque fois que je me vois dans la glace, je pense à toi.
— Tu aurais dû laisser ma maman tranquille.
Zalachenko rit.
— Ta mère était une putain.
Les yeux de Lisbeth se firent noirs comme de l'encre.
— Elle n'était pas une putain. Elle était caissière dans une supérette et elle essayait de nous faire vivre avec ce qu'elle gagnait.
Zalachenko rit de nouveau.
— Garde-les, tes fantasmes sur elle. Moi, je sais qu'elle était une putain. Et elle s'est vite débrouillée pour tomber enceinte, et ensuite elle a essayé de me pousser au mariage. Comme si j'allais me marier avec une pute !
Lisbeth ne dit rien. Elle regardait l'orifice du canon en espérant qu'il relâcherait sa concentration un instant.
— La bombe incendiaire, c'était astucieux. Je t'ai haïe. Mais ensuite tout cela est devenu sans importance. Tu ne valais pas cette énergie-là. Si seulement tu n'étais pas intervenue, je n'aurais rien fait.
— Conneries. Bjurman t'a engagé pour me régler mon compte.
— Ça n'avait rien à voir. C'était un accord commercial. Il avait besoin d'un film que tu détiens et moi je mène un petit business.
— Et tu croyais que j'allais te refiler le film.
— Oui, ma chère fille. Je suis persuadé que tu l'aurais fait. Tu ne devines pas à quel point les gens deviennent coopératifs quand Ronald leur demande quelque chose. Surtout quand il démarre une tronçonneuse et scie un de tes pieds. Dans mon cas, ce serait en plus une compensation appropriée… un pied pour un pied.

Lisbeth pensa à Miriam Wu aux mains de Ronald Niedermann dans l'entrepôt de Nykvarn. Zalachenko se méprit sur son expression.

— Rassure-toi. On n'a pas l'intention de te dépecer.

Il la regarda.

— Est-ce que Bjurman t'a réellement violée ?

Elle ne répondit pas.

— Quel putain de mauvais goût il trimballait, celui-là. J'ai lu dans le journal que tu es une sorte de sale gouine. Ça ne m'étonne pas. Je comprends qu'aucun mec ne veuille de toi.

Lisbeth ne répondit toujours pas.

— Je devrais peut-être demander à Niedermann de t'astiquer. Tu as l'air d'en avoir besoin.

Il y réfléchit.

— Mais Niedermann ne baise pas les filles. Non, il n'est pas pédé. Il ne baise pas, c'est tout.

— Alors il va falloir que tu m'astiques toi-même, lança Lisbeth pour le provoquer.

Approche. Commets une erreur.

— Oh non, certainement pas. Je ne suis pas pervers à ce point.

Ils ne dirent rien pendant un moment.

— Qu'est-ce qu'on attend ? demanda Lisbeth.

— Mon associé revient bientôt. Il va seulement déplacer ta voiture et s'occuper d'un truc. Où se trouve ta sœur ?

Lisbeth haussa les épaules.

— Réponds-moi.

— Je n'en sais rien et, très franchement, je m'en fous complètement.

Il rit de nouveau.

— Et l'amour entre sœurs ? Camilla était toujours celle qui avait quelque chose dans le crâne alors que toi tu étais bonne à jeter à la poubelle.

Lisbeth ne répondit pas.

— Mais je dois reconnaître que c'est vraiment très satisfaisant de te voir de près de nouveau.

— Zalachenko, dit-elle, tu me fatigues un max. Est-ce que c'est Niedermann qui a tué Bjurman ?

— Bien sûr. Ronald Niedermann est un parfait soldat. Non seulement il obéit aux ordres, mais il prend aussi des initiatives quand il faut.

— Où est-ce que tu l'as dégoté ?

Zalachenko regarda sa fille avec une expression étrange. Il ouvrit la bouche comme pour dire quelque chose, mais hésita et garda le silence. Il lorgna vers la porte extérieure et sourit tout à coup.

— Tu veux dire que tu ne l'as pas encore compris, dit-il. D'après Bjurman tu serais une enquêteuse particulièrement douée.

Puis Zalachenko éclata de rire.

— On a commencé à se fréquenter en Espagne au début des années 1990 quand j'étais encore en convalescence après ta petite bombe incendiaire. Il n'est pas mon employé… c'est un partenariat. Nous dirigeons une affaire florissante.

— Trafic de femmes.

Il haussa les épaules.

— On peut dire qu'on est diversifié et qu'on couvre de nombreux domaines et services. L'idée de notre entreprise est de rester dans l'ombre sans jamais nous faire voir. Tu n'as donc vraiment pas compris qui est Ronald Niedermann ?

Lisbeth ne dit rien. Elle ne voyait absolument pas ce qu'il insinuait.

— Ronald est ton frère, dit Zalachenko.

— Non ! fit Lisbeth, le souffle coupé.

Zalachenko rit de nouveau. Mais le canon du pistolet était toujours fermement dirigé sur elle.

— En tout cas ton demi-frère, précisa Zalachenko. Le résultat d'un divertissement au cours d'une mission que j'ai eue en Allemagne en 1970.

— Tu as fait de ton fils un tueur.

— Oh non, je l'ai seulement aidé à réaliser son potentiel. Il avait la capacité de tuer bien avant que je prenne en main son éducation. Et quand je ne serai plus là, il mènera loin l'entreprise familiale.

— Est-ce qu'il sait que je suis sa demi-sœur ?

— Bien sûr. Mais si tu t'imagines pouvoir faire appel à ses sentiments fraternels, oublie tout de suite. Je suis sa famille. Toi, tu n'es qu'un vague bruissement à l'horizon. Je dois peut-être te préciser qu'il n'est pas ton seul demi-frère. Tu as au moins quatre autres frères, et trois sœurs aussi, dans différents pays. L'un de tes autres frères est un crétin mais un autre possède un certain potentiel. Il s'occupe de la filiale de Tallinn. Cela dit, Ronald est le seul de mes enfants qui rende vraiment justice aux gènes de Zalachenko.

— J'imagine qu'il n'y a pas de place pour mes sœurs dans l'entreprise familiale.

Zalachenko eut l'air médusé.

— Zalachenko… tu n'es qu'un enfoiré ordinaire qui n'aime pas les femmes. Pourquoi est-ce que vous avez tué Bjurman ?

— Bjurman était un con. Il est tombé des nues quand il a découvert que tu étais ma fille. Il était une des très rares personnes de ce pays à connaître mon passé. Je dois reconnaître que ça m'a inquiété qu'il prenne brusquement contact avec moi, mais ensuite tout s'est arrangé au mieux. Il est mort et c'est toi qu'on a accusée.

— Mais pourquoi est-ce que vous l'avez tué ? insista Lisbeth.

— Ce n'était pas prévu. Je me réjouissais de travailler avec lui pendant des années encore, et c'est toujours utile d'avoir une porte d'entrée discrète à la Säpo. Même s'il s'agit d'un con. Mais ce journaliste à Enskede avait réussi à trouver un lien entre lui et moi, et il a appelé Bjurman au moment où Ronald se trouvait chez lui. Bjurman a été pris de panique et a complètement disjoncté. Ronald a été obligé de prendre une décision au pied levé. Il a fait exactement ce qu'il fallait faire.

LE CŒUR DE LISBETH TOMBA comme une pierre dans sa poitrine lorsque son père confirma ce qu'elle avait déjà compris. *Dag Svensson avait trouvé un lien.* Elle avait parlé avec Dag et Mia pendant plus d'une heure. Elle avait immédiatement aimé Mia alors que ses sentiments à l'égard de Dag Svensson étaient plus nuancés. Il lui rappelait beaucoup trop Mikael Blomkvist – un insupportable sauveur du monde qui s'imaginait pouvoir changer les choses en publiant un livre. Mais elle avait accepté ses bonnes intentions.

Globalement, la visite chez Dag et Mia avait été du temps perdu. Ils ne pouvaient pas la mener vers Zalachenko. Dag Svensson était tombé sur le nom et avait commencé à fouiller, mais il n'avait pas réussi à l'identifier.

En revanche, elle avait fait une erreur fatale pendant sa visite. Elle savait qu'il devait y avoir un lien entre Bjurman et Zalachenko. Elle avait donc posé des questions sur Bjurman dans une tentative de savoir si Dag Svensson était tombé sur son nom. Ce n'était pas le cas, mais il avait un bon flair. Il avait immédiatement mis le zoom sur le dénommé Bjurman et l'avait assaillie de questions.

Sans que Lisbeth ait livré grand-chose à Dag Svensson, il avait compris qu'elle faisait partie du drame. Il avait aussi compris qu'il détenait des informations qu'elle voulait obtenir. Ils s'étaient mis d'accord pour se revoir après Pâques. Ensuite Lisbeth Salander était rentrée chez elle et s'était couchée. En se réveillant le matin et en écoutant les informations, elle avait appris que deux personnes avaient été assassinées dans un appartement à Enskede.

Lors de sa visite, elle avait donné à Dag Svensson une seule chose utilisable. Elle lui avait donné le nom de Nils Bjurman. Dag Svensson avait dû prendre son téléphone pour appeler Bjurman au moment même où elle quittait leur appartement.

C'était elle qui était le lien. Si elle n'était pas allée voir Dag Svensson, lui et Mia seraient toujours en vie.

Zalachenko rit.

— Tu n'imagines pas notre surprise quand la police a commencé à te traquer pour les meurtres.

Lisbeth se mordit la lèvre inférieure. Zalachenko l'examina.

— Comment est-ce que tu m'as trouvé ? demanda-t-il.

Elle haussa les épaules.

— Lisbeth… Ronald sera de retour dans très peu de temps. Je peux lui demander de te briser tous les os du corps jusqu'à ce que tu répondes. Epargne-nous ce travail.

— La boîte postale. J'ai pisté la voiture de location de Niedermann et j'ai attendu que le petit boutonneux débarque pour vider la boîte.

— Ouah, bien joué ! Merci. Je m'en souviendrai.

Lisbeth réfléchit un instant. Le canon était toujours dirigé sur le haut de son corps.

— Et tu crois réellement que cette tempête va se calmer ? demanda Lisbeth. Tu as commis trop d'erreurs, la police va finir par t'identifier.

— Je sais, répondit son père. Björck a appelé hier et raconté qu'un journaliste de *Millénium* a flairé l'histoire et que maintenant tout n'est qu'une question de temps. C'est possible qu'on soit obligé de s'occuper de ce journaliste.

— Ça va faire une longue liste, dit Lisbeth. Mikael Blomkvist et la patronne Erika Berger, et la secrétaire de rédaction et plusieurs employés de *Millénium*. Sans compter Dragan Armanskij et deux ou trois employés de Milton Security. Et Bublanski et plusieurs autres flics de l'enquête. Combien de personnes est-ce que tu vas tuer pour étouffer cette histoire ? Ils finiront par te coincer.

Zalachenko rit encore.

— Et alors ? Je n'ai tué personne et il n'y a pas la moindre preuve technique contre moi. Qu'ils identifient donc qui ils veulent. Crois-moi… ils peuvent venir faire leurs perquisitions dans cette maison, ils ne trouveront pas un grain de poussière qui pourrait m'associer à une activité criminelle. C'est la Säpo qui t'a enfermée chez les fous, pas moi, et ils ne s'empresseront sans doute pas trop de mettre toutes les cartes sur table.

— Niedermann, rappela Lisbeth.

— Dès demain matin, Ronald partira en vacances à l'étranger pour quelque temps en attendant la suite des événements.

Zalachenko regarda Lisbeth, les yeux triomphants.

— Tu resteras la principale suspecte des meurtres. Il est donc tout indiqué que tu disparaisses purement et simplement, sans bruit.

PRÈS D'UNE HEURE S'ÉCOULA avant que Ronald Niedermann revienne. Il portait des bottes.

Lisbeth Salander jeta un regard sur l'homme qui selon son père serait son demi-frère. Elle n'arrivait pas à déceler la moindre ressemblance. Au contraire, il lui était diamétralement opposé. Par contre, elle avait le net sentiment que quelque chose clochait chez Ronald Niedermann. La charpente, le visage mou et la voix qui n'avait pas vraiment mué encore, tout cela évoquait des sortes d'erreurs génétiques. Il n'avait pas été sensible à la matraque électrique et ses mains étaient énormes. Rien chez Ronald Niedermann ne semblait tout à fait normal.

On dirait qu'il y a un tas d'erreurs génétiques dans la famille Zalachenko, pensa-t-elle avec amertume.

— C'est prêt ? demanda Zalachenko.

Niedermann hocha la tête. Il tendit la main pour reprendre son Sig Sauer.

— Je viens, dit Zalachenko.

Niedermann hésita.

— Il faut marcher pas mal.

— Je viens. Va me chercher ma veste.

Niedermann haussa les épaules et fit ce qu'il avait dit. Puis il se mit à manipuler son arme pendant que Zalachenko s'habillait et disparaissait un court moment dans une pièce à côté. Lisbeth contempla Niedermann en train de visser un adaptateur avec un silencieux fait maison.

— On y va, dit Zalachenko près de la porte.

Niedermann se pencha et hissa Lisbeth sur ses pieds. Elle croisa son regard.

— Je vais te tuer, toi aussi, dit-elle.

— En tout cas, tu as confiance en toi, dit son père.

Niedermann lui sourit doucement et la poussa vers la porte puis dans la cour. Il la tenait par la nuque d'une main ferme. Ses doigts faisaient sans problème le tour de son cou. Il la mena vers la forêt au nord de l'étable.

Ils n'avancèrent pas vite et Niedermann s'arrêta régulièrement pour attendre Zalachenko. Ils avaient pris des torches puissantes. Quand ils furent arrivés parmi les arbres, Niedermann lâcha la prise autour de son cou. Il pointait le canon du pistolet dans son dos, à un mètre de distance.

Ils suivirent un sentier difficilement praticable sur environ quatre cents mètres. Lisbeth trébucha deux fois, et chaque fois elle fut remise sur pied.

— Tourne à droite ici, dit Niedermann.

Au bout d'une dizaine de mètres, ils arrivèrent dans une clairière. Lisbeth vit le trou dans le sol. A la lueur de la lampe de Niedermann, elle vit une pelle plantée dans un tas de terre. Soudain elle comprit ce que Niedermann était allé faire. Il la poussa vers le trou et elle trébucha et tomba à quatre pattes. Ses mains s'enfoncèrent profondément dans le sable. Elle leva la tête et le regarda sans la moindre expression. Zalachenko prenait son temps et Niedermann l'attendait calmement. A aucun moment le canon de son pistolet ne cessait d'être braqué sur Lisbeth.

ZALACHENKO ÉTAIT ESSOUFFLÉ. Il lui fallut plus d'une minute avant de pouvoir parler.

— Je devrais dire quelque chose, mais je ne crois pas que j'aie quoi que ce soit à te raconter, dit-il.

— Ça me va, dit Lisbeth. Je n'ai pas grand-chose à te dire non plus.

Elle lui adressa un sourire en coin.

— Qu'on en finisse, dit Zalachenko.

— Je me réjouis de savoir que la dernière chose que j'ai faite aura été de te coincer, dit Lisbeth. La police va débarquer chez toi dès cette nuit.

— Tu parles. Je m'attendais à ce que tu tentes un truc comme ça. Tu es venue ici pour me tuer et rien d'autre. Tu n'as parlé à personne.

Le sourire de Lisbeth Salander s'élargit. Elle eut soudain l'air mauvaise.

— Laisse-moi te montrer quelque chose, papa.

Elle plongea lentement la main dans la poche de la jambe gauche et en tira un objet carré. Ronald Niedermann surveillait le moindre de ses mouvements.

— Chaque mot que tu as prononcé cette dernière heure a été diffusé sur Internet.

Elle brandit son PDA Palm Tungsten T3.

Le front de Zalachenko se creusa d'une ride à l'endroit où les sourcils auraient dû se trouver.

— Montre-moi ça, dit-il, et il tendit sa main intacte.

Lisbeth lui lança le PDA. Il l'attrapa au vol.

— Tu parles, dit Zalachenko. Ce n'est qu'un Palm ordinaire.

LORSQUE RONALD NIEDERMANN se pencha en avant pour regarder le PDA, Lisbeth Salander balança une poignée de sable droit dans ses yeux. Il fut immédiatement aveuglé mais tira machinalement un coup de feu avec le pistolet muni de son silencieux. Lisbeth avait déjà fait deux pas de côté et la balle ne déchira que l'air où elle s'était tenue. Elle saisit la pelle et en abattit le tranchant sur la main qui tenait le pistolet. Elle l'atteignit de toutes ses forces sur les jointures des doigts et aperçut son Sig Sauer faire une large courbe dans l'air pour aller atterrir parmi quelques buissons. Elle vit du sang jaillir d'une plaie profonde à la phalange de l'index.

Il devrait hurler de douleur.

Niedermann tâtonna dans l'air avec sa main blessée tandis qu'il se frottait désespérément les yeux avec l'autre. La seule possibilité pour Lisbeth de gagner le combat était de causer immédiatement des dégâts massifs ; s'il y avait corps à corps, elle serait irrémédiablement perdue. Elle avait besoin d'un répit de cinq secondes pour disparaître dans la forêt. Elle rabattit la pelle derrière elle et la rebalança en avant de toutes ses forces. Elle essaya de tourner le manche pour l'atteindre avec le tranchant, mais elle était mal positionnée. Ce fut le plat de la pelle qui frappa le visage de Niedermann.

Niedermann grogna quand son nez se brisa pour la deuxième fois en quelques jours. Il était toujours aveuglé par le sable, mais fit un grand mouvement avec le bras droit et réussit à repousser Salander. Elle partit en arrière et posa le pied sur une racine. Pendant une seconde elle fut par terre, mais d'une poussée elle se releva immédiatement. Niedermann était hors jeu pour l'instant.

Je vais y arriver.

Elle fit deux pas vers les broussailles quand elle vit du coin de l'œil – *clic* – Alexander Zalachenko lever le bras.

Le vieux con aussi a un pistolet.

La découverte fusa comme un coup de fouet à travers sa tête.

Elle changea de direction au moment même où il tirait. La balle la toucha à la hanche, la fit pivoter et perdre l'équilibre.

Elle ne ressentit pas de douleur.

La deuxième balle la toucha dans le dos et s'arrêta contre son omoplate gauche. Une douleur aiguë et paralysante traversa son corps.

Elle tomba à genoux. Pendant quelques secondes, elle fut incapable de bouger. Elle était consciente que Zalachenko se trouvait derrière elle, à cinq-six mètres. Avec un dernier effort, elle se remit obstinément sur pied et fit un pas vacillant vers le rideau protecteur des buissons.

Zalachenko eut tout son temps pour viser.

La troisième balle l'atteignit à environ deux centimètres au-dessus de l'oreille gauche. La balle perça l'os de la tête et causa un réseau de fissures irradiantes dans le crâne. La balle de plomb pénétra dans sa tête où elle se figea dans la matière grise à quatre centimètres sous l'écorce cérébrale.

Pour Lisbeth Salander, la description médicale de la situation n'était que des termes scientifiques. En termes pratiques, la balle signifia un traumatisme massif et immédiat. Sa dernière perception fut un choc rouge qui se transforma en lumière blanche.

Ensuite, l'obscurité.

Clic.

Zalachenko essaya de presser une nouvelle fois sur la détente, mais ses mains tremblaient tellement qu'il ne pouvait pas viser. *Elle a failli s'en tirer.* Finalement, il comprit qu'elle était déjà morte et baissa son arme, tremblant, pendant que l'adrénaline affluait dans tout son corps. Il regarda son arme. Il avait pensé laisser le pistolet à la maison, mais était allé le chercher et l'avait glissé dans sa poche, comme s'il avait besoin d'une mascotte. *Cette fille était monstrueuse.* Ils étaient deux hommes adultes et l'un d'eux était Ronald Niedermann qui de plus était armé de son Sig Sauer. *Et cette sale pute avait presque failli s'en tirer.*

Il jeta un regard sur le corps de sa fille. A la lumière de la torche, elle ressemblait à une poupée de chiffon ensanglantée. Il mit le cran de sûreté et glissa le pistolet dans sa poche, puis il s'approcha de Ronald Niedermann. Celui-ci était complètement désemparé, des larmes plein les yeux et du sang qui coulait de sa main et du nez. Son nez n'avait pas guéri depuis le match pour le titre contre Paolo Roberto et le plat de la pelle avait causé de nouveaux dégâts importants.

— Je crois que j'ai encore le nez cassé, dit-il.

— Imbécile, dit Zalachenko. Elle a failli s'en tirer encore une fois.

Niedermann continua à se frotter les yeux. Il n'avait pas mal, mais les larmes coulaient et il était presque totalement aveuglé.

— Tiens-toi droit, merde ! Zalachenko secoua la tête avec mépris. Putain, qu'est-ce que tu ferais sans moi !

Niedermann cilla désespérément. Zalachenko boitilla jusqu'au corps de sa fille et saisit sa veste en haut du dos.

Il souleva et la tira vers la tombe qui n'était qu'un trou dans la terre, trop petit pour qu'elle puisse reposer de tout son long. Il souleva le corps de sorte que ses pieds se retrouvent au-dessus du trou, puis il la laissa tomber comme un sac de patates. Elle atterrit en position fœtale, en avant avec les jambes repliées sous elle.

— Rebouche-moi ça, qu'on puisse rentrer, ordonna Zalachenko.

Il fallut un moment à Ronald Niedermann, encore à moitié aveuglé, pour remettre la terre. Il rejeta sur le terrain alentour celle qui était en trop à grands coups de pelletées vigoureuses.

Zalachenko fuma une cigarette tout en contemplant le travail de Niedermann. Il tremblait toujours, mais l'adrénaline commençait à refluer. Il ressentait un soudain soulagement qu'elle soit éliminée. Il se rappelait encore ses yeux à l'instant où elle avait lancé sa bombe incendiaire tant d'années auparavant.

Il était 21 heures quand Zalachenko regarda autour de lui et hocha la tête. Ils réussirent à retrouver le Sig Sauer de Niedermann parmi les buissons. Puis ils retournèrent à la maison. Zalachenko se sentait merveilleusement satisfait. Il consacra un moment à soigner la main de Niedermann. Le coup de pelle avait ouvert une plaie profonde et il fut obligé de sortir une aiguille et du fil pour la recoudre – chose qu'il avait apprise dès l'école militaire à Novossibirsk quand il avait quinze ans. Il n'avait en tout cas pas besoin de faire une anesthésie. En revanche, il était possible que la plaie soit grave au point d'obliger Niedermann à aller à l'hôpital. Il fit un pansement avec attelle.

Quand il eut fini, il s'ouvrit une bière pendant que Niedermann se rinçait les yeux dans la salle de bains.

32

JEUDI 7 AVRIL

MIKAEL BLOMKVIST ARRIVA à la gare centrale de Göteborg peu après 21 heures. Le X2000 avait rattrapé une partie de son retard, mais pas complètement. Mikael avait passé la dernière heure du trajet à appeler des agences de location de voitures. Il avait d'abord essayé de trouver une voiture à Alingsås dans l'intention d'y descendre du train, mais cela se révéla impossible si tard le soir. Il finit par abandonner et réussit à trouver une Volkswagen via une réservation d'hôtel à Göteborg. La voiture serait disponible à Järntorget. Il laissa tomber les transports en commun complexes de Göteborg avec leur système de billets si incompréhensible qu'il fallait être au moins ingénieur de l'espace pour comprendre. Il prit un taxi.

Quand finalement il prit livraison de la voiture, il découvrit qu'il n'y avait pas d'atlas routier dans le vide-poches. Il se rendit à une station-service ouverte le soir et fit quelques emplettes. En plus de l'atlas, il acheta une lampe de poche, une bouteille d'eau minérale et un café à emporter qu'il posa dans l'anneau sur le tableau de bord prévu pour cet usage. Il était 22 h 30 avant qu'il dépasse Partille en quittant Göteborg vers le nord. Il prit la route pour Alingsås.

A 21 H 30, UN RENARD MÂLE passa devant la tombe de Lisbeth Salander. Le renard s'arrêta et regarda autour de lui, inquiet. Il savait d'instinct que quelque chose était enterré là, mais il jugea la proie trop difficile à atteindre pour que ça vaille la peine de creuser. Il pouvait trouver des proies plus faciles.

Quelque part tout près un animal nocturne inconscient du danger bruissait et le renard dressa tout de suite les oreilles. Il fit un pas prudent. Mais avant de poursuivre la chasse, il leva la patte arrière et marqua son territoire en pissant.

BUBLANSKI NE PASSAIT EN GÉNÉRAL pas d'appels téléphoniques en rapport avec le travail le soir, mais cette fois-ci il ne sut résister. Il souleva le combiné et composa le numéro de Sonja Modig.

— Excuse-moi de t'appeler si tard. Tu es réveillée ?

— T'inquiète pas.

— Je viens de terminer de lire le rapport de 1991.

— Je comprends que tu aies eu autant de mal que moi à le lâcher.

— Sonja… comment est-ce que tu interprètes ce qui se passe ?

— Il me semble que Gunnar Björck, nom bien en vue sur la liste des michetons, a fait placer Lisbeth Salander en asile de fous après qu'elle avait essayé de les protéger, sa mère et elle, d'un assassin au cerveau dérangé qui travaillait pour la Säpo. En cela, il a été assisté par Peter Teleborian qui a procédé à une évaluation de l'état psychique de Lisbeth Salander sur laquelle, à notre tour, nous avons basé une grande partie de notre jugement.

— Ceci change totalement l'image d'elle.

— Ça explique certaines choses.

— Sonja, est-ce que tu peux venir me chercher demain à 8 heures ?

— Bien sûr.

— On ira à Smådalarö pour une petite conversation avec Gunnar Björck. J'ai fait faire une vérif sur lui. Il est en arrêt maladie.

— Je me réjouis d'avance.

— Je crois qu'il va nous falloir revoir totalement notre jugement sur Lisbeth Salander.

LARS BECKMAN JETA UN REGARD en coin vers sa femme. Erika Berger se tenait devant la fenêtre du séjour et contemplait la baie. Elle avait son téléphone portable à la main et il savait qu'elle attendait un appel de Mikael Blomkvist. Elle avait l'air tellement malheureuse qu'il s'approcha et l'entoura de son bras.

— Blomkvist est un grand garçon, dit-il. Mais si tu t'inquiètes vraiment à ce point, tu devrais appeler ce flic.

Erika Berger soupira.

— J'aurais dû le faire il y a des heures. Mais ce n'est pas pour ça que je suis malheureuse.

— C'est quelque chose que je devrais savoir ? demanda Lars.

Elle hocha la tête.

— Raconte.

— Il y a quelque chose que je t'ai caché. Et à Mikael. Et à tout le monde à la rédaction.

— Caché ?

Elle se tourna vers son mari et raconta qu'elle avait accepté le poste de rédactrice en chef à *Svenska Morgon-Posten*. Lars Beckman haussa les sourcils.

— Je ne comprends pas pourquoi tu n'as rien raconté, dit-il. C'est un truc énorme pour toi. Toutes mes félicitations.

— C'est simplement que j'ai l'impression de commettre une trahison, j'imagine.

— Mikael comprendra. Tout le monde doit tracer sa route quand l'heure est venue. Et elle est venue pour toi maintenant.

— Je sais.

— Tu t'es réellement décidée ?

— Oui. Je me suis décidée. Mais je n'ai pas eu le courage de l'annoncer à qui que ce soit. Et j'ai l'impression d'abandonner le navire en plein chaos.

Il serra sa femme dans ses bras.

DRAGAN ARMANSKIJ SE FROTTA les yeux et regarda l'obscurité de l'autre côté des fenêtres du centre de rééducation d'Ersta.

— On devrait appeler Bublanski, dit-il.

— Non, dit Holger Palmgren. Ni Bublanski ni personne de chez les autorités n'a jamais levé un doigt pour la défendre. Laisse-la faire ce qu'elle doit faire, maintenant.

Armanskij regarda l'ancien tuteur de Lisbeth Salander. Il était toujours stupéfié par l'amélioration manifeste de l'état de santé de Palmgren depuis sa dernière visite à Noël. Il y avait toujours le bafouillage, mais Palmgren avait une toute nouvelle vitalité dans le regard. Il y avait aussi une rage chez Palmgren qu'il n'avait jamais connue avant. Au cours de la soirée, Palmgren avait raconté l'histoire que Mikael Blomkvist avait assemblée. Armanskij était sous le choc.

— Elle va essayer de tuer son père.

— C'est possible, fit Palmgren calmement.

— Ou alors Zalachenko va essayer de la tuer.

— C'est possible aussi.

— Et nous, on ne va faire qu'attendre ?

— Dragan... tu es quelqu'un de bien. Mais ce que fait ou ne fait pas Lisbeth Salander, si elle survit ou si elle meurt, ça ne relève pas de ta responsabilité.

Palmgren fit un grand geste avec le bras. Il eut soudain une capacité de coordination qu'il n'avait pas eue depuis longtemps. On aurait dit que le drame de ces dernières semaines avait aiguisé ses sens handicapés.

— Je n'ai jamais eu de sympathie pour les gens qui se substituent à la loi. D'un autre côté, je n'ai jamais entendu parler de quelqu'un qui ait eu de si bonnes raisons de le faire. Au risque de paraître cynique... ce qui se passera cette nuit se passera quoi qu'on en pense, toi et moi. C'est écrit dans les étoiles depuis la naissance de Lisbeth. Et tout ce qui nous reste à faire est de décider quelle sera notre attitude envers elle si elle revient.

Armanskij poussa un soupir malheureux et regarda en douce le vieil avocat.

— Et si elle passe les dix prochaines années en prison, elle l'aura choisi elle-même. Je continuerai à être son ami.

— J'ignorais totalement que tu avais une vision aussi libertaire de l'être humain.

— Je l'ignorais aussi, dit Holger Palmgren.

MIRIAM WU FIXA LE PLAFOND. Elle avait laissé la veilleuse allumée et une radio avec de la musique à faible volume. L'émission de nuit passait *On a Slow Boat to China*. Elle s'était réveillée à l'hôpital la veille, après que Paolo Roberto l'y avait conduite. Elle avait dormi et s'était réveillée, agitée, puis s'était rendormie, tout ça sans véritable logique. Les médecins disaient qu'elle souffrait d'une commotion cérébrale. En tout cas elle avait besoin de repos. Elle avait aussi le nez brisé, trois côtes cassées et des blessures sur tout le corps. Son sourcil gauche était tellement enflé que l'œil n'était qu'une mince fente. Elle avait mal dès qu'elle essayait de changer de position. Elle avait mal quand elle inspirait de l'air dans ses poumons. Elle avait mal à la nuque et on lui avait mis une minerve au cas où. Les médecins lui avaient promis qu'elle se rétablirait complètement.

Quand elle s'était réveillée le soir, Paolo Roberto était là. Il avait rigolé et demandé comment elle allait. Elle aurait aimé savoir si elle avait l'air aussi minable que lui.

Elle avait posé des questions et il avait expliqué. Bizarrement, cela ne paraissait plus du tout improbable qu'il soit l'ami de Lisbeth Salander. C'était une grande gueule. Lisbeth aimait les grandes gueules et elle détestait les connards imbus d'eux-mêmes. La différence était mince comme un cheveu, mais Paolo Roberto appartenait à la première catégorie.

Elle avait eu l'explication de son arrivée soudaine, surgi de nulle part, à l'entrepôt de Nykvarn. Elle était stupéfaite qu'il se soit entêté à ce point à poursuivre la fourgonnette. Et elle apprit, terrorisée, que la police était en train de déterrer trois cadavres sur le terrain autour du bâtiment.

— Merci, dit-elle. Tu m'as sauvé la vie.

Il secoua la tête et resta un long moment sans rien dire.

— J'ai essayé d'expliquer à Blomkvist. Il n'a pas vraiment compris. Je crois que toi tu peux comprendre. Parce que toi aussi tu boxes.

Elle savait ce qu'il voulait dire. Quiconque ne s'était pas trouvé dans l'entrepôt à Nykvarn ne pouvait pas comprendre ce que ça fait de se battre contre un monstre insensible à la douleur. Elle avait été totalement impuissante.

Pour finir, ils avaient arrêté de parler, et elle avait seulement tenu sa main avec le bandage. Il n'y avait rien à dire. Quand elle s'était réveillée de nouveau, il n'était plus là. Elle aurait aimé que Lisbeth Salander donne de ses nouvelles.

C'était elle que Niedermann cherchait.

Miriam Wu avait peur qu'il la retrouve.

LISBETH SALANDER N'ARRIVAIT PAS A RESPIRER. Elle n'avait aucune notion du temps, mais elle savait qu'elle avait reçu des balles dans le corps et elle comprenait – plus par instinct que par un raisonnement rationnel – qu'elle était enterrée. Son bras gauche était inutilisable. Elle ne pouvait pas remuer le moindre muscle sans que des vagues de douleur lui traversent l'épaule, et toute réflexion évoluait dans une sorte d'état brumeux. *Il me faut de l'air.* Sa tête manquait d'exploser sous les pulsations d'une douleur comme elle n'en avait jamais ressenti.

Sa main droite s'était retrouvée sous son visage et elle commença instinctivement à gratter pour enlever la terre de devant son nez et sa bouche. La terre était sablonneuse et relativement sèche. Elle réussit à dégager une petite cavité de la taille d'un poing devant son visage.

Elle n'avait pas la moindre idée du temps qu'elle avait passé dans la tombe. Mais elle comprit que sa vie était en danger. Elle finit par formuler une pensée cohérente.

Il m'a enterrée vivante.

Cette certitude la fit paniquer. Elle ne pouvait pas respirer. Elle ne pouvait pas bouger. Une tonne de terre la maintenait prisonnière.

Elle essaya de bouger une jambe, mais elle n'arrivait pas à tendre ses muscles. Puis elle fit l'erreur d'essayer de se redresser. Elle poussa avec la tête vers le haut et immédiatement la douleur perça comme une décharge électrique par les tempes. *Je ne dois pas vomir.* Elle retomba dans une vague inconscience.

Quand elle put de nouveau penser, elle vérifia avec précaution quelles parties de son corps étaient utilisables. Le seul membre qu'elle pouvait bouger de quelques centimètres était la main droite devant son visage. *Il me faut de l'air.* L'air se trouvait au-dessus d'elle, au-dessus de la tombe.

Lisbeth Salander commença à gratouiller. Elle appuya avec le coude et réussit à se créer un petit espace de manœuvre. Avec le dos de la main, elle élargit la cavité devant son visage en écartant la terre. *Il faut que je creuse.*

Au bout d'un moment, elle comprit que compte tenu de sa position fœtale, elle avait un espace creux dans l'angle mort sous et entre ses jambes. C'est là que se trouvait une grande partie de l'air usagé qui la maintenait encore en vie. Elle se mit à tortiller le torse, désespérément, et sentit de la terre s'effondrer sous elle. La pression sur la poitrine céda un peu. Elle put soudain bouger le bras de quelques centimètres.

Minute par minute, elle travailla dans un état proche de l'inconscience. Elle gratouilla la terre sablonneuse de son visage et l'enfonça dans le creux sous elle, poignée par poignée. Finalement elle réussit à dégager son bras suffisamment pour pouvoir enlever de la terre de dessus sa tête. Centimètre par centimètre elle libéra sa tête. Elle sentit quelque chose de dur et tint soudain une petite racine ou un bout de branche à la main. Elle creusa vers le haut. La terre était toujours aérée et pas trop compacte.

IL ÉTAIT UN PEU PLUS DE 22 HEURES lorsque le renard passa de nouveau devant la tombe de Lisbeth Salander en rentrant à son terrier. Il avait mangé un campagnol et se sentait satisfait de l'existence quand soudain il sentit une autre présence. Il se figea et dressa l'oreille. Ses moustaches et sa truffe vibrèrent.

Subitement les doigts de Lisbeth Salander sortirent de terre comme quelque chose de pas très vivant surgissant des ténèbres. S'il y avait eu un spectateur humain dans les parages, il aurait probablement réagi comme le renard. Il prit ses jambes à son cou.

Lisbeth sentit de l'air frais se répandre le long de son bras. Elle respirait de nouveau.

Il lui fallut une autre demi-heure pour se libérer de la tombe. Elle ne gardait aucun véritable souvenir du processus. Elle trouvait étrange de ne pas pouvoir utiliser sa main gauche, mais elle gratta énergiquement la terre et le sable avec la droite.

Elle avait eu besoin d'un outil pour creuser. Au bout d'un moment elle avait trouvé l'astuce. Elle avait rentré le bras dans le trou et réussi à atteindre la poche de poitrine de sa veste pour en sortir l'étui à cigarettes que lui avait offert Miriam Wu. Elle l'avait ouvert et utilisé comme une écope. Elle avait enlevé la terre louche par louche et l'avait rejetée d'un mouvement sec du poignet. Brusquement, elle avait pu bouger son épaule droite et avait réussi à la pousser à travers la couche de terre. Ensuite elle avait gratté pour enlever le sable et la terre, et réussi à relever la tête. Du coup, elle avait le bras droit et la tête hors de la tombe. Après avoir réussi à dégager une partie du torse, elle avait pu commencer à se tortiller pour monter centimètre par centimètre jusqu'à ce que la terre lâche soudain la prise de ses jambes.

Elle s'éloigna de la tombe en rampant, les yeux fermés, et ne s'arrêta que quand son épaule heurta un tronc d'arbre. Elle tourna lentement le corps pour s'adosser à l'arbre et essuya la saleté de ses yeux avec le dos de la main avant d'ouvrir les paupières. Il faisait nuit noire autour d'elle et l'air était glacial. Elle transpirait. Elle sentait une douleur sourde dans la tête, à l'épaule gauche et à la hanche, mais elle ne gaspilla pas d'énergie à réfléchir là-dessus. Elle se tint immobile pendant dix minutes et respira. Puis elle comprit qu'elle ne pouvait pas rester là.

Elle lutta pour se mettre debout, alors que le monde tanguait.

Elle eut tout de suite mal au cœur et se pencha en avant pour vomir.

Puis elle se mit en route. Elle ignorait totalement dans quelle direction elle marchait et où elle se rendait. Elle avait des problèmes pour remuer sa jambe gauche et trébuchait régulièrement et tombait à genoux. Chaque fois, une douleur massive fusait à travers sa tête.

Elle ne savait pas très bien depuis combien de temps elle marchait, lorsque tout à coup elle vit de la lumière du coin de l'œil. Elle changea de direction et continua à avancer en trébuchant. Ce n'est que quand elle se retrouva à la remise en bordure de la cour qu'elle réalisa qu'elle était retournée directement à la maison de Zalachenko. Elle s'arrêta et vacilla comme une ivrogne.

Des cellules photoélectriques sur le chemin d'accès et à l'aire de coupe. Elle était arrivée de l'autre côté. Ils ne l'avaient pas repérée.

Cela la troubla. Elle comprit qu'elle n'était pas en forme pour un autre match avec Niedermann et Zalachenko. Elle contempla la maison d'habitation blanche.

Clic. Du bois. *Clic.* Du feu.

Elle se mit à fantasmer sur un bidon d'essence et une allumette.

Elle se tourna difficilement vers la remise et chancela jusqu'à une porte fermée avec une barre. Elle réussit à la soulever en poussant avec l'épaule droite. Elle entendit le bruit quand la barre tomba par terre et heurta la porte. Elle fit un pas dans l'obscurité et regarda autour d'elle.

C'était une remise à bois. Il n'y avait pas d'essence là-dedans.

A LA TABLE DE CUISINE, Alexander Zalachenko leva les yeux en entendant le bruit de la barre qui heurta la porte de la remise. Il écarta le rideau et plissa les yeux vers l'obscurité du dehors. Il fallut quelques secondes à ses yeux pour s'habituer. Le vent avait forci. La météo avait promis une fin de semaine agitée. Puis il vit que la porte de la remise était entrouverte.

Avec Niedermann, il était allé chercher du bois dans l'après-midi. Une sortie inutile dont le but principal avait été de confirmer à Lisbeth Salander qu'elle était arrivée à la bonne adresse, pour ainsi l'attirer.

Niedermann avait-il oublié de remettre la barre ? Comment pouvait-il être d'une négligence aussi phénoménale ? Il jeta un coup d'œil vers la porte du séjour où Niedermann s'était endormi sur le canapé, mais se dit qu'il pouvait tout aussi bien le laisser dormir. Il se leva de sa chaise.

POUR TROUVER DE L'ESSENCE, Lisbeth serait obligée d'aller à l'étable où les voitures étaient garées. Elle s'appuya contre un billot et respira lourdement. Elle avait besoin de se reposer. Elle était assise depuis une minute seulement quand elle entendit les pas traînants de la prothèse de Zalachenko devant la remise.

DANS L'OBSCURITÉ, Mikael se trompa de route à Mellby, au nord de Sollebrunn. Au lieu de tourner vers Nossebro, il continua vers le nord et ne s'aperçut de son erreur qu'en arrivant à Trökörna. Il s'arrêta et consulta l'atlas routier.

Il poussa un juron, fit demi-tour et repartit au sud vers Nossebro.

DE SA MAIN DROITE, Lisbeth Salander saisit la hache sur le billot une seconde avant qu'Alexander Zalachenko n'entre dans la remise. Elle n'avait pas assez de force pour la soulever au-dessus de sa tête, et elle la tint d'une seule main et lui fit décrire une courbe du bas vers le haut, tout en mettant le poids sur sa hanche intacte et en tournant le corps d'un demi-tour sur elle-même.

Au moment où Zalachenko tournait le bouton de l'interrupteur, le tranchant le frappa de biais sur le côté droit du visage, brisa l'os de la joue et s'enfonça de quelques millimètres dans le front. Il n'eut jamais le temps de comprendre ce qui s'était passé, mais la seconde suivante, son cerveau enregistra la douleur et il se mit à hurler comme un dément.

RONALD NIEDERMANN SE RÉVEILLA en sursaut et s'assit, tout étourdi. Il entendit un hurlement que tout d'abord il ne pensa pas humain. Ça venait de dehors. Puis il se rendit compte que c'était Zalachenko qui hurlait. Il fut rapidement sur pied.

LISBETH SALANDER PRIT SON ÉLAN et lança la hache une nouvelle fois mais son corps n'obéit pas aux ordres. Son intention avait été de soulever la hache et de la planter dans la tête de son père mais elle avait épuisé toutes ses forces et le coup l'atteignit bien au-dessous, juste sous le genou. Le poids ficha cependant le tranchant si profondément que la hache resta coincée et lui fut arrachée de la main quand Zalachenko tomba la tête la première dans la remise. Il n'arrêtait pas de hurler.

Elle se pencha pour reprendre la hache. Le sol se mit à tanguer quand la douleur irradia dans sa tête. Elle fut obligée de s'asseoir. Elle tendit la main et tâta les poches de Zalachenko. Il avait toujours le pistolet dans la poche droite de sa veste et elle focalisa son regard tandis que la terre vacillait.

Un Browning calibre 22.

Un joujou de boy-scout !

C'est pour ça qu'elle était en vie. Si elle avait été touchée par une balle du Sig Sauer de Niedermann ou par une munition plus grosse, elle aurait eu un trou énorme à travers le crâne.

Au moment même où elle formulait cette pensée, elle entendit les pas de Niedermann à peine réveillé, qui se dressa soudain dans l'ouverture de la porte de la remise. Il s'arrêta net et regarda la scène avec des yeux écarquillés et pleins d'incompréhension. Zalachenko hurlait comme un fou. Son visage n'était qu'un masque ensanglanté. Il avait une hache fichée dans le genou. Une Lisbeth Salander ensanglantée et crottée était assise par terre à côté de lui. On l'aurait dit sortie tout droit d'un de ces films d'horreur que Niedermann avait trop visionnés.

RONALD NIEDERMANN, insensible a la douleur et bâti comme un robot antichar, n'avait jamais aimé l'obscurité. Aussi loin que remontaient ses souvenirs, l'obscurité avait toujours été synonyme de menace.

Il avait vu de ses yeux des créatures dans le noir, et une terreur indescriptible le guettait perpétuellement. Et maintenant l'horreur venait de se matérialiser.

La fille assise par terre était morte. Cela ne faisait aucun doute.

Il l'avait enterrée lui-même.

Par conséquent, l'être par terre n'était pas une fille mais une créature revenue de l'autre côté de la tombe et qui ne pourrait être combattue ni avec des forces humaines ni avec une arme.

La métamorphose d'être humain en mort-vivant avait déjà commencé. Sa peau s'était transformée en une carapace comme celle des lézards. Ses dents découvertes étaient des crocs acérés prêts à arracher des morceaux de chair de sa proie. Sa langue de reptile fusa et lécha le pourtour de la bouche. Ses mains pleines de sang avaient des griffes comme des rasoirs d'une dizaine de centimètres de long. Il vit briller ses yeux incandescents. Il pouvait l'entendre grogner et il la vit tendre ses muscles pour lui sauter à la gorge.

Il vit tout à coup, très nettement, qu'elle avait une queue qui se courba et se mit à fouetter le sol pour le menacer.

Puis elle leva le pistolet et tira. La balle passa tellement près de l'oreille de Niedermann qu'il put sentir la chaleur de son souffle. Il vit que sa bouche lui lançait une flamme.

C'en fut trop.

Il arrêta de penser.

Il pivota sur ses talons et courut pour sa vie. Elle tira encore un coup de feu qui le rata complètement mais qui parut lui donner des ailes. Il franchit une clôture d'un bond de chevreuil et fut englouti par le noir du champ en direction de la route. Il courait, poussé par une terreur irrationnelle.

Lisbeth Salander le vit, sidérée, disparaître hors de vue.

Elle se traîna jusqu'à la porte et guetta le noir, mais sans voir Niedermann. Au bout d'un moment, Zalachenko cessa de crier mais continua de gémir, encore sous le choc. Elle ouvrit le pistolet et constata qu'il restait une cartouche, et elle envisagea de la tirer dans la tête de Zalachenko. Puis elle se rappela que Niedermann se trouvait encore là dehors dans le noir et qu'il valait mieux garder la dernière balle. S'il l'attaquait, elle aurait probablement besoin d'autre chose qu'une balle de calibre 22. Mais c'était mieux que rien.

ELLE SE LEVA PÉNIBLEMENT, sortit de la remise en boitillant et claqua la porte. Il lui fallut cinq minutes pour remettre la barre en place. Elle traversa la cour d'un pas vacillant, entra dans la maison et trouva le téléphone sur une commode dans la cuisine. Elle composa le numéro qu'elle n'avait pas utilisé depuis deux ans. Il n'était pas chez lui. Le répondeur se mit en marche.

Bonjour. Vous êtes bien chez Mikael Blomkvist. Je ne peux pas vous répondre pour le moment, mais laissez votre nom et votre numéro de téléphone, et je vous rappellerai dès que possible.

Biiip.

— Mig-g-kral, dit-elle et elle se rendit compte que sa voix était en purée. Elle avala. Mikael. C'est Salander.

Ensuite elle ne sut plus quoi dire.

Elle raccrocha lentement.

Le Sig Sauer de Niedermann était démonté pour nettoyage sur la table de cuisine devant elle, à côté du P-83 Wanad de Benny Nieminen. Elle lâcha le Browning de Zalachenko par terre, chancela jusqu'à la table, saisit le Wanad pour vérifier le chargeur. Elle trouva aussi son PDA Palm et le glissa dans sa poche. Ensuite elle trébucha jusqu'à l'évier et remplit une tasse à café sale avec de l'eau glacée. Elle en but quatre tasses. En levant la tête, elle vit soudain son propre visage dans un petit miroir sur le mur. Elle faillit presser sur la détente tellement elle eut peur.

Ce qu'elle vit rappelait plus une bête qu'un être humain. Elle vit une démente, le visage tordu et la bouche grande ouverte. Elle était couverte de saleté. Son visage et son cou étaient une bouillie figée de sang et de boue. Elle comprit ce que Ronald Niedermann avait vu dans la remise.

Elle s'approcha davantage du miroir et prit soudain conscience que sa jambe gauche traînait derrière elle. Elle avait très mal à la hanche à l'endroit où la première balle de Zalachenko l'avait touchée. La deuxième balle l'avait atteinte à l'épaule et avait paralysé le bras gauche. Ça faisait mal.

Mais c'était la douleur à la tête qui la faisait tanguer, tellement c'était fort. Elle leva lentement sa main droite et tâta l'arrière de sa tête. Ses doigts rencontrèrent soudain le cratère du trou d'entrée.

Elle tâta le trou dans le crâne et comprit tout à coup, horrifiée, que c'était son propre cerveau qu'elle touchait, qu'elle était si grièvement blessée qu'elle était mourante ou qu'elle aurait peut-être déjà dû être morte. Elle n'arrivait pas à comprendre qu'elle tienne encore sur ses jambes.

Une fatigue paralysante s'abattit subitement sur elle. Elle n'était pas sûre d'être sur le point de s'évanouir ou de s'endormir, mais elle s'approcha de la banquette où elle s'allongea doucement et reposa le côté droit de la tête, qui n'était pas blessé, sur un coussin.

Elle était obligée de s'allonger pour reprendre des forces mais elle savait qu'elle ne pouvait pas se permettre de s'endormir avec Niedermann là dehors. Tôt ou tard, il allait revenir. Tôt ou tard, Zalachenko allait réussir à sortir de la remise à bois et à se traîner dans la maison, mais elle n'avait plus de forces pour se tenir debout. Elle avait froid. Elle défit le cran de sûreté.

RONALD NIEDERMANN SE TENAIT INDÉCIS au bord de la route entre Sollebrunn et Nossebro. Il était seul. La nuit était noire. Il avait recommencé à penser de façon rationnelle et il avait honte de s'être enfui. Il ne comprenait pas comment ça s'était passé, mais il était arrivé à la conclusion logique qu'elle avait dû survivre. *D'une façon ou d'une autre, elle avait réussi à creuser et à sortir de la tombe.*

Zalachenko avait besoin de lui. Il devait donc retourner à la maison et tordre le cou à cette Lisbeth Salander.

En même temps, Ronald Niedermann avait le sentiment que tout était terminé. Il avait ce sentiment depuis un certain temps maintenant. Les choses avaient commencé à aller de travers et continué à aller de travers depuis l'instant où Bjurman les avait contactés. Zalachenko s'était complètement transformé en entendant le nom de Lisbeth Salander. Toutes les règles de prudence et de réserve que Zalachenko prêchait depuis tant d'années avaient cessé d'exister.

Niedermann hésita.

Zalachenko avait besoin de soins médicaux.

Si elle ne l'avait pas déjà tué.

Cela signifiait des questions.

Il se mordit la lèvre inférieure.

Il était le partenaire de son père depuis de nombreuses années. Des années pleines de succès. Il avait mis de l'argent de côté et, de surcroît, il savait où Zalachenko avait caché sa propre fortune. Il avait les ressources et les compétences requises pour poursuivre leur activité. Le plus rationnel serait de partir sans regarder en arrière. Si Zalachenko lui avait inculqué quelque chose dans le cerveau, c'était bien cela : toujours conserver la capacité d'abandonner sans état d'âme une situation qui devenait ingérable. C'était la règle de base pour survivre. *Ne lève pas un doigt pour une cause perdue.*

Elle n'était pas surnaturelle. Mais elle signifiait de mauvaises nouvelles. Elle était sa demi-sœur.

Il l'avait sous-estimée.

Ronald Niedermann était tiraillé entre deux volontés. Une partie de lui voulait y retourner et lui tordre le cou. Une autre partie de lui voulait continuer à fuir dans la nuit.

Il avait son passeport et son portefeuille dans sa poche de derrière. Il n'avait pas envie de retourner à la ferme. Il n'y avait rien là-bas dont il avait besoin.

A part peut-être une voiture.

Il en était toujours à tergiverser quand il vit la lueur des phares d'une voiture s'approcher de l'autre côté d'une hauteur. Il tourna la tête. Il pouvait peut-être se trouver un autre moyen de transport. Tout ce qu'il lui fallait était une voiture pour pouvoir rejoindre Göteborg.

POUR LA PREMIÈRE FOIS DANS SA VIE – du moins depuis qu'elle avait quitté la petite enfance –, Lisbeth Salander était incapable de prendre les rênes de sa situation. Au fil des ans, elle avait été mêlée à des bagarres, elle avait été victime de mauvais traitements, l'objet d'un internement d'office par l'Etat et d'abus de la part de personnes privées. Son corps et son âme avaient reçu bien plus de gnons qu'un être humain ne devrait en recevoir.

Mais chaque fois elle avait su se révolter. Elle avait refusé de répondre aux questions de Teleborian et quand elle avait été victime d'une violence physique, elle avait su s'échapper et se retirer.

Elle pouvait vivre avec un nez cassé.

Mais elle ne pouvait pas vivre avec un trou dans le crâne.

Cette fois-ci elle n'allait pas pouvoir se traîner jusqu'à son lit, tirer la couverture sur sa tête et dormir pendant deux jours pour ensuite se relever et retourner à son quotidien comme si de rien n'était.

Elle était si sérieusement blessée qu'elle ne pouvait pas démêler la situation elle-même. Elle était si fatiguée que son corps n'obéissait pas à ses commandements.

Il faut que je dorme un moment, pensa-t-elle. Et soudain elle fut certaine que si elle lâchait prise et fermait les yeux, elle n'allait probablement jamais se réveiller. Elle analysa cette conclusion et constata peu à peu que cela lui était égal. Au contraire. Cette pensée l'attirait même. *Pouvoir me reposer. Ne pas avoir à me réveiller.*

Ses dernières pensées furent pour Miriam Wu.

Pardonne-moi, Mimmi.

Elle tenait toujours le pistolet de Benny Nieminen avec le cran de sûreté défait dans sa main quand elle ferma les yeux.

MIKAEL BLOMKVIST vit Ronald Niedermann de loin à la lumière des phares et le reconnut immédiatement. Il était difficile de louper un géant blond de plus de deux mètres bâti comme un Terminator. Niedermann agita les bras. Mikael passa en codes et freina. Il tendit la main vers le sac d'ordinateur et sortit de la poche extérieure le Colt 1911 Government qu'il avait trouvé dans le bureau de Lisbeth Salander. Il s'arrêta à cinq bons mètres de Niedermann et coupa le moteur avant d'ouvrir la portière.

— Merci de vous être arrêté, dit Niedermann hors d'haleine. Il avait couru. Je suis en panne. Est-ce que vous pouvez m'emmener en ville ?

Il avait une voix étrangement fluette.

— Bien sûr que je peux vous déposer en ville, dit Mikael Blomkvist. Il pointa l'arme sur Niedermann. Couche-toi par terre.

Ça n'arrêtait pas, toutes les épreuves qu'on faisait subir à Ronald Niedermann cette nuit. Il regarda Mikael d'un œil sceptique.

Niedermann n'avait aucune peur du pistolet ni de l'individu qui le tenait. En revanche il avait du respect pour les armes. Il avait vécu avec des armes et de la violence toute sa vie. Il partait du principe que si quelqu'un pointait un pistolet sur lui, cette personne était désespérée et prête à l'utiliser. Il plissa les yeux et essaya de juger l'homme derrière le pistolet, mais les lumières de la voiture le transformaient en une silhouette sombre. *Un flic ? On ne dirait pas. Les flics s'identifient d'habitude. En tout cas, c'est ce qu'ils font dans les films.*

Il fit une estimation de ses chances. Il savait que s'il se précipitait comme un sauvage, il pourrait s'emparer de l'arme. Mais l'homme semblait déterminé et il se tenait à l'abri de la portière. Niedermann prendrait une balle, peut-être deux. S'il bougeait rapidement, l'homme le raterait peut-être, ou ne toucherait pas un organe vital, mais même s'il survivait, les balles allaient compliquer sa fuite ou peut-être même la rendre impossible. Mieux valait attendre une meilleure occasion.

— COUCHE-TOI PAR TERRE MAINTENANT ! hurla Mikael.

Il dévia le canon de quelques centimètres et tira une balle par terre au bord de la route.

— La prochaine balle, c'est pour ton genou, dit Mikael d'une voix haute et autoritaire.

Ronald Niedermann se mit à genoux, aveuglé par les phares.

— Qui es-tu ? demanda-t-il.

Mikael glissa la main dans le vide-poches de la portière et prit la lampe de poche qu'il avait achetée dans la station-service. Il éclaira le visage de Niedermann.

— Les mains dans le dos, commanda-t-il. Ecarte les jambes.

Il attendit que Niedermann s'exécute, à contrecœur.

— Je sais qui tu es. Si tu fais une bêtise, je tire sans sommation. Je viserai le poumon sous l'omoplate. Tu pourras probablement m'avoir… mais ça te coûtera cher.

Il posa la lampe torche par terre, enleva sa ceinture qu'il noua en une boucle comme il avait appris chez les chasseurs légers à Kiruna, quand il avait fait son service militaire vingt ans plus tôt. Il se mit entre les jambes du géant blond et enfila la boucle autour de ses bras en serrant au-dessus des coudes. Ainsi l'immense Niedermann était pratiquement sans défense.

Et ensuite ? Mikael regarda autour de lui. Ils étaient absolument seuls dans l'obscurité de la route. Paolo Roberto n'avait pas exagéré en décrivant Niedermann. C'était un colosse. La question était seulement de savoir pourquoi un tel colosse arrivait en courant dans la nuit comme poursuivi par le diable en personne.

— Je cherche Lisbeth Salander. J'imagine que tu l'as rencontrée.

Niedermann ne répondit pas.

— Où se trouve Lisbeth Salander ? demanda Mikael.

Niedermann lui lança un drôle de regard. Il ne comprenait rien à ce qui se passait cette nuit bizarre où tout semblait aller de travers.

Mikael haussa les épaules. Il retourna à la voiture, ouvrit le coffre arrière et trouva une corde de remorquage. Il ne pouvait pas laisser Niedermann ligoté au milieu de la route et il regarda autour de lui. Trente mètres plus loin, un panneau indicateur brillait dans la lumière des phares. Passage d'élans.

— Lève-toi.

Il mit le canon de l'arme dans la nuque de Niedermann, le fit marcher jusqu'au panneau et le força à s'asseoir sur le bas-côté en lui ordonnant de s'adosser au panneau. Niedermann hésita.

— Tout ça est très simple, dit Mikael. Tu as tué Dag Svensson et Mia Bergman. C'étaient mes amis. Je n'ai pas l'intention de te relâcher sur la route. Soit tu resteras attaché ici, soit je te tire une balle dans le genou. Tu choisis.

Niedermann s'assit. Mikael passa la corde autour de son cou et bloqua sa tête. Ensuite il utilisa dix-huit mètres de corde pour attacher le torse du géant au poteau, jusqu'à la taille. Il réserva un bout de la corde pour pouvoir attacher aussi les avant-bras au poteau et termina avec quelques solides nœuds marins.

Quand Mikael eut fini, il demanda encore une fois où se trouvait Lisbeth Salander. Il n'obtint pas de réponse et haussa les épaules, puis il abandonna Niedermann. Ce ne fut qu'en arrivant à sa voiture qu'il sentit l'adrénaline affluer et qu'il prit conscience de ce qu'il venait de faire. L'image de Mia Bergman scintilla devant ses yeux.

Mikael alluma une cigarette et but de l'eau minérale directement à la bouteille. Il observa la silhouette dans l'obscurité du côté du panneau avec l'élan. Puis il s'installa derrière le volant, consulta l'atlas routier et constata qu'il lui restait un bon kilomètre avant la bifurcation qui menait à la ferme de Karl Axel Bodin. Il démarra et passa devant Niedermann.

IL CONDUISAIT LENTEMENT et dépassa la bifurcation avec le panneau pour Gosseberga, puis alla se garer à côté d'une grange sur une piste forestière à une centaine de mètres plus au nord. Il prit le pistolet et alluma la lampe torche. Il découvrit des traces de roue fraîches dans la boue et constata qu'une autre voiture avait été garée là avant, mais ne réfléchit pas davantage là-dessus. Il retourna à pied à la bifurcation de Gosseberga et éclaira la boîte aux lettres. 612 – K. A. Bodin. Il poursuivit le long du chemin.

Il était presque minuit quand il vit les lumières de la ferme de Bodin. Il s'arrêta et écouta. Il resta immobile pendant plusieurs minutes, mais n'entendit que les bruits ordinaires de la nuit. Au lieu de prendre le chemin qui menait directement à la ferme, il longea le pré et s'approcha du bâtiment par l'étable. Il s'arrêta devant la cour à une trentaine de mètres de la maison. Tous ses sens étaient en éveil. La course de Niedermann sur la route indiquait que quelque chose s'était passé à la ferme.

Mikael était à mi-chemin dans la cour quand il entendit un bruit. Il pivota et tomba à genoux, l'arme levée. Il lui fallut quelques secondes pour localiser le bruit à côté d'une remise. On aurait dit quelqu'un qui gémissait. Il avança vivement sur l'herbe et s'arrêta devant la remise. En regardant au coin, il put voir qu'une lampe était allumée dans la remise.

Il écouta. Quelqu'un bougeait à l'intérieur. Il souleva la barre et ouvrit la porte, et fut accueilli par une paire d'yeux terrorisés dans un visage ensanglanté. Il vit la hache par terre.

— *BonsangdeSeigneurDieu*, marmonna-t-il.

Puis il vit la prothèse.

Zalachenko.

Lisbeth Salander était définitivement venue faire une visite.

Il eut du mal à imaginer ce qui s'était passé. Il referma rapidement la porte et remit la barre en place.

AVEC ZALACHENKO dans la remise à bois et Niedermann ligoté sur la route de Sollebrunn, Mikael traversa d'un pas vif la cour en direction de l'habitation. La présence d'un troisième individu qu'il ne connaissait pas et pouvant constituer un danger n'était pas à exclure, mais la maison paraissait vide, presque inhabitée. Il dirigea son arme vers le sol et ouvrit doucement la porte d'entrée. Il se retrouva dans un vestibule sombre et vit un rectangle de lumière dans la cuisine. Le seul bruit qu'il entendit fut le tic-tac d'une horloge murale. En franchissant la porte de la cuisine, il vit immédiatement Lisbeth Salander allongée sur la banquette.

Un bref instant, il fut comme pétrifié et regarda le corps malmené. Il nota qu'elle tenait un pistolet dans la main qui pendait mollement par-dessus bord. Il s'approcha lentement d'elle et tomba à genoux. Il pensa au moment où il avait trouvé Dag et Mia, et crut une seconde qu'elle était morte. Puis il vit un petit mouvement dans sa cage thoracique et il entendit un faible râle.

Il tendit la main et commença doucement à lui prendre le pistolet. Soudain la main autour de la crosse se durcit. Elle ouvrit les yeux en deux minces fentes et le fixa pendant quelques longues minutes. Son regard était flou. Puis il l'entendit murmurer d'une voix si basse qu'il eut du mal à comprendre ce qu'elle disait.

Foutu Super Blomkvist.

Elle referma les yeux et lâcha le pistolet. Il posa l'arme par terre, sortit son téléphone portable et composa le numéro de SOS-Secours.

TABLE

Ouvrage réalisé
par l'atelier Actes Sud.
Reproduit et achevé d'imprimer
en juillet 2008
par les imprimeries Transcontinental
pour le compte des éditions
Actes Sud
Le Méjean
Place Nina-Berberova
13200 Arles.

Dépôt légal
1re édition : novembre 2006.
N° impr.
(Imprimé au Canada)